STATE OF SUSPENSE – ZWEI SEELEN, EIN HERZ

FIRST FAMILY
BUCH SIEBEN

MARIE FORCE

ÜBER DAS BUCH

Der mysteriöse Mord an dem Bundesstaatsanwalt Tom
Forrester zwingt Lieutenant Sam Holland, ihren Urlaub abzu-
brechen. Es gilt, schnell zur Stelle zu sein, denn das FBI würde
den Fall nur zu gerne an sich reißen. Doch dann lenkt eine
Entdeckung die Ermittlungen in eine völlig andere Richtung,
wodurch Sam mit dem wenig hilfreichen Justizminister ihres
Mannes aneinandergerät.

Als wäre das nicht schon genug, steht auch noch das
Staatsbankett mit dem kanadischen Premierminister und seiner
Frau bevor, dem Sam voller Bedenken entgegensieht. Noch viel
unangenehmer ist allerdings die Aussicht auf das gefürchtete
Treffen mit Nicks vermeintlich reumütiger Mutter, die die
Versöhnung mit ihrem Sohn sucht.

Doch trotz all der Herausforderungen, die ihr Job bei der
Mordkommission und ihre Rolle als First Lady und Mutter mit
sich bringen, weiß Sam, dass es etwas gibt, auf das sie sich
bedingungslos verlassen kann: die Unterstützung und Liebe
ihrer Freunde, der Familie und von Nick …

KAPITEL 1

Die Rückreise aus dem Urlaub in Dewey Beach hatte nichts mit der erotischen Hinfahrt in der Präsidentenlimousine „The Beast" gemein. Nach dem Mord an Staatsanwalt Tom Forrester war Sam einen Tag früher als geplant nach Washington zurückgerufen worden. Marine One brachte sie und Nick zusammen mit ihren Kindern Scotty, Alden, Aubrey und Elijah sowie Elis Frau Candace und Skippy, dem Hund der Präsidentenfamilie, von Delaware zum Weißen Haus.

Nick griff nach Sams Hand, denn er wusste, wie sehr sie das Fliegen hasste, selbst wenn es nur eine kurze Strecke im Hubschrauber war. „Was gibt's Neues?"

Sam blickte auf ihr Handy. „Freddie schreibt, Forrester sei in seinem Auto auf der Constitution Avenue in den Kopf geschossen worden. Sie sind vor Ort, aber mehr wissen sie noch nicht."

„Wie geht es dir?"

„Ich stehe unter Schock. Ich habe jahrelang eng mit Tom und seinem Team zusammengearbeitet. Natürlich birgt jeder Job in der Strafverfolgung Risiken, doch Staatsanwälte werden extrem selten ermordet. Tom war einer von den Guten. Er hat immer das Richtige getan. Bis vor Kurzem."

Bei ihrer letzten Untersuchung hatte Forrester Polizeichef Joe Farnsworth die Anweisung erteilt, Randy Bryant freizulassen, einen Mann, der mit einem Auftragsmord in Verbindung gebracht wurde. Später hatte sich herausgestellt, dass Randys Vater, der Kongressabgeordnete Damien Bryant, Forresters Familie als Geiseln genommen und von ihm verlangt hatte, Randy aus dem Polizeigewahrsam zu entlassen. Die Ermittler der MPD-Mordkommission waren fassungslos über die Anweisung gewesen, die so gar nicht zu dem gewissenhaften Staatsanwalt gepasst hatte.

„Glaubst du, Bryant hat etwas mit dem Mord an Tom zu tun?", fragte Nick.

„Das liegt nahe, aber wir haben gelernt, keine voreiligen Schlüsse zu ziehen. Wir müssen erst mal rausfinden, was überhaupt passiert ist." Sie sah ihn an. „Es tut mir leid, dass unser Urlaub so endet."

„Dafür kannst du ja nichts. Wir hatten eine fabelhafte Zeit, auch wenn uns die Realität leider viel zu häufig einen Strich durch die Rechnung machen wollte." Er beugte sich vor und flüsterte ihr ins Ohr: „Solange ich jede Nacht mit dir schlafen kann, ist es so, als wäre ich immer im Urlaub."

Sam lächelte. „Na klar."

„Selbst an den schlimmsten Tagen kann ich mit dieser Aussicht alles ertragen."

„Seit wann sprichst du in Reimen?"

Nicks Gesicht verzog sich zu einem breiten Grinsen. „War keine Absicht."

„Ich stimme dir auf jeden Fall zu, dass der Abschluss in der Regel der beste Teil des Tages ist. Leider gibt es vorher eine Menge Mist zu erledigen, der jeden, der halbwegs bei Verstand ist, in den Wahnsinn treiben würde."

„Sind wir denn noch bei Verstand?"

„Überwiegend." Sie warf Nick einen Seitenblick zu. „Warten wir mal ab, ob das auch die nächsten sieben Jahre lang so bleibt."

„Höchstens drei."

„Ich rechne für uns mit sieben."

„Drei."

Scotty schaute von einem Buch auf, durch das er sich für die Schule quälte. „Worüber streitet ihr?"

„Wie viele Jahre wird dein Dad noch Präsident sein?"

„Sieben", erwiderte Scotty voller Überzeugung.

Nick sah seinen Sohn finster an. „Ich dachte, du wärst auf meiner Seite, Kumpel."

„Das bin ich, und ich glaube, du schaffst die Wiederwahl. Es wird nicht mal knapp werden."

Sam deutete mit dem Finger auf ihren attraktiven, dunkelhaarigen vierzehnjährigen Sohn. „Da hörst du's."

„Ich hasse euch alle", knurrte Nick.

Sam und Scotty lachten über seine Grimasse.

Aubrey löste ihren Sicherheitsgurt und setzte sich neben Nick. „Tust du nicht."

Er nahm sie auf den Schoß. „Das war nicht ernst gemeint, Schatz. In Wirklichkeit liebe ich euch am meistesten."

„Das ist gar kein richtiges Wort."

„Woher willst du das wissen?", fragte Nick. „Du bist erst in der ersten Klasse und hast noch gar nicht alle Wörter gelernt."

„Lijah hat gesagt, es ist kein richtiges Wort, also ist es keins."

„Weil mein Wort hier Gesetz ist", erklärte Eli lachend.

„Und, ist es ein Wort?", wollte Aubrey wissen.

„Nein", gab Nick zu. „Aber es macht Spaß, so zu tun, als wäre es eins."

„Na also."

„Du hattest recht." Er küsste sie auf den Scheitel. „Du bist eine sehr schlaue Erstklässlerin."

„Warte nur, bis sie das hier lesen müssen." Scotty hielt seine Ausgabe von „Beowulf" hoch. „Wer hat eigentlich entschieden, dass Achtklässler etwas lesen müssen, das tausend Jahre alt ist? Das ist Altenglisch. Und dabei komme ich kaum mit *modernem* Englisch klar."

Sam biss sich auf die Lippe, um nicht laut zu lachen. „Gibt es dafür keine Lektürehilfen?"

„Sam!"

Sie sah Nick an. „Was denn?"

„Erzähl ihm so was nicht. Er muss *das Buch* lesen."

„Was sind Lektürehilfen?", erkundigte sich Scotty neugierig.

„Ich kann mich nicht so genau erinnern", behauptete Sam.

Scotty hielt sein Handy hoch. „Soll ich mal googeln?"

Sam wusste, wann sie verloren hatte, und erklärte: „Als ich in der Schule war, waren das knappe Inhaltsangaben und Erläuterungen, die Schülern helfen sollten, Bücher wie ‚Beowulf' zu verstehen."

„Und du sagst mir erst jetzt, dass es so was gibt? Ich dachte, du liebst mich."

„Tu ich! Deshalb musst du dieses Buch ja auch selbst lesen."

„Jetzt mal ehrlich, Samantha …"

Sie konnte nicht anders, als über die Missbilligung in Nicks Tonfall hilflos zu lachen. „Wenn du das Buch ganz liest, besorge ich dir die Lektürehilfe dazu, die dir helfen wird, es zu verstehen. Abgemacht?"

„Na gut", erwiderte Scotty. „Abgemacht."

„Gerade noch die Kurve gekriegt", brummte Nick.

„Ich weiß nicht, ob du es schon gemerkt hast: Ich bin sehr gut in dieser Erziehungssache."

Das brachte Scotty zum Lachen, was ihm einen bösen Blick von seiner Mutter eintrug. „Nicht lustig."

„Doch lustig. Ihr seid eine Katastrophe, wie immer. Pass auf, dass sie die Zwillinge nicht genauso ruinieren, wie sie es bei mir getan haben, Eli."

„Ich werde aufpassen. Keine Sorge."

„Warum habe ich das Gefühl, man urteilt über mich?", erkundigte sich Sam.

„Weil es stimmt", antwortete Nick. „Wenn es nach dir ginge, würden wir einen Haufen ungebildeter Wilder großziehen."

„Ist das eine Option?", fragte Scotty.

„Nein", entgegneten seine Eltern gleichzeitig.

„Dabei sind sie sich einig", stellte Scotty unter dem Gelächter der anderen fest.

Als der Hubschrauber auf dem Südrasen des Weißen Hauses landete, genoss Sam die letzten Momente der Zweisamkeit mit der Familie, bevor sie sich wieder ihrer Arbeit widmen musste. „Tut mir leid, dass ich gleich ins Hauptquartier muss, Leute. Ich komme heim, sobald ich kann."

„Schon gut", meinte Alden. „Eli wird mit uns zum Pool gehen."

„Das klingt nach Spaß." Sie wünschte sich, sie könnte dabei sein. Nick hatte den Zwillingen vor Kurzem das Schwimmen beigebracht, und sie machten große Fortschritte.

„Wir nehmen dir ein Video auf, Mom", versprach Scotty.

„Das wäre schön."

„Bevor du fährst", erinnerte Nick sie, „vergiss nicht den Besuch aus Kanada am Dienstag. Ich brauche dich um drei Uhr hier, zum Tee mit der Frau des Premierministers, und am Abend findet dann das Staatsbankett statt. Da Shelby im Mutterschaftsurlaub ist, hat Lilia alle Informationen, die du brauchst."

Beim Gedanken an dieses offizielle Programm, zusätzlich zu der brisanten Mordermittlung, verstärkte sich der Druck in Sams Kopf. Doch Nick zuliebe lächelte sie und nickte. „Klar, ich werde da sein. Mach dir keine Sorgen."

„Wie bitte? Ich und mir Sorgen machen?"

Sie hatte ihrem Mann schon viel zu viele Gründe dafür geliefert, sich Sorgen zu machen, ob sie es rechtzeitig schaffen würde, im Weißen Haus zu erscheinen, wenn er sie brauchte. Aber der erste Staatsbesuch war enorm wichtig, und sie würde vor Ort sein, um ihn zu unterstützen, egal, was sie dafür an Arbeit liegen lassen musste. Zum Glück hatte sie ein tolles Team, das ihr den Rücken freihielt. In letzter Zeit hatten sowohl Freddie als auch Gonzo die Leitung von Fällen übernommen und das tadellos gemeistert.

Die Präsidentenfamilie überquerte den Rasen in einem mittlerweile vertrauten Ritual aus rennenden Kindern, einem bellenden Hund und Eltern, die in Richtung der Schar von Reportern winkten, die ihre Ankunft im Weißen Haus dokumentierten. Langsam gewöhnten sie sich daran, dass alles, was sie taten, in den landesweiten Nachrichten zu sehen war.

„Ich hätte nie gedacht, dass so was mal zur Routine wird", meinte Sam zu Nick.

„Ja, nicht wahr? Wessen Leben führen wir?"

„Sag mir Bescheid, wenn du es herausgefunden hast."

Er blickte zu ihr herüber und wirkte entspannter als seit Langem. „Danke für die tolle Woche. Die habe ich dringend gebraucht."

„Ich auch. Lass uns das bald wiederholen, okay?"

„Ja, bitte."

Als sie die Kinder auf der Treppe zum Wohnhaus umarmte, flüsterte Scotty ihr ins Ohr: „Besorg mir diese Lektürehilfe."

„Mach ich."

„Du bist die Beste."

„Ich weiß."

Lachend scheuchte er die Zwillinge und Skippy die Treppe hinauf.

Sam umarmte derweil Eli und Candace. „Danke, dass ihr mit ans Meer gekommen seid." Sie hatte immer noch nicht richtig begriffen, dass die beiden verheiratet waren, doch man konnte erkennen, wie glücklich sie nach Jahren der Trennung darüber waren, endlich wieder zusammen zu sein.

„Es war ein Riesenspaß", antwortete Eli. „Danke, dass wir euch besuchen durften."

„Fliegt ihr heute Abend zurück nach Princeton?"

„Wahrscheinlich erst morgen früh. Meine erste Vorlesung ist um eins."

„Hoffentlich sehen wir uns noch, ehe ihr losmüsst."

Nick umarmte und küsste sie ein letztes Mal. „Sei vorsichtig da draußen."

„Bin ich immer."

„Ja, klar." Er verdrehte die Augen. „Ich liebe dich."

„Ich dich auch."

Während er den Kindern nach oben folgte, durchquerte Sam die Haupthalle, in der Vernon, ihr Personenschützer vom Secret Service, auf sie wartete. Die Umhängetasche mit ihrer Dienstwaffe, den Handschellen, dem Notizbuch und anderen Arbeitsutensilien hatte sie bei sich, um den Rest des Gepäcks würde sich das Personal kümmern.

Vernon begrüßte sie mit einem Grinsen. „Kein Friede den Gesetzlosen, was?"

„Niemals."

Vernon hielt ihr die Tür auf und bedeutete ihr, vor ihm hinauszugehen.

Jimmy, ihr anderer Leibwächter, öffnete ihr die Tür des SUV.

„Danke."

„Gern, Sam." Sie hatte darauf bestanden, dass die beiden sie beim Vornamen nannten, wenn sie allein waren.

„Wohin?", fragte Vernon.

„Moment, ich erkundige mich mal." Sie rief Freddie an. „Wo treffen wir uns?"

„Im Hauptquartier. Wir fahren jetzt vom Tatort zurück, um einen Plan zu entwickeln."

„Ich bin gleich da."

„Willkommen daheim."

„Ich würde mich ja bedanken, aber …"

„Ja, das ist kein guter Anlass."

„Wie hält sich sein Mitarbeiterstab?"

„Nach allem, was ich gehört habe, nicht so toll. Sie sind schockiert und am Boden zerstört, und wie du dir denken kannst, will das FBI mitmischen. Wir haben sie vorerst auf Distanz gehalten, doch wir sind uns nicht sicher, wie lange wir sie ausbremsen können."

„Na großartig." Kompetenzgerangel war das Letzte, was sie brauchte, wenn ein Staatsanwalt auf dem Weg ins Leichenschauhaus war.

„Das war bei so einem Fall zu erwarten, nehme ich an."

„Ich denke schon. Was gibt es Neues aus Stahls Haus?" Irgendwie war es Sam gelungen, diesen speziellen Albtraum für das Wochenende weitgehend zu verdrängen.

„Die Spurensicherung hat bis jetzt elf Leichen gefunden. Und sie sind erst zur Hälfte fertig."

Sie fragte sich, wie es möglich war, dass der in Ungnade gefallene ehemalige Lieutenant, der zweimal versucht hatte, sie zu töten, es immer noch schaffte, sie zu schockieren. „Was ist mit dem angemieteten Lagerraum?"

„Da gibt es eine Verzögerung. Die Firma hat den Besitzer gewechselt, und der neue ruft nicht zurück, um uns Zugang zu verschaffen. O'Brien und Charles arbeiten daran, ihn aufzuspüren."

„Ein Teil von mir hofft, dass das eine Weile dauern wird."

„Ja, wirklich. Wir haben alle Angst vor dem, was sich in diesem Raum befindet."

„Mir läuft es allein beim Gedanken daran eiskalt den Rücken runter. Ich bin gleich im Hauptquartier. Wir sehen uns."

Sie fuhren hinter dem Wagen der Gerichtsmedizin auf den Parkplatz und parkten am Hintereingang des Polizeigebäudes.

Vernon hielt ihr die Wagentür auf.

„Wir werden eine Weile hierbleiben", teilte Sam ihm mit.

„Verstanden. Sagen Sie Bescheid, wenn Sie rausgehen, um die Presse zu informieren."

„Ja, natürlich."

Er schmunzelte über ihren beflissenen Ton.

Sam wartete auf Dr. Lindsey McNamara. „Schön, dich zu sehen, Doc."

„Dito. Ich hoffe, du hattest einen entspannenden Urlaub."

„Er war … ereignisreich."

„Davon habe ich gehört."

Sam richtete ihren Blick auf den Leichensack auf der Bahre, den Lindseys Team aus dem Transporter ausgeladen hatte. „Ich kann es nicht glauben."

„Geht mir genauso."

„Ich lasse dich mal loslegen."

„Will das FBI mitmischen?", fragte Lindsey.

„Ja, aber im Moment gehört der Fall uns."

„Ich geb mir Mühe, dir so schnell wie möglich einen Bericht zu liefern."

„Danke. Übrigens, Terry hat Nick erzählt, dass es dir letzte Woche nicht gut ging. Alles klar bei dir?"

„Ich fühl mich immer noch etwas neben der Spur, doch schon viel besser. Danke der Nachfrage."

Sam fand, sie sah blasser aus als sonst, aber hoffentlich war sie auf dem Weg der Besserung. Sie trennten sich an der Tür zur Leichenhalle. Als Sam dem gewundenen Gang zum

Großraumbüro folgte, in dem ihre Detectives arbeiteten, war sie froh darüber, dass sie nicht auf den suspendierten Sergeant Ramsey treffen würde. Er wartete auf seinen Prozess wegen versuchtem Mord, weil er mit dem Auto Sams Secret-Service-SUV gerammt hatte.

Glücklicherweise war bei dem Vorfall niemand zu Schaden gekommen. Nachdem dieser Angriff mit einer tödlichen Waffe auf Bundesbeamte eine Anklage nach sich gezogen hatte, hoffte sie, dass sie Ramsey nie wieder im Hauptquartier begegnen würde. Es amüsierte sie immer noch, dass sie als Frau des Präsidenten als „Bundesbeamtin" galt.

Sam folgte den Stimmen in den Konferenzraum, wo Gonzo gerade damit beschäftigt war, ein Whiteboard mit Fotos vom Forrester-Tatort zu bestücken. Obwohl sie bereits gehört hatte, wie der Staatsanwalt gestorben war, schreckte sie vor dem Anblick ihres ermordeten Kollegen zurück. Sie hatte ihm viel zu verdanken, vor allem, dass er ihren Fall zunächst zur Überprüfung vor eine Grand Jury gebracht hatte, nachdem sie Ramsey die Treppe hinuntergestoßen hatte, sodass er sich das Handgelenk gebrochen und eine Gehirnerschütterung zugezogen hatte.

Forrester hätte den Fall direkt vor Gericht bringen können, da es sich eindeutig um Körperverletzung gehandelt hatte, doch er hatte diesen anderen Weg gewählt, um ihr eine Chance zu geben. Das hatte geklappt, da die Geschworenen entschieden hatten, keine Anklage zu erheben. Damit hatte er ihr die Karriere gerettet, auch wenn das ihre Probleme mit Ramsey noch befeuert hatte.

„Sam?" Freddie trat zu ihr. „Alles okay?"

Sie hatte auf das Foto des blutüberströmten toten Forrester gestarrt. „Ich hab nur gerade daran gedacht, wie er mir den Hintern gerettet hat."

„Das hat er wirklich."

„Tom war ein guter Mann und ein guter Staatsanwalt." Sie sah ihren Partner an und spürte, wie in ihrem Inneren der vertraute Wunsch nach Gerechtigkeit für das Opfer aufflammte.

„Wir werden den Täter finden und ihn dafür zur Rechenschaft ziehen."

„Auf jeden Fall."

KAPITEL 2

Sam nahm neben Freddie Platz, wandte sich dem Whiteboard zu und versuchte, die Trauer um ihren Kollegen und Freund zu verdrängen. „Bringt mich auf den neuesten Stand."

„Um acht Uhr zwölf ist die Meldung in der Zentrale eingegangen", begann Gonzo. „Eine Passantin hatte am Auto Glasscherben und Blut bemerkt. Laut Zeugenaussagen hat sie eine ziemliche Show abgezogen, geschrien und um Hilfe gerufen. Ein Mann, der sie gehört hat, hat dann die Polizei verständigt."

„War einer der beiden Augenzeuge des Verbrechens?"

„Nein, sie sind beide erst dazugekommen, nachdem es schon passiert war."

„Wo war Forresters Frau, als er starb?" Sie hatte zwar keinen Grund, seine Ehefrau zu verdächtigen, aber bei einer Mordermittlung durfte man niemals die Personen vergessen, die dem Opfer am nächsten standen.

„Zu Hause, noch unter dem Schutz des FBI, seit sie und ihre Töchter vor ihren Entführern gerettet wurden."

Damit war das wohl ausgeschlossen.

„Besorgt sich Archie schon Überwachungsaufnahmen aus der Gegend?"

„Er und die IT-Abteilung kümmern sich darum und stehen bereit, um die Einwahldaten von Forresters Handys nachzuverfolgen, sobald die Durchsuchungsbeschlüsse vorliegen. Wir haben Zugang zu seinen privaten und beruflichen Mobiltelefonen beantragt. Die Beamten, die als erste am Tatort eingetroffen sind, hatten keine Ahnung, wer er war, doch wir haben ihn natürlich gleich erkannt. Ich habe sofort Captain Malone angerufen, der den Chief informiert hat. Aus Höflichkeit hat der dann die Staatsanwaltschaft kontaktiert."

„Deshalb müssen wir jetzt das FBI auf Abstand halten", meinte Sam.

„Das war zu erwarten. Die wissen, dass es unser Fall ist, aber wenn nötig können wir auf ihre Ressourcen zurückgreifen."

„Ich bin hier, um genau darauf hinzuweisen." Mit diesen Worten betrat der leitende FBI Special Agent Avery Hill den Raum. „Was immer wir tun können …"

„Danke, Avery." Sam lächelte ihn an. „Ich bin sicher, du hast alle Hände voll zu tun – schließlich habt ihr ein Neugeborenes zu Hause. Wir möchten dich nicht von deiner Familie fernhalten. Wie geht es Shelby und dem Baby? Ich kann es kaum erwarten, die kleine Maisie kennenzulernen."

„Gut. Noah ist ganz vernarrt in sein Schwesterchen."

„Ich werde auf jeden Fall bei ihnen reinschauen, wenn ich nach Hause komme." Avery, Shelby und ihre Kinder wohnten bei Sam und Nick im Weißen Haus, solange sie noch auf der Suche nach einem sicheren Zuhause waren. Das war ihr bisheriges Heim nicht mehr, nachdem dort Leute eingebrochen waren, die Avery vor Jahren festgenommen hatte. „In der Zwischenzeit haben wir hier viel zu tun."

„Wir sind zutiefst erschüttert über Toms Ermordung", erklärte Avery.

„Wir auch."

„Der Mord an einem Staatsanwalt ist eine große Sache."

„Das ist uns bewusst, und du kannst dich darauf verlassen, dass wir mit allen Kräften an der Aufklärung arbeiten werden, bis wir seinen Mörder verhaftet haben."

„Damit willst du mir zu verstehen geben, ich solle verschwinden, richtig?"

Sam lachte. „Das hab ich nicht gesagt."

„Gut, ich gehe. Aber bitte melde dich, wenn wir irgendwie helfen können. Tom war ein Freund."

„Für uns alle."

Avery nickte und entfernte sich.

Sam seufzte. „Das war knapp. Wir müssen uns beeilen, damit das FBI uns nicht rausdrängt. Wie sieht unser Plan aus?"

„Ich möchte zuerst mit seinem Team reden", antwortete Gonzo, „und dann mit seiner Familie. Wir müssen alles über die Zeit erfahren, die sie mit Bryants Leuten verbracht haben, und welche Drohungen die gegen Tom ausgesprochen haben."

„Glauben wir, dass das direkt zum Abgeordneten Bryant führt?", fragte Freddie.

„Wir sollten keine voreiligen Schlussfolgerungen ziehen", warnte Sam. „Erzählt mir mehr über Forresters Verbindung zu Bryant."

„Der Justizminister hatte Forrester gebeten, sich mit Unregelmäßigkeiten bei Bryants Wahlkampffinanzierung zu befassen", erwiderte Gonzo. „Und wo Rauch ist, da ist normalerweise auch Feuer. Es wird angenommen, dass Bryant, als er Wind davon bekommen hat, dass Forrester seinem Netzwerk aus Drogen, Waffen, Glücksspiel, Prostitution und so weiter auf der Spur war, die Nerven verloren und seinen Schlägern befohlen hat, Forresters Familie zu entführen. Dann hat er sie als Druckmittel eingesetzt, um Forrester zu erpressen, seine Ermittlungen einzustellen, wenn er nicht den Tod seiner Angehörigen riskieren wollte."

„Was hat das mit der Verhaftung von Bryants Sohn zu tun?"

„Erst mal nichts", sagte Gonzo. „Als der Kongressabgeordnete allerdings davon erfuhr, dass wir seinen Sohn in Gewahrsam hatten, hat er Forrester mit seiner Frau und seinen Töchtern unter Druck gesetzt, damit er die Entlassung von Randy Bryant anordnet."

„Was Forrester auch tat, weil Bryant seine Familie in seiner Gewalt hatte."

„Richtig", bestätigte Gonzo.

„Bryant muss das Wasser bis zum Hals stehen, wenn er so

weit geht, die Familie eines Bundesstaatsanwalts zu entführen“, meinte Sam.

„Das denken wir auch“, pflichtete ihr Gonzo bei.

„Wie könnte Forresters Tod nichts mit Bryant zu tun haben?“, fragte Freddie.

„Wahrscheinlich hast du recht, trotzdem müssen wir das gründlich untersuchen“, beharrte Sam. „Wo ist Bryant jetzt?“

„Auf Kaution frei, genau wie Kent Sanders, der sich bereit erklärt hat, im Austausch für Immunität zu kooperieren. Der Rest seiner Leute sitzt noch.“

„Die Handlanger, die er auch auf Forrester angesetzt haben soll?“

„Genau.“

Sam verarbeitete diese Information. „Könnte Bryant es selbst getan haben?“

„Das kann ich mir nicht vorstellen“, antwortete Gonzo. „Er ist definitiv jemand, der andere die Drecksarbeit für sich erledigen lässt. Ich glaube nicht, dass er den nötigen Mumm hätte.“

Das bedeutete, dass der offensichtlichste Verdächtige erst mal ausschied.

„Fangen wir in Forresters Büro an und wenden uns dann seiner Familie zu“, schlug Sam vor.

Während O’Brien und Charles damit beschäftigt waren, den neuen Besitzer des von Stahl benutzten Mietlagers zu finden, und Green übers Wochenende weg war, fuhren Sam, Freddie und Gonzo zur Staatsanwaltschaft.

Sam wartete, bis sie auf dem Rücksitz ihres Secret-Service-SUV saßen, bevor sie sagte: „Ich möchte euch beiden dafür danken, dass ihr bei den letzten beiden Fällen die Ermittlungen geleitet habt. Mir war nicht klar, wie sehr ich eine Pause gebraucht habe, bis ihr mir eine ermöglicht habt, und ich war echt froh, dass ich alles in eure fähigen Hände legen konnte. Das bedeutet mir viel.“

„Wir würden ja sagen, es war kein Problem, aber …“

Sam und Freddie lachten über Gonzos Bemerkung.

„Ich weiß, es war eine Menge Ärger.“

„Wir haben es geschafft“, antwortete Gonzo. „Ich muss allerdings zugeben, dass dieser Fortier-Fall einer der verrücktesten war, mit denen ich je zu tun hatte. Forrester befiehlt uns, Randy Bryant freizulassen, obwohl wir ihn wegen des Auftragsmords an Rachel Fortier sicher drankriegen können. Dann ist Randy tot, dann wieder nicht. Die Leiche ist ein Handlanger seines Vaters, der so gekleidet ist, dass wir denken, es sei Randy – er trägt sogar Randys Studentenausweis bei sich –, doch sein Gesicht ist eingeschlagen, sodass wir ihn nicht visuell identifizieren können. Als seine Mutter mir erzählt hat, Randy schlafe in seinem Bett in Milwaukee, dachte ich, ich hätte den Verstand verloren."

„Es ist mir kaum gelungen, mit deinen Berichten Schritt zu halten", gestand Sam. „Wie weit sind wir damit, den echten Randy herzuholen, damit er sich stellen kann?"

„Seine Mutter hat versprochen, ihn morgen herzubringen", erwiderte Gonzo.

„Glaubst du, sie hält Wort?"

„Sie war die ganze Zeit über ehrlich zu mir. Ich habe keinen Grund, ihr etwas anderes zu unterstellen. Sie weiß außerdem, dass wir Randy die Marshals auf den Hals hetzen, wenn er sich nicht stellt."

„Ich werde mich besser fühlen, wenn er wieder in Gewahrsam ist. Was sollte sie davon abhalten, mit ihm das Land zu verlassen?"

„Wir haben ein Ausreiseverbot erteilt und ihre Passnummern gemeldet, nur für alle Fälle", entgegnete Freddie.

„Gute Idee."

Sie erreichten das Büro der Staatsanwaltschaft in der D Street Northwest, gaben ihre Waffen bei der Sicherheitskontrolle ab und passierten den Metalldetektor.

Sam ging zu Forresters Büro im zweiten Obergeschoss voraus. Dort folgten sie den Stimmen in den Konferenzraum, in dem die Mitarbeiter versammelt waren.

Die stellvertretende Staatsanwältin Faith Miller stand auf, und Sam umarmte sie kurz.

„Unser Beileid, Faith", sagte sie.

„Vielen Dank. Wir stehen alle unter Schock."

„Es ist unfassbar", bestätigte Gonzo. „Tom war ein guter Kerl."

„Der beste. Wir haben ihn alle sehr gemocht."

Ihre Schwestern Hope und Charity kamen dazu, und alle bekundeten ihr Beileid.

Sam sah die eineiigen Miller-Drillinge selten zusammen und war wieder einmal erstaunt über ihre verblüffende Ähnlichkeit, auch wenn sie unterschiedliche Frisuren und Kleidungsstile hatten. Eine der drei hatte ihr vor Jahren mal erklärt, wie selten eineiige Drillinge waren. Als jemandem, der unter Unfruchtbarkeit litt, fiel es Sam schwer, zu glauben, dass so etwas überhaupt möglich war.

„Können wir uns irgendwo ungestört unterhalten?", erkundigte sie sich.

Die anderen Mitarbeiter aus Tom Forresters Stab saßen in Gruppen zusammen, unterhielten sich leise und spendeten sich gegenseitig Trost.

„Sicher", antwortete Faith.

Sie folgten den Schwestern in ein kleineres Besprechungszimmer.

Sam schloss die Tür. „Noch einmal unser aufrichtiges Beileid. Wir stören nur ungern, aber Sie wissen, wie kritisch diese ersten Stunden bei Mordermittlungen sind."

„Ja." Hope trug ihr Haar länger als ihre Schwestern. Alle drei waren legerer gekleidet, als Sam sie je gesehen hatte, denn sie waren, weil es Wochenende war, zu Hause gewesen, als sie die Nachricht von dem Mord an ihrem Chef erhalten hatten. „Wir werden tun, was wir können, damit der Täter gefunden wird."

„Zuerst wollen wir alles über seine Beziehungen zum Kongressabgeordneten Bryant wissen."

„Ich habe mich schon gefragt, ob Sie zuerst in diese Richtung ermitteln würden", erwiderte Faith.

„Gibt es noch andere Richtungen, die wir bedenken sollten?", fragte Gonzo.

„Die Staatsanwaltschaft ist zu jedem Zeitpunkt in eine Reihe komplexer Strafverfolgungen involviert", sagte Charity. „Doch die Sache mit Bryant hat Tom zuletzt viel Zeit gekostet." Sie war die Kurvenreichste der drei. Sam hatte schon beobachtet, dass ihr Anblick so manchem Mann den Kopf verdreht hatte.

„Wo können wir mehr über die Bryant-Untersuchung in Erfahrung bringen?", wollte Sam wissen.

„Abgesehen von den Grundzügen, die ich Gonzo bereits geschildert habe, habe ich in seinem Büro oder auf seinem Computer nichts weiter gefunden", erklärte Faith, „obwohl wir wussten, dass er daran gearbeitet hat. Als er und seine Familie verschwunden sind, haben wir alles durchsucht. Da war nichts über Bryant."

„Erschien Ihnen das nicht merkwürdig?"

„Überhaupt keine Unterlagen zu haben? Auf jeden Fall", bestätigte Hope.

„Ist es möglich, dass man ihn gebeten hatte, die Untersuchung durchzuführen, ohne Aufzeichnungen zu hinterlassen?", warf Gonzo ein.

„Möglich schon", beantwortete Faith seine Frage. „Aber nicht wirklich machbar. Tom war brillant, doch selbst er konnte sich so viele Details nicht einfach merken."

„Sie glauben also, dass es irgendwo Aufzeichnungen gibt?", vergewisserte sich Sam.

„Wenn ja, sind sie nicht hier." Das steuerte Charity bei. „Wir sollten bei ihm zu Hause suchen."

„Da wollen wir als Nächstes hin. Würde uns eine von Ihnen begleiten?"

„Kann ich übernehmen", erbot sich Faith. „Ich habe bereits einen Durchsuchungsbeschluss besorgt, weil ich geahnt hab, dass Sie dort würden anfangen wollen."

Sam schätzte es, mit Leuten zusammenzuarbeiten, die wussten, was sie taten. „Gut. Das spart uns Zeit."

„Hope und ich werden damit weitermachen, andere Fälle auf Hinweise abzuklopfen", verkündete Charity.

„Das wäre sehr hilfreich", nickte Sam.

„Was immer wir tun können, um seinen Mörder zu finden", schluchzte Hope.

„Vielen Dank." Sam umarmte sie. „Kopf hoch."

„Wir bemühen uns."

Wenige Minuten später verließen sie mit Faith das Gebäude.

Vernon und Jimmy hatten am Straßenrand geparkt und sprangen aus dem Wagen, um ihnen die Türen zu öffnen. Sie hatten Sam erlaubt, die Staatsanwaltschaft ohne Begleitung zu betreten, da es sich um ein gesichertes Gebäude handelte.

„Nicht schlecht", sagte Faith, als sie sich in wohliger Wärme auf den einander gegenüberliegenden Rücksitzen niedergelassen hatten.

„Ganz und gar nicht", pflichtete ihr Sam bei. „Wohin müssen wir?"

Faith nannte Vernon die Adresse in Gaithersburg.

Sam rechnete damit, dass sie eine Dreiviertelstunde zu dem in Maryland gelegenen Vorort benötigen würden. „Warum hatte Tom keinen Chauffeur und keine Security?"

„Er hatte beides, war in den letzten Tagen aber immer allein unterwegs."

„Ich habe nach Informationen über ermordete Staatsanwälte gesucht." Freddie sah von seinem Smartphone auf. „Obwohl die Zahl der Morde an Polizeibeamten steigt, sind Tötungsdelikte an Staatsanwälten außerordentlich selten. Es gibt eine Vereinigung für Staatsanwälte, die von dreizehn in hundert Jahren berichtet, doch diese Statistik ist zehn Jahre alt. Die meisten Opfer sind Staatsanwälte auf Staats- und Bezirksebene. Es gibt genau einen ungelösten Mord an einem Bundesstaatsanwalt, in Seattle."

Faith nickte. „Wir sind natürlich mit diesem Fall vertraut. Er liegt zwanzig Jahre zurück. Dem Justizministerium dient er als Mahnung, stets wachsam zu bleiben. Die Polizei von Seattle und das FBI ermitteln weiter."

„Haben Sie von irgendwelchen Drohungen gegen Tom gehört oder insgesamt eine Zunahme von Drohungen in Ihrem Büro festgestellt?", fragte Gonzo.

„Wir erhalten täglich Drohungen von Menschen, die meinen, dass sie Opfer von Justizwillkür geworden sind oder dass wir unsere Macht missbrauchen. Hinter den meisten davon stecken keine ernsthaften Absichten, aber einige leiten wir zur näheren Untersuchung an das FBI weiter."

Sam sandte eine SMS an Avery. *Ich habe was, wobei ihr uns helfen könntet. Faith Miller sagt, dass sie mehrere Drohungen, die in ihrem Büro eingetroffen sind, an euch zur Untersuchung weitergeleitet haben. Könnt ihr euch die vornehmen und mir Bescheid geben, wenn euch was auffällt?*

Ich kümmere mich darum.

Danke dir. Wie geht's Shelby und dem Baby?

Bestens. Wir kommen heute Nachmittag nach Hause (also zu euch).

Ich kann es kaum erwarten, sie zu sehen.

„Avery schaut sich das an", teilte sie den anderen mit.

„Was ist mit der Familie?", fragte Faith. „Ich habe gehört, sie haben noch genug mit dem zu tun, was sie selbst durchgemacht haben, und das war, bevor sie erfahren haben, dass Tom tot ist."

„Gibt es seit der Entführung überhaupt schon eine Aussage von ihnen?", erkundigte sich Sam bei Gonzo.

Der schüttelte den Kopf. „Sie standen noch unter Schock. Man hat sie aus dem Hotel, in dem sie von diesen Typen festgehalten wurden, direkt in die Notaufnahme des George Washington University Hospital gebracht. Letzte Nacht sind sie zur Beobachtung dortgeblieben und erst seit heute Morgen wieder zu Hause, wo sie dann erfahren haben, dass Tom tot ist."

„Wer hat es ihnen mitgeteilt?", wollte Sam wissen.

„Toms Stellvertreter Conlon Young."

„Warum kommt mir der Name nicht bekannt vor?"

„Er arbeitet nicht selbst an Fällen, sondern ist der Verwaltungschef der Staatsanwaltschaft. Er weist Fälle zu, verfolgt alle Entwicklungen, sorgt dafür, dass wir die Abgabefristen einhalten, und erledigt viele andere Dinge, die für die Effizienz und Effektivität des Büros entscheidend sind."

„Ich habe mir noch nie Gedanken darüber gemacht, wer dafür sorgt."

„Es ist eine wichtige Rolle, die uns davor bewahrt, im Chaos zu versinken. Als Gonzo mich anrief, um mich von Toms Ermordung zu unterrichten, habe ich Conlon sofort verständigt. Er ist zum Haus der Forresters gefahren, um die Familie in Kenntnis zu setzen. Soweit ich weiß, ist er noch dort. Er und seine Ehefrau Nikki sind eng mit Tom und Leslie befreundet."

Faith sah aus dem Fenster, wo die Stadt in einem Gewirr aus Menschen, Gebäuden und Fahrzeugen vorbeizog. „Ich kann es nicht fassen, dass Tom wirklich tot ist."

Sam fühlte mit ihr, denn sie selbst hatte in letzter Zeit den Verlust erst von Detective Arnold, dann von ihrem Vater und schließlich ihrem Schwager zu verkraften gehabt. An Spencers Tod hatte sie auch jetzt, Wochen später, noch zu knabbern. „Es wird eine Weile dauern, bis es sich real anfühlt."

„Da haben Sie wohl recht."

„Erzählen Sie mir von seiner Vereinbarung mit dem Justizminister im Fall Bryant", bat Sam.

„Ich weiß nicht viel darüber."

„Und Young?"

„Wenn jemand im Büro darüber informiert ist, dann er. Es war höchst ungewöhnlich für Tom, etwas ohne jegliche Unterstützung von Mitarbeitern zu übernehmen."

Sam machte sich eine Notiz. *Herausfinden, warum der Justizminister wollte, dass Forrester den Fall Bryant persönlich bearbeitet.* Während sie schrieb, verspürte sie einen Anflug von Unbehagen, weil sie möglicherweise mit dem Justizminister, einem Mitglied von Nicks Kabinett, über einen Fall sprechen musste. Das wäre eine unschöne Vermengung ihrer verschiedenen Rollen, was sie allerdings nicht davon abhalten würde, wenn es so weit käme.

Trotzdem hoffte sie, dass es nicht nötig sein würde.

Die Forresters lebten in einer bewachten Wohnanlage mit großen Backsteinvillen. „Wo ist Toms Familie entführt worden?", fragte Sam.

„In ihrem eigenen Haus."

„Wie ist das in einer bewachten Wohnanlage möglich?"

„Während du mit der Familie sprichst, werde ich noch einmal die Sicherheitsleute befragen", antwortete Freddie.

Vernon benutzte seinen Secret-Service-Ausweis und Sams Dienstmarke, um ihnen Zugang zu der Wohnanlage zu verschaffen. Er brachte den SUV vor einem der größeren Häuser in der Straße zum Stehen. Mit den Dachgauben und schwarzen Fensterläden wirkte es äußerst elegant.

Als sie ausstiegen, bemerkte Sam die vielen Autos in der Einfahrt, die vermutlich bedeuteten, dass sich Toms Tod bei Familie und Freunden bereits herumgesprochen hatte.

Sam blickte Faith an. „Wir müssen mit seiner Frau und, wenn ihre Mutter einverstanden ist, auch mit seinen Töchtern sprechen. Idealerweise unter vier Augen."

„Ich werde sehen, was ich tun kann."

Freddie joggte auf den Wachposten am Eingang der Anlage zu.

Ein Mann mittleren Alters, der angegriffen wirkte, öffnete Sam, Faith und Gonzo die Tür.

Faith übernahm die Vorstellung. „Conlon Young, das sind Lieutenant Holland und Sergeant Gonzales."

„Kommen Sie rein." Young führte sie in ein stilvoll eingerichtetes Wohnzimmer. „Wie können wir Ihnen helfen, Detectives?"

„Wir würden gerne mit Mrs Forrester reden", sagte Sam.

Young schüttelte den Kopf, noch ehe sie das Wort „Mrs" ausgesprochen hatte. „Das ist zurzeit leider nicht möglich."

Sam unterdrückte den Drang, laut zu werden. „Mr Young, wie Sie sicher wissen, sind die ersten Stunden bei einer Mordermittlung entscheidend. Da Mrs Forrester und ihre Töchter in etwas verwickelt worden sind, das mit der Arbeit ihres Mannes zu tun hatte, wäre es äußerst hilfreich, wenn wir uns mit ihnen unterhalten könnten."

„Sie sind am Boden zerstört. Wie wir alle."

„Das verstehe ich."

„Sicher?"

Erstaunt über seinen Tonfall, antwortete Sam: „Ja, ganz sicher." Sie erwiderte seinen Blick, ohne zu blinzeln. „Ob Sie es glauben oder nicht, Familienmitglieder und enge Freunde sind nach dem Mord an einem geliebten Menschen immer verzweifelt. Trotzdem müssen wir so schnell wie möglich mit denen reden, die dem Opfer am nächsten standen."

Young war sichtlich nicht begeistert von ihrer Bemerkung, doch zum Glück widersprach er ihr nicht. „Warten Sie bitte einen Moment." Er verließ den Raum.

Faith verzog das Gesicht. „Tut mir leid. Er ist aufgebracht."

„Auch das verstehe ich." Der Kerl war Sam sofort unsympathisch gewesen, und das nicht nur, weil er ihre Bitte abgelehnt hatte. Als jemand, der für die Staatsanwaltschaft arbeitete, sollte er besser als die meisten wissen, wie diese Dinge funktionierten.

Sie mussten lange genug warten, dass Freddie unterdessen von der Kontrolle des Sicherheitspersonals zurückkam. „Angeblich dürfen sie nicht mit uns sprechen. Man hat mir eine Karte mit der Nummer des Hauptbüros gegeben."

„Beantragen wir einen Durchsuchungsbeschluss für die Protokolle der letzten Woche und alle Aufzeichnungen, die sie haben", erklärte Sam.

„Ich wusste, dass du das sagen würdest, also habe ich Malone angerufen, um das in die Wege zu leiten."

„Du bist der Beste."

„Ja, nicht wahr?"

„Während du dich in deinem Ruhm sonnst, sieh dir bitte an, was es hier im Haus für Sicherheitsvorkehrungen gibt, und beantrage auch einen Durchsuchungsbeschluss für alles davon, was uns weiterhelfen könnte."

„Ebenfalls schon erledigt. Draußen hängt ein Schild mit dem Namen der Sicherheitsfirma."

„Verdammt, der Junge ist echt gut", lobte Gonzo.

„Ich hab von den Besten gelernt."

„Seine Schleimerei ist auch außergewöhnlich gut." Sam schaute Faith an. „Entschuldigen Sie bitte die Witzeleien. Das hilft uns, unsere geistige Gesundheit zu erhalten."

„Das versteh ich. Sie müssen sich nicht entschuldigen."

„Warum dauert das denn so lange?"

„Ich werde es herausfinden", versprach Faith, stand auf und verließ den Raum.

„Ich hasse diesen Fall schon jetzt", stellte Sam fest.

„Das hat länger gedauert als sonst", bemerkte Gonzo.

„Bring mich nicht zum Lachen. Das macht man nicht."

Sie hoffte, dass Faith bald zurückkommen würde, denn die Zeit lief ihnen davon, und sie hatten noch viel zu erledigen.

KAPITEL 3

Eine weitere Viertelstunde verging in angespanntem Schweigen, ehe Faith mit Mr Young und einer Frau zurückkehrte, bei der es sich wohl um Mrs Forrester handelte. Als die drei sich der offenen Tür zum Wohnzimmer näherten, hatten Conlon und Faith je einen Arm um die Frau gelegt. Sie führten sie zur Couch und setzten sich mit ihr. Die Frau, die rotbraunes, schulterlanges Haar und eine schlanke Figur hatte, nahmen sie dabei in die Mitte. Tiefe dunkle Ringe unter ihren braunen Augen ließen sie aussehen, als hätte sie seit Tagen nicht mehr geschlafen.

„Das ist Leslie Forrester", stellte Faith sie vor. „Leslie, das sind Lieutenant Holland, Sergeant Gonzales und Detective Cruz."

„Erst einmal unser tief empfundenes Beileid", begann Sam. „Wir haben Tom großen Respekt und Hochachtung entgegengebracht."

Leslie Forrester tupfte sich mit einem Taschentuch, das Faith ihr reichte, die Augen ab. „Danke. Er hatte stets nur Gutes über Sie zu sagen."

„Entschuldigen Sie unser Eindringen in einer so schwierigen Zeit."

„Mir ist klar, dass Sie einen Job zu erledigen haben, und ich ... ich will, dass Sie herausfinden, wer meinem Tom das angetan hat." Ihre Stimme brach in einem Schluchzer. „Ich kann nicht glauben, dass er tot ist."

Faith legte ihr eine Hand aufs Knie. „Dürfte ich in Toms Büro nach ein paar Dingen suchen, die wir bei der Arbeit brauchen, während Sie mit Lieutenant Holland sprechen?"

„Aber ja. Sie wissen ja, wo es ist."

„Sind Sie einverstanden, dass ich alles mitnehme, was wir brauchen könnten?"

„Natürlich. Sie müssen herausfinden, wer ihm und uns das angetan hat."

„Danke."

Nachdem Faith den Raum verlassen hatte, sprach Sam weiter: „Ich weiß, es ist ein schrecklicher Schock, doch wir versuchen zu verstehen, was in den Tagen vor Toms Tod passiert ist."

Wieder wischte Leslie sich die Tränen ab. „Vor drei Tagen rief er an und teilte mir mit, er werde jemanden schicken, der die Mädchen und mich abholt und an einen sicheren Ort bringt. Ich solle ein paar Sachen packen und einfach mitgehen. Er sagte, er werde bald zu uns stoßen."

„Hat er Ihnen einen Grund für seine Anweisungen genannt?"

„Nein."

„Als die Männer hier eintrafen, um Sie abzuholen, haben Sie dem Sicherheitspersonal der Wohnanlage erlaubt, sie einzulassen?", fragte Sam.

„Ja."

Damit war eine ihrer drängendsten Fragen beantwortet.

„Wer hat Sie abgeholt?"

„Ein Mann namens Kent Sanders."

Sam kannte den Namen aus den Berichten über den Fall Fortier. Er war einer der Leibwächter des Kongressabgeordneten Bryant und hatte einen Deal ausgehandelt, bei dem er im Gegenzug für eine Aussage gegen seinen Chef Immunität erhielt. „Wo hat er Sie hingebracht?" Sam kannte die Antwort bereits, wollte es aber trotzdem noch mal von Leslie Forrester hören.

„In eine Suite im Washington Hilton. Wir sollten es uns

gemütlich machen und beim Zimmerservice bestellen, was wir wollten."

„Haben Sie gefragt, warum man Sie dort hingebracht hatte?"

„Mehrfach, aber die Männer haben nur erklärt, dass Tom sie gebeten habe, uns zu beschützen, also würden sie das tun."

„Tom hat Ihnen keine Gründe genannt, warum er das von Ihnen verlangt hat, und nicht erzählt, was los war?"

Leslie schüttelte den Kopf.

„Ist so was schon mal passiert?"

„Nein, noch nie. Natürlich hatte er manchmal die Sorge, dass seine Arbeit uns in Gefahr bringen könnte, doch dann sagte er immer, wir hätten alles Menschenmögliche getan, um die Sicherheit unserer Familie zu gewährleisten, und wir müssten trotzdem unser Leben leben können."

„Ist Tom irgendwann zu Ihnen ins Hotel gekommen?"

„Nein. Nachdem er an jenem letzten Morgen, als wir alle hier zu Hause waren, zur Arbeit gefahren ist, haben wir ihn nicht wieder gesehen."

„Die Leute, mit denen Sie im Hotel waren … Haben Sie gehört, wie sie über etwas gesprochen haben, das Aufschluss darüber geben könnte, warum Sie dort waren?"

„Sie haben sich fast nie bei uns im Zimmer aufgehalten. Wir haben sie nur zu Gesicht bekommen, wenn das Essen gebracht wurde."

„Haben Sie sie gebeten, gehen zu dürfen?"

„Mehrfach. Sie haben stets behauptet, es sei noch nicht sicher."

„Aber sie haben Ihnen keine Einzelheiten über die angebliche Bedrohung mitgeteilt?"

„Nein."

„Haben sie Ihnen die Handys abgenommen?"

„Ja. Unter dem Vorwand, man könne uns dann nicht orten und es sei zu unserer eigenen Sicherheit. Ich durfte einmal am Tag mit Tom sprechen, meist nachts. Ohne Handy zu sein war beinahe so schwierig wie die Trennung von Tom. Wir waren praktisch von der Außenwelt abgeschnitten."

„Hatten Sie das Gefühl, in der Obhut dieser Leute in Gefahr zu sein?"

„Nein, doch ich hab mir Sorgen um Tom gemacht. Wenn es eine Bedrohung gab, warum war er dann nicht bei uns?"

„Das untersuchen wir gerade. Hat Tom in den Tagen und Wochen vor Ihrer Entführung irgendetwas Besonderes über seine Arbeit erzählt?"

„Nichts Ungewöhnliches. Er hat immer viel und intensiv gearbeitet, aber er hat versucht, das im Büro zu lassen und gedanklich nichts mit nach Hause zu nehmen."

„Warum hat man Sie nach der Rettung durch das FBI in die Notaufnahme gebracht?"

„Nachdem die Beamten das Zimmer gestürmt hatten, waren wir so aufgeregt, dass man es für angebracht hielt, uns im Krankenhaus untersuchen zu lassen."

„Sind die Männer, die Sie entführt hatten, verhaftet worden?"

„Ich glaube schon. Sie waren in einem Nebenraum, deshalb habe ich es nicht gesehen."

In der Tür erschien ein junges Mädchen mit langem dunklen Haar und den braunen Augen ihrer Mutter. Sie trug ein langärmeliges T-Shirt zu einer karierten Pyjamahose.

Ihre Mutter streckte ihr die Hand entgegen. „Komm, setz dich, Süße. Das ist meine jüngere Tochter Aurora."

„Das mit deinem Vater tut mir unfassbar leid", sagte Sam zu dem Mädchen.

„Danke. Ich kenne Sie aus dem Fernsehen. Mein Vater fand es cool, dass er mit der Frau des Präsidenten zusammengearbeitet hat." Sie lehnte den Kopf an die Schulter ihrer Mutter. „Werden Sie herausfinden, wer das getan hat?"

„Daran arbeiten wir gerade", erwiderte Sam. „Danke, dass du mir das von deinem Vater erzählt hast. Ich habe auch gerne mit ihm zusammengearbeitet. Das haben wir alle."

Freddie und Gonzo nickten.

„Ich habe deine Mutter gefragt, ob sich dein Vater in den letzten Wochen verändert hat, was die Arbeit oder irgendetwas anderes angeht."

„Er war supergestresst", antwortete Aurora. „Als er mich letzten Samstag zu meinem Softballspiel gefahren hat, war er die ganze Zeit am Handy. Das macht er sonst nie." Sie unterbrach sich, als ihr klar zu werden schien, dass sie von ihm im Präsens sprach. „Zumindest hat er das davor noch nie getan. Naomi meinte auch, dass er abgelenkt gewirkt hat, als er sie vorletzte Woche irgendwohin gefahren hat."

„Die Mädchen hätten so was am ehesten bemerkt", erklärte Leslie, „denn Tom hat sich bemüht, uns seine volle Aufmerksamkeit zu schenken, wenn er zu Hause war. Ich habe mich um meine Mutter gekümmert, die vor drei Wochen eine Hüftoperation hatte, also war ich in Gedanken ebenfalls leicht woanders."

„Das war sehr hilfreich." Sam legte ihre Visitenkarte auf den Couchtisch. „Wenn Ihnen noch etwas einfällt, was er gesagt oder getan hat, oder sonst etwas Merkwürdiges, rufen Sie mich an. Meine Handynummer steht da drauf."

„Sie dürfen den Leuten einfach so Ihre Handynummer geben?", fragte Aurora.

„Ich darf sie *euch* geben." Sam zwinkerte ihr verschwörerisch zu. „Du wirst sie ja nicht auf Instagram oder so posten, oder?"

„O nein. Das würde ich nie tun."

„Weiß ich doch. Das war ein Scherz."

Faith kam mit einem Laptop in den Raum zurück. Als ihr Blick dem von Sam begegnete, schüttelte sie den Kopf.

Verdammt. Sam hatte gehofft, in Toms Büro befänden sich Unterlagen über die Bryant-Ermittlungen. Wo sonst sollten sie sein, wenn nicht zu Hause oder bei der Arbeit?

„Ich habe mich gefragt", begann Leslie zögernd, „ob Sie vielleicht bereit wären, bei Toms Beerdigung ein paar Worte zu sagen."

„Es wäre mir eine Ehre", erwiderte Sam gerührt. „Geben Sie mir Bescheid, wann und wo."

„In den nächsten Tagen weiß ich mehr."

Sam reichte ihr eine weitere Karte. „Das ist die Kontaktinfo meiner Stabschefin im Weißen Haus. Lilia wird dafür sorgen, dass ich da bin, wo ich hinmuss." Dann legte sie ihr Notizbuch und ihren Stift auf den Tisch und wandte sich noch einmal an das Mädchen. „Würdest du mir bitte deine Handynummer und die von Naomi aufschreiben, falls wir weitere Fragen haben?"

Aurora tat es und reichte Sam das Notizbuch zurück.

„Ich halte Sie über die Ermittlungen auf dem Laufenden und möchte Ihnen nochmals unser tief empfundenes Mitgefühl aussprechen."

„Danke", antwortete Leslie und verabschiedete sich mit einer Umarmung von Faith.

Als Conlon Young sie zur Tür brachte, bat Sam ihn: „Ich würde Sie gerne unter vier Augen sprechen. Lieber bei Ihnen oder bei uns?"

„Dienstag um halb eins in meinem Büro? Morgen muss ich eine Beerdigung planen."

„In Ordnung. Bis dann."

Sie gingen zum SUV.

„Zurück zum Hauptquartier, Vernon."

„Sofort, Ma'am. Auf dem GW Parkway hat es einen Unfall gegeben, daher kann es zu Verzögerungen kommen."

„Na toll." Sam freute sich schon auf den Tag, an dem sie die Stadt in der Luft durchqueren konnte wie George Jetson, auch wenn das mit Fliegen verbunden wäre, was sie abgrundtief hasste. Bis dahin war der Verkehr in D. C. ein Kreuz, das sie zu tragen hatte. „Was denkt ihr?"

„Es ist interessant, dass Leslie und die Mädchen bis zu ihrer Rettung nicht wussten, dass sie Geiseln waren", sagte Gonzo.

„Ist mir auch aufgefallen", bestätigte Sam. „Sie waren offensichtlich gut versorgt und haben geglaubt, dass Tom sie an einem sicheren Ort wissen wollte, während er ermittelte." Sie warf Gonzo einen Blick zu. „Wo ist eigentlich der Kongressabgeordnete Bryant?"

„Heute Morgen bis zur Verhandlung auf Kaution freigelassen."

„Mit oder ohne Überwachung?"

„Ohne."

„Das ist bedauerlich." Menschen, die auf Kaution auf eine Anklage warteten, sollte man ihrer Meinung nach immer überwachen, vor allem, wenn sie über die Mittel zur Flucht verfügten und unter anderem einen Mord in Auftrag gegeben hatten. „Lass uns zu ihm fahren."

Gonzo gab Vernon die Adresse von Bryants Domizil in Adams Morgan. Als sie nach fast einer Stunde im Stau ankamen, wirkte das Haus verlassen.

„Ganz anders als beim letzten Mal", sagte Freddie.

„Inwiefern?", fragte Sam.

„Als wir das letzte Mal hier waren, war es von Sicherheitskräften umgeben, und es herrschte Hochbetrieb."

„Ich frage mich, ob die Verhaftung den Abgeordneten Demut gelehrt hat."

„Nein", meinte Gonzo. „Der ist kein Typ für Bescheidenheit."

„Ich warte hier auf Sie", warf Faith ein. „Zu viert sind wir vielleicht zu viele."

„Wir beeilen uns", versprach Sam.

„Ich werde die Zeit nutzen, um bei meinen Schwestern nachzufragen, ob es etwas Neues gibt."

Sam ging mit Freddie und Gonzo die Steintreppe zu dem dreistöckigen Haus hinauf.

Freddie klingelte.

„Ich hab hier keine nette, normale Türklingel erwartet", bemerkte Sam.

„Das ist so ziemlich das Einzige, was an diesem Kerl nett oder normal ist", brummte Gonzo.

Als ein kleiner, kahlköpfiger Mann mittleren Alters in schmutzigen Klamotten, mit einem ungesund geröteten Teint und Bartschatten zur Tür kam, schaute Sam Gonzo an, um sich zu vergewissern, dass er der war, mit dem sie sprechen wollten.

Gonzo nickte diskret.

Sam zeigte ihm ihre Dienstmarke. „Lieutenant Holland, Metro PD. Ich glaube, Sie kennen meine Partner Detective Cruz und Sergeant Gonzales."

„Mir gefällt, dass Sie sich vorstellen, als wären Sie nur eine normale Polizistin."

„Im Dienst bin ich eine normale Polizistin."

„Wenn Sie das sagen. Was wollen Sie?"

„Ein paar Minuten Ihrer Zeit."

Er zögerte, ehe er einen Schritt zurücktrat, um sie einzulassen.

Ein schaler, muffiger Geruch schlug ihnen entgegen.

Bryant führte sie an einer Küche vorbei, in der sich in der Spüle schmutziges Geschirr und auf der Arbeitsplatte Lieferdienst-Verpackungen stapelten.

Sam sah Freddie an und zog eine Grimasse. Freddie nickte zustimmend.

„Worum geht es? Ich habe doch schon eine Million Fragen beantwortet."

„Wir haben noch ein paar weitere." Sam schob einen Haufen Kleidung beiseite, damit sie sich aufs Sofa setzen konnte.

„Wo sind Ihre Leute?", fragte Gonzo.

„Weg."

„Wohin?"

„Wohin auch immer Leute verschwinden, wenn die Party vorbei ist. Das FBI hat mein Vermögen eingefroren, ich kann sie nicht mehr bezahlen. Die meisten bleiben nicht, wenn das Geld weg ist und die Polizei Kollegen verhaftet."

„Sie müssen erleichtert gewesen sein, dass Ihr Sohn am Leben ist", sagte Freddie.

„Natürlich."

„Wenn Sie mich fragen, wussten Sie die ganze Zeit, dass er nicht tot war", warf Gonzo ein.

„Ich erinnere mich nicht, Sie gefragt zu haben."

„Wer hat Aaron den Auftrag gegeben, Zach umzubringen und es so aussehen zu lassen, als wäre das Opfer Randy, bis hin zu den roten Vans-Turnschuhen?"

„Darüber weiß ich nichts."

Sam hoffte, er merkte, dass sie ihm nicht glaubten. „Wie war Ihr Verhältnis zu Staatsanwalt Tom Forrester?"

Bryant zog eine finstere Miene. „Ich hatte keins. Nicht mehr."

„Aber er hat eine Untersuchung wegen Unregelmäßigkeiten bei der Wahlkampffinanzierung gegen Sie in die Wege geleitet?"

„Er hat mit meinem Team darüber gesprochen. Ich war nicht involviert."

„Der Staatsanwalt hat gegen Sie ermittelt, und Sie hatten nichts damit zu tun?“

„Ganz genau.“

„Haben Sie ihn je getroffen?“

„Wir waren befreundet. Früher.“

„Wie genau muss ich mir das vorstellen?“

„Wir haben ein paarmal zusammen Karten gespielt und sind einander manchmal über den Weg gelaufen, wie es in dieser Stadt üblich ist.“

„Wie Sie wissen“, erwiderte Sam, „haben wir Ihre elektronischen Geräte im Rahmen der Ermittlungen zum Tod von Zachery Calder sowie zu Ihren Geschäften hier in Washington beschlagnahmt.“

„Ja, und?“

„Möchten Sie noch einmal über Ihre Beziehung zu Forrester nachdenken, ehe Sie erneut antworten?“

„Nein“, entgegnete er mit hartem Blick. „Ich habe ihn gekannt, dachte, er wäre ein Freund, bis er sich als Feind entpuppte.“

„Es muss Sie sehr wütend gemacht haben, dass er eine Untersuchung gegen Sie durchgeführt hat.“

„Ich habe mich nicht um ihn oder seine Ermittlungen gekümmert. Mir war klar, dass er nichts finden würde.“

Gonzo lachte beißend. „Lustig, dass Sie das sagen, denn Kent Sanders hat uns erzählt, Sie hätten Forresters Familie in Sicherheit bringen lassen, was in diesem Fall ein anderer Ausdruck für ‚entführt‘ ist.“

„Das ist eine Lüge! Ich habe schon gehört, dass Kent volle Immunität im Austausch für eine schwachsinnige Lügengeschichte erhalten hat.“

Gonzo musterte ihn skeptisch. „Warum in aller Welt sollten Bodyguards, die für Sie arbeiten, Forresters Familie entführen, wenn Sie es ihnen nicht befohlen haben?“

„Woher soll ich das wissen? Die hatten ihre eigene Sache am Laufen. Sie sollten Kent und Aaron danach fragen.“

„Keine Sorge“, beruhigte ihn Gonzo. „Das werden wir.“

„Wie haben Sie sich gefühlt, als wir Ihren Sohn wegen Auftragsmordes verhaftet haben?", fragte Sam.

„Was glauben Sie, wie ich mich gefühlt habe? Sie haben ja selbst Kinder. Wie würde es Ihnen gefallen, wenn man eins Ihrer Kinder wegen so etwas verhaften würde?"

„Ich habe gehört, Sie seien von Randy und seiner Schwester entfremdet."

„Na und? Das heißt nicht, dass ich nicht aus allen Wolken gefallen bin, als ich davon erfahren habe."

„Haben Sie Tom Forrester angewiesen, Randy freizulassen?"

„Ich habe ihm gar nichts gesagt."

„Aber Männer, die für Sie gearbeitet haben, haben seine Familie im Washington Hilton untergebracht", bemerkte Sam. „Interessanter Zufall."

„Was auch immer sie mit seiner Familie gemacht haben, war ihre Sache. Ich hatte damit nichts zu tun."

Sam schnaubte, was Bryant eindeutig nicht gefiel.

„Worüber amüsieren Sie sich?"

„Über Sie. Sie erwarten, dass wir glauben, dass Ihr Sohn verhaftet wurde, dass Männer, die für Sie arbeiten, Tom Forresters Familie entführt haben und dass Forrester uns angewiesen hat, Ihren Sohn freizulassen … und Sie hatten mit alldem nichts zu tun? Oder mit dem Mord an dem Staatsanwalt, der Ihr Leben auf den Kopf stellen wollte, während Sie sich gerade mit einem Herausforderer auseinandersetzen müssen? Sehen Sie nicht, wie lustig das ist?"

„Ich finde nichts davon lustig."

„Was geht bei Capital Retrofitters vor?", erkundigte sich Gonzo.

„Was ist das?", erwiderte Bryant mit verständnisloser Miene.

„Der Ort, an dem man Ihren Freund Zach ermordet aufgefunden hat. Wir haben gehört, dass Sie dort eine Firma betreiben."

„Ich weiß nicht, wovon Sie reden."

„Haben Sie jemanden beauftragt, Tom Forrester zu töten?", fragte Sam.

Alle Farbe wich aus Bryants Gesicht, dann donnerte er:

„Verschwinden Sie aus meinem Haus, und kommen Sie nie wieder."

„Ist das ein Nein?"

„Raus!"

Als sie aufstanden und sich zur Haustür begaben, blickte Sam vorsichtshalber über ihre Schulter zurück, auch wenn sie Bryant nicht wirklich zutraute, von hinten auf sie zu schießen. Wenn man Menschen in die Enge trieb, konnten sie unberechenbar sein.

Sie atmete tief die frische, kühle Luft ein, die eine willkommene Abwechslung gegenüber dem Gestank in Bryants Haus war.

„Ich weiß nicht, wie es euch geht, aber ich kann es kaum erwarten, zu erfahren, was Bryants und Forresters Handydaten uns verraten."

„Geht mir genauso", erklärte Gonzo. „Dem Typ traue ich nicht so weit, wie ich ihn werfen kann."

„Verdächtigen wir ihn des Mordes an Forrester?", fragte Freddie.

„Ich bin mir noch nicht sicher", antwortete Sam, während sie in den SUV stiegen. „Er war in U-Haft, als es passiert ist, genau wie seine Männer. Außerdem weißt du, was ich von allzu offensichtlichen Lösungen halte. Was hätte er davon, den Staatsanwalt zu töten, wenn das Kind schon in den Brunnen gefallen war?"

„Vielleicht, zu verhindern, dass es schlimmer wird?", mutmaßte Gonzo.

„Er ist bereits wegen mehrerer Straftaten angeklagt", entgegnete Sam. „Was würde eine weitere ändern?"

„Was, wenn diese weitere die schlimmste war?", fragte Freddie.

„Ich nehme an, das wäre möglich. Nur was ist schlimmer, als einen Mord anzuordnen, um den eigenen Sohn zu entlasten?"

„Das können wir ihm nicht nachweisen", erinnerte Gonzo sie. „Wir können nur seine Schläger darauf festnageln."

„Ich möchte denjenigen sprechen, dem wir Immunität zugesichert haben", erwiderte Sam.

Freddie suchte Sanders' Adresse in Arlington heraus und nannte sie Vernon, der wendete und in Richtung Nord-Virginia fuhr.

„Kannst du mir in der Zwischenzeit einen Gefallen tun?", bat Sam Freddie.

„Nämlich?"

„Würdest du online eine Lektürehilfe für ‚Beowulf' bestellen und sie so schnell wie möglich an Scotty schicken lassen?"

„Oh, steht das immer noch auf dem Lehrplan?", fragte Gonzo.

„Leider ja, und Scotty hat Schwierigkeiten damit." Sie zog ihre Kreditkarte aus der Brieftasche und reichte sie ihm. „Er braucht etwas Unterstützung."

„Ich werde mich darum kümmern."

„Vielen Dank."

„Nichts zu danken. Das ist praktisch gemeinnützige Arbeit."

Sam lächelte. „Ja, findest du auch, oder?"

Warum herrschte an einem Sonntag so viel Verkehr? Als sie die Memorial Bridge überquerten, schaute sie kurz zum Arlington National Cemetery, wo die ewige Flamme zu Ehren Präsident Kennedys hell brannte.

In diesem Moment kam ihr der Gedanke, dass man vielleicht eines Tages ihren Mann mit einem Begräbnis in Arlington ehren würde.

Allein der Gedanke daran jagte ihr einen kalten Schauer über den Rücken.

„Was ist los?", erkundigte sich Freddie auf seinem Platz ihr gegenüber.

„Der Anblick von Arlington hat mich dazu gebracht, an Präsidentenbegräbnisse zu denken."

„Tu das nicht."

„Warum mach ich so was? Ich will nicht über solche Dinge nachdenken." Da sie im Stau standen, konnte sie sich auf die Flamme konzentrieren. „Präsident Kennedy war bei dem Attentat auf ihn sechsundvierzig. Das ist acht Jahre älter, als Nick jetzt ist."

„Vergiss nicht, was du mir immer sagst", erwiderte Freddie.

„Was meinst du?"

„Wenn man so viel Zeit wie wir mit Mord und Chaos verbringt, kann man sich nur zu leicht vorstellen, dass es Menschen trifft, die einem nahestehen – vor allem, wenn es sich bei dem jüngsten Opfer um jemanden handelt, mit dem man eng zusammengearbeitet hat, wie Tom."

„Ich bin ziemlich schlau, oder?"

Die anderen drei lachten, genau wie sie es gehofft hatte. „Noch mal … Tut mir leid, dass ich möglicherweise respektlos wirke, Faith."

„Schon okay. Es ist gut, in einer solchen Zeit mit Freunden zusammen zu sein." Sie sah von ihrem Smartphone auf. „Meine Schwestern haben in Toms Büro nichts über den Fall Bryant gefunden. Archie und sein Team sind gekommen, um den Computer zu holen."

Sam war froh, zu hören, dass jemand aus ihrem Team Fortschritte machte. „Wenn etwas auf dem Rechner oder dem Laptop aus seinem Haus ist, wird Archie es finden."

„Hope schreibt, dass es dem Justizministerium nicht passt, dass der Computer nicht mehr in den Händen der Regierung ist."

„Richten Sie ihr aus, sie soll ihnen versichern, dass wir ihn mit dem höchsten Maß an Vertraulichkeit behandeln werden."

Sam schickte Archie eine SMS, um ihn auf die Sicherheitsbedenken des Justizministeriums aufmerksam zu machen.

Er antwortete: *Schon klar. Ich habe nicht zum ersten Mal mit denen zu tun.*

Ich habe vollstes Vertrauen in dich und dein Team.

Wir werden dir in Kürze alles zur Verfügung stellen, was wir können. Soweit ich weiß, sollen wir uns zunächst auf seinen Schriftwechsel mit Bryant konzentrieren.

Ja, bitte.

Verdächtigst du ihn des Mordes an Staatsanwalt Forrester?

Weiß ich noch nicht. Wir haben noch nicht genug Info, und außerdem war er in Haft, als Tom gestorben ist.

Verstehe. Ich melde mich so schnell wie möglich bei dir.

Vielen Dank.

Sams nächste SMS schrieb sie auf dem sicheren BlackBerry, den sie für die Kommunikation mit Nick verwendete. *Ich kann nicht glauben, dass ich das sage, aber ich brauche eine Audienz bei deinem Justizminister. Wie kann ich das erreichen, ohne dass es über dich läuft?*

Die beste Frage, die meine Polizistin je gestellt hat. Ich frage mal Terry und geb dir dann Bescheid.

Dieses Gespräch hat nie stattgefunden.

Alles klar, Babe. Du fehlst mir. Wird es spät werden?

Noch ein paar Stunden, dann machen wir für heute Schluss. Was treiben die Kinder?

Sie spielen Boggle mit Eli und Candace.

Sam stellte sich vor, wie sie im Wintergarten im dritten Obergeschoss zusammensaßen, und wünschte, sie wäre bei ihnen. *Wie läuft es mit den Kleinen und Candace?*

Scheint etwas besser zu sein. Trotzdem schwer zu sagen. Immerhin knutschen die Frischvermählten jetzt nicht mehr so viel öffentlich rum.

Dafür sollten wir alle dankbar sein.

LOL. Waren wir auch so?

Ich glaube, wir sind es immer noch, bin mir jedoch nicht sicher ...

Warte, ich frag mal Scotty.

WEHE!

Über seine lachenden Emojis musste sie grinsen. Tatsächlich war sie nach wie vor wahnsinnig verliebt in ihren wunderbaren Ehemann. Das hatte sie noch bei keinem anderen Mann erlebt. Was ihr vor ihm lächerlich vorgekommen wäre, war es jetzt nicht mehr. Er war der Einzige, der sie, und sei es nur für ein paar Minuten, die düstere Realität vergessen lassen konnte, mit der sie jeden Tag bei der Arbeit konfrontiert war.

Sams Klapphandy klingelte. Es war Darren Tabor, ihr Reporter-„Freund" vom *Washington Star*.

„Ja, hallo?"

„Ich rufe wegen Tom Forrester an. Was wissen wir bisher?"

„Nicht sehr viel."

„Ich habe gehört, es könnte etwas mit Bryant zu tun haben und Sie und Ihr Team hätten ihn befragt. Ist da was dran?"

„Wir haben gerade erst mit den Ermittlungen angefangen, Darren. Geben Sie uns etwas Zeit."

„Haben Sie nicht *irgendwas* für mich? Der Mord an einem US-Staatsanwalt ist eine große Sache."

„Dessen bin ich mir bewusst."

„Ist das ein Nein?"

„Das ist ein ‚Noch nicht'. Wir arbeiten an dem Fall und tun, was wir immer tun. Sobald ich mehr habe, melde ich mich."

„Exklusiv?"

„Vielleicht."

„Machen Sie mir nicht den Mund wässrig, Sam. Es tut sonst später zu sehr weh, wenn Sie mich enttäuschen."

Verdammt, jetzt hatte er sie doch tatsächlich zum Lachen gebracht. „Ich werde versuchen, das möglichst zu vermeiden."

„Was hört man aus Stahls Haus?"

„Ich bin sicher, Sie haben das neueste Presse-Update erhalten."

„Stimmt es, dass er zusätzlich Lagerraum angemietet hatte?"

„Das ist korrekt."

„Und?"

„Wir sind gerade dabei, den Besitzer der Anlage ausfindig zu machen."

„Kann ich das verwenden?"

„Nein. In diesem speziellen Fall kommt alle offizielle Info direkt vom Chief. Bringen Sie mich nicht in Schwierigkeiten."

„Würde ich das je tun?"

„Ich muss los, Darren."

„Bis später."

Als Sam das Handy zuklappte, kündigte der BlackBerry summend eine SMS von Nick an. *Hier ist eine Nummer, die du anrufen kannst.*

Danke. Es ist nützlich, Freunde in hohen Positionen zu haben.

Du kannst mir später angemessen danken.

Darauf freu ich mich schon.

Zurück im Hauptquartier, begab sie sich in ihr Büro, schloss die Tür und wählte die Nummer.

„Reginald Cox."

Wow, dachte Sam. *Beeindruckend.*

„Hier Lieutenant Holland vom Metro PD. Ich wollte fragen, ob Sie für ein kurzes Gespräch Zeit hätten."

„Ich nehme an, es geht um Staatsanwalt Forrester?"

„Richtig."

„Ich habe das FBI gebeten, die Ermittlungen zu übernehmen."

„So läuft das nicht. Der Mord hat sich in Washington zuge-tragen, das heißt, wir sind zuständig."

„Sie verstehen sicher, dass wir den Mord an einem von uns lieber selbst untersuchen."

„Klar, aber Sie verstehen sicher auch, dass das nicht passieren wird." Sie hielt den Atem an und wartete auf seine Antwort, während sie betete, dass die Sache jetzt nicht hässlich werden würde. „Minister Cox, ich muss meine Arbeit tun. Ich bitte Sie um Ihre Unterstützung dabei, denn ich nehme an, dass wir dasselbe Ziel haben: schnell herauszufinden, wer Staatsanwalt Forrester getötet hat."

„Da haben Sie recht."

„Hätten Sie heute einen Termin für mich frei?"

„Ich bin zu Hause." Er nannte ihr die Adresse seines Apartments in Georgetown. „Sie treffen meinen Sicherheitsdienst in der Lobby an. Ich sage denen, dass ich Sie erwarte."

„Danke. Wir sind in Kürze da."

Ein Klopfen an der Tür kündigte Freddie an, der auch prompt den Kopf hereinsteckte. „Archie sucht dich."

„Soll reinkommen. Wir fahren in fünf Minuten los."

„Wohin denn?"

„Zum Justizminister."

„Zu *dem* Justizminister?"

„Es gibt meines Wissens nur einen."

„Äh … wow."

Sam verstand Freddies Erstaunen. So ein Termin war sicherlich nicht alltäglich. Sie fragte sich, ob sie je die Möglichkeit zu einem Gespräch mit Cox erhalten hätte, wenn sie nicht mit seinem Chef verheiratet wäre. Wahrscheinlich nicht, doch das war ihr egal. Sie hatte nicht vor, dem sprichwörtlichen geschenkten Gaul ins Maul zu schauen.

Freddie kehrte mit Archie zurück.

„Ich muss euch eine Aufnahme zeigen. Können wir in den Konferenzraum gehen?"

„Natürlich."

Sie setzte sich an den Tisch, während Archie auf „Play" drückte, um das Video auf einem Monitor an der Wand abzuspielen.

„Das ist von einer unserer Kameras auf der Constitution Avenue." Archie trat an den Bildschirm heran und deutete darauf. „Achtet bitte auf den Jogger, der sich dem geparkten Wagen nähert."

Sam hielt den Blick auf die dunkel gekleidete Gestalt gerichtet, die den Bürgersteig entlangkam. Sie hielt den Atem an, als sich die Person auf das Auto zubewegte.

„Er – ich nehme an, es ist ein Mann – wird kaum langsamer, als er am Auto vorbeiläuft, aber ich konnte an die Stelle heranzoomen, an der er Tom erschießt." Archie zeigte diesen Teil des Films noch einmal in Großaufnahme.

Sam konnte deutlich erkennen, wie die Scheibe zerbarst und die Person im Auto nach vorn sackte.

Wie oft filmten Überwachungskameras einen Mord, erst recht einen so aufsehenerregenden?

Ohne das Gesicht des Täters nutzte ihnen die Aufnahme natürlich wenig. Doch sie hatten jetzt immerhin die Beschreibung einer wahrscheinlich männlichen Person mit kompakter, aber muskulöser Figur.

„Sag mir, dass wir das aus mehreren anderen Blickwinkeln haben", bat Sam.

„Ich wünschte, es wäre so." Archie seufzte und setzte sich ihr gegenüber. „Wir haben eine kaputte Kamera in diesem Block und eine weitere, die schon seit einer Weile zickt."

Sam schaute Gonzo und Freddie an. „Haben unsere Zeugen irgendetwas ausgesagt, das uns helfen könnte?"

„Sie haben die Schüsse selbst nicht beobachtet", antwortete Gonzo. „Nur die Leiche gefunden."

„Wäre ja auch zu schön gewesen."

„Wir werden die Handyverbindungen in der Gegend checken, um herauszufinden, wer sich in der Nähe aufgehalten hat, doch wenn es sich um einen Profi handelt, war er vermutlich nicht so dumm, ein Mobiltelefon mitzunehmen. Ich drucke die SMS gerade aus, falls ihr euch die in ein paar Minuten abholen wollt." Archie stand auf und ging zur Tür. „Wir überprüfen viele andere Kameras in der Gegend und hoffen, unseren Schützen aus einem anderen Winkel zu erwischen. Ich halte euch auf dem Laufenden."

„Warum haben wir nie das Glück, einen Mörder auf frischer Tat zu ertappen, ihn zu verhaften und ihm direkt das Handwerk zu legen?", fragte Freddie.

„Wo bliebe der Spaß, wenn sie es uns zu leicht machen würden?“

Ihr Partner warf ihr einen säuerlichen Blick zu.

Gonzo lachte. „Was ist unser nächster Schritt, Chef?“

„Freddie und ich fahren zum Justizminister. Kannst du dich um die SMS kümmern?“ Sam schaute auf die Uhr und stellte fest, dass es schon fast halb sechs war. „Lass uns noch zwei Stunden dranhängen und dann morgen früh weiterarbeiten.“

„Sollen wir jemanden über Nacht dransetzen, um zu verhindern, dass das FBI den Fall übernimmt?“, wollte Gonzo wissen.

Sam seufzte, als ihr klar wurde, dass er mit seiner Befürchtung wahrscheinlich recht hatte. „Guter Vorschlag. Ruf Dani und Gigi an, damit sie da weitermachen, wo wir aufhören.“

„Cam und Gigi waren übers Wochenende weg“, erinnerte Gonzo sie. „Aber sie sollten inzwischen zurück sein. Ich bringe Gigi und Dani auf den neuesten Stand.“

„Danke dir.“ Sie bedeutete Freddie, sie zu begleiten.

„Ich kann nicht glauben, dass wir wirklich den Justizminister befragen dürfen“, meinte er, als sie ihre Jacken geholt hatten und zum Eingang der Leichenhalle gingen.

„Der kocht auch nur mit Wasser, wie wir alle.“

„Na schön. Wir dürfen uns also nicht beeindrucken lassen.“

Sam zuckte die Achseln. „Ich wüsste nicht, warum. Er ist für mich nur ein Zeuge wie jeder andere.“ Sie nannte Vernon Cox’ Adresse in Georgetown.

„Ich bin sicher, du bist für ihn nicht nur eine Polizistin wie jede andere.“

„Doch genau so sollte er mich behandeln.“

„Glaubst du, dass es zu einem Problem werden könnte, wenn die Medien Wind davon bekommen, dass du ihn im Rahmen eines Falls befragst?“

„Mir egal. Ich mach ja bloß meine Arbeit.“

„Äh, okay.“

„Was möchtest du mir sagen, junger Padawan?“

„Es ist keineswegs üblich, dass die Frau des Präsidenten in ihrer Eigenschaft als Mordermittlerin den Justizminister der

USA als potenziellen Zeugen im Fall des Mordes an einem US-Staatsanwalt befragt."

Vernon stieß einen Pfiff aus. „Da hat er recht."

„Eigentlich sollten Sie immer auf meiner Seite sein."

Vernon suchte im Rückspiegel ihren Blick. „Das bin ich auch, außer ich bin auf seiner."

Freddie lachte.

Sam starrte ihn missbilligend an. „Das ist nicht lustig."

„Doch."

„Ich stimme ihm außerdem darin zu, dass das Medieninteresse an diesem Gespräch sehr groß sein wird, wenn das erst mal bekannt wird", sagte Vernon. „Jimmy fordert Verstärkung an, die uns in Georgetown trifft."

Sam konnte nicht glauben, dass er das für erforderlich hielt. „Wirklich?"

Vernon begegnete wieder ihrem Blick im Spiegel. „O ja."

Die Notwendigkeit zusätzlicher Sicherheitskräfte ärgerte Sam. Sie wusste, dass die Beamten nur ihre Pflicht taten, aber sie wünschte sich, sie könnte einfach ihre Arbeit erledigen, so wie früher. Auf diesen Gedanken folgten sofort Schuldgefühle, denn der Grund, warum das nicht mehr möglich war, war, dass ihr geliebter Mann unter den verrücktesten Umständen Präsident geworden war. Selbst jetzt noch, Monate später, umgeben von einem Secret-Service-Team, musste Sam sich immer wieder ins Gedächtnis rufen, dass sie die Unannehmlichkeiten in Kauf nahm, weil er sie darum gebeten hatte.

Sam war unglaublich stolz auf Nick, aber seine „Beförderung" hatte auch für sie alles verändert, und das nicht immer zum Guten.

Als sie sich Georgetown näherten, kam der Verkehr fast zum Erliegen, was ihre Frustration nur vergrößerte. Sie beugte sich vor, um den Grund für den Stau zu erfahren, und war schockiert, als sie feststellte, dass Medienfahrzeuge die Straße säumten. „Ach du Sch..."

„Die haben sich wahrscheinlich gedacht, dass Sie hier irgendwann auftauchen", mutmaßte Vernon.

„Gibt es eine Möglichkeit, mich da reinzubringen, ohne dass es zu einem Spektakel wird?"

„Mal schauen, was sich machen lässt." Vernon bog rechts ab und fuhr in eine Seitenstraße der M, der Hauptstraße von Georgetown.

Während er telefonierte und die Situation erklärte, zwang Sam sich zur Geduld.

Denk daran, wie sehr du Nick liebst und dass du alles für ihn tun würdest, auch wenn seine Arbeit dir deine erschwert.

Während sie wartete, lehnte sie den Kopf zurück und schloss die Augen, um sich an die schönen Momente ihres letzten Urlaubs zu erinnern, zum Beispiel daran, wie sie die perfekten Geschenke ausgetauscht hatten. Er hatte ihr eine wunderschöne Platinuhr geschenkt, auf der er seinen Dank für die besten zwei Jahre seines Lebens hatte eingravieren lassen. Sie hatte ihm ein T-Shirt überreicht, auf dem stand: ICH LIEBE DICH MEHR. ENDE. ICH GEWINNE.

Als sie mit den Fingern über die Uhr strich, lächelte sie und erinnerte sich an diesen Tag und die anderen, die sie allein am Strand verbracht hatten. Mit Nick zusammen zu sein machte sie unendlich glücklich, und es war sogar noch besser geworden, als ihre Kinder für das Wochenende zu ihnen gestoßen waren. Nach jahrelangem schmerzhaften Ringen mit Unfruchtbarkeit hatten sie jetzt drei Kinder und einen zusätzlichen Sohn in Eli, dessen Ehefrau nun ebenfalls zur Familie gehörte. Sie hatten die Familie ihrer Träume, auch wenn sie nicht auf konventionelle Art und Weise zustande gekommen war.

Doch was zählten schon Konventionen, wenn das Weiße Haus voller Liebe war, und was kümmerten sie ein paar Verspätungen bei der Arbeit, wenn sie Nick und ihre Kinder hatte, die sie am Ende eines jeden harten Tages zu Hause erwarteten? Wer würde sich schon daran stören, dass „zu Hause" in diesen Tagen das gottverdammte Weiße Haus war? Ihr Vater hatte Sam und ihren Schwestern immer gesagt, sie sollten den Moment genießen, denn alles, selbst das Beste, sei flüchtig.

Deshalb versuchte sie, jeden Tag in vollen Zügen zu leben, dafür zu sorgen, dass die Menschen, die sie liebte, wussten, wie sie für sie empfand, und immer ihr Bestes zu geben.

Das Klingeln ihres Handys unterbrach ihre philosophischen Gedanken. Sie setzte sich aufrechter hin, als sie den Namen von Chief Farnsworth auf ihrem Display sah.

„Hallo, Sir."

„Was gibt es Neues in Sachen Forrester, Lieutenant?"

„Ich bin auf dem Weg zu einem Gespräch mit dem Justizminister in seinem Apartment in Georgetown."

„Dem amtierenden Justizminister der Vereinigten Staaten?"

„Ja, Sir."

„Das FBI übt enormen Druck aus, damit es in diese Untersuchung einbezogen wird."

„Auf mich auch, Sir."

„Ich teile Ihrem Team vorübergehend ein paar zusätzliche Ermittler zu. Setzen Sie sie ein, um die Sache so schnell wie möglich voranzutreiben."

Sam hätte ihn am liebsten angefleht, das nicht zu tun, aber sie wusste es besser. „Um wen handelt es sich dabei?"

„Die Detectives Lucas und Harper von der Sondereinheit für Sexualdelikte und Coheeny von der Sprengstoffabteilung. Ich habe sie gebeten, sich um sieben Uhr morgen früh bei Ihnen zum Einsatz zu melden. Deputy Chief McBride hat sich ebenfalls bereit erklärt zu helfen, falls nötig."

„Wir wissen die Unterstützung zu schätzen. Ich habe O'Brien und Charles damit beauftragt, den neuen Besitzer des Mietlagers festzustellen. Die beiden sollen das zu Ende bringen, da sie kurz vor dem Abschluss ihrer Ermittlung stehen."

„In Ordnung. Wir haben höchstens noch ein paar Tage, Lieutenant, bis das FBI die Kontrolle übernimmt. Die sollten wir nutzen."

„Jawohl, Sir. Wenn ich fragen darf … Wie geht es dir?" Er stand unter enormem Druck, seit die jüngsten Neuigkeiten über Stahl aufgetaucht waren, und Sam machte sich Sorgen um ihren geliebten Onkel.

„Ging mir nie besser."

Sam lachte bei der Antwort, mit der sie gerechnet hatte. „Ich hoffe, du passt gut auf dich auf."

„Dafür sorgt Marti schon. Sie wacht über mich wie eine Glucke."

„Sehr gut."

„Ich hoffe, du konntest dich in den Ferien ein wenig entspannen."

„Ja, trotz allem …"

„Ich habe mit großem Bedauern von der Schießerei in Fort Liberty gehört. Was für eine Tragödie."

„Allerdings."

„Werdet ihr nächste Woche dorthin fliegen?"

„Jedenfalls nicht sofort. Es gab einige Vorbehalte gegen einen Besuch zu diesem Zeitpunkt."

„Tut mir leid, das zu hören."

„Wir verstehen die Gründe." Dem Schützen hatte Berichten zufolge eine unehrenhafte Entlassung gedroht, weil er sich geweigert hatte, unter einem nicht gewählten Präsidenten zu dienen. Daher waren die Verantwortlichen in Fort Liberty der Meinung, dies sei nicht der richtige Zeitpunkt für einen Kondolenzbesuch des nicht gewählten Präsidenten und seiner Frau.

„Dann lasse ich Sie mal den Justizminister befragen, Lieutenant. Halten Sie mich auf dem Laufenden."

„Werde ich."

„Schönen Abend noch."

„Gleichfalls."

„Wie geht es ihm?", fragte Freddie, nachdem sie das Handy zugeklappt hatte.

„Er behauptet, es sei ihm nie besser gegangen."

„Ja, klar. Stahl ist ein Albtraum für die gesamte Polizei. Überall, wo ich hinkomme, fragen mich die Leute, ob ich ihn kenne und ob ich eine Ahnung hatte, was er da getrieben hat. Als ob ich nicht etwas dagegen unternommen hätte, wenn ich auch nur den leisesten Verdacht gehabt hätte."

„Aber echt. Ich hasse es, wenn der Mist, den andere Leute verbocken, auf uns alle zurückfällt. Außerdem hat der Chief drei weitere Detectives für den Fall abgestellt, und Jeannie hat ebenfalls angeboten, uns zu unterstützen."

„Was hältst du davon?"

„Weiß ich noch nicht. Mehr Leute bedeuten mehr Komplikationen."

Vernon drehte sich zu ihr um. „Wir haben einen anderen Weg ins Gebäude gefunden, aber einen, den wir zu Fuß zurücklegen müssten. Passt das?"

„Was immer nötig ist." Sam wollte die Sache hinter sich bringen und endlich nach Hause. „Wie weit ist es?"

„Zwei Blocks."

„Dann los."

Sie stiegen aus dem SUV und marschierten auf die Straßenecke zu, wobei Vernon die Spitze und Jimmy das Schlusslicht bildete. Bei solchen Gelegenheiten fand Sam die Zwänge, die damit verbunden waren, Bodyguards zu haben, beinahe schon komisch. Bundesbeamte eskortierten hoch qualifizierte Polizeibeamte durch Georgetown, als ob die ohne fremde Hilfe ihr Ziel nicht sicher erreichen könnten.

Nick hatte ihr angeboten, als Präsident zurückzutreten, wenn sie es nicht ertrug, quasi eine Leibwache zu haben. Da sie das nicht zulassen konnte, hatte sie der persönlichen Security zugestimmt. Glücklicherweise hatte sich herausgestellt, dass es gar nicht so schlimm war. Vernon und Jimmy waren großartige Begleiter, und es machte Spaß, mit ihnen zusammen zu sein. Nur in Momenten wie diesem, wenn sie sie eskortierten, als könne sie nicht auf sich selbst aufpassen, stieß ihr die neue Realität sauer auf.

„Hoffentlich sieht uns niemand von den Kollegen", murmelte Sam in Freddies Richtung.

„Ich wusste, dass du genau das denkst."

„Wenn du lachst, knall ich dir eine."

„Ich lach doch gar nicht."

„Aber du würdest gern."

„Das hast du gesagt."

Sam hoffte, dass der finstere Blick, den sie ihm zuwarf, das Gespräch beenden würde.

Seine Lippen zuckten belustigt, sodass sie ihm am liebsten wirklich eine gescheuert hätte.

„Schlag mich nicht. Sonst erstatte ich Anzeige."

Wann hatte er angefangen, auch noch ihre Gedanken zu lesen? „Ja, ja, schon gut."

Glücklicherweise war es nicht weit zu dem Gebäude, in dem Cox wohnte. Als Vernon ihnen die Hintertür aufhielt, suchte er die Umgebung mit den Augen ab, darauf trainiert, Probleme zu orten. „Alles klar, Umgebung sicher."

„Danke, Vernon."

Es war nicht seine – oder Jimmys – Schuld, dass Sam sich durch den Schutz, den sie boten, eingeengt fühlte. Das war jetzt einfach eine Tatsache ihres Lebens, das wusste sie, und sie hatte gelernt, sich damit zu arrangieren. Doch sosehr sie Vernon und Jimmy auch mochte, sie sehnte sich nach den Tagen, in denen sie mehr oder weniger unbemerkt durch die Stadt hatte laufen und ihre Arbeit erledigen können.

Aber jedes Mal, wenn sie sich darüber ärgerte, versuchte sie, sich ins Gedächtnis zu rufen, dass sie nur deshalb ein Sicherheitsteam hatte, weil ihr Ehemann Nick Cappuano war. Die Bewachung war ein kleiner Preis für alles andere, was er ihr bescherte.

Ein FBI-Agent empfing sie an der Hintertür. Der Mann war groß, gut gebaut und hatte kurzes dunkles Haar. Er hatte einen Anzug an, einen Stöpsel im Ohr und einen „Leg dich nicht mit mir an"-Blick.

„Hier entlang, bitte." Er führte sie zu einem Fahrstuhl, für den man eine Schlüsselkarte brauchte, und drückte den einzigen Knopf in der Kabine. „Wir sind auf dem Weg nach oben", sagte er in ein Funkgerät.

Sam hatte viele Fragen dazu, wie die Sicherheit des Justizministers gewährleistet wurde, doch sie hatte beschlossen, es sei besser, die Details nicht zu kennen. Wahrscheinlich würden ihr die vielen Extremsituationen Angst einjagen, für die die Personenschützer des Secret Service ausgebildet wurden, wenn es um ihre Familie und andere hochrangige Staatsbeamte wie Cox ging.

Die Aufzugtüren öffneten sich zu einem geschmackvollen Foyer. Der Mann brachte sie an einem runden Tisch mit einem frischen Blumenstrauß vorbei in einen weitläufigen Wohnbereich. Zu ihrer Linken sah Sam durch riesige Fenster den Potomac.

Sie betrat ein Büro, das so elegant war wie der Mann mit dem ergrauenden blonden Haar, der hinter dem großen Schreibtisch saß. Er erhob sich, um sie zu begrüßen, und zeigte dabei die athletische Erscheinung eines ehemaligen Footballspielers. „Reggie Cox." Er reichte Sam und Freddie über den Schreibtisch hinweg die Hand.

Sam machte sich nicht die Mühe, sich vorzustellen. „Das ist mein Partner, Detective Cruz."

„Freut mich." Ein Lächeln erhellte seine blauen Augen. „Ich habe schon viel Gutes über Sie beide gehört."

„Danke", erwiderte Freddie.

Sam merkte, dass ihr Partner ein wenig eingeschüchtert war, weil er den Justizminister traf. Es war für sie beide das erste Mal.

„Nehmen Sie bitte Platz." Cox wies auf zwei gepolsterte Stühle vor seinem Schreibtisch. „Darf ich Ihnen etwas anbieten?"

„Nein, danke", lehnte Sam ab. „Wir wissen es zu schätzen, dass Sie sich an einem Sonntag für uns Zeit nehmen."

„Ich bin erschüttert über den Mord an Tom Forrester und werde alles tun, was ich kann, um Ihre Ermittlungen zu unter-stützen. Ich habe Ihrem Chef alle Ressourcen des FBI und des Justizministeriums angeboten."

„Dafür sind wir dankbar und werden die Bundesagenten bei Bedarf hinzuziehen. Im Rahmen einer früheren Untersuchung haben wir erfahren, dass Sie Staatsanwalt Forrester gebeten hatten, die Unregelmäßigkeiten bei der Wahlkampffinanzierung des Kongressabgeordneten Bryant persönlich zu untersuchen."

„Das ist richtig."

„Können Sie uns sagen, was der Grund für diesen unge-wöhnlichen Schritt war?"

„Wie Ihnen sicher bewusst ist, kann eine Untersuchung

gegen einen Kongressabgeordneten heikel sein, vor allem wenn man sich nicht sicher ist, ob die Anschuldigungen berechtigt sind. Als ich von der Angelegenheit erfahren habe, wollte ich, dass jemand, dem ich volles Vertrauen entgegenbringe, sich das in aller Ruhe ansieht, und habe daher Tom gebeten, sich der Sache anzunehmen."

„Wie sind Sie auf die Unregelmäßigkeiten aufmerksam geworden?"

„Durch einen anonymen Hinweis über unser Online-Portal."

„Und dieser Hinweis ist bis zu Ihnen durchgedrungen?"

„Bryant ist Kongressabgeordneter. Ja, das ist mir zu Ohren gekommen."

„Können Sie uns mitteilen, was Tom herausgefunden hat?"

„Ich fürchte, über eine laufende Untersuchung darf ich nicht sprechen. Das verstehen Sie sicher."

Da sie einen toten Staatsanwalt in ihrer Leichenhalle hatte, beschloss Sam, etwas Druck auszuüben. „Ich verstehe, dass für eine solche Untersuchung Fingerspitzengefühl vonnöten ist. Aber ich bin sicher, Sie stimmen mir zu, dass der Mord an einem Staatsanwalt es erforderlich macht, bei unserer Suche nach Gerechtigkeit die üblichen Grenzen auszudehnen."

„Niemand wünscht sich dringender Gerechtigkeit für Tom Forrester als ich. Doch Tom würde nicht wollen, dass ich eine komplexe Untersuchung gefährde, insbesondere eine, der er persönlich unzählige Stunden gewidmet hat."

„Seinem Team zufolge gibt es keinerlei Unterlagen zu dieser Untersuchung."

„Er hat mir direkt mündlich Bericht erstattet."

„Das erscheint mir höchst ungewöhnlich."

„In der Tat, aber das trifft auch darauf zu, gegen einen Kongressabgeordneten mit zwanzigjähriger Amtszeit und Sitzen in einflussreichen Ausschüssen zu ermitteln."

Sam hätte vor Frustration am liebsten geschrien, als ihr klar wurde, dass dieses Treffen sinnlos war. Er würde mauern, egal, was sie fragte. „Wie oft haben Sie während Ihrer Amtszeit als Justizminister Ermittlungen eingeleitet, bei denen Ihnen ein Staatsanwalt direkt mündlich Bericht erstattet hat?"

Cox musterte sie mit einem stählernen Blick, unter dem andere Menschen wahrscheinlich erbebt wären. Bei ihr zeigte er keine Wirkung. „Das war das erste Mal."

„Sie sind schon lange im Geschäft", bemerkte Sam. „So wie ich haben Sie schon alles gesehen, nicht wahr?"

„Das mag wohl stimmen."

„Dann werden Sie mir verzeihen, wenn ich feststelle, dass mein Spinnensinn klingelt, was auf eine viel größere Geschichte hindeutet als die, die Sie mir erzählen."

Hatte sie sich das nur eingebildet, oder hatte sich der US-Justizminister gerade ein bisschen gewunden? Nein, das war keine Einbildung gewesen. Er hatte definitiv gezuckt.

„Ich fürchte, ich habe alles gesagt, was ich sagen kann, ohne eine sehr wichtige Untersuchung zu gefährden." Er erhob sich. „Also, wenn es sonst nichts mehr gibt, ich habe zu tun."

Sam legte ihre Visitenkarte auf den Schreibtisch. „Wenn Ihnen noch etwas einfällt, was mit dem Mord an einem Ihrer Staatsanwälte zu tun hat, rufen Sie mich bitte an."

Er erwiderte ihren Blick. „Natürlich."

Sam schwieg, als sie Cox' Wohnung verließen und zum SUV zurückkehrten, wo andere Mitarbeiter des Secret Service die Presse in Schach hielten.

„Warten Sie hier", sagte Vernon und ging voraus, um die Journalistenmeute zu vertreiben, während sie und Freddie bei Jimmy blieben.

Sam war außer sich über die Art und Weise, wie der Minister sie hatte abblitzen lassen. Er hatte das absichtlich getan, offenbar, weil er wollte, dass das FBI, das ihm unterstand, den Fall übernahm und nicht sie. Tja, Pech. Sie war zuständig, und er konnte sie mal kreuzweise. So viel zum unverbrüchlichen Zusammenhalt zwischen allen Bereichen der Strafverfolgung, die sich angeblich gegenseitig den Rücken freihielten und für das Gemeinwohl an einem Strang zogen.

Irgendetwas an diesem Fall stank zum Himmel, und sie würde herausfinden, was es war, zur Hölle mit dem allmächtigen Justizminister.

Es dauerte zehn Minuten, bis Sam und Freddie einsteigen

konnten, da die Reporter sie mit Fragen über Tom Forrester und den Minister löcherten und wissen wollten, ob sie für das Treffen mit Cox die Erlaubnis ihres Mannes gebraucht habe.

Dieser Fall machte sie unglaublich wütend, und dabei hatte er gerade erst begonnen.

Sam beherrschte sich, bis sie den Konferenzraum im Hauptquartier erreicht und die Tür hinter sich geschlossen hatten. Nicht, dass sie es Vernon und Jimmy nicht zutraute, diskret zu sein, aber sie hielt es nicht für angebracht, vor ihnen über einen Minister herzuziehen. „War das nicht der größte Schwachsinn, den wir je gehört haben?"

„Ohne Zweifel", sagte Freddie. „Ganz zu schweigen davon, wie selbstgefällig und herablassend er war."

„Das auch. Was meinen Entschluss nur bestätigt, das FBI so weit wie möglich aus dieser Untersuchung herauszuhalten. Cox verbirgt etwas, und ich will wissen, was."

„Ich weise nur ungern darauf hin, dass das angesichts deiner häuslichen Situation heikel werden könnte."

„Meiner häuslichen Situation." Sam lachte auf. „Du meinst, weil mein Mann der Präsident und sein Chef ist?"

„Zum Beispiel."

„Man sollte meinen, dass Cox angesichts dieses Details besonders hilfsbereit wäre."

„Tja, leider falsch. Wirst du Nick erzählen, wie er uns behandelt hat?"

Sam überlegte kurz. „Eher nicht. Er würde etwas dagegen unternehmen wollen, was er auf keinen Fall tun sollte."

„Das stimmt. Und was jetzt?"

„Darüber muss ich erst noch nachdenken."

Ihr Handy klingelte, und sie nahm den Anruf von Archie entgegen. „Hi, was gibt's?"

„Bist du im Haus?"

„Im Konferenzraum."

„Ich bin sofort unten."

Sie klappte ihr Handy zu. „Archie stößt gleich zu uns. Hoffen wir, dass er einen Hinweis gefunden hat, dem wir nachgehen können."

Ein paar Minuten später trat Archie ein. „Ich habe eine gute und eine schlechte Nachricht. Was wollt ihr zuerst hören?"

„Die schlechte", entschied Sam.

„Forresters Arbeitshandy ist verschlüsselt. Ich komme an nichts ran."

„Mist."

„Ich habe geahnt, dass du das sagen würdest." Er legte den Asservatenbeutel mit dem Mobiltelefon auf den Tisch. „Das FBI könnte sich Zugang verschaffen."

„Wie lautet die gute Nachricht?"

„Auf dem privaten Handy habe ich einen aktuellen Streit zwischen Forrester und seinem Nachbarn gefunden, der in den letzten Monaten eskaliert ist."

„Was für ein Streit?"

„Der Nachbar züchtet offenbar Dobermänner. Anscheinend sind sie hin und wieder ausgebüxt und in Forresters Garten gelandet. Einer von ihnen ist mit Forresters Cavapoo aneinandergeraten. Der Hund hat daraufhin eine OP gebraucht, was Tausende von Dollar gekostet hat. Forrester hat den Nachbarn verklagt und sich mehrfach bei der Tierschutzbehörde über den Mann beschwert. Vor Kurzem hat der Nachbar dann Gegenklage eingereicht." Archie legte einen Stapel Ausdrucke auf den Tisch. „Ich hab beide Anzeigen für euch ausgedruckt."

„Was zum Teufel ist ein Cavapoo?", erkundigte sich Sam.

„Mit dieser Frage habe ich gerechnet." Archie legte ein Foto eines weißen, flauschigen Hundes auf den Tisch. „Eine Kreuzung aus Cavalier King Charles Spaniel und Pudel."

Sam verzog das Gesicht. „Das arme kleine Ding hat doch gar keine Chance gegen einen Dobermann."

„Richtig. Die Tierarztrechnung für die Rettung des Hundes belief sich auf über fünf Riesen."

„Heilige Scheiße", murmelte Freddie.

„Ich frage mich, warum Leslie Forrester das nicht erwähnt hat, als wir mit ihr gesprochen haben", grübelte Sam.

„Wahrscheinlich, weil es im Augenblick ihre geringste Sorge ist", entgegnete Freddie.

„Vermutlich. Danke, Archie. Wenigstens haben wir jetzt einen Anhaltspunkt."

„Gern. Wir arbeiten uns immer noch durch die SMS und E-Mails sowie durch die Überwachungsaufnahmen aus der Umgebung des Tatorts. Dazu später mehr."

Nachdem Archie weg war, stand Freddie auf und streckte sich. „Glaubst du wirklich, der Nachbar wäre so dumm, wegen eines Streits um zwei Hunde einen Staatsanwalt umzubringen?"

„Wir haben schon Dümmeres erlebt, trotzdem finde ich es insgesamt wenig überzeugend. Wie könnte der Mord *nicht* mit seiner Arbeit und der Geiselnahme seiner Familie zusammenhängen?"

„Es muss da einen Zusammengang geben", bestätigte Freddie.

„Ich will die Beziehung zwischen Cox und Forrester untersuchen. Irgendwas an der Art, wie Cox sich vorhin verhalten hat, war merkwürdig. Ich will wissen, was da los ist."

„Ich schau mir das heute Abend zu Hause noch mal an."

Sam blickte auf die Uhr an der Wand. Es war fast halb acht. „Fahr nach Hause. Wir machen morgen früh weiter."

„Okay."

„Schick eine Nachricht an unser Team sowie an Lucas, Harper und Coheeny, dass sie morgen um sieben Uhr hier sein sollen."

„In Ordnung."

„Danke, dass du da warst, obwohl heute Sonntag ist."

„Kein Problem."

„Mag sein, aber ich weiß es trotzdem zu schätzen."

„Schön, dass du wieder da bist. Ohne dich macht es nur halb so viel Spaß."

„Danke. Ich hab dich auch vermisst."

Gerade als sie aufbrechen wollte, trafen Carlucci und Dominguez ein. Sam nahm die Detectives mit in den Konferenzraum, um sie auf den neuesten Stand zu bringen.

„Archie bearbeitet den digitalen Fußabdruck, und hier sind die Textnachrichten von Forresters Privathandy, die ihr durchgehen könnt. Ich will die Finanzdaten von allen Hauptakteuren, einschließlich Cox."

„Der Justizminister?", fragte Dominguez.

„Richtig, und die von Forrester und Bryant auch."

„Die Finanzdaten von Bryant haben wir schon", sagte Carlucci. „Ich schau sie noch mal durch."

„Danke, dass ihr gekommen seid."

„Kein Problem."

Bevor sie das Hauptquartier verließ, schrieb Sam Avery eine SMS. *Seid ihr noch wach? Ich bräuchte dich nachher kurz mal und würde gerne Shelby und das Baby sehen, falls das passt.*

Wir sind auf. Noch eine ganze Weile. Unsere Kleine ist eine Nachteule.

Haha. Bis gleich.

Als sie in ihr Büro ging, um ihren Mantel zu holen, nahm Sam die Tüte mit Forresters Arbeitshandy mit. Sie würde es zu Hause Avery geben.

Das FBI um Hilfe zu bitten war immer der letzte Ausweg, doch in einer Situation wie dieser war es töricht, nicht anzuerkennen, dass die zentrale Sicherheitsbehörde der Vereinigten Staaten Möglichkeiten hatte, die ihr und ihrem Team einfach nicht zur Verfügung standen.

Sie schrieb Vernon eine SMS, dass sie auf dem Weg nach draußen war, und begab sich zum Ausgang bei der Gerichtsmedizin.

Dr. Lindsey McNamara trat heraus, als Sam sich den automatischen Türen näherte. „Ich hab dir vor ein paar Minuten den Autopsiebericht per E-Mail geschickt. Es ist ein ziemlich einfacher Fall: eine Neun-Millimeter-Kugel in den Kopf. Ich hab die

Kugel zur Analyse ans Labor weitergeleitet. Der Tox-Screen wird noch eine Weile dauern, aber es gab sonst keine signifikanten Befunde."

„Danke für die schnelle Arbeit. Ist bei dir alles in Ordnung?"

„Nach einem Energieschub vorhin bin ich jetzt etwas müde. Was auch immer es ist, ich werde es nicht los."

„Das höre ich nicht gern. Kann ich irgendwas für dich tun?"

„Ach nein, das wird schon wieder."

Sam konnte nicht umhin, erneut zu bemerken, dass ihre Freundin sehr blass war. „Sag Bescheid, wenn du was brauchst."

„Werd ich, danke. Schön, dass du wieder da bist."

„Ich wünschte, ich könnte behaupten, dass ich genauso empfinde …"

Lindsey lächelte sie an. „Glaub mir, das kann ich absolut nachvollziehen."

„Dafür bin ich wie immer sehr dankbar."

„Willst du dir immer noch die Gerichtsmedizin für die Anprobe morgen leihen?"

Sam zuckte zusammen, als sie daran dachte, dass sie Lindsey darum gebeten hatte, ihren Arbeitsplatz benutzen zu dürfen. „Das ist der Plan."

„Das ist immerhin mal was Neues", sagte Lindsey lächelnd.

„Vielen Dank, dass du mir hilfst, das diskret durchzuziehen."

„Mein Leichenschauhaus ist dein Leichenschauhaus."

„Bis morgen früh."

„Ja, bis dann."

Als Sam in die spätwinterliche Kälte hinaustrat, öffnete Vernon ihr die Autotür und wartete, bis sie Platz genommen hatte.

„Danke."

„Gern."

Im Inneren des SUV war es warm und gemütlich. Sie machten sich auf den Heimweg.

„Wie läuft's?"

Sam begegnete Vernons Blick im Rückspiegel. „Langsam."

„Glauben Sie, Bryant hängt mit drin?"

„Wie könnte er nicht?"

„Das denken wir auch."

„Andererseits scheint das zwar das Naheliegendste zu sein, doch ich habe gelernt, tiefer zu bohren." Nach einer Pause fügte sie hinzu: „Der Fall, seit dem die Zwillinge bei uns sind, ist ein gutes Beispiel dafür. Ihr Vater, ein Milliardär, hatte Streit mit seinem ehemaligen Geschäftspartner, der ihn und seine Familie mit neuen Identitäten ins Exil getrieben hat. Nachdem die Eltern bei einem Einbruch mit Brandstiftung ums Leben gekommen waren, haben wir den Geschäftspartner überprüft, konnten ihm allerdings nichts nachweisen. Schließlich hat sich herausgestellt, dass eine Auseinandersetzung im Straßenverkehr, in die die Ehefrau verwickelt gewesen war, zu den Morden geführt hatte."

„Ich erinnere mich an den Fall. Jameson und Cleo Armstrong, oder?"

„Richtig. Wenn Sie mich zu Beginn der Ermittlungen gefragt hätten, ob ich mein Leben darauf verwetten würde, dass der Geschäftspartner etwas damit zu tun hat, wäre ich jetzt tot."

„Wir sind alle froh, dass dieser Fall nicht eingetreten ist, Ma'am", erklärte Jimmy.

„Haha, danke. Was ich damit sagen will, ist, dass wir alles berücksichtigen müssen, nicht nur das Offensichtliche."

„Klar", pflichtete ihr Vernon bei. „Vor allem in einer Situation wie dieser, in der man unter enormem Druck steht, schnell Antworten zu liefern."

„Ja, das stimmt. Zum Glück hat Captain Malone vorhin die Medien auf den neuesten Stand gebracht, sodass ich das heute nicht tun musste. Aber ich werde bald wieder auf dem heißen Stuhl sitzen."

„Wann wollen Sie morgen früh los?", fragte Vernon, als sie durch das Tor des Weißen Hauses fuhren.

„Um halb sieben."

„Wir werden bereit sein."

„Danke, dass Sie an einem Sonntag so lange gearbeitet haben."

„Kein Problem."

Als sie das Weiße Haus betrat, begrüßte sie Harold, einer

ihrer Lieblingshausangestellten, mit einem freundlichen Lächeln. „Guten Abend, Mrs Cappuano.“

„Guten Abend, Harold. Ist mein Mann oben?“

„Jawohl, Ma'am.“

„Vielen Dank. Gute Nacht.“

„Ihnen auch, Ma'am.“

Sam stieg die Treppe mit dem roten Teppich hinauf und fühlte sich erschöpfter, als sie nach einer Woche Urlaub hätte sein sollen. Doch der sogenannte Urlaub war viel dramatischer verlaufen als erwartet, sodass die eigentlich geplante Erholung deutlich zu kurz gekommen war.

Sie sah nach den schlafenden Zwillingen und dann nach Scotty, der sich ein Spiel der Caps anschaute. „Wer gewinnt?“

„Die Caps führen im dritten Inning mit zwei Punkten Vorsprung.“

„Was macht das Buch?“

Scotty warf ihr einen vernichtenden Blick zu. „Es ist schrecklich. Das Schlimmste, was ich je lesen musste.“

Sam setzte sich auf seine Bettkante und kraulte Skippy hinter den Ohren, was dem schlafenden Hund ein zufriedenes Seufzen entlockte. „Ich weiß noch, wie ich Sachen lesen musste, die mich einfach nicht interessiert haben, und wie qualvoll das war.“ Besonders mit einer undiagnostizierten Legasthenie. Das waren ein paar wirklich freudlose Jahre gewesen.

„‚Qualvoll‘ ist ein passendes Wort dafür.“

„Ich hab dir die Lektürehilfe besorgt.“

„Du bist die Beste. Vielen Dank.“

„Für dich tu ich doch alles, mein Junge.“ Sie beugte sich vor und drückte Scotty einen Kuss auf die Stirn. „Bleib nicht zu lange auf.“

„Mit diesem Buch schlafe ich im Nu ein.“

Sie lächelte und sagte: „Ich hab dich lieb.“

„Ich dich auch.“

Sie ging in die Suite, die sie mit Nick teilte, und fand ihn in dem kleinen Büro, das an ihr Schlafzimmer angrenzte. Jeden Abend beantwortete er handschriftlich zehn Briefe von Bürgern und las außerdem die dicken Aktenordner, die er aus dem Büro mitgebracht hatte.

Sam räusperte sich, um ihn nicht zu erschrecken.

Vor seiner Amtszeit als Vizepräsident hatte sie sich an ihn herangeschlichen und sich einen Spaß daraus gemacht, ihn zu überraschen. Jetzt, wo sein Leben ständig bedroht war, fand sie das nicht mehr so lustig.

Er wandte sich zu ihr um und lächelte. „Da ist ja meine Lieblingsfrau. Ich wollte gerade nach dir sehen."

„Ja, ich bin da."

„Wie war's?"

„Bislang viel Routine."

„Ich hab gehört, du hast den Justizminister befragt."

„Da hast du richtig gehört."

„Wie ist es gelaufen?"

Sam überlegte, was sie darauf erwidern sollte. „Ich glaube, es ist besser, wenn wir nicht darüber reden."

„Warum nicht?"

„Weil er in deinem Kabinett und Teil meiner Ermittlungen ist. Wenn man uns je fragt, wäre es besser, sagen zu können, dass wir nie darüber gesprochen haben."

„Verwandelst du dich gerade vor meinen Augen in eine Politikergattin?"

Sam schnaubte. „Wohl kaum."

Er stand auf, kam auf sie zu und legte ihr die Hände auf die Hüften. „Es ist heiß, wenn du politische Angelegenheiten mit mir diskutierst."

„Du findest alles heiß, was ich mache."

„Das stimmt." Er streichelte ihr den Nacken, und sie lehnte sich an ihn. „Es war ein langer Tag ohne dich, nachdem wir fast eine ganze Woche zusammen waren."

„Ging mir genauso. Auch wenn ich meinen Job liebe – meistens jedenfalls –, denke ich in letzter Zeit häufiger darüber nach, wie es sein wird, eines Tages im Ruhestand zu sein."

Er hob ruckartig den Kopf und riss verwundert die Augen auf.

Sie lachte über seine Reaktion. „Ach, jetzt tu nicht so. Ich hab ja nicht gesagt, wann. Nur eines Tages. In ferner Zukunft, wenn nicht ständig eine Million Dinge um unsere Aufmerksamkeit konkurrieren."

„Ich kann's kaum erwarten."

„Hm, ich würde ja sagen, ich auch nicht, aber ich will nicht, dass du denkst, ich hätte es eilig damit."

„Verstehe. Doch es ist etwas, worauf du dich freust."

„Auf jeden Fall."

„Bis zu diesem fernen Zustand des Nirwana müssen wir nächste Woche erst noch den kanadischen Staatsbesuch und das Gespräch mit meiner Mutter am Freitag überstehen."

Sam runzelte die Stirn, als sie an das Treffen mit seiner Mutter dachte, zu dem sie sich bereit erklärt hatten. Nicoletta hatte um eine Gelegenheit gebeten, mit ihnen zu reden, in der Hoffnung, die Dinge zwischen ihnen in Ordnung bringen zu können. Sams Meinung nach war das unmöglich, aber das war nicht ihre Entscheidung. Nick wollte wissen, was seine Mutter zu sagen hatte, und so hatten sie ein Treffen in ihrem Haus in der Ninth Street vereinbart. Sam wollte Nicoletta nicht im Weißen Haus haben, was, wie sie vermutete, deren eigentliches Ziel war.

„Ich werde auf alles vorbereitet sein. Morgen Nachmittag habe ich eine Anprobe mit Marcus. Er kommt ins Hauptquartier, und Lindsey leiht mir die Gerichtsmedizin, damit es niemand mitkriegt."

„Hm, ich weiß nicht, was ich davon halten soll, dass meine First Lady eine Anprobe in der Gerichtsmedizin hat."

Sam lächelte. „Wenn man es so ausdrückt, klingt es möglicherweise etwas merkwürdig." Sie ruhte sich noch eine Minute lang in seinen Armen aus. „Ich muss nach oben zu Avery und will Shelby ein paar Minuten besuchen. Bist du bald fertig?"

„Ich brauche noch etwa eine halbe Stunde."

„Also treffen wir uns in dreißig Minuten wieder hier?"

Nick küsste sie. „Gerne."

Sie ging nach oben ins dritte Obergeschoss und klopfte leise an Shelbys und Averys Tür.

Avery öffnete ihr. Er wirkte müde und glücklich zugleich. „Komm rein."

„Wie läuft es denn so in der Kinderkrippe?"

„Viel zu tun und anstrengend, doch unterm Strich toll."

Sam hielt den Beweismittelbeutel hoch. „Das ist Forresters verschlüsseltes Arbeitshandy. Kannst du damit was anfangen?"

„Ich werde es in die fähigen Hände unserer Labormitarbeiter übergeben."

Sam reichte es ihm. „Es eilt."

„Verstehe. Dann bekommt es einen Dringlichkeitsvermerk."

„Danke dir."

„Ich habe gehört, du hast den Justizminister befragt."

„War das in den Nachrichten oder so?"

Er lachte. „Ist das eine rhetorische Frage? Wenn die Frau des Präsidenten in ihrer Eigenschaft als Polizistin den US-Justizminister nach dem Mord an einem Bundesstaatsanwalt befragt, sorgt das für Schlagzeilen."

„Warum ist das eine Nachricht wert?"

Diesmal lachte Avery etwas lauter. „Eine weitere rhetorische Frage?"

„Ich geh einfach meiner Arbeit nach. Warum muss alles, was ich tue, in den verdammten Nachrichten landen?"

„Das fragst du, während wir hier im Weißen Haus stehen, wo du aktuell wohnst?"

„Sei still. Du bist angeblich mein Freund."

„Das stimmt ja auch." Er wischte sich Lachtränen weg.

„Wo ist Shelby? Ich mag sie lieber als dich."

Grinsend bedeutete Avery Sam, vor ihm in die Gästesuite zu gehen.

KAPITEL 6

Shelby, die mit ihrem schlafenden Baby im Arm auf dem Sofa saß, lächelte, als sie Sam sah. „Hallo, du. Komm rein, damit du unsere Maisie Rae kennenlernen kannst."

Sam setzte sich auf den Fußhocker vor den beiden und beugte sich vor, um das schlafende Baby genauer zu betrachten, wobei sie versuchte, den allzu vertrauten Schmerz der Sehnsucht zu ignorieren. Warum war es für manche Menschen so leicht, ein Kind zu kriegen, für sie aber unmöglich? „Sie ist ganz bezaubernd."

„Wir sind total vernarrt in sie, und das, obwohl sie unseren Tag-Nacht-Rhythmus komplett auf den Kopf gestellt hat."

„Das kenn ich von meinen Nichten und Neffen. Zum Glück gibt sich das irgendwann wieder."

„Bei Noah hat es zumindest geklappt, also hoffe ich, dass es auch bei ihr so sein wird."

„Wo ist mein kleiner Freund denn eigentlich?"

„Er schläft bei meiner Schwester Ginger, damit wir ein bisschen Zeit allein mit unserer Kleinen haben. Noah war vorhin so aufgeregt, dass wir Angst hatten, er würde die ganze Nacht lang wach sein, wenn er hierbleibt."

Avery reichte Sam sein Handy. „Hier, Fotos."

Sam scrollte durch die Aufnahmen von Noah, der seine kleine Schwester auf dem Arm hielt, und dann von den vieren zusammen. „Wunderschön." Sie war tief bewegt von der Liebe in Noahs Gesichtchen, wann immer er seine neugeborene Schwester anschaute.

Sie gab Avery das Handy zurück. „Wie geht es dir?", fragte sie Shelby.

„Als hätte mich ein Bus überfahren, aber ich bin froh, dass es vorbei ist und dass sie endlich da ist."

„Wir sind so glücklich, dass sie auf der Welt ist."

„Stell dir vor, sie kann für den Rest ihres Lebens allen erzählen, dass sie nach ihrer Geburt im Weißen Haus gewohnt hat."

„Das gefällt mir", meinte Sam lächelnd.

„Möchtest du sie mal halten?"

„Oh, äh, wenn du dir sicher bist, dass das in Ordnung ist? Sie ist noch so winzig."

„Klar ist das in Ordnung."

Vorsichtig legte Shelby Sam das schlafende Baby in den Arm. „Keine Sorge, falls sie aufwacht. Es ist bald Zeit fürs Stillen."

Sam drückte das winzige Bündel dicht an ihre Brust und blickte in Maisies perfektes kleines Gesicht hinunter. „Mein Gott, sie ist wunderschön."

„Das finden wir auch", bestätigte Shelby lachend.

Avery kam zum Sofa, setzte sich neben seine Frau und hielt ihre Hand, während Sam das Baby voller Ehrfurcht betrachtete.

„Was für ein Engel."

„Du solltest sie mal schreien hören", warf Avery ein.

„Sie ist eine Magnolie aus Stahl, genau wie ihre Mutter", scherzte Sam.

Avery lächelte seine Frau an. „Ja … Gott steh mir bei."

Shelby legte den Kopf an seine Schulter und schien nach dem schrecklichen Überfall, den sie und Noah erlebt hatten, endlich fast wieder die Alte zu sein.

Während Sam das Neugeborene anschaute, füllten sich ihre Augen mit Tränen des Glücks, in das sich die gewohnte Traurigkeit mischte. „Willkommen in der Familie, Maisie Rae Hill. Wir lieben dich jetzt schon abgöttisch." Sie gab dem Baby einen Kuss auf die weiche Wange und reichte es seiner Mutter zurück. „Ich lasse euch jetzt ein bisschen ausruhen. Ich wollte nur mal nach dir und unserem neuen kleinen Schatz sehen."

Shelby wechselte einen Blick mit Avery. „Wir hätten dich und Nick gern als ihre Paten, wenn ihr damit einverstanden seid."

„Natürlich sind wir das und fühlen uns geehrt, dass ihr fragt."

„Im Weißen Haus daheim und Patenkind der First Lady und des Präsidenten", sagte Shelby ehrfürchtig. „Was für ein Start ins Leben."

„Wir tun, was wir können." Sam stand auf und beugte sich vor, um Shelby einen Kuss auf die Wange zu geben. „Ich melde mich morgen, Tinker Bell. Noch mal herzlichen Glückwunsch. Du hast wirklich die hübschesten Babys."

„Danke für alles. Dass wir nach alldem bei euch unterschlüpfen konnten, war ein großer Segen für uns."

„Unser Zuhause ist euer Zuhause. Immer."

Avery begleitete Sam zur Tür. „Ich ruf dich morgen an."

„Hört sich gut an, und herzlichen Glückwunsch, Dad."

„Auch von mir danke für alles. Ich arbeite daran, ein neues Zuhause für uns zu finden."

„Macht euch deswegen keinen Stress. Wir haben es nicht eilig." Sam küsste ihn auf die Wange und stieg die Treppe wieder hinunter, blieb jedoch auf halbem Weg stehen, als ihre Gefühle sie zu überwältigen drohten. Sie setzte sich auf eine der mit rotem Teppich ausgelegten Stufen, um eine Minute zu warten, bevor sie Nick gegenübertrat.

Den Kopf in die Hände gestützt, ließ sie ihren Emotionen freien Lauf.

Nur eine Minute.

Seit sie Scotty und die Zwillinge in ihrem Leben hatte, war die Babysehnsucht nicht mehr so oft über sie gekommen. Aber so stark sie sonst auch war, jedes Mal, wenn man ihr ein Neugeborenes in die Arme legte, erinnerte sie das schmerzhaft an das, was sie nie haben würde. Sie hatte sich damit abgefunden, doch manchmal tat es trotzdem weh. In die Freude über einen neuen kleinen Menschen, den sie lieben konnte, mischte sich der Schmerz über ihre früheren Verluste und die Tatsache, dass sie niemals ein eigenes Kind austragen würde, das sie und Nick gemeinsam erschaffen hatten.

Als er sie an sich zog und sein vertrauter Duft ihre Sinne erfüllte, lehnte sie sich an ihn. „Alles gut."

„Ich weiß."

Sie hatte keine Ahnung, wie lange sie dort saßen, ehe er ihr aufhalf und den Arm um sie legte, während sie den Rest der Treppe hinunter- und in ihre Suite gingen.

Nachdem er die Tür geschlossen hatte, drehte sie sich zu ihm um. „Woher hast du gewusst, dass du mich suchen kommen musst?"

„Du bist nicht zu unserer Verabredung erschienen."

„Danke, dass du das getan hast." Sie wischte sich die letzten Tränen ab. „Es geht mir wirklich gut. Ich schwöre es."

„Das weiß ich, trotzdem heißt das nicht, dass du nicht jedes Mal ein bisschen traurig bist, wenn wir ein weiteres Baby in unser Leben lassen."

„Ich habe keinen Grund, traurig zu sein."

„Selbstverständlich hast du den."

Sam schüttelte den Kopf. „Ich bin unglaublich glücklich mit unserer tollen Familie. Außerdem können wir nicht mal Urlaub machen, ohne dass Chaos ausbricht. Kannst du dir zwei andere Menschen vorstellen, die weniger geeignet wären als wir, zusammen ein Baby zu kriegen?"

„Wir würden auch das irgendwie schaffen, aber wie du bin ich mehr als zufrieden mit der Familie, die wir haben."

„Ich bin so unglaublich gesegnet, dass ich mich jedes Mal über mich ärgere, wenn so etwas passiert."

Nick drückte seine Frau an sich. „Sei nicht sauer auf meinen Lieblingsmenschen. Sie ist die beste Mutter überhaupt."

Sam lachte, während sie erneut mit den Tränen kämpfte. „Ist sie nicht."

„Unsere Kinder halten dich für den coolsten Menschen auf der ganzen Welt."

„Tun sie nicht. Du bist der Präsident der Vereinigten Staaten. Damit gebührt definitiv dir der Coolness-Titel."

„Nein, Sam, sie finden *dich* am coolsten. Das hat Scotty sogar gesagt, als wir vorhin nach Hause gekommen sind. ‚Wie cool ist es, dass Mom so gut über Lektürehilfen Bescheid weiß?'"

„Echt?"

„Ja, und er hat recht. Du bist die Mutter, von der er weiß, dass er sich auf sie verlassen kann, dass sie ihm bei allem hilft – selbst bei Dingen, die er selbst erledigen sollte."

Sam erschauerte. „Mit ‚Beowulf' sollte niemand allein und ohne Hilfe fertigwerden müssen."

Sie liebte sein Lachen und die Art, wie der Berg an Sorgen für eine Weile von ihm abzufallen schien, wenn sie zu zweit allein waren. Manchmal fühlte sie sich schuldig, weil sie eine so schlechte First Lady war – okay, sie fühlte sich deswegen die ganze Zeit schuldig. Das Einzige, worin sie wirklich glänzte, war die Kunst, ihm eine Atempause von dem endlosen Stress zu verschaffen, der mit dem Präsidentenamt einherging.

Das war ihre Superkraft.

„Bringen Sie mich ins Bett, Mr President. Ich muss früh raus."

„Es gibt keinen Ort, an den ich dich lieber bringen würde, Liebste."

Sie zogen sich um, putzten sich die Zähne und krochen ein paar Minuten später ins Bett, wo sie sich wie immer in der Mitte aneinanderschmiegten, Arme und Beine ineinander verschränkt, ihren Kopf an seiner Brust.

„Ah", seufzte er. „Danach habe ich mich den ganzen gottverdammten Tag lang gesehnt."

„Es war ein verflucht langer Tag vom abrupten Ende des Urlaubs bis jetzt."

„Ja, obwohl ich eine schöne Zeit mit den Kindern hatte."

„Tut mir leid, dass ich das verpasst habe. Ich hasse es, etwas mit ihnen zu verpassen."

„Keine Sorge, das wissen sie."

Sams Handy summte, als eine SMS eintraf. Sie stöhnte. „Ich habe Angst, nachzuschauen."

Nick griff nach dem Mobiltelefon auf ihrem Nachttisch. „Lilia bittet um ein kurzes Treffen morgen, um den Plan für Dienstag durchzugehen."

Sam nahm ihm das Handy ab und schrieb zurück. *Die einzige freie Minute, die ich morgen noch habe, ist die erste. Kannst du um sechs?*

Ich werde da sein.

Entschuldige bitte die frühe Uhrzeit.

Schon gut. Bis dann.

Sam stellte ihren Wecker auf fünf Uhr fünfzehn und legte das Handy zurück auf den Nachttisch. „Ich habe gerade fünfundvierzig Minuten Schlaf verloren."

„Danke, dass du diesen ganzen Mist auf dich nimmst."

„Für dich tue ich doch alles."

Er strich ihr zärtlich übers Haar. Der morgige Tag würde viel zu früh kommen, und der Wahnsinn würde von Neuem beginnen. Aber jetzt waren sie nur ein Mann und eine Frau, die sich auf die Nacht vorbereiteten, und nicht der Präsident und die First Lady.

~

Sam betrat ihr Büro im East Wing am nächsten Morgen schlaftrunken und groggy um eine Minute vor sechs. Sie hatte die Tasse Kaffee in der Hand, die Nick ihr gemacht hatte, während sie unter der Dusche stand. Zehn Tassen würden nicht reichen, um diesen Montagmorgen in Schwung zu bringen. Natürlich wartete Lilia auf sie, wie immer frisch, hübsch und geschmackvoll gestylt. Sie trug ein schwarzes Kostüm mit einer blaugrünen Seidenbluse.

„Wie schaffst du das in aller Herrgottsfrühe?"

Lilia runzelte die Stirn. „Was denn?"

Sam ließ sich auf einen der Stühle vor Lilias Schreibtisch fallen. „Du siehst so verdammt perfekt aus, jede Perle an ihrem Platz, und das zu dieser unchristlichen Zeit."

Lilia lachte. „Ich habe geduscht und mich angezogen."

„Das hab ich auch, und dir kann kaum entgangen sein, dass es einen großen Unterschied zwischen deinem und meinem Aussehen gibt." Sam trug in Erwartung eines langen Tages Jeans, ein Sweatshirt und Turnschuhe. „Eleganz trifft Roadkill. Ich bin immer noch der Meinung, dass du für die nächsten drei Jahre meine Rolle übernehmen solltest – außer im Schlafzimmer natürlich."

Ihre liebenswerte Stabschefin wurde knallrot. „Hör auf. Niemand kann deine Rolle besser ausfüllen als du selbst."

„Ach, bitte. Jeder könnte das, wie wir alle genau wissen."

„Wie denkt Mr President darüber?"

„Der ist voreingenommen."

„Möglich, doch seine Meinung ist die einzige, die in dieser Debatte zählt." Lilia reichte ihr ein bedrucktes Blatt Papier. „Das ist das Programm für morgen, beginnend mit dem Tee mit Courtney Hutchinson, der Frau des Premierministers."

„Muss ich wirklich? Ich hasse Tee."

Lilias Lippen zuckten amüsiert. „Wir können dir Kaffee bringen lassen."

„Koffeinfrei, sonst liege ich die ganze Nacht wach."

Lilia schrieb sich das auf. „In Ordnung."

„Worüber soll ich mit ihr sprechen?"

„Ich habe eine Liste mit möglichen Themen erstellt: Familie, Kinder, deine Hobbys und ihre."

„Wie machst du das?"

„Was genau?"

„Ahnen, was ich dich fragen will, und eine Antwort parat haben."

„Das ist mein Job. Wir arbeiten schon eine Weile zusammen, und mittlerweile weiß ich, was du brauchst. Meistens jedenfalls."

„Immer. Du verstehst mich. Das bedeutet mir viel, und ich weiß nicht, ob ich dir oft genug sage, wie sehr ich es zu schätzen weiß, dass du und Roni und die anderen mich gut aussehen lassen, obwohl ich kaum hier bin."

„Es macht uns Spaß, dich gut aussehen zu lassen. Übrigens möchte Roni für das kommende Wochenende einen Termin für ein Fotoshooting vereinbaren, damit wir Bilder für die nächsten Posts in den sozialen Medien haben." Lilia hielt ihr ein weiteres Blatt Papier mit einer langen Liste anstehender Termine, Feiertage, religiöser Anlässe und anderer wichtiger Dinge hin, zu denen die First Lady sich äußern sollte. „Wir haben uns überlegt, dass wir vielleicht einen halben Tag brauchen, sechs bis zehn verschiedene Outfits und Stylisten vor Ort, um hier und da was zu ändern. Das reicht für die nächsten Monate, und bevor du dich sträubst: Wir würden die ganze Arbeit erledigen. Du musst nur auftauchen und lächeln."

„Gott, das fühlt sich so unecht an."

„Ist es nicht. Du gibst einfach dein Bestes, um zwei sehr anspruchsvolle Jobs zu bewältigen."

„Was ist, wenn sie herausfinden, dass wir alles auf Vorrat produziert haben?"

„Das wissen nur wir und der offizielle Fotograf des Präsidenten, und wir sind alle an eiserne Geheimhaltungsvereinbarungen gebunden, Sam. Was hier passiert, dringt nicht nach außen."

„In einer perfekten Welt mag das stimmen. Aber in der Welt, in der ich lebe, sorgt es dafür, dass ich nervös werde."

„Wenn ich es nicht für eine gute Idee hielte, hätte ich es nicht vorgeschlagen."

„Ich weiß. Vermutlich bin ich immer noch ein bisschen empfindlich, weil die Leute in Dewey mich mit Tomaten beworfen haben."

Lilias sonst so freundliches Gesicht verhärtete sich. „Das war ein Skandal."

„Ja, doch es ist auch ein Beweis dafür, dass viele Leute uns nicht gutheißen, und ich habe ständig Angst, irgendetwas zu tun, was die Lage für Nick noch schwieriger macht."

„Ich würde mir nie anmaßen, für ihn zu sprechen, aber wenn ich raten müsste, würde er wahrscheinlich sagen: *Tu, was richtig für dich ist, und zerbrich dir nicht den Kopf darüber, wie es sich auf mich auswirkt.*"

„Du hast natürlich recht. Okay, lass uns den Fototermin für Samstag vereinbaren."

„Was hältst du davon, die Kinder mit einzubeziehen?"

„Das müssen sie selbst entscheiden. Ich frage sie, ob sie dabei sein wollen."

„Gib mir einfach Bescheid. Und nun zurück zum Staatsbesuch …"

Sie besprachen die letzten Details für den nächsten Tag, der mit militärischer Präzision ablaufen würde. Alles war bis auf die Minute durchgeplant.

„Beeindruckend", bemerkte Sam, als sie fertig waren.

„Was?"

„Wie ihr alle diese Dinge arrangiert, als wäre es keine große Sache."

„Wir finden es beeindruckend, dass du weißt, wie man Mörder fängt."

„Das ist im Vergleich hierzu ein Klacks."

„Dann müssen wir uns wohl darauf einigen, dass wir uns nicht einig sind. Ich werde morgen jederzeit in der Nähe sein und dafür sorgen, dass alles reibungslos abläuft. Also entspann dich, und genieß die Gelegenheit, dich in Schale zu werfen und mit deinem attraktiven Mann zu tanzen."

„Dank deiner großartigen Arbeit – und der von Shelby – werde ich das können. Nochmals vielen Dank, dass du für sie eingesprungen bist."

„War mir ein Vergnügen."

„Beim ersten Staatsbankett für den kanadischen Premier, an dem wir teilgenommen haben, hat Nick um meine Hand angehalten." Sam lächelte bei der Erinnerung an den Antrag im Rosengarten. „Er hat gesagt: ‚Wenigstens kannst du nicht behaupten, ich hätte dich nicht auf Rosen gebettet.'"

„Das gefällt mir, und jetzt guck dich nur an, du bist die Besitzerin des berühmtesten Rosengartens der Welt."

„Das Leben ist schon komisch." Sie schaute auf die wunderschöne Uhr, die Nick ihr zum Hochzeitstag geschenkt hatte, und stellte fest, dass es schon nach halb sieben war. „Ich muss zur Arbeit. Danke für alles, und ich werde darauf achten, dass ich morgen rechtzeitig zurück bin, um zum Tee präsentabel zu sein."

„Bis dann. Wenn du vorher noch Fragen hast, ruf mich einfach an."

„Danke, dass du so früh gekommen bist – und sag nicht, es wäre dir ein Vergnügen gewesen, denn das wäre eine Lüge."

Lilia lachte wieder. „Gut, dann nicht, auch wenn es so war. Schönen Tag dir."

„Danke, gleichfalls."

Sam verließ den East Wing und trat ins Foyer, um sich für die Fahrt zur Arbeit mit Vernon und Jimmy zu treffen.

LeRoy, einer der Butler, wartete mit dem Mantel, den sie ihm gegeben hatte, ehe sie sich auf den Weg zu Lilia gemacht hatte. Er half ihr hinein.

„Danke, LeRoy."

„Es war mir ein Vergnügen, Ma'am. Einen schönen Tag noch."

„Ihnen auch."

Als sie, gerade als die Sonne aufging, in den kühlen Morgen trat, war sie dankbar für den warmen, gemütlichen SUV, der auf sie wartete. „Morgen, Leute."

„Einen wunderschönen Morgen." Vernons Frühaufsteher-Fröhlichkeit hätte sie genervt, wenn sie ihn nicht so gern gemocht hätte. „Wie ist das werte Befinden an diesem herrlichen Tag?"

„Nach einem Sechs-Uhr-Treffen mit meiner Stabschefin? Einfach blendend."

„Oje." Vernon und Jimmy wussten, wie ungern sie früh aufstand.

„Sie sagen es. Diese Woche ist jede Menge los, und ich muss für ein paar Stunden die First Lady geben."

Jimmy hüstelte, um sein Lachen zu überspielen.

Sollte er je auf die Idee kommen, seine Memoiren zu schreiben, war sie so was von geliefert.

Auf dem Weg zum Hauptquartier überflog sie die Schlagzeilen des *Washington Star*, den Vernon immer für sie bereithielt. Meist belastete sie sich nicht mit den Nachrichten, die sie nur unter Stress setzten, vor allem wenn sie kritisch gegenüber Nick waren. Heute aber wollte sie wissen, was über den Forrester-Mord in der Zeitung stand.

Die Schlagzeile lautete: „Staatsanwalt Forrester: Gedenken an hohe moralische Standards". Sie las Darrens Bericht über Forresters Amtszeit als leitender Staatsanwalt in der Hauptstadt.

Er hatte mehr als zwanzig Personen interviewt, die eng mit ihm zusammengearbeitet hatten, darunter Faith Miller, mehrere andere stellvertretende Staatsanwälte und Chief Farnsworth.

„Tom war ein hervorragender Staatsanwalt, der in der Lage war, die Dinge aus allen Blickwinkeln zu betrachten", hatte der Chief gesagt. „Er war ein großer Unterstützer der Strafverfolgungsbehörden im Allgemeinen und der Polizei im Besonderen. Wir werden ihn sehr vermissen."

Ein zweiter Artikel wies darauf hin, wie selten der Mord an einem Staatsanwalt war. „Bundesstaatsanwälte setzen sich in ihrer Funktion einer enormen Gefährdung aus", wurde Justizminister Cox zitiert. „Wir hatten das Glück, bisher nur wenige durch Gewalt zu verlieren. Der Verlust Tom Forresters ist in vielerlei Hinsicht besonders beklagenswert, denn er war ein langjähriger Freund und enger Kollege. Ich habe dem Metro PD die gesamten Ressourcen des Justizministeriums zur Verfügung gestellt, um dafür zu sorgen, dass sein Mörder schnell gefasst wird. Wir haben außerdem die Sicherheitsvorkehrungen für alle US-Staatsanwälte erhöht, die mit ihrer Arbeit dazu beitragen, unser Land sicher zu machen, indem sie Kriminelle ins Gefängnis stecken, wo sie hingehören."

Harte Worte des Justizministers, dachte Sam, und seine Bemerkungen setzten sie und ihr Team zusätzlich unter Druck, den Täter schnell aufzuspüren. Sie war auch überrascht, zu erfahren, dass Cox Forrester als langjährigen Freund bezeichnete. Warum hatte er das ihr gegenüber nicht erwähnt?

Sie schickte Darren eine SMS. *Gute Arbeit in Sachen Forrester. Er war ein guter Mann.*

Freut mich, dass es Ihnen gefallen hat. Haben Sie irgendwelche exklusiven Infos für mich?

Ich hatte noch nicht mal Kaffee. Immer mit der Ruhe.

Die Hoffnung stirbt zuletzt.

Mit einem amüsierten Lächeln wegen Darren nahm sie einen Anruf von Freddie entgegen. „Guten Morgen."

„Hey, wie geht's?"

„So gut, wie es einem um diese Uhrzeit eben gehen kann. Ich bin in ein paar Minuten da."

„Ich wollte dich darüber in Kenntnis setzen, dass ich die Beziehung zwischen Forrester und Cox genauer untersucht und herausgefunden habe, dass sie weit zurückreicht. Bis zur Yale Law School. Nach ihrem Abschluss waren sie sechs Jahre lang gemeinsam als junge Staatsanwälte in New York und dann im Gesellschaftsrecht tätig, ehe sie etwa zur gleichen Zeit in den öffentlichen Sektor zurückgekehrt sind. Cox war geschäftsführender Partner einer Wirtschaftskanzlei, ehe ihn Nelson zu seinem Justizminister ernannt hat. Forrester war Partner in derselben Kanzlei, verließ sie jedoch für das Amt des Bundesstaatsanwalts."

„Interessant."

„Finde ich auch. Ich habe mich gefragt, warum Cox uns nicht erzählt hat, dass er seit fünfundzwanzig Jahren mit Forrester bekannt ist."

„Eine sehr gute Frage. Außerdem scheint es ungewöhnlich zu sein, dass ein Justizminister aus der Privatwirtschaft kommt und nur sechs Jahre Praxiserfahrung hat. Sind das nicht normalerweise ehemalige Staatsanwälte?"

„Ich denke, wie bei so vielen Dingen in dieser Stadt haben politische Aspekte da oft Vorrang vor der Erfahrung."

„Das stimmt. Gute Arbeit, Freddie."

„Danke. Bis gleich."

Sam klappte ihr Handy zu und lehnte sich zurück, um die bisherigen Fakten des Falls noch einmal im Kopf durchzugehen. Wenn sie den Verdacht hatte, dass mehr hinter einer Geschichte steckte, war das meist auch der Fall. Cox hatte sich am Vortag im Gespräch mit ihnen bedeckt gehalten, obwohl er geschworen hatte, alles in seiner Macht Stehende zu tun, um Forresters Mörder zu finden. Sie würde herausbekommen, warum, selbst wenn das bedeutete, sich mit dem Justizminister ihres Mannes anzulegen.

KAPITEL 7

„Ich will mit Aaron reden", sagte Sam zu Freddie und Gonzo, als sie im Großraumbüro ankam. Aaron Peterson war einer der Leibwächter des Kongressabgeordneten Bryant, der des Mordes an Zachery Calder, einem anderen Mitarbeiter von Bryant, angeklagt war. Sie hatten es so aussehen lassen, als sei das Opfer Bryants Sohn Randy gewesen. Der Plan – und ihre Dummheit – machte Sam weiter fassungslos. „Ist er noch unten?"

„Lass mich mal nachschauen." Gonzo ging zu seinem Rechner. „Er konnte keine Kaution stellen, also verlegen wir ihn im Laufe des Tages nach Laurel, wo er dann auf seinen Prozess wartet."

„Bringt ihn hoch."

„Schon unterwegs", sagte Freddie.

„Was denkst du?", fragte Gonzo Sam.

„Dass jemand, der in ein Mordkomplott verwickelt ist, bereit sein könnte, mit dem, was er über den Kongressabgeordneten, den Staatsanwalt und möglicherweise den Justizminister weiß, zu verhandeln."

„Richtig. Sollen wir Faith, die für Aarons Fall zuständig ist, dazuholen?"

„Ja, gute Idee."

„Ich kümmere mich darum. Was kann ich sonst noch tun?"

„Die drei Detectives, die man uns zugeteilt hat, auf den neuesten Stand bringen und ihnen Aufgaben zuteilen?"

„Wird gemacht. Wir haben tonnenweise Telefon- und Computerdaten, die wir überprüfen müssen. Ich werde sie darauf ansetzen."

Als Faith zwanzig Minuten später eintraf, informierten sie sie über ihren Plan, Aaron ein weiteres Mal zu befragen.

„Vermutlich will er irgendwas als Gegenleistung für seine Informationen", sagte Sam. „Was halten Sie davon, ihm einen Handel anzubieten?"

„Wenn die Informationen, die er uns liefert, zu einer Verhaftung in Toms Fall führen, wäre ich bereit, ihm etwas zu geben."

„Mal sehen, was er zu sagen hat."

„Er ist in Verhörraum eins", verkündete Freddie.

„Wollen Sie mit reinkommen?", fragte Sam Faith.

„Ich denke, ich bleibe erst mal Beobachter. Bei diesem Fall bewege ich mich auf einem schmalen Grat zwischen Privatem und Beruflichem."

„Verstehe." Tom war nicht nur ihr Chef, sondern auch ein Freund gewesen, und sein Fall war für sie und die anderen in ihrem Team mit einer Reihe schwieriger Entscheidungen verbunden. Sam ließ sie an der Tür zum Beobachtungsraum zurück und betrat mit Freddie das Verhörzimmer, wo Aaron auf sie wartete.

Er hatte den muskulösen Körperbau eines ehemaligen Linebackers oder eines Spielers auf einer anderen Position im Football, die viel Masse erforderte. Sein blondes Haar war kurz geschnitten, und er reagierte nicht, als sie eintraten.

„Ich bin Lieutenant Holland. Sie kennen meinen Partner Detective Cruz."

„Ja." Er sah von ihr zu Freddie und dann wieder zu ihr. „Ich dachte, es ginge um meine Verlegung."

„Wir wollten erst noch einmal mit Ihnen reden."

„Worüber?"

„Tom Forrester."

„Ich habe Cruz und dem anderen Polizisten, Gonzales, schon

gesagt, dass ich ihn nicht kenne. Ja, ich habe seine Familie im Hotel festgehalten, aber mit ihm selbst hatte ich nichts zu tun."

„Haben Sie jemals gehört, wie der Abgeordnete Bryant über ihn gesprochen hat?"

„Ich habe Bryant ein paarmal über die Untersuchung der Wahlkampffinanzen schimpfen hören. Was interessiert Sie das? Er hat seine Familie doch wieder, oder?"

„Ja, aber er ist ermordet worden."

Das schien Aaron zu überraschen, denn er setzte sich aufrechter hin. „Was? Wann?"

„Gestern am frühen Morgen."

„Da war ich hier."

„Das ist mir bewusst."

Sein Blick wanderte zwischen ihr und Freddie hin und her. „Verdächtigen Sie Bryant?"

„Ihn und andere."

„Bryant hat nicht den Mumm, jemanden umzubringen, schon gar nicht jemanden wie Forrester. Außerdem, war er nicht auch in Untersuchungshaft?"

„Würde er einen Mord in Auftrag geben?"

„Vielleicht, doch das würde die Ermittlungen ja nicht stoppen. Cox würde den Fall einfach jemand anderem übertragen."

Sam wurde bei der beiläufigen Erwähnung von Cox hellhörig. „Kennen Sie den Justizminister?"

„Ich habe ihn ein paarmal getroffen. Bryant ist mit ihm befreundet."

Na, wenn das nicht interessant ist. „Wie befreundet?"

„Der Justizminister war Teil seiner wöchentlichen Pokerrunde, und im Sommer waren sie gemeinsam bei einigen Spielen der Feds. So was eben."

Ein Schauer lief Sam über den Rücken, wie immer, wenn sie das Gefühl hatte, bei ihren Ermittlungen auf etwas Wichtiges gestoßen zu sein. „War Tom Forrester auch bei den Pokerrunden oder Baseballspielen dabei?"

„Ab und zu, aber selten. Nicht so oft wie Cox. Der ist ziemlich dicke mit Bryant."

Sam war verärgert, dass Cox das ihr gegenüber nicht mit

einem Wort erwähnt hatte, und besorgt darüber, was sie nun tun musste. War es möglich, dass der Justizminister ihres Mannes eine wichtige Rolle in einer Mordermittlung spielte? Was für ein verdammter Albtraum das werden konnte!

„Wenn Cox so eng mit ihm befreundet war, warum hat er dann Forrester gebeten, die Unregelmäßigkeiten bei Bryants Wahlkampffinanzierung zu untersuchen?"

„Keine Ahnung."

„Wie lange waren Bryant und Cox denn schon befreundet?"

„Solange ich für Bryant gearbeitet habe, also über fünf Jahre."

„Hatten die beiden in letzter Zeit mehr miteinander zu tun?"

Aaron überlegte einen Moment. „Ja, ich schätze schon. Cox war auf jeden Fall häufiger da. Ich erinnere mich, dass ich dachte, dass er für jemanden, der einen so wichtigen Job hat, viel Freizeit hat, in der er mit Bryant abhängen kann."

Sam spürte, dass da etwas faul war. „Können Sie uns sonst noch etwas über Bryant, Cox und Forrester sagen?"

„Nur dass es zwischen den dreien einen heftigen Streit gegeben hat, kurz bevor das mit Forresters Familie und so anfing."

„Haben Sie den Streit gehört?"

„Keine Einzelheiten. Nur die lauten Stimmen. Forrester und Cox sind zusammen gegangen und waren offensichtlich sauer."

„Haben Sie sie danach noch mal zusammen gesehen?"

„Nein. Am nächsten Tag hat uns Bryant befohlen, Forresters Familie zu holen und in einem Hotel unterzubringen. Wir sollten so tun, als käme die Anweisung von Forrester, weil er um ihre Sicherheit besorgt sei."

Verdammter Mistkerl, dachte Sam. *Cox steckt bis zum Hals in der Sache drin und behindert meine Ermittlungen.* „Das war enorm hilfreich."

„Natürlich stelle ich mir die Frage, was für mich drin sein könnte."

„Ich werde mit der stellvertretenden Staatsanwältin sprechen und schauen, was wir tun können."

„Das wäre gut. Ich hab mich damit abgefunden, für den

Mord an Zach einige Zeit zu sitzen, doch in diesem Fall ist weniger definitiv mehr."

„Natürlich. Detective Cruz, bringen Sie Mr Peterson bitte zurück nach unten."

Freddie legte Aaron Handschellen an und führte ihn aus dem Raum.

Faith kam aus dem Beobachtungsraum.

„Verdammt", sagte Sam. „Was soll ich tun, wenn der Justizminister im Kabinett meines Mannes knietief in der Sache mit drinsteckt?"

„Das wäre auch meine erste Frage gewesen."

„Diese Sache geht weit über meine Gehaltsklasse hinaus. Ich rede mit dem Chief."

„Gute Entscheidung. Lassen Sie mich wissen, was er davon hält."

„Wie verkraften Sie das alles, Faith?"

„Ich stehe noch immer unter Schock. Sie wissen ja, wie das ist, wenn man plötzlich einen engen Kollegen verliert."

„Es ist wie ein Hieb in die Magengrube." Sam erinnerte sich daran, wie Detective Arnolds brutaler Tod ihre Truppe in ihren Grundfesten erschüttert hatte, insbesondere seinen Partner Gonzo.

„Ja, das ist es."

„Was halten Sie von Peterson?"

„Ich werde bei der Festsetzung des Strafmaßes ein gutes Wort für ihn einlegen, aber das ist alles, was ich tun kann, da er wegen vorsätzlichen Mordes angeklagt ist."

„Wissen Sie schon, wen die im Auge haben?" Sam wollte nicht die Worte „als Ersatz" in Bezug auf Forrester benutzen, und sie hoffte, dass es nicht zu früh war, um diese Frage zu stellen.

„Ich habe noch nichts gehört. Ich melde mich, sobald ich mehr weiß."

Sam umarmte Faith spontan. „Ich bin jederzeit für Sie da, wenn ich etwas tun kann."

Faith erwiderte die Umarmung. „Danke. Ich freue mich, dass

Sie bei der Beerdigung sprechen werden. Tom würde das gefallen."

„Glauben Sie? Ich hatte immer den Verdacht, dass ich ihm vor allem Kopfschmerzen bereite."

„Nur als Sie einen Ihrer Kollegen die Treppe hinuntergestoßen haben und Tom sich darum kümmern musste."

„Ramsey hatte es absolut verdient." Der abscheuliche Sergeant von der Sondereinheit für Sexualdelikte hatte gesagt, Sam habe gekriegt, was sie verdient habe, nachdem Stahl sie mit Klingendraht umwickelt, mit Benzin übergossen und ihr gedroht hatte, sie anzuzünden. Sie bereute es nicht, ihm den Stoß versetzt zu haben, auch wenn sie damit ihre Karriere riskiert hatte.

Faith löste sich von ihr und lächelte. „Ja, und Tom hat große Stücke auf Sie gehalten. Das tun wir alle. Wir finden es erstaunlich, dass Sie immer noch im Außendienst tätig sind, obwohl Sie alles tun könnten, was Sie wollen."

„Ich mache, was ich will, und versuche gleichzeitig, den anderen Gig am Laufen zu halten." Sam krauste die Nase. „Morgen muss ich eine Teeparty für die Frau des kanadischen Premierministers ausrichten."

Faith kämpfte sichtlich darum, nicht zu lachen.

„Wenn Sie lachen, verpasse ich Ihnen einen Kinnhaken, Faith, Trauer hin oder her."

Obwohl das natürlich eine leere Drohung war, bebten Faiths Lippen, weil sie sich solche Mühe gab, sich zu beherrschen. „Sie trinken Tee?"

„Ach was! Ich weiß nicht mal, was bei einer Teeparty überhaupt passiert."

„Sie werden es sehr bald herausfinden."

„Erinnern Sie mich nicht daran."

„Wird es Fotos geben? Ich frage für eine Freundin."

„Ja, amüsieren Sie sich nur. Ich werde jetzt mit dem Chief über Mord reden. Damit kenne ich mich aus. Im Gegensatz zu Tee." Sam verließ eine lachende Faith, was sie mit Erleichterung erfüllte. Solche Fälle waren schon schwierig genug, wenn sie es nicht mit am Boden zerstörten Kolleginnen zu tun hatten, die versuchten, ihre Arbeit trotz Trauer zu erledigen.

Im Vorzimmer des Chiefs sprach Sam mit seiner Sekretärin Helen. „Kann ich kurz rein?"

„Er hat in zehn Minuten einen Termin, doch bis dahin hat er Zeit."

„Danke."

„Gern."

Sam klopfte an die Tür von Chief Farnsworths Büro und trat ein. Er streckte sich gerade hinter seinem Schreibtisch.

„Eine Besprechung jagt heute die nächste."

„Ich weiß nicht, wie du das aushältst."

Er lachte. „Tu ich nicht. Ich beneide dich zutiefst um deinen Arbeitsbereich."

„Ach, und da wunderst du dich, dass ich nicht befördert werden will?"

„Das wundert ich mich nicht im Geringsten. Was kann ich für dich tun?"

„Ich stecke in der Klemme."

„Was ist denn jetzt wieder?"

„Bei dir klingt das, als steckte ich ständig in der Klemme."

Sein belustigter Gesichtsausdruck sprach Bände. „Was ist es denn *diesmal*?"

Sam setzte sich auf einen der Stühle neben dem Schreibtisch. „Ich fürchte, dass der Justizminister in den Fall Forrester verwickelt ist."

„Der Justizminister der Vereinigten Staaten?"

„Genau der."

„Verdammt. Wenn du in die Bredouille gerätst, dann richtig."

Sam lächelte ihren geliebten Nennonkel an. „Du kennst doch mein Motto: Ganz oder gar nicht. Ehrlich gesagt bin ich mir nicht sicher, wie ich das handhaben soll. Es gibt einen offensichtlichen Interessenkonflikt, wenn ich in Ermittlungen gegen den Justizminister der USA involviert bin."

„Die Bredouille aller Bredouillen."

„In der Tat."

Farnsworth nahm den Telefonhörer ab. „Würden Sie Jake dazubitten? Danke, Helen."

„Was hast du vor?", fragte Sam.

„Jake soll auf dem Papier die Führung übernehmen, während du weiter an dem Fall arbeitest."

„Mir gefällt, wie du denkst."

„Das dachte ich mir."

Malone kam herein und wirkte verärgert.

„Was ist los?", wollte Farnsworth von seinem Freund wissen.

„Wenn die Leute einfach nur ihre gottverdammte Arbeit machen würden, wäre alles in bester Ordnung."

„Wer macht Sie so sauer?"

„Die meisten", sagte Malone.

„Ach herrje", bemerkte Sam.

„Nicht Sie oder Ihr Team. Sie könnten eine Meisterklasse darin unterrichten, wie man den Captain nicht täglich verärgert."

„Danke."

„Übrigens wollte ich Sie darüber informieren, dass das Gericht Javier Lopez' Anhörung verschoben hat, sodass diese Woche eine Sache weniger ansteht." Lopez war wegen des Mordes an dem fünfzehnjährigen Calvin Worthington ange-klagt. Es war einer der Fälle, bei denen es Stahl nicht für nötig befunden hatte, zu ermitteln, und Sam hatte ihn an einem Nachmittag gelöst.

„Eine Sache weniger ist gut. Hat man Calvins Mutter über die Verzögerung informiert?" Sam hasste es, dass Lenore schon so lange auf Gerechtigkeit für ihren Sohn wartete.

„Ja. Ich habe sie persönlich angerufen."

„Danke."

„Aber zurück zum eigentlichen Thema. Was gibt's?", fragte Malone. „Helen hat gesagt, Sie wollen mich sehen?"

Farnsworth bedeutete Sam, den Captain über die Situation mit Cox ins Bild zu setzen.

Malone starrte sie an. „Heilige ..."

„Genau das hab ich auch gedacht", erklärte Farnsworth. „Ich

würde Sie gerne zum Leiter der Untersuchung machen – jedenfalls auf dem Papier – und Sams Team weiterermitteln lassen, wohin auch immer die Spuren sie führen."

„Glauben Sie, dass er etwas mit dem Mord an Forrester zu tun hat?", wollte Malone von Sam wissen.

„Das weiß ich noch nicht. Bryants Mitarbeiter Aaron Peterson hat ausgesagt, dass Cox auf persönlicher Ebene viel mehr mit Bryant zu tun hat, als er mir gegenüber zugegeben hat, als ich mit ihm gesprochen habe. Er hat sich diesbezüglich sehr bedeckt gehalten, was für mich ein deutliches Warnsignal ist. Außerdem stand heute Morgen in der Zeitung, er sei ein langjähriger Freund von Forrester, was er ebenfalls mit keinem Wort erwähnt hat. Auch das wirft Fragen auf."

„Allerdings", pflichtete ihr Malone bei.

„Ich habe eine Idee … Morgen Abend ist das Staatsbankett im Weißen Haus. Normalerweise nimmt das Kabinett daran teil. Wenn ich eine Minute Zeit habe, werde ich Cox in geselliger Runde ansprechen und ihm sagen, dass ich weiß, dass er mit Forrester befreundet war und dass sie sich bei ihrem letzten Treffen gestritten haben, woraufhin man Forresters Familie entführt hat. Mal sehen, wie er darauf reagiert."

„Ich weiß nicht, Sam." Der Chief rieb sich das Kinn, während er darüber nachdachte. „Was, wenn er wütend wird?"

„Was sollte er der First Lady bei einem Staatsbankett antun?"

„Das stimmt, Joe. Ich halte es für eine gute Idee. Es bei einem gesellschaftlichen Anlass zur Sprache bringen, um sich generell ein Bild von ihm zu machen."

„Seien Sie bloß vorsichtig, Sam", ordnete Farnsworth an. „Wir stehen bereits jetzt unter enormem Druck, den Fall an das FBI zu übergeben."

„Das wäre ein großer Fehler, wenn Cox da irgendwie mit drinhängt", gab Sam zu bedenken, denn das FBI unterstand dem Justizministerium.

Farnsworth massierte sich die Schläfen. „Ich kann es kaum erwarten, dass dieser ganze Schwachsinn nicht mehr mein Problem ist."

Seine Worte sandten Sams einen Stich ins Herz. Sie wollte gar nicht an den Tag denken, an dem er nicht mehr der Chief sein würde. „Bitte lassen Sie mich hier nicht allein." Ihr Blick erfasste beide Männer.

„Sie wären nicht allein", entgegnete Malone. „Jeannie ist jetzt stellvertretende Polizeichefin."

„Ich kann mir nicht vorstellen, diesen Job ohne Sie beide zu machen."

„Wir werden alt", entgegnete Farnsworth mit einem kleinen Lächeln. „Allmählich erlahmen unsere Kräfte dafür, ständig solchen Mist zu ertragen."

Zu ihrem großen Entsetzen stiegen Sam Tränen in die Augen. Gab es etwas Schlimmeres, als bei der Arbeit zu weinen, vor allem als Frau in einem Männerberuf? Sie holte tief Luft und versuchte, ihre Gefühle in den Griff zu bekommen. „Tut mir leid. Natürlich müssen Sie tun, was Sie für das Beste halten. Ich hoffe nur, Sie wissen, dass die Leute, die für Sie arbeiten, Sie trotz des ganzen Mists lieben und respektieren und dass man Sie sehr vermissen würde."

„Es ist schön, das zu hören, Sam", erwiderte Farnsworth. „Ihre Loyalität bleibt nicht unbemerkt. Sie sollten wissen, dass wir mehr oder weniger beschlossen haben, die drei Jahre durchzuhalten, in denen Ihr Mann Präsident ist, um Sie hier so gut wie möglich zu schützen."

Eine Sekunde lang war sie zu verblüfft, um zu antworten. „Ernsthaft?"

„Auf jeden Fall", bekräftigte Malone. „Skip würde uns dabeihaben wollen, wenn Sie sich bemühen, etwas zu tun, was noch keine First Lady vor Ihnen getan hat."

„Sie …" Jetzt liefen ihr doch die Tränen über die Wangen. Sie versuchte vergeblich, sie zu unterdrücken. „Ich weiß nicht, was ich sagen soll."

„Du musst nichts sagen", meinte Farnsworth. „Er hätte das Gleiche für uns getan."

„Hör schon auf." Sie lachte und wischte sich die Tränen weg, die nicht versiegen wollten. „Sie beide machen mich völlig fertig."

Der Chief lächelte. „Du kannst dich drauf verlassen, dass wir nicht zu allem Überfluss auch noch gehen. Wir halten für dich durch, Kleines."

„Bitte geben Sie sich Mühe, und sterben Sie nicht, bevor Sie einen langen Ruhestand genießen konnten, hören Sie?"

Beide lachten.

„Wir tun unser Bestes", versprach Malone.

„Danke", flüsterte sie. „Ich kann gar nicht sagen, wie viel mir das bedeutet."

„Wir wissen es", erklärte Farnsworth. „Familie kümmert sich um Familie."

Mit bebendem Kinn nickte sie. „Gott, ich bin so eine Idiotin, dass ich hier wie ein Baby heule."

„Wir werden es niemandem verraten", beruhigte Malone sie. „Wir wollen ja unter keinen Umständen Ihren Ruf als knallharte Ermittlerin ruinieren."

Sie lachte erneut, während sie sich weitere Tränen abwischte. „Danke."

„Setzen Sie die Sache mit Cox nicht in den Sand, sonst sind wir alle dran", warnte Malone.

„Ich werde es versuchen." Sie atmete ein paarmal tief durch, um ihre Fassung wiederzuerlangen, nachdem die beiden sie mit ihren Worten derart aufgewühlt hatten. „Was gibt's Neues von Stahl?"

Malone schüttelte den Kopf und seufzte tief. „Dreizehn Leichen in seinem Haus, und wir kommen dem Besitzer der Lagerfirma langsam auf die Spur. Charles und O'Brien machen Fortschritte, also habe ich ihnen gesagt, sie sollen dranbleiben."

„In Ordnung. Gonzo bringt die drei Detectives, die Sie uns zugewiesen haben, auf den neuesten Stand und teilt ihnen Aufgaben zu."

„Lassen Sie uns den Druck im Fall Forrester aufrechterhalten", bat Farnsworth. „Ich werde alle notwendigen Überstunden genehmigen."

„Danke. Ich sollte allerdings erwähnen, dass ich morgen um zwei Uhr wegmuss, um mit der Frau des kanadischen

Premierministers Tee zu trinken und danach das Staatsbankett vorzubereiten."

„Wir freuen uns schon darauf", meinte Farnsworth lächelnd. „Marti und ich können es kaum glauben, dass wir ins Weiße Haus eingeladen sind."

„Val und mir geht es genauso. Unfassbar."

„Glauben Sie es ruhig. Wir sehen uns dort." Sie hatte auch alle Mitglieder ihres Teams und deren Partner eingeladen, außerdem Jeannie und Michael, ihre Schwestern, ihre Mutter und ihre Stiefmutter. Lindsey würde als Terrys Date dabei sein, was bedeutete, dass mit Ausnahme von Shelby und Avery all ihre engsten Freunde anwesend sein würden.

Zum ersten Mal freute sie sich auf ein Ereignis, das sie bisher lediglich als eine weitere Herausforderung empfunden hatte, die sie eher ertragen als genießen würde. Sie musste ihre Einstellung ändern und die Vorteile, die mit dem ganzen Drama kamen, besser würdigen. „Ich werde mich wieder an die Arbeit begeben und Sie über alles, was Cox betrifft, auf dem Laufenden halten."

Sie ließ die beiden allein zurück und ging zum Großraumbüro, überwältigt von dem, was sie für sie taten, und voller Liebe für zwei Männer, die von Anfang an Teil ihres Lebens gewesen waren. Sie hatten recht. Ihr Vater hätte gewollt, dass sie in dieser außergewöhnlichen Zeit für sie da waren, und ihre Unterstützung bedeutete Sam viel.

„Ist alles in Ordnung?", fragte Freddie, als sie ins Großraumbüro zurückkehrte. Man sah deutlich, dass sie geweint hatte.

„Ja, alles gut. Was war hier so los?"

Er warf ihr einen neugierigen Blick zu, der ihr verriet, dass er mit der Antwort nicht zufrieden war. „Wir haben Lucas, Harper und Coheeny auf den neuesten Stand gebracht. Sie sind losgezogen, um den Rest von Forresters Mitarbeitern zu befragen, und dann kommen sie wieder her, um die Telefondaten zu sichten. Gonzo hat sie gebeten, bis halb fünf einen schriftlichen Bericht vorzulegen."

„Ausgezeichnet."

„Ich bin alles durchgegangen, was ich aus der Zeit an der Yale Law über Forrester und Cox finden konnte, und bin auf eine interessante Geschichte gestoßen."

„Oh", sagte Sam. „Erzähl mir alles."

KAPITEL 8

Freddie führte sie in den Besprechungsraum, wo er auf einem der großen Whiteboards eine Zeitachse erstellt hatte.

„Sag mir erst mal, was los ist."

Sam schloss die Tür hinter sich. „Das muss aber unter uns bleiben."

„Klar."

„Der Chief und der Captain haben mir erzählt, dass sie planen, ihren Ruhestand für die drei Jahre, die Nick im Amt ist, zu verschieben, damit sie mir hier den Rücken freihalten können."

„Oh, wow. Das ist ja toll."

„Ja, oder? Es hat mich echt umgehauen, als sie gesagt haben, dass Familie so was nun mal für Familie tut."

„Großartig. Ich bin froh und erleichtert, dass sie das machen."

„Und ich erst! Es bedeutet mir sehr viel, doch es hat mich überrascht, daher die Tränen. Sehr nervig. Und jetzt will ich diese interessante Geschichte hören."

„Cox und Forrester haben sich als Studenten an der UPenn kennengelernt und waren gemeinsam in der ‚Lambda Chi Alpha'-Verbindung. Cox war später Präsident und Forrester Vizepräsident."

Jedes neue Detail, das ans Licht kam, erboste Sam mehr. „Hat er wirklich geglaubt, wir würden nicht herausfinden, dass sie einander schon so lange kennen?"

„Er dachte wohl, wir würden ihm als Justizminister einfach glauben."

„Da hat er sich verkalkuliert. Was hast du sonst noch?"

„Nach dem College und dem Jurastudium in Yale haben sie sechs Jahre lang für die Staatsanwaltschaft von New York gearbeitet, bevor sie bei derselben Wirtschaftskanzlei eingestiegen sind, wo sie in den nächsten fünfzehn Jahren ein kleines Vermögen verdient haben. Forrester wurde vor zwölf Jahren zum US-Staatsanwalt ernannt, und Nelson hat Cox als Justizminister in sein erstes Kabinett geholt, woraufhin der als geschäftsführender Partner aus der Kanzlei ausschied."

Freddie befestigte am Whiteboard Zeitungsartikel mit Schlagzeilen über den unerfahrenen Anwalt, der das Amt des Justizministers übernommen hatte. „Cox' Ernennung hat für Aufsehen gesorgt, da er viel mehr Zeit mit Gesellschaftsrecht als mit Strafrecht verbracht hatte."

„Ich erinnere mich vage." Bevor sie und Nick wieder zusammengekommen waren, hatte Sam das politische Geschehen nur am Rande verfolgt.

„Trotz der Kontroverse hat sich Cox in den Job eingearbeitet, ein Team angesehener Staatsanwälte zusammengestellt und während seiner Amtszeit überwiegend gute Noten erhalten."

„Irgendwas an dieser ganzen Sache stinkt, ich weiß nur nicht, was oder warum."

„Geht mir genauso."

„Lass uns noch mal mit Bryant reden und schauen, was er uns über diese unheilige Allianz erzählen kann."

Als sie auf den Ausgang bei der Gerichtsmedizin zusteuerten, trafen gerade Sanitäter ein.

„Was zum Teufel …?" Sam beobachtete, wie sie in die Leichenhalle eilten, und rannte dann selbst in diese Richtung, wobei sie beinahe mit Dr. Byron Tomlinson zusammenstieß, als dieser durch die automatischen Türen in den Flur trat. „Was ist hier los?"

„Lindsey ist kollabiert."

„Ist sie ansprechbar?“

Byron klang verunsichert, was Sam nicht gerade beruhigte. Er war schließlich Arzt, verdammt noch mal. „Ich habe den Rettungswagen gerufen, weil sie nicht wieder zu sich gekommen ist.“

„Soll ich Terry informieren?“

„Das wäre gut.“

„Finden Sie heraus, wo sie sie hinbringen.“

Byron nickte, um zu signalisieren, dass er sie gehört hatte.

Eigentlich wollte Sam nicht diejenige sein, die Terry diese Nachricht überbrachte. Ihre Hände zitterten, als sie seine Nummer in ihren Kontakten suchte.

„Hey, Sam. Was kann ich für dich tun?“

„Terry … äh, Lindsey ist bei der Arbeit zusammengebrochen, und sie bringen sie ins …“

„George Washington“, sagte Byron Tomlinson.

„In die Notaufnahme des GW.“

„O Gott.“

„Ich weiß nur, dass der Rettungsdienst hier ist und den Transport vorbereitet.“

„Danke für deinen Anruf. Ich fahre sofort los. Gib mir bitte Bescheid, wenn du noch was hörst.“

„Na klar.“ Sie klappte das Handy zu. „Er kommt hin.“

Als die Sanitäter Lindsey aus der Leichenhalle rollten, fiel Sam auf, wie unglaublich bleich sie war. Die Eile, mit der sich das Rettungsteam bewegte, sorgte dafür, dass sie nur noch nervöser wurde.

„Ich fahre mit“, erklärte Byron, „und melde mich sofort, wenn es Neuigkeiten gibt.“

„Danke.“ Sam rief Captain Malone an. „Lindsey ist in der Gerichtsmedizin zusammengebrochen. Der Rettungsdienst hat sie gerade abgeholt und bringt sie ins Krankenhaus.“

„O nein.“

„Byron begleitet sie und wird uns auf dem Laufenden halten. Ich habe Terry benachrichtigt.“

„Lassen Sie es mich wissen, wenn Sie was hören.“

„Mach ich. Ich wollte eigentlich gerade noch mal mit Bryant sprechen, doch jetzt weiß ich nicht …“

„Kümmern Sie sich um Bryant. Für Lindsey können Sie jetzt ohnehin nichts tun. Sie ist in den besten Händen.“

„Sie haben recht. Es ist nur …“

„Ich weiß. So was ist erschreckend, aber ich bin mir sicher, sie wird wieder gesund.“

Sam hoffte inständig, dass Malone recht hatte.

Nachdem Terry das Gespräch mit Sam beendet hatte, starrte er eine ganze Minute lang erschüttert auf die gegenüberliegende Wand seines Büros. Er hatte gemerkt, dass etwas nicht stimmte, und Lindsey zugeredet, sich krankzumelden, damit sie sich erholen konnte. Die Stahl-Untersuchung hatte sie und ihr Team an die Grenzen der Belastbarkeit gebracht, da sie gemeinsam mit dem FBI-Labor an der Identifizierung der Opfer arbeiteten.

Es war ihm fast gelungen, sie davon zu überzeugen, sich mal eine Pause zu gönnen, doch dann war der Mord an Forrester geschehen, und alle Gedanken an Ruhe und Erholung waren vergessen gewesen.

Sie pflegte zu sagen: „Mord wartet auf niemanden, außer auf den Gerichtsmediziner.“

Terry verstand, dass es ihr half, Witze zu reißen, um die schwere Aufgabe zu bewältigen.

Er zwang sich, aufzustehen, die Tür zu öffnen und seiner Büroleitung mitzuteilen, dass er einen Wagen zum GW brauchte. Danach begab er sich ins Oval Office, um Nick zu informieren, dass er wegmusste. Die Vorzimmerdame bedeutete ihm einzutreten.

Terry klopfte an und ging hinein.

Nick saß hinter dem Resolute Desk und schaute auf, als Terry hereinkam. „Hey, ich wollte dich gerade anrufen …“

„Nick.“

„Was ist?“ Er erhob sich alarmiert. „Ist was mit Sam?“

„Nein, mit Lindsey. Sie ist bei der Arbeit zusammengebrochen. Sie wird gerade ins GW gebracht.“

„Geh“, antwortete Nick. „Ich würde mitkommen, wenn das nicht so einen Zirkus auslösen würde.“

Terry hörte Nicks Worte, konnte sich aber vor lauter Angst nicht rühren. „Ich wusste, dass etwas nicht stimmt, doch sie hat behauptet, alles sei gut. War es nicht. Was soll ich tun, wenn …“

Nick umrundete seinen Schreibtisch und legte Terry die Hände auf die Schultern. „Sie ist jung und gesund und hat sich wahrscheinlich irgendeinen fiesen Virus eingefangen. Du musst jetzt zu ihr. Sie braucht dich.“

Terry nickte. „Sie bedeutet mir alles, verstehst du?“

„Das weiß ich und verstehe ich. Du musst jetzt stark für sie sein. Warum schauen wir nicht, ob Harry dich begleiten kann?“ Nick kehrte zum Schreibtisch zurück, tippte eine Nummer ein und fragte nach Dr. Flynn. „Hey, Lindsey ist bei der Arbeit kollabiert, und Terry ist auf dem Weg zum GW. Meinst du, du könntest …“ Nick nickte. „Danke dir.“ Er legte auf. „Er trifft sich unten in der Lobby mit dir.“

„Vielen Dank.“

„Lass dich nicht von irgendwelchen Schreckensszenarien ins Bockshorn jagen. Fahr rüber, und finde raus, was du für sie tun kannst.“

„Bin schon weg.“

„Terry …“

Er drehte sich noch einmal um.

„Wenn du das Bedürfnis hast, zu trinken, ruf bitte deinen Sponsor an.“

„Werde ich.“

„Versprich es mir, Terry.“

„Ich verspreche es.“

Als Terry sich auf den Weg aus dem Oval Office und zur Lobby machte, sagte er sich, dass es nicht um ihn ging. Es ging um Lindsey. Aber ohne sie konnte er nicht existieren, also nahm er sich Nicks Warnung zu Herzen. Seit zwei Jahren hatte er nicht mehr den Drang verspürt, nach einem Drink zu greifen. Er war jetzt so weit von seinem früheren Leben entfernt, dass es ihm erschien, als wäre seine Abwärtsspirale in den Alkoholismus jemand anderem passiert. Er besuchte zuverlässig die Treffen, versäumte keinen einzigen Tag. Terry konnte nur hoffen, dass all die Arbeit, die er da hineingesteckt hatte, ihn auch für jede Krise stärken würde, die ihn möglicherweise im Krankenhaus erwartete.

Harry war schon in der Lobby, als Terry eintraf. „Was auch immer es ist, wir werden uns darum kümmern und sie wieder auf die Beine bringen, okay?"

„Ja. Gut. Danke fürs Kommen."

„Keine Ursache."

Terrys Secret-Service-Leute brachten sie mit Blaulicht und Sirene schnell ins Krankenhaus. Zwar war er dankbar für die Eile, andererseits verstärkte sie nur die Angst, die in ihm hochkochte. Er musste Lindseys Mutter und seine Eltern benachrichtigen, doch er beschloss, damit zu warten, bis er mehr wusste.

„Was kann ich tun?", fragte Harry nach langem Schweigen.

„Mir sagen, dass es ihr gut geht und dass das, was passiert ist, kein Grund zur Sorge ist."

„Ich hoffe, dass ich das bald kann."

Was, wenn es etwas Schlimmes war? Gott, was würde er tun?

„Versuch, dir nicht das Schlimmste vorzustellen, Terry. Das hilft nicht."

„Ich weiß."

Wie lange konnte es bitte dauern, bis man mit Secret-Service-Begleitung das GW erreichte? Zu lange. Als sie endlich eintrafen, war Terry vor Angst wie gelähmt.

„Komm mit." Harry stieß ihn an, damit er sich in Bewegung setzte. „Schauen wir mal nach ihr."

Einer von Terrys Leibwächtern begleitete sie nach drinnen, wo sie auf Byron Tomlinson trafen.

„Irgendwas Neues?"

„Noch nichts."

Dass Byron verunsichert wirkte, trug nicht dazu bei, Terrys Nerven zu beruhigen.

Sein Personenschützer bat um einen privaten Raum, in dem Terry auf Neuigkeiten warten konnte.

„Hier entlang", erwiderte eine der Schwestern.

Terry merkte, dass sie sich fragten, wer er war, dass er so behandelt wurde, aber als Harry und Byron ihm in das Zimmer folgten, hatte er nicht die Kraft, den Schwestern zu erklären, dass er der Stabschef des Präsidenten war.

„Ich schicke Ihnen Dr. Anderson."

„Vielen Dank."

„Anderson ist der Beste", erklärte Harry. „Er ist ein guter Freund von Sam, weil sie so oft in der Notaufnahme landet."

„Gut zu wissen."

Terry wusste es zu schätzen, dass Harry versuchte, die Moral hoch zu halten, aber seine Panik wuchs mit jeder Minute, die in dem kleinen, stickigen Raum verstrich.

Ein kurzes Klopfen an der Tür, dann war der Arzt da. „Ich bin Dr. Anderson, der behandelnde Arzt."

„Terry O'Connor. Ich bin …", er konnte kaum sprechen, weil ihm ein riesiger Kloß in der Kehle steckte, „Lindseys Verlobter."

Anderson schüttelte Terry, Byron und Harry die Hand. „Schön, Sie zu sehen, Dr. Flynn."

„Wie geht es ihr?", fragte Harry.

„Wir wiederholen gerade ihre Bluttests, da sie etwas auffällig waren. Sobald wir mehr wissen, informiere ich Sie."

Terry wollte nachfragen, was das hieß, doch er fürchtete, dass er es gar nicht so genau wissen wollte. „Ist Lindsey wach? Darf ich sie sprechen?"

„Sie ruht sich gerade aus, aber Sie können bald zu ihr."

Harry folgte dem Arzt aus dem Zimmer und schloss die Tür hinter sich.

Terry starrte die Tür an, bis sie sich wieder öffnete. „Was hat er gesagt?"

„Nichts."

Harrys gerunzelte Stirn machte Terry Sorgen. „Bitte verrat es mir."

„Sie wissen noch nichts Genaues. Es ist besser, zu warten, bis die Testergebnisse da sind."

„Sag es mir, Harry. Was glauben sie, was es ist?"

„Es könnte alles Mögliche sein, von Anämie bis Leukämie."

Byron keuchte auf.

Terry fühlte sich, als hätte sich eine Falltür unter ihm geöffnet und als sei er in einen tiefen, dunklen Abgrund gestürzt. „Das kann nicht sein. Sie ist kerngesund." Oder war es zumindest bis vor Kurzem gewesen.

Harry legte ihm eine Hand auf die Schulter. „Warten wir ab, was sie herausfinden."

Dass Harry besorgt klang, verstärkte nur noch den Tsunami aus Angst und Schrecken, der sich in Terry aufbaute.

„Ich muss zu ihr."

„Dr. Anderson hat gesagt, er holt dich so schnell wie möglich", erinnerte ihn Harry.

Terry setzte sich und stützte den Kopf in die Hände, denn bei dem Gedanken, dass Lindsey schwer krank sein könnte, drohte ihn Verzweiflung zu überwältigen. Sie wollten in ein paar Monaten heiraten. Es konnte ihr jetzt nichts passieren.

Das durfte einfach nicht sein.

Auf dem Weg zu Bryant schaute Sam auf ihr Handy, in der Hoffnung, dass es Neuigkeiten über Lindsey gab.

„Glaubst du, dass es etwas Schlimmes ist?", fragte Freddie.

„Ich hab keine Ahnung, aber sie hat sich in letzter Zeit nicht gut gefühlt."

„Sie war so bleich, als man sie rausgerollt hat. Sogar ihre Lippen waren weiß."

„Das habe ich auch gesehen."

Der BlackBerry, mit dem sie mit Nick kommunizierte, summte in ihrer Tasche. Sie holte ihn heraus und fand eine SMS von Nick, in der er sie fragte, ob sie etwas von Lindsey gehört habe.

Noch nicht, doch sie war furchtbar blass, als sie sie abtransportiert haben. Ist Terry bei ihr?

Oje, und ja, er ist vor etwa zwanzig Minuten losgefahren. Harry hat ihn begleitet.

Das ist gut. Er kann ihm beistehen.

Lass es mich wissen, wenn du etwas hörst.

Mach ich. Du auch.

„Terry und Harry sind in der Klinik." Sam steckte den BlackBerry wieder ein. „Ich habe völlig vergessen, wohin wir fahren und warum." So aufgewühlt war sie nicht mehr gewesen, seit sie in Camp David ihren Schwager Spencer bewusstlos aufgefunden hatten.

„Zu Bryant, um ihn über die Verbindung zwischen Cox und Forrester und alles andere zu befragen, was er uns sagen kann."

„Ach, richtig." Sam warf einen Blick auf die Uhr. „Ich muss um halb vier zurück im Hauptquartier sein, um das Kleid für das Staatsbankett anzuprobieren, das mir noch nie so unwichtig war wie jetzt."

„Du musst tun, was du tun musst."

„Es fühlt sich falsch an, an etwas so Belangloses wie eine Kleideranprobe zu denken, während Tom im Leichenschauhaus liegt und Lindsey im Krankenhaus ist."

„Du weißt, wie sie ist. Ruhig, gelassen und kein Fan von Drama. Sie würde wollen, dass du dein Ding durchziehst und dich nicht um sie sorgst."

„Das kann ich nicht." In den letzten Jahren der engen Zusammenarbeit war Lindsey McNamara eine von Sams besten und liebsten Freundinnen geworden.

Sie erreichten Bryants Haus in Adams Morgan und klingelten. Da sich nichts tat, klingelte Freddie erneut und hämmerte schließlich gegen die Tür.

„Polizei, öffnen Sie."

„Haben wir seine Nummer?"

„Ich glaube schon."

„Finde sie, und ruf ihn an."

Freddie beschäftigte sich mit seinem Handy. „Gonzo schickt sie mir per SMS." Nachdem er gewählt hatte, stellte er das Telefon auf Lautsprecher. Es klingelte mehrere Male, ehe Bryant mit einem unwilligen Laut antwortete.

„Die Polizei hier. Wir stehen vor Ihrer Tür. Öffnen Sie bitte."

„Ich sage kein Wort ohne meinen Anwalt. Mir ist klar, was Sie vorhaben."

„Schade, denn wir hätten Ihnen später vielleicht helfen können, wenn Sie jetzt in Vorleistung gegangen wären."

„Von welcher Art Hilfe reden wir?"

„Das hängt von der Qualität der Informationen ab, die Sie uns liefern."

„Ich komme runter."

„Beeilen Sie sich. Wir haben nicht viel Zeit."

Vier Minuten später stand Sams Kopf kurz vor dem Platzen. „Wo zum Teufel steckt er?"

Freddie hämmerte erneut an die Tür und spähte durch das Fenster rechts daneben. „Er haut hintenrum ab!"

Sie rannten los, je einer links und rechts um das Gebäude herum zur Rückseite.

Sam war sich bewusst, dass einer ihrer Bodyguards hinter ihr herlief, aber sie nahm sich nicht die Zeit, herauszufinden, wer es war. Ihre Brust und ihre Beine brannten von der Anstrengung, was bewies, dass sie durch das üppige Essen im Weißen Haus stark aus der Form geraten war. Sie bog um die Ecke und stieß mit Bryant zusammen, der noch schneller rannte als sie selbst. Durch den Aufprall gingen sie beide zu Boden.

Sie bekam ihn am Hemd zu packen, ehe sie hart auf ihrer rechten Hand landete und aufschrie, als Schmerz ihren Arm vom Handgelenk bis zur Schulter hochschoss. Etwas hatte sie an ihrer linken Wange getroffen, was teuflisch wehtat. Sie zwang sich, sich ihre Handschellen zu schnappen und sie Bryant anzulegen, bevor sie versuchte, zu Atem zu kommen, wobei sie merkte, dass eine ihrer Hände nicht so funktionierte, wie sie sollte.

Dann meldete sich ein scharfer Schmerz in der Nähe ihrer Hüfte und verdrängte alle anderen Sorgen. Wenn sie sich ihre erst kürzlich geheilte Hüfte erneut gebrochen hatte, würde sie Bryant mit bloßen Händen erwürgen.

KAPITEL 9

Sie wusste nicht, wie lange sie auf Bryant hockend nach Luft gerungen hatte, bevor Freddie auftauchte. Als er Sam auf dem Abgeordneten sitzen sah, beschleunigte er seine Schritte.

„Na so was. Ich hab Verstärkung angefordert. Sie müsste jeden Moment hier sein."

Sam blickte zu ihm hoch.

Er riss die Augen auf. „Du bist verletzt."

„Nein. Mir geht's gut."

„Du blutest im Gesicht."

Sie hob die Hand, um zu ertasten, wovon er sprach, und schaute auf ihre blutverschmierten Finger. „Verdammter Mist." Warum musste so etwas immer kurz vor einem wichtigen Ereignis passieren? Jedes Mal!

„Das ist Polizeigewalt!", rief Bryant.

„Klappe. Sie sind vor uns geflüchtet. Warum haben Sie das getan?"

„Weil ich Ihnen nichts zu sagen habe."

Sam bewegte sich vorsichtig, um aufzustehen, und winkte ab, als Freddie ihr hochhelfen wollte. Ein stechender Schmerz durchzuckte ihre Hüfte, und sie musste sich ein Keuchen verkneifen.

„Was ist mit deiner Hand?", fragte Freddie.

„Nichts. Warum?"

„Weil sie blutet und herunterhängt, als ob sie gebrochen wäre.“

„Die ist nicht gebrochen.“

„Bist du dir sicher?“

„Nein.“

„Sam …“

„Schaffen wir ihn zurück ins Hauptquartier, damit wir ihm endlich unsere Fragen stellen können.“

Bryant wehrte sich gegen Freddies Versuch, ihn um die Hausecke zu führen, hinter der ein Streifenwagen wartete. „Ich will einen Anwalt! Sie werden es bereuen, mich so behandelt zu haben. Ich bin immer noch ein Abgeordneter im Kongress der Vereinigten Staaten!“

Sam sah ihn scharf von der Seite an. „Erzählen Sie das dem Richter.“

Sie humpelte zum SUV und war sich mit jedem Schritt sicherer, dass sie sich wieder an der Hüfte verletzt hatte und dass ihr Handgelenk tatsächlich gebrochen war. Aber sie hatte jetzt keine Zeit, sich damit auseinanderzusetzen.

Vernon erwartete sie mit einem Verbandskasten in der Hand. Er warf einen Blick auf ihr Gesicht und holte Mullkompressen und Salbe heraus. „Setzen Sie sich.“

Sie ließ sich vorsichtig nieder und keuchte, als ihr Gesäß auf dem Ledersitz landete.

„Was ist passiert?“, fragte Vernon, während er ihr das Gesicht abtupfte.

Zischend zuckte sie zurück. „Was zum Teufel ist das? Batteriesäure?“

„Ganz genau. Wie haben Sie das erraten?“

„Meist weiß ich Ihren Sarkasmus zu schätzen. Heute nicht.“

„Wollen Sie in die Notaufnahme?“

„Nein.“

„Heben Sie bitte mal den Arm.“

„Ich will nicht.“

„Sam.“

„Ja, Vernon?“

„Ich bin verpflichtet, meinen Vorgesetzten zu informieren, dass die First Lady verletzt ist."

„Wenn Sie das tun, werde ich nie wieder mit Ihnen sprechen."

„Doch, das werden Sie."

„Werd ich nicht."

„Sam, bitte."

„Vernon! Ich habe um halb vier eine Anprobe meines Kleids für morgen Abend, die ich auf keinen Fall verpassen darf. Außerdem sitzt mir das gesamte FBI im Nacken, um den Fall Forrester in die Finger zu bekommen. Ich muss heute noch etwas liefern, sonst übernehmen die einfach."

„Darf ich Sie darauf hinweisen, dass Sie zu Hause Ihren eigenen Arzt haben, der uns im Hauptquartier treffen könnte, um Ihre Verletzungen zu behandeln, während Sie sich um Ihre Arbeit kümmern?"

„Ja, dürfen Sie."

„Würden Sie weiter mit mir sprechen, wenn ich Dr. Flynn mitteile, dass die First Lady seine Dienste an ihrem Arbeitsplatz benötigt?"

Sam warf ihm einen Seitenblick zu, um zu sehen, ob er sich Mühe geben musste, nicht zu lachen. „Versuchen Sie gerade, mich zu managen?"

„Würde ich das jemals tun?"

„Ja, ich glaube schon."

„Soll ich mit Dr. Flynn sprechen?"

„Ja, bitte."

„War das jetzt so schwer?"

„Übertreiben Sie's nicht."

„Das sagt meine Frau seit fast dreißig Jahren zu mir."

„Dann müssten Sie es eigentlich inzwischen gelernt haben."

„Was gelernt?", fragte Freddie, der sich zu ihnen gesellte.

„Es nicht zu übertreiben."

„Was haben Sie getan, Vernon? Haben Sie ihr vorgeschlagen, die Notaufnahme aufzusuchen, oder so?"

„So ähnlich. Ich werde ihn jetzt anrufen und Sie dann so schnell wie möglich zurück ins Büro bringen."

Nachdem Vernon gegangen war, wollte Freddie wissen: „Was war los?"

„Er bittet Harry, ins Hauptquartier zu kommen, um sich um das hier zu kümmern." Sie deutete mit dem Kinn auf ihre verletzte Hand.

„Gute Idee."

„Ich muss zu dieser Anprobe." Sam schaute ihn an. „Ich weiß, es ist komplett nebensächlich, aber Nick bittet mich selten um etwas. Das ist wichtig."

„Ja, das ist es, und es ist nicht nebensächlich."

„Verglichen mit der Suche nach Toms Mörder schon."

„Das sind verschiedene Arten von ‚wichtig'."

„Dr. Flynn ist bei Dr. McNamara in der Notaufnahme, doch er ist damit einverstanden, nach Ihnen zu sehen, weil ihr Verlobter ebenfalls dort ist."

„Jetzt fühle ich mich schlecht, weil Terry und Lindsey Harry eigentlich dringender brauchen als ich."

Vernon warf einen Blick auf die Hand, die in einem seltsamen Winkel in ihrem Schoß lag. „Ich bin mir nicht sicher, ob das stimmt."

Sam hoffte, dass ihre gerunzelte Stirn für sie sprach. „Erzählen Sie bloß meinem Mann nichts davon – und auch niemandem, der es ihm weitersagen könnte. Er hat genug andere Sorgen."

„Jawohl, Ma'am."

Er wartete, bis sie die Beine ins Auto gezogen hatte – verdammt, tat das weh –, dann schloss er die Tür und stieg auf der Fahrerseite ein.

„Das war eine tolle Festnahme, Sam", meinte Jimmy, als sie auf dem Weg zum Hauptquartier waren.

„Ich hatte Glück, dass ich mit ihm zusammengestoßen bin."

„Findest du?", fragte Freddie.

„Ich hab ihn an der Flucht gehindert. Das ist die Hauptsache."

Freddie musterte sie besorgt. „Ich hoffe, es ist nichts Ernstes."

Der Schmerz, der in Wellen von ihrer Hüfte ausstrahlte, ließ sie befürchten, dass es leider tatsächlich etwas Ernstes sein könnte. Dabei hatte sie absolut keine Zeit dafür, sich schon wieder um so etwas zu kümmern.

~

Während er den kleinen Raum mindestens tausend Mal durchquerte, hatte Terry das Gefühl, genau zu wissen, wie sich ein Tiger im Käfig fühlen musste.

Harry nahm einen Anruf entgegen. „Ja, ich kann sie in einer halben Stunde dort treffen." Er wandte sich an Terry. „Sam hat sich bei der Arbeit verletzt. Ich muss zu ihr ins Hauptquartier."

„Warum kommt sie nicht her?"

„Sie sagt, sie hat keine Zeit. Und sie will nicht, dass Nick etwas davon erfährt. Ruf mich an, wenn du was vom Arzt hörst."

„Wie lange muss ich noch warten, bis ich Lindsey sehen kann?"

Die Tür öffnete sich, und Dr. Anderson trat ein. „Sie dürfen jetzt zu ihr, Mr O'Connor."

Terry eilte zur Tür und rannte in seiner Eile fast den Arzt um.

Harry folgte ihm in Lindseys Untersuchungsraum.

Ihr Anblick erschreckte Terry. Sie war so schrecklich bleich. Sie streckte die Hand nach ihm aus.

Mit wenigen Schritten war er bei ihr und ergriff ihre Hand. Sie war eiskalt.

„Es tut mir leid, dass ich dir einen solchen Schreck eingejagt habe."

„Mir geht es gut, wenn es dir gut geht." Er schaute Dr. Anderson an, der an einem Computerterminal tippte. „Womit haben wir es zu tun, Doc?"

„Lindsey hat extreme Anämie – Blutarmut –, und das ist beunruhigend. Wir versuchen herauszufinden, was da los ist."

„Bin ich deswegen so müde?"

„Das steht zu vermuten. Waren Sie in den letzten Monaten krank?"

„Vor ein paar Wochen hatte ich ein seltsames Virus und mehrere Tage lang hohes Fieber."

„Wie lange etwa?"

Sie sah Terry an. „Fast eine Woche."

Terry nickte.

„Gut zu wissen", sagte Anderson. „Möglicherweise ist die Abwehr des Infekts der Grund für den Mangel an roten Blutkörperchen."

„Das kann passieren?"

„Durchaus."

„Das ist mir auf jeden Fall lieber als Leukämie", meinte Lindsey.

„Ja, mir auch. Lassen Sie uns die Werte noch etwas genauer analysieren."

„Kann ich nach Hause?"

„Ich möchte Sie über Nacht hierbehalten, um herauszufinden, was los ist."

Das war nicht das, was sie hatte hören wollen.

Terry hingegen war es lieber, wenn sie in der Obhut von Leuten war, die wussten, was sie taten. „Die Ärzte hier sind am besten in der Lage, herauszufinden, was los ist, Lindsey."

Ihre Augen füllten sich mit Tränen. „Aber morgen ist doch das Staatsbankett."

„Es wird noch weitere geben."

„Terry hat recht", mischte sich Harry ein. „Lass Dr. Anderson ein paar Tests machen und der Sache auf den Grund gehen, um deiner Gesundheit willen."

Lindsey nickte und wischte sich mit einem Taschentuch, das Terry ihr reichte, die Tränen weg, was dessen ohnehin schon gespannte Nerven weiter strapazierte. Lindsey weinte selten. Sie neckte ihn sogar damit, dass ihn Filme und Fernsehsendungen rührten, die sie kaltließen. Er behauptete dann immer, sie habe bei der Arbeit zu viel Formaldehyd eingeatmet und sei abgestumpft.

Terry liebte ihre kleinen Insiderwitze. Seine Beziehung zu ihr war etwas, was er noch nie zuvor erlebt hatte, so tief, dass sie ihm wie ein Teil von ihm selbst vorkam.

„Was auch immer du denkst, lass es", sagte sie, als sie allein im Zimmer waren.

Harry war zu Sam aufgebrochen, und der Arzt hatte sich mit den Worten entschuldigt, er werde später noch mal nach ihnen sehen.

„Darf ich nicht daran denken, wie sehr ich dich liebe, Lindsey?"

„Oh, das ist absolut erlaubt."

„Hab ich schon vermutet."

„Hey!"

Terry sah sie an. „Was hey?"

„Reg dich bitte wieder ab. Es geht mir gut, Terry."

„Ich kann nichts dafür, dass ich hohldrehe."

„Begib dich nicht an die dunklen Orte, hörst du?"

„Ja."

„Es wird sich klären, was mit mir los ist, und dann schauen wir weiter."

Er konnte nur einfach das Wort „Leukämie" nicht vergessen. Was sollten sie tun, wenn es wirklich etwas so Schreckliches war?

„Terry. Hör jetzt sofort auf."

„Sorg dich nicht wegen mir, Lindsey. Es geht hier nicht um mich."

„Natürlich. Es geht um uns beide, nur kann ich mich nicht aufs Gesundwerden konzentrieren, wenn ich mir Gedanken um dich mache. Dies ist eine so wichtige Woche für dich …"

„Ach, vergiss das alles. Das tu ich auch."

„Wie kannst du das?"

Er hatte wochenlang zwölf Stunden am Tag gearbeitet, um den Staatsbesuch vorzubereiten und sicherzustellen, dass alles reibungslos ablaufen würde. „Ich habe nicht mehr daran gedacht, seit ich gehört habe, dass du in einem Krankenwagen abtransportiert wurdest."

Sein Arbeitshandy klingelte.

„Nimm den Anruf an", sagte Lindsey.

Er ließ ihre Hand los, um das Handy aus seiner Anzugtasche zu fischen. Der Anrufer war Nick. „Mr President."

„Wie ist sie drauf?"

„Munter", erwiderte er mit einem Lächeln zu seiner Liebsten.

„Das ist immer gut.“

„Ja.“

„Ich hab mich mit Derek getroffen, und er ist bereit, sich um die restlichen Dinge für morgen zu kümmern.“ Derek Kavanaugh war der stellvertretende Stabschef, der sonst hauptsächlich für die Beziehungen zum Kongress zuständig war. „Nimm dir also so viel Zeit, wie du brauchst.“

„Aber …“

„Kein Aber. Das ist hiermit per Dekret geregelt.“

Terry lachte leise. „Dann füge ich mich natürlich, und wenn nötig bin ich jederzeit telefonisch erreichbar.“

„Gut zu wissen. Kümmere dich um deine Familie. Dank deiner minutiösen Vorbereitung wird morgen alles glattlaufen.“

„Vielen Dank, Mr President.“

„Melde dich bitte regelmäßig mit Updates, und grüß Lindsey von uns.“

„Das werde ich. Danke nochmals.“

„Alles für die Familie, Terry. Morgen früh melde ich mich wieder.“

Er legte auf.

Terry lächelte Lindsey an. „Nun, ich schätze, ab jetzt hast du einen Vollzeit-Krankenpfleger.“

„Ich könnte mir keinen besseren wünschen.“

Als sie wieder im Hauptquartier ankamen, hatte Sam starke Schmerzen, was sie allerdings vor Freddie, Vernon und Jimmy zu verbergen versuchte. Sie musste diesen Tag durchstehen, den Fall Forrester vorantreiben und sich auf ihre Aufgaben als First Lady vorbereiten. Sie hatte keine andere Möglichkeit, als weiterzumachen.

Vernon und Jimmy, die normalerweise draußen auf sie warteten, gingen voran, als zweifelten sie daran, dass sie sich tatsächlich von Harry untersuchen lassen würde, bevor sie mit den Ermittlungen fortfuhr.

„Was tun Sie da?", fragte sie die beiden.

„Unsere Arbeit", antwortete Vernon.

Sie biss die Zähne zusammen, während sie sich zum Eingang der Gerichtsmedizin begab, und wandte sich drinnen an Byron. „Gibt es was Neues von Lindsey?"

„Noch nicht. Terry ist bei ihr, und sie haben versprochen, sich zu melden, sobald sie was wissen. Sie hat mich gebeten, hierher zurückzufahren, weil wir mit dem Fall Stahl mehr als genug zu tun haben."

„Halten Sie mich auf dem Laufenden."

„Natürlich."

Sie verließ die Gerichtsmedizin und machte sich auf den

Weg zum Großraumbüro, der ihr nie länger erschienen war als heute.

„Was ist los?", erkundigte sich Freddie leise, damit niemand sie belauschen konnte.

„Nichts."

„Sam."

Sie richtete ihren drohenden Blick auf ihn. „*Nichts.* Hör auf." Glücklicherweise bohrte er nicht weiter, als sie die Mordkommission erreichten, wo Harry vor Sams Büro an der Wand lehnte und auf sein Handy schaute.

„Hey", wandte sie sich an ihn. „Danke fürs Kommen. Wie geht's Lindsey?"

Er musterte sie kurz und runzelte die Stirn. „Ihr geht es gut, dir hingegen …"

„Sei still. Komm rein."

Mit der linken Hand fischte sie ihre Schlüssel aus der rechten vorderen Hosentasche, was nicht so einfach war, wie sie gedacht hatte.

„Mein Gott, Sam."

„Bitte … Wenn dir etwas an mir liegt, dann sag hier draußen kein Wort mehr."

Er folgte ihr ins Büro und schloss die Tür hinter sich.

„Ich hab ein Problem, Harry. Das FBI versucht, unsere Ermittlungen an sich zu reißen, die Kanadier kommen in die Stadt, und ich kann jetzt unmöglich außer Gefecht sein. Ist es möglich, mich bis morgen Abend zusammenzuflicken?"

„Ich kann's versuchen." Er öffnete eine Arzttasche, die sie bisher nicht bemerkt hatte. „Wo sollen wir anfangen?"

„Mit dem Gesicht. Vernon hat was draufgeschmiert, das hat ganz schön gebrannt. Was brauchen wir noch?"

Harry trat näher, um sich das Ganze genauer anzusehen. „Vielleicht ein paar Stiche."

„Gibt es eine andere Option?"

Seufzend zog er etwas aus seiner Trickkiste und tupfte es auf ihre Wange.

Sam versuchte, nicht zusammenzuzucken.

Er reichte ihr ein Kühlpack. „Das wirst du brauchen, damit es nicht noch mehr anschwillt."

„Okay."

„Was ist als Nächstes dran?"

„Äh, vielleicht mein Arm? Ich weiß nicht, was damit ist."

Harry half ihr aus der Jacke und keuchte, als sein Blick auf ihr geschwollenes Handgelenk und ihre Hand fiel. „Sam, um Himmels willen. Das Handgelenk könnte gebrochen sein."

„Ist es nicht."

„Das kann ich hier nicht behandeln. Ich brauche Röntgenaufnahmen und einen Orthopäden und …"

„Kannst du das bei uns zu Hause machen?"

„Ja, aber …"

„Dann werden wir uns nach meiner Schicht dort darum kümmern."

„Du kannst nicht den ganzen Tag mit einem möglicherweise gebrochenen Handgelenk rumlaufen."

„Doch, kann ich. Ich werde vorsichtig sein."

„Das ist verrückt, selbst für deine Verhältnisse."

„Ich habe es mit einem ermordeten Staatsanwalt zu tun, der nicht nur ein Kollege, sondern auch ein Freund war. Außerdem habe ich das Treffen mit den Kanadiern vor mir. Ich kann mich jetzt nicht damit beschäftigen."

„Du musst mit der Hand und dem Handgelenk sehr vorsichtig sein, bis ich es richten kann. Wenn es gebrochen ist, können die Knochenteile weitere Verletzungen verursachen."

Sam wurde schon beim Gedanken daran beinahe ohnmächtig. „Ich werde aufpassen."

„Hast du hier irgendwas gegen die Schmerzen?"

Sam deutete mit ihrem Kinn auf das Ibuprofen auf ihrem Schreibtisch.

Harry schüttelte vier Pillen aus dem Fläschchen und reichte sie ihr zusammen mit einer offenen Wasserflasche, die schon seit ein paar Tagen dort stand.

Sam nahm die Pillen und spülte sie mit dem Wasser hinunter, in der Hoffnung, dass sie schnell wirken würden.

„Ich möchte, dass du mir bestätigst, dass du gegen meinen ausdrücklichen Rat als Arzt handelst."

„Ist hiermit bestätigt. Ich suche dich auf, sobald ich zu Hause bin."

Nachdem er etwas auf die Abschürfungen auf ihrer Handfläche aufgetragen hatte, die höllisch wehtaten, griff er in die Tasche und holte eine elastische Binde hervor. „Die musst du tragen."

„Was, wenn ich nicht will?"

„Keine Diskussion."

Wieder musste Sam die Zähne zusammenbeißen, um nicht zu schreien, als er das Foltergerät um ihr verletztes Handgelenk wickelte.

„Komm so schnell wie möglich nach Hause, sonst wird alles nur noch schlimmer."

„Werde ich."

„Sonst noch was?"

„Das war's."

„Sicher?"

Ohne mit der Wimper zu zucken, sah sie ihm in die Augen. „Absolut."

„Bitte sei vorsichtig, Sam."

„Versprochen. Danke für deine Hilfe."

„Gern geschehen."

„Erzähl Nick nichts davon."

„Verlang nicht von mir, dass ich Geheimnisse vor meinem Chef und Freund habe."

„Ich bin auch deine Freundin."

„Okay, ich werde ihm nichts verraten, aber du solltest mit ihm sprechen, und zwar bald. Du weißt, was er davon hält, wenn du ihm etwas verheimlichst."

„Ich werde es ihm beibringen, wenn ich heimkomme. Er hat schon genug um die Ohren, ohne sich auch noch um mich sorgen zu müssen."

Sie spürte, dass Harry mehr zu sagen hatte, doch er nickte nur, schnappte sich seine Tasche und verließ das Zimmer. Hätte es nicht mehr wehgetan, als sie ertragen konnte, hätte sie die elastische Binde entfernt, sobald er weg war.

Freddie erschien in der Tür und registrierte die Bandage, sparte sich aber dankenswerterweise jeden Kommentar. „Wir haben ein paar neue Informationen. Die anderen sind im Konferenzraum, bereit für die Besprechung."

„Ich bin gleich da."

„Solltest du vielleicht besser nach Hause fahren?"

„Nein." Sie bedeutete ihm vorzugehen und folgte ihm in den Konferenzraum, wobei sie sich die Tränen wegblinzeln musste, weil jede Bewegung höllisch schmerzte. Was verriet es über sie, dass sie sich bei der Verhaftung eines einzigen popeligen Verdächtigen so viele Verletzungen zuzog? Sie wurde alt. Das verriet es.

Ein kurzer Blick auf die Wanduhr im Konferenzraum zeigte ihr, dass sie noch eine Dreiviertelstunde Zeit hatte, bis sie Marcus in der Gerichtsmedizin treffen musste. Wie zum Teufel war schon wieder ein Tag so völlig an ihr vorbeigerauscht?

„Was gibt es Neues über Dr. McNamara?", wollte Gonzo wissen.

Sam vermutete, dass er sich so förmlich ausdrückte, weil Polizisten anwesend waren, die nicht zu ihrer Einheit gehörten. „Nichts. Dr. Tomlinson hat versprochen, uns zu informieren, sobald er mehr weiß. Wo ist der Abgeordnete Bryant?"

„Er wird gerade erkennungsdienstlich behandelt", sagte Freddie.

„Gut, ich will ihn in einem Verhörraum haben, sobald das beendet ist."

„Ich werde mich darum kümmern", erbot sich Freddie.

Er verließ den Raum.

„Was haben wir sonst noch?", fragte Sam.

„Geht es dir gut?", erkundigte sich ihre Freundin Detective Erica Lucas.

„Ja." Sam bedeutete ihr mit der linken Hand, weiterzumachen.

„Ich habe den Autopsiebericht gründlich geprüft und nichts weiter gefunden als das, was wir bereits wussten", übernahm

Gonzo. „Jemand hat Tom Forrester in seinem Auto auf der Constitution Avenue durch einen Kopfschuss getötet."

Sam hätte am liebsten vor Frustration geknurrt, weil er Dinge wiederholte, die ihnen bereits bekannt waren. „Was hat die Auswertung seines privaten Handys ergeben?"

„Nichts außer Anrufen bei seiner Frau um neun Uhr abends an drei aufeinanderfolgenden Tagen, alle während der Zeit, als Bryants Leute sie gefangen gehalten haben." Lucas hatte schulterlanges dunkles Haar, haselnussbraune Augen und die Art von Wangenknochen, für die andere Frauen töten würden. „Es gab eine SMS von seinem Zahnarzt mit einer Terminerinnerung und eine von der Tierschutzbehörde in Gaithersburg, die sich nach dem Hund der Forresters erkundigte. Ich habe dort angerufen, um zu fragen, ob es Routine ist, einen Hund zu untersuchen, den ein anderer Hund verletzt hat, und erfahren, dass sie sich vergewissern müssen, dass bei keinem der beiden Tiere Anzeichen von Tollwut vorhanden sind. Abgesehen von den Nachrichten einiger Freunde, in denen es um so banale Dinge wie die bevorstehende Auslosung der Fantasy-Baseball-Liga ging, gab es in der letzten Woche nichts weiter von Bedeutung."

„Danke für den Bericht", sagte Sam. „Da es verschlüsselt war, habe ich Toms Arbeitshandy an Agent Hill übergeben, zur Analyse durch das FBI."

„Wir haben mit jedem Mitglied von Forresters Team unter vier Augen gesprochen", berichtete Harper mit einer Geste, die Coheeny einschloss.

Harper hatte dunkles Haar, ebensolche Augen und war gebaut wie jemand, der viel Zeit im Fitnessstudio verbrachte. Coheeny war blond und hatte ein Auftreten, das Sam sofort gegen ihn aufbrachte. Sie stand nicht auf Impertinenz, Anmaßung oder was auch immer sein Problem war.

„Wir haben nichts Hilfreiches erfahren", fuhr Harper fort. „Seine Leute haben ihn geliebt und sind zutiefst bestürzt und traurig über seinen Tod."

„Viele Tränen", fügte Coheeny hinzu.

„Wir haben uns eingehend nach Fällen oder Situationen erkundigt, die zu einem Mord geführt haben könnten, doch niemand konnte sich an etwas anderes erinnern als an die üblichen Dinge, mit denen sie routinemäßig zu tun haben", übernahm Harper wieder. „Aber mit diesen Fällen war Forrester nicht direkt befasst."

Sam verarbeitete das und suchte nach Zusammenhängen, fand jedoch keine.

Freddie kehrte zurück. „Bryant ist in Verhörraum zwei."

„Danke", antwortete Sam. „Vielen Dank auch für die Informationen. Dann ermitteln wir weiter."

Nachdem die anderen den Raum verlassen hatten, sah Sam Freddie an. „Schieb mich für die Vernehmung in den Verhörraum, ohne eine Show daraus zu machen."

„Wie, ich soll dich auf diesem Stuhl da rüberschieben?"

„Richtig."

Sam war klar, dass er Fragen hatte, aber zum Glück tat er, worum sie ihn gebeten hatte, und schob sie mitsamt ihrem Bürostuhl aus dem Konferenzraum und den Flur entlang zu Verhörraum zwei. Vor der Tür sagte sie: „Stopp."

Sie wappnete sich, erhob sich und keuchte vor Schmerz auf. „Sam."

Sie ignorierte Freddie und wartete, bis sie sich ausreichend unter Kontrolle hatte, um die Tür zu öffnen und mit so viel Energie, wie sie unter diesen Umständen aufbringen konnte, den Raum zu betreten. Als sie in Bryants Gesicht ein paar üble Abschürfungen entdeckte, fühlte sie sich bezüglich ihrer eigenen Verletzungen ein wenig besser.

Er warf ihr einen finsteren Blick zu. „Ohne meinen Anwalt sage ich gar nichts."

„Das erleichtert uns die Sache. Detective Cruz, würden Sie den Abgeordneten unten in einer unserer gemütlichen Zellen unterbringen?"

„Ja, Ma'am."

Sam machte sich auf den Weg zur Tür.

„Warten Sie."

Sie biss die Zähne zusammen und drehte sich um. „Was ist?"

„Wie lange werde ich da unten bleiben müssen?"

„Bis Ihr Anwalt eintrifft. Detective Cruz wird ihn für Sie anrufen."

„Ich, äh … Mein Anwalt hat gerade das Mandat niedergelegt. Deshalb muss ich mir erst einen neuen suchen."

„Haben Sie jemanden im Sinn?"

„Nicht wirklich. Meiner ist mit mir aus Wisconsin nach Washington gekommen … Wir haben so lange zusammengearbeitet. Ich weiß nicht, wen ich fragen soll."

„Sollen wir das Büro des Pflichtverteidigers für Sie benachrichtigen?"

„Um Gottes willen, nein."

„Mr Bryant, können Sie sich einen eigenen Anwalt leisten?" Sam freute sich über seinen wütenden Gesichtsausdruck, als sie ihn nicht mit „Herr Abgeordneter" ansprach.

„Wie gesagt, mein Vermögen ist eingefroren."

„Wenn Sie eine eigene rechtliche Vertretung nicht bezahlen können, werden Sie sich wohl oder übel an das Büro der Pflichtverteidiger wenden müssen."

„Wie lange wird das dauern?"

„Die sind oft ziemlich überlastet. Da können schon ein paar Tage ins Land gehen."

„Ich möchte eine Kautionsverhandlung."

„Die gibt es erst nach einer Befragung und der Anklageverlesung, und da Sie nach einer ersten Freilassung auf Kaution mit einer neuen Anklage zurück sind, würde ich nicht darauf hoffen, dass Sie schnell entlassen werden."

Damit überließ sie Freddie den Abgeordneten, der ihr etwas nachrief, was sie ignorierte.

Sie ließ sich auf ihren Schreibtischstuhl sinken und rollte zurück in ihr Büro.

Als sie um die Ecke zum Großraumbüro bog, kam Captain Malone auf sie zu und hielt kurz inne, als er sie auf dem Stuhl sah.

„Darf ich fragen?"

„Bitte nicht."

„Was zum Teufel ist passiert?"

„Bryant wollte fliehen. Ich habe ihn aufgehalten."

„Wären Sie in der Notaufnahme nicht besser aufgehoben?"

„Harry war hier und hat mich untersucht."

Malone musterte sie skeptisch. „Sie gehören nach Hause und ins Bett."

„Ausgeschlossen. Hier ist zu viel zu tun. Wir kommen mit den Ermittlungen im Fall Forrester nicht so gut voran, wie ich es mir wünschen würde."

„Ich wollte Sie fragen, ob Sie bereit wären, die Medien zu informieren."

„Wir haben nichts. Ich werde dort draußen Prügel beziehen. Geben Sie mir vierundzwanzig Stunden."

„Was hat Bryant gesagt?"

„Er will einen Anwalt, da jedoch sein Vermögen eingefroren ist, besorgt ihm Freddie einen Pflichtverteidiger."

„Er wird also ein, zwei Tage unser Gast sein."

„Sieht ganz so aus. Ich würde es begrüßen, wenn er bis zum Prozess in U-Haft bleibt. Wer weiß, wo er hinwollte, als ich ihn umgerannt habe? Wenn wir ihn freilassen, wird er untertauchen."

„Einverstanden."

„Ich werde mit Faith sprechen."

„Wie halten die sich?"

„Sie machen weiter, erledigen ihren Job, aber in Trauer."

„Was werden Sie wegen Cox unternehmen?"

„Ich bin noch nicht sicher. Eigentlich muss ich erst mit Bryant über ihn reden, ehe ich meinen nächsten Schritt planen kann."

Gonzo erschien an der Bürotür.

„Was ist los?", fragte Sam.

„Rosemary Bryant und ihr Sohn Randy, der sich heute stellen sollte, sind verschwunden. Anrufe gehen direkt auf die Mailbox."

„Ist es möglich, dass sie in einem Flugzeug sitzen?", erkundigte sich Malone.

„Sie waren auf einen Flug am frühen Morgen gebucht, der pünktlich um die Mittagszeit hier in Washington gelandet ist. Die Streifenbeamten, die ich hingeschickt hatte, sagten, es gebe keine Spur von ihnen. Rosemary wusste, dass unsere Beamten sie abholen würden. Ich habe bei der Fluggesellschaft nachgefragt, und man hat mir bestätigt, dass sie nicht an Bord waren."

„Verdammt", fluchte Sam. „Sollen wir die U.S. Marshals einschalten?"

„Ich habe Jesse Best bereits eine Nachricht hinterlassen", erwiderte Gonzo. Best war der Agent, der das Marshal-Büro in Washington leitete. „Ich hatte das Gefühl, dass die Mutter mir gegenüber ehrlich war, doch vielleicht hat sie, als es drauf ankam, die Nerven verloren, weil ihr Sohn wegen Mordes angeklagt ist, und hat ihr Heil in der Flucht gesucht."

„Was ist mit ihren Pässen?", wollte Malone wissen.

„Ich habe sie auf die Liste setzen lassen."

„Gute Arbeit, Sergeant", lobte Malone. „Halten Sie uns auf dem Laufenden."

„Werde ich."

„Warum kann nie mal etwas einfach und unkompliziert sein?", beklagte sich Sam bei Malone.

„War das eine rhetorische Frage?"

Sam schaute auf ihre neue Uhr und sah, dass sie noch sechs Minuten Zeit bis zur Anprobe in der Gerichtsmedizin hatte. „Ich muss los."

„Wo wollen Sie hin, Sie Rennfahrerin?"

„In die Gerichtsmedizin."

„Was ist denn da los?"

„Letzte Anprobe für morgen Abend."

Malones Lippen zuckten, als er versuchte, ein Lachen zu unterdrücken – und kläglich scheiterte. „Ist das Ihr Ernst?"

„Mein voller Ernst. Es muss sein, und das ist der einzige Weg, wie nicht in fünf Minuten das halbe Hauptquartier darüber redet."

„Lassen Sie sich nicht aufhalten."

„Wie fänden Sie es, wenn Sie mich auf dem Stuhl in die Leichenhalle schieben?"

„Warum tun wir das?"

„Kein besonderer Grund."

„Einfach eine lustige Art, sich fortzubewegen?"

„Genau."

Sie war dankbar, dass er nicht weiter darauf einging. Stattdessen rollte er sie auf dem Stuhl aus dem Großraumbüro und den Gang hinunter Richtung Rechtsmedizin.

„Irgendwas Neues von Dr. McNamara?", fragte er.

„Bisher nicht."

Als sie sich der Gerichtsmedizin näherten, öffnete sich die Eingangstür, und Marcus kam herein. Er trug einen lila Daunenmantel, der ihn bis zum Kinn verhüllte. Sein lockiges blondes Haar war wegen des starken Windes noch wilder als sonst. Neben ihm schritt eine junge Frau mit einem Kleidersack in der Hand.

„Was machst du auf dem Stuhl, und was hast du da am Arm?" Er beugte sich vor, um das genauer zu betrachten. „Ein Verband? Du trägst einen Verband? Und was ist denn bitte mit deinem Gesicht passiert?"

Er hatte die warmen braunen Augen vor Schreck und Entsetzen aufgerissen.

„Entspann dich. Es ist alles in Ordnung."

„Das ist eine glatte Lüge … Was zum Teufel sollen wir mit deinem Gesicht machen?"

„Da lang", befahl Sam.

Der Captain rollte sie in die Gerichtsmedizin, Marcus und seine Assistentin folgten ihnen.

Sam sah zu Captain Malone. „Danke. Ab hier übernehme ich."

„Rufen Sie mich an, wenn ich Sie zurückrollen soll."

„Danke, das werde ich."

KAPITEL 11

Der Captain ging zur Tür, und Sam drehte sich zu Marcus um, der sich aus der Decke wickelte, die ihm als Wintermantel diente.

„Hier lagern also die Toten?"

„Konzentrier dich, Marcus. Ich habe einen straffen Zeitplan."

„Sieh mir in die Augen, und sag mir genau, was verletzt ist, damit ich einen Bogen darum machen kann."

„Gesicht, Arm, Hüfte."

Er keuchte auf. „Wieder die Hüfte?"

„Ja."

„Verdammt, Sam. Ist sie wieder gebrochen?"

„Ich hoffe nicht."

„Wie meinst du das? Bist du nicht im Krankenhaus gewesen?"

„Dafür war keine Zeit." Sie streckte einen Arm nach der Assistentin aus. „Helfen Sie mir bitte hoch, aber schön langsam."

Die junge Frau half Sam vorsichtig auf die Füße. Als die vor Schmerz aufschrie, ließ die Frau sie so schnell los, dass Sam beinah hingefallen wäre. Gerade noch rechtzeitig hielt sie sich am Empfangstresen fest, um nicht die Balance zu verlieren.

„Es tut mir so leid, Mrs Cappuano", entschuldigte die Frau sich unter Tränen.

„Sie können ja nichts dafür“, erwiderte Sam gepresst.

Jeder Versuch, ihr rechtes Bein zu belasten, war mit Qualen verbunden. Am liebsten hätte sie laut gejammert. Das durfte nicht wahr sein. Nicht in dieser Woche.

„Sam“, mahnte Marcus. „Du musst dich untersuchen lassen.“

Sie blinzelte sich die Tränen weg. „Das geht leider nicht. Nick braucht mich. Bitte, Marcus. Wir machen jetzt die Anprobe, und dann muss ich zurück an die Arbeit.“

Sie spürte, dass ihrem Freund noch einiges auf der Zunge lag, doch er verkniff es sich und widmete sich seiner Aufgabe.

Das Kleid aus bordeauxrotem Samt war wunderschön, und sie hatte sich schon bei der ersten Anprobe sexy und kurvenreich gefühlt. Diesmal musste sie sich allerdings zu sehr darauf konzentrieren, bei Bewusstsein zu bleiben und nicht vor Schmerz zu schreien, um auf irgendwas anderes zu achten.

„Bist du sicher …“, begann Marcus, während er das Kleid behutsam um ihre verletzten Gliedmaßen drapierte.

„Bitte. Tu, was du tun musst.“

Sie schloss die Augen und konzentrierte sich auf ihre Atmung, während die beiden ihr Ding machten.

„So, das sollte genügen“, erklärte Marcus ein paar Minuten später. „Ziehen wir es ihr aus.“

Das Ausziehen war genauso qualvoll wie das Anziehen und brachte kalte Schweißausbrüche und Übelkeit mit sich.

„Stylisten für Haar und Make-up sind für morgen gebucht?“, fragte er, während seine Assistentin das Kleid auf einen Bügel hängte.

„Ich nehme an, Lilia hat sich darum gekümmert. Danke fürs Kommen.“

„Das ist meine erste Anprobe in einem Leichenschauhaus.“

Sam lachte. „Es gibt für alles ein erstes Mal.“

„Bist du sicher, dass du klarkommst?“

„Wird schon gehen. Verrat es nur niemandem.“

„Das würden wir nie tun, Liebes.“ Er verabschiedete sich mit einem Kuss auf die Wange von Sam. „Bis morgen.“

„Danke.“

„Jederzeit."

Sam ließ sich in ihren Bürostuhl sinken und atmete tief durch, ehe sie sich kurz dem Selbstmitleid überließ. Warum mussten diese Dinge immer im ungünstigsten Moment passieren? Jedes Mal, wenn Nick sie zu Repräsentationszwecken brauchte, schlug jemand sie zusammen, oder sie verletzte sich anderweitig. Sie streckte die Hand aus, um sich eine Träne abzuwischen, und keuchte, als ihre Finger die Schürfwunde in ihrem Gesicht berührten.

So ein Mist!

Sie hatte keine Zeit für Selbstmitleid.

Jemand hatte Tom ermordet, und sie musste den Täter finden, verhaften und hoffen, dass er für den Rest seines Lebens im Gefängnis verrottete.

Sam rollte zurück ins Großraumbüro und traf glücklicherweise niemanden auf dem Flur, während sie sich mit dem linken Fuß vorwärtsstieß. Wenn es nicht der denkbar schlechteste Zeitpunkt für eine Verletzung gewesen wäre, hätte sie es lustig gefunden. Aber an dieser Situation war absolut nichts lustig.

„Cruz!"

Er erhob sich hinter seinem Schreibtisch. „Ja?"

„Gibt es etwas Neues bezüglich eines Anwalts für Bryant?"

„Deshalb bin ich hier", sagte ein sehr junger Mann, der von der anderen Seite das Großraumbüro betrat und verfolgte, wie sie auf ihrem Schreibtischstuhl auf ihn zurollte.

„Sie sind?"

„Tyson Conway, Absolvent der Rechtswissenschaften." Er reichte ihr seine Visitenkarte. „Ich habe gehört, die Anwälte des Kongressabgeordneten haben ihr Mandat niedergelegt, und dachte mir, ich könnte vielleicht helfen."

„Sein Vermögen ist derzeit eingefroren."

„Das ist mir bekannt."

Sam sah ihn skeptisch an. „Was springt für Sie dabei raus?"

„Ich möchte meine Karriere vorantreiben. Ein Fall wie dieser könnte mir dabei helfen."

„Haben Sie eine Ahnung, wie aufwendig ein solcher Fall ist?"

„Durchaus."

„Na gut, Sie müssen es ja wissen." Sie drehte sich zu Freddie um. „Detective Cruz, bringen Sie Mr Bryant bitte herauf, damit er seinen neuen Anwalt kennenlernt."

„Ja, Ma'am."

„Sie können in Verhörraum eins warten, zweite Tür links den Flur hinunter."

„Danke. Es ist mir eine Ehre, Sie persönlich kennenzulernen. Ich bewundere Ihre Arbeit schon seit Langem."

Sam war nicht in der Stimmung für schleimige Rechtsanwälte. „Danke." Sie rollte auf dem Stuhl in ihr Büro und hätte vor Frust am liebsten geschrien, als er nicht zwischen dem Schreibtisch und dem Aktenschrank durchpasste und sie aufstehen und auf den anderen Stuhl wechseln musste. Verdammt, tat das weh. War es Zeit für mehr Schmerzmittel? Sie schaute auf die Uhr. Erst in ein paar Stunden. Das würde sie nie durchhalten.

Gonzo kam an die Tür. „Hast du einen Moment?"

„Klar."

Er trat ein und schloss die Tür. „Es gibt Hunderte E-Mails zwischen Cox und Forrester." Gonzo legte einen Stapel von Ausdrucken auf ihren Schreibtisch. „Archie hat die gesamte Korrespondenz zwischen den beiden aus dem letzten Jahr gesammelt. Ich dachte, das würdest du gerne sehen."

„Da hast du richtig gedacht."

Er musterte sie genauer. „Alles in Ordnung mit dir?"

„Ja. Ich werde das durchgehen, während Bryant mit seinem neuen Anwalt spricht."

„Wen hat er denn?"

„Einen Typ namens Tyson …", sie blickte auf die Karte, die sie auf den Schreibtisch geworfen hatte, „Conway, Absolvent der Rechtswissenschaften."

Gonzo lachte. „So hat er sich vorgestellt?"

„Ja, und es ist ihm egal, dass Bryants Vermögen aktuell eingefroren ist."

„Interessant."

„Was auch immer nötig ist, um Bryant in einen Verhörraum
zu bekommen, damit er unsere Fragen beantwortet. Irgendwas
über seine Ex und seinen Sohn?"

„Noch nicht, doch Jesses Team ist dran."

„Sie werden sie finden."

„Ich bin so enttäuscht von der Mutter. Sie schien zu verstehen, was auf dem Spiel steht. Das hatte ich nicht erwartet."

„Tut mir leid, dass sie dich im Stich gelassen hat, aber
Menschen sind scheiße."

„Ja, das sind sie. He, ich werde mir in den nächsten Wochen
wohl eine kleine Auszeit nehmen müssen. Christina und ich
haben einen sichereren Wohnkomplex gefunden und werden
umziehen, wenn unser Mietvertrag Ende April ausläuft."

Nachdem Leute, die Avery vor Jahren verhaftet hatte, bei
ihm und Shelby eingebrochen waren, hatte Sam ihrem Team
geraten, sich sicherere Wohnungen zu suchen. Sie war besorgt,
weil ihre Leute durch das Medieninteresse an ihr als Frau des
Präsidenten stärker ins Licht der Öffentlichkeit gerückt waren.

„Nimm dir so viel Zeit, wie du brauchst. Ich bin froh, dass
ihr was gefunden habt."

„War echt nicht leicht. Alles ist so verdammt teuer."

Ihr kam ein Gedanke. „Wenn ihr den neuen Vertrag noch
nicht unterschrieben haben, warum mietet ihr nicht einfach das
Haus in der Ninth Street von uns? Wir machen euch ein gutes
Angebot."

„Echt? Ich glaub's nicht."

„Doch. Es steht leer, und wir sind nie da." Abgesehen von
dem gefürchteten Treffen mit Nicks Mutter, das für Ende der
Woche geplant war ... „Na ja, fast nie."

„Ist das dein Ernst?"

„Lass mich mit Nick sprechen, aber ich bin sicher, er wird
mir zustimmen, dass es viel besser ist, wenn ihr dort wohnt, als
wenn es leer steht. Der Secret Service hat die Sicherheitsvorkeh-

rungen dort stark erhöht, als Nick Vizepräsident geworden ist, es wäre also auf jeden Fall viel besser als da, wo ihr jetzt wohnt."

„Sam ... Das wäre unglaublich. Das Haus ist wunderschön."

„Was zahlt ihr jetzt an Miete?"

„Dreitausendachthundert."

„Im Monat?"

Gonzo lächelte. „Das ist heutzutage ein gängiger Preis."

„Heilige Scheiße."

„Du hast schon länger nicht mehr zur Miete gewohnt."

„Offensichtlich. Das ist ja erschütternd."

„Wie hoch ist die Miete im Weißen Haus?"

„Hahaha. Wir bezahlen unser Essen selbst, von dem hohen nichtfinanziellen Preis ganz zu schweigen, den das Leben dort mit sich bringt."

„Ich würde das, womit ihr euch herumschlagen müsst, nicht gegen Mietfreiheit auf mich nehmen. Nie und nimmer."

„Umsonst ist nur der Tod. Ich schreibe Nick und lass dich wissen, was er meint."

„Auch wenn es nicht klappen sollte, danke für das Angebot."

„Das wird schon klappen."

„Du bist die Beste, Sam."

„Ich weiß!"

Lachend verließ er ihr Büro, und sie fühlte sich gut, weil sie diese Idee gehabt hatte. Sie schickte Nick eine SMS, in der sie ihm ihre Überlegungen zur Ninth Street mitteilte, und begann dann, die beruflichen und privaten E-Mails zwischen Cox und Forrester durchzusehen. Sie hatten in einer kryptischen Sprache korrespondiert, was wahrscheinlich Absicht gewesen war. Vielleicht hatten sie geahnt, dass eines Tages jemand ihre Mails überprüfen würde. Sie konnte Forrester regelrecht sagen hören: *Warum es ihnen leicht machen?*

Sam erfuhr, dass sie zusammen Tennis gespielt hatten, auf Cox' Boot gesegelt waren, mit ihren Ehefrauen und Familien diniert hatten, gemeinsam an Fantasy-Ligen für Baseball und Football teilgenommen hatten und mindestens einmal, wenn nicht zweimal pro Woche zusammen zu Mittag gegessen hatten. Offenbar war Forrester Cox' bester Freund gewesen. Warum hatte Cox ihr das nicht mitgeteilt, als sie ihn nach ihrer Beziehung gefragt hatte? Warum hatte er diese Tatsache vor ihr verheimlichen wollen?

War ihre Freundschaft zerrüttet gewesen?

Wegen Bryant?

Nachdem sie ein paar Minuten darüber nachgedacht hatte, griff sie nach dem Telefon und rief Leslie Forrester an.

Ein Mann meldete sich.

„Hier ist Lieutenant Holland vom MPD. Könnte ich bitte Leslie Forrester sprechen?"

„Sie hat sich kurz hingelegt. Kann sie Sie nachher zurückrufen?"

„Ich würde gerne jetzt mit ihr reden, wenn das möglich wäre."

Nach einer langen Pause erwiderte der Mann: „Lassen Sie mich sehen, was ich tun kann."

Resigniert drückte sie die Lautsprechertaste, legte den Hörer auf den Schreibtisch und las sich weiter durch den Schriftverkehr zwischen den beiden Männern, wobei jede Nachricht, die für sie keinen Sinn ergab, sie mehr verwirrte.

Ein Rascheln im Hintergrund war zu hören, ehe Leslie am Apparat war.

„Tut mir sehr leid, dass ich Sie in dieser schwierigen Zeit noch einmal stören muss", begann Sam.

„Das ist schon in Ordnung. Ich möchte helfen, wenn ich kann."

„Mrs Forrester, ich habe eine Frage zu Toms Beziehung zu Reginald Cox."

„Reggie ist einer von Toms besten Freunden. Sie haben zusammen Jura studiert."

„Ich finde es interessant, dass Cox mir das bei meinem gestrigen Treffen mit ihm nicht erzählt hat. Er hat über Tom in seiner Funktion als Staatsanwalt gesprochen, doch er hat mit keiner Silbe erwähnt, welch wichtige Rolle Ihr Mann in seinem Privatleben gespielt hat. Können Sie sich das erklären?"

„Nein, ich kann mir nicht vorstellen, warum er das nicht erwähnt hat. Die beiden sind wie Brüder. Oder *waren*, sollte ich wohl sagen. Ich kann es immer noch nicht fassen, dass Tom tot ist."

„Tut mir leid, wenn ich Ihre Trauer mit meinen Fragen verschlimmere."

„Ich verstehe, dass Sie nur Ihre Arbeit machen."

„Haben Sie in den letzten Wochen Spannungen zwischen Tom und Reggie bemerkt?"

„Nicht dass ich wüsste, aber wie Aurora gestern schon angemerkt hat, ist Tom in den letzten Monaten außerordentlich gestresst gewesen. Ich habe versucht, ihn dazu zu bringen, mit mir darüber zu reden, doch wie so oft bei seiner Arbeit konnte er nicht viel sagen."

„Hat er je angedeutet, dass Cox ihn unangemessen unter Druck gesetzt hat oder so was?"

„Nicht mir gegenüber. Vielleicht weiß Conlon mehr darüber. Möchten Sie mit ihm sprechen? Er ist hier."

Sam war überrascht, dass Young weiter bei den Forresters war. Er musste der Mann am Telefon gewesen sein. „Ich sehe ihn morgen." Sie wollte ihm ins Gesicht schauen können, wenn sie ihre Fragen stellte. „Ich wäre Ihnen dankbar, wenn unser Gespräch unter uns bleibt."

„Natürlich."

„Wenn Ihnen noch was einfällt, das irgendwie von Bedeutung sein könnte, auch wenn es Ihnen zunächst unwichtig erscheint, rufen Sie mich bitte an."

„Sicher. Was immer ich tun kann, um zu helfen."

„Danke, Leslie. Und Ihnen und Ihren Töchtern ein weiteres Mal mein aufrichtiges Beileid."

„Wir wissen Ihre Anteilnahme zu schätzen. Conlon wird Ihnen bei nächster Gelegenheit die Einzelheiten zur Trauerfeier mitteilen."

„Gut. Ich werde wie versprochen da sein."

„Nochmals vielen Dank, dass Sie bereit sind, ein paar Worte über Tom zu sagen."

„Es ist mir eine Ehre. Bis spätestens dann."

Als Sam auflegte, hatte sie mehr Fragen als zuvor. Was hatte es mit Conlon Young auf sich?

Sie rief von ihrem Handy aus Faith an.

„Hallo, Sam. Wie geht es voran?"

„Langsam und unbefriedigend."

„Ich habe gehört, Bryant hat einen Anwalt."

„Er spricht gerade mit ihm. Ich weiß nicht, was ich von ihm halten soll. Sagt Ihnen der Name Tyson Conway was?"

„Nie gehört."

„Ich auch nicht, aber ich bin mit allem einverstanden, was Bryant in einen Verhörraum bringt."

„Seh ich genauso."

„Ich möchte mit Ihnen über Conlon Young sprechen."

„Was ist mit ihm?"

„Was hat es mit ihm auf sich? Ich habe gerade Leslie Forrester angerufen, und er hat sich am Telefon gemeldet."

„Das überrascht mich nicht. Die beiden stehen sich sehr nahe."

„Woher stammt er?"

„Minneapolis, aber er ist fürs College nach Washington gekommen und nie wieder weggegangen. Er ist seit zwanzig Jahren bei der Justizbehörde und hat die ganze Zeit mit Tom zusammengearbeitet, solange der Staatsanwalt war."

„Ich finde es seltsam, dass ich praktisch jeden Tag mit der Staatsanwaltschaft zusammenarbeite und vor Toms Tod noch nie was von ihm gehört habe."

„Er ist im Hintergrund tätig. Man begegnet ihm nicht."

„Haben Sie je irgendwelche seltsamen Schwingungen von ihm wahrgenommen?"

„Was denn für Schwingungen?"

„Dass er irgendwie jemand anders ist, als er vorgibt zu sein?"

„Niemals. Conlon ist ein sehr hilfreicher Kollege und Freund. Er ist der Klebstoff, der unser Büro zusammenhält, immer der Erste, der da ist, wenn jemand ein Baby bekommt oder einen Todesfall in der Familie hat oder so was. Wir lieben ihn."

„Hm."

„Sie können ihn unmöglich verdächtigen."

„Nicht aktiv. Ich versuche nur, die Mitspieler und ihre Beziehungen zueinander zu verstehen."

„Conlon war es nicht. Das kann nicht sein. Er hätte sich für Tom eine Kugel eingefangen."

„Danke für Ihre Einschätzung. Das ist hilfreich."

„Versprechen Sie mir, dass Sie ihn nicht denken lassen, Sie würden ihn verdächtigen. Das würde ihn tief treffen."

„Ich werde es mir merken."

„Irgendwas Neues?"

„Bisher nicht. Wir gehen gerade noch einen Berg von Mails und anderen Daten durch."

„Ich habe ein paar Leute hier reden hören."

„Worüber?"

„Es ist nur ein Gerücht und auf keinen Fall wahr."

„Was reden die Leute, Faith?"

„Dass er eine Affäre hatte. Das glaube ich keine Sekunde."

„Wer behauptet das?"

„Ich bin nicht sicher."

„Ach, kommen Sie schon. Natürlich wissen Sie, wer es gesagt hat."

„Es war eine der Verwaltungsangestellten."

„Ich brauche einen Namen, Faith."

„Sie werden ihr doch nicht verraten, dass Sie es von mir haben, oder?"

„Natürlich nicht."

Ihr tiefer Seufzer war laut und deutlich zu hören. „Die Frau heißt Anita Wentworth. Sie arbeitet mit Conlon zusammen."

Ein Schauer lief Sam über den Rücken.

Sie notierte sich den Namen. „Ich werde morgen in Ihr Büro kommen und mit Conlon und dieser Anita sprechen. Bitte sagen Sie ihr vorher nichts davon."

„Das würde ich nie tun."

„Danke sehr. Bis dann."

Jeder Fall war auf seine Weise frustrierend, aber die Mauern, gegen die sie diesmal stieß, waren in höchstem Maße ärgerlich. Fast konnte man den Eindruck gewinnen, dass sie absichtlich errichtet worden waren, um jemanden wie sie in einer Situation wie dieser daran zu hindern, zur Lösung des Rätsels vorzudringen.

Das Pochen in Handgelenk und Hüfte ließ sie nach den Schmerztabletten greifen. Unterdessen war es ihr egal, dass es zu früh für die nächste Dosis war. Verdammt, Harry hatte den Deckel wieder zugeschraubt, und es gab keine Möglichkeit, ihn mit nur einer funktionierenden Hand abzukriegen.

„Cruz!"

Er erschien besorgt in der Tür.

Sie hielt ihm die Flasche hin. „Mach die für mich auf, und zwar ohne jeglichen Kommentar."

Jetzt sah er eher verärgert aus. Er nahm ihr die Flasche ab, schüttelte zwei Tabletten heraus und ließ sie in ihre linke Handfläche fallen.

„Noch eine."

Mit finsterer Miene legte er eine dritte Tablette dazu.

Sam nahm sie mit einem Schluck Wasser ein und hoffte, dass sie schnell wirken würden.

„Warum fährst du nicht heim?"

„Später. Ich arbeite schon morgen nur den halben Tag."

„Niemand findet etwas dabei, wenn man das zweimal hintereinander macht."

„Nachdem ich mir eine ganze Woche Urlaub gegönnt und die letzten beiden Fälle größtenteils verpasst habe? Ganz bestimmt nicht."

„Wir führen nicht Buch, Sam."

„Du nicht, doch andere schon. Das weißt du."

„Niemand, der zählt."

„Wahrnehmung ist hier Realität, und es ist schlimm genug, dass mich der Secret Service wie eine Prinzessin herumkutschiert. Ich muss den Leuten nicht noch einen weiteren Grund geben, über mich zu lästern."

„Aber du bist verletzt, nachdem du im Dienst einen Verdächtigen festgenommen hast. Jeder würde deswegen heimgehen."

„Ich muss den heutigen Tag überstehen. Sobald wir fertig sind, mach ich mich auf den Heimweg."

Avery Hill erschien in der Tür.

Sam winkte ihn herein und stellte fest, dass er müde, doch glücklich wirkte. „Wie geht's dem Baby?"

„Es ist laut."

Sam lächelte. „Und Shelby?"

„Erschöpft, aber euphorisch." Er stutzte, als er den Verband an ihrem Arm und die Schürfwunde in ihrem Gesicht sah. „Was ist passiert?"

„Nichts. Alles in bester Ordnung."

Avery warf Freddie einen Blick zu, doch der zuckte nur die Achseln.

„Ich, äh, hab mich gefragt, ob ich unter vier Augen mit dir sprechen könnte."

„Klar."

Freddie verzog sich und schloss die Bürotür hinter sich.

„Was gibt's?"

Avery setzte sich vor ihren Schreibtisch. „Ich stehe vor einem ethischen Dilemma."

„Inwiefern?"

„Ich möchte dir eine private Nachricht zeigen, die über sichere Kanäle an alle Mitarbeiter des Justizministeriums gesandt wurde."

„Was, an alle?"

„Ja."

„Ist das außergewöhnlich?"

„Das ist erst die sechste, die ich im Laufe meines Berufslebens erhalten habe."

„Von wem kommt sie?"

„Cox."

Wieder lief Sam der vertraute Schauer über den Rücken. „Kannst du sie mir weiterleiten?"

„Auf keinen Fall. Aber ich kann sie dir zeigen, wenn du schwörst, niemandem zu verraten, dass du sie von mir kennst."

„Ich schwöre es."

Avery übergab ihr sein Handy.

Sam las Reginald Cox' Nachricht an alle Mitarbeiter des Justizministeriums, in der er sie aufforderte, alles in ihrer Macht

Stehende zu tun, um bei der Aufklärung des Mordes an Staatsanwalt Tom Forrester zu helfen. *Wenn Sie etwas wissen, sagen Sie es*, schrieb Cox. *Es liegt bei uns allen, die Strafverfolgungs-behörden dabei zu unterstützen, den sinnlosen Mord an unserem Kollegen schnell aufzuklären. Wenn Sie Informationen über den Mord an Staatsanwalt Forrester haben, melden Sie diese bitte umgehend Ihrem Vorgesetzten.*

Sam las die Nachricht zweimal und war beim zweiten Mal noch erstaunter. „Vermutet er einen Insider-Job?"

„So lese ich das auch."

„Ich verstehe das nicht. Was glaubt er, wer etwas weiß?"

„Keine Ahnung, aber er deutet für mich und mein Team klar an, dass er denkt, der Täter stammt aus den Reihen der Ministe-riumsangestellten – oder dass er zumindest will, dass die Leute das denken."

„Ist es möglich, dass er will, dass jemand wie du genau das tut, was du jetzt tust, indem er mir das zeigt und hofft, dass ich in diese Richtung ermittle?"

„Ich habe darüber nachgedacht und kann es nicht ausschließen."

„Was ist da los?"

„Ich wünschte, ich wüsste es."

„Ich habe das Gefühl, der Justizminister versucht, mich an der Nase herumzuführen."

„Das verstehe ich."

„Als ich ihn befragt habe, hat er es nicht für nötig befunden, mir mitzuteilen, dass er und Forrester einander schon seit dem College gekannt haben und eng befreundet waren. Leslie Forrester meinte, sie seien wie Brüder gewesen. Er hat ebenfalls nicht erwähnt, dass er auch mit Bryant eng befreundet war oder dass die drei regelmäßig Zeit miteinander verbracht haben."

„Seltsam."

„Richtig. Was mich zu der Frage führt, ob Cox mit drinsteckt."

„Du glaubst, der Justizminister könnte in den Tod eines Staatsanwalts verwickelt sein, mit dem er seit fünfundzwanzig Jahren befreundet war?"

„Ich weiß nicht, was ich glauben soll. Warum erzählt Cox mir nicht alles, was es über seine Freundschaft mit Forrester zu wissen gibt? Wenn er um seinen Freund trauert und seinen Tod aufgeklärt wissen will, würde er dann nicht alle Details auf den Tisch legen, um die Ermittlungen zu unterstützen? Warum sollte ihre langjährige Freundschaft etwas sein, das er mir nicht anvertrauen kann, vor allem wenn dieser Freund jetzt in der Leichenhalle liegt?"

„Es ergibt keinen Sinn, dass er das vor dir verheimlicht."

„Soll ich ihn erneut befragen? Bitte sag Nein."

„Sam, ich wünschte, das könnte ich."

„Ich hatte ohnehin vor, beim Staatsbankett kurz mit ihm zu sprechen. Er kann der Frau des Präsidenten in der Öffentlichkeit nicht aus dem Weg gehen, wenn sie mit ihm reden will."

Avery schmunzelte. „Ich wünschte, ich könnte das live miterleben."

„Tut mir leid, dass ihr nicht dabei sein könnt, doch ich bin froh, dass Maisie gut auf die Welt gekommen und alles in Ordnung ist."

„Ich auch. Shelby ist hart im Nehmen. Ich weiß, ich hätte mir keine Sorgen um sie machen müssen, aber die Risiken sind für Spätgebärende so viel größer. Es ist eine Erleichterung, das hinter uns zu haben. Sie hat schon das Schnippschnapp für mich geplant."

„Igitt, so genau wollte ich das gar nicht wissen."

Avery lachte. „Tut mir leid."

„Schon gut. Ich freu mich ja für euch."

„Ich freu mich auch. Shelby ist die Beste."

„Ja, allerdings."

„Hör mal, tust du zufällig gerade so, als wärst du nicht verletzt?"

„Vielleicht."

„Geht es dir denn gut?"

„Ich komme klar."

Offenbar spürte er, dass sie nicht weiter darüber reden wollte, und sagte: „Zwei andere Dinge noch. Ich habe mir alle

Drohungen gegen den Staatsanwalt und seine Behörde im letzten Jahr angesehen und nichts gefunden, was besonders besorgniserregend gewesen wäre. Hauptsächlich waren es die üblichen Behauptungen, die Staatsanwaltschaft sei übergriffig und unfair. Außerdem hab ich Druck auf das Labor ausgeübt, damit sie dieses Handy schnell knacken. Ich melde mich, wenn es Neuigkeiten gibt."

„Danke."

KAPITEL 12

Nachdem Avery weg war, erschien Freddie in der Tür. „Bryants Anwalt sagt, sie seien bereit zu reden. Sie sind in Verhörraum zwei."

„Ausgezeichnet." Sam kehrte vorsichtig zurück auf den Bürostuhl mit den Rollen und fuhr zur Tür.

Hastig sprang Freddie aus dem Weg. „Immer mit der Ruhe, Speedy Gonzales."

„Dieser Name ist urheberrechtlich geschützt", meinte Gonzo und grinste, als sie lachten.

Sam rollte den Flur entlang zum Verhörraum.

Freddie öffnete die Tür und ließ ihr den Vortritt.

Beide Männer warfen ihr einen seltsamen Blick zu, als sie auf dem Stuhl ins Zimmer kam.

„Wir haben gehört, Sie wollen reden."

„Das ist richtig", bestätigte Conway. „Mein Mandant ist bereit, Ihre Fragen zu beantworten, in der Hoffnung, dass Sie der Staatsanwaltschaft mitteilen, dass er sich kooperativ gezeigt hat."

„Ich werde in der Minute drüben anrufen, in der wir hier fertig sind." Sam hoffte, dass sie den Sarkasmus in ihrem Tonfall hören konnten. Dieser Mistkerl Bryant war der Grund dafür, dass sie sich verletzt hatte – schon wieder. Sie hatte nicht den geringsten Anlass, ihm zu helfen. „Detective Cruz, bitte zeichnen Sie das Gespräch auf."

Freddie schaltete den Rekorder ein und nannte die anwesenden Personen sowie das Datum und die Uhrzeit.

„Warum sind Sie vor uns geflohen?", fragte Sam.

Nach der Art und Weise zu urteilen, wie er seinen Anwalt ansah, hatte Bryant nicht erwartet, dass dies ihre erste Frage sein würde.

„Ich hatte Angst."

„Wovor? Ihnen werden bereits mehrere Kapitalverbrechen zur Last gelegt."

„Ich weiß nicht … Ich hab die Nerven verloren. Das ist ja wohl kein Verbrechen, oder?"

„Nein, das nicht. Wo hat Rosemary Ihren Sohn hingebracht?"

Er schaute zu seinem Anwalt, dann zu ihr. „Bitte?"

„Sie hatte uns versprochen, dass er sich heute stellt, und jetzt sind sie verschwunden. Wo könnten die beiden sein?"

„Äh … Keine Ahnung. Ich habe keinerlei Kontakt mehr zu ihr, seit die Kinder groß sind." Er fuhr sich mit einer zitternden Hand über den nahezu kahlen Kopf und beugte sich vor, um dem Anwalt etwas zuzuflüstern.

Sam betrachtete die Röte auf seinen Wangen und seiner Nase und fragte sich, ob er Alkoholiker war oder Rosazea hatte. Ihr Ex-Mann hatte unter Letzterem gelitten, und das hatte ihn sehr unglücklich gemacht. Oder besser gesagt, noch unglücklicher, als er ohnehin schon gewesen war.

„Rosemarys Familie hat eine Hütte im Norden von Wisconsin. Ich bin mir nicht sicher, in welcher Stadt."

„Sie sind nie dort gewesen?"

„Ein Mal, vor vielen Jahren. Ich weiß nicht mehr, wo das war."

„Könnte uns vielleicht Ihre Tochter weiterhelfen?"

„Ja, das ist durchaus denkbar."

„Wie können wir sie erreichen?"

„Ich habe ihre Nummer nicht. Sie hat schon vor Jahren aufgehört, meine Anrufe entgegenzunehmen."

„Und das hat Sie nicht gestört?"

„Doch, aber Rosemary war die ganze Zeit über bei den Kindern, während ich hier war. Sie hat sie gegen mich aufgehetzt. Dagegen konnte ich nichts tun, also habe ich es aufgegeben, es zu versuchen.“

„Ich würde nie den Versuch aufgeben, mein Verhältnis zu meinen Kindern in Ordnung zu bringen.“

Er verzog das Gesicht zu einem fiesen Grinsen. „Ach ja, wären wir nicht alle gern mehr wie Sie?“

„Ich auf jeden Fall“, warf Freddie ein, was ihm ein Lächeln von Sam einbrachte. „Wir hier wären alle froh, wenn wir mehr wie sie wären.“

„Wer könnte die Nummer Ihrer Tochter haben?“

„Meine Schwester Donna.“ Er rasselte eine Telefonnummer runter. „Sie hält Kontakt zu den Kindern.“

Sam schrieb die Nummer auf und reichte den Zettel Freddie, der damit den Raum verließ, um die Information an Jesse Best weiterzugeben. „In welcher Beziehung stehen Sie zu Reginald Cox?“

„Zum Justizminister?“

Nein, zum Bürgermeister von Phoenix. „Genau.“

„Ich kenne ihn schon fast so lange, wie ich in Washington bin. Vor seiner Zeit als Justizminister war er ein bekannter Anwalt. Ich habe ihn bei einer Dinnerparty kennengelernt.“

„Haben Sie sich mit ihm angefreundet?“

Bryant rutschte auf seinem Stuhl hin und her, so wie es Menschen tun, wenn ihnen etwas unangenehm ist. „Wir waren eher Bekannte.“

„Hat er jede Woche bei Ihnen Karten gespielt?“

Die Frage schien Bryant zu schockieren. „Wie bitte? Nein!“

„Wir haben aber Zeugen, die das bestätigen.“

„Ich kenne ihn, doch wir sind keine Freunde oder so.“

„Nicht?“

„Nein!“

„Hat es Sie wütend gemacht, als er seinen – und Ihren – Freund Forrester gebeten hat, Unregelmäßigkeiten bei Ihrer Wahlkampffinanzierung zu untersuchen?“

Der Art und Weise nach zu urteilen, wie Bryants ohnehin

schon rotes Gesicht einen alarmierenden Lilaton annahm, hatte ihn das sehr getroffen. „Das war ein sinnloses Unterfangen. Da gibt es nichts zu finden."

„Das sagen Sie, aber laut Forresters Team hatte er erhebliche Bedenken, die er direkt an Cox gemeldet hat." Das stimmte zwar nicht, soweit ihr bekannt war, doch das musste Bryant ja nicht wissen.

Freddie kehrte zurück und nahm wieder neben ihr Platz.

„Was für Bedenken?", fragte Bryant stotternd. „Blödsinn. Ich habe eine weiße Weste."

Das hielt Sam für ausgeschlossen, aber er wusste wahrscheinlich, wie man eine Weste weiß aussehen lassen konnte, selbst wenn sie das nicht war. „Ich kenne keine Details. Sicher ist nur, dass Forrester Cox berichtet hat, dass er Unregelmäßigkeiten festgestellt hatte."

„Das glaube ich keine Sekunde."

„Erschießen Sie nicht den Boten."

Bryant lehnte sich wütend in seinem Stuhl zurück. „Worum geht es hier überhaupt?"

„Ich möchte mehr über Ihre Freundschaft mit Forrester und Cox erfahren."

„Welche Freundschaft? Ich war nicht mit Forrester befreundet. Nicht seit er versucht hat, mein Leben zu ruinieren!"

„Wohin haben Sie sich gewandt, nachdem man Sie auf Kaution freigelassen hatte?"

„Nach Hause. Ich bin direkt heimgefahren."

„Wir haben Leute, die daran arbeiten, die Gesprächsdaten Ihres Handys zu checken. Werden wir jemanden finden, der zum Zeitpunkt von Forresters Erschießung in der Nähe der Constitution Avenue mit Ihnen telefoniert hat?"

„Nein. Ich hätte keine Ahnung gehabt, wo ich ihn hätte suchen sollen."

„Obwohl Ihre Schläger seine Familie als Geiseln genommen hatten?"

Der Anwalt sah ihn nervös an. „Wovon redet sie, Herr Abgeordneter?"

„Ach, er hat Ihnen nicht erzählt, dass er und seine Schläger

Forresters Familie tagelang als Geiseln in einem Hotel festgehalten haben, während er ihnen weismachte, Tom versuche sie in Sicherheit zu bringen? Hat er diesen Teil der Geschichte weggelassen?"

Der Anwalt zuckte zurück, wahrscheinlich aus Angst, seine frisch erworbene Zulassung zu verlieren, wenn er sich mit diesem Mann einließ. „Stimmt das?"

„Ich hatte nichts damit zu tun."

Sam lachte über die Absurdität dieser Behauptung. „Dann sind die Männer, die für Sie arbeiten, ganz allein auf diese Idee gekommen?"

„Das müssen Sie schon sie fragen."

„Haben wir. Ihre Antwort war, Sie hätten sie angewiesen, Forresters Frau und seine Töchter festzuhalten."

„Das ist gelogen."

„Das glauben wir eher nicht."

„Was kriegen sie als Gegenleistung dafür, dass sie das aussagen?"

„Welchen Grund hätten sie wohl haben können, Forresters Familie zu kidnappen, außer dass sie Befehle befolgt haben, die direkt von Ihnen kamen? Woher sollten sie Forrester überhaupt kennen, wenn sie nicht für Sie arbeiten würden?"

Bryant starrte sie an, schien aber keine Antwort zu haben.

„Ich würde mich gerne kurz mit meinem Mandanten beraten."

Freddie schaltete die Aufnahme aus und rollte Sam aus dem Zimmer.

„Komisch, dass Bryant seinem neuen Anwalt gegenüber nie erwähnt hat, dass er Tage vor Forresters Ermordung dessen Familie entführt und als Geiseln festgehalten hat."

Freddie lachte. „Urkomisch."

Da es schon fast sechs Uhr war, blickte sie ihn an. „Du kannst nach Hause, wenn du willst. Ich schaff das hier auch allein."

Er lehnte sich an die Wand. „Ich bleibe, bis wir mit Bryant fertig sind."

„Wie geht es eigentlich Elin?"

„Gut. Sie ist fast wieder die Alte."

„Es freut mich, das zu hören. Eine Fehlgeburt ist hart."

„Ja. Ich hatte keine Ahnung, wie hart, bis es uns selbst passiert ist."

„Ihr werdet mich noch oft zur Tante machen. Das hab ich im Urin."

„Das beruhigt mich, denn ich hab gelernt, deinem Urin zu vertrauen."

Sams Handy klingelte. Der Anruf kam von einer unterdrückten Nummer. „Lieutenant Holland."

„Büro von Justizminister Cox."

„Was kann ich für Sie tun?" Sie flüsterte Freddie das Wort „Cox" zu.

„Minister Cox möchte mit Ihnen sprechen."

„Wann denn?"

„So bald wie möglich."

„Das muss bis morgen warten."

„Er möchte noch heute Abend einen Termin."

„Tut mir leid, das ist nicht möglich."

Es folgte Schweigen.

Sie hätte darauf gewettet, dass der Justizminister diese Antwort nicht gewohnt war. „Wann und wo morgen?", fragte Sam.

„Minister Cox möchte sich sofort mit Ihnen treffen."

„Tut mir leid, ich bin jetzt nicht abkömmlich."

„Ich melde mich wieder."

Das Telefonat endete abrupt.

„Was war das?"

„Der Justizminister will mich sehen, und sein Lakai schien überrascht zu sein, dass ich gerade nicht verfügbar bin."

Freddie schnaubte. „Er ist es nicht gewohnt, ein Nein zu hören."

„Dann muss er es wohl lernen."

„Wir könnten uns heute Abend noch mit ihm treffen. Ich meine ja nur …"

„Sobald wir mit Bryant fertig sind, fahre ich nach Hause und lasse meine Hüfte röntgen, um sicherzugehen, dass sie nicht gebrochen ist."

Freddie riss die Augen auf. „Befürchtest du das?"

„Ich kann sie nicht belasten, also …"

„Sam …"

„Denk positiv. Mit etwas Glück ist es nur ein kleiner Rückschlag."

„Du solltest gar nicht mehr hier sein."

„Das habe ich schon mal gehört. Klopf an die Tür, und guck nach, was da drinnen los ist. Ich will heim."

Während Freddie das tat, schrieb Sam Harry eine SMS. *Ich sollte in einer Stunde zu Hause sein.*

Alles klar.

Danke, Doc. Weiß der POTUS davon?

Nicht von mir.

Sam wäre überrascht, wenn Nick es nicht bereits erfahren hätte, doch die Tatsache, dass er keine SMS geschickt hatte, ließ sie hoffen, dass er es vielleicht tatsächlich nicht wusste. Nick hatte genug um die Ohren. Er musste sich nicht auch noch um sie sorgen.

„Sie sind so weit", unterrichtete Freddie sie.

Er rollte sie in den Verhörraum zurück.

„Meine Herren, meine Geduld neigt dazu, jeden Tag genau an diesem Punkt zu enden. Können wir bitte zur Sache kommen?"

„Mein Mandant möchte wissen, welche Art von Zugeständnissen er erhalten könnte, wenn er Informationen liefert, die für Ihre Ermittlungen nützlich sein könnten."

„Das hängt von den Informationen ab."

„Er ist nicht bereit, etwas preiszugeben, ehe er nicht weiß, wie die Zugeständnisse aussehen werden."

„Darüber entscheiden wir nicht selbst. Die müssen von der Staatsanwaltschaft kommen, und da es um den Mord an ihrem Chef geht, ist die gerade nicht allzu großzügig."

„Dann habe ich Ihnen nichts mehr zu sagen", erklärte Bryant.

„Detective Cruz, würden Sie Mr Bryant bitte zurück in seine Zelle bringen?"

„Wann ist meine Anhörung?"

„Die ist bisher nicht festgesetzt worden, daher richten Sie sich besser auf einen längeren Aufenthalt ein."

„Ich bin immer noch Abgeordneter des Kongresses der Vereinigten Staaten", erinnerte er sie.

„Na und?"

„Das sollte etwas wert sein."

„Ich glaube, das hat dazu beigetragen, dass man Sie überhaupt auf Kaution freigelassen hat, obwohl Sie unter Mordverdacht stehen, was bedeutet, dass die Karte gespielt ist – und Sie haben es versaut. Detective Cruz, nachdem Sie Mr Bryant in seine Zelle gebracht haben, informieren Sie bitte Carlucci und Dominguez darüber, was wir heute Abend von ihnen brauchen."

„Jawohl, Ma'am."

Damit rollte sie aus dem Zimmer und zurück in ihr Büro, um ihre Jacke zu holen und zu verschwinden.

„Sie können nicht einfach gehen, während ich noch mit Ihnen rede", rief Bryant ihr hinterher.

„O doch, das kann ich."

Sie schickte Vernon eine SMS, um ihm mitzuteilen, dass sie auf dem Weg nach draußen sei.

Eine Minute später stand er an der Tür ihres Büros. „Ich dachte, Sie könnten vielleicht jemanden brauchen, der Sie schiebt."

„Sie verstehen mich, Vernon."

Er half ihr, sich die Jacke um die Schultern zu legen. „Ja, leider."

Sam lächelte. „Dann wollen wir mal." Sie war bereit, nach Hause zu fahren und herauszufinden, was zum Teufel mit ihrer Hüfte los war.

Auf dem Weg dorthin erhielt sie einen weiteren Anruf von einer unterdrückten Nummer. „Holland."

„Minister Cox möchte Sie morgen um halb zehn sprechen. Geht das?"

„Wo?"

„In seinem Büro."

„Ich werde da sein."

„Danke sehr."

Das Telefonat endete auf die gleiche Weise wie das andere – abrupt.

Sie schrieb Freddie eine SMS, um ihm mitzuteilen, dass sie am nächsten Morgen um halb zehn ein Treffen mit dem Justizminister hätten.

Okay, antwortete er.

Das würde ein verdammt langer Tag werden. Der Gedanke daran machte sie noch müder, als sie ohnehin schon war.

Als sie am Weißen Haus ankamen, holte Harry sie mit einem Rollstuhl ab.

Vernon legte den Arm um sie und half ihr aus dem Wagen.

„Danke." Sie deutete mit dem Kinn auf den Stuhl. „Ist das nötig?"

„Kannst du die etwa tausend Schritte bis zur Krankenstation laufen?"

Sie warf Harry einen finsteren Blick zu und ließ sich vorsichtig in den Stuhl sinken, während sie sich als Schutz gegen Paparazzi die Kapuze ihrer Jacke ins Gesicht zog. „Beeil dich."

„Jawohl, Ma'am."

Sie wollte ihm sagen, dass er sie nicht so nennen sollte, biss sich aber auf die Zunge, während er sie weiter ins Gebäude, eine Rampe hinunter und um mehrere Ecken herum zur Krankenstation schob. Nie im Leben hätte sie so weit laufen können. „Was gibt es Neues von Lindsey?"

„Nichts. Sie warten weiter auf die Testergebnisse."

„Machst du dir Sorgen?"

„Ich bin mir nicht sicher."

„Informiere mich, wenn du etwas hörst."

„Na klar."

„Wir sind bereit für Sie, Mrs Cappuano", erklärte eine Krankenschwester lächelnd.

„Danke sehr. Bitte behalten Sie das hier für sich."

„Natürlich. Wir werden kein Wort darüber verlieren."

„Jeder hier steht unter strenger Schweigepflicht", beruhigte Harry sie, schob sie in einen Untersuchungsraum und reichte ihr einen Kittel.

„Muss das sein?"

„Ja. Soll ich dir beim Umziehen helfen?"

„Geht schon."

„Bin gleich wieder da."

Mit einer möglicherweise gebrochenen Hüfte und einem kaputten Arm kämpfte sie sich mühsam aus ihren Kleidern und in den Kittel mit den Bändern am Rücken. Da sie ihn nicht mit einer Hand zubinden konnte, hielt sie ihn zusammen, während sie sich vorsichtig wieder auf den Stuhl setzte. Gott, es tat weh, zu sitzen, zu stehen, zu atmen. Wenn ihre Hüfte wieder gebrochen war, wüsste sie nicht, was sie tun sollte.

Sie hatte vergessen, wie schmerzhaft das Röntgen gewesen war, als sie sich das erste Mal an der Hüfte verletzt hatte. Der Röntgenassistent war extrem behutsam, doch sie kämpfte trotzdem mit den Tränen, als er sie zurück in den Untersuchungsraum brachte, wo Harry wartete, um mit ihr zu sprechen.

„Es ist nichts gebrochen", sagte er.

„Das weißt du schon?"

„Ja."

„Warum kann ich dann nicht laufen?"

„In ein oder zwei Tagen solltest du dazu wieder in der Lage sein."

„Ich hab morgen Abend das Staatsbankett. Da muss ich gehen können!"

„Nun, ich kann dir eine Kortisonspritze geben, damit du das überstehst."

„Was bedeutet das genau?", fragte sie misstrauisch.

„Ich werde eine Nadel in deine Hüfte stechen und dir ein Steroid injizieren, das die Schmerzen lindert, während dein Körper sich von diesem jüngsten Trauma erholt."

„Das fühlt sich sicher nicht gut an."

„Ich würde das vorher lokal betäuben."

„Okay, und was ist mit meinem Arm?"

„Das Handgelenk ist verstaucht. Ich kann es besser bandagieren, um es zu stützen, während es heilt."

Sam beschloss, dass sie mit einer elastischen Binde auf den Bildern vom Staatsbankett leben konnte, aber nicht mit Krücken. „Ich nehme die Spritze." Das Einzige, was sie noch mehr hasste als Fliegen, waren Spritzen, doch sie würde alles tun, was nötig war, um morgen zu funktionieren. Nick verließ sich auf sie, und sie wollte ihn nicht enttäuschen.

„Ich bereite alles vor."

KAPITEL 13

Sam befand sich gerade auf dem besten Weg zu einer Panikattacke, als es an der Tür klopfte.

Nick steckte den Kopf herein. „Ich habe das Gerücht gehört, meine Frau sei in der hauseigenen Krankenstation. Aber ich habe gesagt: ‚Wie kann das sein, wo sie mir doch jedes Mal Bescheid gibt, wenn sie sich bei der Arbeit verletzt hat?‘"

Der Anblick seines attraktiven Gesichts machte alles besser. „Das stimmt. Es sei denn, der kanadische Premierminister kommt in die Stadt, und sie konzentriert sich darauf, morgen als First Lady ihre Frau stehen zu können."

„Was hast du dir denn diesmal angetan, Schatz?"

„Ich habe einen entfleuchenden Kongressabgeordneten festgenommen und mir dabei das Handgelenk verstaucht und die lädierte Hüfte geprellt."

Nick runzelte die Stirn. „Außerdem hast du meinem Lieblingsgesicht Schaden zugefügt, wie ich sehe." Er strich ihr mit dem Finger sanft über die Wange.

„Ach ja, das hatte ich ganz vergessen."

„Das ist so typisch für dich, Samantha."

„Ich weiß. Ich bin die personifizierte Unfallgefahr."

Er lehnte sich gegen die Untersuchungsliege. „Ich meinte, es ist typisch, dass du als Letztes an eine Verletzung im Gesicht denkst."

„Ich hatte ein bisschen Angst, ich könnte mir wieder die Hüfte gebrochen haben."

„Das hätte gerade noch gefehlt. Ich bin so froh, dass sie nur geprellt ist."

„Harry verpasst mir eine Kortisonspritze."

„Aua."

Sie riss die Augen auf. „Denkst du, das wird wehtun?"

„Äh, ich meine … vielleicht? Ein bisschen?"

„Du wirst nichts spüren", erklärte Harry, der in diesem Moment das Zimmer wieder betrat. „Versprochen."

„Das wäre schön."

„Samantha hat eine Abneigung gegen Spritzen."

„Als ob ich das nicht wüsste", brummte Harry. „Dazu schaffen wir dich wieder zurück in den Röntgenraum."

„Wieso?"

„Ich benutze die Bildgebung, um zu gewährleisten, dass ich die richtige Stelle treffe."

„Okay, meinetwegen. Kann Nick mitkommen?"

„Natürlich. Ich weiß nicht, ob du es schon gehört hast, aber er ist der Boss hier."

„Bring mich nicht zum Lachen, wenn ich eigentlich gerade ausflippe."

Harry rollte sie ins andere Zimmer und verfrachtete sie auf den Tisch, während sie versuchte, nicht vor Schmerz zu schreien.

„Ganz ruhig, Schatz." Nick strich ihr die Haare aus dem Gesicht.

Sie wollte so gerne tapfer sein, um ihn nicht zu enttäuschen, doch das war leichter gesagt als getan, wenn Spritzen und Nadeln im Spiel waren.

Eine Schwester schob einen Wagen in den Raum, auf dem Gerätschaften lagen, bei denen Sam nach einem Blick klar war, dass sie sie besser nicht zu genau in Augenschein nehmen sollte.

Stattdessen konzentrierte sie sich auf Nick.

Harry hob die rechte Seite ihres Kittels an und strich ihr etwas auf die Haut. „Nur etwas Betadine, um die Stelle zu desinfizieren. Wir beginnen mit einer Lidocain-Spritze zur örtlichen Betäubung", informierte Harry sie. „Du wirst ein leichtes Zwicken und Brennen spüren, aber es sollte nicht wehtun. Okay?"

Nichts daran war okay. „Mhm." Nach einer kurzen Pause fragte sie: „Hast du das schon mal gemacht?"

„Oft, als Assistenzarzt."

Sam sprang fast von der Liege. „Wie lange ist das her?"

Harry lachte und legte ihr eine Hand auf die Schulter, um sie ruhig zu halten. „Keine Sorge. Das ist wie Fahrradfahren."

„O mein Gott", flüsterte sie. „Holt mich hier raus."

„Wie lange dauert es, bis das Kortison wirkt?", erkundigte sich Nick.

„Bei manchen tritt die Linderung sofort ein. Bei anderen dauert es bis zu zwei Tage."

Sam hoffte von ganzem Herzen, dass sie zur ersten Kategorie gehörte. Sie hatte keine zwei Tage Zeit, um auf Linderung zu warten. „Tut mir leid, dass das kurz vor deinem großen Tag passiert ist." Ihr Kinn zitterte, als sie Nick ansah.

„Daran darfst du jetzt nicht denken."

„Klar. Es ist ein ganz normaler Montag."

„Wichtig ist nur, dass es dir gut geht. Der Rest regelt sich von selbst."

„Wir fangen an, Sam."

Das „leichte" Zwicken und Brennen raubte ihr den Atem und trieb ihr die Tränen in die Augen.

Nick griff nach ihrer linken Hand und hielt sie fest. „Du machst das toll."

„Ja. Das war der leichte Teil."

„Du schaffst das. Ich werde ein wenig Kontrastmittel injizieren, damit ich auch wirklich genau die Stelle erwische, an der du es am meisten brauchst."

Sie spürte, wie eine weitere Nadel eindrang, aber zum Glück tat es nicht weh.

„Da. Genau da. Festhalten, es geht los."

Verdammt, das war die reine Folter!

„Nicht bewegen. Wir haben's gleich."

„Bitte …", keuchte sie, während ihr die Tränen übers Gesicht liefen.

„Geschafft. Du warst wirklich tapfer."

Sie fühlte sich wie die totale Heulsuse, als Nick ihr mit einem Taschentuch die Tränen wegwischte.

Ihre Hände zitterten, und sie hatte das Gefühl, zu hyperventilieren.

„Setzen wir sie auf", sagte Harry.

Er und Nick halfen Sam auf.

Harry legte ihr eine Hand auf die Schulter. „Tief durchatmen. Du hast es geschafft."

Das mochte stimmen, trotzdem hatte sie das Gefühl, sich übergeben zu müssen.

„Kannst du stehen?", fragte Nick.

„Ich kann's versuchen."

Mit Nick auf der einen und Harry auf der anderen Seite stieg sie zögernd von der Untersuchungsliege herunter und wartete auf den Schmerz in ihrer Hüfte, der jedoch ausblieb. „Oh, das fühlt sich schon besser an. Wow. Viel besser sogar." Außer einem dumpfen Schmerz im Gesicht und im Handgelenk spürte sie nichts. „Danke, Harry. Das war echt ätzend, aber es hat funktioniert."

„Ich bin froh, dass es bei dir schnell wirkt."

„Das freut mich auch. Ich habe diese Woche keine Zeit dafür, verletzt zu sein."

„Jetzt verpassen wir deinem Handgelenk noch einen vernünftigen Verband, und dann darfst du nach Hause."

Zwanzig Minuten später führte Nick sie langsam zum Fahrstuhl, der sie ins zweite Obergeschoss bringen würde. Ihr Gesicht brannte von dem, was Harry aufgetragen hatte, und ihr pochendes Handgelenk war bandagiert. „Das tut mir alles so leid. Das Letzte, was du diese Woche gebrauchen kannst, ist eine verletzte Frau."

„Wie immer bin ich dankbar, dass meine Frau nur verletzt ist, da wir beide wissen, dass es viel schlimmer hätte ausgehen können."

„Hoffentlich muss ich nie wieder eine Spritze in die Hüfte bekommen. Ich bin fast ohnmächtig geworden."

„Ich auch, und dabei hab ich bloß zugeschaut."

„Davon werde ich für den Rest meines Lebens Albträume haben."

Er führte sie in den Fahrstuhl und drückte den Knopf für das zweite Obergeschoss. „Ach was. In ein, zwei Tagen hast du das alles vergessen."

„Wenn du es sagst."

„Ich sage es, und ich bin der Chef des ganzen Landes."

„Du lässt dir das doch nicht zu Kopf steigen, oder?"

„Natürlich nicht."

Als sie aus dem Fahrstuhl traten, hörten sie das Lachen von Kindern, die im Flur Fangen spielten. Scotty verfolgte die Zwillinge, auf deren Konto der größte Teil des Gelächters ging, während sie auf Sam und Nick zustürmten.

Nick fing sie ab, damit sie nicht mit Sam zusammenprallten. „Ich hab sie, Scotty. Was machen wir jetzt mit ihnen?"

„Sie kitzeln, bis sie um Gnade flehen?"

„*Nein!*", schrien die Zwillinge.

„Alles, nur das nicht", flehte Aubrey.

Sie hasste es, gekitzelt zu werden, wohingegen Alden es liebte.

„Wie wär's mit Abendessen?", fragte Nick und küsste die beiden auf ihre kleinen Gesichter, bevor er sie absetzte, woraufhin sie prompt davonstoben.

Celia kam mit Sams Mutter aus dem dritten Obergeschoss herunter.

Sam schaute ihre Mutter überrascht an. „Hab ich was verpasst?"

Brenda lächelte. „Nein, ich habe mich mit Celia getroffen, um den Tagesablauf der Kinder nach der Schule zu besprechen, damit ich für sie einspringen kann, wenn sie weg ist."

Celia und ihre Schwestern wollten am Mittwoch zu einer Kreuzfahrt nach Alaska aufbrechen.

„Ah, verstehe."

Celia warf einen Blick auf den Verband an ihrem Arm. „Was ist passiert?"

„Ein kleines Geplänkel auf der Arbeit. Keine große Sache. Mom, kannst du mit uns zu Abend essen?"

„Gern, wenn es keine Umstände macht."

„Das Personal ist immer auf ein oder zwei zusätzliche Gäste vorbereitet. Ich muss mich nur umziehen, dann sehen wir uns alle im Speisezimmer."

„Ich komme mit", erklärte Nick.

Wahrscheinlich hatte er Angst, dass sie fallen könnte, was zugegebenermaßen nicht ausgeschlossen war.

Ihre Hüfte fühlte sich wie vom Rest ihres Körpers abgekoppelt an, was zwar den Schmerz fernhielt, ihr aber das Gefühl gab, komplett aus dem Gleichgewicht zu sein. Hoffentlich würde sie vor morgen Abend herausfinden, wie sie sich gefahrlos auf hohen Hacken bewegen konnte.

Scotty gab ihr ein Zeichen, als sie mit Nick in Richtung ihrer Suite ging. Er winkte sie heran, damit er ihr ins Ohr flüstern konnte: „Die Lektürehilfe ist heute gekommen und hat sich schon bewährt."

„Freut mich."

„Du bist die beste Mutter aller Zeiten", rief er und lief los, um die Zwillinge zu suchen.

Seine Worte raubten ihr den Atem.

„Womit hast du dir diesen Titel verdient?", fragte Nick.

„Das betrifft nur Scotty und mich."

„Warum weckt das mein Misstrauen?"

„Weil du von Natur aus misstrauisch bist. Es ist alles in Ordnung."

„Hm."

In ihrer Suite half er ihr, in eine Jogginghose und ein sauberes Sweatshirt zu schlüpfen, und fand die mit Fleece gefütterten Hausschuhe, die er ihr zu Weihnachten geschenkt hatte. Die anderen saßen schon am Tisch, als sie zu ihnen stießen. Nick hatte eine Jogginghose und das T-Shirt angezogen, das sie ihm zum Hochzeitstag besorgt hatte.

„Schönes Shirt, Dad", lobte Scotty.

„Hat mir Mom zum Hochzeitstag geschenkt.“

„Gutes Geschenk, Mom.“

„Fand ich auch.“

„Ich weiß nicht, was ich davon halten soll, wenn ihr beide euch verbündet“, meinte Nick.

Scotty grinste breit. „Mach dir keine Sorgen.“

„Ich zerbreche mir trotzdem den Kopf darüber, was ihr im Schilde führt. Sie wird dir doch nicht etwa sagen, dass du die Schule schmeißen kannst, oder?“

„Noch nicht.“

„Da bin ich aber froh.“

„Was bedeutet ‚schmeißen‘?“, wollte Aubrey wissen.

„Vergiss es“, antwortete Nick lächelnd. „Das ist nichts, was für uns infrage kommt.“

„Ich will schmeißen“, verkündete Alden.

„Das ist allein deine Schuld“, sagte Nick zu Sam.

„Was hab ich denn getan?“

„Mom! Was ist mit deinem Arm und deinem Gesicht passiert?“

„Siehst du das jetzt erst?“, fragte Sam Scotty.

„Ja!“

„Eine kleine Prügelei bei der Arbeit. Ich habe gewonnen. Alles gut.“

„Du gewinnst immer, und Dad hat das T-Shirt, das das beweist.“

Alle lachten.

„Ist das jeden Abend so?“, erkundigte sich Brenda, während sie sich die Lachtränen wegwischte.

„An den meisten“, entgegnete Celia.

„Diese Familie ist ein einziges Chaos“, seufzte Nick, doch seine Augen funkelten belustigt.

Sam grinste ihn an. „Aber es ist *dein* Chaos.“

„Ja, glücklicherweise.“

～

Nach dem Abendessen beaufsichtigte Sam die Zwillinge beim Baden und brachte sie ins Bett, dann ging sie nach oben, um nach Shelby und dem Baby zu schauen. Sie war erstaunt, dass sie dank Harrys magischer Spritze ohne Schmerzen laufen konnte, obwohl sie beim Gedanken an die Nadel immer noch erschauerte. Leise klopfte sie an die Tür.

Avery antwortete: „Herein."

„Wie läuft's?"

„Im Augenblick ist es ruhig, doch das kann sich jederzeit ändern."

„Ich hatte gehofft, kurz mit Shelby sprechen zu können."

„Das würde sie sicher freuen."

Er führte sie ins Schlafzimmer, wo Shelby auf pinkfarbene Kissen gestützt lag und das Baby in ihren Armen schlief.

„Du siehst aus wie eine Königin", flüsterte Sam.

„Aber ich stinke wie ein Iltis."

„Das bezweifle ich sehr."

„Sam, was ist mit Lindsey?"

„Ich weiß noch nichts Genaues."

„Das ist so furchtbar. Ich hoffe, es ist nichts Schlimmes."

„Das hoffe ich auch. Wie geht es dir?"

„Jeden Tag etwas besser."

Sam beugte sich vor, um einen genaueren Blick auf das Gesicht des schlafenden Babys zu werfen.

„Was ist denn da passiert?", fragte Shelby, die dabei die Spuren des heutigen Tages aus der Nähe betrachten konnte.

„Eine Schlägerei bei der Arbeit."

„Hast du gewonnen?"

„Na klar."

Shelby lächelte. „Ich habe vorhin mit Lilia telefoniert. Für morgen ist alles vorbereitet."

„Du bist im Mutterschaftsurlaub. Mach dir keine Sorgen."

„Wenn Lilia die Leitung hat, mach ich mir keine Sorgen,."

„Sie ist super."

„Ja."

„Genau wie du, Shelby Hill. Ich weiß, du hast dich um jedes Detail gekümmert, und Lilia hält sich genau an deinen Plan."

„Ich tue, was ich kann."

„Dieser Spruch ist urheberrechtlich geschützt."

Shelby schmunzelte. „Wie geht es mit deinem Fall voran?"

„Langsam, und es gibt eine Menge hochrangige Komplikationen."

„Ich bin sicher, du wirst den Täter finden."

„Das hoffe ich." Sam beugte sich vor und gab Shelby einen Kuss auf die Wange. „Ich mag es, dass ihr direkt über mir wohnt, sodass ich dich ganz einfach besuchen kann."

„Ich bin gern hier, doch Avery hat mir erzählt, dass wir am Wochenende ausziehen."

„Mhm."

„Ich werde meine Mitbewohner und den Zimmerservice vermissen."

„Die verwöhnen einen hier wirklich."

„In der Tat. Nochmals vielen Dank, dass ihr uns einen Ort angeboten habt, an dem wir unterschlüpfen konnten, als wir das gebraucht haben."

„Mein Zuhause ist immer auch eures. Jetzt schlaf gut, Tinker Bell."

„Du auch."

Als Sam ins Wohnzimmer zurückkam, stand Avery auf. „Ich habe dem Labor erklärt, dass Toms Handy oberste Priorität hat."

„Danke."

„Kann ich sonst noch was tun?"

Sam überlegte, ob sie sich wirklich mit dem FBI-Agenten austauschen sollte, der sich in ihren Fall einmischen wollte, aber er war in erster Linie ihr Freund, also setzte sie sich.

Er kehrte zu seinem Platz auf der Couch zurück.

„Der Justizminister hat mich angerufen. Oder besser gesagt, sein Büro."

„Was wollte er?"

„Mich sofort sehen. Ich habe erwidert, dass ich es heute nicht schaffe und wir uns morgen treffen können."

„Ich wette, er findet es nicht so toll, wenn man ihm eine Abfuhr erteilt."

„Seinem Lakaien hat es zumindest überhaupt nicht gefallen."

Avery schenkte ihr ein kleines Lächeln. „Cox ist es gewohnt, dass alle sich überschlagen, wenn er etwas möchte."

„Dachte ich mir. Was glaubst du, was er von mir will?"

„Keine Ahnung."

„Vielleicht möchte er mir mitteilen, dass er und Forrester zusammen studiert haben, was er beim ersten Mal nicht erwähnt hat."

„Möglich. Wann ist das Treffen?"

„Um halb zehn. Kann ich ihn nach der Nachricht an alle fragen, ohne dass du Ärger kriegst?"

„Das könnte dir jeder erzählt haben, also frag ruhig."

„Kannst du mir sonst noch etwas verraten?"

„Was hat Bryant ausgesagt?", fragte Avery.

„Nichts Brauchbares. Er hat angeblich keine Ahnung, warum jemand Forresters Tod gewollt haben könnte. Er hatte nichts mit der Geiselnahme von Forresters Familie zu tun, obwohl seine Handlanger sie in ihrer Gewalt hatten und zu Protokoll gegeben haben, dass sie auf seinen Befehl hin gehandelt haben."

„Habt ihr ihnen einen Deal angeboten?"

„Ja."

„Bryants Anwalt wird ihre Motive für diese Aussage anzweifeln."

„Das weiß Bryant auch ganz genau, deshalb ist er nicht sonderlich beeindruckt von ihrer Bereitschaft, ihn den Wölfen zum Fraß vorzuwerfen. Die Sache ist die: Ich weiß, dass dieser Drecskerl dahintersteckt, nur wie soll ich das beweisen?"

„Arbeite weiter, und geh allen Hinweisen nach. Irgendwas wird sich schon ergeben."

„Das hoffe ich sehr. Danke fürs Zuhören, Avery."

„Gern geschehen. Hat Shelby dir gesagt, dass wir ausziehen?"

„Ja."

„Ich habe eine perfekte Wohnung in Georgetown gefunden. Sie ist rundum gesichert und hat eine tolle Aussicht."

„Verkauft ihr die andere Wohnung?"

„Schon passiert. Ich habe eine Umzugsfirma bestellt, die alles für uns einpackt. Shelby soll nie wieder dorthin zurückmüssen."

„Du bist ein guter Mann, Avery Hill. Danke, dass du dich so gut um meine Freundin kümmerst."

„Gern geschehen, obwohl es meine Schuld war, dass man sie überhaupt in ihrem eigenen Haus angegriffen hat."

„Das stimmt nicht, wie du sehr wohl weißt."

„Es fällt mir schwer, damit zu leben, was meiner Familie durch die Hand eines von mir verhafteten Mistkerls hätte zustoßen können." Avery schüttelte den Kopf. „Willy Peckham ist der Übelste von allen. Ich wache mitten in der Nacht schweißgebadet auf und denke daran, was im schlimmsten Fall hätte passieren können."

„Du tust alles, was nötig ist, um sie in Zukunft zu schützen. Niemand gibt dir die Schuld an dem, was diese Idioten getan haben."

„Doch, ich."

„Das bringt nichts. Wir beide haben einen Job, den andere nie erledigen könnten. Er birgt Risiken, über die wir uns erst Gedanken machen, wenn wir es müssen. Ich denke, unterm Strich überwiegt das, was wir richtig hingekriegt haben."

„Das denke ich auch, aber ich wünschte, ich hätte das alles gewusst, bevor ich mich für diese Karriere entschieden habe."

„Wärst du dann nicht zu den Strafverfolgungsbehörden gegangen?"

„Auf keinen Fall."

„Wirklich nicht?"

„Nein. Du?"

„Ich kann mir nicht vorstellen, etwas anderes zu finden, das mich so interessiert wie das hier."

„Du spinnst echt."

Sam lächelte. „Glaub mir, das weiß ich. War schon immer so. Ich bin meinem Vater ständig hinterhergerannt und habe ihm Fragen zu seinen Fällen gestellt. Mein liebster Wochentag war der Samstag, wenn er mich mit zur Arbeit genommen hat."

„Das ist süß."

„Ich bin nicht süß."

„Wenn du meinst."

„Das tue ich." Sie stand vorsichtig von ihrem Sessel auf, da sie immer noch damit rechnete, bei jeder Bewegung Schmerzen zu haben, war aber froh, dass ihr die erspart blieben. Vielleicht hatten Nadeln und Spritzen doch eine Daseinsberechtigung.

Avery brachte sie zur Tür. „Bis morgen."

„Noch mal: Danke fürs Zuhören."

„Jederzeit."

Sie begab sich zum Fahrstuhl, denn sie wollte ihr Glück nicht mit der Treppe überstrapazieren. Diese gottverdammte Spritze musste sie durch den morgigen Tag bringen. Dann würde sie wieder richtig durchatmen können. Sie schaute nach den schlafenden Zwillingen und ging danach in ihre Suite, wo sie Nick und Scotty auf dem Sofa vorfand, wo sie ein Spiel der Caps verfolgten, während Nick nebenbei seine Korrespondenz erledigte.

„Wie ist die Lage bei Shelby?", fragte er.

Mit seiner schwarz gerahmten Lesebrille sah er geradezu lächerlich sexy aus. „Gut."

„Das Baby ist so süß", sagte Scotty.

„Ja, das ist es. Sie ziehen am Wochenende aus."

„Ach, schade. Ich hab sie gerne hier", entgegnete Scotty.

„Ich auch, aber sie brauchen wieder ein eigenes Zuhause." Sam setzte sich zwischen die beiden und lehnte den Kopf an Nicks Schulter.

„Ist das das Signal für mich, zu verschwinden?"

Sie lachte und ergriff die Hand ihres Sohnes. „Ganz und gar nicht. Ich wollte mit Dad darüber reden, die Ninth Street an Gonzo und Christina zu vermieten. Seit dem Einbruch bei Shelby suchen sie etwas Neues für ihre Familie, und da hab ich an unser Haus gedacht, mit all den Secret-Service-Sicherheitsvorkehrungen."

„Ich wollte dir vorhin eine SMS dazu schreiben", antwortete Nick. „Das ist eine gute Idee. Es steht im Moment ja einfach leer."

„Hab ich auch gesagt. Ich hab ihm vorgeschlagen, sie sollen die Miete zahlen, die sie jetzt auch zahlen, und er war begeistert."

„Guter Plan. Ich finde es gut, zu wissen, dass unsere Freunde dort sicherer sind und die nächsten drei Jahre ein Auge auf das Haus haben."

„Sieben", korrigierten Sam und Scotty im Chor.

„*Drei.*"

„Armer Dad", bemerkte Scotty. „Er ist völlig ahnungslos."

„Ja, echt."

„He, ich sitze direkt neben euch."

„Hast du was von Terry gehört?"

„Nein, ich wollte ihm gerade eine Nachricht schicken, als du reingekommen bist."

„Tu das bitte."

„Ja, Liebling." Er tippte in sein Handy und las dann Terrys Antwort vor. „Noch nichts Neues. Lindsey ruht sich aus und fühlt sich besser."

„Gut." Sam gähnte und zwang sich, aufzustehen, um sich bettfertig zu machen, bevor sie auf dem Sofa einschlief. „Ab ins Bett, wenn das Spiel vorbei ist."

„Jawohl, Mutter."

„Ich liebe diesen Gehorsam."

„Gewöhn dich besser nicht daran", rief Scotty ihr nach. „Du tust uns leid, weil du verletzt bist – schon wieder."

„Haha. Ich hab dich lieb."

„Ich dich auch."

Nick folgte ihr ins Bad. „Soll ich dir beim Umziehen helfen?"

„Soll das eine Anmache sein?"

Sein Lächeln war zu sexy, um es in Worte zu fassen. „Diesmal nicht."

„Ich glaube, ich schaff es allein, doch danke der Nachfrage."

Nick küsste sie. „Sobald das Spiel vorbei ist, komme ich."

„Ich werde da sein."

„Ich kann es kaum erwarten."

Nachdem er wieder zu Scotty gegangen war, zog sie einen Pyjama an, was mit dem verstauchten Handgelenk und ihrer Bandage schwieriger war, als sie erwartet hatte, und putzte sich die Zähne. Sobald sie im Bett lag, wählte sie Carluccis Nummer.

„Hey, Lieutenant."

„Wie läuft's?"

„Langsam und mühevoll. Wir sind noch dabei, Unmengen von SMS und Mails zu sichten. Ich muss allerdings sagen, dass ich immer wieder auf diese Sache mit dem Nachbarn stoße."

Sam schloss die Augen und legte den Kopf aufs Kissen. „Erzähl mir mehr davon."

„Der Nachbar Ralph Sellers hat drei Dobermänner, von denen einer aus seinem Garten ausgerissen ist und Forresters Hündin Flöckchen angegriffen hat, als die Töchter mit ihr spazieren waren. Der Vorfall war traumatisch für die Kinder, die sich gegen den viel größeren Hund behaupten mussten, um ihren zu retten. Naomi Forrester, das ältere der beiden Mädchen, sagte, der Dobermann habe Flöckchen im Maul gehabt und heftig geschüttelt."

„Mann, das klingt ja entsetzlich."

„Genau. Natürlich waren Tom und seine Frau empört und haben den Vorfall der Tierschutzbehörde und der Nachbarschaftsvereinigung gemeldet und haben Maßnahmen gegen die gefährlichen Hunde in ihrer Umgebung verlangt. Sellers hat sich auf Schritt und Tritt dagegen gewehrt, und sie haben sich gegenseitig verklagt und Schadensersatz gefordert."

„Welche Gründe hatten die Sellers, Tom zu verklagen?"

„Seelisches Leid und Belästigung."

„Sein Hund greift Toms an, und *er* ist derjenige, der sich belästigt fühlt?"

„Das hat er zumindest gesagt. Ich habe beide Klagen gelesen, und Sellers gibt an, dass seine Familie aufgrund der Aggression der Nachbarn nicht mehr in der Lage ist, ihr Zuhause zu genießen."

„Ist ihm nicht in den Sinn gekommen, dass er seine Hunde an einem anderen Ort als in einem Wohngebiet unterbringen und sein Zuhause wieder genießen könnte?"

„Er hat erklärt, er könne sie niemals weggeben, denn sie gehörten zur Familie."

„Ich denke, wir sollten morgen mit ihm sprechen. Finde heraus, wo er sich tagsüber aufhält, und schick mir eine Nachricht."

„Ich kümmere mich drum."

„Danke für die gute Arbeit."

„Schon gut."

Sam klappte ihr Handy zu und steckte es ans Ladegerät, während sie überlegte, wie sie ein Gespräch mit dem Nachbarn angehen könnte. Zuerst würde sie mit Leslie Forrester über den Streit reden. Sie sollte Leslie auch nach einer möglichen Affäre von Tom fragen, aber das wollte sie erst genauer untersuchen, ehe sie es erwähnte. Wenn es nur ein Gerücht war, hatte es keinen Sinn, es Leslie noch schwerer zu machen, als es ohnehin schon war.

Das war der letzte Gedanke, den sie hatte, bevor sie davon aufwachte, dass Nick ins Bett kam.

„Was zum Teufel …?"

„Hm?"

„Gerade hab ich noch nachgedacht, und plötzlich ist es viel später, und du bist hier."

„Möglicherweise bist du eingeschlafen."

„Wie kann so was passieren? In der einen Minute wach und in der nächsten praktisch tot?"

„Das fragst du mich? Das ist mir noch nie im Leben passiert."

„Ich denke, und bitte lach mich nicht aus …"

„Liebling, ich werde mein Bestes tun, doch ich kann es kaum erwarten, zu hören, was du zu sagen hast."

„Vielleicht werde ich alt."

Er lachte so sehr, dass ihm Tränen in die Augen traten. „Ist das dein Ernst?"

„Absolut! Alte Menschen tun das. Im einen Augenblick reden sie, und im nächsten schnarchen sie. Das habe ich im Grunde auch gerade getan. Fehlt nur noch, dass ich sabbere."

„Du bist nach einem langen, schwierigen Tag mit Blut und Nadeln erschöpft, Sam. Gönn dir eine Pause."

„Vergiss nicht, dass du versprochen hast, mich zu lieben, wenn ich alt bin, was früher der Fall sein könnte, als du denkst."

Er legte den Arm um sie und machte es ihr in seiner Umarmung bequem. „Ich werde dich lieben, solange ich atme, und dann für die ganze Ewigkeit."

„Wow, du bist gut. Wer schreibt dir diese Sachen?"

„Alles Nick-Originale. Schlaf jetzt. Morgen ist ein großer Tag.“

„Ich werde dich auch bis in alle Ewigkeit lieben, selbst wenn du mich zum Tee mit der Frau des kanadischen Premierministers zwingst.“

Er bebte vor unterdrücktem Gelächter. „Das ist gut, denn ich hab mich irgendwie darauf verlassen.“

Lächelnd schlief sie ein.

KAPITEL 14

Am Morgen erinnerte Nick Sam ein letztes Mal daran, dass sie um drei Uhr zum Treffen mit Mrs Hutchinson bereit sein müsse.

„Ja, Schatz", sagte sie und küsste ihn zum Abschied. „Ich werde rechtzeitig zurück sein."

„Das würde mich freuen."

„Du hast Glück, dass ich dich liebe."

„Ich bin der glücklichste Mann auf der Welt, weil du mich liebst. Sei bitte vorsichtig da draußen."

„Bin ich immer."

Auf dem Weg zum Hauptquartier rief Sam Leslie Forrester an. „Tut mir leid, Sie so früh zu stören."

„Das ist schon in Ordnung. Ich schlafe nicht sehr gut und wollte mich heute ohnehin bei Ihnen melden, um Ihnen mitzuteilen, dass die Trauerfeier nächsten Mittwoch in der National Cathedral stattfinden wird. Conlon kümmert sich um alle Einzelheiten."

„Ich werde da sein. Der Grund für meinen Anruf war, dass ich mit Ihnen über Ihren Nachbarn und die Sache mit den Dobermännern sprechen wollte."

„Ach je. Sie glauben nicht wirklich, dass das etwas mit Toms Tod zu tun hat, oder?"

„Nein, aber wir gehen allen Möglichkeiten nach, auch dieser. Ich wollte gern Ihre Meinung dazu hören."

„Ich würde ihm und seiner verrückten Frau alles zutrauen. Sie halten sich für etwas Besseres und denken, sie könnten auf ihrem Grundstück machen, was sie wollen, einschließlich der Haltung von Hunden, die andere Haustiere anfallen."

„Haben die Dobermänner vor Ihrem schon andere Hunde angegriffen?"

„Die Nachbarn auf der anderen Seite sagen, einer von ihnen habe ihre Katze getötet. Sie können es nicht beweisen, doch sie sind sich sicher, dass es so war. Die Hunde hauen ständig aus dem Garten ab. Die Leute haben schon Angst, ihre Kinder draußen spielen zu lassen."

„Was hat die Tierschutzbehörde bisher unternommen?"

„Um ehrlich zu sein, ist die wenig hilfreich. Sie kommen vorbei, ermahnen die Besitzer, und dann hört man nie wieder von ihnen."

Sams erster Stopp im Hauptquartier würde bei der Tierschutzbehörde sein. „Wie heißen die Nachbarn?"

„Laurel und Ralph. Tom hat ihn Ralph Kramden genannt." Sam brauchte eine Sekunde, um den Namen mit dem kultigen Griesgram aus der alten Fernsehserie *The Honeymooners* in Verbindung zu bringen.

„Das hat er ihm ins Gesicht gesagt?"

„Ja."

Sam lächelte. „Das ist lustig."

„Ich bin nicht sicher, ob Ralph das genauso empfunden hat." Leslie Forrester seufzte. „Ich kann nicht glauben, dass ich Tom ihn nie wieder so nennen hören werde."

„Es tut mir so leid. Ich kann mir vorstellen, wie schrecklich das alles für Sie sein muss." Obwohl sie das dringend überhaupt nicht wollte.

„Danke sehr. Es ist einfach so schockierend. Vor zehn Tagen haben wir beim Abendessen noch mit den Cox und Damien Bryant gelacht, und jetzt ist Tom tot, und Damien ist eines Verbrechens angeklagt."

„Moment. Sie haben vor zehn Tagen mit ihnen zusammen gegessen?"

„Ja. Wir haben uns häufig getroffen. Nicht mehr so oft, seit Damien mit JoAnn zusammen ist, aber davor fast jede Woche."

„JoAnn?"

„Eine Krankenschwester. Die beiden sind seit ungefähr einem halben Jahr ein Paar."

„Kennen Sie JoAnns Nachnamen?"

„Leider nein. Ich bin ihr nur wenige Male begegnet."

Sam notierte sich alles. „Was hatte Damien mit Tom und Reggie zu tun?"

„Er ist seit rund zwölf Jahren gut mit ihnen befreundet. Tom meinte immer, es schade nie, Freunde im Kongress zu haben, vor allem wenn sie Mitglied im Justizausschuss seien."

„Ist das nicht ein Interessenkonflikt? Wenn ein Kongressabgeordneter in diesem Ausschuss eng mit dem Justizminister und einem Bundesstaatsanwalt befreundet ist? Oder sogar wenn der Justizminister und ein Bundesstaatsanwalt privat gut befreundet sind?"

„Ich bin nicht sicher, ist das so? Tom hat immer gesagt, Washington ist eine kleine Stadt, und jeder ist mit jedem befreundet."

„Vielen Dank für diese Auskunft. Ich weiß das wirklich zu schätzen."

„Ich wünschte, ich könnte mehr tun."

„Wenn wir weitere Fragen haben, melde ich mich, und wir sehen uns spätestens am Mittwoch."

„Nochmals vielen Dank für alles."

„Ich halte Sie auf dem Laufenden."

Sam klappte ihr Handy zu und nahm sich eine Minute Zeit, um die Informationen zu verarbeiten, die sie von Leslie erhalten hatte. Jedes Mal, wenn sie mit jemandem sprach, der Tom nahegestanden hatte, erfuhr sie mehr über die engen Verbindungen zwischen ihm und Reggie Cox, ganz zu schweigen davon, dass sie jetzt Beweise dafür hatte, dass Bryant sie in Bezug auf die Freundschaft mit Forrester angelogen hatte.

Im Hauptquartier begab sie sich direkt zur

Tierschutzbehörde im ersten Stock und bat um ein Gespräch
mit dem diensthabenden Lieutenant. Ab dem Moment, in dem
sie durch die Tür trat, starrten alle im Büro sie an. Sie ignorierte
die Blicke, während sie auf den Lieutenant wartete.

Aus einem rückwärtigen Büro kam eine füllige Frau, die Sam
noch nicht kannte. Sie hatte einen missmutigen
Gesichtsausdruck und stumpfes braunes Haar, das dringend mal
gebürstet werden sollte.

„Lieutenant Diane Webster."

„Ich bin Lieutenant Holland."

„Ach was", sagte sie spöttisch. „Was kann ich für Sie tun?"

Was zum Teufel war ihr Problem? „Ich untersuche den Mord
an Tom Forrester. Wir haben erfahren, dass er in eine
Auseinandersetzung mit einem seiner Nachbarn verwickelt war,
nachdem dessen Hund seinen angegriffen und verletzt hatte."

„Ja, und?"

„Ich überlege, ob Sie Kontakte zur Tierschutzbehörde in
Gaithersburg haben und uns eine Kopie des Berichts besorgen
könnten, sowie Informationen darüber, was, wenn überhaupt,
Ihre Kollegen wegen des Hundes unternommen haben."

„Beschuldigen Sie sie wegen irgendetwas?"

„Wie? Nein, nein. Ich bitte um Informationen."

„‚Was, wenn überhaupt etwas, Ihre Kollegen wegen des
Hundes unternommen haben' klingt für mich wie ein Vorwurf."

„Das war nicht beabsichtigt. Ich frage, was, wenn überhaupt
etwas, Ihre Kollegen wegen des Hundes unternommen haben.
Manchmal tun sie etwas, manchmal auch nicht. Ich brauche
Infos."

„Gut, ich werde mich mit ihnen in Verbindung setzen."

„Danke sehr. Ich warte."

„Es wird eine Minute dauern, ich bin gerade mit etwas
anderem beschäftigt."

„Gibt es etwas Dringenderes als den Mord an einem
Bundesstaatsanwalt?"

Das schien der Frau nicht zu gefallen. „Ich werde eine Kopie
des Berichts anfordern und sie Ihnen zukommen lassen." Sie
drehte sich um und ging.

„Hab ich was Falsches gesagt?", fragte Sam die Frau am Empfang.

„Sie hat ein Problem mit Ihnen", flüsterte die. Die junge Frau hatte hellbraune Haut und hübsche dunkle Augen. Ihre Zöpfe waren zu einem hohen Knoten zusammengenommen.

„Warum denn? Ich hab sie noch nie zuvor gesehen."

„Sorry, ich hab schon zu viel geredet."

„Bringen Sie mir den Bericht, wenn er eintrifft. Dann sprechen wir weiter."

„Äh … Okay."

Verdammt, dachte Sam, als sie die Treppe hinunterstieg. „Wie schaffe ich es nur immer, Leute zu verärgern, die ich noch nie getroffen habe?"

„Was hast du gesagt?", wollte Freddie wissen, der an seinem Arbeitsplatz stand.

„Kennst du Webster von der Tierschutzbehörde?"

„Nicht persönlich."

„Ich auch nicht, doch allem Anschein nach hat sie ein Problem mit mir."

„Was hast du ihr getan?"

„Höchstwahrscheinlich stört es sie, dass ich atme."

„Vielleicht liegt es auch daran, dass sie neidisch auf dich ist."

„Ich glaube, das mit dem Atmen ist wahrscheinlicher. Ich möchte mit Forresters Nachbarn sprechen. Die den Hund haben."

„Hast du dich deshalb mit Webster gestritten?"

„Ich habe mich nicht mit ihr gestritten. Ich hab lediglich um eine Kopie des Berichts zu der Sache mit Forresters Hund gebeten. Offenbar hat sie das nicht für angebracht gehalten."

Captain Malone kam ins Großraumbüro. Er wirkte gestresst und verärgert. „Die Medien drängen auf ein Update zum Thema Forrester."

„Ich habe noch nichts."

„Sie müssen ihnen etwas sagen, ehe sie das Gebäude stürmen. Ich habe selten mehr Reporter da draußen gesehen."

„Ich kümmere mich darum. Dann fahren wir zu Cox und

danach nach Gaithersburg, um mit Forresters Nachbarn zu sprechen."

„Wieso zu Cox?"

„Er hat mich zu sich gebeten."

„Interessant."

„In der Tat. Ich mach mir Sorgen, dass er bis zum Hals in der Sache mit drinsteckt, was mir zu Hause einige Schwierigkeiten bereiten könnte."

„Beim ersten Anzeichen, dass das tatsächlich der Fall ist, übernehme ich alles, was mit ihm zu tun hat. Ich würde ja direkt mitfahren, aber ich kann nicht – ich muss andere Brände löschen."

„Alles klar."

„Was hat es mit Forresters Nachbarn auf sich?"

„Ein Streit wegen ihrer Hunde."

Malone warf ihr einen skeptischen Blick zu.

„Ich gehe nur Hinweisen nach, Cap."

„Okay."

„Vergessen Sie nicht, dass ich heute früher wegmuss."

„Ach ja, das Staatsbankett für die Kanadier. Ich habe meinen Smoking bereitgelegt."

Sam grinste. „Wir sehen uns spätestens dort." Zu Freddie sagte sie: „Lass mich das Pressebriefing machen, dann können wir los."

„Ich bin so weit."

„Hast du allen ihre Aufgaben für heute zugeteilt?"

„Ich warte noch auf Gonzo, der spät dran ist. Die anderen sollen sich auf die E-Mails und Textnachrichten konzentrieren, denn wir sind erst zur Hälfte mit dem durch, was Archie uns gegeben hat."

„Tu mir einen Gefallen, und besorg Durchsuchungsbeschlüsse für die Handys von Ralph und Laurel Sellers."

„Wer ist das?"

„Forresters Nachbarn. Er hatte Streit mit ihnen, weil einer ihrer Hunde seinen angegriffen hat, was ein Gerichtsverfahren zur Folge hatte. Es ist nur so ein Gefühl, aber ich wüsste gerne, wo sie waren, als er starb."

Cameron kam zu ihnen herüber und sah aufgebracht aus – oder vielleicht auch schockiert.

„Was ist los?", fragte Sam.

„Auf Avery ist geschossen worden."

„Wie bitte? Wo?"

„Als er aus dem Fitnessstudio in der 22nd Street kam."

„Ist er …?" Sam hatte Angst, die Frage zu beenden.

„Er war am Leben, aber nicht ansprechbar, als die Sanitäter eintrafen. Sie haben ihn ins GW gebracht."

„Ist Shelby schon informiert?"

„Ich habe Averys Stellvertreter George Terrell angerufen, um genau das zu fragen. Er hat erklärt, er sei gerade auf dem Weg ins Weiße Haus, um ihr die Nachricht zu überbringen."

Sam wusste nicht, ob sie zum Krankenhaus oder nach Hause zu Shelby fahren sollte. „Ich muss zu ihr."

„Nein", widersprach Malone.

Sam sah ihn an, als hätte er etwas komplett Unverständliches gesagt.

„Ich brauche Sie im Fall Forrester. Mir ist klar, dass Avery ein enger Freund ist, doch Sie können im Moment nichts für ihn tun. Wir werden Leute darauf ansetzen und herausfinden, was passiert ist."

Lucas und Harper betraten das Großraumbüro.

„Hast du das von Avery gehört?", fragte Lucas.

„Gerade eben", antwortete Sam.

„Sie beide fahren rüber zum GW und schauen, was Sie herausfinden können", befahl Malone Lucas und Harper. „Richten Sie Archie aus, er soll sich die Überwachungsaufnahmen vom Fitnessstudio in der 22nd Street besorgen."

„Ja, Sir", entgegnete Lucas und begab sich mit Harper zum Ausgang an der Gerichtsmedizin.

Sam wollte unbedingt mitkommen, aber Malone hatte ihr das unmissverständlich untersagt. „Ich, äh, werde mich darauf vorbereiten, die Medien über Forrester zu informieren."

„Lassen Sie sich eine Minute Zeit, um sich zu fassen", erwiderte Malone.

„Er ist gerade Vater geworden. Er und Shelby haben gerade

ein Baby bekommen …“ Ihr Herz schmerzte für die beiden, besonders nach dem jüngsten Trauma des Überfalls in den eigenen vier Wänden.

Sam war schon lange nicht mehr so erschüttert gewesen.

„Ich werde die Medien informieren“, erbot sich Freddie.

„Das krieg ich schon hin.“

„Ich übernehme das. Es ist eine gute Erfahrung für mich, und du bist nicht in der Verfassung dafür.“

„Bist du sicher?“

„Ganz sicher.“

„Danke, mein junger Padawan.“

„Kein Problem.“

„Ich helfe Ihnen, sich vorzubereiten“, bot Malone Freddie an.

Nachdem sie gegangen waren, klingelte Sams Handy. Ihr wurde das Herz schwer, als sie Shelbys Namen auf dem Display sah. „Ich wollte dich gerade anrufen.“

„Sam! Was weißt du? Ist er … Er darf nicht tot sein. Bitte sag mir, dass er nicht tot ist.“

„Ich habe gehört, dass er am Leben war, als der Rettungsdienst ihn ins Krankenhaus transportiert hat. Wo bist du?“

„Ich bin mit George unterwegs. Er fährt mich und das Baby zum GW. Celia hat angeboten, auf die Kleine aufzupassen, aber ich wusste nicht, wie lange ich weg sein würde.“

Sam rechnete es Shelby hoch an, dass sie sich in einer so furchtbaren Zeit zusammengerissen und an praktische Dinge gedacht hatte.

„Ich würde ja kommen …“

„Mir ist klar, dass du das nicht kannst. Tu, was du tun musst. Avery würde es so wollen. Ich halte dich auf dem Laufenden.“

„Ich bete für euch, Tinker Bell.“

„Danke.“

Sam legte ihr Handy weg und stützte den Kopf in die Hände. Wie konnte Shelby sich zusammenreißen, nachdem ihr Mann *angeschossen* worden war, nur wenige Tage nach der Geburt ihres Babys?

Der sichere BlackBerry klingelte.

Sie nahm Nicks Anruf entgegen. „Hallo.“

„Was weißt du über Avery?“

„Er war nicht ansprechbar, aber noch am Leben, als der Rettungsdienst ihn zum Krankenhaus transportiert hat.“

„Großer Gott. Hast du schon mit Shelby telefoniert?“

„Ja, gerade eben. Averys Stellvertreter George bringt sie und das Baby ins GW.“

„Kannst du zu ihr fahren?“

„Nein, das ist nicht möglich. Wir stehen unter enormem Druck wegen Forrester … Malone hat mir im Grunde verboten wegzugehen.“

„Oh, verdammt. Du musst innerlich völlig zerrissen sein. Es tut mir leid.“

„Schon gut. Er hat recht. Wir machen in Sachen Forrester kaum Fortschritte, und ich habe heute noch viel zu erledigen.“

„Dann verkürze ich dir auch noch den Tag.“

„Das ist schon in Ordnung.“

„Ich muss immerzu an Avery denken und daran, dass sie gerade das Baby bekommen haben …“

„Ja. Es ist schrecklich.“

„Könnte es mit dem Einbruch bei ihnen daheim zu tun haben?“

„Ich bin mir nicht sicher. Die Täter sind in Gewahrsam.“

„War nur so ein Gedanke.“

„Ein guter Gedanke, und ich werde ihn an das Team weitergeben, das den Fall bearbeitet.“

„Halt durch. Avery ist fit und allgemein in guter Verfassung. Ich bin sicher, er wird es schaffen.“

„Schau sich einer dich an … Du sorgst dich um Avery Hill. Vor einiger Zeit wolltest du ihn noch eigenhändig umbringen.“

„Die Zeiten ändern sich. Er ist mein Freund. Ich mach mir Sorgen um ihn.“

„Ja, ich mir auch. Ich schreibe dir, wenn ich was Neues höre.“

„Danke. Pass auf die Liebe meines Lebens auf, vor allem wenn da draußen jemand auf deine Kollegen schießt.“

„Ich geb mir Mühe. Wir sehen uns nachher.“

„Ich kann es kaum erwarten.“

In dem Moment kam Gonzo wütend zur Tür rein. „Der gottverdammte Verkehr in dieser Stadt. Dreißig Minuten für die Fahrt über die Memorial Bridge." Er betrachtete sie genauer. „Was ist passiert?"

„Jemand hat Avery niedergeschossen, als er heute Morgen aus seinem Fitnessstudio in der 22nd Street getreten ist."

„O Gott. Wie geht es ihm?"

„Das wissen wir noch nicht."

„Meine Güte, und das, wo die beiden doch gerade zum zweiten Mal Eltern geworden sind."

„Ja."

Sam stand weiter wie erstarrt da, als Freddie und Malone hinter Gonzo auftauchten, der sich zu ihnen umdrehte.

„Wie ist es gelaufen?", fragte sie.

„Brutal", antwortete Freddie.

„Er hat das großartig gemacht, hat gesagt, was wir bisher wissen und dass wir mit allen verfügbaren Ressourcen an den Ermittlungen arbeiten und so weiter."

„Danke, dass du dich darum gekümmert hast."

„Ich würde ja entgegnen, es war kein Problem, aber vielleicht verlange ich noch eine Gefahrenzulage. Habt ihr schon was von Avery gehört?"

„Nichts. Wir müssen zu Cox." Gonzo wies sie an: „Knüpf da an, wo Carlucci und Dominguez mit der Papierspur aufgehört haben. Besorg mir einen Hinweis."

„Schon dabei."

„Dann schauen wir mal, was der Justizminister von uns will."

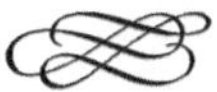

Shelby war fest entschlossen, sich zusammenzureißen, egal, was sie im Krankenhaus erwartete. Die Möglichkeit, dass Avery …

Nein.

Nein.

Nein.

Daran wollte sie nicht mal denken.

Mit Maisie im Kindersitz neben sich auf der Rückbank eines FBI-SUV konzentrierte sie sich darauf, ruhig zu atmen und so gelassen wie möglich zu bleiben.

„Gibt es etwas Neues?", fragte sie George, als sie wegen des dichten Verkehrs anhalten mussten.

„Bisher sagen sie nur, dass er gerade versorgt wird."

Was würde sie tun, wenn er starb? Wie sollte sie ohne die Liebe ihres Lebens weitermachen, nachdem sie so lange auf ihn gewartet hatte? Als sie ihr kleines Mädchen ansah und über die Möglichkeit nachdachte, dass sie und Noah ohne den Daddy aufwachsen würden, der sie so liebte …

Hör auf, Shelby Faircloth Hill. Hör sofort damit auf.

George hatte offenbar beschlossen, dass er genug von den verstopften Straßen hatte, und schaltete die Sirene ein, damit die Autos sie durchließen.

Einige Minuten später hielten sie vor dem Eingang der Notaufnahme des GW.

George drehte sich zu ihr um. „Lass mich reingehen und herausfinden, was los ist. Ich bin gleich wieder da."

Shelby wusste es zu schätzen, dass er tat, was er konnte, um ihr die schreckliche Situation zu erleichtern. „Danke."

Bis an ihr Lebensende würde sie nicht vergessen, wie sie die Tür zu ihrer Suite im dritten Stock geöffnet und einen der Hausangestellten des Weißen Hauses und George vorgefunden hatte. Ihr waren die Knie weich geworden, sobald sie eine Sekunde Zeit gehabt hatte, Georges Anwesenheit und seinen ernsten Gesichtsausdruck zu registrieren.

„Jemand hat auf Avery geschossen", hatte er gesagt.

Shelby war unter dem plötzlichen Adrenalinschub, der ihren gesamten Körper erfasst hatte, fast ohnmächtig geworden.

George hatte sie am Arm gegriffen, um sie zu stützen. Dann hatte er ihr geholfen, das Baby und das Nötigste für die Fahrt zum Krankenhaus zusammenzupacken, dem letzten Ort, an den sie ein Neugeborenes mitnehmen wollte. Aber sie hatte weder Muttermilch abgepumpt noch irgendetwas vorbereitet, um die Kleine bei jemand anderem zurückzulassen.

Als Celia die Nachricht gehört hatte, hatte sie Shelby sofort angeboten, das Baby für sie zu hüten, doch Shelby wollte nicht zwischendrin nach Hause fahren und ihre kleine Tochter stillen müssen. Also hatte sie Celia gebeten, am Nachmittag das Kindermädchen bei Noah abzulösen, damit sie so lange im Krankenhaus bleiben konnte, wie es nötig sein würde.

Sie war sich nicht sicher, weshalb sie so klar denken konnte, aber alles, was zählte, war, zu Avery zu kommen und ihm zu sagen, dass sie ihn liebte und das alles gut ausgehen sollte.

Tränen stiegen ihr in die Augen, doch sie kämpfte dagegen an. Wenn sie jetzt anfing zu weinen, würde sie vielleicht nie wieder aufhören.

George öffnete die hintere Tür des SUV. „Er ist stabil, sie bringen ihn gerade in den OP. Sie meinten, du könntest kurz zu ihm, allerdings müssen wir uns beeilen."

Shelby schnallte das Baby aus dem Kindersitz, nahm es auf den Arm und folgte George in das Gebäude.

Man brachte sie direkt in eine Kabine, in der es aussah, als hätte dort ein Krieg stattgefunden. Beim Anblick von all dem Blut wäre Shelby beinahe ohnmächtig geworden, bevor sie sich zwang, ans Bett ihres Mannes zu treten.

O Gott, er war so blass, und seine Haut wirkte teigig, überall waren Schläuche. An seiner rechten Schulter war ein riesiger, blutgetränkter Verband.

„Das ist Mrs Hill", sagte George zu dem Arzt, der auf der anderen Seite des Bettes stand.

„Wie … wie geht es ihm?"

„Er hat eine Schusswunde im oberen Brustbereich erlitten, die Kugel hat nur knapp die Aorta verfehlt. Wir bringen ihn in den OP, um sie herauszuholen und den Schaden, den sie angerichtet hat, zu versorgen."

„Er … er wird also wieder gesund?"

„Er sollte sich vollständig erholen, aber es wird dauern."

„Vollständig erholen" waren die einzigen Worte, die sie hören wollte.

Sie reichte das Baby an George weiter.

Er schien einen Moment lang nervös zu sein, dann nahm er das kleine Bündel in die Arme.

Shelby beugte sich über das Bettgitter, um ihrem Mann einen Kuss auf die Wange zu geben und ihm die Haare aus der Stirn zu streichen. „Du musst alles tun, was sie dir sagen, denn wir lieben dich, und wir brauchen dich. Noah und Maisie brauchen ihren Daddy, und ich brauche meinen Liebsten."

„Wir müssen in den OP", drängte der Arzt.

Shelby küsste Avery auf die kühlen Lippen und zwang sich, ihn loszulassen, damit die Ärzte alles Notwendige tun konnten, um ihn wieder gesund zu machen.

Nachdem sie vom Bett zurückgetreten war, schoben sie ihn mit einer Dringlichkeit aus dem Raum, die trotz der optimistischen Prognose an ihren Nerven zerrte. Sie nahm George das Baby wieder ab.

„Sie haben gesagt, die Operation wird etwa drei Stunden dauern. Willst du zu Hause warten?"

Sie dachte einen Augenblick darüber nach. „Nein, ich bleibe hier, damit ich da bin, wenn er aufwacht."

Eine Schwester erklärte ihnen, wo sich der Wartebereich des OPs befand.

„Ich fahre rasch den SUV weg und komme dann dorthin.“

„Danke für alles, George.“

„Kein Problem.“

Shelby ging zu den Fahrstühlen und fand den Wartebereich. An der Rezeption gab man ihr eine Nummer, mittels derer sie auf einer digitalen Tafel nach Neuigkeiten aus dem OP sehen konnte.

Als sie sich auf einem Stuhl niederließ, erwachte das Baby und verlangte lautstark danach, gestillt zu werden.

Während sie ihren Mantel auszog und das Baby anlegte, hoffte Shelby, dass George daran dachte, die Wickeltasche mitzubringen, die sie in ihrer Eile, zu Avery zu gelangen, auf dem Rücksitz vergessen hatte.

Was hatte sie in einem OP-Wartebereich zu suchen?

Ihr Handy vibrierte in ihrer Manteltasche. Eine SMS nach der anderen von besorgten Familienmitgliedern und Freunden. Sie hatte Averys Eltern und ihren Schwestern auf dem Weg ins Krankenhaus geschrieben und würde sie auf den neuesten Stand bringen, sobald das Baby satt und frisch gewickelt war.

Mit einem Neugeborenen im Wartebereich eines Krankenhauses würde das ein sehr langer Tag werden, aber sie wollte nirgendwo anders sein, während ihr Liebster operiert wurde.

„Es wird alles gut werden“, flüsterte sie Maisie zu, die unter dem pinkfarbenen Kaschmirschal, den Avery ihr zu Weihnachten geschenkt hatte, vor neugierigen Blicken geschützt war. „Es gibt nichts, was er nicht für uns täte. Er wird mit aller Macht darum kämpfen, wieder gesund zu werden.“

Tränen liefen ihr über die Wangen, obwohl sie sich sehr bemühte, sich zusammenzureißen.

Durch einen Tränenschleier sah sie, wie ihre Schwester Ginger eintraf und sich neben sie setzte.

„Ich bin gekommen, so schnell ich konnte. Wie geht es Avery?“

„Sie operieren ihn gerade. Sie erwarten, dass er sich vollständig erholen wird, doch es war denkbar knapp."

Ginger legte den Arm um Shelby, die sich an sie lehnte. „Danke, dass du da bist."

„Ich werde so lange hierbleiben, wie du mich brauchst."

Cox ließ sie eine geschlagene Viertelstunde warten.

Sam wollte gerade aufstehen und gehen, als der junge Assistent, dessen Stimme sie von den Telefonaten her kannte, sie abholen kam.

„Entschuldigen Sie bitte die Verzögerung. Minister Cox musste sich um einen Notfall kümmern."

Sam fragte sich, ob dieser Notfall etwas mit den Schüssen auf FBI-Agent Avery Hill zu tun hatte.

Der Assistent führte sie in ein holzgetäfeltes Büro mit Regalen voller Bücher und Auszeichnungen aller Art.

Cox stand hinter einem massiven Schreibtisch und bedeutete ihnen, in den Ledersesseln Platz zu nehmen. „Tut mir leid, dass Sie warten mussten. Man hat heute Morgen auf einen FBI-Agenten geschossen, und das hat den Tag völlig durcheinandergebracht."

„Agent Hill ist ein guter Freund von uns", erwiderte Sam.

„Natürlich. Ich habe gehört, dass er mit seiner Familie bei Ihnen im Weißen Haus wohnt."

„Richtig." Die Einzelheiten ihres Arrangements hatten Cox nicht zu interessieren. „Gibt es Neuigkeiten über seinen Zustand?"

„Er hat eine Schusswunde im oberen Brustbereich und ist gerade im OP. Laut Aussage der Ärzte sollte er sich vollständig erholen."

„Danke, das erleichtert mich sehr."

„Unbedingt. Und das alles so kurz nach der Geburt seines Kindes."

„Sie haben uns hergebeten, Minister Cox. Was können wir für Sie tun?"

„Nach unserem Gespräch ist mir aufgefallen, dass ich in meiner Bestürzung meine jahrzehntelange Freundschaft mit Tom gar nicht erwähnt habe."

„Die ist uns bekannt."

Diese Antwort schien ihn zu überraschen.

„Ich wüsste gerne, wie es passieren konnte, dass Sie uns ein so wichtiges Detail vorenthalten haben, als wir das erste Mal hier waren."

Sein freundlicher Gesichtsausdruck verschwand. „Als wir uns das erste Mal getroffen haben, stand ich noch unter Schock. Bitte entschuldigen Sie das Versehen."

„Sie sind schon lange dabei."

„Deutlich länger als Sie."

Kleinlich war er auch noch. „Lange genug, um zu wissen, welche Informationen für eine Ermittlung wichtig sind, besonders für eine so hochkarätige. Ich will ehrlich sein, ich war schockiert, als ich gehört habe, dass Sie und Forrester sich schon seit dem College kennen. Da ich mir bewusst bin, wie viel bei dieser Untersuchung auf dem Spiel steht, habe ich mich gefragt, warum Sie uns das nicht von vornherein erzählt haben."

Er starrte sie einfach nur an, als könnte er nicht glauben, dass sie die Dreistigkeit besaß, so mit ihm zu reden. Offenbar geschah ihm das nicht oft.

„Ich kann mein Versäumnis bloß auf den Schock schieben. Tom zu verlieren ist, als hätte ich ein Mitglied meiner unmittelbaren Familie verloren."

„Sagen Sie mir die Wahrheit über seine Ermittlungen gegen Bryant. Über die inoffiziellen, die Sie nicht davon abgehalten haben, weiterhin mit ihm und seiner Freundin JoAnn zu verkehren."

Wieder schien Cox überrascht zu sein, dass sie ihn so etwas fragte. Oder vielleicht auch, dass sie so gut informiert war. „Ich habe Ihnen bereits erklärt, dass ich über vertrauliche Ermittlungen nicht sprechen kann."

„Selbst wenn genau diese Ermittlungen dazu geführt haben könnten, dass jemand tot ist, der zu Ihrer unmittelbaren Familie gehört hat?"

„So war es nicht."

„Sie klingen ziemlich überzeugt. Wissen Sie denn, was passiert ist?"

„Natürlich nicht! Wenn ich es wüsste, würde ich es Ihnen sagen."

„Sie haben eine Mail an alle Mitarbeitenden des Justizministeriums geschickt."

Er wirkte fassungslos. „Woher wissen Sie von einer vertraulichen internen Nachricht?"

„Wie viele Leute arbeiten im Justizministerium?"

„Äh, ungefähr hundertfünfzehntausend."

„Sie haben eine Nachricht an hundertfünfzehntausend Leute geschickt und erwarten, dass sie vertraulich bleibt?" Sie sah Freddie an. „Ich meine, ich weiß nichts darüber, wie es ist, Justizminister zu sein, doch die meisten Leute können ihren Mund nicht halten. Ich könnte von jedem Ihrer Beschäftigten von dieser Nachricht erfahren haben."

„Sie können sicher sein, dass ich eine umfassende Untersuchung darüber einleiten werde, wer diese Nachricht weitergegeben hat."

„Nur zu. Vielleicht können Sie mir in der Zwischenzeit verraten, weshalb Sie jemanden aus dem Ministerium verdächtigen, in Toms Ermordung verwickelt zu sein."

„Das habe ich nie gesagt!"

„Es stand in Ihrer Nachricht."

„Das stimmt nicht. Ich hab lediglich alle, die etwas wissen, aufgefordert, sich zu melden."

„Mit anderen Worten: ‚Ich vermute, dass jemand in diesem Ministerium etwas weiß.'"

„Sie haben das falsch gelesen, aber es war ja auch nicht an Sie gerichtet, oder?"

Sams Geduldsfaden konnte jeden Moment reißen. „Ich habe das Gefühl, wir drehen uns im Kreis. Warum haben Sie uns hergebeten?"

„Ich wollte offen über meine langjährige Beziehung zu Tom sprechen und Ihnen die Ressourcen des Justizministeriums für Ihre Ermittlungen zur Verfügung stellen."

„Danke sehr. Wir kommen zurecht."

Cox wandte sich an Freddie. „Ich habe Ihre Pressekonferenz heute Morgen gesehen."

„Ja, und?", fragte Sam.

„Ich hatte den Eindruck – und ich kann mich natürlich irren –, dass Sie heute nicht wesentlich mehr über Toms Ermordung wissen als am Tattag."

Am liebsten hätte Sam dem Kerl einen Kinnhaken verpasst. „Wenn Sie eine intensive Untersuchung leiten, treten Sie dann vor die Medien und erzählen ihnen alles, was Sie wissen? Sie haben doch schon mal eine kriminalpolizeiliche Untersuchung geleitet, oder? Oh, warten Sie, das ist etwa hundert Jahre her. Also wissen Sie es vielleicht nicht mehr. Ich kann Ihre Kenntnisse in dieser Beziehung gern etwas auffrischen."

Cox' Miene war zornerfüllt. „Dieses Treffen ist beendet."

„Da Sie vielleicht nicht verstehen, wie diese Dinge funktionieren: Es ist in Ihrem Interesse, es uns jetzt zu sagen, wenn Sie etwas darüber wissen, was mit Tom geschehen ist. Wenn wir später herausfinden, dass Sie unsere Ermittlungen behindert haben, kriegen wir Sie dafür dran."

„Raus."

Sam und Freddie standen auf und verließen sein Büro. Sie marschierten an dem jungen Mann an seinem Schreibtisch im Vorzimmer vorbei und waren auf dem Weg zu den Aufzügen, als Sam sich noch einmal umdrehte, um mit dem Assistenten zu reden. Er war von mittlerer Statur, hatte schütteres braunes Haar und möglicherweise haselnussbraune Augen. Das konnte sie nicht genau erkennen, da er eine Brille trug. „Sind Sie derjenige, der mich angerufen hat, um dieses Treffen zu arrangieren?"

„Ja."

„Wie heißen Sie?"

„Warum ist das wichtig?"

„Weil ich es sage."

Das schien ihn nicht zu beeindrucken.

„Wir können unsere Unterhaltung auch gern in mein Büro verlegen, wenn es Ihnen schwerfällt, meine Frage hier zu beantworten."

„Sie können nicht einfach Leute verhaften."

Sie sah Freddie an. „Kann ich einfach Leute verhaften?"

„Wenn die Person die Ermittlungen in einem Mordfall behindert, durchaus."

„Inwiefern behindere ich die Ermittlungen in einem Mordfall?"

„Sie verweigern die Beantwortung der grundlegendsten Fragen. Versuchen wir es also noch einmal. Wie ist Ihr Name?"

„Antworten Sie ihr", verlangte Cox von der Tür zu seinem Büro aus.

Sam hatte ihn gar nicht bemerkt.

„Henry Allston."

„Wie lange arbeiten Sie schon für Minister Cox?"

Henry warf seinem Arbeitgeber einen Blick zu, woraufhin der ihm ein Zeichen gab, es ihr zu sagen.

„Seit acht Jahren."

„Vielen Dank. Ich hoffe, das war nicht zu schwierig. Gehen wir, Detective Cruz."

„Das war unglaublich", flüsterte Freddie, während sie auf den Fahrstuhl warteten.

„Was?"

„Du. Da drin und dann mit dem Mitarbeiter des Ministers. Von Angesicht zu Angesicht mit dem Justizminister, ohne jede verf… ohne Rücksicht auf irgendwas."

„Hast du gerade beinahe geflucht?"

„Vielleicht, aber verdammt, ich wünschte, wir hätten das aufgenommen."

„Sei nicht zu beeindruckt. Ich habe mir gerade einen mächtigen Feind im Kabinett meines Mannes gemacht, ganz zu schweigen davon, dass er uns und der gesamten Polizei großen Ärger bereiten könnte."

Sie betraten den Fahrstuhl. „Warum hast du das getan?"

Sam drückte „E" für das Erdgeschoss. „Weil ich wissen wollte, ob er uns Mist erzählt."

„Ja, und?"

„Er erzählt uns zumindest nicht alles, was er weiß. Das ist mal sicher."

„Wäre es nicht in seinem eigenen Interesse, wenn wir so schnell wie möglich herausfinden, wer einen seiner Staatsanwälte getötet hat?"

„Sollte man meinen, oder?"

„Hast du Nick gesagt, dass du dich mit Cox triffst?"

„Er weiß es, allerdings haben wir nicht die Details besprochen. Wir halten das getrennt."

„Das ist vermutlich besser so. Was hast du mit dem Mitarbeiter des Ministers vor?"

„Weiß ich noch nicht, aber dass er nicht bereit war, mir seinen Namen zu nennen, hat mich stutzig gemacht."

„Ich werde ihn mir heute noch mal anschauen."

„Das wäre meine nächste Bitte gewesen."

Bei der Sicherheitskontrolle holten sie ihre Waffen ab und gingen nach draußen, wo ein Trupp von Secret-Service-Mitarbeitern etwa dreißig Journalisten davon abhielt, sich auf sie zu stürzen. Sobald sie Sam sahen, schrien sie ihr Fragen zu.

„Warum haben Sie sich mit Minister Cox getroffen?"

„Ist er in den Mord an Forrester verwickelt?"

„Was hat er gesagt?"

„Wer hat Ihren Freund Hill angeschossen?"

„Wer hat Forrester ermordet?"

„War es derselbe Täter?"

Vernon schob Sam und Freddie in den SUV.

„Abgesehen von diesem Chaos", wandte sich Sam an Vernon und deutete mit dem Kinn auf die Medien, „was ist los?"

„Nichts. Warum?"

„Sie wirken heute besonders wachsam."

„Ein Bundesstaatsanwalt ist tot, und ein FBI-Agent wurde angeschossen. Sie treffen sich mit dem Justizminister, und die Medien sind in Aufruhr. Das schreit nach besonderer Wachsamkeit."

„Wahrscheinlich schon."

„Gibt es etwas Neues von Agent Hill?"

„Er ist gerade im OP, und man erwartet, dass er überlebt."

Sam dachte über ihren nächsten Schritt nach und beschloss, dass sie Shelby sehen wollte, wenn auch nur für eine Minute. „Lassen

Sie uns auf dem Weg nach Gaithersburg beim GW anhalten." Eigentlich lag das Krankenhaus nicht an ihrer Route, aber sie konnte nicht wegbleiben, wenn eine ihrer besten Freundinnen Unterstützung brauchte.

„Jawohl, Ma'am."

Am liebsten hätte Sam ihn zurechtgewiesen, weil er sie so genannt hatte, doch er schloss die Tür, ehe sie reagieren konnte. Es war ihm nicht abzugewöhnen. Während Vernon sie zum Krankenhaus fuhr, rief Sam Captain Malone an.

„Wie war's bei Cox?"

„Übel." Sie erstattete ihm Bericht. „Natürlich ist er sauer auf mich, aber ich habe immer noch das Gefühl, dass er mir irgendwas verschweigt."

„Was haben Sie in Bezug auf ihn als Nächstes vor?"

„Das weiß ich noch nicht. Er ist vermutlich nicht bereit, ein weiteres Mal mit mir zu sprechen. Als wir das Justizministerium verließen, hat uns die Presse aufgelauert. Einer aus der Journalistenmenge wollte wissen, ob es derselbe Schütze war, der Forrester getötet und Hill angeschossen hat."

„Sobald wir die Kugel aus Averys Wunde haben, machen wir uns an die ballistische Untersuchung."

„Danke. Das fühlt sich weit hergeholt an, trotzdem müssen wir es überprüfen. Jetzt wollen wir mit den Nachbarn der Forresters sprechen."

„Halten Sie mich auf dem Laufenden."

„Natürlich." Sie klappte ihr Telefon zu. „Ich habe ein schlechtes Gewissen wegen des Krankenhausstopps."

„Musst du nicht", erwiderte Freddie. „Es würde Malone nicht stören."

„Er hat mir gesagt, ich soll mich auf den Fall konzentrieren, und er hat recht. Das sollte ich wirklich, vor allem, da ich heute früher gehen muss."

„Wenn sich herausstellt, dass die Schüsse auf Avery irgendwie mit der Ermordung von Forrester zusammenhängen, dann konzentrierst du dich auf den Fall, indem du im Krankenhaus vorbeischaust."

Sam wandte sich in ihrem Sitz um und starrte ihn an.

„Was ist?", fragte er.

„Hiermit ist es offiziell."

„Was?"

„Ich habe dich völlig verdorben."

Vernon und Jimmy lachten.

Freddie schnaubte nur. „Wenn du meinst."

„Ist doch wahr! Du hast mir gerade eine plausible Begründung dafür geliefert, mich einem direkten Befehl des Captains zu widersetzen. Das ist bemerkenswert."

„Eine normale Chefin würde sagen: ‚Freddie, unterstütze mich nicht noch dabei, mich dem großen Boss zu widersetzen.' Meine hingegen lobt mich dafür, dass ich ihr helfe, eine direkte Anweisung zu umgehen."

„Da hast du verdammt recht."

„Noch etwas: Können wir kurz in die Cafeteria, wenn wir im GW sind? Ich bin am Verhungern, und die haben dort die beste Pizza."

„Denkst du manchmal auch an etwas anderes als ans Essen?"

„An Sex. Sehr oft."

„Meine Güte, das war eine ziemliche Steilvorlage, was?"

Vernon lachte Tränen. „Sie sind beide echt witzig."

„*Ich* bin witzig", korrigierte Sam. „*Er* hat noch viel zu lernen."

Sie liebte Freddie sehr, und mehr als alles andere liebte sie die Kabbeleien mit ihm und die Scherze. Die Beziehung zu ihm gehörte zu den Dingen im Leben, die sie am meisten mochte. Sie war sich sicher, dass es ihm genauso ging. Meist jedenfalls.

„Heißt das: Ja zur Pizza?"

„Mal sehen, ob wir es einschieben können."

„Wollen Sie auch was essen?", fragte Freddie die Beamten.

„Nein, wir haben keinen Hunger", antwortete Vernon für beide.

Vor dem Krankenhaus bat Vernon Sam: „Geben Sie mir fünf Minuten dafür, den Weg frei zu machen."

„Sehr viel Zeit habe ich nicht."

„Ich beeil mich."

„Danke." Nachdem er verschwunden war, blickte sie Freddie an. „Ich habe Angst, auf die Uhr zu sehen."

„Fast halb elf.“

„Wir gehen kurz rein, fahren dann nach Gaithersburg und anschließend zu dem Treffen mit Conlon. Das wird knapp.“

„Da ich nicht unter dem Schutz des Secret Service stehe, könnte ich vielleicht was zu essen besorgen, während Vernon dich zu Shelby bringt. Um Zeit zu sparen.“

Sie verdrehte die Augen. „Nur zu.“

„Was möchtest du?“

„Ich denke, ich nehme etwas von der Pizza, von der du so geschwärmt hast, weil ich an nichts anderes mehr denken kann, seit du sie erwähnt hast, und eine Flasche Wasser.“ Sie holte ihre Geldbörse heraus und reichte ihm ihre Debitkarte. „Ich bezahle.“

„Wow, heute ist mein Glückstag.“

„Übertreib es nicht. Beeil dich.“

„Mach ich.“

KAPITEL 16

Als Sam ihn ins Krankenhaus joggen sah, beneidete sie ihn um seine Bewegungsfreiheit. Diesen Luxus würde sie wahrscheinlich nie wieder haben, denn sie und Nick würden für den Rest ihres Lebens unter dem Schutz des Secret Service stehen.

Das war ein erschreckender Gedanke, mit dem sie sich an einem Tag, an dem ihre Pflichten als Präsidentengattin ohnehin schon auf ihr lasteten, nicht weiter beschäftigen wollte. Worüber zum Teufel sollte sie mit der Frau des kanadischen Premierministers reden? Vor Nicks Amtsantritt als Präsident hatte sie kaum soziale Ängste gekannt, doch jetzt erwartete man von ihr, dass sie in jeder Situation wusste, was sie zu Würdenträgern sagen sollte.

Vernon kehrte zurück und bat Jimmy, beim SUV zu bleiben, während er Sam nach drinnen begleitete.

Wie immer geriet alles ins Stocken, als den Leuten klar wurde, wer da ins Gebäude gekommen war.

Sam ignorierte die neugierigen Blicke und konzentrierte sich darauf, zu Shelby zu gelangen.

Im Aufzug drehte sie sich zu Vernon um. „Kann ich Sie etwas fragen?"

„Na klar."

„Worüber soll ich mit der Frau des kanadischen Premierministers beim Tee reden?"

Er presste die Lippen zusammen, als versuchte er, nicht zu lachen.

„Das ist nicht witzig!"

„Ich lache ja gar nicht."

„Innerlich schon."

„Sie müssen zugeben, dass die Vorstellung, dass Sie überhaupt mit irgendwem Tee trinken, irgendwie lustig ist."

„Ich mag Tee nicht mal! Der sieht aus wie Schmutzwasser und schmeckt auch so."

„Vielleicht sollten Sie ihr *das* nicht unbedingt sagen."

„Ich meine es ernst! Worüber soll ich mich mit ihr unterhalten?"

„Hat sie nicht auch Kinder?"

„Ich glaube schon."

„Haben Sie kein Briefing-Dokument für den Besuch erhalten?"

„Lilia hat mir gestern was gegeben. Ich hab es noch nicht gelesen."

„Sam!"

„Was denn? Ich war beschäftigt."

„Die Frau kommt *heute*. Vielleicht sollten Sie sich kurz damit befassen, damit Sie wissen, was geeignete Gesprächsthemen wären."

„Das steht vermutlich in dem Briefing, oder?"

„Sie sind einfach unglaublich."

„Sagen Sie niemandem, dass ich so bin, hören Sie?"

„Ihre vielen, *vielen* Geheimnisse sind bei mir sicher."

Die Türen öffneten sich, und sie traten aus dem Fahrstuhl in den Wartebereich der Chirurgie. Sam entdeckte Shelby sofort, denn sie war wie üblich ganz in Pink gekleidet.

Bei ihrem Anblick brach Shelby spontan in Tränen aus.

Die beiden Frauen umarmten einander fest. „Wie geht es ihm?"

„Er ist immer noch im OP. Man hat mir erklärt, es könne bis zu drei Stunden dauern."

„Sie sind halt sehr gründlich. Ich bin mir sicher, er wird wieder."

„Das hoffe ich so. Dieses Warten macht mich verrückt.“

Sam konnte das gut verstehen und betete zu allen Göttern im Himmel, dass sie sich niemals selbst in dieser Situation wiederfinden würde. „Hallo, Ginger.“

Shelbys Schwester hielt die schlafende Maisie auf dem Arm. „Hi, Sam. Schön, dich zu sehen.“

„Gleichfalls. Allerdings wünschte ich, die Umstände wären anders.“

„Ja, ich auch.“

Sam wandte ihre Aufmerksamkeit wieder Shelby zu. „Ich würde zu gerne bleiben und mit dir warten.“

„Ihr habt doch heute die Kanadier im Weißen Haus zu Gast. Ich kann es nicht fassen, dass du überhaupt hier bist.“

„Ich musste einfach herkommen, dich drücken und dir sagen, dass ich dich und Avery furchtbar lieb hab und mir sicher bin, dass er bald wieder wohlauf sein wird.“

„Das muss er“, flüsterte Shelby. „Das muss er einfach.“

„Und das wird er auch. Avery ist zäh.“

„Weißt du, wer ihm das angetan hat?“

„Noch nicht, aber wir arbeiten daran, genau wie das FBI.“

Ein Arzt in Kittel und OP-Haube betrat das Wartezimmer. „Avery Hills Angehörige?“

„Hier.“ Shelby hob die Hand. „Ich bin seine Frau.“

„Alles ist gut verlaufen, und Ihr Mann ist jetzt im Aufwachraum. In ein oder zwei Stunden können Sie zu ihm.“

„Danke. Vielen, vielen Dank.“

Sam ging zu dem Arzt, der stutzte, als er sie erkannte.

„Natürlich ist das MPD daran interessiert, die Kugel zu untersuchen. Haben Sie sie entfernt?“

„Ja. Ich werde jemanden schicken, der sie Ihnen bringt.“

„Wenn Sie sie mir rasch persönlich holen könnten, wäre ich Ihnen dankbar. Die Beweismittelkette ist wichtig.“

„Ich verstehe. Bin gleich wieder da.“

Damit war Sams Abstecher ins Krankenhaus gerechtfertigt.

Sie umarmte Shelby erneut. „Ich bin so froh, dass Avery es gut überstanden hat.“

„Und ich erst.“ Shelby schniefte. „Ich kann nicht glauben,

dass ich ihn beinahe verloren hätte. Direkt nachdem er mich beinahe verloren hat. Das ist einfach zu viel."

„Ihr hattet ein paar harte Wochen, doch jetzt habt ihr es hinter euch, und das ist das Einzige, was zählt. Wir sind für euch da, um euch überall zu helfen, wo ihr es braucht."

„Ich bin allen sehr dankbar, die sich so um uns sorgen." Shelby wischte sich die Tränen ab. „Solange es Avery gut geht, geht es auch mir gut."

Kurz darauf kehrte der Arzt mit einer Plastiktüte zurück, in der sich die Kugel befand.

„Können Sie mir bitte noch Ihre E-Mail-Adresse geben? Sie müssen das Übergabeprotokoll unterschreiben, in dem alle Personen aufgelistet sind, die die Kugel in ihrer Obhut hatten." Sam schrieb die Adresse auf, die er nannte. „Danke."

„Gern. Eine Schwester wird Sie holen, wenn Sie zu Ihrem Mann reinkönnen, Mrs Hill."

„Nochmals vielen Dank, dass Sie ihm das Leben gerettet haben."

„Ihr Mann hatte großes Glück."

„Ich melde mich später noch mal." Sam umarmte Shelby erneut. „Halt durch."

„Werd ich. Danke, dass du an einem so anstrengenden Tag Zeit für mich gefunden hast."

„Ich musste dich einfach sehen und mich vergewissern, dass er sich wieder erholt."

Freddie kam mit zwei kleinen Pizzakartons in den Wartebereich. „Sorry, hat leider ewig gedauert. Wie geht es Avery?"

„Gut. Er ist aus dem OP raus und im Aufwachraum. Fahren wir."

Er umarmte Shelby mit einem Arm. „Ich bin froh, das zu hören. Endlich mal gute Neuigkeiten. Elin lässt ausrichten, dass sie an euch denkt und dir zu deinem Baby gratuliert."

„Danke, Freddie. Das ist wirklich nett von ihr."

Sam nahm Freddie am Arm und führte ihn aus dem Zimmer. „Ich hab die Kugel. Gib Lucas Bescheid, dass wir sie ins Labor bringen. Sie arbeitet an den Schüssen auf Avery."

„Ich schreibe ihr vom Auto aus."

Sie aßen die Pizza auf der Fahrt nach Gaithersburg.

Sam musste zugeben, dass sie für etwas aus der Krankenhauskantine außergewöhnlich gut war. Sie versuchte, nicht über die zusätzlichen Kalorien nachzudenken oder darüber, ob sie später in ihrem Kleid aufgebläht aussehen würde. „Ich kann nicht glauben, dass wir heute Abend zu einem verdammten Staatsbankett müssen."

„Elin war noch nie so aufgeregt. Sie hat sich den ganzen Tag freigenommen, um sich vorzubereiten."

„Neben ihr werde ich wie direkt aus der Mülltonne wirken."

„Unsinn", entgegnete er lachend. „Wirst du nicht."

„Na ja, ich habe mir nicht den Tag freigenommen, um mich so vorzubereiten, wie ich es vermutlich hätte tun sollen."

„Du schaffst das schon, Sam."

„Was, wenn nicht? Was, wenn ich es irgendwie vermassele? Was, wenn …?"

„Hör auf. Du wirst das großartig hinkriegen. Daran hege ich nicht den geringsten Zweifel."

„Wir auch nicht", verkündete Vernon von seinem Platz hinterm Steuer aus.

„Es ist echt schön, dass alle außer mir so zuversichtlich sind. Hier fühle ich mich wohl. Mörder jagen, Cox ärgern, Hinweisen nachgehen – das ist mein Metier. Hier weiß ich, wer ich bin. Als Präsidentengattin nicht. Ich weiß nicht, wer ich in dieser Rolle sein soll."

„Du bist Nicks Frau", antwortete Freddie. „Und das ist alles, was du für ihn sein musst. Wenn du für ihn da bist, wenn er dich braucht, bist du in den Augen der einzigen Person, die zählt, eine erfolgreiche First Lady."

Vernon begegnete ihrem Blick im Spiegel. „Ich stimme Detective Cruz zu."

„Vielen Dank. Ich weiß das zu schätzen."

„Nick würde nicht wollen, dass du deswegen am Rad drehst, oder?"

„Es würde ihn ärgern, wenn er hören würde, dass ich Angst habe, es zu vermasseln."

„Ich finde das erstaunlich", meldete sich Jimmy zu Wort.

„Was?", fragte Sam.

„Dass jemand wie Sie sich darum Sorgen macht, was die Leute denken oder ob Sie beim Staatsbankett irgendwas in den Sand setzen. Jeder, der Sie kennt, findet Sie toll."

Sam war tatsächlich gerührt von den freundlichen Worten des jungen Personenschützers. „Danke. Das ist sehr nett. Und nur damit Sie es wissen: Nicht jeder, der mich kennt, findet mich toll."

„Wir schon", meinte Freddie. „Genau wie Nick. Deine Kinder natürlich auch, und deine Schwestern, Nichten, Neffen, viele Freunde …"

„Das reicht." Sie atmete tief durch und fühlte sich nach den beruhigenden Worten besser, was den weiteren Verlauf des Tages anging. „Es bedeutet mir sehr viel, Ihre Unterstützung zu haben. Wirklich."

„Wir sind immer für Sie da", versicherte ihr Vernon. „Ich persönlich kann es kaum erwarten, Sie heute Abend glänzen zu sehen."

Das hätte von Skip Holland sein können. „Sie bringen mich noch zum Weinen. Hören Sie auf damit."

Vernon lachte. „Jawohl, Ma'am."

Wenige Minuten später fuhren sie an dem Wachhaus der Siedlung vor, in der die Forresters wohnten.

Vernon sprach mit dem Mann von der Security, und der ließ sie ein.

Sam war froh, dass das ohne Diskussion geklappt hatte. Für solchen Unsinn hatte sie heute keine Zeit. Als sie an Forresters Haus vorbeikamen, bemerkte Sam die ganzen Autos in der Einfahrt und fand es tröstlich, dass die Familie in dieser schweren Zeit Unterstützung hatte.

Das Haus der Sellers war großzügiger angelegt als das der Forresters, mit doppelt so vielen Dachfenstern im zweiten Obergeschoss und einer großen Veranda. Die Backsteinfassade war weiß gestrichen, und die Fenster hatten Holzläden. Sam gefiel das besser als der rote Backstein, der in dieser Gegend so beliebt war.

Vernon folgte ihr und Freddie bis zur Haustür.

Wie erwartet, hatte die Klingel eine völlig übertriebene Tonfolge.

„Warum nur? Warum?"

Freddie lachte.

Das Bellen der Hunde übertönte die Türklingel fast.

Sam wich einen Schritt zurück, eingeschüchtert von den Hunden, die riesengroß und bösartig klangen.

Die Frau, die in der Tür stand, schätzte sie auf Mitte vierzig, mit ergrautem blonden Haar und blauen Augen, die sie aufriss, als sie Sam erkannte. „Wie kann ich Ihnen behilflich sein?"

Sam und Freddie zeigten ihr ihre Dienstausweise. „Mrs Sellers, ich bin Lieutenant Holland, das ist mein Partner Detective Cruz. Wir würden Ihnen gerne ein paar Fragen stellen."

„Das ist kein guter Zeitpunkt."

„Wir können es auch bei uns machen, wenn Sie das vorziehen."

Sam beobachtete mit großem Vergnügen, wie die Frau begriff, was das bedeutete.

„Ich brauche nur eine Minute, um die Hunde wegzusperren."

„Das wäre schön."

Sie schloss die Tür.

„„Wir können es auch bei uns machen, wenn Sie das vorziehen"", wiederholte Freddie lachend. „Hast du ihr Gesicht gesehen, als sie kapiert hat, was du meinst?"

„Ich habe es sehr genossen." Sam beugte sich vor und spähte durch das Fenster an der Seite der Tür. „Ich gebe ihr noch zwei Minuten dafür, wieder hier zu erscheinen, bevor ich Sturm läute."

„Was bedeutet das eigentlich genau? Sturm läuten?"

„Das wirst du gleich erleben."

Zum Glück öffnete Laurel Sellers die Tür wieder, ehe die zwei Minuten abgelaufen waren. „Kommen Sie rein." Sie warf einen Blick auf Vernon, der ihnen ins Haus folgte.

Normalerweise tat er das nicht, aber wegen der erhöhten

Alarmbereitschaft blieb er dichter an Sam dran als sonst. „Wer ist der Herr?"

„Ich bin vom Secret Service, Ma'am."

„Ah. Gut." Sie führte sie in ein Wohnzimmer, in dem es nach Zitronen-Möbelpolitur und Duftpotpourri roch. „Was kann ich für Sie tun?"

„Ist Ihr Mann zufällig da?"

„Er arbeitet in seinem Büro."

„Hier zu Hause?" Carlucci hatte in der Nacht zuvor nicht herausgefunden, wo genau Mr Sellers tätig war.

„Ja."

„Könnten Sie ihn bitte holen?"

„Er ist gerade in einer Besprechung."

„Wie gesagt, wir können das hier oder in der Stadt klären. Das liegt ganz bei Ihnen."

Mit einem Stirnrunzeln in Richtung Sam erhob sie sich und verließ den Raum.

Freddie lachte. „Der Spruch funktioniert jedes Mal."

„Den muss ich echt häufiger benutzen."

Wenige Minuten später tauchte die Frau in Begleitung ihres Mannes auf. Ralph Sellers war übergewichtig, was ihn ziemlich massig wirken ließ. Sein grau meliertes dunkles Haar war kurz geschnitten und seine Haut rötlich. Im Ohr hatte er ein Bluetooth-Headset. „Worum geht es?"

Sam und Freddie zeigten ihm ihre Ausweise, und sie stellte sie beide vor.

Während Laurel wieder auf der Couch Platz nahm, blieb Ralph in der Tür stehen, als hätte er keine Lust, das Zimmer zu betreten. „Wie können wir Ihnen helfen?"

„Wir ermitteln im Mordfall Tom Forrester."

„Was hat das mit uns zu tun?"

„Sie haben ihn doch verklagt, als er von Ihnen die Erstattung der Tierarztkosten für seinen Hund verlangt hat, nachdem einer Ihrer Dobermänner ihn angegriffen hatte, oder?"

„Ja, und?"

„Mich hat noch nie ein Nachbar vor Gericht gezerrt, aber ich denke, vor so einer Klage hat man einige Auseinandersetzungen."

„Er war ein selbstgerechter Mistkerl."

„Ralph! Hör auf!"

„Was? Er dachte, er wäre auch zu Hause Mr Justizbehörde. Allein seine Meinung zählte. Da kann man jeden fragen."

„Hatte er mit den anderen Nachbarn ebenfalls Probleme?"

„Niemand hat ihn gemocht. Er hat dafür gesorgt, dass jeder ganz genau wusste, dass er ein hohes Tier bei der Justiz war."

Sam warf einen Blick zu Freddie, der genauso verwirrt wirkte wie sie. „Das klingt nicht nach dem Mann, den wir gekannt haben."

„Nun, so war er jedenfalls hier. Ein Rechthaber."

„Haben Sie sich verantwortlich dafür gefühlt, dass Ihr Hund seinen verletzt hat?"

„Wir haben uns für das entschuldigt, was passiert ist, und haben angeboten, uns an den Tierarztrechnungen zu beteiligen, doch das hat ihm nicht gereicht. Er wollte, dass wir zehntausend Dollar zahlen, was lächerlich war."

„Soweit wir wissen, hat Flöckchen eine größere Operation benötigt."

„Das hat er zwar behauptet, sich aber geweigert, uns die Tierarztrechnungen vorzulegen. Er sagte, das ginge uns nichts an, und forderte uns auf, ihm zehntausend Dollar zu überweisen, sonst werde er uns verklagen. Wir haben uns geweigert, und er hat uns tatsächlich verklagt. Daraufhin haben wir Gegenklage wegen seelischer Grausamkeit und Rufschädigung eingereicht."

Sam fragte sich, warum Tom die Rechnungen nicht vorgelegt hatte, und nahm sich vor, sich bei Leslie danach zu erkundigen.

„Wenn Sie glauben, ich hätte ihn getötet … Das habe ich nicht", erklärte Ralph.

„Wo waren Sie am frühen Sonntagmorgen?"

„Im Bett."

„Wenn wir Ihre Handydaten prüfen, wird sich das dann bestätigen?"

„Absolut. Ich habe mich darauf gefreut, diesen selbstgefälligen Bastard vor Gericht zu vernichten. Doch ich hatte nichts mit dem zu tun, was ihm passiert ist, und Laurel auch nicht. Unser Mitgefühl gilt seiner Frau und seinen Töchtern, aber wir sind nicht traurig, dass er tot ist."

Gefühllos, dachte Sam.

„Gibt es sonst noch etwas? Ich muss wieder an die Arbeit."

„Das war's für den Moment, doch bleiben Sie bitte erreichbar, falls wir weitere Fragen haben."

„Sie wissen ja, wo Sie uns finden."

Er wandte sich ab und entfernte sich wieder.

„Würden Sie mir bitte Ihre Handynummern aufschreiben?", wandte sich Sam an Laurel.

Sie nahm von Sam Block und Stift entgegen und tat, worum sie gebeten worden war. „Ralph hat Tom nicht gemocht, aber ich fand ihn recht nett. Sie waren sofort auf Kriegsfuß, als die Forresters nebenan eingezogen sind. Ich hab Ralph gesagt, er solle es gut sein lassen, doch er wollte nicht auf mich hören. Ich wollte auch die zehntausend Dollar bezahlen, weil ich mir gut vorstellen kann, dass Flöckchens Behandlung so viel gekostet hat. Tierärzte sind sehr teuer. Aber davon wollte Ralph nichts wissen."

„Vielen Dank für diese Information."

„Ein paar Tage vor Toms Ermordung war drüben viel los. Mehr als sonst. Autos, die ich nicht kannte, ein Kommen und Gehen. So was."

Sam vermutete, dass das mit der Entführung von Leslie und ihren Töchtern sowie ihrer Rückkehr nach Hause in Begleitung von Bundesagenten zu tun hatte. Das FBI hatte die Nachricht von der Entführung nicht bekannt gemacht, sodass Mrs Sellers davon nichts ahnen konnte.

„Danke, das könnte wichtig sein." Sam reichte ihr ihre Visitenkarte. „Wenn Ihnen noch etwas einfällt, rufen Sie mich an."

„Natürlich." Laurel begleitete sie zur Tür. „Wie geht es Leslie und den Mädchen? Sie tun mir so leid."

„Sie halten sich tapfer."

„Es ist ein schrecklicher Schock."

„Ja. Danke, dass Sie Zeit für uns gefunden haben.“

„Hat mich gefreut, Sie kennenzulernen, trotz der Umstände.“

Sam nickte und folgte Freddie nach draußen, Vernon bildete die Nachhut.

„Wohin jetzt?“

„Ich möchte noch mal mit Leslie Forrester reden, ehe wir für unser Treffen mit Young zur Staatsanwaltschaft fahren.“

So wie es aussah, würden sie es gerade noch rechtzeitig zurück in die Stadt schaffen.

KAPITEL 17

Sie gingen zum Nachbarhaus hinüber und klopften an die Tür.

Eine Frau, die Sam nicht kannte, öffnete ihnen und machte das übliche Gesicht, als sie sie erkannte.

Sie zeigte ihren Dienstausweis vor. „Ich möchte Leslie Forrester sprechen, bitte."

„Kommen Sie rein." Sie führte sie in dasselbe elegante Wohnzimmer, in dem sie das letzte Mal gewesen waren.

Nach zehn langen Minuten erschien Leslie in der Tür. „Haben Sie die Person gefunden, die meinen Tom ermordet hat?"

„Noch nicht, aber wir arbeiten mit Hochdruck daran. Wir haben gerade mit Ralph und Laurel Sellers gesprochen."

Leslie verzog bei der Erwähnung dieser Namen das Gesicht und nahm dann ihnen gegenüber Platz. „Ich bin sicher, sie hatten nur Gutes über uns zu sagen."

„Laurel hat nach Ihnen und den Mädchen gefragt. Sie meinte, Sie fühle mit Ihnen."

„Das ist sehr nett."

„Ich frage mich, warum Tom nicht bereit war, die Quittungen des Tierarztes vorzulegen, als er zehntausend Dollar von den beiden verlangt hat."

„Er war der Meinung, dass sie die nicht zu interessieren hätten."

„Also hat er erwartet, dass die Sellers zahlen, ohne einen Nachweis über die Kosten zu haben?"

Leslie seufzte tief. „Das habe ich auch gesagt, doch er hat darauf beharrt, dass Flöckchens medizinische Behandlung sie nichts anginge. Ralph Sellers war für ihn ein rotes Tuch."

„Inwiefern?"

„Der Kerl hat ihn von Anfang an auf die Palme gebracht. Es war ein Fall von spontaner Antipathie."

„Aber er hat Ihnen nie gesagt, woran genau das gelegen hat?"

„Ich glaube, nicht einmal er selbst wusste, warum er Ralph nicht leiden konnte. Es war einfach so, und nachdem ihr Dobermann Flöckchen angegriffen hatte, war Tom außer sich vor Wut."

„Warum hat Tom zehntausend Dollar von den Sellers verlangt, wenn die Operation nur fünf gekostet hat?"

„Er fand, wir hätten Schmerzensgeld verdient, weil wir Flöckchens Leid und die komplizierte Genesung mit ansehen mussten, ganz zu schweigen von dem Trauma der Mädchen, die den Angriff miterlebt hatten."

„Ralph hat gemeint, Tom habe gerne so getan, als hätte er hier das Sagen. Stimmt das?"

„Tom hat sich in allen Bereichen seines Lebens für Gerechtigkeit und die Einhaltung der Vorschriften eingesetzt."

„Haben sich die anderen Nachbarn ebenfalls darüber geärgert?"

„Bisweilen. Unsere Eigentümergemeinschaft verbietet es zum Beispiel, Boote auf Anhängern in den Einfahrten abzustellen. Unser Nachbar gegenüber hatte sein Boot ständig in der Einfahrt stehen, wobei er immer behauptet hat, es sei nur vorübergehend. Doch dann ist es wochenlang dort geblieben. Tom hat das gestört, und das hat er ihm auch gesagt."

„Wie ist das so angekommen?"

„Der Mann hat erwidert, seine Frau habe Brustkrebs, daher habe er andere Sorgen, als dass sein Boot seine Nachbarn stören könnte. Er hat Tom die Tür vor der Nase zugeknallt. Im Nachhinein hat Tom diese Konfrontation bedauert. Etwa eine Woche später hab ich die beiden zum Essen eingeladen, und sie waren sehr nett. Seitdem verstehen wir uns gut, und das Boot haben sie irgendwann auch woanders abgestellt."

„Hatte er noch mit jemand anderem Probleme, von dem Sie wissen?"

„Mit dem Golflehrer im Club."

„Erinnern Sie sich an den Namen des Mannes?"

„Tristan O'Walsh."

„Wo lag das Problem?"

„Er hat Toms Abschlagszeiten verschoben, ohne es ihm zu sagen – drei Mal. Nach dem dritten Mal hat Tom ihn bei der Geschäftsleitung gemeldet, und der Kerl wurde entlassen."

„Wie lange ist das her?"

„Ungefähr acht Monate."

„Hatte das Ganze irgendein Nachspiel?"

„Nicht dass ich wüsste."

Sam machte sich eine Notiz, herauszufinden, wo Tristan O'Walsh am Sonntagmorgen gewesen war. „Welcher Country Club?"

„Woodville."

Am liebsten wäre Sam direkt zum Club gefahren, aber das würde zu knapp werden. Sie hasste Tage, an denen sie keine Zeit hatte, alles zu erledigen, was anstand.

„Fällt Ihnen noch jemand ein, der in die Kategorie Ralph Sellers/Tristan O'Walsh passen würde?"

„Aus dem Stegreif nicht."

„Falls ja, rufen Sie mich bitte an. Es ist wichtig, dass wir alle Informationen haben, die eventuell von Bedeutung sind, um den Mord an Tom aufzuklären."

„In Ordnung. Tut mir leid, dass ich nicht schon früher an den Golflehrer gedacht habe. Doch das ist schon eine Weile her."

„Das ist nur zu verständlich. Es ist eine furchtbare Zeit für Sie, und wir wissen Ihre Hilfe zu schätzen."

„Unsere Ziele sind die gleichen – Gerechtigkeit für Tom."

„Ja. Wir werden uns dann jetzt verabschieden."

Sam bat Vernon, das Blaulicht einzuschalten, um sie so schnell wie möglich zur Staatsanwaltschaft zu bringen, da bis zu ihrem vorzeitigen Dienstende nicht mehr viel Zeit blieb. Um zwei Uhr musste sie zur Hairstylistin und zum Schminken. Allein der Gedanke, ihre Arbeit dafür zu unterbrechen, nervte sie ohne Ende. Aber sie rief sich immer wieder in Erinnerung, warum sie es tat – und für wen –, und das verhalf ihr zur richtigen Einstellung.

Es gab nichts, was sie für Nick nicht tun würde, wie dieser Tag bewies.

Sie nutzte die Zeit im Auto, um sich per SMS bei Lindsey zu melden. *Ich hoffe, du fühlst dich schon besser und darfst bald nach Hause. Tut mir leid, dass ich nicht persönlich nach dir sehen konnte. Ich denke an dich!*

Danke für deine Nachricht! Habt ihr heute nicht die Kanadier zu Besuch?

Später. Wie geht es dir?

Schon besser. Sie haben alle wirklich schlimmen Dinge ausgeschlossen und festgestellt, dass ein Virus, das ich vor Weihnachten hatte, meine roten Blutkörperchen dezimiert und zu der aktuellen Anämie geführt hat. Sie glauben, dass meine Erythrozyten gerade schon wieder zunehmen. Ich muss noch einen Tag hierbleiben, damit sie die Werte überwachen können, dann darf ich nach Hause.

Es ist schön, zu hören, dass sie die Ursache gefunden haben und du auf dem Weg der Besserung bist. Wie kommt Terry mit der Situation klar?

Er macht das toll.

Großartig! Ich melde mich morgen.

Ich kann es kaum erwarten, die Fotos von heute Abend zu sehen. Wir sind so traurig, dass wir das verpassen.

Es wird noch andere Staatsbankette geben. Konzentrier dich darauf, wieder ganz gesund zu werden. Wir brauchen unsere Lindsey!

Ich arbeite dran. Fühl dich gedrückt.

Danke, zurück.

Sam berichtete Freddie, was Lindsey ihr geschrieben hatte.

„Das gibt es?"

„Offensichtlich. Ich hab noch nie davon gehört, doch ich bin froh, dass es nichts Ernsteres ist."

„Unbedingt."

Sie hatte noch zwei Stunden Zeit, bevor sie zum Tee im

Weißen Haus sein musste. *Tee.* Was für ein dummes Wort für ein dummes Ereignis. Warum tranken die Frauen Tee, während die Männer wichtige Besprechungen hatten? Sie fühlte sich wie eine Hausfrau aus den Fünfzigern. Als Nächstes würde sie in einem karierten Kostüm und mit Perlenkette den Staubsauger schwingen.

Sie wollte mit Nick darüber reden, sobald sie Gelegenheit dazu hatte.

In der Zwischenzeit musste sie sich auf den *Tee* mit der Frau eines anderen Mannes vorbereiten.

O Gott.

Da sie noch etwas länger im Auto sitzen würde, rief sie Lilia an.

„Hallo“, meldete sich ihre Stabschefin. „Wie geht es dir heute?“

„Einfach prächtig.“

„Oje, was ist los?“

„Ich hab alles vergessen, was du mir über die Frau des Premierministers erzählt hast, und jetzt treffe ich sie in ein paar Stunden und bin völlig unvorbereitet. Hast du vielleicht kurz Zeit, die Informationen mit mir durchzugehen?“

„Klar.“

„Tut mir leid, dass ich so bin.“

„Wie denn?“

„Unvorbereitet, obwohl ihr euch so viel Mühe gegeben habt, mir alles zu liefern, was ich brauche.“

„Du bist der meistbeschäftigte Mensch, den wir kennen, und wir freuen uns, die Dinge so zu machen, wie es für dich passt.“

„Ich verdiene euch nicht.“

„Ach, hör auf. Natürlich tust du das. Ich freu mich sehr, mit dir zusammen Geschichte zu schreiben.“

„Du bist zu freundlich. Ich danke dir für alles. Das kann ich gar nicht oft genug erwähnen.“

„Es ist mir ein Vergnügen. Nun zu Mrs Hutchinson … Sie ist von Beruf Buchhalterin und Mutter von vier Kindern. Ihre jüngste Tochter leidet an Mukoviszidose. Sie ist in der Gemeinschaft der Betroffenen sehr aktiv, kümmert sich um

Fundraising und so weiter. Mrs Hutchinson ist außerdem eine leidenschaftliche Verfechterin frühkindlicher Bildung und der Impfung gegen Kinderkrankheiten."

„Wow, das ist ja eine ganze Menge."

„In der Tat. Nach allem, was man hört, ist sie sehr nett. Ich glaube, du wirst sie mögen."

„Wird sie mich auch mögen?"

Lilia, dieses Miststück, lachte. „Ja, Sam. Die meisten Menschen tun das."

„Da bin ich mir nicht so sicher."

„Die Leute, die ich kenne, mögen dich, also wird sie es auch tun."

„Wie war noch mal ihr Vorname?"

„Courtney."

„Gut. Verstanden. Danke, dass du das mit mir durchgekaut hast, nachdem du es schon vor Wochen aufgeschrieben und mir gestern erneut eine Kopie gegeben hast." Wenn die Rollen umgekehrt verteilt wären, wäre sie niemals so geduldig mit Lilia wie die mit ihr.

„Was immer du brauchst, wann immer du es brauchst."

„Du bist die Beste. Bis nachher."

„Ich werde hier sein. Wir sind bereit, dich bestmöglich dastehen zu lassen."

„Gott und allen Engeln im Himmel sei Dank für dich und dein Team."

Lilia lachte und beendete das Gespräch.

„Die Frau ist eine Heilige", erklärte Freddie, ohne von seinem Smartphone aufzublicken.

„Ja. Stell dir vor, du müsstest mich managen."

„Nein, danke."

Sam lachte und boxte ihm gegen den Arm. „Klappe."

„Ich meine ja nur ... Sie *ist* eine Heilige."

„Sie, Roni und die anderen im Büro der First Lady sorgen dafür, dass ich diesen Job hier weiter machen kann, während sie es so aussehen lassen, als würde ich den anderen ebenfalls erledigen."

„Tust du doch. Bloß weil du nicht jeden Tag bei irgendeiner

Veranstaltung bist und Hände schüttelst, heißt das nicht, dass du keine aktive First Lady bist."

„Andere haben viel mehr getan, als ich jemals schaffen werde."

„Aber du steckst Mörder ins Gefängnis."

„Wenn du es so ausdrückst …"

„Du tust etwas, was noch nie jemand getan hat. Deine Amtszeit als First Lady wird nicht wie die der anderen werden, und das ist gut so."

„Sie müssen auf Ihren Padawan hören", warf Vernon ein.

„Ich versuche herauszufinden, seit wann genau er so weise ist."

„Also bitte. Ich war schon immer weise. Du hörst mir nur erst jetzt wirklich zu."

Das Lachen, das Geplänkel und die Bestärkung waren genau das, was sie brauchte, während sie auf dem schmalen Grat zwischen den konkurrierenden Anforderungen ihres komplizierten Lebens balancierte.

Sie erreichten das Gebäude der Staatsanwaltschaft, wo sie sich mit Young treffen wollten.

Vernon eskortierte sie hinein, dann passierten sie die Sicherheitskontrolle und nahmen den Aufzug.

Eine Empfangsdame sprang auf, als sie sie erblickte. „Mr Young erwartet Sie bereits." Es schien ihr eine große Freude zu sein, ihnen den Weg zu zeigen.

„Danke sehr."

Die junge Frau strahlte vor Begeisterung, was Sam verriet, dass sie ein Fan war. „Gern."

Conlon Young stand auf, als sie sein Büro betraten. Er sah aus, als hätte er seit Tagen nicht geschlafen.

„Danke, dass Sie uns in einer so schwierigen Zeit empfangen", erklärte Sam.

„Das ist doch selbstverständlich. Ich möchte tun, was ich kann, um Sie bei Ihren Ermittlungen zu unterstützen." Er bedeutete ihnen, sich zu setzen. „Kann ich Ihnen etwas zu trinken anbieten?"

Die Pizza hatte sie durstig gemacht, sodass sie gerne etwas

Wasser gehabt hätte, aber sie wollte sich nicht die Zeit dafür nehmen. „Nein, danke."

„Wie laufen die Ermittlungen?"

„Langsam, doch wir kommen voran. Im Moment konzentrieren wir uns auf Damien Bryant, die Wahlkampffinanzen und die Männer, die Forresters Familie als Geiseln genommen haben. Sie behaupten, das sei auf Bryants Befehl hin geschehen. Er bestreitet das, aber warum sollten sie so etwas sonst tun? Bryant sagt, er habe nichts mit Forresters Tod zu tun, doch das können wir kaum glauben. Dennoch prüfen wir auch eine Reihe anderer Möglichkeiten, darunter den Streit mit seinen Nachbarn, den Sellers."

Conlon schob eine Aktenmappe über den Tisch. „Das ist alles über die Untersuchung der Wahlkampffinanzierung. Wie Sie feststellen werden, haben wir Bryant vor Kurzem darauf aufmerksam gemacht, dass wir strafrechtlich gegen ihn ermitteln."

Sam warf einen Blick zu Freddie, der genauso überrascht zu sein schien wie sie, dass Young so freizügig mit Beweisen umging. Sie bekamen selten so einfach Hilfe. „Vielen Dank für die Information. Können Sie uns sagen, was wir finden werden, wenn wir die Akte durchsehen?"

„Bryant steckt bis zum Hals in kriminellen Machenschaften."

„Wie lange haben Forrester und Cox davon gewusst?"

„Ungefähr ein Jahr."

„Und trotzdem haben sie weiter Zeit mit ihm verbracht, obwohl sie genau wussten, dass er ein Krimineller war?"

„Sie blieben in seiner Nähe und hofften, er würde einen Fehler machen und so die Ermittlungen voranbringen."

„Verzeihen Sie, aber ich finde es absurd, dass der Justizminister und ein hochrangiger Staatsanwalt mehr als ein Jahr lang eine Freundschaft mit jemandem weiterpflegen, von dem sie wissen, dass er ein Verbrecher ist, ohne etwas dagegen zu unternehmen."

„Sie haben ermittelt."

„Bryant wusste, dass Cox Forrester gebeten hatte, die

Unregelmäßigkeiten bei seiner Wahlkampffinanzierung zu untersuchen."

„Aber erst ganz kurz."

Ein lautes Klicken ertönte in Sams Kopf, als sich die Mosaiksteinchen zusammenfügten. Deshalb hatte Bryant Forresters Familie entführen lassen – weil er herausgefunden hatte, was Forrester tat, während er vorgab, sein Kumpel zu sein.

„Wie ist er dahintergekommen?"

„Das ist bisher unklar."

„Wenn Cox und Forrester die Einzigen waren, die davon wussten – außer Ihnen, nehme ich an –, wer hätte es ihm dann verraten können?"

„Es ist möglich, dass jemand aus Bryants Wahlkampfteam, mit dem Forrester im Rahmen seiner Ermittlungen gesprochen hat, dem Abgeordneten einen Tipp gegeben hat."

„Ich wette, das hat ihn richtig wütend gemacht."

„Ja, ich denke schon."

„Das würde zudem erklären, warum Bryant die Frau und die Töchter seines guten Freundes Tom als Geiseln nehmen ließ – um ein Druckmittel dafür zu haben, die Untersuchung zu stoppen, die sein ganzes Spiel auffliegen lassen würde, eine Untersuchung, die zwei seiner engsten Kumpels leiteten. Verstehe ich das richtig?"

„Das dachte ich auch."

„Was hat Tom getan, als er erfahren musste, dass Bryant seine Familie in seiner Gewalt hatte?"

„Wie Sie sich vorstellen können, war er sehr aufgebracht und besorgt."

„Hatte er Angst, Bryant könnte ihnen etwas antun?"

„Er wollte es nicht glauben, doch er konnte es auch nicht ausschließen. In den Stunden der Entführung ging es ihm allein um ihre Sicherheit und darum, sie nach Hause zu holen."

„Hatte er während der Entführung Kontakt zu Bryant?"

„Ja. Bryant hatte dafür gesorgt, dass Tom sehr genau wusste, wer sie hatte und warum, und hat ihm klargemacht, was er als Nächstes von ihm erwartete."

„Nämlich?"

„Dass die Ermittlungen eingestellt und alle damit zusammenhängenden Dokumente vernichtet würden."

„Was haben Tom und Cox dazu gesagt?"

„Sie haben Bryant wissen lassen, dass das nicht möglich sei und dass er mit der Geiselnahme von Toms Familie dafür gesorgt habe, dass er eine lebenslange Haftstrafe erhalten würde. Reggie hat von ihm verlangt, er solle die Forresters freilassen, dann würden sie über die nächsten Schritte in der Untersuchung sprechen, aber es werde nichts passieren, ehe nicht Toms Frau und seine Töchter in Sicherheit seien."

„Was hat die Verhaftung von Randy Bryant wegen Auftragsmordes damit zu tun?"

„Das war ein Schlag, mit dem wir nicht gerechnet hatten. Damien Bryant ist fast durchgedreht, als er gehört hat, dass Sie seinen Sohn festgenommen hatten. Zu Hause in Wisconsin musste er sich bei den Vorwahlen zum ersten Mal seit mehr als zehn Jahren einem Herausforderer stellen. Die Umfragen sahen schlecht aus, und die Verhaftung seines Sohnes war eine Katastrophe für ihn."

„Ganz zu schweigen davon, dass er die Frau und die Töchter eines Bundesstaatsanwalts hatte entführen lassen …"

„Ja."

„Für mich klingt das alles verrückt. Können Sie das nachvollziehen?"

„Durchaus."

„Was haben Sie Tom geraten, als seine Familie verschwunden war?"

„Zu tun, was Bryant wollte, um sie zurückzubekommen."

„Hat er Ihren Rat befolgt?"

„Er hat immer wieder mit Bryant telefoniert, ihn angefleht, sie gehen zu lassen, und gesagt, er werde einen Weg finden, Bryant zu schützen. Aber der hat nicht geglaubt, dass Tom und Reggie sich zurückhalten würden. Er war wütend, weil sie so getan hatten, als wären sie nach wie vor seine Freunde, während sie insgeheim Beweise gegen ihn gesammelt hatten."

„Was haben Sie von Toms Freundschaft mit Bryant gehalten?"

„Ich habe ihn wiederholt darauf hingewiesen, dass es für seine Karriere und seinen Ruf gefährlich sei, mit Bryant in Verbindung zu stehen, vor allem weil ihm bekannt war, was wir über Bryants kriminelle Aktivitäten wussten. Doch er meinte, er brauche noch etwas Zeit, bis er alle Beweise zusammenhätte. Dann wurde seine Familie gekidnappt, was wir schnell mit Bryant in Verbindung gebracht haben. Tom hat verzweifelt versucht, seine Familie freizubekommen, aber dann haben Sie Bryants Sohn festgenommen, und alles ist außer Kontrolle geraten."

„Inwiefern?"

„Bryant ist durchgedreht. Er hat gedacht, Tom und Reggie würden hinter der Verhaftung seines Sohnes stecken."

„Was heißt, er ist durchgedreht?"

„Er hat gesagt, Reggie und Tom sollten seinen Sohn aus dem Gefängnis holen, sonst werde er Toms Frau und seine Töchter eine nach der anderen umbringen."

„Deshalb erhielten wir die Anweisung, Randy freizulassen."

„Genau. Ich hab Tom gewarnt, es sei ein Fehler, sich auf Bryants Spiel einzulassen, wo wir doch das FBI schicken könnten, um ihn festzunehmen, aber Tom hat darauf beharrt, seine Familie sei wichtiger als Bryants Festnahme. Wir wussten nicht, wo sie sich aufhielten und wer sie bewachte. Tom war klar, dass seine Bitte bei Chief Farnsworth auf Unverständnis stoßen würde, trotzdem hat er sie geäußert."

„Es war eine erschütternde Bitte, vor allem von ihm."

„Tom hat sich sein Leben lang an jede Vorschrift gehalten, doch als seine Familie in Gefahr war, hätte er alles getan, um sie zu beschützen."

„Als Ehefrau und Mutter verstehe ich das, aber warum hat Tom nicht um Hilfe gebeten?"

„Bryant hatte gedroht, seine Familie umzubringen, wenn er ihm die Polizei auf den Hals hetzen oder nach ihnen fahnden lassen sollte."

„Was ist geschehen, als Tom wusste, dass seine Familie wieder in Sicherheit war?"

„Er hat geweint. Er war so durcheinander, dass er minutenlang kein Wort herausgebracht hat. In all den Jahren, die wir zusammengearbeitet haben, habe ich ihn noch nie so erlebt. Ich hab gefragt, wo er sei, und er hat erwidert, er komme gleich ins Büro. Er müsse erst noch was erledigen."

„Hat er Ihnen gesagt, was?"

„Nein, ich habe gefragt, doch er wollte es mir nicht verraten."

„Bryant war in Haft, also kann er ihn nicht ermordet haben."

„Ich weiß nicht, wo Tom gewesen ist oder warum er auf der Constitution Avenue geparkt hat."

„Mr Young, ich will ganz offen sein. Ich habe keine Ahnung, womit wir es hier zu tun haben. Die Person mit dem mit Abstand stärksten Motiv dafür, Tom zu ermorden, war zum Zeitpunkt der Tat in Haft. Er ist erst später am Tag auf Kaution freigekommen. Auch Bryants Handlanger waren inhaftiert. Gab es vielleicht sonst noch etwas, in das Forrester verwickelt war und das zu seiner Ermordung geführt haben könnte?"

„Ich meine … Natürlich haben wir es immer wieder mit Leuten zu tun, die den Staatsanwalt am liebsten beseitigen würden, weil er es wagt, sie eines Verbrechens zu beschuldigen, aber in letzter Zeit gab es nichts Auffälliges."

„Was ist, wenn Sie an die letzten Jahre zurückdenken?"

„Ich habe mir bereits den Kopf zerbrochen und versucht, irgendwas zu finden, was dazu geführt haben könnte, dass das jetzt passiert ist, doch ich kann mir einfach nicht vorstellen, dass es nichts mit Bryant zu tun hat."

„Er hat uns gegenüber behauptet, er habe Forrester kaum gekannt", ergriff Freddie das Wort.

„Keine Ahnung, warum er das sagt, da sie ja seit Jahren befreundet waren", entgegnete Young. „Viele Leute wissen das. Es war kein Geheimnis."

„War Justizminister Cox' Freundschaft mit Bryant ebenfalls allgemein bekannt?"

„Bryant muss Reggie über Tom kennengelernt haben. Sie müssen verstehen, dass es unterhaltsam war, Zeit mit Bryant zu verbringen. Wo er war, war immer etwas los. Ich war Teil der Pokerrunde mit den dreien. Das hat Spaß gemacht. Der Umgang mit einem Kongressabgeordneten, der im Justizausschuss sitzt, war nützlich für Reggie – und in geringerem Maße auch für Tom."

„Es fällt mir immer noch schwer, zu glauben, dass der Justizminister und der Bundesstaatsanwalt mit Bryant auf Kuschelkurs geblieben sind, nachdem sie herausgefunden hatten, dass er ein Krimineller ist", erklärte Sam.

„Wie gesagt, sie haben gehofft, dass ihm ein Fehler unterlaufen und er ihnen dadurch in die Hände spielen würde."

„Ich weiß nicht, wie wir beweisen sollen, dass er in das Geschehen um Tom verwickelt war, da er und die Männer, die für ihn arbeiteten, zur Zeit des Mordes im Gefängnis waren."

„Waren alle von Bryants Leuten inhaftiert?"

Sam warf Freddie einen Blick zu.

„Nein."

„Dann lass uns herausfinden, wo sich die anderen aufgehalten haben, als Forrester starb." An Young gewandt fügte sie hinzu: „Vielen Dank für Ihre Zeit und Ihre Kooperation. Das war überaus hilfreich."

„Ich werde alles in meiner Macht Stehende tun, um Toms Mörder dingfest zu machen."

Sam reichte ihm ihre Visitenkarte mit der üblichen Bitte, sie anzurufen, wenn ihm noch etwas einfiele, das relevant sein könnte. „Wir bleiben in Kontakt."

KAPITEL 18

Sam blieb vor dem Schreibtisch von Youngs Vorzimmerdame stehen. „Sind Sie Anita?" Die Frau war Mitte bis Ende zwanzig, hatte dunkles Haar, blasse Haut und große braune Augen.

Sie schien überrascht, dass Sam sie ansprach. „Äh, ja."

„Können wir uns bitte unter vier Augen unterhalten?"

Sie warf einen Blick zu Conlons geschlossener Tür und dann wieder zu Sam, Freddie und Vernon. „Da müsste ich vorher Mr Young fragen."

„Sie müssen niemanden fragen, Sie müssen uns nur in einen Raum führen, wo wir unter vier Augen reden können."

„Ich muss Mr Young mitteilen, dass ich meinen Arbeitsplatz verlasse."

„Sagen Sie ihm, Sie gehen auf die Toilette."

Anitas Hände zitterten, als sie den Hörer abnahm.

Sam sah Freddie an, den die Reaktion der Frau auf Sam zu erheitern schien, und verdrehte die Augen.

„Fies und furchterregend", flüsterte er.

Sam glaubte, weder das eine noch das andere zu sein, aber die Leute reagierten durchaus interessant auf sie.

Anita erhob sich und führte Sam, Freddie und Vernon in den kleineren der beiden Konferenzräume.

„Schließen Sie bitte die Tür."

Sie tat es und lehnte sich dann dagegen, die Hand auf der Türklinke, als wolle sie jederzeit die Flucht ergreifen können.

„Sie haben mit Tom Forrester zusammengearbeitet?"

„Ja, das haben wir alle. Wir sind untröstlich über seinen Tod."

„Im Zuge unserer Ermittlungen haben wir ein Gerücht gehört."

Anita runzelte die Stirn. „Was für ein Gerücht?"

„Tom soll eine außereheliche Affäre gehabt haben. Wissen Sie etwas darüber, Anita?"

Mit dieser Frage hatte die junge Frau nicht gerechnet. Vor Schreck blieb ihr der Mund offen stehen.

„Ms Wentworth? Wissen Sie etwas darüber?"

„Ich …" Ihre Augen füllten sich mit Tränen, während ihr Kinn bebte. „Nein."

„Ist Ihnen dieses Gerücht ebenfalls zu Ohren gekommen oder nicht?"

„Nun … Ein paar Leute haben darüber gesprochen."

„Was für Leute?"

„Wollen Sie etwa ihre Namen wissen?" Ihre Stimme klang bei diesem Satz sehr schrill.

„Das wäre schön."

„Ich … ich kenne sie nicht, ich habe nur gehört, wie sie sich auf der Toilette unterhalten haben."

„Hatten Sie eine Affäre mit Mr Forrester?"

Die Frau brach völlig zusammen. „Nein. Das hätte ich niemals getan." Sie schluchzte, während sie an der Tür nach unten rutschte und auf dem Boden landete. „Ich war das nicht."

„Wer war es dann, Anita?"

Sie schüttelte den Kopf und weinte so heftig, dass sie kaum mehr Luft kriegte.

„Verdammt noch mal", brummte Sam, während sie der Frau aufhalf und sie auf einen Stuhl setzte.

Die Tür flog auf.

Conlon Young stand sichtlich verärgert in der Tür. „Was ist denn hier los?"

„Wir reden mit Ms Wentworth."

„Worüber?"

„Das geht nur sie und uns etwas an."

„Es tut mir leid, Mr Young. So leid."

„Was tut Ihnen leid, Anita?", fragte Sam, deren Kopf zu explodieren drohte.

Conlon betrat den Raum und starrte die junge Frau an. „Wovon zum Teufel reden Sie?"

„Tom … Mr Forrester … Er … Er war nett zu mir. Ich hab …"

„Sie haben was?", fragte Conlon.

Unter seiner erbosten Miene welkte sie regelrecht dahin. „Ihn geliebt."

„Wie bitte? Haben Sie den Verstand verloren? Sie haben ihn *geliebt*? Er war verheiratet!"

„Ich weiß", heulte sie. „Das weiß ich doch."

„Wovon zum Teufel reden Sie dann?"

Sam war froh, dass Conlon das Verhör übernommen hatte, da sie schon lange die Geduld mit der Frau verloren hatte.

„Ich kann ja nichts für das, was ich für ihn empfunden habe."

„Sicherlich hat er Ihnen nie in irgendeiner Weise Hoffnungen gemacht."

Anita schüttelte den Kopf. „Nein."

„Aber Sie haben im Büro herumerzählt, er hätte es getan, oder?", hakte Sam nach.

„Ich … ich wollte nicht …"

Conlon explodierte: „Wie können Sie es wagen, den Ruf eines guten Mannes so zu beschmutzen? Packen Sie Ihre Sachen, und verschwinden Sie."

„Nein! Mr Young, bitte!"

„Gehen Sie mir aus den Augen!"

Nachdem die Frau aus dem Zimmer gerannt war, wandte sich Conlon an Sam und Freddie. Er war so wütend, dass seine Hände zitterten. „Ich bedaure, dass Sie eine so hässliche Szene miterlebt haben. Ich wusste von alldem nichts. Sonst …" Er schüttelte angewidert den Kopf. „Wie kann sie es wagen, so etwas über Tom zu verbreiten, der Leslie von der ersten Minute an treu war, als sie einander am College kennengelernt haben?"

„Tut mir leid, dass Sie sich zu allem anderen auch noch damit auseinandersetzen mussten", bemerkte Sam.

„Woher wussten Sie, dass Sie sie fragen sollten?"

„Durch etwas, das im Laufe der Ermittlungen aufgekommen ist."

„Ich werde ein Memo herausgeben, in dem ich ihre Taten und ihre anschließende Entlassung detailliert erkläre."

„Wir, äh, brechen dann mal auf", sagte Sam, die es kaum erwarten konnte, hier zu verschwinden.

„Ach du meine Güte", flüsterte Freddie auf dem Weg zum Aufzug.

„Das kannst du laut sagen." Sam sah auf die Uhr. „Verdammt. Ich muss nach Hause."

Die Aufzugtüren schlossen sich für die Fahrt nach unten. „Kein Problem. Wir haben alles unter Kontrolle. Ich werde mit Bryants Handlangern darüber sprechen, wen er sonst noch beauftragt haben könnte, Forrester zu töten, und die Akte durchgehen, die Young uns gegeben hat. Auch diesen Golflehrer werde ich ausfindig machen."

„Danke. Ich weiß, diese ganze Situation ist absurd."

„Was meinst du damit?"

„Ich bin die Chefin, die Vorgesetzte, und ich muss mitten in einer laufenden Untersuchung zum Tod eines Kollegen mit der Frau des kanadischen Premierministers Tee trinken. Das ist verrückt."

„Schon gut, Sam. Niemand sonst stresst sich deswegen."

„Ich muss dich etwas fragen, und bitte sag mir die Wahrheit."

„Immer."

„Ist es verrückt, zu versuchen, zwei Jobs gleichzeitig zu machen, und obendrein noch so zu tun, als wäre ich eine gute Mutter?"

„Du bist eine wunderbare Mutter und nicht verrückt, weil du beides versuchst. Du bist eine Inspiration für viele Frauen und Mädchen, die so sein wollen wie du."

„Das sagst du nur, weil wir Freunde sind. Ich will die Wahrheit."

„Das ist die Wahrheit, und ich sage das nicht nur, weil wir befreundet sind. Ich sage es, weil alle anderen das auch finden."

„Nicht bei der Polizei."

„Die Kollegen können mich mal. Wen kümmert's, was die reden? Du hast dich noch nie darum geschert, also fang jetzt nicht damit an."

„Die Frau von der Tierschutzbehörde …"

„Sie ist grün vor Neid, weil sie nie auch nur einen Bruchteil dessen erreichen wird, was du erreicht hast."

„Er hat in jedem Punkt recht, Sam", sagte Vernon. „Sie will so sein wie Sie. Lassen Sie sie nicht in Ihren Kopf, das verdient sie nicht."

„Genau", pflichtete ihm Freddie bei. „Mach einfach dein Ding. Wir springen bei der Arbeit für dich ein, wenn du nicht da sein kannst."

„Versprichst du, dass du es mir nicht übel nimmst, wenn ich mal nicht da bin?"

„Versprochen. Wie könnte ich dir das verübeln, wenn ich miterleben darf, wie meine besten Freunde Präsident und First Lady werden? Wenn ich bei Staatsbanketten zu Gast bin? Hast du eine Ahnung, wie toll das für uns alle ist? Meine Eltern drehen durch, weil ich zu einer schicken Party im Weißen Haus gehe."

„Die hätten wir auch einladen sollen. Beim nächsten Mal."

„Nein, die würden nie kommen. Sie hätten zu viel Angst. Es reicht ihnen, wenn sie Elin und mich dort sehen."

„Danke, dass ihr mich und meine Unsicherheiten heute aufgefangen habt, Leute."

„Sie haben keinen Grund, unsicher zu sein", erwiderte Vernon. „Stellen Sie sich vor, wie nervös Mrs Hutchinson sein muss, weil sie mit Ihnen Tee trinkt."

„Aber so was von", bestätigte Freddie lachend. „Wahrscheinlich hat sie jetzt schon eine Panikattacke."

„Ich hoffe nicht! O Mann. Ich bin eine wandelnde Katastrophe."

Freddie schnaubte nur. „Das weiß sie ja nicht."

„Die richtige Antwort wäre gewesen: ‚Nein, bist du nicht.'"

Alle drei lachten, als sie aus dem Aufzug stiegen, sich ihre Waffen bei der Sicherheitskontrolle zurückgeben ließen und nach draußen gingen, wo es nieselte und kalt war. Sam war bereit für den Frühling.

Sie schaute Freddie an. „Kommst du irgendwie zurück zum Hauptquartier?"

„Ja. Mach dir keine Gedanken."

„Bis heute Abend."

„Wir freuen uns schon."

Sie reichte ihm den Plastikbeutel mit der Kugel, die Avery getroffen hatte. „Bring das mit Dringlichkeitsvermerk ins Labor, und halt mich auf dem Laufenden."

„Werd ich."

Er joggte zur U-Bahn, während sie sich auf den Rücksitz des SUV setzte.

Sie war dankbar für das, was er und Vernon gesagt hatten, und für ihre unermüdliche Unterstützung, während sie mit zahllosen Bällen jonglierte und versuchte, zu Hause und bei der Arbeit alles im Griff zu behalten.

Ihr Handy klingelte. Es war Gonzo. „Hey, was gibt's?"

„Die Tierschutzbehörde hat den Bericht über den Vorfall mit Forresters Hund und dem Dobermann geschickt. Es hat das kleine Ding praktisch in Stücke gerissen. Die Bilder sind furchtbar."

„O Gott, zeig sie mir nicht."

„Werd ich nicht."

„Diese Frau vom Tierschutz ist ein echter Schatz, was?"

„Ich hab sie nicht kennengelernt. Eine ihrer Mitarbeiterinnen hat mir die Info vorbeigebracht."

„Wahrscheinlich die, die mir erklären wollte, warum ihre Vorgesetzte mich nicht leiden kann. Ich hab beschlossen, dass mich das nicht interessiert."

„Recht so."

„Ich fahre jetzt nach Hause. Freddie ist auf dem Rückweg ins Hauptquartier, um neuen Hinweisen nachzugehen."

„Wir sind dabei."

„Tut mir leid, dass ich mich ausgerechnet jetzt wieder verkrümele."

„Muss es nicht. Hier läuft alles prima."

„Eigentlich nicht, aber ich weiß euch und euren Einsatz mehr zu schätzen, als ihr jemals wissen werdet."

„Wir freuen uns im Gegenzug über die Einladungen ins Weiße Haus. Jeder, den wir kennen, hält uns für die Größten, weil ihr unsere Freunde seid."

„Ich tue, was ich kann."

„Wir tun ebenfalls, was wir können – für dich. Es wird sich alles klären, Sam. Entspann dich, okay?"

„Ich versuche es. Wir brauchen einen Verdächtigen – und zwar sofort."

„In einer halben Stunde treffe ich mich mit Archie, um Handydaten zu überprüfen."

„Klingt gut. Nick ist übrigens damit einverstanden, euch das Haus in der Ninth zu vermieten. Es gehört euch, wenn ihr wollt."

„Christina und ich haben gestern Abend darüber gesprochen, und wir würden gerne dort hinziehen. Wenn ihr euch wirklich sicher seid."

„Sind wir. Wir benutzen das Haus nicht, und es ist genau das, was ihr braucht."

„Es ist mehr, als wir brauchen, doch wir freuen uns trotzdem."

„Wir werden unsere Sachen einlagern, damit ihr einziehen könnt."

„Nochmals herzlichen Dank. Ihr ahnt gar nicht, wie viel uns das bedeutet."

„Es ist uns ein Vergnügen. Bitte melde dich, wenn es bei dem Fall irgendwelche Neuigkeiten gibt."

„Na klar."

Sam klappte das Handy zu und lehnte ihren Kopf gegen den Sitz, um sich kurz zu erholen, damit sie umschalten konnte, wenn sie nach Hause kam. Sie schloss die Augen und ließ sich die Einzelheiten des Falles durch den Kopf gehen, wobei sie ihn von allen Seiten beleuchtete. Warum, fragte sie sich, hatte sich Cox' Assistent anfangs geweigert, ihr seinen Namen zu nennen? Was war mit dem Golflehrer, den Tom hatte feuern lassen? Waren die Sellers am Sonntagmorgen wirklich zu Hause gewesen? Der Schütze, den sie auf dem Video gesehen hatte, war viel kleiner als Ralph Sellers. Könnte es Laurel gewesen sein? Was hätte sie davon gehabt, Forrester zu töten?

Nichts davon ergab Sinn.

Wie konnte all das nicht direkt zu Damien Bryant und seinen kriminellen Aktivitäten zurückführen, die Forrester mit seinen Ermittlungen gefährdet hatte?

Dann waren da noch die Schüsse auf Avery. Was, wenn überhaupt etwas, hatte das mit Forresters Ermordung zu tun?

Sie öffnete die Augen und griff nach ihrem Handy, um Archie anzurufen.

„Was gibt's?"

„Existieren irgendwelche Überwachungskamera-Aufnahmen von den Schüssen auf Avery?"

„Unsere Kameras haben nichts davon gefilmt, aber ich habe um das Material des Fitnessstudios gebeten. Sie schicken es gerade rüber. Warum?"

„Hat das etwas mit Tom zu tun?"

„Das scheint etwas weit hergeholt, oder?"

„Schon, doch es lohnt sich vielleicht, dem nachzugehen. Freddie bringt gerade die Kugel aus Averys Wunde ins Labor."

„Wir müssen die ballistische Analyse abwarten, dann sehen wir, ob es einen Zusammenhang gibt. Bis dahin halte ich es wie gesagt für eine ziemlich gewagte Hypothese. Ich gehe nach unten, um mit Gonzo über Funkmasten-Einwahldaten zu reden."

„Das hat er mir erzählt. Danke sehr."

„Viel Spaß heute Abend." Er hatte ihre Einladung mit dem Hinweis abgelehnt, schicke Abendessen seien nicht sein Ding.

„Danke sehr. Wird schon irgendwie."

Er lachte, als er auflegte.

Vernon lenkte den SUV durch die Tore des Weißen Hauses, wo Sam sofort ein Zelt auf dem Südrasen, Cateringwagen und frenetische Aktivitäten bemerkte. Sie jagte sehr viel lieber Mörder, als für die Durchführung einer Veranstaltung dieser Größenordnung verantwortlich sein zu müssen.

Drinnen empfing sie Lilia. Sie trug ein schickes rotes Kostüm mit schwarzen High Heels und sah mehr nach der Hausherrin eines solchen Gebäudes aus, als es Sam je gelingen würde. Glücklicherweise bevorzugte der Schlossherr aus irgendeinem Grund sie.

„Woher hat du gewusst, dass ich unterwegs bin?"

Lilia warf ihr einen Blick zu, der im Grunde genommen auf die eleganteste Art und Weise „Also mal ehrlich …" ausdrückte.

„Sag es nicht. Es ist dein Job, es zu wissen."

„Richtig." Sie führte Sam durch ein ausgeklügeltes Labyrinth von Korridoren zum hauseigenen Friseursalon, der zu den cooleren Vorteilen des Daseins als Präsidentengattin gehörte.

In wenigen Minuten hatte Davida ihr Haar gewaschen und mit maximal wohlriechenden Produkten behandelt. Da sie keine Wahl hatte, schloss Sam die Augen und versuchte, sich zu entspannen, während Davida mit dem Föhn zauberte. Als Nächstes durfte die Visagistin Ginger ran, die unter anderem den blauen Fleck auf ihrer Wange überschminkte, während Kendra ihre Nägel in einem schönen Bordeauxrot lackierte, passend zu ihrem Samtkleid.

Ginger achtete sorgfältig auf die Wunde in ihrem Gesicht. „Sagen Sie mir, wenn es wehtut."

„Das werde ich."

Als die Make-up-Stylistin fertig war, war von dem blauen Fleck nichts mehr zu entdecken.

„Das ist unglaublich, Ginger. Vielen Dank."

„Gern geschehen, Ma'am."

„Dank Ihnen sehe ich nicht mehr aus wie eine Wilde", stellte Sam fest, als sie alles erledigt hatten. „Danke noch mal."

„Gern geschehen", antwortete auch Davida. „Ich wünsche Ihnen viel Spaß."

„Den werde ich haben. Ist Nick im Oval Office?", fragte Sam Lilia, als sie vierzig Minuten nach ihrer Ankunft den Salon verließen.

„Ja."

„Könnte ich eine Minute allein mit ihm sprechen?"

„Mehr haben wir auch nicht, aber ich werde es möglich machen. Hier entlang, bitte."

Zum Glück kannte Lilia das Weiße Haus in- und auswendig und führte sie in wenigen Minuten zum Oval Office, während Sam den ganzen Tag gebraucht hätte, um herauszufinden, wie man vom Salon dorthin gelangte.

Als Nicks Vorzimmerdame sie kommen sah, stand sie auf, um sie zu begrüßen. „Guten Tag, Mrs Cappuano."

Sam konnte sich ihren Namen nie merken, was sie hasste. „Hallo. Ist er zu sprechen?"

„Natürlich. Hier entlang, bitte."

„Ich warte hier", erklärte Lilia. „Beeil dich."

„Jawohl, Ma'am."

Die Vorzimmerdame führte sie ins Präsidentenbüro, wo ihr großartiger Ehemann hinter dem Resolute Desk saß.

Er war so auf das konzentriert, was er tat, dass er nicht aufschaute, bis sie sich räusperte.

Für den Rest ihres Lebens würde sie nicht vergessen, wie sein Gesicht vor Freude aufleuchtete, als er sie sah. Genau das war der Grund, warum sie ihren Arbeitstag unterbrochen hatte, um nach Hause zu kommen und an seiner Seite zu sein.

KAPITEL 19

Immer noch lächelnd erhob sich Nick und kam um den Schreibtisch herum auf sie zu. „Was für eine schöne Überraschung."

Er hatte sein Jackett ausgezogen und die Ärmel seines Hemds hochgekrempelt.

„Du siehst großartig aus."

„Komisch, ich habe gerade das Gleiche über dich gedacht." Er legte die Arme um sie. „Warum riecht dein Haar anders?"

„Ich war gerade im Friseursalon."

„Ah, verstehe. Morgen möchte ich bitte wieder den gewohnten Duft haben."

„Jawohl, Sir."

„Nicht dass der hier schlecht wäre. Es ist nur nicht deiner." Nick strich ihr sanft über den Nacken. „Was führt dich her?"

„Ich hatte Sehnsucht nach dir." Sie schlang die Arme um ihn. „Ehe hier der Wahnsinn losbricht, wollte ich mir eine Dosis von dem hier holen."

„Das ist jederzeit zu haben, wenn es brauchst."

„Ich wünschte, das wäre wahr. Ich brauche es wirklich häufig."

„Was ist denn los?"

„Bloß ein chaotischer Tag, gekrönt von einem Staatsbesuch.

Nichts, was sich nicht durch fünf Minuten mit dir in Ordnung bringen ließe."

„Falls ich es später vergesse: Ich bin dir sehr dankbar, dass du heute Nachmittag hier bist."

„Ich bin genau da, wo ich hingehöre. Aber jetzt muss ich los, ehe Lilia einen Schlaganfall erleidet."

„Nur noch eine Minute."

Sie klammerte sich an den einzigen Mann auf der Welt, bei dem sie so was wie Dankbarkeit dafür empfinden konnte, seine First Lady zu sein. „Weißt du, was?"

„Was?"

„Farnsworth und Malone haben gesagt, sie wollen erst aus dem aktiven Dienst ausscheiden, wenn du nicht mehr im Amt bist, weil mein Vater sich gewünscht hätte, dass sie ein Auge auf mich haben, während ich versuche, etwas zu tun, was keine First Lady vor mir getan hat."

„Wow. Was hast du geantwortet?"

„Nichts. Ich habe geweint."

„Ich bin echt froh, dass die beiden auf dich aufpassen. Da fühle ich mich gleich viel besser."

„Ja, ich mich auch."

„Heute Abend, nach all dem Trubel, sollten wir beide uns etwas Zeit in unserem Strandidyll gönnen."

„Ja, bitte." Sie würde morgen tot sein, wenn sie zur Arbeit erschien, doch das war ihr egal. „Jetzt muss ich aber wirklich los."

„Wir sehen uns nachher."

„Viel Glück mit dem Premierminister."

„Viel Glück mit seiner Frau."

Sam lächelte, als er sie küsste, und ließ ihn dann schweren Herzens los, um sich für den *Tee* umzuziehen.

Shelby hatte stundenlang darauf gewartet, endlich zu Avery zu können. Gott sei Dank war Ginger da, um ihr mit dem Baby zu helfen, denn allein hätte sie es nicht geschafft, während sie sich solche Sorgen machte. Auch nachdem man ihr versichert hatte, dass Avery wieder ganz gesund werden würde, konnte sie nicht aufatmen, bevor sie ihn nicht selbst gesehen hatte.

„Warum dauert das so lange?", fragte sie Ginger. „Sie haben gesagt, ich könnte jetzt bald zu ihm."

„Die Ärzte kümmern sich gut um ihn. Das wollen wir doch auch. Komm, setz dich einen Augenblick. Du solltest dich mal ausruhen."

Shelby, die restlos erschöpft war, ließ sich auf den Platz neben Ginger sinken und nahm ihr die schlafende Maisie ab. „Wie konnte das nur passieren? Wer sollte Avery erschießen wollen?"

„Na ja, ich muss immer an die Leute denken, die bei euch eingebrochen sind. Könnte es da einen Zusammenhang geben?"

„Ich wüsste nicht, wie. Die sind im Gefängnis."

„Das FBI und andere Behörden arbeiten sicher daran, herauszufinden, was passiert ist. Avery ist einer der Ihren. Sie werden der Sache ganz bestimmt auf den Grund gehen."

„Ja, ich weiß." Shelby blinzelte die Tränen weg, die schon seit Stunden zu fließen drohten. Sie versuchte, für Avery und ihre Kinder stark zu sein, aber es fiel ihr nicht leicht. Ihre Hormone spielten nach der Schwangerschaft und der Geburt immer noch verrückt, ganz zu schweigen von den Nachwirkungen des Einbruchs, und jetzt hätte sie fast noch die Liebe ihres Lebens verloren. Das war alles einfach zu viel für sie.

Eine Schwester betrat den Wartebereich. „Mrs Hill?"

Shelby erhob sich rasch und zuckte zusammen, weil plötzliche Bewegungen so kurz nach der Geburt noch schmerzhaft waren. „Das bin ich."

„Möchten Sie Ihren Mann sehen?"

„Ja, dringend." Sie reichte Ginger das Baby. „Vielen Dank."

„Kein Problem. Lass dir Zeit."

Die Krankenschwester bedeutete Shelby, ihr zu folgen. „Hier entlang, bitte."

Sie musste sich daran erinnern, weiterzuatmen, als sie der Krankenschwester durch die Türen in den Aufwachraum folgte. „Wie geht es ihm?"

„Den Umständen entsprechend sehr gut."

„Das ist eine Riesenerleichterung."

„Er will Sie unbedingt sehen, und er hat nach dem Baby gefragt."

„Sie ist erst seit ein paar Tagen auf der Welt."

„Das hat Ihr Mann auch gesagt. Er hat gemeint, er liebe es, Vater zu sein."

Shelby kämpfte gegen die Tränen an, die ihr trotz des Wunsches, für ihn stark zu sein, in den Augen brannten. „Er ist ein ganz wunderbarer Vater."

Sie war in keiner Weise auf den Anblick vorbereitet, der sich ihr bot. Avery war mit Schläuchen und Kabeln überall an Maschinen angeschlossen.

Er streckte ihr die Hand hin. „Komm her, Schatz."

Oh, diese Stimme. Dieses Gesicht. Gott sei Dank war er am Leben. Was um alles in der Welt hätte sie nur ohne ihn angefangen?

Shelby ergriff seine Hand, und als sie sich über ihn beugte, begann ihre Fassung zu bröckeln.

„Ach, Schatz, es ist alles in Ordnung."

„Jetzt schon."

„Es tut mir so leid, dass ich dir das antue."

„Keine Entschuldigungen. Es ist ja nicht deine Schuld. Ich bin so dankbar, dass es dir gut geht."

„Wo ist denn mein kleines Mädchen?"

„Ginger ist mit ihr im Wartebereich. Sie möchte unbedingt ihren Daddy sehen."

„Ich kann es auch kaum erwarten. Komm, gib mir einen Kuss."

Shelby wischte sich die Tränen weg und beugte sich über das Bettgitter, um ihren Liebsten zu küssen.

Er legte einen Arm um sie. „Alles wird gut. Versprochen."

Wenn er das sagte, musste es stimmen.

„George möchte mit dir darüber sprechen, woran du dich erinnerst."

„Lass mir noch fünf Minuten mit dir, dann kannst du ihn reinschicken."

Courtney Hutchinson war reizend.

Sam war sich nicht sicher, warum sie so überrascht war, aber sobald sie merkte, dass die andere Frau ihr viel ähnlicher war, als sie gedacht hatte, entspannte sie sich und versuchte, die Gelegenheit zu genießen, mit einer anderen Mutter zu sprechen. Sie stellten sich im Blue Room für die Fotografen auf und warteten, bis Harold Tee eingeschenkt hatte, ehe sie sich ein wenig entspannten. Sam hatte darauf geachtet, ihren bandagierten Arm hinter ihrem Gast vor dem Fotografen zu verbergen.

„Erzählen Sie mir von Ihrer Arbeit." Courtney strich sich eine Strähne ihres glatten blonden Haars hinters Ohr. Sie trug einen bezaubernden Bob, der an Sam lächerlich ausgesehen hätte, Courtney allerdings sehr gut stand. „Ich finde das faszinierend."

„Oh, na ja … Also meistens ist es frustrierend und erschütternd und überwältigend, und das gilt nur für einen guten Tag."

Courtney lächelte, als sie so über ihre Arbeit redete.

Sam hob ihren bandagierten Arm. „Wie Sie vielleicht schon bemerkt haben, habe ich kürzlich einen nicht so guten erwischt."

„Ist er gebrochen?"

„Nein, nur verstaucht, und ich hab ein paar Abschürfungen. Aber das war das Letzte, was ich diese Woche gebraucht hätte."

„Ich habe von dem ermordeten Staatsanwalt gelesen. Kannten Sie ihn?"

Sam nickte. „Gut sogar. Sein Büro hat sich um unsere Fälle gekümmert. Sein Tod ist eine furchtbare Tragödie."

„Es tut mir sehr leid, dass Sie Ihren Kollegen und Freund verloren haben. Wie gehen Sie bei den Ermittlungen vor, um den Täter zu finden?"

Sam hatte nicht erwartet, dass sie ausgerechnet über ihre Arbeit sprechen würden, doch dieses Thema war ihr lieber als viele andere. „Wir suchen erst mal nach einem Motiv. Wer könnte ein Interesse daran gehabt haben, Tom umzubringen? Von da aus machen wir dann weiter."

„Ich bewundere wirklich, dass Sie das beides unter einen Hut kriegen. Ich komme kaum mit meinen offiziellen Pflichten als Matthews Frau hinterher. Dazu noch einen anstrengenden Vollzeitjob zu haben wäre für mich unvorstellbar."

Sam strich mit einer Hand über den Rock des schönsten Wollkostüms, das sie je besessen hatte. Der dicke Tweed war in verschiedenen Farben gehalten, darunter Rosa, Lila und Marineblau. Es würde ihr schwerfallen, den Stoff zu beschreiben, außer indem sie sagte, dass sie ihn *liebte* und es kaum erwarten konnte, das Marcus mitzuteilen. „Ich nehme mir vor, jeden Tag zu überstehen, dabei so viele Bälle wie möglich in der Luft zu halten und dafür zu sorgen, dass meine Kinder genügend Essen und Liebe erhalten und alles haben, was sie brauchen. Wenn ich ehrlich sein soll, ist es ein bisschen wie ein Karussell, das sich zu schnell dreht."

„Ich würde sagen, das trifft es ziemlich gut."

„Das alles wäre ohne die großartigen Teams, die mich hier und bei der Arbeit unterstützen, nicht denkbar. Sie machen es erst möglich. Aber genug von mir. Erzählen Sie mir von sich und Ihrer Familie."

Sie sprachen über Kinder, die lustigen Dinge, die sie von sich gaben, die einzigartige Herausforderung, sie im Rampenlicht großzuziehen, und Courtneys Einsatz für die Mukoviszidose-Forschung.

„Wie geht es Ihrer Tochter?"

„Sehr gut. Die Fortschritte der Medizin bei der Behandlung von Mukoviszidose sind aktuell wirklich erstaunlich, und obwohl die Patienten täglich Medikamente einnehmen müssen, kann unsere Tochter ein relativ normales Leben führen."

„Das freut mich sehr." Ihr fiel auf, dass Courtney ihren Tee bisher nicht angerührt hatte. „Noch ein wenig heißen Tee?"

„Darf ich ehrlich ein?"

„Natürlich."

„Ich hätte lieber etwas Wein. Geht das?"

„Wir sind im Weißen Haus. Hier geht alles." Sie lächelte Harold zu, der an der Tür stand. „Wir würden gerne unseren Tee gegen Wein austauschen, bitte."

„Gewiss, Ma'am. Was für einen Wein hätten Sie denn gern?"

Sam sah Courtney an.

„Ein Rosé wäre schön."

„Zwei Gläser bitte, Harold."

„Kommt sofort."

„Wo wir schon mal ehrlich sind …" Sam war sich nicht sicher, ob sie so offen sein sollte, aber egal. Sie war nun einmal unverblümt. „Ich hatte ziemlichen Bammel vor diesem Treffen. Ich wusste nicht, worüber ich mit Ihnen reden sollte, und ich hasse Tee."

Courtney lächelte. „Es ist, als würde man Schmutzwasser trinken."

Sie lachten beide. „Genau! Ich weiß, dass manche Leute ihn lieben, allerdings habe ich ihn noch nie gemocht."

„Ich auch nicht."

„Das ist mein erster Staatsbesuch, seit Nick im Amt ist. Ich hatte solche Angst, dabei sind Sie auch nur ein ganz normaler Mensch wie ich."

„Sie sind ganz bestimmt kein normaler Mensch."

„O Gott. Doch, das bin ich. Wenn Sie wüssten … Ich mach mir ständig Sorgen, dass meine ‚Normalität' Nick in Verlegenheit bringen könnte."

„Das hätte ich nie gedacht. Ihr öffentliches Auftreten ist etwas einschüchternd für jemanden wie mich, der sich mit Ihnen treffen soll."

„Es gibt keinen Grund, eingeschüchtert zu sein, es sei denn, Sie sind eine Mörderin oder drohen meiner Familie. Dann kann ich ziemlich unangenehm werden."

„Können wir das nicht alle? Ich bin entsetzt über einige der Dinge, die Menschen über Ihren Mann geäußert haben, seit er im Amt ist. Und die Schießerei in Fort Liberty … Eine Tragödie."

„In der Tat. Das war hart. Die Leute sagen furchtbare Dinge über ihn, nur weil er sich zur Verfügung gestellt hat, als Präsident Nelson ihn gebeten hat, Vizepräsident zu werden, und dann noch einmal, als Nelson so plötzlich verstorben ist. Ein Soldat, der Kameraden tötet, weil er den Oberbefehlshaber nicht unterstützt. Es ist …"

„Einfach zu viel."

„Ja, das ist es." Sam freute es, dass die andere Frau sie verstand – wahrscheinlich besser als jeder andere Mensch, mit dem Sam gesprochen hatte, seit Nick Präsident geworden war.

„Werden Sie hinfliegen, um Unterstützung und Beileid zu bekunden?"

„Man hat uns zu verstehen gegeben, wir seien dort nicht erwünscht, was mich tatsächlich etwas getroffen hat."

„Das kann ich mir gut vorstellen. Bei all den Opfern, die Sie und Ihre Familie bringen, um Ihrem Land zu dienen, ist es nicht leicht, diese ständige Kritik zu ertragen."

„Nein. Aber es ist schön, mit jemandem zu sprechen, der das versteht."

„Das tue ich. Matthew ist mit einem ehrgeizigen Programm angetreten, das auf heftigen Widerstand von allen Seiten gestoßen ist. Manchmal fragt man sich, warum man es überhaupt versucht."

„Wir müssen trotzdem weitermachen. Das meint Nick auch immer."

„Er hat recht. Natürlich müssen wir das, doch manchmal ist es sehr mühsam."

„Eigentlich immer."

Harold kehrte mit einem Tablett mit zwei Gläsern Wein zurück, die er ihnen servierte.

„Danke", sagte Sam.

„Ja, vielen Dank."

„Darf ich den Tee abräumen?"

„Ja, nur den Kuchen bitte stehen lassen. Mit dem sind wir noch nicht fertig."

Lächelnd antwortete er: „Ja, Ma'am."

„Sind Sie es nicht leid, dass man Sie immer mit ‚Ma'am' anredet?", fragte Courtney, als sie wieder allein waren.

„Aber so was von. Immerhin habe ich meine Personenschützer vom Secret Service dazu gebracht, mich Sam zu nennen, wenn wir allein sind, doch das ging nicht von heute auf morgen."

„Der Wein ist köstlich."

„Stimmt. Rosé war mir schon immer am liebsten."

„Ja, mir auch." Courtney hob ihr Glas. „Auf neue Freundinnen, die es verstehen."

Sam stieß mit ihr an. „Darauf trinke ich."

Das zweite Glas Wein war wahrscheinlich ein Fehler gewesen, dachte Sam, als Lilia sie in die Residenz begleitete, damit sie sich für das Abendessen umzog. Sie war ein bisschen wackelig auf den Beinen, aber sie freute sich über die schöne Zeit mit Courtney. Im Nachhinein betrachtet hatte sie wertvolle Energie damit verschwendet, sich über etwas Sorgen zu machen, das letztendlich mehr als gut gelaufen war.

Ehe sie sich trennten, hatten sie Telefonnummern ausgetauscht, damit sie nach dem Besuch in Kontakt bleiben konnten.

Skip Holland hatte seinen Töchtern immer gesagt, sie sollten sich nicht zu sehr von berühmten Leuten beeindrucken lassen. Die Redensart, die würden auch nur mit Wasser kochen, hätte direkt von ihm stammen können. Sie hätte seinen Rat beherzigen sollen, als sie sich auf das Treffen mit Courtney vorbereitet hatte. Es hatte sich herausgestellt, dass ihr Gast genauso eingeschüchtert gewesen war wie sie, was lustig war. Sam hielt sich selbst nicht für besonders einschüchternd, es sei denn, jemand bei der Arbeit ärgerte sie, und so war es eine Überraschung gewesen, dass Courtney vor dem Treffen ebenfalls Angst gehabt hatte.

Während Lilia im Wohnzimmer wartete, ging Sam ins Schlafzimmer, um sich umzuziehen, und traf dort auf ihren Mann im Smoking.

„Ach du meine Güte."

„Was?"

„Du in diesem Smoking. Sehr ansprechend." Sie stellte sich vor ihn und legte ihm die Hände flach auf die Brust. „Das bringt mich auf Ideen."

„Für Ideen haben wir leider keine Zeit. Wie ist es mit Courtney Hutchinson gelaufen?"

„Wir haben uns blendend unterhalten."

„Echt?"

„Ja, und wir haben jede *zwei* Gläser Wein getrunken."

„Ah, das erklärt deinen leicht glasigen Blick." Nick küsste sie. „Schön, dass ihr Spaß hattet."

„Hatten wir. Sie ist total nett und ganz normal."

„Im Gegensatz zu dir."

Sam lachte und hickste dann leise. „Huch."

„O Gott, Samantha. Bist du vor unserem ersten Staatsbankett beschwipst?"

„Vielleicht ein bisschen, aber das ist nicht meine Schuld. Sie hat gesagt, Tee schmecke wie Schmutzwasser, also haben wir uns stattdessen Wein bringen lassen."

Sein Lächeln war immer umwerfend, und besonders, wenn er so elegant gekleidet war. „Ich bin froh, dass es dir gefallen hat. Jetzt beeil dich, und zieh dich um, damit wir nicht zu spät zu unserem wichtigen Termin erscheinen."

„Jawohl, Sir, Mr President. Sie müssen mir allerdings den Reißverschluss meines Kleides zumachen."

„Ich ziehe es vor, dir den Reißverschluss zu *öffnen*."

„Darauf kannst du gerne später zurückkommen."

„Das werde ich. Keine Sorge."

Sie trat in ihren begehbaren Kleiderschrank und zog schnell die Unterwäsche und das Kleid an, die Marcus ihr vorhin gebracht hatte. Das bordeauxfarbene Samtkleid, das eine Schulter frei ließ, war eins ihrer Lieblingsstücke von all den schönen Sachen, die sie als Vizepräsidenten- und Präsidentengattin bisher hatte tragen dürfen. Sie legte die Halskette mit dem Diamantanhänger und das Armband an, die Nick ihr geschenkt hatte, und steckte dann ihren Verlobungsring zu dem Ehering, den sie auch bei der Arbeit trug.

Als sie in ihre sexy Stöckelschuhe stieg, wünschte sie sich, sie könnte den Verband an ihrem Handgelenk irgendwie verbergen, doch das war nicht möglich. Gott sei Dank wirkte die Kortisonspritze, und die Hüfte tat ihr überhaupt nicht mehr weh.

Nachdem sie tief durchgeatmet hatte, um sich zu sammeln,

ging sie zurück ins Schlafzimmer und fand Nick mit verschränkten Armen am Türrahmen lehnend vor.

Bei ihrem Anblick strahlte sein Gesicht erfreut auf. „Wow." Er machte eine kreisende Bewegung mit dem Zeigefinger, um das ganze Bild zu sehen.

Sam drehte sich vorsichtig einmal um die eigene Achse. Es fehlt noch, dass sie sich wieder an der Hüfte verletzte.

„Die heißeste First Lady der Geschichte."

„Ich dachte, wir hätten entschieden, dass diese Ehre Eleanor Roosevelt gebührt."

„Keine Präsidentengattin kann gegen meine First Lady anstinken. Sie ist eine Wucht."

„Sind die Kinder fertig?"

„Celia hat gesagt, wir können loslegen, sobald wir so weit sind."

Die Kleinen würden für Fotos und Häppchen anwesend sein, bevor sie zum Abendessen in die Residenz zurückkehrten. Scotty würde auf eigenen Wunsch am gesamten Abend teilnehmen.

Sam und Nick traten in den Flur, wo die Kinder auf sie warteten – Scotty und Alden in Smokings und Aubrey in einer winzigen Version von Sams Kleid.

„O mein Gott! Schaut euch an, Leute!"

„Du siehst so hübsch aus, Sam!", rief Aubrey.

„Selber. Fühlst du dich nicht sehr elegant?"

„So was von!"

„Ihr Jungs seid umwerfend."

Scotty legte Alden eine Hand auf die Schulter. „Alden mochte den oberen Knopf nicht, aber ich habe ihn davon überzeugt, dass erwachsene Männer ihn schließen müssen, um eine Fliege zu tragen."

„Du siehst sehr erwachsen aus, Alden", lobte Sam.

Sein blondes Haar war geglättet, und er lächelte erfreut über das Kompliment.

„Dann machen wir uns mal auf den Weg", meinte Nick.

„Wir müssen doch nur nach unten", antwortete Scotty.

Nick grinste. „Darum haben wir es später nicht weit nach Hause."

Sam blieb stehen und umarmte Celia. „Vielen Dank für alles. Ohne dich würden wir das nicht überleben."

Celia hatte die Einladung zur Gala abgelehnt, da sie sich lieber um die Kinder kümmern wollte.

„Es ist mir ein Vergnügen, Schatz. Ihr seht alle ganz fabelhaft aus. Die hübscheste Familie der Welt."

„Danke. Wenn wir uns Mühe geben, kann sich niemand beschweren."

„Ich habe mit den Personenschützern der Kinder vereinbart, dass ich hier warte, bis sie wieder hochkommen. Macht euch keine Gedanken."

„Das tue ich nie, wenn du in der Nähe bist."

„Ich liebe jede Minute. Habt eine tolle Zeit."

„Danke dir. Ich hab dich lieb, Celia."

„Ich dich auch, mein Schatz." Celia umarmte Sam. „Er wäre *so, so* stolz auf dich."

„Das hoffe ich."

„Ich weiß es, Sam. Er würde vor Stolz platzen."

„Vielen Dank. Das habe ich gebraucht."

Damit nahm sie Nicks Hand und stieg mit ihm und den Kindern die Treppe hinunter, um ihre Gäste zu begrüßen.

Nachdem der Fotograf des Weißen Hauses die Familienfotos gemacht hatte, gingen die Kinder, angeführt von Scotty, vor, während Sam und Nick die Hutchinsons vor dem East Room trafen.

Nick begrüßte Courtney und stellte Sam Matthew Hutchinson vor.

„Freut mich, Sie kennenzulernen", eröffnete Hutchinson das Gespräch. „Wir sind große Bewunderer von Ihnen und Ihrer Arbeit."

„Danke. Schön, das zu hören."

Courtney beugte sich an ihrem Mann vorbei, um mit Sam zu sprechen. „Das zweite Glas Wein war möglicherweise ein Fehler. Ich hätte mich am liebsten erst mal kurz aufs Ohr gelegt."

Sam lachte. „Ich auch."

Die Marine Band spielte „Hail to the Chief", als die beiden Paare den East Room betraten, wo der Empfang für die Kongressabgeordneten stattfand. Obwohl sie diese Melodie schon so oft gehört hatte, bekam Sam immer wieder eine Gänsehaut, besonders jetzt, wo sie ihrem Mann galt. Der Raum war zu Ehren der Gäste mit US-amerikanischen und kanadischen Flaggen und anderen Dekorationen geschmückt.

Vizepräsidentin Gretchen Henderson, in einem eisblauen

Kleid und mit Diamantohrringen, lächelte, als sie den Raum betraten. Sie eilte ihnen entgegen, um sie zu begrüßen.

„Freut mich, Sie wiederzusehen", sagte sie zu Sam.

Sam umfasste Nicks Arm fester. „Ebenfalls."

Was störte Sam so sehr an ihr? Sie war immer nett zu ihr gewesen, doch sie hatte irgendetwas an sich … Sam konnte es nicht leugnen, aber jetzt war nicht der richtige Zeitpunkt dafür, darüber nachzugrübeln.

Alles, von den Blumen bis zum Menü, sollte ein Fest der beiden Länder und ihrer Kultur sein.

Sam hatte schon einmal an einem Staatsbankett teilgenommen, doch noch nie eins ausgerichtet, und damals hatte sie nicht besonders auf die Details geachtet. Na ja, abgesehen von dem Detail, das sich im Rosengarten zugetragen hatte: Nicks Heiratsantrag. Den würde sie nie vergessen. Aber das hier … Das war eine Inszenierung von magischen und epischen Ausmaßen. Die Fotos von ihrem Auftritt mit den Hutchinsons würden in wenigen Minuten um die Welt gehen.

Tracy und Mike waren früher gekommen, um sich um die Kinder zu kümmern, und warteten im East Room auf sie. Angela hatte beschlossen, zu Hause zu bleiben. Sie hatte erklärt, sie sei noch nicht bereit, unter so vielen Menschen zu sein, nachdem sie kurz zuvor ihren Ehemann verloren hatte.

Sam umarmte ihre älteste Schwester. „Danke, dass ihr da seid."

„Machst du Witze? All meine Freunde sind grün vor Neid."

„Meine auch", fügte Mike hinzu und umarmte sie. „Alle finden uns total cool, weil wir im Weißen Haus mit Prominenten und Staatsoberhäuptern dinieren."

„Brooke lässt Hals- und Beinbruch ausrichten – natürlich nicht wörtlich –, und sie und Nate können es kaum erwarten, beim nächsten Mal dabei zu sein."

Sams Nichte, Studentin an der University of Virginia, war mit einem der Lieblings-Secret-Service-Mitarbeiter der Familie zusammen. Nate war der leitende Personenschützer in Elis Einheit.

„Wie geht es Brooke?"

„Sehr gut. Der Wechsel nach Princeton hat geklappt, sodass sie nächstes Jahr die ganze Vorlesungszeit über mit Nate zusammen sein kann."

„Ah, junge Liebe."

„Hoffentlich fällt sie nicht durch all ihre Prüfungen."

„Bestimmt nicht!"

Sam stellte Tracy und Mike den Hutchinsons vor.

Courtney erkundigte sich bei Tracy, wo sie wohnten.

„Etwa zehn Kilometer von hier."

„Sie haben so ein Glück, dass Ihre Schwester in der Nähe ist!"

„Das gilt für meine beiden Schwestern", erklärte Sam, „und dafür bin ich wirklich dankbar. Meine Stiefmutter lebt direkt bei uns und hilft mit den Kindern, und meine Mutter greift uns ebenfalls unter die Arme. Man braucht ein Dorf."

„Allerdings."

Scotty gesellte sich zu ihnen, er hatte den Zwillingen je eine Hand auf die Schulter gelegt.

Nick stellte die drei den Hutchinsons vor.

Während Scotty und Alden dem Premierminister die Hand schüttelten, versteckte sich Aubrey hinter ihnen.

„Sie ist etwas schüchtern." Sam streckte eine Hand nach dem kleinen Mädchen aus, das um die Jungs herumlief, um sie zu ergreifen.

„Samantha, unsere Gäste kommen. Bist du bereit?"

Tracy fächelte sich das Gesicht. „Wenn Nick dich Samantha nennt …"

„Ja, oder?"

„Ihr beiden seht umwerfend aus."

Nick begrüßte Tracy mit einem Kuss auf die Wange. „Danke für die Blumen." Er hielt Sam den Arm hin. „Wollen wir, meine Liebe?"

Sam gab Aubrey einen Kuss und reichte sie an Tracy weiter. „Bis gleich, Süße." Zu Nick meinte sie: „Tun wir's."

„Es gibt so viel, was ich dazu sagen könnte", flüsterte er, während sie ihre Position einnahmen, um die Gäste auf dem Weg zum Dinner im Zelt willkommen zu heißen.

Die Geladenen waren ein Who's who aus Politik, Medien

und Unterhaltung, einschließlich Sams Lieblingssänger Jon Bon Jovi und seiner Frau als Überraschungsgäste.

Sam umarmte den Rockstar. „Mein Mann hat wieder mal Geheimnisse vor mir gehabt!"

„Wir überraschen Sie gerne", antwortete Jon. „Vielen Dank für die Einladung. Es ist aufregend, hier zu sein."

„Die Aufregung ist ganz unsererseits", gestand Sam.

„Sie meint *ihrerseits*", entgegnete Nick.

Sam konnte es nicht leugnen, also versuchte sie es gar nicht erst, selbst wenn sie vor Verlegenheit errötete, weil ihr Mann ihre leidenschaftliche Schwärmerei geoutet hatte. „Singen Sie später für uns?"

„Unbedingt."

„Ich kann es kaum erwarten."

Sams Team traf gemeinsam mit einigen anderen Polizisten ein, aber ohne Dominguez und Carlucci, die bei den Ermittlungen im Fall Forrester die Stellung hielten. Sie würden auf der Gästeliste für das nächste Großereignis stehen.

„Ihr seht großartig aus", erklärte Sam.

Die stellvertretende Polizeichefin Jeannie McBride, deren Schwangerschaft sich bereits abzeichnete, umarmte sie. „Das wollte ich auch gerade zu dir sagen. Fantastisch."

„Danke. Es hat ein ganzes Beauty-Team gebraucht, um das zu schaffen."

„Das bezweifle ich nicht."

Sam lachte. Sie fand es gut, dass ihre Freundin die Dinge beim Namen nannte. Dann umarmte sie Elin Cruz. „Ich habe viel an dich gedacht. Wie geht es dir?"

„Jeden Tag ein bisschen besser und hoffnungsvoll für das nächste Mal."

„So soll es sein. Wie ich schon zu Freddie gesagt habe, ich hab es im Urin, dass ihr zwei mich zur mehrfachen Tante machen werdet."

Elin löste sich von ihr und schenkte ihr ein warmes Lächeln. „Das hoffe ich doch."

Sam richtete Freddie die Fliege, auch wenn das gar nicht

nötig war. „Mein junger Padawan ist zu einem verdammt attraktiven Mann herangewachsen."

Er grinste respektlos. „Ja, nicht wahr? Danke für die Einladung. Das werden wir nie vergessen."

„Danke, dass ihr gekommen seid. Es bedeutet mir sehr viel, meine besten Freunde hierzuhaben."

Gonzo, Christina, Captain Malone und seine Frau Val, Chief Farnsworth und seine Frau Marti, Jeannies Gatte Michael Wilkinson, Matt O'Brien und Cameron Green umarmten sie und schwärmten von der Veranstaltung und davon, wie hübsch Sam aussah.

„Hast du vielleicht eine Minute für uns?", bat Gonzo. „Wir haben von ein paar neuen Entwicklungen zu berichten."

„Ich werde einen Augenblick Zeit finden."

Derek Kavanaugh und Roni Connolly kamen Hand in Hand. Nachdem beide auf so tragische Weise ihre Ehepartner verloren hatten, erfüllte es Sam mit Freude, sie zusammen zu sehen.

„Du strahlst, Mama", merkte Sam an die schwangere Roni gerichtet an. Sie erwartete im Juni das Kind ihres verstorbenen Mannes Patrick.

„Wenn du das sagst."

„Das tue ich, und ich bin deine Chefin."

Roni lachte, als Sam sie an sich zog.

„Danke, dass du für Terry eingesprungen bist", meinte Nick zu Derek.

„Ich möchte bitte nie wieder irgendwas mit einem Staatsbankett zu tun haben."

„Notiert", antwortete Nick und grinste.

„Lieber vierhundertfünfunddreißig schwierige Kongressmitglieder als ein Caterer."

Sam, Nick und Roni lachten über das Gesicht, das er zog.

„Was hört man von Avery?", erkundigte sich Derek.

„Als ich das letzte Mal mit Shelby gesprochen habe, war er aus dem OP raus, und es hieß, er werde sich vollständig erholen", erwiderte Sam.

„Gott sei Dank", seufzte Roni. „Ich habe Shelby vorhin

geschrieben, aber noch keine Antwort bekommen. Sie hat sicher eine Million SMS von besorgten Freunden erhalten."

„Vermutlich", stimmte Sam zu. „Sie hat jetzt, wo Avery im Krankenhaus liegt und sie ein Baby versorgen muss, bestimmt alle Hände voll zu tun. Trotzdem hat sie sich garantiert gefreut, dass du dich gemeldet hast."

„Ich denke an sie."

Sam legte der jungen Frau eine Hand auf den Arm. „Wahrscheinlich war es schwer für dich, zu hören, was mit Avery geschehen ist." Ronis Mann Patrick war auf dem Weg zum Mittagessen von einem Querschläger getroffen worden.

„Ja, und wie. Es ist alles wieder hochgekommen."

„Ruf mich morgen an, wenn du reden willst."

„Sagt die meistbeschäftigte Person auf dem Planeten."

„Für meine Freunde habe ich immer Zeit."

„Danke. Das bedeutet mir viel."

„Wir sollten uns besser ins Zelt begeben, um uns davon zu überzeugen, dass alles wie geplant läuft", unterbrach Derek ihr Gespräch. „Und wenn dem so ist, will ich einen sehr großen Drink."

Sam und Nick lachten, als die beiden weitergingen, dann begrüßten sie Lilia und ihren Verlobten Harry.

„Ihr seht umwerfend aus", verkündete Lilia.

„Das verdanken wir dir und dem Beauty-Team des Weißen Hauses", entgegnete Sam.

„Wir hatten eine großartige Präsidentengattin, mit der wir arbeiten konnten."

„Du siehst auch sehr gut aus." Lilia trug ein rotes Kleid, das ihre Kurven betonte.

„Dem kann ich nur zustimmen." Harry legte den Arm um seine Angebetete. „Sie ist ein echter Hingucker."

Lilia lachte. „Sei still. Das hier ist nicht meine Show."

„Eigentlich ist es mehr deine als meine", widersprach Sam.

Harry und Lilia lachten immer noch, als sie zu ihrem Tisch gingen.

Der Andrang der Menschen, einer berühmter als der andere,

war überwältigend, und alle wollten einen Moment mit ihr und Nick plaudern.

Richter am Obersten Gerichtshof, Senatoren und Kongressabgeordnete … unter ihnen auch Damien Bryant.

Er schenkte ihr ein falsches Lächeln. „Mrs Cappuano."

„Wieso sind Sie auf freiem Fuß?"

„Wegen etwas, das sich Kaution nennt."

Sie konnte nicht glauben, dass er nach seinem Fluchtversuch schon wieder draußen war. „Was tun Sie hier?"

Er tat beleidigt. „Ich habe eine Einladung erhalten."

„Die stammt vermutlich aus der Zeit, bevor Sie angeklagt wurden."

„Manchmal muss das Timing stimmen."

„Ich werde Sie rauswerfen lassen."

„Nur zu. Bis dahin werde ich die Gastfreundschaft des Weißen Hauses genießen. Schönen Abend."

„Was war denn das eben?", fragte Nick.

„Bryant sollte nicht hier sein."

Nick nahm Blickkontakt mit Brant auf und neigte den Kopf, um seinen leitenden Personenschützer zu sich zu rufen.

„Ja bitte, Sir?"

„Abgeordneter Bryant hätte ausgeladen werden müssen, nachdem er eines Verbrechens verdächtigt wird. Sorgen Sie dafür, dass er verschwindet."

Brant runzelte die Stirn. „Sofort, Sir."

Nick legte Sam eine Hand auf den unteren Rücken. „Alles geklärt."

„Macht macht dich sexy."

„Hör auf."

„Wirklich sexy." Sam genoss es jedes Mal, wie sehr es ihn aus dem Konzept brachte, wenn sie seine erotische Wirkung auf sie erwähnte.

Während sie weitere Gäste begrüßten, beobachtete Sam, wie der Secret Service Bryant von der Veranstaltung eskortierte, ohne sich dabei besonders um Diskretion zu bemühen.

Sie bemerkte den bösen Blick, den er ihr zuwarf, als man ihn zum Ausgang führte, und winkte ihm zu.

„Was zum Teufel hatte Bryant hier zu suchen?", fragte Gonzo, als es ihr gelang, sich ihren formellen Pflichten kurz zu entziehen, um mit ihrem Team zu sprechen.

„Ich glaube, er ist durch die ‚Shelby hat ein Baby, und Terry ist zu Hause bei Lindsey'-Risse in der Festung geschlüpft."

„Es hat Spaß gemacht, zuzusehen, wie der Secret Service ihn an die Luft gesetzt hat", gestand Gonzo.

„Mir auch. Also, was gibt's Neues?"

„Erstens ist Davies' Anhörung auf morgen verschoben worden, weil der Richter einen Asthmaanfall hatte." Sie hatten erfahren, dass Stahl Eric Davies eine Vergewaltigung angehängt hatte, nachdem der sich Jahre zuvor nach einer Verkehrskontrolle über Stahl beschwert hatte. Davies hatte wegen der erfundenen Anschuldigung sechzehn Jahre lang gesessen.

„O nein. Das heißt, der arme Kerl muss eine weitere Nacht in Haft verbringen."

„Ja. Das haben wir auch gedacht. Zweitens können wir keinen Hinweis darauf finden, dass dieser O'Walsh, der Golflehrer, überhaupt existiert. Wir halten es für möglich, dass er unter falschem Namen gearbeitet hat."

„Na toll. Wie geht's weiter?"

„Wir befragen einige Kollegen von ihm, um zu sehen, was sie uns sagen können. Mehr dazu bald. Ich habe Bryants restliche ehemalige Mitarbeiter ausfindig gemacht und festgestellt, dass sie alle nach Wisconsin zurückgekehrt sind, sobald sie von seiner Verhaftung gehört haben. Einer davon hat mir gestanden, dass sie schon lange von ihm angewidert waren, aber als sie gehört haben, dass er ihren Freund und Kollegen Zach hat umbringen lassen und es so wirken sollte, als handle es sich um seinen eigenen Sohn, war es für sie aus. Wir haben das überprüft. Die meisten haben sich noch in derselben Nacht verdünnisiert."

„Danke, dass ihr diese Lücke geschlossen habt. Wenigstens wissen wir jetzt, dass kein anderes Teammitglied Tom getötet haben kann."

„Wir haben auch Cox' Assistent Henry Allston auf den Zahn gefühlt und im Internet nicht viel gefunden."

„Nicht viel …"

„Kaum etwas. Keine schulische Laufbahn, kein beruflicher Werdegang, nur die Tatsache, dass er als Kind in einer erfolgreichen Baseballmannschaft in der Little League gespielt hat."

Sam schaute sich in dem gigantischen Zelt um und entdeckte Justizminister Cox an einem der VIP-Tische im vorderen Bereich. Er lachte über etwas, das der neben ihm sitzende Mann gesagt hatte.

„Ich werde mit dem Justizminister sprechen und sehen, was er mir über seinen Assistenten verraten kann."

„Hier?", fragte Freddie.

„Es ist ja nicht so, als ob er mich nach unserem letzten Gespräch noch einmal zu sich bitten würde."

„Stimmt. Sam hat ihn sauber auseinandergenommen", erklärte Freddie.

„Es musste sein. Er ist ein arroganter Mistkerl."

Cox hob den Blick, bemerkte, dass Sam ihn eindringlich musterte, und runzelte die Stirn.

„Was du heute kannst besorgen, das verschiebe nicht auf morgen."

Als sie auf Cox' Tisch zuging, war es für sie eine große Genugtuung, zu verfolgen, wie ihm klar wurde, dass sie ihn ansprechen wollte. Je näher sie kam, desto schweigsamer wurde er.

„Auf ein Wort, Herr Minister?"

Er zwang sich zu einem Lächeln. „Natürlich."

Sie begaben sich in eine Ecke des riesigen Zeltes, in dem Lichterketten und funkelndes Kristall glitzerten.

„War das notwendig?", fragte er mit finsterer Miene.

„Glauben Sie, ich hätte anderenfalls die Seite meines Mannes verlassen, um mit Ihnen zu sprechen?"

„Was wollen Sie?"

„Erzählen Sie mir von Ihrem Assistenten."

Damit hatte Cox nicht gerechnet. „Was ist mit ihm?"

„Wer ist der Mann? Woher stammt er?"

„Warum in aller Welt ist er Ihnen so wichtig?"

„Ich bin neugierig."

Sie starrte ihn an, ohne zu blinzeln, bis ihm klar wurde, dass sie nicht nachgeben würde.

„Das ist weder der richtige Zeitpunkt noch der richtige Ort für dieses Gespräch."

„Die Entscheidung müssen Sie schon mir überlassen. Ihr hochtrabender Titel ist mir völlig egal, ich will nur Gerechtigkeit für meinen Freund Tom Forrester."

Es schien ihm nicht zu gefallen, dass sie Tom *ihren* Freund nannte.

„Wissen Sie, was es bedeutet, ein wahrer Freund zu sein, Herr Minister? Wenn Ihr wahrer Freund einem Mordanschlag zum Opfer fällt, tun Sie alles, was Sie können, um den Täter zu finden und ihn zur Rechenschaft zu ziehen, angefangen mit der Beantwortung der Fragen der leitenden Ermittlerin. Ich weiß, es ist Jahrzehnte her, dass Sie einen Kriminalfall bearbeitet haben, doch Sie sollten trotzdem noch wissen, wie das funktioniert."

„Es reicht."

„Wer ist Henry Allston, und warum wollte er mir vorhin seinen Namen nicht nennen?"

„Henry ist mein Neffe. Ich habe ihn aufgezogen. Meine erste Frau und ich, genauer gesagt."

„Haben Sie transparent gemacht, dass Ihr Assistent ein Familienmitglied ist?"

Er trat nervös von einem Fuß auf den anderen. „Nicht offiziell."

„Warum nicht?"

„Das spielt keine Rolle."

„Sind Sie nicht für die Umsetzung von Recht und Gesetz zuständig? Wäre es nicht peinlich, wenn herauskäme, dass Ihr Assistent in Wirklichkeit Ihr Neffe ist und Sie das nicht korrekt offengelegt haben? Haben Sie beide bei der Zulässigkeitsüberprüfung gelogen?"

„Wollen Sie mir drohen?"

„Keineswegs. Ich weise bloß darauf hin, dass Ihr Mangel an Offenheit bei dieser Untersuchung mich langsam nervt. Wir sollten eigentlich auf der gleichen Seite stehen, und dennoch hat es mehrere Gespräche gebraucht, bis Sie Ihre langjährige Freundschaft mit Tom offengelegt haben. Jetzt scheinen Sie zu versuchen, Ihre familiären Beziehungen zu Ihrem Assistenten zu verbergen. Wissen Sie, was ich oft bei Menschen beobachte, denen es an Ehrlichkeit mangelt?" Als er sie nur mit steinerner Miene anstarrte, sagte sie: „Sie haben meistens etwas zu verbergen."

„Ich habe nichts zu verbergen."

„Das glaube ich Ihnen nicht, und ich werde Ihren Keller durchwühlen, bis ich all Ihre Leichen gefunden habe."

Seine Miene verwandelte sich in ein bösartiges Grinsen. „Es stimmt, was die Leute über Sie reden."

„Tatsächlich? Das höre ich gern. Lassen Sie mich Ihnen noch etwas sagen. Ich werde Ihr Leben – und das Ihres Neffen – zerpflücken, und zwar mit Genuss, Sie selbstgefälliger Mistkerl."

„Ist hier alles in Ordnung?", fragte Nick, der sich in genau diesem Moment zu ihnen gesellte.

Cox' ganze Haltung wurde in Nicks Gegenwart sofort deutlich liebenswürdiger. Interessant. „Natürlich, Mr President. Ich unterhalte mich nur ganz freundlich mit Ihrer Gattin."

„Aus der Ferne hat es nicht besonders freundlich gewirkt. Genau deshalb bin ich gekommen, um zu sehen, was los ist."

Cox lächelte. „Überhaupt nichts, Sir. Wie Sie sich vorstellen können, sind wir in der Strafverfolgung Tätigen nach dem Mord an einem Bundesstaatsanwalt und den Schüssen auf einen hochrangigen FBI-Agenten alle sehr angespannt."

„Ja, das stimmt", bestätigte Sam mit einem vielsagenden Blick zu Cox. „Man sollte meinen, die Leute, die Informationen über diese Verbrechen haben – vor allem Kollegen –, würden mit uns kooperieren, aber leider tun sie das nicht unbedingt."

Wenn Blicke töten könnten, wäre sie nicht mehr am Leben.

Nach Nicks verärgerter Miene zu urteilen, hatte Sams nicht ganz so subtile Botschaft auch ihn erreicht.

„Es würde mir missfallen, Herr Minister, wenn Sie die Ermittlungen meiner Frau in irgendeiner Weise behindern oder versuchen würden, sie oder das MPD bei der Suche nach dem Mörder von Tom Forrester zu beeinflussen."

Die unverhohlene Drohung ließ Cox erbleichen.

Mr President würde später guten Sex bekommen.

Sam hakte sich bei Nick unter. „Ich habe genug von dieser Unterhaltung. Lass uns mit unseren Freunden reden."

„Nach dir, Liebes."

Als sie sich von Cox entfernten, flüsterte Sam: „Nachher wirst du den besten Sex deines Lebens haben."

„Wirklich?", fragte Nick lachend.

„Der Typ ist ein unerträglicher Vollidiot, und du hast dafür gesorgt, dass er die Hose gestrichen voll hat."

„Nach allem, was ich gesehen habe, hast du das vor meinem Dazukommen schon ganz allein hingekriegt."

„Ich liebe dich. So, so, so sehr."

„Warum hast du mir nicht gesagt, dass er dir Ärger macht?"

„Weil ich mich selbst darum kümmere."

„Werde ich in Zukunft ein Problem mit meinem Justizminister haben?"

„Da bin ich mir noch nicht sicher."

„Tu, was du tun musst, und nimm keine Rücksicht auf mich. Ich komme klar."

„Du bist der beste Ehemann, den ich je hatte."

Lachend erwiderte er: „Die Messlatte lag ziemlich niedrig."

„Aber du bist so hoch darübergesprungen, dass du quasi im Weltall bist."

Sam kehrte zu ihrem Team zurück und beugte sich vor, um leise mit Freddie und Gonzo zu sprechen. „Allston ist Cox' Neffe."

„Es wird ja immer seltsamer", brummte Gonzo.

„Offenbar hat er diese Verwandtschaft nicht transparent gemacht."

„Wir werden uns Allston morgen früh vornehmen."

„Gebt es an Carlucci weiter, damit sie schon heute Abend loslegen kann. Wo Rauch ist ..."

„Ist auch Feuer."

Tracy kam mit den Zwillingen herüber, die Sam und Nick Gute Nacht sagen wollten. Beide umarmten und küssten sie.

„Wir sehen uns morgen früh", erwiderte Nick.

„Seid lieb zu Celia", fügte Sam hinzu.

„Das sind wir immer", antwortete Aubrey.

„Wir haben euch lieb", verabschiedete sich Sam.

„Wir euch auch!"

Tracy begleitete die Zwillinge nach oben zu Celia, die mit ihnen zu Abend essen und sie ins Bett bringen würde.

Nick erhob sich, um einen Toast auf den kanadischen Premierminister und seine Frau auszubringen. „Herr Premierminister, Mrs Hutchinson, es ist uns eine Ehre, Sie im Weißen Haus willkommen zu heißen und heute Abend alles Kanadische zu feiern. Ich kann es kaum erwarten, die Poutine zu kosten. Sie soll fantastisch sein. Die Partnerschaft zwischen unseren Ländern hat eine lange Tradition und hat mehr Herausforderungen gemeistert, als ich in ein paar Minuten aufzählen könnte. Unser Bündnis hat zwei Weltkriege und viele andere Krisen überstanden. Unsere gegenseitige Unterstützung ist ungebrochen. Matthew, Samantha und ich freuen uns, Sie und Courtney im Weißen Haus bei uns zu haben und Sie unserer Freundschaft für die kommenden Jahre zu versichern. Bitte erheben Sie Ihre Gläser auf unsere Ehrengäste."

Während die Anwesenden applaudierten, erhob sich Matthew Hutchinson. „Ich danke Ihnen, Mr President, Mrs Cappuano, für den herzlichen Empfang, den Sie Courtney und mir bereitet haben. Wir haben unsere gemeinsame Zeit sehr genossen und freuen uns darauf, mit Ihnen beiden zusammenzuarbeiten, um die Interessen unserer nordamerikanischen Partnerschaft zu fördern. Wir laden Sie herzlich ein, uns bei nächster Gelegenheit zu besuchen." Er prostete ihnen zu.

Während des Abendessens sorgten einige der talentiertesten Musiker des Landes an Geige und Trompete sowie mit ihrem Gesang für die musikalische Untermalung. Sam konnte kaum glauben, dass sie sich mit ihnen in einem Raum befand, geschweige denn die Gastgeberin einer solchen Veranstaltung war.

Wenn ihr Vater hätte dabei sein können, dachte sie, wäre es perfekt gewesen. Er wäre von alldem überwältigt gewesen. Sie hoffte, dass er es irgendwie wusste und stolz darauf war, seine Tochter und seinen Schwiegersohn im Weißen Haus zu sehen, wo sie die führenden Politiker der Welt und das Who's who der US-amerikanischen Gesellschaft empfingen.

Sam war sich nicht sicher, was sie von der Poutine hielt, die aus Pommes frites mit Käsebruch und Bratensoße bestand, aber alle anderen an ihrem Tisch mit Familie und Freunden waren begeistert.

Courtney beugte sich vor, um Sam zuzuflüstern: „,Poutine' ist Québécois, ein frankokanadischer Slangausdruck für ,Sauerei.'"

Sam lachte über die treffende Beschreibung.

„Ehrlich gesagt", fügte Courtney hinzu, „mag ich Pommes lieber mit Essig."

„Ich auch!"

Es reihte sich ein Gang an den anderen, darunter einige der köstlichsten Gerichte, die Sam je gegessen hatte. Bei einigen musste sie die gedruckte Speisekarte zurate ziehen, um sie zu identifizieren, doch das meiste war ihr vertraut.

Zum Dessert gab es Kokosnusskuchen mit Erdbeeren, gefolgt von Champagner und kanadischer Schokolade in Form von Ahornblättern.

„Jetzt bin ich mehr als satt", erklärte Tracy.

„Das war unglaublich", schwärmte Mike.

„Ich hatte zwar nichts damit zu tun", antwortete Sam, „aber ich freue mich, dass es dir geschmeckt hat."

„Und dabei dachten wir schon, du hättest das ganze Essen selbst geplant und gekocht", meinte Scotty.

Die anderen brachen in schallendes Gelächter aus.

„Sehr witzig. Wenn es nach mir gegangen wäre, hätte es Pizza und Pommes für alle gegeben." Sie griff unter dem Tisch nach Nicks Hand. „Irgendwie vollbringt das großartige Team im Weißen Haus jeden Tag Wunder, besonders zu Gelegenheiten wie dieser."

„Wie ich gehört habe, konnten unsere Gastgeber kürzlich ihren zweiten Hochzeitstag feiern", verkündete Jon Bon Jovi von der Bühne aus. „Es war mir eine Ehre, auf ihrer Hochzeit zu spielen, und wenn ich sie auf die Tanzfläche bitten darf, hätte ich eine Rückblende auf diesen Tag für Sie."

Nick erhob sich und reichte Sam die Hand. „Wollen wir, Liebste?"

„Ja, wir wollen, Mr President."

Tracy fächelte sich Luft zu. „Ich falle gleich in Ohnmacht."

Nick führte Sam unter dem Applaus der Anwesenden auf die Tanzfläche.

Nachdem Demonstranten sie erst kürzlich mit Tomaten beworfen hatten, war es schön, zur Abwechslung von einer freundlichen Menge umgeben zu sein.

Sam würde sich nie daran gewöhnen, im Mittelpunkt zu

stehen, also konzentrierte sie sich lieber auf ihren umwerfend attraktiven Gatten und die Gelegenheit, mit ihm zur Musik ihres Lieblingskünstlers zu tanzen.

Die ersten Töne von „Make a Memory" versetzten sie in einige besondere Momente zurück, unter anderem in die Nacht, in der er nach Hause gekommen war und sie mit „Der amerikanische Kongress für Dummies" in der Hand vorgefunden hatte, weil sie sein Amt als Senator hatte verstehen wollen. An jenem Abend hatte sie das Lied ganz laut aufgedreht gehabt. Es erinnerte sie auch an ihre glanzvolle Hochzeit und an all die wunderbaren Tage, die seitdem vergangen waren.

„Du und ich, Kleines", flüsterte Nick ihr ins Ohr. „Für immer und ewig."

Bei seinen leisen Worten bekam sie eine Gänsehaut. Für ihn jonglierte sie zwei Vollzeitjobs und versuchte, eine halbwegs anständige Mutter zu sein. Er war den ganzen Stress und Ärger wert.

„Der beste Teil meines Tages, ohne Zweifel", sagte er.

„Für mich auch, Liebster."

In seinem Arm zu liegen, selbst wenn Hunderte von Menschen zusahen, war das Beste überhaupt.

Jon lud die Hutchinsons für die zweite Hälfte des Liedes auf die Tanzfläche ein.

„Bin ich die Einzige, der das Wasser im Mund zusammenläuft?", fragte Courtney Sam und starrte Jon an.

„Hände weg. Er gehört mir."

„Das ist kein Scherz", warnte Nick.

Alle lachten, während sie sich zu den letzten Tönen von „Make a Memory" wiegten.

Dann spielte Jon ein Up-Tempo-Set, bei dem es niemanden mehr auf den Stühlen hielt.

Sam und Nick posierten für Fotos mit den meisten ihrer Gäste. Zum Glück kannte Nick so gut wie jeden und übernahm den Großteil des Small Talks für sie beide. Nach dem langen, anstrengenden Tag ging Sam langsam die Puste aus, und sie sehnte sich nach ihrem Bett – und nach etwas Zeit allein mit ihrem Mann.

Nach dem Abendessen hatte sich Scotty verabschiedet und auf sein Zimmer zurückgezogen, da er am nächsten Tag Schule hatte.

Nick nahm, wie es seine Art war, Rücksicht auf ihre Erschöpfung und sorgte für ein reibungsloses Entkommen, das ein paar Minuten mit den Hutchinsons einschloss. Danach schlüpften sie zur Tür hinaus, ohne viel Aufmerksamkeit bei den Gästen zu erregen, die nun zur Musik einer Jazzband tanzten.

„Wie lange geht die Party wohl noch weiter?"

„Wahrscheinlich bis nach zwei."

„Meine Güte. Gott sei Dank müssen wir nicht so lange bleiben."

„Ich hatte das Gefühl, es reicht dir."

„Es war ein langer Tag."

„In der Tat."

Er führte sie die Treppe hinauf in die Residenz, wo sie nach den schlafenden Kindern und dem Hund schauten, bevor sie sich in ihre Suite begaben.

„Jetzt bin ich wirklich mehr als bereit, diese hohen Hacken abzustreifen und es mir bequem zu machen."

„Bevor du das tust …" Er trat hinter sie und strich ihr über die Hüften, während er ihren Nacken küsste. „Du hast heute Abend unglaublich schön ausgesehen."

„Danke. Ich liebe dieses Kleid, seit Marcus mir das erste Mal eine Skizze davon gezeigt hat."

„Bitte übermittle ihm meine Anerkennung für seine gute Arbeit."

„Das werde ich." Sie standen lange so da, sie in seinen Armen, sein Kinn auf ihrer Schulter. „Es scheint alles gut gelaufen zu sein, oder?"

„Es war in jeder Hinsicht ein Erfolg. Die Mitarbeiter des Weißen Hauses und unsere Teams haben eine großartige Leistung abgeliefert, und das werde ich ihnen morgen auch noch mal persönlich mitteilen."

„Das wird sie freuen."

„Es ist kaum zu glauben, was hier jeden Tag passiert. Mit dem meisten haben wir direkt nichts zu tun, doch alle wissen genau, was nötig ist und wie sie es hinkriegen, ohne in Hektik zu verfallen."

„Gott sei Dank gibt es all die brillanten Menschen, die das bewerkstelligen."

Er küsste ihren Hals und jagte ihr damit einen Schauer über die Haut. „Gott sei Dank gibt es außerdem meine First Lady, die einen anstrengenden Arbeitstag abkürzen musste, um für Tee und leichte Abendunterhaltung nach Hause zu kommen, obwohl sie sicherlich Wichtigeres zu tun hat."

Sie trat einen Schritt vor, um sich zu ihm umdrehen zu können, und schlang ihm die Arme um den Hals. „Nichts auf dieser Welt ist mir wichtiger als du, unsere Familie und was immer ihr von mir braucht."

„Herauszufinden, wer Tom getötet hat, und ihn seiner gerechten Strafe zuzuführen ist wichtiger als ein albernes Staatsbankett."

„Nein, nicht wirklich. Sosehr ich den Täter auch dingfest machen will – und wir werden ihn am Ende kriegen –, heute ging es um dich und das, was du brauchst."

„Ich bin dir jeden Tag sehr dankbar, aber besonders an Tagen wie diesem, wenn du deine eigene wichtige Arbeit zurückstellst, um mich zu unterstützen."

„Gern geschehen. Ich liebe dich. Es gibt nichts, was ich nicht für dich tun würde, und ich hoffe, ich habe das bewiesen, indem ich mich als *deine* First Lady bezeichnen lasse."

Sein Lächeln erhellte sein Gesicht und ließ ihre Welt strahlen. „Das Konzept könnte ein Update vertragen."

„Meinst du?"

Er fand den Reißverschluss ihres Kleides und öffnete ihn. „Hast du Lust auf einen Abstecher unters Dach?" Mit hochgezogenen Augenbrauen fügte er hinzu: „Du hast vorhin etwas von gutem Sex gesagt – nicht dass nicht jeder Sex mit dir gut wäre."

Sie lachte. „Ich freue mich schon den ganzen Abend darauf."

Sams Handy klingelte auf dem Nachttisch, wo sie es vorhin ans Ladekabel gesteckt hatte. Sie stöhnte. „Da muss ich ran."

Nick holte das Telefon und reichte es ihr.

Sam nahm einen Anruf von Carlucci entgegen. „Was gibt's?"

„Tut mir leid, dass ich an deinem großen Abend störe."

„Kein Problem. Wir haben uns schon zurückgezogen."

„Ah, gut. Ich hoffe, es ist alles glattgelaufen."

„Jap."

„Ich rufe an, weil Gonzo mich darüber informiert hat, dass Henry Allston der Neffe von Cox ist und bei diesem und seiner ersten Frau aufgewachsen ist. Daraufhin habe ich etwas recherchiert, und es ist wirklich seltsam. Es gibt im Internet keinerlei Informationen über ihn. Keine Highschool- oder College-Abschlüsse, keine Social-Media-Accounts, nichts. Ich denke, ich sollte einen Durchsuchungsbefehl für seine Telefondaten beantragen, doch ich wollte das erst mit dir abklären."

„Mach nur. Ich habe das Gefühl, da ist etwas faul."

„Ich auch. Gonzo sagt, der Typ ist Mitte dreißig?"

„Vielleicht eher Anfang dreißig."

„Und über ihn gibt es rein gar nichts online? Das ist merkwürdig."

„Ja."

„Ich schreibe dir eine SMS, wenn sich etwas tut."

„Danke dir."

Sam nahm das Handy mit ins Bad, wo Nick nackt bis auf die Boxerbriefs am Waschbecken stand und sich die Zähne putzte.

„Gott sei Dank kann dich der Rest der Welt nicht so sehen, sonst würden die Frauen für ein heißes Date mit dem Präsidenten der Vereinigten Staaten vor dem Weißen Haus Schlange stehen."

„Als ob der Präsident der Vereinigten Staaten für so einen Unsinn zu haben wäre. Er interessiert sich nur für eine Frau."

„Diese Frau muss sehr glücklich sein."

„Und sie wird gleich noch viel glücklicher sein, wenn sie sich beeilt."

„Sie beeilt sich!"

Sam betrat ihren begehbaren Kleiderschrank, streifte sich das Kleid und alles darunter ab und zog Nachthemd und Bademantel an, den sie fest um ihre Taille band. Im Bad entfernte sie ihr Make-up, wusch sich das Gesicht und putzte sich die Zähne.

Sie fand Nick im Wohnzimmer, ebenfalls im Bademantel.

„Fertig?“

Sam nahm das Babyfon für die Zwillinge von Nicks Nachttisch. „Ja.“

Hand in Hand begaben sie sich in das Zimmer im dritten Obergeschoss, in dem er ihr von ihren Reisen nach Bora Bora inspiriertes Strandidyll aus ihrem Haus in der Ninth Street nachgebaut hatte.

Er zündete die Kerzen an, während sie sich auf den Rand der Doppelliege setzte.

„Es ist viel zu lange her, dass wir hier oben waren. Die Tage rauschen einfach so vorbei.“

Nick setzte sich neben sie. „Stimmt. Mir war noch nie so bewusst, wie schnell die Zeit vergeht, wie jetzt, seit wir hier leben.“

„Ich finde es gut, dass sie schnell vorbeigeht.“

„Das ist sogar sehr gut. Ich freue mich schon darauf, wieder ein Privatmensch zu sein.“

„Nick, das wirst du nie wieder sein. Keiner von uns beiden wird das je wieder sein.“

„Nun, es wird zumindest viel privater sein als jetzt.“

Er schlang einen Arm um sie und legte den Kopf an ihren. „Heute war ein guter Tag für die Regierung Cappuano. Die Bilder wird man auf der ganzen Welt sehen, und das wird der Sache mit der Unrechtmäßigkeit meiner Amtsübernahme entgegenwirken.“

„Das ist doch ohnehin totaler Quatsch.“

„Ich weiß. Trotzdem hat die Schießerei in Fort Liberty wehgetan. Dass ein Soldat meinetwegen seine Kameraden erschossen hat …“

„Es war *seinetwegen*, nicht deinetwegen. Sag mir, dass du das weißt.“

„Ich schon … Aber genug davon. Jetzt haben wir endlich Zeit für uns.“

Sam warf ihm einen Seitenblick zu. „Oh, was sollen wir nur tun?“

Lächelnd küsste er sie, während sie sich auf die Liege sinken ließen, Arme und Beine ineinander verschränkt, wobei der Kuss schnell dringlicher wurde.

„Der Urlaub scheint schon lange her zu sein", flüsterte er, während er ihren Hals küsste und am Bindegürtel ihres Bademantels zog.

„Ewig lang."

Da es spät war und sie beide müde waren, half er ihr auf und aus Bademantel und Nachthemd.

Er streifte sich ebenfalls den Bademantel ab, zog seine Boxerbriefs aus und kam zu ihr, voll erregt und bereit für sie.

Sam streckte die Arme nach ihm aus, als er sich auf sie legte. „Der absolut beste Teil meines Tages."

„Das empfinde ich genauso."

„Wobei mit dir zu tanzen und die Kinder in ihren eleganten Klamotten zu sehen auch ziemlich toll war."

„Auf jeden Fall. Sie sind so süß."

„Es hat Spaß gemacht, zu beobachten, wie mühelos Scotty die Gäste für sich eingenommen hat."

„Er wird mal ein guter Politiker."

Nick stöhnte auf. „Nicht wenn ich es verhindern kann."

„Hör auf. Er will so werden wie du, wenn er mal groß ist."

„Genug davon und mehr hiervon." Er küsste sie, während er mit der Hand ihre Brust umschloss und mit dem Daumen über die Spitze strich.

Ein Schauer durchlief sie.

„Das hat mir gefehlt, seit wir vom Strand zurück sind", sagte er.

„Mir auch. Seit wir zurück sind, hab ich mir schon eine Million Mal gewünscht, dass wir wieder dort wären."

„So oft, ja?"

Sam schloss eine Hand um seine Erektion. „Möglicherweise auch zwei Millionen Mal."

Er keuchte auf, als sie ihn streichelte. „Samantha …"

„Ja?"

„Wenn du so weitermachst, wird es schnell vorbei sein."

„Kommt nicht infrage." Sie schob ihn mit einer Hand auf

seiner Brust von sich und setzte sich vorsichtig auf ihn, was ihn überrumpelte.

„Nette Aktion."

Sam war erleichtert, dass sie es geschafft hatte, ohne dass ihr die Hüfte wehtat. „Hat es dir gefallen?"

„Ich mag all deine Aktionen. Was hast du noch so drauf?"

„Wie wär's damit?" Sie ließ sich langsam auf ihn sinken und genoss es, wie seine herrlichen haselnussbraunen Augen vor Verlangen aufstrahlten.

Kein anderer Mann hatte sie je so empfinden lassen wie er, und das gab ihr das Vertrauen, die Führung zu übernehmen, sich auf sein Vergnügen zu konzentrieren und nicht auf ihr eigenes.

„Die heißeste Ehefrau von allen."

„Ach, nein."

„Definitiv. Konkurrenzlos."

Sie lächelte, während sie das Becken kreisen ließ, was ihm ein tiefes Stöhnen entlockte.

Seine Finger gruben sich in ihre Hüften. „Lass uns uns umdrehen, damit du auch kommen kannst."

„Ich finde es gut so."

„Sam …"

„Sei still, und genieß es einfach. Was du zu Cox gesagt hast, könnte als der sexyeste Moment deines ganzen sexy Lebens in die Geschichte eingehen."

„Das hat dir gefallen, hm?"

„Sehr sogar. Du hast ihm richtig Angst eingejagt. Es war großartig."

„Für dich tu ich alles."

„Das gilt umgekehrt genauso." Sie wollte ihm etwas geben, was nur sie ihm schenken konnte – ein paar Minuten, in denen er allein an sein Vergnügen dachte.

Er verfolgte jede ihrer Bewegungen, als wollte er nichts verpassen. Sie hoffte, dass er sich an genau diesen Moment erinnern würde, wenn seine Verantwortung das nächste Mal zu schwer auf ihm lastete.

Ihre eigenen Sorgen schienen weit weg zu sein, während sie ihn bis zum Höhepunkt ritt.

Er zog sie an sich. „Es ist nicht fair, dass bloß einer von uns gekommen ist."

„Ich habe alles, was ich wollte, und noch mehr."

„Mir ist zwar nicht bewusst, was ich getan habe, um so viel Glück zu verdienen, aber ich habe die beste Ehefrau aller Zeiten."

„Du liebst mich, wie niemand sonst es je getan hat. Mehr war nicht nötig."

Er streichelte sie, während er sie in seinen Armen hielt. „Das ist das Einfachste, was ich je getan habe."

KAPITEL 22

Sie waren wieder unten im Bett, als ein Wimmern über das Babyfon Sam gegen zwei Uhr morgens aus dem Tiefschlaf riss. Sie stand auf, zog ihren Bademantel über und sah nach den Zwillingen. Glücklicherweise kam es nur noch selten vor, dass einer der beiden in der Nacht aufwachte.

Aubrey saß im Bett und weinte.

Sam hob sie hoch und ging mit ihr aus dem Zimmer, um Alden nicht zu stören, der ruhig auf der anderen Seite des gemeinsamen Bettes schlummerte.

Sie trug das kleine Mädchen ins Wohnzimmer, wo ein Nachtlicht einen warmen Schein verbreitete. „Alles ist gut, mein Schatz. Ich bin ja da."

Schluchzer erschütterten den Körper der Kleinen. Es brach Sam das Herz.

„Möchtest du darüber reden?"

Aubrey schüttelte energisch den Kopf.

Sam hatte gelernt, dass das Beste, was sie in solchen Augenblicken tun konnte, war, da zu sein und den Zwillingen die Führung zu überlassen, während sie den Verlust ihrer geliebten Eltern betrauerten. Das geschah inzwischen deutlich seltener als am Anfang, aber die Trauer war nie wirklich weg. Sam verspürte tiefes Mitleid mit dem kleinen Mädchen, das durch eine sinnlose Gewalttat so viel verloren hatte. Auch wenn

Sam immer dafür dankbar sein würde, Aubrey und Alden in ihrem Leben zu haben, hätte sie alles gegeben, um ihnen den Schmerz zu ersparen.

„Möchtest du einen Schluck Wasser?"

„Ja, bitte."

Sam nahm sie mit, als sie aufstand, um Wasser und ein paar der Tierkekse zu holen, die Aubrey so liebte.

Die Kleine trank zaghaft einen Schluck Wasser und biss in einen Keks, während Sam ihr mit der Hand über die blonden Locken strich. „Fühlst du dich jetzt besser, Süße?"

Aubrey nickte. „Ich hab von Mommy geträumt."

„Ach, Schatz."

„Ich war ganz traurig, als ich aufgewacht bin."

„Das kann ich mir vorstellen."

„Sie fehlt mir."

„Ich weiß. Und es tut mir so leid."

Aubrey legte den Kopf an Sams Brust, während sie an ihrem Tierkeks knabberte. Sam fand die Vorstellung unerträglich, dass sie und Alden in ihrem zarten Alter schon einen solchen Verlust erlitten hatten. Sie waren viel zu jung, um es wirklich zu verstehen, doch hoffentlich wussten sie, wie sehr ihre neue Familie sie liebte.

Sie musste eingenickt sein, denn irgendwann später wachte sie auf, und Aubrey schlief in ihren Armen. Vorsichtig stand sie auf und brachte die Kleine in ihr eigenes Bett, damit sie nicht noch mal aufstehen musste, falls sie in der Nacht wieder aufwachte.

„Was ist los?", flüsterte Nick, als sie ins Bett kam und Aubrey zwischen sie legte.

„Ein Traum von Mommy."

„O nein. Ist alles gut?"

„Wird schon wieder."

„Wie steht es um dich?"

„Es tut mir so leid für sie."

„Ruh dich etwas aus. Ich kümmere mich um sie, falls sie wieder aufwacht."

Sam nahm die Hand des Kindes und hielt sie fest, während sie die Augen schloss und zu schlafen versuchte.

Das Klingeln des Weckers riss sie um sechs Uhr unsanft aus ihren Träumen.

Sam war eigentlich noch gar nicht wach, als sie nach ihrem Handy griff, um zu sehen, ob es etwas Neues von Carlucci gab.

Ich hab die ganze Nacht alles durchkämmt und nichts gefunden, nicht mal eine Kreditkarte oder eine Kreditwürdigkeitsabfrage. Auch keine Adresse. Ich wollte einen Durchsuchungsbeschluss für sein Handy beantragen, konnte aber weder die Nummer noch den Netzbetreiber oder irgendetwas anderes ermitteln, das mir weiterhelfen würde. Der Typ ist digital komplett abgetaucht. Ich habe ein wenig über Cox recherchiert und herausgefunden, dass er eine chaotische Scheidung von seiner ersten Ehefrau hinter sich hat. Seine jetzige Frau Bianca verbringt den Winter in Palm Beach und ist dort der Star unter den Polospielern. Ihr Vater züchtet hochklassige Poloponys, und ihr Bruder ist einer der besten Polospieler der Welt. Sie und Cox sind seit zwanzig Jahren verheiratet, für beide ist es die zweite Ehe, und sie haben keine Kinder. Falls er sie in Palm Beach besucht, lassen sich dazu keine Aufzeichnungen finden. Er ist auch auf keinem der Gruppenfotos abgebildet, die ich dir per E-Mail geschickt habe.

Vielen Dank für deine Gründlichkeit. Ich schau mir nachher alles an.

Sam kopierte den Text und leitete ihn an Gonzo und Freddie weiter. *Mögliche Ermittlungsansätze von Carlucci.*

Aubrey rührte sich nicht, als Sam aus dem Bett stieg und ihre Beinmuskeln dehnte, die vom stundenlangen Tragen von Stöckelschuhen und wahrscheinlich auch vom Tanzen schmerzten. Es war schon eine Weile her, dass sie sich so richtig ausgetobt hatte, und heute würde sie dafür bezahlen. Zum Glück wirkte die Kortisonspritze noch, und die Hüfte bereitete ihr keine Probleme. Im Bad löste sie den Verband von ihrer Hand und hielt die aufgeschürfte Handfläche unter kaltes Wasser, was brannte. Nach dem Duschen trug sie die antibiotische Salbe auf, die Harry ihr gegeben hatte, und legte einen neuen Verband an. Ihr Handgelenk war noch immer steif, doch es ließ sich schon etwas besser bewegen als am Vortag.

Sie fühlte sich, als watete sie durch Treibsand oder etwas ähnlich Dichtes, während sie Kaffee kochte und versuchte, so zu tun, als wäre sie wach.

Nick kam in die Küche, als sie sich Kaffee in einen Thermobecher für unterwegs füllte. „Wie fühlst du dich?"

„Kaputt."

Er legte den Arm um sie. „Du hast dir die halbe Nacht für die Familie um die Ohren geschlagen."

„Das hab ich gern getan. Ich möchte immer für die Kinder da sein, wenn sie mich brauchen."

„Ich werde vor der Schule noch mal nach Aubrey sehen."

„Celia reist heute Nachmittag ab, und dafür hilft dann meine Mutter aus. Wenn es also ein Problem gibt, sag es ihr."

„Okay. Keine Sorge. Sie kommt schon klar."

Er gab ihr einen Abschiedskuss und ließ sie mit einem Proteinriegel und ihrem Thermobecher mit Kaffee ziehen. „Sei vorsichtig da draußen. Ich liebe meine Frau mehr als alles andere auf der Welt."

„Das bin ich immer. Es gibt viel, wofür es sich zu leben lohnt. Schönen Tag an der Spitze der freien Welt."

Sie war auf dem Weg zur Treppe, als Scotty aus seinem Zimmer schlurfte, brummig und missmutig wie jeden Morgen. Skippy folgte ihm mit ihrer üblichen morgendlichen Energie. Wenn Scotty diesen Hund nicht so sehr lieben würde, wäre er genervt anstatt amüsiert.

„Warum musste ich mir ausgerechnet einen Morgenhund zulegen?"

Sam küsste ihren Adoptivsohn auf die Stirn. „Sie hält dich auf Trab."

Er und Skippy begleiteten sie die Treppe hinunter, weil Scotty mit der Hündin Gassi gehen wollte.

„Hab einen schönen Tag. Ich hab dich lieb."

„Ich dich auch."

Als sie ihre Jacke schloss, fiel Sam ein, dass sie ihm mit auf den Weg hätte geben sollen, sich warm genug anzuziehen, aber das wäre vermutlich ohnehin sinnlos gewesen. Tracy hatte ihr erzählt, dass Teenager oft Jacken und Schuhe verschmähten, doch das sei ein Kampf, den auszufechten sich im Rahmen der Auseinandersetzungen, die man mit Kindern in diesem Alter führe, nicht lohne.

Vernon wartete schon auf sie und öffnete die Hintertür des beheizten SUV.

„Guten Morgen."

Sie nahm auf dem Rücksitz Platz und war dankbar für die Wärme und dafür, dass sie zur Arbeit chauffiert wurde. „Morgen."

„Hat sich Aschenputtels Kutsche in einen Kürbis verwandelt?"

Sam lachte. „So in der Art. Zu viel Party und zu wenig Schlaf machen Aschenputtel unleidlich."

„Sie und der Präsident waren gestern Abend sagenhaft. Wir waren sehr stolz."

„Danke. Das freut mich zu hören. Es scheint gut gelaufen zu sein."

„Sehr gut sogar." Jimmy hielt ihr den *Washington Star* hin. „Die Berichterstattung ist sehr enthusiastisch."

„Echt?"

„Aber ja."

Sam überflog die Schlagzeilen und Fotos vom Staatsbankett. „Wir haben ziemlich gut ausgesehen."

„Sehr gut sogar", bestätigte Vernon. „Die ganze Welt schwärmt von dem eleganten Präsidentenpaar."

„Wie ist der Tee gelaufen?", fragte Jimmy.

„Es war sehr lustig. Sie hat um Wein gebeten, weil sie auch keinen Tee mag."

„Das gefällt mir", erwiderte Jimmy amüsiert.

„Gibt es etwas Neues von Agent Hill?", erkundigte sich Vernon.

„Ich habe heute noch nicht mit Shelby telefoniert. Ich schick ihr rasch eine SMS, dann weiß ich mehr."

Shelby antwortete ein paar Minuten später: *Er hatte eine gute Nacht, und wir zum Glück auch. Sogar ich konnte etwas schlafen, sodass ich mich jetzt wieder um alles kümmern kann. Ich habe gehört, der Abend gestern war ein großer Erfolg – nicht dass es daran jemals*

Zweifel gegeben hätte.

Freut mich zu hören, dass alles gut ist. Dank dir und dem unglaublichen Team vor Ort war das Bankett ein Riesenerfolg. Es war fantastisch!

War mir ein Vergnügen, das alles auf die Beine zu stellen. Hat viel Spaß gemacht. Ich kann immer noch nicht glauben, dass ich für den Präsidenten und seine Frau arbeite. Zwick mich!

Ich würde dich später lieber umarmen.

Das machen wir! Ich bin stolz auf meine Freunde.

Es beruhigt mich ungeheuer, dass es Avery besser geht.

Mich auch. Lass mich wissen, wie es mit den Ermittlungen läuft.

Werde ich.

„Avery hatte eine ruhige Nacht, und Shelby auch. Sie konnte etwas schlafen."

„Das ist immer gut."

Sie schickte Celia eine SMS, in der sie ihr viel Spaß mit ihren Schwestern auf der Kreuzfahrt nach Alaska wünschte.

Celia schrieb eine Minute später: *Danke! Ihr werdet mir fehlen.*

Du uns auch. Hab dich lieb.

Ich dich auch!

Als Nächstes schickte sie SMS an Terry, Derek, Shelby, Lilia und Gideon Lawson, den leitenden Usher, in denen sie ihnen zu ihrer guten Arbeit beim Staatsbankett gratulierte. *Nick und ich waren überwältigt. Bitte leiten Sie unseren Dank und unsere Anerkennung an alle weiter, die dazu beigetragen haben, einen so wundervollen Abend zu organisieren.*

Sams Handy klingelte. Es war Gonzo. „Hey, ich bin fast da."

„Wir haben die Ergebnisse der Ballistik. Die Waffe, aus der man auf Avery geschossen hat, ist die Mordwaffe im Fall Tom Forrester."

Sam lehnte sich in ihrem Sitz zurück, als die Information sie wie ein Schlag in den Magen traf. Die Ermittlungen hatten gerade eine völlig neue Wendung genommen.

~

„Alle in den Konferenzraum." Sam schloss ihr Büro auf und ließ ihre Jacke auf einen der Stühle fallen. Sie schnappte sich den Thermobecher mit Kaffee, ihr Notizbuch und einen Stift, bevor sie ihrem Team nach nebenan folgte und die Tür hinter sich schloss.

Ehe sie ein Wort sagen konnte, kamen Captain Malone und Chief Farnsworth herein.

„Guten Morgen", begrüßte Sam sie.

„Morgen."

Sie setzten sich.

Sam wandte sich an Gonzo. „Erzähl."

„Die Ballistik hat festgestellt, dass die Kugel, die Tom getötet hat, und die, die die Ärzte aus Avery geholt haben, aus derselben Waffe stammen. Beide wiesen an der gleichen Stelle eine charakteristische Rille auf. Sie stammen aus einer Neun-Millimeter-Glock."

„Was bedeutet das für die Ermittlungen?", fragte Freddie.

„Es verändert das ganze Bild", erklärte Sam, „und bringt uns zu der Frage, wer sowohl Tom als auch Avery töten wollte."

„Sowie zu der Frage, wer der Nächste sein könnte", ergänzte Malone.

„Das auch."

„Ich sage es ungern, aber wir werden die Hilfe des FBI benötigen", brummte Sam.

„Das fürchte ich auch", pflichtete ihr Farnsworth bei. „Wir müssen wissen, mit welchen Fällen Tom und Avery beide zu tun hatten. Und wir brauchen Informationen darüber, welche Richter und welches sonstige Personal noch daran beteiligt waren, damit wir sie warnen können."

„Wenn die beiden nicht schon eingesperrt wären, würde ich mir das Paar, das bei Avery und Shelby eingebrochen ist, mal genauer ansehen", meinte Sam.

„Es könnte sich trotzdem lohnen, mit ihnen zu reden", warf Cameron ein.

„Wo sind sie?"

Freddie ging zum Computer. „Jessup. Da er Wiederholungstäter ist und gegen die Bewährungsauflagen verstoßen hat, hat der Richter ihm die Kaution verweigert. Seine Ehefrau, eine Ersttäterin, war offenbar nicht in der Lage, das Geld für ihre aufzubringen. Ich werde beantragen, dass man sie aus dem Frauengefängnis herüberbringt."

Sam hatte keine große Lust, nach Jessup zu fahren, doch wenn es sein musste, dann war das eben so. „Freddie und ich fangen in Jessup an. Ihr anderen trefft euch mit Averys Stellvertreter George Terrell und Faith Miller, um die Fälle abzugleichen, an denen sie beide gearbeitet haben. Ich möchte, dass jeder, der mit diesen Fällen zu tun hatte, so schnell wie möglich erfährt, dass die beiden Delikte miteinander in Verbindung stehen."

„Was machen wir mit den Nachforschungen, die wir in Toms Fall begonnen haben?", fragte Gonzo. „Carlucci hat mich über das Problem mit dem Durchsuchungsbeschluss für Henry Allstons Handy informiert. Ehe sie heute Morgen ihre Schicht beendet hat, hat Dani im Büro des Justizministers angerufen und Allston unter dem Vorwand um seine Handynummer gebeten, dass sie sie für die Akte benötige. Er hat sie ihr gegeben, und sie hat den Durchsuchungsbeschluss beantragt. Er ist vor zehn Minuten eingetroffen."

Sam überlegte einen Augenblick. „Dann fordern wir seine Handydaten an." Sie unterrichtete die anderen über ihre Auseinandersetzung mit Cox am Vorabend. „Irgendwas stimmt da nicht. Ich will wissen, was. Außerdem will ich wissen, wohin dieser Golflehrer verschwunden ist."

„Ich setze Lucas und Coheeny darauf an", sagte Gonzo. „Harper ist heute wegen einem seiner aktuellen Fälle bei Gericht."

Die Erwähnung des Gerichts erinnerte Sam an die Anhörung in Spencers Fall am Donnerstag. Sie musste Angela fragen, ob sie vorhatte, daran teilzunehmen. Sam würde auf jeden Fall dort sein.

„Bevor Sie gehen, möchte ich Sie über den aktuellen Stand der Dinge in Stahls Haus informieren", ergriff Farnsworth das Wort. „Bis heute Morgen haben wir vierzehn Leichen aus dem Garten geborgen und vier aus einer Zelle hinter einer

Betonwand. Haggertys Team hält es für möglich, dass die Opfer noch am Leben waren, als man sie in diesem Raum eingesperrt hat."

Sam wurde schlecht bei dem Gedanken an die Qualen, die sie vor ihrem Tod erlitten haben mussten.

„Was ist mit der Lagereinheit?", fragte Gonzo.

„Da stecken wir in einer Sackgasse", antwortete O'Brien. „Als der neue Eigentümer die Einrichtung übernommen hat, war Stahl mehrere Monate lang mit den Zahlungen im Rückstand. Als er Stahl nicht ausfindig machen konnte – weil der im Gefängnis war –, hat der neue Eigentümer die Lagereinheit räumen lassen. Das war schon vor Monaten. Was auch immer da drin war, ist längst verschwunden."

„Verdammt", fluchte Gonzo.

„Genau mein Gedanke", pflichtete ihm O'Brien bei. „Wir haben recherchiert, was nötig wäre, um den Inhalt auf der Deponie aufzuspüren. Ich habe ein paar Anrufe getätigt und erfahren, dass inzwischen ein Berg von Abfall darüberliegt und es fast unmöglich wäre, etwas zu finden."

„Trotzdem gute Arbeit, Detective", warf Malone ein.

„Ich wünschte nur, ich hätte bessere Neuigkeiten."

Während sie über den Lagerraum sprachen, konnte Sam nicht aufhören, an das Grab zu denken, das Stahl in seinem Haus des Schreckens errichtet hatte. Ihr wurde kalt, als sie sich daran erinnerte, wie er sie in Klingendraht gewickelt und ihr damit gedroht hatte, sie bei lebendigem Leib in Brand zu setzen.

„Sam."

Freddies Stimme drang durch die Benommenheit zu ihr durch.

„Ja?"

„Alles klar bei dir?"

„Ja." Sie atmete tief durch und merkte, dass ihre Hände zitterten.

„Holen Sie ihr etwas Wasser", ordnete Malone an.

Freddie eilte aus dem Besprechungsraum.

Malone setzte sich neben sie.

„Es geht mir gut."

„Tut es nicht, und das ist verständlich."

„Wir hätten diese Details nicht nennen sollen, solange Sie im Raum waren", erklärte Farnsworth bedauernd.

„Ich möchte keine Sonderbehandlung. Das wissen Sie doch."

Malone beugte sich vor. „In diesem Fall wäre das aber angemessen."

„Wir werden Ihnen die Einzelheiten in Zukunft vorenthalten", beschloss Farnsworth.

„Das ist wirklich nicht nötig."

Der Chief warf ihr einen vielsagenden Blick zu. „Das war kein Vorschlag."

„Jawohl, Sir."

„Wenn es Sie beruhigt, die Sache macht mich auch krank." Der Chief schüttelte den Kopf. „Es ist Zeit, den Angehörigen und der Öffentlichkeit Einzelheiten mitzuteilen. Wie soll ich da rausgehen und den Leuten erzählen, was einer unserer ehemaligen Kollegen getan hat? Achtzehn Menschen. Bis jetzt …"

„Es ist unbegreiflich, dass er das getan hat, während er Polizist war."

„Der Job hat ihn in diesem Fall geschützt", meinte Malone.

„Das stimmt wahrscheinlich." Sie erbebte. „Der Gedanke, dass er diese Menschen lebendig eingemauert hat …"

„Das ist der Stoff, aus dem Albträume sind", bestätigte der Polizeichef. „Genauso wie die Anhörung heute Nachmittag, bei der die Aufhebung des Urteils gegen Eric Davies verhandelt wird, den Stahl wegen Vergewaltigung hinter Gitter gebracht hat."

„Sechzehn Jahre Gefängnis", ergänzte Malone. „Und das alles nur, weil Davies sich darüber beschwert hat, wie Stahl ihn bei einer Verkehrskontrolle behandelt hat, als der auf Streife war."

„Wie wird sich das alles auswirken?", fragte Sam.

„Wir verfassen mit der Abteilung für Öffentlichkeitsarbeit zusammen eine Erklärung, die unseren Schock und unsere Abscheu darüber zum Ausdruck bringt, dass ein Kollege, dem wir vertraut haben, uns auf diese Weise verraten haben könnte."

„Das ist eine gute Idee", erwiderte Sam.

Freddie kam mit einer Flasche kaltem Wasser zurück.

Sie nahm sie mit einem dankbaren Lächeln entgegen.

„Alles in Ordnung?"

„Ja. Keine Sorge." Sie trank ein paar Schlucke, vergewisserte sich, dass sie sich wieder im Griff hatte, und stand dann auf. „Fahren wir nach Jessup. Ich will nicht noch einen Tag verlieren." Zu Gonzo gewandt fügte sie hinzu: „Ich melde mich, wenn es was Neues gibt."

„In der Zwischenzeit reden wir mit George und Faith."

„Klingt gut."

„Noch etwas, bevor du gehst … Der Golflehrer. Wir haben ihn durchs National Crime Information Center laufen lassen, und es hat sich herausgestellt, dass sein richtiger Name Tristan Walsh ist. Er hatte das O' hinzugefügt, um den Job im Country Club zu bekommen. Als Tristan Walsh wird er in mehreren Bezirken in der Gegend wegen Einbruchs und Diebstahls gesucht."

„Wow."

„Ich habe die zuständigen Dienststellen über unsere Ermittlungsergebnisse ins Bild gesetzt, und sie übernehmen die weiteren Recherchen."

„Ausgezeichnete Arbeit. Danke sehr."

Ein paar Minuten später verließen sie und Freddie das Hauptquartier, und Vernon fuhr sie zum GW, damit sie Avery sehen konnte.

„Bist du sicher, dass du okay bist?", erkundigte sich Freddie.

Sie hätte ihm gern gesagt, er solle aufhören, sie das zu fragen, doch das würde er ohnehin nicht tun. Er mochte sie und war besorgt um sie. „Es war entsetzlich, zu hören, was sie in Stahls Haus gefunden haben, aber jetzt ist es wieder gut."

„Ich versuche, zu verstehen, wie jemand in seinem Leben an einen Punkt gelangt, an dem er beschließt, anderen Menschen so etwas anzutun."

„Das ist vermutlich angeboren. Leuten wie ihm liegt das im Blut."

„Möglich. Doch stell dir vor, du tust so was und lebst dann einfach weiter, als hättest du diese Menschen nicht zu einem unfassbar qualvollen Tod verurteilt."

Sie schauderte. „Das kann ich nicht."

„Tut mir leid. Ich bin jetzt still."

„Ist schon gut. Ich verstehe den Wunsch, es zu begreifen, auch wenn das für uns unmöglich ist."

„Nein, das werden wir tatsächlich nicht." Er sah zu ihr herüber. „Du solltest das mit Trulo besprechen."

„Das werde ich."

Sie sprach in letzter Zeit oft mit Dr. Trulo. Häufiger als sonst. Angesichts von Nicks Aufstieg zur Präsidentschaft, Spencers schockierendem Tod, ihrer gebrochenen Hüfte, der Aufdeckung von Stahls Mordserie, Sergeant Ramsey, der mit seinem Auto in ihren Secret-Service-SUV gerast war, dem Einbruch bei Shelby und Avery, dem Amoklauf in Fort Liberty, Toms Ermordung, den Schüssen auf Avery und dem unerbittlichen Tempo bei der Arbeit und zu Hause war es manchmal das Einzige, was sie tun konnte, um den Kopf über Wasser zu halten.

Sie schickte Dr. Trulo, dem Polizeipsychiater, eine SMS. *Haben Sie diese Woche Zeit für eine alte Freundin?*

Er schrieb zehn Minuten später zurück: *Immer.*

Ich bin momentan unterwegs, melde mich aber, wenn ich wieder da bin.

Gern, ich werde den ganzen Tag hier sein.

Danke, Doc.

„Ich treffe mich nachher mit ihm", sagte sie zu Freddie.

„Sehr gut."

„Mach dir keine Sorgen um mich, okay? Das zu hören war ein Schock, doch ich bin darüber hinweg."

„Wirklich? Wie kannst du je darüber hinwegkommen, was er dir angetan hat, ganz zu schweigen von all dem anderen, was wir jetzt wissen?"

„Ich *muss* darüber wegkommen, sonst kann ich weder im Job noch zu Hause funktionieren. Mit diesen schlimmen Dingen kann ich mich nicht aufhalten. Das geht einfach nicht. Ich denke fast nie daran, bis etwas passiert, das es wieder an die Oberfläche befördert."

„Du solltest nicht mal in der Nähe dieser neuen Untersuchung gegen ihn sein."

„Der Chief hat dasselbe gesagt – und hinzugefügt, es sei kein Vorschlag."

„Gut so. Das weißt du, oder?"

„Ja, weiß ich. Vor ein paar Jahren hätte ich mich gegen so eine Behandlung gewehrt. Aber jetzt? Ich habe eine Familie, an die ich denken muss, mehrere Jobs, denen ich gerecht werden muss, und deshalb muss ich mich vor Dingen schützen, die mich daran hindern, irgendetwas Sinnvolles zu tun."

„Ich bin froh, dass du so denkst."

Sie legte ihm die Hand auf den Arm. „Es geht mir gut. Ich schwöre es. Wir sollten uns wieder auf die Jagd konzentrieren, okay?"

„Natürlich."

„Danke."

„*Ich* danke *dir*. Ich will nicht, dass der Kerl dir noch mehr wehtut, als er es schon getan hat."

„Hoffentlich haben wir nach alldem endlich Ruhe vor ihm." Schon während sie das sagte, fürchtete sie, dass das vielleicht nie der Fall sein würde.

„Wir sperren ihn ein und werfen den Schlüssel weg."

Sam drückte Freddies Arm und ließ ihn dann los. Sie war entschlossen, die Zeit, die sie bis nach Jessup brauchten, zu nutzen, um einen klaren Kopf zu bekommen, damit sie bereit war, sich die Drecksäcke vorzuknöpfen, die Shelby und Noah bedroht hatten.

Die Erinnerung an den Schreck und die Angst jenes Tages machte sie so wütend, dass sie alles andere beiseiteschieben konnte, um sich ganz darauf zu konzentrieren, für die Menschen, die ihr etwas bedeuteten, Gerechtigkeit herzustellen.

KAPITEL 23

„Frisch mein Gedächtnis auf, was diese beiden verkommenen Subjekte angeht", verlangte Sam, als sie sich dem Staatsgefängnis von Maryland näherten.

Freddie rief die Notizen auf seinem Smartphone auf. „Willy und Justice Peckham waren die Köpfe einer großen Waffenschieberorganisation. Sie waren außerdem auf Betrug der öffentlichen Hand spezialisiert. Wenn es eine Möglichkeit gab, Geld von Medicaid oder anderen Hilfsprogrammen zu veruntreuen, haben sie sie gefunden und genutzt. Damit sind sie lange davongekommen, bis eine Taskforce des FBI unter Averys Leitung sie vor Jahren überführt und aus dem Verkehr gezogen hat. Justice ist im Gefängnis gestorben, und Willy hat noch in Haft eine viel jüngere Frau namens Amber geheiratet. Er hatte fünfzehn Jahre abzusitzen, von denen er zwölf verbüßt hatte, als er kürzlich auf Bewährung freigelassen wurde. Soweit wir wissen, hat Amber Willy an der Haftanstalt abgeholt, und sie sind direkt zu Avery nach Hause gefahren, um sich zu rächen."

„Avery hat den Fall die Farmington-Untersuchung genannt. Warum?"

Freddie stöberte kurz in seinem Smartphone. „Nach der Person, die die Bundesbeamten zum ersten Mal auf den Betrug aufmerksam gemacht hat."

„Ah, verstehe. Man muss sich wirklich fragen, was manche

Menschen antreibt. Willy Peckham und seine Familie waren nun wirklich keine Unschuldslämmer, was ihnen bewusst gewesen sein muss. Trotzdem haben sie nicht bei sich selbst nach der Schuld gesucht, als man sie schließlich erwischt hat. O nein, es war der FBI-Agent, der die Ermittlungen geleitet hat, die ihrem Treiben ein Ende bereitet haben. Er war für sie der Bösewicht in dieser Geschichte."

„Ja, krass, oder?", pflichtete ihr Freddie bei. „Als Willy also nach Jahren im Gefängnis auf Bewährung rauskommt, beschließt er, sich an dem Kerl zu rächen, der sie hinter Gitter gebracht hat, indem er dessen schwangere Frau und seinen Sohn als Geiseln nimmt, sodass er keine achtundvierzig Stunden nach seiner Entlassung direkt wieder im Knast landet. Wir reden hier eher nicht über die allerhellsten Vertreter der Spezies Mensch."

„Avery zufolge ist die ganze Familie der Inbegriff des Wortes ‚Abschaum'. Was hast du sonst noch über sie?"

„Die Operationsbasis der Bande war in Corbin, Kentucky, einer Stadt mit etwa achttausend Einwohnern an der Interstate 75, auf halbem Weg zwischen Knoxville und Lexington. Die Stadt leidet unter einer überdurchschnittlich hohen Kriminalitätsrate, und seit dem frühen zwanzigsten Jahrhundert gibt es dort immer wieder Rassenunruhen."

„Du hast gesagt, sie hätten eine Bande geleitet. Was wurde aus den anderen Mitgliedern?"

„Lass mich kurz nachsehen." Er scrollte noch ein wenig weiter. „Zusammen mit den Peckhams wurden zwanzig weitere Personen angeklagt. Die meisten von ihnen haben Haftstrafen von mindestens zehn Jahren erhalten. Willys erste Frau Justice ist im Gefängnis an Krebs gestorben. Sie war die Mutter seiner Kinder, die bis auf eins auch in Zusammenhang mit diesem Fall eingesessen haben."

„Wir brauchen eine Liste davon, wer sie sind und wo sie sich gerade aufhalten."

„Soll ich Gonzo bitten, sie zu erstellen?"

„Ja. Letzte Frage … Wer hat den Fall untersucht?"

„Aufgrund der weitverzweigten Verwurzelung der Familie Peckham in der Region haben die Staatsanwälte des

Justizministeriums einen Zuständigkeitswechsel weg vom
Eastern District of Kentucky beantragt. Diesem Antrag wurde
stattgegeben, und der Prozess hat in Washington stattgefunden.
Tom war der leitende Staatsanwalt, Avery der Hauptzeuge."

„Heilige Scheiße", flüsterte Sam. „Da ist die Verbindung."

„Ich verstehe das Timing nicht. Ihre Handlanger sind schon
seit Jahren nicht mehr im Gefängnis. Warum haben sie bis jetzt
gewartet?"

„Vielleicht wollte sich Willy persönlich rächen."

„Möglich", räumte Freddie ein. „Nichts an diesem oder dem
letzten Fall ergibt Sinn. Bryant nimmt Forresters Familie als
Geiseln, nachdem er erfahren hat, dass der und Cox heimlich
gegen ihn ermitteln, während sie vorgeben, seine Kumpels zu
sein, und das hat nichts mit dem Mord an Forrester zu tun?"

„Scheint ganz so."

„Wie ist das möglich?", fragte Freddie.

„Die Ballistik lügt nicht."

„Nein, aber ich habe trotzdem das Gefühl, dass wir etwas
Offensichtliches übersehen."

„Wenn, dann werden wir es herausfinden, so wie immer.
Mein Spinnensinn sagt mir, dass Cox nichts Gutes im Schilde
führt."

„Dem stimme ich zu."

„Ich möchte das dringend aufklären, schon allein um
meinem Mann eine demütigende Konfrontation mit seinem
Justizminister zu ersparen."

„Das ist kein schlechter Grund."

„Ich sollte mich aus diesem Teil der Untersuchung heraus-
halten, doch wie soll ich das tun, wenn mein Radar einen Treffer
anzeigt?"

„Das kannst du nicht. Wir müssen es zu Ende bringen."

„Ich bin nur besorgt, dass ich mir und Nick damit eine
weitere mächtige Person zum Feind mache."

„Der Justizminister ist nur so lange mächtig, wie er im Amt
ist. Wenn er Dreck am Stecken hat, wird Nick ihn entlassen, und
dann war's das mit der Macht."

„Das stimmt wohl." Dass Nick den Justizminister wegen

Erkenntnissen aus ihren Ermittlungen feuern könnte, war sicherlich nicht ideal. Aber Sam wurde das Gefühl nicht los, dass hier etwas nicht stimmte. Sie konnte nur hoffen, dass es ihrem Mann nicht um die Ohren flog. „Hab ich dir erzählt, dass wir uns am Freitag in der Ninth Street mit Nicks Mutter treffen?"

Freddie drehte sich in seinem Sitz um. „Ihr tut *was*?"

„Du hast richtig gehört."

„Sam … Im Ernst?"

„Sie hat um das Treffen gebeten, um ,Wiedergutmachung' zu leisten, und Nick hat beschlossen, sich anzuhören, was sie zu sagen hat."

„Niemals."

„Doch."

„Hast du versucht, dem einen Riegel vorzuschieben?"

„Ich darf mich da nicht einmischen. Sie ist seine Mutter. Was kann ich tun, wenn er sie sehen will, außer mitzugehen und einzugreifen, wenn sie ihren üblichen Mist abzieht? Offenbar hat sie der Anwalt, der sie aus dem Gefängnis geholt hat, davon überzeugt, dass sie die Dinge mit ihrem Sohn wieder in Ordnung bringen muss."

„Was verspricht er sich davon?"

„Ich bin mir nicht ganz sicher."

„Wirst du es bis Freitag herausfinden?"

„Das sollte ich vermutlich."

„Ich mach das für dich. Wie heißt er?"

„Collins Worthy aus Cleveland, und übrigens … Ich habe dich echt nicht verdient."

„Aber sicher doch."

„Nein, wirklich nicht. Ich bin von Menschen umgeben, die alles für mich tun würden, und du stehst ganz oben auf dieser Liste. Ich hoffe, du weißt …"

Er erwiderte ihren Blick. „Ja, ich weiß." Nachdem er sich wieder richtig hingesetzt hatte, sah er erneut zu ihr. „Ich hoffe, ich darf sagen, dass ich nicht glauben kann, dass er sich tatsächlich mit ihr treffen will."

„Darfst du. Ich kann es auch kaum glauben. Sie hat diese bizarre Macht über ihn. Jedes Mal, wenn sie auftaucht, ist es, als wäre er plötzlich wieder ein kleiner Junge und voller Hoffnung, dass alles anders werden könnte. Das ist natürlich nie der Fall, aber Nick scheint die Hoffnung nicht aufgeben zu können."

„Das tut mir echt leid für ihn."

„Mir auch. Doch ich habe gelernt, ihm die Führung zu überlassen, wenn es um sie geht. Er war so wütend, weil ich ihm nicht gesagt habe, dass ich Avery auf sie angesetzt hatte, was zu ihrer Verhaftung geführt hat. Ich will ihm nie wieder einen Grund für solche Wut liefern."

„Das warst du ja gar nicht, sondern sie selbst."

„Aber es wäre nicht passiert, wenn ich Avery nicht gebeten hätte, Nachforschungen anzustellen, als ich mich über ihr unmögliches Verhalten geärgert habe, und dann vergessen hätte, es Nick zu sagen."

„Sie wäre wahrscheinlich sowieso aufgeflogen. So war er wenigstens vorgewarnt."

„Du hast vermutlich recht. Trotzdem war es verstörend, dass er sich so über etwas geärgert hat, das ich getan hatte. Das hat mir nicht gefallen. Meine neue Strategie ist es deshalb, ihn alles, was mit seiner Mutter zu tun hat, ganz allein entscheiden zu lassen."

„Ich nehme an, das ist klug. Doch wenn ich mitbestimmen könnte, würde ich ihn nicht in ihrer Nähe haben wollen."

„Geht mir genauso."

„Collins Worthy ist ein angesehener Strafverteidiger in Cleveland, der den Ruf hat, sich mit großer Passion für seine Mandanten einzusetzen. Ich scrolle und suche nach etwas Negativem über ihn, finde aber nur die übliche Kritik an Strafverteidigern, die für Kriminelle tätig sind."

„Danke, dass du ihn für mich gegoogelt hast."

„Wie stehen die Chancen, dass sie beschlossen hat, ihr Leben in Ordnung zu bringen?", fragte er.

„Gering."

„Das denke ich auch."

Nach ihrer Ankunft in Jessup durchliefen Sam, Freddie und Vernon die übliche Routine: Sie gaben ihre Waffen ab und passierten die Sicherheitskontrolle. Danach führte man sie in einen Raum, wo sie auf die Peckhams warten sollten.

Sam war ungewöhnlich besorgt, was seltsam war. Sie hatte schon oft mit hartgesottenen Kriminellen zu tun gehabt und war in deren Nähe nie besonders unruhig gewesen. Wahrscheinlich lag es an der Art, wie Avery über Willy gesprochen hatte, und an dem Trauma, das sie Shelby durch die Geiselnahme zugefügt hatten, dass Sams Nerven blank lagen. Sie würde ihnen nie verzeihen, was sie ihrer Freundin angetan hatten, indem sie ihr Leben sowie das ihres ungeborenen Kindes genau wie das von Noah bedroht hatten. Es war fast unerträglich.

Als sie eintraten, wurde Willy seinem Ruf mehr als gerecht.

Beide waren mit orangefarbenen Overalls bekleidet. Er hatte strähnige Haare und ein hageres Gesicht, als hätte er schon hundert Leben gelebt, und zwar alle auf die harte Tour. Amber war viel jünger, attraktiv und wirkte verängstigt. Sowohl ihre Hände als auch ihre Füße waren aneinandergekettet, und der Deputy machte keinerlei Anstalten, die Fesseln zu öffnen, als sie im Raum waren.

Normalerweise blieb Vernon vor der Tür, wenn sie in einem Verhörraum war. Diesmal kam er mit hinein.

„Man hat uns gesagt, dass die First Lady hier ist", begann Willy, der starken Dialekt sprach. „Ich konnte es nicht glauben. Jetzt seh ich es allerdings mit meinen eigenen Augen. Das gibt's ja nicht. Was können meine bescheidene Gemahlin und ich an diesem schönen Tag für Sie tun?"

„Mein Name ist Lieutenant Samantha Holland, und das ist mein Partner Detective Freddie Cruz. Wir würden dieses Gespräch gerne aufzeichnen."

„Nur zu. Wir haben nichts zu verbergen."

Das bezweifelte Sam sehr. „Wir wollen uns mit Ihnen über Agent Avery Hill und Bundesstaatsanwalt Tom Forrester unterhalten."

Bei der Erwähnung dieser Namen wurde Willys Miene hart. „Diese Mistkerle haben unser Leben ruiniert."

„Indem sie Sie des bandenmäßigen Betrugs der öffentlichen Hand sowie des Waffen- und Drogenhandels überführt haben?"

Er zuckte die Achseln. „Das ist ihre Version."

„Diese Version hat ausgereicht, um zwölf Geschworene davon zu überzeugen, Sie und Ihre Komplizen in mehreren Anklagepunkten für schuldig zu befinden."

„Das heißt nicht, dass es wahr ist."

„Na schön, wie auch immer. Sie kommen also aus dem Gefängnis und fahren direkt zu Avery Hill nach Hause, in der Hoffnung auf was genau?"

„Ich wollte mit ihm reden. Hab seine Frau kennengelernt. Ein hübsches kleines Ding." Als er lächelte, enthüllte er verfaulte Zähne, bei deren Anblick sich Sam der Magen umdrehte. Ihr tat das Herz weh, wenn sie sich vorstellte, dass jemand wie er die liebe Shelby bedroht hatte.

„Kein weiteres Wort über seine Frau."

Freddies Hand, die sich unter dem Tisch um ihre schloss, erinnerte sie daran, keine Angriffsfläche zu bieten.

„Ich habe gehört, sie ist eine Freundin von Ihnen."

Sam ertappte sich bei dem Wunsch, sie könnte ihm das schmierige Grinsen aus dem Gesicht schlagen.

„Lassen Sie sich kurz von mir erklären, wie das hier ablaufen wird. Wir haben Sie und Ihre Komplizen wegen des Mordes an Tom Forrester und des versuchten Mordes an Avery Hill im Visier."

„Frohes Ermitteln. Damit haben wir nichts zu tun."

„Das glauben wir Ihnen nicht. Wenn Sie wissen, wer es war, und uns die Wahrheit sagen, könnte das helfen, Ihre Strafe zu mildern."

Amber horchte zum ersten Mal auf. „Um wie viel?"

„Halt die Klappe."

„Ich will wissen, was sie anbieten, Willy. Ich habe Kinder, die ich aufwachsen sehen möchte."

Er warf ihr einen drohenden Blick zu, der sie zusammenzucken ließ.

Sam wandte sich an den Deputy. „Würden Sie Mr Peckham bitte aus dem Zimmer begleiten?"

„Sie reden nicht ohne mich mit ihr."

„Ach, meinen Sie?", fragte Sam.

Der Deputy zerrte Willy hoch und führte ihn aus dem Raum.

„Wenn du weißt, was gut für dich ist, dann hältst du deine verdammte Klappe!"

Die Tür fiel hinter ihm ins Schloss.

Sam schaute Amber an, die zitterte.

„Ich sollte nichts sagen. Willy wird wütend sein."

„Sie haben Ihre Kinder erwähnt. Wie alt sind die?"

„Sechs und vier. Sie stammen aus einer anderen Beziehung."

„Sie müssen sie vermissen."

„Sehr."

„Wo sind sie jetzt?"

„Zu Hause in Kentucky. Bis Willy aus dem Gefängnis gekommen ist, war ich jeden Tag mit ihnen zusammen. Er hat gesagt, ich solle ihn abholen. Ich dachte, wir würden direkt nach Hause fahren, doch das haben wir nicht getan. Ich wollte die schwangere Frau und ihren kleinen Sohn nicht bedrohen. Willy hat mich dazu gezwungen."

„Wissen Sie etwas über den Mord an Tom Forrester oder den Mordversuch an Avery Hill?"

Sie starrte auf die Tischplatte. „Was hätte ich davon, wenn ich etwas wüsste?"

„Kommt darauf an, was Sie uns liefern."

„Wenn ich es Ihnen sage, wird Willy mich im Gefängnis umbringen lassen."

„Wir werden Sie beschützen."

„Er würde einen Weg finden. Willy hasst Verräter."

„Lassen Sie mich mal telefonieren und herausfinden, was sich machen lässt." Sam stand auf und verließ den Raum, um Malone anzurufen. „Ich bin bei Amber Peckham, die sich mit ihrem Ehemann Willy Zutritt zu Shelbys und Averys Haus verschafft hat und an der Geiselnahme beteiligt war. Die Frau hat vermutlich Informationen über die Schüsse auf Tom und Avery, aber sie hat Angst, zu reden, weil ihr Mann sie bedroht hat. Sie denkt, er würde einen Weg finden, sie umbringen zu lassen, selbst wenn wir sie in Zeugenschutz nehmen. Was können wir tun?"

„Ich spreche mit Faith und höre mal, was sie davon hält. Ich rufe Sie gleich zurück."

Während sie wartete, schrieb Sam Shelby eine SMS, um sich nach Averys Zustand zu erkundigen.

Besser. Sie haben ihn von der Intensiv- auf die Normalstation verlegt. Hoffentlich kann er Ende der Woche wieder nach Hause.

Das sind tolle Neuigkeiten. Ich bin froh, das zu hören. Und wie sieht es mit dir aus?

Solange es ihm gut geht, geht es mir gut. Ich bin froh, wenn er wieder nach Hause kommt. Unser Umzug wird sich allerdings wahrscheinlich verzögern.

Mach dir deswegen keine Sorgen. Bleibt, solange ihr müsst. Wir haben euch gerne bei uns.

Ich bin euch allen so dankbar.

Hab dich lieb.

Ich dich auch!

Sie nahm einen Anruf von Malone entgegen. „Was hat Faith gesagt?"

„Wir könnten Amber hierherholen."

„Wann?"

„Sofort."

„Sollen wir sie gleich mitnehmen?"

„Ich bin mir nicht sicher, ob der Secret Service das gerne sehen würde."

„Richtig, und ich möchte meine Bodyguards nicht in Schwierigkeiten bringen."

„Bleiben Sie in der Nähe Ihres Handys. Ich schicke Ihnen eine SMS mit dem Plan."

„Okay."

Sechs Minuten später kam die SMS. *Das FBI kann die Frau auf ein Wort von Ihnen hin abholen und herbringen. Sie sollen mit ihr in Jessup warten, bis ihre Leute eintreffen. Sie beeilen sich, es würde also nicht zu lange dauern.*

Verstanden. Lassen Sie mich kurz checken, ob sie einverstanden ist. Das könnte ein echter Durchbruch sein.

Hoffentlich!

Ein Deputy öffnete Sam, die zurück in den Raum trat und die anderen über den Plan informierte, Amber ins MPD-Hauptquartier zu bringen.

Ambers Blick huschte ängstlich umher. „Was bedeutet das genau?"

„Wir holen Sie aus dem Knast und aus Willys Wirkungskreis heraus, damit Sie uns sagen können, was Sie wissen. Wenn Sie voll und ganz kooperieren, könnte die stellvertretende Staatsanwältin geneigt sein, Ihnen eine Chance zu geben. Aber nur, wenn Sie uns Informationen liefern, die uns helfen, die Person oder Personen zu finden, die Forrester getötet und Hill erschossen haben. Verstanden?"

Amber zitterte so heftig, dass Sam sich fragte, wie sie überhaupt sitzen bleiben konnte.

„Amber? Haben Sie Informationen, die für diese Ermittlung relevant sind, und sind Sie bereit, sie mit uns zu teilen, um möglicherweise Ihre Strafe zu reduzieren?"

„Ich … ich hab noch vor anderen Menschen als Willy Angst, und ich mach mir Sorgen um meine Kinder. Sie … sie sind bei meiner Mutter."

„Wir werden alles in unserer Macht Stehende tun, um Sie und Ihre Familie zu schützen, doch Sie müssten vor Gericht aussagen."

Sie rutschte unruhig auf ihrem Stuhl umher, als hätte man sie an eine Steckdose angeschlossen.

Sam hätte sie am liebsten angefahren, sie solle sich beeilen, weil sie noch eine Million anderer Dinge zu erledigen hatte und nicht den ganzen Tag auf ihre Entscheidung warten konnte. Aber sie biss sich auf die Zunge und hoffte, dass Amber sich zur Kooperation bereit erklären und ihnen wesentliche Hinweise auf die Identität des Schützen geben würde.

Da so viel von den Informationen abhing, die sie möglicherweise liefern konnte, ließ Sam ihr eine volle Minute, ehe sie wieder das Wort ergriff. „Es tut mir leid, dass ich Ihnen ein Zeitlimit setzen muss, doch wir haben heute viel zu erledigen. Sind Sie dabei?"

„Sind Sie sicher, dass die mir oder meinen Kindern nichts anhaben können?"

„Das können wir nicht garantieren. Wir können Ihnen nur versprechen, dass wir alles tun werden, um für Ihre Sicherheit zu sorgen. Eins möchte ich noch hinzufügen: Sie sind jetzt schon eine Dreiviertelstunde allein mit uns hier drin. Inzwischen muss Willy davon ausgehen, dass Sie uns alles sagen, was Sie wissen."

Ambers ohnehin schon blasses Gesicht wurde noch bleicher, als sie sich das klarmachte. „Ich bin dabei. Ja, ich werde kooperieren. Holen Sie mich hier raus."

„Ich werde Ihren Transport bestellen."

KAPITEL 24

Als sie und Freddie wieder im SUV des Secret Service saßen und dem FBI-Fahrzeug auf dem Baltimore-Washington Parkway nach Süden folgten, beschloss Sam, Avery zu besuchen.

„Fahren Sie mich zuerst zum GW", sagte sie zu Vernon.

„In Ordnung."

Sie sah, wie er Jimmy anschaute. „Müssen Sie alle unsere Bewegungen an die vorgesetzte Dienststelle melden?"

„Ja, Ma'am. Sollten wir Verstärkung brauchen, wissen sie dann immer direkt Bescheid, wo wir zu finden sind."

„Ah, verstehe. Keine Ahnung, warum mir das nicht schon früher aufgefallen ist."

Vernon lächelte sie über den Rückspiegel an. „Ihre Aufgabe ist es, sich zu entspannen, die Fahrt zu genießen und die Details uns zu überlassen."

„Ich werde Sie sofort informieren, wenn ich anfange, mich zu entspannen und die Fahrt zu genießen."

„Wir müssen den Getränkeservice verbessern, Jimmy."

„Etwas Wodka könnte eventuell helfen."

„Okay, ich notiere das sofort."

„Das war ein Scherz." Sie wandte sich an Freddie: „Die wissen, dass das ein Scherz war, oder?"

„Das hoffe ich. Sie verträgt nämlich rein gar nichts."

„Halt den Mund! Das stimmt überhaupt nicht!"

„O doch."

„Nein!"

„Doch."

„Kinder …"

„Gott, er erinnert mich an meinen Vater, wenn er das so sagt."

„Mich auch."

„Ein schöneres Kompliment könnten Sie mir nicht machen."

„Ich wünschte wirklich, er wäre gestern Abend beim Staatsbankett dabei gewesen. Er wäre durchgedreht."

„Skip war da", versicherte ihr Vernon. „Er ist immer da."

„Glauben Sie das wirklich?"

„Ich bin mir sogar sicher. Ich habe ihn zwar nie getroffen, aber durch Ihre Geschichten über ihn habe ich das Gefühl, ihn zu kennen. Deshalb bin ich ja auch so davon überzeugt, dass er keine Minute Ihrer Zeit im Weißen Haus verpassen will."

„Nun, ich hoffe, er sieht nicht *alles*."

Nach einem Moment der Stille lachten die anderen drei.

Freddie rieb sich die Ohren. „Ich möchte die letzten dreißig Sekunden bitte aus meinem Kopf löschen."

„Wieso denn? Ich meine nur, wenn die Geister uns zuschauen, dann hoffentlich selektiv. Gibt es dafür eine Kindersicherung oder so was?"

„Sie sind echt witzig, Sam", japste Jimmy und wischte sich die Augen.

„Ermutigen Sie sie nicht", mahnte Freddie missbilligend. „Dadurch ist sie erst so geworden."

„So viel Spaß hatte ich bei der Arbeit noch nie", bekannte Jimmy. „Ich erzähle meiner Frau jeden Abend, wie lustig Sie alle sind."

„Ich hoffe, Sie lassen keinen Zweifel daran, dass ich witziger bin als er", antwortete Sam, woraufhin Freddie nur die Augen verdrehte.

„Sie sind am witzigsten, wenn Sie mit ihm zusammen sind", entgegnete Jimmy.

Freddie lächelte selbstgefällig.

„Er ist nun mal mein Lieblingsopfer."

„Wie wahr."

„Ich habe dich zu dem Mann geformt, der du bist."

„Manchmal glaube ich, dass sie den Unsinn, den sie redet, wirklich glaubt."

„Alles Fakten. Jetzt mach dich nützlich, und besorg mir ein paar Informationen über die Leute, die zusammen mit den Peckhams auf der Anklagebank gesessen haben."

„Natürlich, hochverehrte Chefin."

Als sie sich der Stelle näherten, an der sie sich von dem FBI-Fahrzeug trennen würden, um zum Krankenhaus zu fahren, kam Sam ein Gedanke. „Muss ich mir Sorgen machen, dass das FBI Amber woanders hinbringt als ins Hauptquartier?"

„Verdammt", entfuhr es Freddie. „Daran habe ich gar nicht gedacht."

„Fordere bei der Einsatzkoordination einen Streifenwagen als Eskorte an", wies Sam ihn an.

Freddie hängte sich ans Smartphone.

„Sag ihnen, sie sollen den Wagen nirgendwo anders hinfahren lassen als zum Hauptquartier."

Er nickte und gab ihre Bitte an die Einsatzleitung weiter.

„Sie kümmern sich darum."

„Wenn das FBI sie entführt, wird es den Beamten leidtun, dass sie mich je getroffen haben."

Sam schickte Shelby eine SMS, um Averys Zimmernummer zu erfragen.

Ist es okay, wenn ich kurz dienstlich vorbeischaue?

Er meint, er fühlt sich gut und du sollst ruhig kommen.

Sam war erleichtert, dass es Avery gut ging und sich das wieder nach ihm selbst anhörte. „Es ist erstaunlich, wie die Dinge laufen, oder?"

„Was meinst du?"

„Dass Avery, der einmal die größte Nervensäge der Welt war, jetzt ein so geschätzter Freund und Kollege ist."

„Erstaunlich, wenn man bedenkt, dass er bei dir immer weiche Knie bekommen hat."

Sam erschauerte. „Quatsch."

„Doch, klar. Avery war total verrückt nach dir. Ich hab schon gedacht, Nick würde ihn aus dem Weg räumen lassen."

„Das ist eine Ewigkeit her."

„So etwa zwei Jahre?"

„Klappe! Das liegt alles hinter uns, und jetzt …"

„Liebst du ihn wie einen Bruder, und es war niederschmetternd, zu hören, dass jemand ihn angeschossen hat."

„Ja. Ich konnte immer nur daran denken, dass Shelby ihn ein paar Tage nach der Geburt des Babys, das sie sich beide so sehr gewünscht haben, beinahe verloren hätte."

„Zum Glück ist das ja nicht passiert."

„Genau."

In der Klinik begleitete Vernon sie in den fünften Stock. Dort empfingen sie FBI-Agenten, die einen Ausweis verlangten, obwohl sie Sam erkannten.

„Er ist in der Fünfhundertfünfunddreißig, Lieutenant."

„Danke."

Eine weitere Agentin stand vor Averys Tür.

Sie zeigten ihr ebenfalls ihre Ausweise, und sie ließ sie ein. So ärgerlich die Verzögerungen auch waren, Sam war froh, dass ihre Freunde gut bewacht wurden, solange der Täter auf freiem Fuß war.

Shelby und Maisie leisteten Avery Gesellschaft. Er war weiter blass, sah ansonsten aber viel besser aus, als Sam erwartet hatte. Ein großer Verband zierte seine rechte Schulter, und der rechte Arm lag in einer Schlinge.

„Kommt rein", sagte er, als er Sam und Freddie bemerkte.

„Danke, dass du uns empfängst."

„Kein Problem."

Sam umarmte Shelby von der Seite, bevor sie das Baby anschaute und dahinschmolz. „Meine Güte, Tinker Bell, die Kleine ist so süß …"

„Ist sie nicht fantastisch?"

„Absolut."

Sam zwang sich, den Blick von dem Baby abzuwenden und sich auf den Grund ihres Kommens zu konzentrieren. „Ich muss mit dir über die Peckhams reden."

Sowohl Shelby als auch Avery verspannten sich bei der Erwähnung des Namens.

„Ich such mir eine ruhige Ecke, um Maisie zu stillen." Shelby schnappte sich die Wickeltasche, küsste Avery und verließ das Zimmer.

„Tut mir leid, wenn ich sie erschreckt habe."

„Sie will genauso dringend erfahren wie du, wer auf mich geschossen hat."

„Ich weiß. Wir kommen gerade aus Jessup." Sam durchlief ein Schauer. „Ich möchte mir gar nicht vorstellen, dass Shelby es mit diesem Kerl zu tun bekommen hat und um ihr und Noahs Leben fürchten musste."

„Nicht wahr? Er ist wirklich furchtbar. Du hast ihn wegen der Schüsse auf mich und Tom im Verdacht?"

„Die Kugel, die dich getroffen hat, ist aus derselben Waffe abgefeuert worden, mit der auch Tom getötet wurde. Ihr wart beide in den Fall verwickelt. Peckham und seine zweite Frau sind in euer Haus eingebrochen und haben Shelby und deinen Sohn bedroht. Wir werden sie uns auf jeden Fall genauer ansehen."

„Sie waren in Haft, als die Schüsse auf Tom und mich gefallen sind."

„Aber der Rest ihrer Bande nicht. Unsere Theorie ist, dass einer von ihnen versucht hat, den Job zu Ende zu bringen, als sie gehört haben, dass Willy dich nicht erwischt hat."

„Mein Gott", flüsterte Avery. „Als ich die Nachricht über Tom erhalten habe, war ich mir sicher, dass die Ermittlungen direkt zu Damien Bryant zurückführen würden."

„Ich auch, und darauf haben wir uns konzentriert, bis die Ballistiker uns mitgeteilt haben, dass bei beiden Anschlägen dieselbe Waffe benutzt wurde." Sam füllte seinen Becher mit Wasser, reichte ihn Avery und setzte sich neben das Bett. „Wir haben Amber Peckham ins Hauptquartier bringen lassen und ihr Strafmilderung angeboten, wenn sie uns alles verrät, was sie weiß. Wir haben sie aus dem Gefängnis geholt, weil sie Angst hatte, Willy würde sie töten lassen, wenn sie mit uns redet."

„Sie hat zu Recht Angst vor ihm. Die Vorfälle häuslicher

Gewalt gegen seine erste Frau Justice reichen Jahre zurück. Die Polizei war regelmäßig bei ihnen."

„Warum hat man ihn nie dafür eingesperrt?"

„Sie hat sich immer geweigert, gegen ihn auszusagen."

„Ah, verstehe, und ich glaube, ich weiß, warum. Ich hätte auch Angst vor ihm, wenn ich mit ihm verheiratet wäre."

Avery verzog das Gesicht. „Jedes Mal, wenn ich daran denke, wird mir ganz heiß vor Wut bei dem Gedanken, dass dieser Mistkerl in die Nähe meiner Familie gekommen ist."

Sam zog Notizbuch und Stift heraus. „Erzähl mir, wer sie sind und was sie getan haben. Ich möchte alle Einzelheiten aus deiner Sicht hören."

Avery trank einen Schluck Wasser und reichte Sam den Becher, damit sie ihn auf den Tisch zurückstellte. Er lehnte den Kopf gegen die Kissen, die sich hinter ihm auftürmten. „Das war ganz zu Beginn meiner Karriere, ungefähr in meinem zweiten Jahr beim FBI. Man hat mich gebeten, für etwa ein halbes Jahr undercover zu ermitteln. Ich bin nach Corbin gezogen, hab eine Stelle als Tankwart angenommen, bin Stammgast in den örtlichen Kneipen geworden und hab mich schließlich über einen ihrer Leute bei den Peckhams einschleusen lassen. Lonnie Marsden, einer von Willy Peckhams vielen Cousins, hat sich eines Abends in einer Bar neben mich gesetzt, mir ein Bier ausgegeben und fing ein Gespräch an, so wie Männer das eben tun. ‚Woher stammst du?' ‚Was hast du für Hobbys?' ‚Welche Sportmannschaft magst du?' Solche Sachen eben. Er hat mich zu einem Barbecue auf der ‚Farm' der Peckhams eingeladen, die in Wirklichkeit eine heruntergekommene Ansammlung von Gebäuden war, in denen die Großfamilie hauste."

„Ich versuche, mir vorzustellen, wie du dich diesen Leuten angepasst hast."

„Na ja, ich hab mir die Haare wachsen lassen, mich nicht rasiert, mir an der Tankstelle die Hände dreckig gemacht – und sie nicht gewaschen."

„Gibt es Fotos vom schmutzigen Avery?"

„Bleib bitte bei der Sache."

Sie lächelte. „Tut mir leid, aber ich würde die Fotos echt gerne sehen."

„Vielleicht findest du sie ja in der Akte."

„Kann George sie mir schicken?"

„Ich werde ihn darum bitten." Er wollte nach seinem Handy greifen und verzog das Gesicht.

Sam reichte es ihm.

„Danke." Er schrieb seinem Stellvertreter eine SMS. „Er meint, er kümmert sich sofort darum."

„Ich weiß die Kooperation zu schätzen."

„Wenn sie es waren, will ich sie genauso dringend aus dem Verkehr gezogen wissen wie du."

„Erzähl mir, was passiert ist, nachdem du dich mit Lonnie und den Peckhams angefreundet hattest."

„Wir haben an den Wochenenden zusammen abgehangen. Sie haben Lagerfeuer und Wettschießen veranstaltet, und einer der Cousins hatte ein Boot, mit dem wir auf den See rausgefahren sind, um zu angeln. In den ersten Monaten hatte ich das Gefühl, sie haben versucht, mich einzuschätzen und herauszufinden, ob man mir trauen kann. Ich wusste nur, dass sie alle lange Vorstrafenregister hatten, die bis in ihre Jugend zurückreichten, weshalb die Vermutung nahelag, dass sie in irgendwas Größeres verwickelt waren. Die oberste Fachaufsicht des Gesundheitsministeriums hatte auffällige Medicaid-Aktivitäten in den Countys Whitney, Knox und Laurel festgestellt. Corbin grenzt an alle drei Bezirke, und die Familie Peckham ist in diesem Gebiet tief verwurzelt."

„Worin bestanden diese auffälligen Aktivitäten?"

„Überteuerte Honorare für Routineleistungen, Krankenhausrechnungen, die sich auf das Fünffache dessen beliefen, was hätte sein dürfen, Menschen, die schon seit Jahren tot waren, einschließlich Willys Eltern, und angeblich medizinische Versorgung erhielten, die der Staat bezahlte. Sie haben die ortsansässigen Ärzte eingeschüchtert, bedroht und zur Beteiligung gezwungen. Sie sind jahrelang damit durchgekommen, bis zum Amtsantritt von Präsident Harrigan, der versprochen hatte, gegen Betrug, Verschwendung und Missbrauch vorzugehen.

Sein Gesundheitsminister und die staatliche Aufsichtsbehörde haben die Operation in Corbin aufgedeckt. Unsere Hauptzeugen waren die Ärzte."

„Wenn sie auf die Leute schießen, die sie hinter Gitter gebracht haben, ist auch das Leben dieser Ärzte in Gefahr."

Er tätigte einen Anruf und stellte auf Lautsprecher. „George, Sam ist bei mir im Krankenhaus, und sie hat gerade einen guten Gedanken gehabt. Wir müssen die Ärzte, die gegen die Peckhams ausgesagt haben, warnen, dass sie Menschen, die mit ihrer Verhaftung zu tun hatten, töten oder zu töten versuchen könnten."

„Ich werde unser Büro in London, Kentucky, benachrichtigen und Leute losschicken, die sie unverzüglich warnen sollen."

„Sagen Sie ihnen, es ist ein Notfall", warf Sam ein.

„In Ordnung."

Avery beendete das Telefonat.

„Wen müssen wir noch informieren?"

„Ich werde George bitten, sich von unserer Seite aus darum zu kümmern."

„Wen würden sie dafür schicken, bei dir und Tom die Drecksarbeit zu erledigen?"

„Wahrscheinlich ihren Sohn Harlan."

„Freddie, kannst du mir das Video von Toms Erschießung besorgen?"

Er tippte auf seinem Smartphone und brachte es ans Bett, damit Avery es sich ansehen konnte.

„Könnte er es sein?"

„Er hat die richtige Größe und den richtigen Körperbau. Willy hat ihn immer wegen seiner geringen Körpergröße verspottet. Das hat Harlan nur umso gefährlicher gemacht. Er hat wie ein Teufel trainiert und konnte einen Mann mit der bloßen Hand erwürgen."

„Hast du ihn das tun sehen?"

„Zweimal."

„O Gott. Warum ist er dann nicht im Gefängnis?"

„Wegen eines Formfehlers. Der Rest der Mannschaft ist aber in den Knast gewandert."

„Was für ein Formfehler?"

„Er konnte belegen, dass ihm bei seiner Verhaftung nie seine Rechte verlesen worden waren."

„Wirklich?"

„Ja. Einer der Agenten vor Ort war sein bester Freund aus der Highschool und hat seine Karriere beim FBI versaut, weil er es ,vergessen' hat, einen der wichtigsten Teile seiner Arbeit zu erledigen."

„War er ein Komplize?"

„Wir konnten es nie beweisen, doch er hat Harlans Drohungen nachgegeben und den Rest unseres Teams aufs Kreuz gelegt, indem er diese verdammte Ratte davonkommen ließ."

„Überwacht das FBI Harlan seither?"

„Ich würde das gerne mit Ja beantworten, aber wir sind überlastet. Es würde mich nicht wundern, wenn dringendere Sachen das in den Hintergrund gedrängt hätten."

„Dann läuft er also frei herum und tut Gott weiß was."

„Möglich."

„Was hältst du von einem Deal für Amber Peckham?"

„Ich hätte nichts dagegen, vor allem wenn sie Willy und Harlan ans Messer liefern kann. Nach allem, was ich über Willy weiß, war sie wahrscheinlich der Meinung, sie hätte keine andere Wahl, als ihn zu heiraten und all seine Wünsche zu erfüllen."

„Wie konnte eine Hochzeit überhaupt stattfinden, wo er doch im Knast war?"

„Gefangene haben Rechte, weißt du?" Er runzelte die Stirn. „Sie haben vor ungefähr einem Jahr geheiratet. Ich bin sicher, sie wusste nicht, was er vorhatte, als sie ihn nach seiner Entlassung abgeholt hat. Er hat sie bestimmt mit Drohungen dazu gebracht, sich auf seinen Plan einzulassen, sich an mir zu rächen."

„Hat sich seine erste Frau noch an anderen Straftaten beteiligt?"

„Nein. Die anderen Familienmitglieder? Ja, und die meisten

von ihnen hat man auch wegen der Dinge angeklagt, die ich gesehen habe, sie hingegen nur im Zusammenhang mit dem Medicaid-Betrug."

„Ich verstehe nicht, warum sein erster Gedanke nach der Entlassung Rache war."

„Knackis sind immer am wütendsten auf die Leute, von denen sie glauben, dass sie sie verraten haben, und das war ich. Ich werde nie vergessen, wie er mich betrachtet hat, als er erfahren hat, dass ich FBI-Agent bin. Als wollte er mich auf eine möglichst schmerzhafte Art und Weise umbringen. Und das wäre ihm fast gelungen, als er meine Familie in seiner Gewalt hatte ..."

Sam streckte ihm eine Hand hin. „Ich weiß, es ist schwer, es zu vergessen, aber sie haben es überstanden und sind in Sicherheit, und du wirst auch bald wieder auf den Beinen sein. Alles wird gut."

„Solange Harlan Peckham frei herumläuft und die Anweisungen seines Vaters ausführt, ist keiner von uns sicher."

~

Sam und Freddie fuhren schweigend zum Hauptquartier zurück, beide in ihre eigenen Gedanken versunken, während sie darüber nachdachten, was Avery ihnen erzählt hatte.

„Ich habe eine Frage", sagte Freddie, als sie noch etwa sechs Blocks vom Polizeigebäude entfernt waren.

„Ja?"

„Was wird aus Cox, seinem Neffen und deinem Spinnensinn, dass er nichts Gutes im Schilde führt?"

„Während wir Harlan Peckham zur Strecke bringen, werden wir weiter daran arbeiten, das herauszufinden."

„Gut, denn da ist was im Busch. Der Neffe hat so eine komische Ausstrahlung, über die ich nachdenke, seit wir ihn kennengelernt haben."

„Geht mir genauso. Ich habe nicht aufgehört, mich darüber zu wundern, dass er sich geweigert hat, uns seinen Namen zu nennen. Uns ist ja beiden klar, dass jemand, der uns die einfachsten Informationen vorenthalten will, etwas zu verbergen hat.“

„Ich will wissen, was.“

„Ja, ich auch. Lass uns diesen Teil des Falles diskret weiterverfolgen, während wir nach Harlan Peckham suchen und auswerten, was immer Amber uns sonst noch liefert.“

„Klingt gut.“

Als sie das Großraumbüro betraten, kam Captain Malone gerade von der anderen Seite herein.

„Wir haben einen Verdächtigen für die Morde an Tom Forrester und Avery Hill“, verkündete Sam.

„Ich bin ganz Ohr.“

Sam winkte ihn in den Konferenzraum.

Freddie ging zum Rechner, rief die Informationen auf, die sie über Harlan Peckham hatten, und projizierte sein Bild und sein Vorstrafenregister auf den Bildschirm im vorderen Teil des Raumes.

„Harlan Peckham, achtunddreißig, ist der Sohn von Willy und seiner ersten Frau Justice Peckham. Willy und seine zweite Frau Amber sind in Averys Haus eingebrochen. Avery hat vor Jahren wegen bandenmäßigen Medicaid-Betrugs und anderer Verbrechen, darunter Waffenhandel, verdeckt bei der Familie ermittelt. Willy ist zu fünfzehn Jahren Gefängnis verurteilt worden. Seine erste Frau ist im Gefängnis an Krebs gestorben. Willy saß zwölf Jahre ab, heiratete vor etwa einem Jahr Amber und ist am Tag vor dem Einbruch in Shelbys und Averys Haus freigelassen worden. Andere Mitglieder ihrer Bande haben sechs bis acht Jahre gesessen und waren zum Zeitpunkt der Schüsse auf freiem Fuß. Laut Avery passt Willys und Justice’ Sohn Harlan auf die Beschreibung von Toms Mörder. Er musste damals aufgrund eines Formfehlers freigelassen werden und hat daher nie gesessen.“

Gerade als Sam vorschlagen wollte, zur Unterstützung bei der Suche nach Harlan die Marshals hinzuzuziehen, tauchte Jesse Best auf. Mit seinen fast zwei Metern Körpergröße nahm er praktisch die ganze Türöffnung ein.

„Ich habe Ihnen etwas mitgebracht, wonach Sie schon lange suchen.“

Sam stand auf und ging zur Tür.

Jesse trat zurück, um sie durchzulassen.

„Gonzo“, rief sie.

Der stand auf und lächelte, als er Jesse sah. „Sie haben sie gefunden?“

„Ja. Sie werden gerade erkennungsdienstlich behandelt.“

„Wo waren sie?“

„Sie haben sich in einer Hütte, die der Familie der Mutter gehört, im Norden von Wisconsin versteckt, wenn man das so nennen will. Die Tochter hat uns verraten, wo wir suchen sollen, aber erst, nachdem wir sie daran erinnern mussten, dass wir sie wegen Strafvereitlung drankriegen können.“

„Gute Arbeit, Jesse“, meinte Sam.

„Dann heiße ich Rosemary und Randy mal in der Hauptstadt willkommen“, sagte Gonzo und entfernte sich in Richtung Lobby.

Sam drehte sich wieder zu Jesse um. „Ich wollte Sie gerade anrufen. Wir könnten Ihre Hilfe in einer weiteren Angelegenheit gebrauchen.“

„Was gibt es denn?“

„Kommen Sie mit.“ Sie führte ihn in den Konferenzraum, wo Harlan Peckhams Gesicht immer noch auf dem Bildschirm prangte.

„Das ist Harlan Peckham“, informierte Sam Jesse. „Sohn von Willy und der verstorbenen Justice Peckham, die in Kentucky Medicaid-Betrug und illegalen Waffenhandel betrieben haben.“

„Ich erinnere mich an den Fall“, erwiderte Jesse. „Der Sohn war nach der Verhaftung der Eltern eine Zeit lang verschwunden, und wir haben ihn im Hügelland von Kentucky aufgespürt. Es hat etwa zwei Wochen gedauert, bis wir ihn gefunden hatten. Der Kerl hat irgendeine Form von Überlebenstraining hinter sich. Er ist wegen eines bestechlichen FBI-Agenten einer Verurteilung entgangen. Wenn er untertaucht, wird er schwer zu finden sein. Was hat er verbrochen?“

„Wir verdächtigen ihn, Tom Forrester erschossen und die Schüsse auf Avery Hill abgegeben zu haben."

Jesse stieß einen leisen Pfiff aus. „Das ist eine ziemliche Eskalation von Medicaid-Betrug, Waffenhandel und Kleinkriminalität."

„Unsere Theorie ist, dass die Peckhams ihnen die Schuld daran geben, dass ihr schöner Betrug aufgeflogen ist und sie im Gefängnis gelandet sind. Sie wollten sich rächen."

„Ich bin mir nicht sicher, ob sie solche Mühe wegen Rache auf sich nehmen würden, wo sie doch einfach wieder das tun könnten, was sie am besten können, nämlich betrügen."

„Haben Sie von Willy und seiner jungen zweiten Frau gehört, die bei Avery aufgetaucht sind und seine schwangere Frau und seinen Sohn als Geiseln genommen haben?"

Der Schock war Jesse ins Gesicht geschrieben. „Ich war mehrere Wochen im Einsatz und hatte davon noch nichts gehört. Wahnsinn. Das beweist wohl, dass ich falschlag. Gerade wenn man denkt, dass jemand nicht noch dümmer werden könnte, als Peckham ohnehin schon ist, übertrifft er sich selbst. Geht es Hills Frau und seinem Sohn gut?"

„Es hat Spuren bei ihnen hinterlassen, aber sie sind unverletzt."

„Gott sei Dank."

„Ja. Shelby ist eine gute Freundin von mir. Wir sind dabei, für Washington und die umliegenden Gebiete eine Fahndung nach Harlan Peckham rauszugeben. Detective Cruz wird die Benachrichtigung der Zuständigen bei Flughäfen, Bahnhöfen und Busbahnhöfen sowie bei der U-Bahn übernehmen, damit man nach ihm Ausschau hält."

„Schicken Sie mir alles, was Sie über die Fälle haben, und ich setze ein paar Leute darauf an."

„Vielen Dank für Ihre Hilfe."

„Das ist unser Job. Passen Sie auf sich auf."

Er war so schnell wieder weg, wie er gekommen war.

„Ich würde zu gern die Geschichte dieses Mannes erfahren", sagte Sam. „Er ist mir ein Rätsel."

„Er erledigt auf jeden Fall seinen Job", antwortete Malone.

„Das stimmt."

„Ich kümmere mich um die Fahndung nach Harlan Peckham und schicke die Fallakten an Jesse."

„Dann lese ich mal die Berichte über die ursprüngliche Untersuchung."

„Ich weiß nicht, wie es Ihnen geht, aber ich will unbedingt diese Fotos von Avery als Hillbilly sehen."

Sam lachte. „Ich auch. Sagen Sie mir Bescheid, wenn Amber erkennungsdienstlich behandelt und in einem Verhörraum ist. Sie und ich, wir müssen uns unterhalten."

„In Ordnung."

KAPITEL 25

Gonzo ging zum Erkennungsdienst, wo eine Kollegin gerade Rosemary und Randy Bryant Fingerabdrücke abnahm, sie fotografierte und alle Formalitäten der Verhaftung erledigte. Die Anklage gegen Rosemary lautete auf Strafvereitlung und die gegen Randy auf Mord an Rachel Fortier.

Randy warf ihm einen bösen Blick zu, der viel über den Grad seiner Reue verriet. *Nur zu*, hätte Gonzo am liebsten gesagt. *Gib mir die Schuld daran, wenn du dann nachts besser schlafen kannst.*

Rosemary, die Ende vierzig oder Anfang fünfzig war, weinte, als der Beamte ihr Foto für die Akte machte. Sie hatte kurzes, lockiges braunes Haar, ein rundes Gesicht und sah aus, als hätte sie seit Tagen nicht mehr geschlafen. Vor dem Gesetz wegzulaufen musste anstrengend sein.

„Ich bin Detective Sergeant Gonzales."

Sie keuchte auf, als sie seinen Namen hörte, und schluchzte: „Es tut mir leid. Es tut mir so leid."

Er schaute zu Randy, der mit gesenktem Kopf die Prozedur der Inhaftierung wegen eines Verbrechens, das ihn für den Rest seines Lebens ins Gefängnis bringen würde, über sich ergehen ließ.

Gonzo fragte sich, ob er das wusste. Wahrscheinlich, was der Grund war, warum er seine Mutter zur Flucht überredet hatte.

„Was wird jetzt aus uns?"

„Man wird irgendwann Anklage gegen Sie erheben. Haben Sie einen Anwalt?“

„Nein. Ich kenne hier niemanden.“

„Haben Sie die Mittel, sich selbst einen zu besorgen, oder soll ich Ihnen einen Pflichtverteidiger stellen lassen?“

„Ich kann einen Anwalt bezahlen.“

„Wir haben eine Liste mit Strafverteidigern, die Sie erhalten, wenn Sie erkennungsdienstlich behandelt sind. Sie dürfen drei davon anrufen. Sobald Sie jemanden haben, der Sie vertritt, wird man Ihre Anklageverlesung ansetzen.“

„Es tut mir sehr leid, Sergeant.“ Rosemarys Kinn bebte, Tränen liefen ihr über die Wangen. „Ich bin bei dem Gedanken, dass Randy ins Gefängnis muss, in Panik geraten. Aber ich hätte mein Versprechen an Sie halten und ihn herbringen sollen.“

„Ja, das hätten Sie.“

„Er ist mein einziger Sohn, er ist für mich das Wichtigste auf der ganzen Welt. Wissen Sie, wie das ist?“

„Ja. Ich habe auch einen Sohn, und wenn er einen Auftragsmord begangen hätte, hätte ich den Rat befolgt und ihn an die Behörden ausgeliefert. Es tut mir leid, dass Sie in Schwierigkeiten stecken, wirklich, doch Sie hatten jede Gelegenheit, das Richtige zu tun.“

„Ich hatte die Tickets schon gekauft, um mit ihm herzufliegen. Wir haben uns zum Flughafen aufgemacht, und dann … konnte ich es einfach nicht. Ich musste versuchen, Randy zu retten. In meiner Panik habe ich das Falsche getan.“

„Wenn Sie das dem Richter erklären, verzichtet er vielleicht auf eine Haftstrafe oder verkürzt sie zumindest.“

Rosemary erblasste, als wäre ihr überhaupt nicht klar gewesen, dass sie im Gefängnis landen könnte. „Haftstrafe?“

„Ja. Menschen, die anderen helfen, sich dem Zugriff des Gesetzes zu entziehen, kommen ins Gefängnis.“

Krampfhaftes Schluchzen erschütterte sie.

Die Beamtin vom Erkennungsdienst warf Gonzo einen frustrierten Blick zu.

Er trat zurück und ließ sie weitermachen. „Viel Glück, Rosemary.“

„Danke, dass Sie so nett zu mir sind.“

„Keine Ursache.“

„Es … es tut mir leid, dass ich Sie enttäuscht habe.“

„Schon gut. Das passiert mir in meinem Beruf oft genug.“

Sie wischte sich die Tränen aus den Augen. „Passen Sie gut auf Ihren Jungen auf. Sie können versuchen, alles richtig zu machen …“

„Alles Gute, Rosemary.“

Gonzo kehrte ins Großraumbüro zurück, bedrückt von Rosemarys Kummer. Er konnte sich nicht vorstellen, wie es war, ein Kind bis zu seinem zwanzigsten Lebensjahr großzuziehen und dann mitzuerleben, wie es auf dem College einen Auftragsmord beging. Vor so was warnte einen kein Erziehungsratgeber.

„Alles in Ordnung mit den Bryants?“, fragte Sam.

„Ja.“

„Was ist los?“

„Nichts, warum?“

„Du hast erschüttert gewirkt, als du eben reingekommen bist.“

„Rosemary hat etwas gesagt … darüber, dass man ein Kind großzieht und sich niemals vorstellen könnte, dass es eines Tages zu einem Auftragsmord in der Lage sein könnte.“

„Das stimmt vermutlich. Aber vergiss nicht, dass Randy eine hässliche Scheidung und einen langwierigen Sorgerechtsstreit miterleben musste – nicht, dass das ein Kind unbedingt in die Kriminalität treibt – und dass sein arroganter, selbstverliebter Vater bis zum Hals in allen möglichen Verbrechen mit drinsteckt.“

„Das ist alles wahr. Trotzdem führt es einem vor Augen, dass man zwar versuchen kann, alles richtig zu machen …“

„Dein Sohn wird nie zum Mörder werden.“

„Hör auf sie“, riet Freddie, der sich zu ihnen gesellte. „Sie erinnert mich immer wieder daran, dass wir viel zu sehr durch den Mist geprägt werden, den wir jeden Tag bei der Arbeit erleben, und sie hat recht.“

„Ja, hat sie", bestätigte Sam mit einem Lächeln für ihren Partner. „Sam hat immer recht."

Freddie stöhnte. „Das musstest du jetzt dringend anbringen, was?"

„Natürlich. Lass uns mit Amber Peckham reden und schauen, was sie uns über die Rachepläne ihres Mannes und den Aufenthaltsort ihres Stiefsohns sagen kann."

Faith Miller kam mit einem dicken Ordner unter dem Arm ins Großraumbüro. „Ich habe Ihnen die Akte zum Fall Peckham mitgebracht."

„Sind da Bilder von Avery als Hillbilly drin?"

„Könnte sein."

„Das hebe ich mir als Belohnung für später auf, wenn wir diesen Mistkerl festgenagelt haben."

„Glauben Sie wirklich, dass es einer der Peckhams war?"

„Alles, was ich weiß, ist, dass jemand mit derselben Glock auf Tom und Avery geschossen hat, und in Anbetracht des Einbruchs der Peckhams in Averys Haus kürzlich werden wir Willys Sohn genau unter die Lupe nehmen."

Faith wirkte skeptisch. „Wie kann das nichts mit Bryant zu tun haben?"

„Ich bin mir noch nicht sicher, dass es so ist, doch wir arbeiten dran."

„Der Gedanke, dass Tom möglicherweise einer Art verdrehtem Racheplan zum Opfer gefallen ist, setzt mir ganz schön zu." Faiths professionelle Fassade zeigte erste Risse. „Wenn es Harlan war …"

Sam fühlte mit ihr. „Schauen wir mal, was Amber zu sagen hat, und dann sehen wir weiter, okay?"

„Ja, tut mir leid. Ich wollte es nicht so nah an mich ranlassen."

„Natürlich geht Ihnen das nahe. Tom war Ihr Freund und Kollege, und es macht einem mal wieder klar, dass viele Menschen da draußen einen Groll gegen Gesetzeshüter hegen."

„Es ist leicht, das zu vergessen, wenn wir einfach unsere Arbeit erledigen."

„Ja, bis quasi direkt vor der eigenen Haustür eine Katastrophe passiert."

Faith nickte. „Danke für Ihr Verständnis. Es bedeutet mir immer viel, vor allem aber gerade jetzt."

„Schon gut."

„Ich werde nebenan bleiben und die Sache nur beobachten."

Sam und Freddie begleiteten sie zu Verhörraum eins und trennten sich im Korridor von ihr. Sie betraten das Zimmer, in dem Amber mit hängenden Schultern und verängstigter Miene allein am Tisch saß. Sam konnte nicht glauben, dass sie tatsächlich Mitleid mit der Frau empfand. Ambers Gewissheit, dass Willy sie töten lassen würde, wenn sie mit ihnen sprach, bestätigte nur, dass er sie bedroht hatte.

Das entschuldigte nicht, was sie Shelby und Noah angetan hatte, doch Sam hatte dennoch Mitgefühl für sie. Wenn sie um ihr Leben oder das ihrer Kinder gefürchtet hatte, hätte sie alles getan, was Willy ihr auftrug.

„Was passiert jetzt?"

„Wir unterhalten uns. Detective Cruz wird unser Gespräch aufzeichnen, wenn Sie einverstanden sind."

Besorgt musterte Amber das Aufnahmegerät auf dem Tisch. „Er wird einen Weg finden, mich töten zu lassen."

„Willy wird es nicht erfahren, und selbst wenn, kann er nicht in Ihre Nähe gelangen, solange wir Sie in Gewahrsam haben."

Amber lachte rau. „Glauben Sie das wirklich? Sie haben ja keine Ahnung, wozu er fähig ist."

„Warum erzählen Sie es uns nicht?"

„Wo soll ich anfangen?"

„Am Anfang. Wie haben Sie Willy kennengelernt?"

„Ich kenne ihn schon mein ganzes Leben lang. Seit der ersten Klasse bin ich mit seiner Tochter zur Schule gegangen. Ich war in der achten Klasse, als er anfing, mir besondere Aufmerksamkeit zu schenken, und das war's. Zu Willy Peckham, dem bösesten Mann im ganzen Land, sagt man nicht Nein."

„Er hat Ihnen ‚besondere Aufmerksamkeit' geschenkt, obwohl er verheiratet war?"

„Willy und Justice haben einander gehasst. Sie hat sich nicht getraut, ihn darauf anzusprechen."

„Ihre Eltern hatten keine Einwände?"

„Sie hatten Angst vor ihm und seinen Leuten. Alle hatten Angst. Sie waren dafür bekannt, boshafter als Klapperschlangen zu sein und alles zu tun, was nötig war, um zu kriegen, was sie wollten. Und er wollte eben mich. Meine Eltern hätten es nicht gewagt, sich ihm in den Weg zu stellen, obwohl es ihnen das Herz brach, zusehen zu müssen, wie ich in den Wahnsinn hineingezogen wurde, der die Familie Peckham umgab."

„Erzählen Sie mir von diesem Wahnsinn."

„O Gott, es war ständig was los. Willy hat sechs Brüder, und sie haben zusammen etwa dreißig Kinder. Einer von ihnen steckte immer wegen irgendwas in Schwierigkeiten. Trunkenheit am Steuer, Meth-Kochen und -Dealen, Diebstahl, Vergewaltigung, Schusswaffengebrauch. Egal was, sie haben es getan. Die lokalen Strafverfolgungsbehörden haben meist ein Auge zugedrückt, weil niemand in die Schusslinie geraten wollte. Es war einfacher, wegzuschauen. Ich hab mal einen Sheriff im Ort sagen hören, er müsse seine eigene Familie schützen, also hat er das Treiben der Peckhams ignoriert. Alle haben sie ignoriert."

Amber wischte sich die Tränen weg. „Seit ich vierzehn war und er entschieden hat, dass ich ihm gehörte, hat Willy mich regelmäßig zum Sex gezwungen und jeden Aspekt meines Lebens kontrolliert."

Sam schrieb in Stichpunkten mit. Obwohl sie Amber nie verzeihen würde, was sie und ihr Mann Shelby angetan hatten, fühlte sie mit der Frau.

„Während er und der Großteil seiner Familie im Gefängnis saßen, hatte ich eine Art Auszeit. Sie schienen mich vergessen zu haben. Ich bekam zwei Kinder mit einem anderen Mann, weswegen Willy sehr wütend wurde. Aber er hat gemeint, er würde mir verzeihen, wenn ich ihm weiterhin schreiben und ihn heiraten würde. Er meinte, es sei im Interesse meiner Kinder, wenn ich täte, was man von mir verlangt. Als sie ihre Gefängnisstrafe verbüßt hatten, haben mir seine Brüder das Leben zur Hölle gemacht. Sie sind zu jeder Tages- und Nachtzeit aufgetaucht, um sicherzustellen, dass ich wusste, dass ich immer noch Willy gehörte. Ich hatte solche Angst vor ihnen." Sie wischte sich weitere Tränen von den Wangen.

„Als Willy entlassen wurde, haben mich seine Brüder zu ihm gefahren, und nachdem er mich in ein Hotel gebracht hatte, weil er ‚Nachholbedarf' hatte, bestand er darauf, dass wir direkt zum Haus von Agent Hill fuhren, damit er sich für das rächen konnte, was Hill Willys Familie angetan hatte. Er drohte mir, wenn ich nicht alles täte, was er sagte, würde er mich umbringen und dann zu mir nach Hause fahren und meine Kinder töten."

Sam glaubte Amber jedes Wort und war entsetzt über ihre Geschichte. „Es tut mir leid, wie Willy und seine Familie Sie drangsaliert haben."

Amber winkte ab. „Das ist noch das Geringste, was mir durch die Hand dieses Mannes widerfahren ist. Er ist ein Monster." Sie sah Sam mit müden Augen an. „Ich habe getan, was ich konnte, um sicherzustellen, dass der schwangeren Frau und ihrem kleinen Jungen nichts geschieht, während ich vorgab, ich würde mitmachen, damit er mich nicht tötet."

„Diese Frau ist eine gute Freundin von mir, und ihr Kind ist wie ein Neffe für mich."

„Ich habe ihn beschworen, die Sache zu vergessen, doch er war fest entschlossen, Hill für das bezahlen zu lassen, was er uns angetan hatte."

„Wissen Sie, wie Willy Agent Hill kennengelernt hat?"

„Willys Cousin Lonnie hatte ihn aufgegabelt. Die Marsdens sind genauso schlimm wie die Peckhams, wenn das überhaupt möglich ist. Lonnie war mit allen Peckhams eng befreundet, und sie haben ihm und seinem Clan vertraut. Als Lonnie also für Jimmy Hill, wie er sich nannte, gebürgt hat, war das für sie okay. Sie haben ihn in die Familie aufgenommen, sind mit ihm jagen und fischen gegangen und haben ihn zu ihren Partys eingeladen. Mit der Zeit bezog Willy ihn in einige geschäftliche Dinge ein. Er sagte, Jimmy sei clever und geschickt. Willy mochte ihn sehr, was erstaunlich war, denn er mochte sonst niemanden außer seinen eigenen Leuten."

„Wie hat er herausgefunden, dass Jimmy in Wirklichkeit ein FBI-Agent namens Avery Hill war?"

„Erst nachdem man zweiundzwanzig von ihnen verhaftet hatte, darunter zwei seiner drei Söhne, eine seiner Töchter, drei von Willys Brüdern und sechs Neffen. Willy hat geschworen, er werde Hill bei der ersten Gelegenheit bei lebendigem Leib die Eingeweide rausreißen lassen."

Sam erschrak, als ihr klar wurde, dass Avery Glück gehabt hatte, dass man ihn „nur" angeschossen hatte.

„Und er hätte es getan, wenn Hill an diesem Abend zu Hause gewesen wäre. Willy hätte seine hübsche Frau gezwungen, zuzusehen, wie er ihn wie ein Schwein ausnimmt."

Gott sei Dank war Avery wegen der Ermittlungen gegen Nicks Mutter in Cleveland gewesen, als Willy Peckham in sein Haus eingebrochen war.

„Was ist mit Willys Sohn Harlan?"

Amber schien von der Frage überrascht. „Was soll mit ihm sein?"

„Soweit ich weiß, konnte er sich der Strafverfolgung entziehen."

„Ja, man hat ihm seine Rechte nicht verlesen, deshalb hat der Richter das Verfahren gegen ihn eingestellt."

„Er muss sehr wütend gewesen sein, als man seine Eltern, Geschwister, Onkel und Cousins eingesperrt hat."

„Im Gegenteil. Er hat es geliebt. Endlich war er frei von seinem Vater und konnte auf eigene Rechnung arbeiten, wobei er den Namen Peckham benutzt hat, damit die Dinge liefen. Er war sehr beschäftigt, während sie weg waren."

„Womit hat er sich beschäftigt?"

„In erster Linie mit Drogen. Er ist ein großer Meth-Dealer und hat sich auch an Fentanyl versucht, wie ich gehört habe. Ich habe ihn zum Glück lange nicht gesehen. Vor ihm hatte ich schon immer Angst."

Sams Haut kribbelte bei der Erwähnung des synthetischen Opioids, an dem Spencer gestorben war. „Was können Sie mir sonst noch über Harlan erzählen?"

„Harlan ist genauso böse wie sein Vater. Er hat sein Leben lang versucht, sich dessen Anerkennung zu verdienen. Er ist klein für einen Mann, und Willy hat ihn ständig damit aufgezogen, dass er nur ein kümmerlicher Zwerg sei. Harlan hat sich in eine regelrechte Maschine verwandelt, damit ihn niemand verspotten konnte, aber selbst das hat seinen Vater nicht beeindruckt. Den hat nichts beeindruckt."

„Würden die Ermordung des Staatsanwalts, der ihn ins Gefängnis gebracht hat, und der Versuch, den FBI-Agenten zu töten, der sich bei ihnen eingeschleust hatte, seinen Vater beeindrucken?"

Die Frage verwirrte Amber. „Wollen Sie damit sagen, er war das?"

„Ich frage Sie, ob er damit seinen Vater beeindrucken könnte."

„Vermutlich schon. Willy hasst die beiden – und die Richterin, die den Vorsitz bei dem hatte, was Willy einen ‚Scheinprozess' nennt. Er gibt allen anderen die Schuld."

Sam warf Freddie einen Blick zu, und er verstand sofort, dass sie ihm damit mitteilen wollte, er solle dafür sorgen, dass die Richterin Personenschutz erhielt. Während sie darüber nachdachte, hatte sie plötzlich noch einen anderen Gedanken. Vielleicht konnten sie die Richterin benutzen, um Harlan aus seinem Versteck zu locken.

Freddie erhob sich und verließ den Raum.

„Was glauben Sie, wo Harlan ist?"

„Ich bin die Letzte, die das weiß. Abgesehen davon, dass er dafür gesorgt hat, dass ich Angst vor ihm habe, hat er kaum je ein Wort mit mir gewechselt."

„Wer könnte wissen, wo er sich aufhält?"

„Vielleicht seine Brüder Dusty und Bubba. Die drei sind eng befreundet."

„Wo sind sie?"

„Vermutlich wieder in Kentucky. Sie verlassen kaum noch das Haus, seit sie nicht mehr im Gefängnis sind."

„Kennen Sie Harlans Handynummer?"

„Er hat kein Handy. Hatte er noch nie."

Sam konnte sich nicht erinnern, wann sie das letzte Mal jemanden getroffen hatte, der kein Mobiltelefon besaß. „Wie kommuniziert er?"

„Ehrlich gesagt, ich weiß es nicht. Wenn, dann benutzt er wahrscheinlich Wegwerfhandys. Er glaubt, die Regierung verwendet Telefone, um Menschen zu überwachen. Deshalb will er keins haben."

„Was ist mit Dusty und Bubba? Haben die Handys?"

„Ich bin mir nicht sicher. Sie neigen dazu, alles zu tun, was Harlan von ihnen will. Die beiden sind größer als er, er ist allerdings bösartiger."

Na toll, dachte Sam.

„Was wird jetzt aus mir?", fragte Amber. „Ich habe Ihnen erzählt, was ich weiß, genau wie ich es versprochen habe."

„Lassen Sie mich mit der stellvertretenden Staatsanwältin reden und sehen, was wir tun können." Sam ging zur Tür und drehte sich dann noch einmal um. „Haben Sie Hunger?"

Amber zuckte die Achseln, als ob sie schon ihr ganzes Leben lang hungrig wäre. „Ich könnte schon was essen."

„Irgendwelche Vorlieben?"

„Könnte ich eine Pizza kriegen?"

„Klar. Was hätten Sie gerne als Belag?"

„Nur Käse, bitte."

„Wie wär's mit was zu trinken?"

„Cola?"

„Kann ich Ihnen besorgen."

„Danke, das wäre sehr freundlich."

„Kein Problem."

Auf dem Flur traf Sam Faith.

Die schüttelte den Kopf. „Was für eine schreckliche Geschichte."

„Ich glaube, ich habe noch nie eine Kandidatin getroffen, für die das Zeugenschutzprogramm oder etwas Ähnliches besser geeignet wäre."

„Sie könnte mit ihren Kindern weggehen und nie mehr zurückblicken, wenn ihr jemand helfen würde. Mal sehen, was ich möglich machen kann."

„Auch wenn sie uns nicht wirklich etwas geliefert hat, was wir vor Gericht verwenden können?"

„Man weiß nie, was sie in Zukunft für uns tun kann. Es ist in unserem Interesse, sie in Sicherheit zu bringen – und sei es nur aus dem Grund, dass sie keinen einzigen Tag in ihrem Leben sicher war, seit Willy Peckham sie vor Jahren ins Visier genommen hat."

Freddie kam den Flur entlang. „Richterin Corrinne Sawyer hat den Vorsitz beim Peckham-Prozess vor dem US-Bezirksgericht hier in Washington geführt. Sie arbeitet jetzt am Berufungsgericht. Ich habe mit der Verwaltungsangestellten in ihrem Büro gesprochen und ihr erklärt, dass ich ein dringendes Sicherheitsbriefing für die Richterin hätte, und sie hat veranlasst, dass Sawyer mich zurückruft. Bei diesem Telefonat habe ich sie über das informiert, was wir bis jetzt wissen. Sie kümmert sich um zusätzliche Sicherheitsmaßnahmen für ihr Haus und ihr Büro."

„Gute Arbeit. Würdest du bitte eine Käsepizza und eine Cola für Amber besorgen? Bargeld liegt in der oberen linken Schublade in meinem Büro."

„Klar."

„Danke dir. Würdest du bitte auch die Fahndung nach Harlan Peckham rausgeben?", fragte Sam. „Ich möchte, dass alle Beamten nach ihm Ausschau halten, besonders die Streifen im nordwestlichen Quadranten. Stell sicher, dass alle wissen, dass er bewaffnet ist und als extrem gefährlich gilt."

„Mach ich."

KAPITEL 26

Nachdem er gegangen war, wandte sich Sam an Faith. „Was würden Sie davon halten, wenn ich Sawyer als Lockvogel benutze, um Harlan Peckham aus seinem Versteck zu locken?"

Faith hob überrascht die Augenbrauen. „Sie wollen eine Richterin vom Bundesberufungsgericht benutzen, um einen Killer aus der Reserve zu locken?"

„Haben Sie eine bessere Idee? Sie haben ja gehört, was Amber erzählt hat. Harlan Peckham hat kein Handy, also werden wir ihn auf diese Weise nicht lokalisieren können. Jesse Best hat gesagt, dass Peckham ein Überlebenstraining absolviert hat und sich so lange verstecken kann, wie es nötig ist. Er könnte überall sein und auf eine Chance lauern, sie zu töten, um sich endlich die Anerkennung seines Vaters zu verdienen. Ich meine, wenn er die drei Leute ermordet oder es zumindest versucht, die nach Ansicht seines Vaters in erster Linie für die Zerstörung ihrer Familie verantwortlich sind, dann wird sein Vater ihn vielleicht endlich akzeptieren."

„Ich verstehe, was Sie meinen, doch wäre er nicht eher daran interessiert, Avery zu töten, der sich bei ihnen eingeschleust hat, als den Staatsanwalt und die Richterin?"

„Aus Willys Sicht dürften alle drei gleichermaßen verantwortlich sein." Sam spürte den vertrauten Schauer auf dem Rücken. „Wahrscheinlich würde er es für ausreichend halten,

Avery schwer zu verletzen, zumal er ihm mit der Geiselnahme bereits einen gewaltigen Schrecken eingejagt hat."

Während Sam die Idee immer besser gefiel, wirkte Faith weiterhin skeptisch. „Wie wollen Sie ihn mithilfe der Richterin herauslocken?"

„Ich hab noch keinen genauen Plan, und natürlich muss ich sie vorher fragen, ob sie überhaupt einverstanden ist, aber ich denke, es könnte funktionieren. Wenn Harlan mit der Neun-Millimeter-Glock auftaucht, mit der er Tom getötet und auf Avery geschossen hat, haben wir ihn."

„Das ist zwar richtig, doch ich weiß nicht, ob ich an diese Verbindung zu den Peckhams glauben soll. Bryant kommt mir nach wie vor wie der viel wahrscheinlichere Verdächtige vor."

„Wir haben das schon aus allen Blickwinkeln betrachtet, aber ich hatte vorher noch nie ein so deutliches Kribbeln."

„Ein Kribbeln?"

„Sie werden mich für komisch halten."

„Zu spät. Das tue ich bereits."

„Haha! Wenn ich dicht an der Aufklärung eines Falls dran bin, wirklich dicht, läuft mir dieser Schauer über den Rücken. Ich habe gelernt, ihm zu vertrauen. Und bei Harlan Peckham schauert es ganz gewaltig."

„Ich bin nicht sicher, wie ich so was ohne einen Bundesstaatsanwalt absegnen lassen soll. Wir müssen uns an Cox wenden."

„Er würde es nie genehmigen, wenn ich involviert bin."

„Was genehmigen?"

Sam sprang auf, als sie die Stimme des Chiefs hörte. „Ich hatte eine Idee, die zur Ergreifung des Mannes führen könnte, der Tom Forrester getötet und auf Avery Hill geschossen hat, Sir."

„Nämlich?"

„Um es kurz zu machen: Ich halte es für möglich, dass beide Fälle Teil einer dreiteiligen Rachetour waren, um die Leute auszuschalten, die vor Jahren einen Verbrecherring in Kentucky haben auffliegen lassen. Avery hat zu Beginn seiner FBI-Karriere undercover in der Familie ermittelt. Der Fall gelangte in die Zuständigkeit der Staatsanwaltschaft von Washington, wo Tom die Anklage vertrat. Corrinne Sawyer, jetzt am Bundesberufungsgericht, war die vorsitzende Richterin am Bezirksgericht. Meine Idee wäre, Sawyer als Lockvogel zu benutzen."

Als er ihre Worte hörte, neigte er den Kopf, als wollte er sichergehen, dass er sie richtig verstanden hatte. „Haben Sie gerade vorgeschlagen, eine Richterin des Bundesberufungsgerichts als Lockvogel für einen Mörder zu benutzen?"

„Äh, ja, aber es hat besser geklungen, als ich es gesagt habe."

Der Chief stieß ein Lachen aus. „Ganz bestimmt. Lassen Sie sich etwas anderes einfallen."

„Hören Sie … Der Typ, den wir suchen, hat kein Handy, keine hiesige Adresse, keine Verbindungen zu irgendjemandem, und er hat irgendeine Form von Überlebenstraining absolviert. Wir werden ihn nie finden, es sei denn, wir tun etwas, um ihn aufzuscheuchen."

„Sie wollen, dass ich Ihnen erlaube, eine Bundesrichterin in Lebensgefahr zu bringen, Lieutenant."

„Ich versuche, den Mann zu schnappen, der Tom ermordet und versucht hat, Avery zu töten."

„Und wir sind komplett auf einer Linie, was das Ziel und die Dringlichkeit betrifft. Doch der Plan, Sawyer einzusetzen, gefällt mir nicht. Es muss einen anderen Weg geben."

„Ich glaube, das ist der schnellste."

„Es sei denn", meldete sich Faith zu Wort, „wir benutzen seine Stiefmutter, um ihn anzulocken."

„Was meinen Sie damit?", fragte Sam.

„Sie hat gesagt, die Anerkennung seines Vaters bedeutet ihm alles, richtig? Was, wenn wir verbreiten, dass Amber eine Nachricht von seinem Vater für ihn hätte, und sie benutzen, um ihn aufzuspüren?"

„Das wird nicht klappen, denn er könnte leicht herausfinden, dass sie in unserem Gewahrsam ist. Er würde sofort Verdacht schöpfen, wenn sie der Lockvogel wäre."

„Sie haben recht."

Sam verbiss sich die Antwort, die sie Freddie gegeben hätte:

Wie immer. „Mir gefällt die Idee, Sawyer zu benutzen. Laut Amber gibt Willy Peckham Avery, Tom und der Richterin die Schuld an all ihren Problemen und war bei seiner Entlassung aus dem Gefängnis entschlossen, sich zu rächen. Er hat Averys Familie als Geiseln genommen. Amber sagte, wenn Avery in jener Nacht zu Hause gewesen wäre, hätte Willy ihn wie ein Schwein ausgeweidet, und seine Frau hätte zusehen müssen."

Farnsworth schluckte hörbar.

„Er hat Tom Forrester getötet, auf Avery geschossen und wird sich als Nächstes Sawyer vorknöpfen. Wenn wir ihn nicht aufhalten, wird er versuchen, die Sache mit Avery zu Ende zu bringen, sobald er die Gelegenheit dazu hat." Sie schaute zu Faith. „Wer beaufsichtigt Bundesrichter?"

Faith benutzte ihr Telefon, um die richtigen Informationen zu erhalten. „Ihre Behörde, das Federal Judicial Center, hat einen Vorstand, dem der Oberste Richter, der Direktor des Administration Office und sieben weitere von der Judicial Conference gewählte Richter angehören. Das FJC gibt neuen Bundesrichtern Orientierungshilfe und bietet Fortbildungsmaßnahmen für Richter und Gerichtspersonal an. Es gibt außerdem Empfehlungen zur Verbesserung der Arbeitsweise der Bundesgerichte."

„Puh, ich hatte keine Ahnung, wie das alles funktioniert", gestand Sam.

„Ich auch nicht", sagte der Chief. „Die Regierung ist wie eine Zwiebel. Sie besteht aus ganz vielen Schichten."

„In der Tat", bestätigte Faith. „Damit wir uns irgendwie an dieser Sache beteiligen können, brauche ich die Zustimmung des Justizministers."

„Wenn das so ist … Wie wäre es, wenn wir Sie da raushalten, bis wir Harlan in Gewahrsam haben?"

„Sehr viel."

Sie blickten den Chief an, denn sie wussten, dass die Entscheidung darüber, ob sie Sams Plan weiterverfolgen konnten, bei ihm lag.

„Ich würde gerne von der Richterin hören, ob sie überhaupt bereit ist, sich auf die Sache einzulassen."

„Sie ist mein nächster Halt."

„Reden Sie mit ihr, und berichten Sie mir, was sie sagt. Wenn sie einverstanden ist, schmieden wir einen wasserdichten Plan, der keinen Raum für Fehler lässt."

Nun musste Sam schwer schlucken, denn aus Erfahrung wusste sie, dass es so etwas wie einen idiotensicheren Plan nicht gab. Ihr Undercover-Einsatz bei der Familie Johnson hatte zu einem toten Kind in einem Crack-Haus geführt. Sie hatte das Kind vor der Razzia noch nie dort gesehen und trug diese Last seitdem mit sich herum.

Freddie kam mit Ambers Pizza und Cola zurück. „George Terrell ist hier und will dich sprechen."

„Fragen Sie nach, was er will, und halten Sie mich über die Richterin auf dem Laufenden", befahl der Chief.

„Jawohl, Sir." Sie begab sich in ihr Büro, wo Terrell auf einem ihrer Besucherstühle saß. „Wie geht's Avery?"

„Weiter gut, zum Glück." Er reichte ihr einen dicken Umschlag. „Der Speicher von Toms Arbeitshandy, mit ein paar Schwärzungen, um laufende Fälle zu schützen. Bitte unter Verschluss aufbewahren."

„Danke. Irgendwelche eindeutigen Beweise?"

„Ich bin nicht sicher. Es gab viel Korrespondenz mit Cox, was im normalen Arbeitsablauf eher ungewöhnlich ist. Der Justizminister leitet das Justizministerium, steht aber eigentlich nicht in regelmäßigem Kontakt mit der Staatsanwaltschaft."

Sam setzte sich hinter ihren Schreibtisch. „Er und Tom waren seit Langem befreundet."

„Das weiß ich, doch ihre Korrespondenz hatte nichts mit Freundschaft oder Arbeit zu tun."

„Okay, jetzt haben Sie meine ungeteilte Aufmerksamkeit. Worum ging es dann?"

„Ich bin mir nicht sicher. Es war kryptisch, als ob sie einen Code benutzt hätten oder so."

„Ich sehe es mir an."

„Ermitteln Sie gegen den Justizminister?"

„Möglicherweise werde ich das. Irgendwas stimmt bei

ihm nicht. Ich kann noch nicht sagen, was es ist. Diese neuen Informationen bringen hoffentlich etwas Licht in die Sache."

George stieß einen leisen Pfiff aus. „Also wenn das nicht eine Riesensprengkraft hat ..."

„Ich weiß. Aber er war schon mehrmals komisch zu mir, und sein Neffe-Schrägstrich-Assistent auch."

„Moment, Henry Allston ist sein Neffe?"

„Ja. Kennen Sie ihn?"

„Ich hab von ihm gehört. Vielen Leuten gefällt es nicht, wie massiv er Cox abschirmt. Wer etwas vom Justizminister will, muss an ihm vorbei, und er ist ein wahrer Zerberus, wenn es darum geht, Zugang zu seinem Chef zu gewähren."

„Ja, das habe ich am eigenen Leib erfahren. Sie haben nicht gewusst, dass er Cox' Neffe ist?"

„Das höre ich zum ersten Mal."

„Der Mief rund um Cox wird mit jeder neuen Information schlimmer."

„Sie können nicht ernsthaft glauben, dass der Justizminister in irgendwelche kriminellen Machenschaften verwickelt ist."

„Es wäre nicht das erste Mal in der Geschichte."

„Es ist trotzdem unvorstellbar."

„Ich weiß noch nichts Konkretes, doch ich wittere, dass da etwas faul ist. Mein Ziel ist es, Toms Mörder und damit auch Averys Angreifer so schnell wie möglich dingfest zu machen. Und dann werde ich herausfinden, was beim Justizminister faul ist."

„Sagen Sie mir Bescheid, wenn wir helfen können. Diskret, versteht sich."

Sam lächelte. „Versteht sich." Kein FBI-Agent wollte sich dabei erwischen lassen, dass er gegen den Justizminister ermittelte, wofür Sam vollstes Verständnis hatte. „Danke für die Telefondaten."

„Gern."

Kaum war George weg, erschien Dr. Trulo vor ihrem Büro. Sam winkte ihn herein.

Er schloss die Tür hinter sich. „Ich dachte, Sie würden vielleicht vorbeikommen, habe allerdings vermutet, dass Sie zu beschäftigt sind."

„Da haben Sie richtig vermutet." Seine Anwesenheit erinnerte sie an die schrecklichen Dinge, die sie zuvor gehört hatte, und daran, wie sie darauf reagiert hatte. „Es war ein harter Tag, aber welcher Tag ist das hier nicht?"

„Wohl wahr." Er nahm Platz und schlug die Beine übereinander. Seine Haltung war entspannt, doch sein scharfer Blick war auf sie gerichtet. „Ich nehme an, Sie haben das Neueste über die Stahl-Ermittlungen gehört."

Sam hatte versucht, das alles zu verdrängen, um überhaupt arbeiten zu können. Als Trulo es jetzt erwähnte, drängte es sich wieder in den Vordergrund. „Ja."

„Das ist für jeden schwer zu verkraften, aber ich kann mir vorstellen, für Sie besonders."

Sie zuckte die Achseln, weil sie es hasste, bei der Arbeit aus irgendeinem Grund eine Sonderstellung einzunehmen. „Es ist schrecklich, von welcher Seite man es auch betrachtet."

„Wir beide … Wir werden nie verstehen, was jemanden wie ihn antreibt."

„Ich will es auch gar nicht verstehen."

„Was kann ich für Sie tun?"

„Es geht mir gut. Am Anfang war es ein Schock, doch ich komme damit klar. Wir haben eine heiße Spur im Fall Forrester. Es hilft, mich beschäftigt zu halten."

„Sie und Ihr Mann haben gestern Abend übrigens ganz wunderbar ausgesehen."

„Danke. Wenn wir uns zurechtmachen, sind wir durchaus vorzeigbar."

„Auf jeden Fall. Ich möchte Ihre Zeit nicht länger in Anspruch nehmen. Aber ich wollte Sie daran erinnern, dass ich da bin. Immer. Wenn Sie mich brauchen …"

„Weiß ich, wo ich Sie finde. Danke, Doc. Ihre Freundschaft bedeutet mir sehr viel."

„Das gilt umgekehrt genauso."

Nachdem er weg war, versuchte Sam, sich wieder auf ihre Arbeit zu konzentrieren, doch es fiel ihr schwer, die jüngsten

Erkenntnisse im Zusammenhang mit Stahl zu verdrängen. Sie griff nach den Schmerztabletten, die sie in ihrer obersten Schreibtischschublade aufbewahrte, und nahm zwei, um die im Entstehen befindlichen Kopfschmerzen zu vertreiben.

Sie hatte weder jetzt noch sonst irgendwann Zeit für einen Rückschlag bei der Bewältigung ihres Traumas, das mit diesem Monster zusammenhing. Sie hatte hart gearbeitet, um sich aus dem Albtraum, in den er sie gestürzt hatte, zu befreien, und sie würde nicht zulassen, dass er ein weiteres Mal die Oberhand über sie gewann.

Sie rief nach Cameron Green.

Er kam in ihr Büro. „Wo brennt's?"

Sam reichte ihm die Akte, die George ihr mitgebracht hatte. „Daten von Toms Arbeitshandy, die wir unter Verschluss halten sollen, mit Grüßen vom FBI. Mich interessiert vor allem seine Korrespondenz mit Justizminister Cox und dem Kongressabgeordneten Bryant."

„Ich kümmere mich darum."

„Wie läuft es sonst so?" Sam hatte gelernt, regelmäßig das private Gespräch mit den Mitgliedern ihres Teams zu suchen, vor allem nach dem, was Cam und Gigi kürzlich durchgemacht hatten, als Letztere gezwungen gewesen war, Cams Ex-Freundin in Notwehr zu erschießen.

„Besser."

„Was ist mit Gigi?"

„Sie geht immer einen Tag nach dem anderen an. Obwohl sie weiß, dass es Notwehr war, hat sie damit zu kämpfen, dass sie einen Menschen getötet hat."

„Wenn sie damit nicht zu kämpfen hätte, wäre sie nicht die Person, die wir kennen und lieben."

„Das sage ich ihr auch täglich. Letztes Wochenende sind wir für zwei Nächte weggefahren. Das hat geholfen."

„Das freut mich. Lass es mich wissen, wenn ich etwas für euch tun kann."

„Werde ich, danke. Der Abend gestern war unglaublich. Keiner von uns wird das je vergessen."

„Danke, dass ihr da wart. Es hat uns viel bedeutet, von Freunden umgeben zu sein."

„Meine komplette Familie ist grün vor Neid."

Sam lachte. „Die Greens sind grün."

„Genau. Ich lass dich wissen, was mir die Handydaten verraten."

„Danke. Richte Freddie aus, dass ich ihn sprechen will."

„Mach ich."

Ihr Partner erschien eine Minute später. „Du hast gerufen?"

„Würdest du bitte recherchieren, wo wir Richterin Sawyer finden?"

„Schon dabei."

Wenige Minuten später kehrte er zurück. „Sie ist in ihrem Büro in der E Street Northwest. Ich habe mit ihrer Sekretärin gesprochen, und sie sagte, wir können gerne vorbeikommen."

„Gehen wir."

Lindsey streckte sich auf der Couch in ihrem Lieblingszimmer in dem Reihenhaus aus, das sie mit Terry teilte. Die Nachmittagssonne schien durch die Fenster, die sie geöffnet hatte, um so viel natürliches Licht wie möglich hereinzulassen. Die farbenfrohen Blüten ihrer Orchideen, die die Fensterbänke säumten, erfüllten sie mit Freude. Die Orchideenzucht war ihr Hobby, seit Terry ihr im Vorjahr eine zum Geburtstag geschenkt hatte, und nun war sie besessen davon, diese kapriziösen Pflanzen zu verstehen.

Terry kam mit einem Tablett herein, das er ihr auf den Schoß stellte. Er hatte ihr Tee und Toast mit ihrer geliebten Erdbeermarmelade gemacht. Daneben standen eine Schale mit Beeren und ein Medikamentenbecher mit ihren Nachmittagstabletten.

„Das sieht lecker aus. Vielen Dank."

„Kann ich dir sonst noch was bringen?" Als er am Couchtisch Platz nahm, bemerkte sie, dass sein attraktives Gesicht weiter von den Strapazen der letzten Tage gezeichnet war.

Lindsey streckte die Hand aus. „Es geht mir gut. Wirklich.“ Die Ärzte hatten ihr Ruhe und Entspannung verordnet, bis sie sich wieder normal fühlte.

Er küsste ihr den Handrücken. „Du weißt, das ist alles, was für mich zählt.“

„Ja, weiß ich, und es tut mir leid, dass ich dich erschreckt habe.“

„Du musst dich nicht entschuldigen.“

„Doch. Ich hab ein schlechtes Gewissen, weil ich dich so einer Tortur ausgesetzt habe, besonders während einer so wichtigen Arbeitswoche.“

„Solange es dir nur besser geht, ist alles paletti.“

„Wirklich?“ Sie musterte ihn, suchte nach Rissen in der Fassade.

„Ich nehme zweimal täglich an Online-Meetings teil und telefoniere mehrmals am Tag mit meinem Sponsor.“

„Ich bin sehr stolz auf dich.“

Terry schnaubte. „Warum das?“

„Weil du die Anzeichen einer Krise erkannt und entsprechend gehandelt hast. Vor nicht allzu langer Zeit hättest du vielleicht andere Entscheidungen getroffen, die zu Problemen geführt hätten.“

„Ich habe mittlerweile allen Grund, clean und nüchtern zu bleiben. Ich habe die Frau meiner Träume, den Job meiner Träume, das Leben meiner Träume. Niemals würde ich das Risiko eingehen, das alles zu ruinieren, schon gar nicht in Bezug auf die Frau meiner Träume.“

Lindsey lächelte. Wie könnte sie auch nicht? „Wir haben solches Glück. So unfassbar viel Glück.“

„Ja, das haben wir.“

Terrys Arbeitshandy klingelte. „Da muss ich ran. Guten Appetit.“

„Du kannst zur Arbeit fahren, wenn Nick dich braucht.“

„Vielleicht morgen.“ Er küsste Lindsey auf die Wange und stand auf, um den Anruf entgegenzunehmen. „Derek, was gibt's?“

Während Terry mit dem stellvertretenden Stabschef sprach,

nippte Lindsey an ihrem Tee und biss in ihren Toast. Ihr Telefon summte – eine SMS von Sam.

Wie sieht's aus, Doc? Ich vermisse dich hier.

Schon viel besser. Ich kann es kaum erwarten, wieder zur Arbeit zu kommen.

Entspann dich, und genieß die Auszeit. Du hast sie dir verdient.

Ich habe das Neueste über das Monster gehört. Wie verkraftest du das?

Gut. Es geht nicht um mich.

Natürlich geht es um dich. Ruf mich an, wenn du reden möchtest.

Danke, aber es ist wirklich alles in Ordnung. Ich hab was Neues im Fall Forrester, verfolge Hinweise und tue, was ich eben so tue.

Ihr habt gestern Abend fantastisch ausgesehen. Beide.

Danke dir. Das war eine Teamleistung. Ich melde mich später wieder.

Ich werde hier sein.

Hey, du … Ich will jetzt nicht gefühlsduselig werden, doch du solltest wissen … Ich hab dich lieb und bin wirklich froh, dass es dir besser geht.

Lindseys Augen füllten sich mit Tränen. *Ich hab dich auch lieb!*

Es gab nichts Besseres als eine gesundheitliche Krise, um einem das Gefühl zu geben, von den Menschen, die einem am nächsten standen, geliebt und unterstützt zu werden.

Terry kehrte mit dem Handy in der Hand zurück in den Wintergarten. „Derek sagt, gestern Abend ist alles perfekt gelaufen, was eine große Erleichterung ist."

„Es war perfekt, denn du und der Rest des Teams im Weißen Haus habt euch schon vor Wochen um jedes Detail gekümmert."

„Trotzdem schön zu hören, dass wir es geschafft haben."

„Schade, dass du es verpasst hast."

„Ach, das macht nichts. Ich bin lieber im Jogginganzug mit dir zu Hause als in einem Smoking im Weißen Haus."

„Lügner."

„Gar nicht. Du weißt, ich bin lieber bei dir als irgendwo sonst."

„Schon, aber es war trotzdem schade, einen schönen Abend mit unseren besten Freunden zu verpassen."

„Apropos beste Freunde: Derek hat mir erzählt, dass er und Roni es beim Staatsbankett offiziell gemacht haben. Sie sind Händchen haltend erschienen."

„Das freut mich für die beiden." Sie wusste, dass Derek und Roni Zeit miteinander verbracht hatten, doch sie hatten sich bisher nicht zu ihrem Beziehungsstatus geäußert. „Wann kommt Ronis Baby?"

„Im Juni. Er hat gesagt, sie wollen einander helfen, die Kinder großzuziehen."

„Das ist toll. Nach allem, was die zwei hinter sich haben, haben sie alles Glück der Welt verdient."

„Ja, genau wie wir." Er gab ihr erneut einen Kuss auf den Handrücken. „Ich kann es kaum erwarten, einen weiteren Ring an diese schöne Hand zu stecken."

Ihre Hochzeit auf der Farm seiner Eltern in Leesburg war für Juli geplant. „Ich kann es ebenfalls kaum erwarten."

KAPITEL 27

„Was wissen wir über Richterin Sawyer?", fragte Sam Freddie, als Vernon sie in die E Street fuhr.

Er tippte auf seinem Smartphone herum. „Sie hat ihren Abschluss in Jura in Stanford gemacht. Danach ist sie als Staatsanwältin in Marin County, Kalifornien, tätig gewesen und hat vor ihrer Ernennung zur Bundesbezirksrichterin zehn Jahre im kalifornischen Justizministerium gearbeitet. Vor zwei Jahren erfolgte der Wechsel ans Bundesberufungsgericht in Washington."

„Eine beeindruckende Karriere."

„Aber echt. Ihr Mann ist Unfallchirurg, und sie haben sechs Kinder im Alter von dreizehn bis fünfundzwanzig."

„Wow. Jetzt bin ich noch mehr beeindruckt."

„Sie ist nichts gegen dich."

„Halt die Klappe."

Vernon und Jimmy lachten.

Im Gerichtsgebäude gaben sie ihre Waffen ab und passierten die Sicherheitskontrolle, bevor man sie zum Zimmer der Richterin führte, vor dessen Tür ein Beamter Wache hielt.

Obwohl er sie erkannte, sah er sich ihre Ausweise genau an. Erst danach klopfte er an die Tür und öffnete sie für sie.

Richterin Sawyer erhob sich, um sie zu begrüßen. Sie war groß, braunhäutig, hatte langes lockiges Haar und ein herzliches

Lächeln. Sawyer reichte Sam die Hand. „Wie schön, Sie kennenzulernen. Ich verfolge Ihre Karriere schon seit einiger Zeit, nicht
erst seit den jüngsten Entwicklungen."

Sam mochte die Frau spontan. „Jüngste Entwicklungen'. So
kann man es natürlich auch nennen."

Die Richterin lachte und winkte sie an den kleinen
Konferenztisch.

„Das ist mein Partner Detective Cruz."

„Er ist fast so berühmt wie Sie."

Das brachte ihr ein breites Grinsen von Freddie ein.

„Sagen Sie ihm das bloß nicht. Er ist so schon nicht zu
bändigen."

Freddie schaute finster.

„Es ist heutzutage so schwer, Kinder großzuziehen, finden
Sie nicht auch?", fragte Sam.

„Unglaublich schwer."

„Ich bin übrigens anwesend", unterrichtete Freddie sie.

Die beiden Frauen lachten.

„So schön es auch ist, Sie persönlich kennenzulernen", kehrte
Sawyer zum Thema zurück, „ist mir natürlich klar, dass dies
kein Höflichkeitsbesuch ist."

„Genau. Sie sind informiert, dass wir den Mord an Forrester
und die Schüsse auf Hill untersuchen?"

„Ja. Eine entsetzliche Geschichte. Ich erinnere mich gut an
den Fall Peckham. Selten sind mir Menschen untergekommen,
denen es so sehr an grundlegendem menschlichen Anstand
gefehlt hat, und das will bei den Leuten, denen ich in diesem Job
begegne, schon etwas heißen."

„Das ist eine sehr gute Beschreibung. Ohne den geringsten
menschlichen Anstand." Das traf auch auf Stahl zu, erkannte
Sam. „Sie haben Ihre Sicherheitsvorkehrungen hier und zu
Hause verstärkt?"

„Ja, vielen Dank für die Warnung. Ich kann einfach nicht
glauben, dass Rache tatsächlich oberste Priorität für sie hat,
nachdem sie nach Jahren aus dem Gefängnis entlassen wurden."

„Wir glauben, Peckhams Sohn Harlan könnte für den Mord
an Tom und die Schüsse auf Avery verantwortlich sein."

„Das ist der, dem man wegen eines Formfehlers nicht den Prozess machen konnte, richtig?"

„Ja."

Richterin Sawyer runzelte die Stirn. „Was für eine Farce. Er war genauso schuldig wie alle anderen auch."

„Nach dem, was Agent Hill und Harlans Stiefmutter uns mitgeteilt haben, hat er immer versucht, sich die Anerkennung seines Vaters zu verdienen. Anscheinend war er der kleinste der Söhne, und sein Vater hat ihn deswegen gnadenlos aufgezogen. Also hat er sich in das tödlichste und gemeinste Familienmitglied von allen verwandelt, und jetzt scheint er sich um die ausstehenden Vergeltungsmaßnahmen seines Vaters zu kümmern."

„Da wird Daddy aber stolz sein."

„Ich mag Sie", gestand Sam mit einem Lächeln.

„Sie mag eigentlich niemanden", warf Freddie erklärend ein.

„Sei still. Verrat nicht gleich beim ersten Treffen all meine Geheimnisse."

Die Richterin lachte. „Ich kann Sie gut verstehen. Ich finde die meisten Menschen auch furchtbar."

„Wir haben es in unseren Berufen leider häufig mit den schlimmsten Vertretern der Gattung zu tun."

„Je älter ich werde, desto mehr sehne ich mich nach Harmonie, Ruhe und Zeit mit meinen Lieben. Alles andere steht so weit unten auf der Prioritätenliste, als würde es gar nicht existieren."

„Wir liegen offenbar auf einer Wellenlänge."

„Wie schön. Meine Freundinnen werden durchdrehen, wenn ich ihnen erzähle, dass ich Sie getroffen habe."

„Ach was."

„O doch."

„Sie hat keine Ahnung, wie cool sie ist", merkte Freddie an.

„Ich schalte ihn gleich stumm."

„Sie beide sind sehr unterhaltsam."

„Das hat man uns schon ein- oder zweimal gesagt."

„Ich kann verstehen, warum."

„Also, hören Sie, Euer Ehren …"

„Nennen Sie mich Cori. Ich glaube, wir werden Freundinnen werden."

„Gerne, Cori. Aber vielleicht wollen Sie gar nicht mehr mit mir befreundet sein, nachdem Sie gehört haben, um was ich Sie bitten möchte."

„Raus damit."

Sam mochte alles an ihr, was so selten vorkam, dass es eine echte Überraschung war. „Harlan Peckham ist ein Berufsverbrecher, den seine eigene Stiefmutter als rücksichtslos und gewalttätig beschreibt. Er hat kein Handy, hatte auch noch nie eins und weiß, wie er sich verstecken kann, bis er eine Chance sieht, Sie zu erwischen."

Cori schluckte schwer. „Wollen Sie, dass ich heute Nacht kein Auge zumache?"

„Keineswegs. Und es tut mir leid, wenn ich Ihnen Angst einjage, doch der Kerl stellt eine echte Gefahr dar."

„Also, um was wollten Sie mich bitten?"

„Was halten Sie davon, im Mittelpunkt einer Operation zu stehen, die ihn aus seinem Versteck locken soll?"

„Sie wollen, dass ich den Köder spiele?"

„,Köder' ist so ein unschönes Wort …"

„Welches würden Sie denn verwenden?"

„Lockvogel?"

„Köder."

„Gut, ja, meinetwegen. Sie wären der Köder."

Cori schien über die Idee nachzudenken. „Wie würde das genau ablaufen?"

„Ich habe noch keine Detailplanung. Zuerst wollte ich wissen, ob Sie überhaupt bereit wären, mit uns zusammenzuarbeiten. Harlan hat sich als sehr geduldig erwiesen. Wahrscheinlich auf Geheiß seines Vaters hat er jahrelang auf die Gelegenheit gewartet, sich an den Leuten, die seiner Meinung nach seine Familie ruiniert haben, zu rächen. Wir glauben, dass er tätig geworden ist, nachdem sein Vater bei Avery Hill gescheitert ist, und dann hat er dort weitergemacht, wo Willy aufgehört hat. In nur wenigen Tagen ist es ihm gelungen, Tom zu töten und Hill schwer zu verletzen. Wir haben keinen

Zweifel daran, dass er Sie als Nächstes ins Visier nehmen wird. Unser Ziel ist es, ihn zu fassen, bevor noch jemand zu Schaden kommt."

„Und wie wollen Sie meine Sicherheit gewährleisten? Ich habe Kinder … Ich habe nicht vor, etwas Dummes zu tun und sie als Halbwaisen zurückzulassen."

„Das verstehe ich, doch obwohl wir alles Menschenmögliche tun würden, um Sie zu beschützen, gibt es keine Garantie."

Cori faltete die Hände und schaute auf den Tisch. „Ich kann an nichts anderes mehr denken, seit ich gehört habe, dass die Peckhams Verdächtige in den Fällen Forrester und Hill sind. Ehe meine Sekretärin mir alles berichten konnte, wusste ich schon, was sie sagen würde: dass ich in Gefahr bin, weil ich den Vorsitz bei dem Fall hatte und für alle Angeklagten die höchstmögliche Strafe verhängt habe. Obwohl ich sie für Jahre hinter Gitter gebracht habe, wusste ich, dass es keine Rolle spielen würde. Sobald sie auf freiem Fuß wären, würden sie wieder in alte Muster zurückfallen. Ich habe Tom sogar gesagt, dass ich befürchtete, dass das, was sie im Gefängnis lernen würden, sie nur effektiver werden lassen würde. Sie machen immer alle anderen für ihre Probleme verantwortlich, ihnen fehlt jede Form von Selbstreflexion oder Reue. Ich habe recherchiert, was Harlan getrieben hat, während der Rest seiner Familie im Gefängnis saß. Er war die ganze Zeit auf freiem Fuß und hat ihre Geschäfte weitergeführt. Meinen Quellen zufolge ist er sogar noch skrupelloser als sein Vater, wenn das überhaupt möglich ist." Sie hob den Blick und sah Sam und Freddie an. „Ich will, dass dieser Kerl von der Straße verschwindet und für den Rest seines erbärmlichen Lebens sitzt. Dafür werde ich alles tun, was in meiner Macht steht."

„Wir wissen Ihre Hilfe sehr zu schätzen."

„Von Frau zu Frau in einem Männerberuf: Ich glaube an Sie. Ich vertraue darauf, dass Sie das Richtige tun."

Sam fühlte sich durch das Vertrauen geehrt, aber auch unter Druck gesetzt. Es durfte absolut nichts schieflaufen. In der nächsten halben Stunde gingen sie Sawyers Wochenplan durch.

Freddie schrieb die Adressen von Sawyers Wohnung, den

Schulen ihrer Kinder, ihrem Lieblingscafé, ihrem Fitnessstudio und der Kirche auf, deren Gemeinde sie angehörte.

Als sie alles hatten, was sie brauchten, erhob sich Sam. „Ich melde mich, sobald ich die Gelegenheit hatte, mit unserem Team zu sprechen. Wir werden vermutlich mit dem FBI kooperieren."

Sawyer stand auf, um sie nach draußen zu begleiten. „Ich bin bereit, wenn Sie es sind."

„Vielen Dank, Cori."

Die Richterin umarmte Sam. „Es war mir eine Ehre, Sie kennenzulernen."

„Ganz meinerseits."

„Wow", sagte Freddie im Fahrstuhl. „Ich habe noch nie erlebt, dass du so schnell jemanden sympathisch gefunden hast."

„Sie ist fantastisch. Ich bin ganz hin und weg."

„Das hat man gemerkt."

„Mein Vater hat immer gesagt, dass die Leute es entweder begreifen oder eben nicht. Sie begreift es, und das schätze ich an einem Menschen, vor allem wenn ich ihn bitte, den Lockvogel bei einem Plan zu spielen, der einen skrupellosen Killer anlocken soll."

„Ich mach mir Sorgen darum, ob wir sie zuverlässig beschützen können."

„Ja, ich auch. Wir werden das mit dem Team besprechen, das wir zusammenstellen werden, und erklären, dass ihre Sicherheit oberste Priorität für uns hat. Schick George eine Nachricht, und berichte ihm, was wir vorhaben und dass wir Hilfe brauchen."

Freddie tippte etwas auf seinem Handy. „Er meint, ich soll ihm Bescheid geben, was sie tun können."

„Sag ihm, er soll uns morgen früh um acht Uhr im Hauptquartier treffen. Dann arbeiten wir einen Plan aus."

„Ist erledigt." Er schaute von seinem Smartphone hoch. „Eric Davies ist frei und hält eine Pressekonferenz auf der Treppe des Gerichtsgebäudes ab."

„Können wir sie uns ansehen?"

Freddie tippte auf den Bildschirm und hielt das Smartphone so, dass Sam den Livestream ebenfalls verfolgen konnte.

„Ich möchte meinen Anwälten dafür danken, dass sie mich

nie aufgegeben haben. Von Anfang an haben sie mir geglaubt, als ich gesagt habe, ich hätte Tiffany Jones nie getroffen, geschweige denn vergewaltigt. Leonard Stahl hat mich reingelegt, nachdem ich mich vor Jahren über sein Verhalten bei einer Verkehrskontrolle beschwert hatte. Er hat mich gewaltig reingeritten, und ich habe dafür mit sechzehn Jahren Gefängnis bezahlt. Mein neues Leben beginnt heute. Ich habe vor, jede Minute, die mir noch bleibt, dafür zu nutzen, die Wahrheit ans Licht zu bringen, um korrupte Polizisten zu identifizieren und sie von der Straße und aus den Revieren zu holen. Das ist jetzt meine Mission, und diese Mission beginnt heute mit einer Klage gegen das Metro PD und den District of Columbia wegen unrechtmäßiger Inhaftierung, die meine Anwälte in diesem Moment einreichen. Ich werde sie für das bezahlen lassen, was sie mir und anderen damit angetan haben, dass sie diesen Mann haben gewähren lassen."

„Na toll", meinte Sam. „Nicht dass er nicht alles Geld der Welt verdient hätte für das, was Stahl in seinem Leben angerichtet hat. Es ist nur großer Mist, dass der Rest von uns auch für Stahls Sünden büßen soll."

Ihr Handy klingelte. Es war Darren Tabor.

„Was gibt's?"

„Haben Sie die Pressekonferenz von Davies verfolgt?"

„Ja."

„Haben Sie einen Kommentar zu der Klage oder seiner neuen Mission?"

„Für alles, was damit zu tun hat, ist der Chief zuständig, wie Sie wissen."

„Können Sie mir nicht irgendwas geben?"

„Nein, Darren, kann ich nicht."

„Ich habe Gerüchte über Funde in Stahls Haus gehört. Bestätigen oder dementieren Sie das?"

„Bis dann." Sam klappte ihr Handy zu. „Er sagt, er habe Gerüchte über Funde in Stahls Haus gehört."

„Der Rest der Geschichte wird jeden Augenblick auffliegen, vor allem wenn Davies die Klage einreicht und vor Gericht zieht."

Wieder klingelte Sams Handy. Diesmal war es Captain Malone. „Hey, Captain. Was liegt an?"

„Ich vermute, Sie haben das mit Davies gehört."

„Ja."

„Das ist heute schon die zweite Klage gegen uns."

„Wer hat denn die andere eingereicht?"

„Ramsey, der alle am betreffenden Tag im Park Anwesenden, einschließlich Ihnen, für den Tod seines Sohnes verantwortlich macht."

„Na toll."

„Sagen Sie mir, dass Sie gute Nachrichten für mich haben."

„Ich bin mir ziemlich sicher, dass ich weiß, wer Tom getötet und auf Avery geschossen hat, und ich habe einen Plan dafür, ihn aus der Reserve zu locken, der eine Bundesrichterin als Lockvogel vorsieht."

„Ich habe nach *guten* Nachrichten gefragt."

„Das sind gute Nachrichten."

„Ist die Richterin denn einverstanden?"

„Ja. Ich habe gerade mit ihr gesprochen, und sie ist bereit mitzumachen, wenn das bedeutet, dass der Kerl für den Rest seines Lebens ins Gefängnis muss."

„Das müssen wir mit dem Chief besprechen."

„Er weiß, dass ich mit ihr geredet habe. Ich werde ihn auf den neuesten Stand bringen, wenn ich wieder da bin. Für acht Uhr morgen früh bereite ich ein Treffen vor, bei dem alle Beteiligten zusammenkommen sollen, um die Sache zu planen. Können Sie dabei sein?"

„Ja. Wen fragen Sie noch?"

„Ich möchte, dass mein Team, Lucas und Archie dabei sind, und ich habe auch George Terrell und seine Leute hinzugebeten."

„Hört sich gut an. Ich werde da sein."

Sam klappte ihr Handy zu. „Ramsey hat Klage wegen der Schüsse auf seinen Sohn eingereicht." Ein Scharfschütze des MPD hatte Shane Ramsey im Rock Creek Park ausgeschaltet, nachdem der eine Frau als Geisel genommen hatte. Außerdem hatten sie ihn mit mehreren Vergewaltigungen und Morden in Verbindung gebracht.

„Das wird ihm nichts nützen. Egal, was sein Vater denkt: Wenn Shane noch am Leben wäre, säße er jetzt für den Rest seiner Tage im Gefängnis. Die Beweise waren wasserdicht. Ich bezweifle, dass der Prozess über die Vorverhandlung hinausgehen wird."

„Ramsey will nicht den Prozess gewinnen. Er will uns schlecht dastehen lassen, indem er sich an das dranhängt, was mit Stahl, Davies und so weiter passiert." Bevor sie erfahren hatten, dass Stahl ein Serienmörder war, hatten sie bei Untersuchungen seiner früheren Fälle bei den meisten Unregelmäßigkeiten entdeckt. Er hatte nicht einmal die einfachsten Ermittlungen durchgeführt.

„Ja, das stimmt wahrscheinlich. Denk daran, was dein Vater immer gesagt hat."

„Welche Perle der Weisheit meinst du konkret?"

„Egal, was passiert, es wird vorübergehen, und etwas anderes wird kommen, das die Aufmerksamkeit von dem ablenkt, was uns so beunruhigt."

„Er hatte recht, meist jedenfalls. Aber ich glaube nicht, dass die Sache mit Stahl schnell und einfach erledigt sein wird."

„Nein, wahrscheinlich nicht."

„Was passiert sonst noch in der Welt?", fragte sie.

„Bist du sicher, dass ich dich nicht für ein eigenes Smartphone interessieren kann?"

„Wozu brauche ich das, wo ich doch dich und deins habe?"

„Gott, die Antwort habe ich verdient."

„Sie hat nicht ganz unrecht, Detective", meinte Vernon.

„Sagen Sie ihr das bloß nicht."

Sam schenkte ihm ein selbstgefälliges Lächeln. „Ich liebe es, recht zu haben."

„Sehen Sie, was Sie angerichtet haben, Vernon?"

„Ja, und es tut mir leid."

„Sie haben damit ordentlich Punkte gesammelt, Vernon", erwiderte Sam. „Machen Sie sich das jetzt nicht kaputt."

Als sie im Großraumbüro ankamen, warteten Malone und Farnsworth schon auf sie.

Sam führte die beiden in den Konferenzraum.

„Ich habe gehört, Sie haben mit Richterin Sawyer gesprochen."

„Das haben wir, und sie hat sich bereit erklärt, mitzumachen."

„Wie stellen Sie sich das Ganze denn genau vor?"

„Wenn Harlan Peckham die Richterin beobachtet hat, kennt er ihre Gewohnheiten. Er weiß, wann sie das Haus und das Büro verlässt, wann sie zu einem der Spiele ihrer Kinder geht, wann in die Kirche oder wohin auch immer. Ich schlage vor, dass wir uns auf einen dieser Termine konzentrieren und sie als vermeintlich leichte Beute erscheinen lassen, die in Wahrheit jedoch auf jede Weise, die uns zur Verfügung steht, geschützt sein wird, einschließlich Scharfschützen auf jedem Dach in der Nähe. Ich denke, die Kirche dürfte unsere beste Chance sein, wobei die anderen Kirchgänger Beamte in Zivil sein müssen, die sie beim Kommen und Gehen umringen."

„Was passiert mit dem Rest der Gemeinde?"

„So weit bin ich noch nicht. Vielleicht bitten wir sie, eine andere Tür zu benutzen, während Cori und die Beamten durch die Haupttür eintreten?"

„Ich würde gerne den Grundriss der Kirche sehen, um zu prüfen, ob sie für so etwas geeignet ist. Wir müssten auch den Pfarrer und die Sicherheitskräfte der Richterin einweihen."

„Ich werde bis morgen früh einen detaillierteren Plan haben."

„Wir sollten alle Einsatzkräfte einschalten", schlug Farnsworth vor. „Überlassen wir nichts dem Zufall."

„Ja, Sir. Das FBI wird uns ebenfalls unterstützen."

„Wenn eine Bundesrichterin bei einer von uns organisierten Operation stirbt, ist das unser aller Ende in diesem Beruf."

Sam schluckte schwer. „Ja, Sir."

„Das darf auf keinen Fall passieren."

Nachdem der Chief den Raum verlassen hatte, sagte Malone: „Er übertreibt nicht. Wenn Sie nicht glauben, dass Sie das reibungslos und ohne Schaden für die Richterin hinbekommen, dann lassen Sie es sein. Wir finden einen anderen Weg, diesen Kerl zu schnappen."

„Ich frage mich, wie wir ihn sonst ausfindig machen sollen. Inzwischen weiß er wahrscheinlich, dass wir seine Stiefmutter in Gewahrsam haben, was bedeutet, ihm ist klar, dass wir ihn und seine Familie noch mal ganz genau unter die Lupe nehmen. Das ist ein Typ, der weiß, wie man untertaucht. Wenn wir keinen Weg finden, ihn herauszulocken, werden wir ihn nie aufspüren."

„Ich neige dazu, Ihnen zuzustimmen, und das ist der einzige Grund, warum ich mich mit der Aktion einverstanden erkläre."

„Mir ist bewusst, was auf dem Spiel steht, Captain. Wir werden alle Eventualitäten durchspielen und alle Möglichkeiten ausloten. Wir werden bereit sein."

„Wie sieht Ihr nächster Schritt aus?"

„Ich gehe in die Kirche."

„Mr President, Mr Kavanaugh bittet um ein kurzes Gespräch."

„Schicken Sie ihn rein."

Nick stand auf und ging um den Schreibtisch herum, um seinen stellvertretenden Stabschef und langjährigen Freund zu begrüßen. Es war ein großer Trost für ihn, Menschen wie Derek, Terry, Christina und Harry auf dieser verrückten Reise an seiner Seite zu haben.

„Was gibt's?"

Sie nahmen auf den sich gegenüberstehenden Sofas Platz.

„Da Terry nicht da ist, wollte ich mal nachfragen, ob du noch etwas anderes brauchst als den üblichen Wahnsinn aus ständigen Besprechungen, Meetings und anderen lustigen Dingen."

Nick lächelte. „Hier ist es immer lustig. Ich habe über Fort Liberty und die Folgen des Amoklaufs nachgedacht. Was hören wir von General Stern über die Situation vor Ort?"

„Ich werde Minister Jennings um ein Update bitten."

„Es kommt mir nicht richtig vor, dass wir nicht dort waren."

„Ich verstehe das und werde schauen, was ich tun kann."

„Danke. Nun zu den anstehenden Reisen …"

„Das wird eine Ochsentour."

Nick wollte in der nächsten Woche zum Fundraising an die Westküste aufbrechen, um die bevorstehenden Zwischenwahlen zu unterstützen. In drei Tagen würde er sechs Städte besuchen und auf dem Rückweg Gewerkschaftsführer in Detroit und Chicago treffen. Schon jetzt hatte er Angst davor, vier Tage weg von zu Hause sein zu müssen.

Hatte er Sam überhaupt davon erzählt? Er konnte sich nicht erinnern. Das musste er so schnell wie möglich nachholen. Was hieß es, dass ihn der Gedanke, ein paar Tage von seiner Frau getrennt zu sein, so deprimierte wie schon lange nichts mehr? Seit er Ende November das Amt des Präsidenten angetreten hatte, war er in der Nähe des Weißen Hauses geblieben, um dem amerikanischen Volk zu zeigen, dass er seine Aufgabe erfüllte.

„Du hast am Freitagnachmittag einen Termin im Kalender stehen. Brauchst du dafür personelle Unterstützung?"

Nick lachte humorlos. „Nein. Und ich traue mich kaum, dir zu sagen, um was es sich handelt."

„Äh … Ich weiß nicht so recht, was ich darauf antworten soll …"

„Sam und ich treffen uns in der Ninth Street mit meiner Mutter und ihrem Anwalt."

Dereks Miene verfinsterte sich. „Ihr tut was?"

„Du hast richtig gehört. Sie hat um ein Treffen gebeten, und ich habe zugestimmt."

„Warum?"

Nick war nicht überrascht von Dereks Reaktion. Sein langjähriger Freund hatte aus nächster Nähe miterlebt, welchen Schmerz Nicoletta ihrem einzigen Kind über die Jahre zugefügt hatte. „Offenbar will sie Wiedergutmachung leisten."

Derek sah ihn an, ohne zu blinzeln.

„Ich weiß, was du denkst …"

„Tatsächlich?" Derek räusperte sich. „Entschuldigung, Mr President."

Nick runzelte bei der förmlichen Anrede die Stirn. „Sei ehrlich zu mir, Derek. Ich weiß, was du denkst, und ich habe das Gleiche gedacht, doch ich möchte wissen, was sie mir mitteilen will."

Endlich blinzelte sein Freund und wandte den Blick ab.

„Sag, was du zu sagen hast."

Derek zögerte, ehe er schließlich das Wort ergriff. „Ich hasse es, wie sie dich behandelt und wie sich ihr Verhalten auf dich auswirkt. Ich hasse es, dass sie sich einen Dreck um dich geschert hat, es sei denn, sie wollte etwas von dir. Ich hasse es, dass sie dich dein Leben lang im Stich gelassen hat und du immer noch hoffst, sie könnte sich eines Tages ändern. Das wird sie nicht. Sie ist eine Trickbetrügerin, eine Schmarotzerin und ein echtes Miststück." Er brach ab und schien verlegen wegen seines Ausbruchs. „Sorry, das ging zu weit."

„Alles gut, du hast ja recht. In allen Punkten. Und ich weiß das alles, und trotzdem …" Nick zuckte die Achseln und fühlte sich hilflos, weil er immer noch das Bedürfnis nach ihrer Liebe und Aufmerksamkeit hatte.

„Ist sie immer noch deine Mutter."

„Richtig."

Derek seufzte. „Tut mir leid, dass ich so unverblümt war."

„Das ist schon in Ordnung. Ich möchte immer hören, was du denkst."

„Es ist schwer für uns, die wir uns um dich sorgen, zu sehen, wie sie dich immer wieder verletzt."

„Ich weiß, und es ist auch kein Spaß, immer wieder verletzt zu werden. Aber dieses Mal fühlt es sich irgendwie anders an."

Derek musterte ihn skeptisch.

„Ja, ich höre mich selbst reden, und ein Teil von mir glaubt es ebenfalls nicht. Andererseits ist es ja möglich, dass sie während ihrer Haft etwas dazugelernt hat, und zudem scheint sich dieser Anwalt sehr für sie einzusetzen."

„Was verspricht er sich davon?"

„Ich bin nicht sicher, doch er war es, der sie ermutigt hat, sich mit mir zu versöhnen."

„Weshalb? Will er was von dir?"

„Ich glaube nicht."

„Nick … Mr President … Darf ich ihn bitte überprüfen und mich vergewissern, dass er keine Gefahr darstellt?"

„Wenn du das für nötig hältst …"

„Unbedingt."

„Gut, dann okay. Er heißt Collins Worthy und stammt aus Cleveland. Berichte mir, was du herausfindest."

„Natürlich."

„Sieh mich nicht so an, als hättest du Angst, dass ich dich nicht mehr mag, weil du mir deine ehrliche Meinung gesagt hast. Du weißt, wie sehr ich das schätze, besonders jetzt."

„Ja, aber ich weiß auch, dass du deine Mutter liebst, selbst wenn sie es nicht verdient hat."

„Sie ist nur ein kleines Ärgernis in einem ansonsten wundervollen Leben. Seit ich eine Familie habe, Menschen, die mich bedingungslos lieben, kann sie mich nicht mehr so verletzen wie früher. Mach dir keine Sorgen um mich, okay?"

„Ich versuch's."

„Jetzt möchte ich mehr über dich und Roni erfahren. Erzähl mir alles. Na ja, die jugendfreien Sachen."

„Bis jetzt ist alles jugendfrei, was auch in Ordnung ist. Sie hat erst vor sechs Monaten ihren Mann verloren, und keiner von uns war auf der Suche ..." Er zuckte die Achseln und lächelte verlegen. „Zuerst dachte ich, sie würde mich stalken."

„Echt?"

„Ja, und das hat sie auch irgendwie. Offenbar hab ich, insbesondere von hinten, Ähnlichkeit mit ihrem verstorbenen Mann, und sie ist mir gefolgt. Nach der Sache mit Vic bin ich besonders paranoid und habe sie in einem Café, das wir beide mögen, zur Rede gestellt. Da hat sie mir gebeichtet, dass ich sie von hinten an ihren verstorbenen Mann erinnere und dass das Witwen-Dasein sie seltsam hat werden lassen, was ich nachempfinden kann. Dann hab ich sie zufällig bei einem Meeting einer Trauergruppe wiedergetroffen, der ich seit einiger Zeit angehöre, und schließlich ist sie hier als Sams Kommunikationschefin aufgetaucht. Wie könnten wir nach alldem nicht Freunde sein?"

„Ich freue mich auf jeden Fall für euch. Sam genauso."

„Es war ... na ja, irgendwie erstaunlich, um ehrlich zu sein. Maeve ist verrückt nach ihr, und Roni hat sie in ihr Herz geschlossen. Es fühlt sich alles ganz natürlich an, selbst wenn es wahrscheinlich noch viel zu früh für sie ist. Doch es ist ja nicht so, dass wir gezielt danach gesucht hätten. Es hat sich einfach so ergeben."

„So soll es sein. Niemand hat dieses Glück mehr verdient als ihr beide."

„Zum ersten Mal seit Vics Tod schaue ich optimistischer in die Zukunft."

„Das freut mich zu hören."

„Das Leben ist manchmal seltsam."

„Ja, und einfach wunderbar."

„Zweifellos. Es ist nett, nach all dem Furchtbaren auch mal etwas Schönes zu erleben."

„Ich hoffe, du weißt, wie sehr wir dich dafür bewundern, wie du das Unvorstellbare überlebt hast."

„Welche Wahl hatte ich denn? Maeve hat mich gebraucht, und ich musste für sie da sein."

„Wir wissen beide, wenn du deinen Eltern gesagt hättest, dass du es nicht schaffst, wären sie eingesprungen."

„Auf die Idee bin ich nie gekommen, obwohl ich es ohne ihre Hilfe niemals überstanden hätte."

„Ich kann es kaum erwarten, auf deiner Hochzeit zu tanzen."

Derek lächelte. „Immer langsam. Roni will bis mindestens Oktober, bis zum einjährigen Todestag ihres Mannes, nur eine Freundschaft. Bis dahin begleite ich sie durch ihre Schwangerschaft und bin von Tag zu Tag faszinierter."

„Sie wird sich hoffentlich nicht plötzlich zurückziehen, weil sie das Gefühl hat, dass es zu früh ist, oder?"

„Ich glaube nicht. Wir haben viel darüber gesprochen, und sie scheint sehr entschlossen zu sein. Das ist eins der Dinge, die ich am meisten an ihr mag. Wir können über alles reden. Nichts ist tabu. Sie hat mir vor Augen geführt, wie wenig ich Vic gegeben habe."

„Das stimmt nicht. Du hast ihr alles gegeben."

„Nein, hab ich nicht. Ich hab das vielleicht gedacht, doch im Nachhinein verstehe ich, dass ich sehr reserviert gewesen bin, mich viel zu sehr auf die Arbeit konzentriert habe und nicht genug für sie da war."

„Das glaube ich nicht."

„Es stimmt aber. Ich hatte viel Zeit zur Selbstreflexion, seit ich sie verloren habe, und es ist traurig, zu erkennen, wie distanziert ich in so vielen Bereichen gewesen bin."

„Ich finde, du hast immer nur dein Bestes gegeben."

„Roni hat mir geholfen, zu sehen, dass ich noch viel besser sein kann. Ich mag den Mann, zu dem sie mich gemacht hat." Er erhob sich. „Ich lasse dich jetzt weiterarbeiten. Danke fürs Zuhören."

„Ich bin froh, dass wir Gelegenheit hatten, uns zu unterhalten." Nick erhob sich ebenfalls, um seinen Freund kurz zu umarmen. „Ich freue mich so für dich und Roni."

„Danke. Ich werde dich wissen lassen, was ich von Jennings höre, und mich über Worthy informieren."

„Bitte so diskret wie möglich."

„Natürlich."

Als Derek weg war, kehrte Nick zum Resolute Desk zurück, setzte sich in seinen Stuhl und staunte über das, was sein Freund ihm über seine Romanze mit Roni erzählt hatte. Es hatte eine Zeit nach der Ermordung von Dereks Frau Victoria gegeben – die, wie sich später herausstellte, im Dienst eines Rivalen von Präsident Nelson gestanden hatte –, da hatten Nick und Dereks andere Freunde befürchtet, dieser würde sich nie von dem Schock und dem Verrat erholen. Ein Brief von Vic, den ihm ihr Anwalt übergeben hatte, hatte ihre tiefe Liebe zu Derek zum Ausdruck gebracht und dazu beigetragen, den Schmerz etwas zu lindern. Doch für Derek und seine Tochter Maeve war es ein langer und schwieriger Weg gewesen. Deshalb freute es Nick besonders, ihn so überschwänglich über Roni und ihre Beziehung sprechen zu hören.

Nick drehte sich um und betrachtete die Familienfotos, die Sam auf das Sideboard hinter dem Schreibtisch gestellt hatte. Er nahm das von Weihnachten in die Hand und lächelte über die wunderbare Familie, die sie gemeinsam geschaffen hatten. Solange er das hatte, würde er mit allem fertigwerden, was seine Mutter für ihn in petto hatte.

Zumindest hoffte er das.

~

Sam ging in ihr Büro, um Corrinne Sawyer anzurufen.

„Sie muss in fünf Minuten bei Gericht sein", sagte die Sekretärin.

„Ich brauche nicht lange."

„Bitte warten Sie kurz."

Sam lauschte der nervtötenden Musik, während ihr eine Million Details durch den Kopf schossen, die es bei der Verwirklichung dieses Plans zu bedenken galt.

„Hallo. Tut mir leid, dass Sie warten mussten."

„Kein Problem. Erzählen Sie mir mehr von Ihrer Kirche."

„Wir gehören zur Citizens Community in Northwest. Da gibt es schöne überkonfessionelle Gottesdienste, in deren Mittelpunkt die Heilige Schrift steht und ihre Auslegung."

„Wie ist die Adresse?"

„Es ist in der 16th Street. Ich weiß die Hausnummer nicht."

„Das finde ich. Wann ist der Sonntagsgottesdienst?"

„Um zehn Uhr."

„Sind Sie jede Woche dort?"

„Wenn es unsere Zeit erlaubt. Manchmal kommt ein Spiel eines der Kinder dazwischen, aber meist teilen wir uns auf, wobei einer von uns mit einigen der Kinder zur Kirche geht, während der andere Elternteil zum Spiel fährt. Ich wähle immer die Kirche, wenn ich kann. Mein Mann zieht die Spiele vor."

„Wie heißt der Pfarrer oder die Pfarrerin?"

„Reverend Eleanor Simpson."

„Darf ich sie kontaktieren, um etwas für diesen Sonntag zu arrangieren?"

„Wie werden Sie die normalen Gottesdienstbesucher schützen?"

„Das und alles andere werden wir noch planen."

„Gut."

„Cori, ich verstehe Ihre Befürchtungen und verspreche Ihnen, alles Menschenmögliche zu tun, um die Sicherheit aller Beteiligten zu gewährleisten."

„Ich habe mit meinem Mann darüber gesprochen, und er macht sich natürlich auch Sorgen."

„*Meine* größte Sorge ist, dass Harlan Peckham Sie erwischt, bevor wir es verhindern können."

„Die Sheriffs nehmen meine Sicherheit und die meiner Familie sehr ernst."

„Das sollten sie auch. Bitte seien Sie vorsichtig. Ständig, jeden Tag."

„Ich habe Angst."

„Das ist mir klar, und es tut mir leid, dass ich Ihnen das antun muss."

„Sie tun mir das nicht an. Ihre Absicht ist es, diesen Wahnsinn zu beenden."

„Ich hoffe, dass es nach diesem Sonntag vorbei ist. Einstweilen haben wir eine Aufforderung an alle Polizeibeamten herausgegeben, nach Harlan Peckham Ausschau zu halten, und es ist nicht unmöglich, dass ihn jemand entdeckt und uns die Ausführung dieses Plans erspart bleibt."

„Das wäre schön."

„Ich halte Sie auf dem Laufenden, Cori."

„Danke für alles. Ich weiß das zu schätzen."

„Bitte danken Sie mir noch nicht. Ich bin erst zufrieden, wenn dieser Drecksack in Handschellen auf dem Weg ins Gefängnis ist."

Als Sam ihr Büro verließ, betraten gerade sechs Personen in Zivil mit Deputy Chief Jeannie McBride das Großraumbüro. Sam platzte fast vor Stolz, als sie ihre ehemalige Untergebene in der Uniform sah, die ihr Vater einst getragen hatte.

Jeannie lächelte, als sie Sam in der Tür zu ihrem Büro entdeckte. „Sam Holland, die Leiterin der Mordkommission, muss ich Ihnen ja nicht vorstellen."

Die Teilnehmer der Führung wurden nervös, als sie merkten, dass sie die First Lady vor sich hatten. Als einige nach ihren Handys griffen, mahnte Jeannie streng: „Keine Fotos, keine Videos."

Sam erkannte einen der Männer in der Gruppe, konnte sich allerdings nicht sofort daran erinnern, woher. Dann fiel es ihr wieder ein: Es war der Barkeeper, den sie kennengelernt hatte, als sie den Tod ihres Schwagers durch eine Fentanyl-Vergiftung untersucht hatte. Er hatte ihr von seiner Arbeit als Polizist in Baltimore erzählt. „Wir kennen uns doch."

„Tim Child. Wir haben uns im Zénitude getroffen."

Sam schüttelte ihm die Hand. „Richtig. Ich habe eine Empfehlung für Sie geschrieben."

„Deshalb habe ich den Job überhaupt erhalten. Vielen Dank."

„Willkommen an Bord."

„Danke."

„Gehen wir weiter", sagte Jeannie.

Eine junge Frau blieb stehen, um mit Sam zu sprechen. Sie war zierlich, mit dunklem Haar und dunklen Augen. „Wenn ich darf … Ich möchte Ihnen nur sagen, wie sehr ich Sie bewundere. Ich hoffe, ich kann eines Tages sein wie Sie."

Sam hätte ihr fast ins Gesicht gelacht, aber sie wirkte so ehrlich, dass sie das nicht über sich brachte. „Ich denke, es gibt deutlich geeignetere Vorbilder als mich."

„Das glaube ich nicht. Ich danke Ihnen, dass Sie mich inspiriert haben, mich für den Polizeiberuf zu entscheiden."

„Alles Gute. Passen Sie auf sich auf."

„Vielen Dank. Ihnen auch alles Gute."

Gonzo stand an seinem Arbeitsplatz und tat, als würde er sich die Tränen wegwischen. „Ich möchte so sein wie du."

„Halt die Klappe", sagte Sam lachend.

„Das war so süß."

„Wenn die wüsste, was für eine Chaostante sie sich da als Vorbild ausgesucht hat."

„Was hast du jetzt wieder gemacht?", erkundigte sich Freddie, der gerade ins Großraumbüro trat.

Gonzo klärte ihn auf. „Ein paar neue Rekruten sind auf einem Rundgang vorbeigekommen, und eine davon hat unserem Lieutenant ganz begeistert erzählt, sie wolle genau wie sie sein."

Freddie hob die Augenbrauen bis zum Haaransatz.

„Was auch immer du sagen willst, vergiss es. Wir müssen in die Kirche."

„Bist du krank?", wollte Freddie wissen.

Während Gonzo lachte, erwiderte Sam: „Nein, wir werden mit der Pastorin über die Falle für Harlan Peckham sprechen."

„Oh, gut, ich dachte schon, die Hölle wäre zugefroren."

„Nein. Die Hölle ist für heute sicher. Gehen wir." Als sie auf den Ausgang bei der Gerichtsmedizin zusteuerten, fragte Sam: „Willst du dein eigenes Auto nehmen, damit du nachher direkt nach Hause kannst?"

„Nein, ich fahre mit dir und nehme dann die U-Bahn."

„Gewöhnst du dich langsam daran, von meinem Chauffeur herumkutschiert zu werden?"

„Vielleicht."

„Hör auf. Ich kann nicht zulassen, dass du weich wirst."

„Weich ... Ja, klar. Frag mal Elin, wie hart ich bin."

Sam wirbelte völlig schockiert herum. „Hast du gerade tatsächlich einen Sex-Witz gerissen?"

„Was? Nein! Ich habe das ganz allgemein gemeint! Was zum Teufel ist bloß los mit dir?"

Sam brach in schallendes Gelächter aus. Sie lachte so sehr, dass sie kaum mehr atmen konnte.

Freddie schob sie zur Tür hinaus.

Vernon sprang aus dem SUV, als er die beiden kommen sah. „Was ist denn so lustig?"

„Sie ist nur albern."

„Ich dachte, er ..." Sam konnte es nicht einmal aussprechen, ohne erneut in schallendes Gelächter auszubrechen. Selbst im SUV lachte sie noch so heftig, dass es ein Wunder war, dass sie sich nicht in die Hose machte.

„Ich muss wissen, was so lustig ist", erklärte Vernon.

„Sie hat gesagt, sie wolle nicht, dass ich weich werde, und ich hab geantwortet: ‚Weich, ha! Frag mal Elin, wie hart ich bin', und sie dachte, ich meine ...''

„Kein weiteres Wort. Ich hab's kapiert."

Das brachte Sam nur wieder zum Lachen.

„Sie ist wie eine Zwölfjährige, die gerade ihren ersten unanständigen Witz gehört hat."

„Er kann die Dinge nicht mal beim Namen nennen."

„Weil ich ein Erwachsener mit Anstand bin, im Gegensatz zu einer Frau, die ich nicht namentlich erwähnen möchte."

„Das ist vielleicht das Lustigste, was mir je im Leben passiert ist."

Sein empörter Gesichtsausdruck setzte dem Ganzen noch die Krone auf.

Sie wischte sich die Tränen weg und bemühte sich, sich zusammenzureißen. Sie mussten einen heiklen Plan schmieden. Da blieb keine Zeit für Scherze.

„Bist du jetzt fertig?"

„Ich glaube schon."

Sam atmete tief durch, in der Hoffnung, sich auf wichtigere Dinge konzentrieren zu können als darauf, ob ihr Einfluss ihren einst so unschuldigen Partner verdorben hatte.

„Kann mir jemand sagen, wo es hingeht?", fragte Vernon.

Freddie nannte ihm die Adresse der Kirche, die Sam sich notiert hatte.

Sam nahm unterdessen einen Anruf von Captain Malone entgegen. „Hey, Captain. Was liegt an?"

„Die Parkaufsicht im Rock Creek hat heute Morgen jemanden entdeckt, der auf Harlan Peckhams Beschreibung passt, aber er ist ihnen entkommen. Sie haben einen Lagerplatz gefunden, von dem sie glauben, er könnte dort genächtigt haben. Ich habe die Spurensicherung hingeschickt, doch ich hab mir gedacht, Sie wollen vielleicht persönlich einen Blick darauf werfen."

„Richtig gedacht. Wir fahren hin."

„Ich habe Cruz einen Pin mit dem Standort gesandt, und wir haben mehrere Einheiten losgeschickt, um die Parkaufsicht bei der Suche nach Peckham zu unterstützen."

„Gut."

„Seien Sie vorsichtig, Sam. Wenn er sich in die Enge getrieben fühlt, wären Sie ein wirklich gutes Ziel."

„Keine Sorge, ich pass auf."

Sam klappte das Handy zu. „Wir müssen zum Rock Creek Park. Die Polizei hat dort ein Lager entdeckt, das Peckham gehören könnte." Zu Freddie sagte sie: „Malone hat dir die genaue Position geschickt."

„Wo befindet sich Peckham?", fragte Vernon.

„Sie haben ihn gesichtet, aber er ist entkommen."

„Ich kann Sie da nicht hinlassen, wenn wir wissen, dass dort ein bewaffneter und gefährlicher Verbrecher frei herumläuft."

„Vernon … Wir haben einen Deal."

„Ja, das geht jedoch zu weit. Wie stellen Sie sich das vor? Soll ich Sie durch unwegsames Gelände marschieren lassen, wenn ich weiß, dass Ihnen dort möglicherweise ein gewaltbereiter Krimineller auflauert?"

„Das ist nun mal mein Job, und Sie haben zugestimmt, mich ungestört arbeiten zu lassen."

„Ich könnte meinen Job verlieren, wenn ich das erlaube."

„Sagen Sie das nicht! Kommen Sie schon. Da wird es von Polizisten nur so wimmeln. Außerdem ist er wahrscheinlich schon lange weg."

„Das gefällt mir nicht."

„Tut mir leid, die Grenzen dessen zu überschreiten, was für Sie unter normalen Umständen akzeptabel ist, aber nichts an meinem Job ist nach Secret-Service-Standards normal."

„Ach, wirklich?"

Sam liebte Vernons Sarkasmus.

„Wir wagen uns zu ganz neuen Ufern vor, Sie und ich."

„Oh, wie schön."

Freddie benutzte sein Smartphone, um sie zu dem Lagerplatz zu lotsen, was Sam von ihrem Sitz aus interessiert verfolgte.

„Es ist ziemlich cool, was man damit alles machen kann", gab sie zu.

„Deshalb heißt es Smartphone, du Schlaumeier."

„Du bist heute ganz schön keck, kleiner Freddie."

„Was immer das heißen soll."

Als sie bei dem Lager ankamen, war dieses von Parkrangern und Polizisten geradezu überrannt. Sam hoffte, dass sie nicht alles kontaminierten.

Sie stieg aus und begrüßte einen jungen Parkwächter, ehe sie ihre Dienstmarke vorzeigte. „Lieutenant Holland, MPD. Darf ich mir das mal anschauen?"

„Ich, äh … Sicher, Ma'am. Nur zu."

„Die korrekte Antwort wäre gewesen: ‚Nicht, bevor wir alle Spuren gesichert haben.'"

„Aber Sie … Sie sind …"

„Verdammt noch mal. Es ist egal, wer ich bin. Sichern Sie die Spuren."

„Jawohl, Ma'am." Der Beamte eilte davon und rief den Kollegen Befehle zu, sobald sie dem Zelt und anderen Gegenständen, die Peckham möglicherweise hier zurückgelassen hatte, zu nahe kamen.

Lieutenant Haggerty trat zu ihr. „Ich sehe, Sie machen sich Freunde und verbreiten Frohsinn und Glückseligkeit."

„Meine Hauptlebensaufgabe. Was zum Teufel ist nur mit diesen Leuten los?"

„Erwarten Sie darauf eine Antwort?"

„Das war eine rhetorische Frage."

Er deutete auf das Zelt. „Wer ist der Typ?"

„Wir haben ihn wegen der Ermordung von Forrester und der Schüsse auf Hill im Visier. Er hat es möglicherweise als Nächstes auf eine Bundesrichterin abgesehen. Die Zeit drängt."

„Wir sind dran."

„Harlan Peckhams Fingerabdrücke sind im System. Ich muss so schnell wie möglich wissen, ob das wirklich sein Lagerplatz ist."

„Alles klar. Es ist schön, mal eine Pause von der Arbeit bei Stahl zu haben."

„Wie kommen Sie und Ihr Team zurecht?"

„Der schlimmste Tatort, an dem wir je gearbeitet haben. Das fordert von uns allen seinen Tribut."

„Sprechen Sie mit Trulo?"

„Jeden Tag, genau wie mein Team auch."

„Gut."

„Es ist schwer vorstellbar, dass ein Mann, mit dem wir täglich zusammengearbeitet haben, etwas so Furchtbares getan hat … Er hat sich die ganze Zeit hinter seiner Dienstmarke versteckt, während er sich zu einem der schlimmsten Serienmörder entwickelt hat, mit denen wir es je zu tun hatten. Dieser Fall wird viele noch lange beschäftigen."

Sam spürte die Wirkung seiner Worte tief in ihrer Seele. Sie verstand Stahls Verdorbenheit besser als die meisten, doch selbst angesichts dessen, was sie bereits über ihn gewusst hatte, waren diese neuen Enthüllungen unerträglich.

„Das wird sich noch jahrelang negativ auf die Polizei auswirken", fügte Haggerty hinzu.

„Ja."

„Ich habe nachgedacht … Ich weiß, Sie hassen jede Art von Publicity, aber Sie sind in einer einzigartigen Position dafür, dem Ganzen ein Gesicht zu geben. Sie können der Öffentlichkeit zeigen, wie sehr seine Verbrechen alle die von uns trifft, die sich jeden Tag so selbstlos dafür einsetzen, dass unsere Stadt etwas sicherer wird." Er zuckte die Achseln. „Nur so ein Gedanke."

„Und ein sehr guter. Ich werde darüber nachdenken."

„Ich mach mich jetzt an die Arbeit." Er wies auf das verlassene Lager. „Ein neuer Tag, ein neues Monster."

Mit einem Wink zu seinem Team begab er sich wieder an die Arbeit.

Während sie um den Lagerplatz herumgingen, hallte in Sam nach, was er gesagt hatte. *Ein neuer Tag, ein neues Monster.*

Eine bessere Zusammenfassung für ihr Leben konnte es wohl kaum geben.

Da sich Haggerty und seine Leute wieder der Untersuchung des Ortes widmeten, kehrte Sam zum SUV zurück.

Vernon und Jimmy waren die ganze Zeit, in der sie sich außerhalb des Fahrzeugs aufgehalten hatte, in ihrer Nähe geblieben. Da sie auf Schritt und Tritt hoch qualifizierte Polizeibeamte an ihrer Seite hatte, blieb in der Regel einer der Agenten im Wagen, daher verriet die Tatsache, dass beide sie begleitet hatten, viel über ihr Unbehagen angesichts der Situation.

Vernon war sichtlich erleichtert, als er ihr die Hintertür aufhielt.

„Fahren wir zur Kirche, meine Herren."

Man sagte ihnen, sie würden Eleanor Simpson in einem kleinen Büro im hinteren Teil des offenen, luftigen Gotteshauses finden, das keiner Kirche ähnelte, in der Sam je gewesen war. Alles wirkte modern, mit weißen Wänden und Holzakzenten.

„Schönes Gebäude."

„Ich habe schon viel Gutes über diese Kirche gehört", meinte Freddie. „Sie tun viel für ihre Gemeinde."

Sam fand es gut, dass es Orte wie diesen gab, an denen Menschen zusammenkamen, um zu beten und dann das Wort des Herrn an Menschen in Not weiterzugeben.

Eleanor war eine zierliche Frau mit blonden Locken, blauen Augen und einem freundlichen Lächeln. „Täuschen mich meine Augen? Steht da tatsächlich unsere First Lady auf meiner Schwelle?"

Sie sagte das so ungläubig, dass Sam sich ein Lächeln nicht verkneifen konnte, als sie ihr ihren Dienstausweis zeigte. „Ich bin im Moment undercover als Lieutenant Holland vom Metro PD unterwegs. Haben Sie vielleicht einen Moment Zeit für mich?"

„Bitte, kommen Sie rein."

„Das ist mein Partner Detective Cruz."

„Natürlich kenne ich ihn."

Seinem breiten Grinsen nach zu urteilen, gefiel Freddie diese Bemerkung.

„Verraten Sie ihm das nicht. Ich versuche, ihn Demut zu lehren."

Während Freddie die Stirn runzelte, lächelte Eleanor. „Das ist sicher ein hartes Stück Arbeit."

„Allerdings."

„Nach allem, was ich weiß, sind Sie bei der Mordkommission tätig. Was kann ich für Sie tun?"

„Wir untersuchen den Tod von Bundesstaatsanwalt Tom Forrester und den versuchten Mord an FBI-Agent Avery Hill."

„Ich habe über beide Verbrechen gelesen." Ihr Strahlen war deutlich gedämpfter, als sie das sagte. „Waffengewalt ist eine Geißel unserer Gesellschaft."

„In der Tat."

„Was hat das alles mit mir zu tun?"

„Wir glauben, dass der Mann, der Tom getötet und auf Avery geschossen hat, als Nächstes Corrinne Sawyer im Visier hat, die Richterin, die den Prozess gegen seine Familie geleitet hat."

„O nein. Nicht Cori! Sie ist der netteste Mensch der Welt."

„Ja. Sie hat uns erlaubt, sie als Lockvogel zu benutzen, um diesen Kerl aus seinem Versteck zu locken."

„Klingt gefährlich."

„Wir sind entschlossen, ihn zu erwischen, bevor er sie erwischt."

„Wo kommen dabei ich und meine Kirche ins Spiel?"

„Wir wollen die Operation so planen, dass sie an diesem Sonntag stattfindet, wenn Ms Sawyer am Gottesdienst teilnimmt."

„Na, ich weiß nicht … Ich möchte meine Gemeinde eigentlich nicht derart gefährden. Zum Zehn-Uhr-Gottesdienst am Sonntag kommen in der Regel über zweihundert Menschen."

„Wir haben einen Plan. Wenn der Gottesdienst zu Ende ist, bitten Sie die anderen Gemeindemitglieder, durch die Seitentür zu gehen, während Corrinne in Begleitung von Beamten in Zivil, die sich als Kirchenbesucher tarnen, durch den Haupteingang ins Freie tritt. Wir werden überall im Gebäude Leute postieren, um einen reibungslosen Abgang für den Rest der Gemeinde zu gewährleisten, während wir uns vorne um die Festnahme kümmern."

Eleanor blieb skeptisch. „Warum müssen Sie dafür meine Kirche benutzen? Gibt es keine andere Möglichkeit?"

„Als wir die Idee hatten, wussten wir, dass es an einem Ort sein musste, den Cori regelmäßig und vorhersehbar aufsucht. Wir brauchten eine Location mit einem großen Außengelände, um maximale Sicherheit zu erreichen. Diese Kirche erfüllt all unsere Kriterien."

„Wenn der Rest der Gemeinde nicht im Dunkeln tappen würde, hätte ich kein Problem damit."

Sam fragte Freddie mit einem Blick nach seiner Meinung.

„Wir könnten sie einweihen", meinte er. „Es ist ja nicht so, dass sie den Kerl kennen, hinter dem wir her sind."

„Wie sollen wir sicherstellen, dass niemand etwas verrät?", fragte Sam.

Eleanor dachte kurz darüber nach, ehe sie antwortete: „Indem wir der Gemeinde ganz offen erklären, dass Menschenleben auf dem Spiel stehen, und es respektieren, wenn sich jemand dafür entscheidet, wegzubleiben. Natürlich bitten wir alle, niemandem zu erzählen, was vor sich geht."

„Trauen Sie den Gemeindegliedern zu, das für sich zu behalten? Wenn nur eine Person es weitererzählt und es in den sozialen Medien oder sonst wo auftaucht, gibt es ein Fiasko."

„Wir könnten gemeinsam eine Botschaft an die Gemeinde verfassen, die in aller Deutlichkeit darauf hinweist, wie wichtig ihre Kooperation ist."

„Heißt das, Sie sind bereit, mit uns zusammenzuarbeiten?"

„Ehrlich gesagt habe ich Angst davor, dass etwas Schreckliches direkt bei uns vor der Tür passiert. Aber wenn die Möglichkeit besteht, dass Sie diesen Kerl erwischen, bevor er Cori etwas antun kann, dann bin ich bereit, alles zu tun, was in meiner Macht steht, um Ihnen dabei behilflich zu sein."

„Ich verspreche Ihnen, wir werden unsererseits alles Menschenmögliche tun, um sicherzustellen, dass niemand zu Schaden kommt."

Eleanor nickte, doch ihre Angst war offensichtlich und auch verständlich.

Selbst die besten Absichten konnten eine Tragödie manchmal nicht verhindern. Der Plan war gewagt, und alle Beteiligten mussten das wissen.

„Wenn Sie uns Ihre Kontaktdaten geben, werden wir uns mit Ihnen in Verbindung setzen, um die Botschaft an Ihre Gemeinde und andere Einzelheiten zu besprechen."

Eleanor nahm Sams Notizbuch entgegen und schrieb die gewünschte Information hinein.

„Wir könnten ein Problem haben", sagte Freddie, der von seinem Smartphone aufschaute.

„Was für eins?"

Er zeigte ihr einen Facebook-Post, der fragte, warum die Frau des Präsidenten die Citizens Community Church besuchte.

„Verdammt."

Wie sehr sehnte sie sich nach den Tagen, als sie einfach hatte herumlaufen können und sich niemand einen Dreck darum geschert hatte, wo sie war oder was sie tat!

„Was nun?"

„Gib es als Aktion der First Lady aus", riet ihr Freddie. „Ein kurzer Zwischenstopp, um mit führenden Persönlichkeiten der Gemeinde über eine Initiative zu sprechen, die du leitest."

„Gute Idee."

„Wir sollten ein Bild von dir mit Eleanor machen und es von deinem Büro im Weißen Haus veröffentlichen lassen."

„Er ist gut", bestätigte Eleanor.

„Ja, das ist er wirklich."

Sie posierten für das Foto, das Freddie aufnahm.

„Nochmals vielen Dank, Eleanor. Wir wissen zu schätzen, was Sie tun, um uns zu helfen."

„Ich hoffe nur, es funktioniert."

„Ja, ich auch."

~

Zurück im SUV rief Sam Roni Connolly an, ihre Kommunikationschefin im Weißen Haus.

„Hallo, Sam. Was gibt's?"

„Du musst mir einen Gefallen tun."

„Um was geht es denn?"

Sam erklärte die Situation mit der Kirche und die Aktion mit der Bundesrichterin. „Wir waren noch vor Ort, als Freddie bei Facebook einen Post gesehen hat, in dem sich jemand darüber gewundert hat, was ich dort wollte. Daraufhin haben wir ein Foto von mir mit der Pastorin Eleanor Simpson gemacht, und wir hoffen jetzt, du könntest es als Ablenkungsmanöver auf meinen First-Lady-Accounts posten, mit einer Bildunterschrift mit dem Inhalt, dass ich Gespräche mit einigen Geistlichen führe."

„Er soll mir das Foto schicken. Ich kümmere mich sofort darum."

„Bitte sag auch Lilia Bescheid."

„Klar."

„Danke."

„Sehr gern."

Sam klappte ihr Handy zu. „Kannst du ihr das Foto schicken?"

„Wie ist ihre Handynummer?"

Sam öffnete ihr Telefon wieder und stöberte darin herum. „Wie finde ich die?"

„Um Himmels willen. Gib her."

Mit einem breiten Grinsen reichte sie ihm das Handy. „Mein Held."

„Es ist ein Wunder, dass du in dieser Welt überhaupt zurechtkommst."

„Auch wenn du mich gerade beleidigt hast, möchte ich anmerken, dass das mit der First Lady ein guter Einfall war."

„Wer hätte gedacht, dass deine Position als Präsidentengattin mal nützlich sein würde?"

„Nur weil ich die verdammte Präsidentengattin bin, haben wir überhaupt ein Problem.“

„Wenn du es so ausdrückst …“

„Gott, ich vermisse die Anonymität. Ich sehne mich nach der Leichtigkeit meines früheren Lebens.“

„Aber du sehnst dich nicht nach dem Leben vor Nick.“

„Kein bisschen. Er ist jedes Zugeständnis wert.“

„Das stimmt vermutlich.“

Sam blickte ihn an. „Ich hoffe, du weißt, dass ich es ernst meine. Es gibt Zeiten, da sind die Veränderungen in unserem Leben wirklich überwältigend. Tage wie gestern, an denen wir ein verdammtes Staatsbankett ausrichten … und drei unglaubliche Kinder großzuziehen und ein weiteres ins Erwachsenenalter zu begleiten. Doch ich bin immer dankbar, mit ihm verheiratet und mit ihm und unseren Kindern auf dieser unglaublichen Reise zu sein.“

„Das weiß ich. Wir alle wissen das.“

„Ich hoffe, er auch.“

„Das weiß er garantiert. Da bin ich mir sicher.“

„He, kannst du mit Archie eine Zusammenfassung des Peckham-Falls für das Meeting morgen früh vorbereiten, damit wir alle schnell darüber auf den neuesten Stand bringen können, wer diese Leute sind und nach wem wir suchen?“

„Na klar. Ich schreib ihm gleich eine Nachricht und kümmere mich darum, wenn wir wieder im Hauptquartier sind.“

„Danke dir.“

Der sichere BlackBerry, mit dem sie mit Nick kommunizierte, summte und vermeldete eine SMS des mächtigsten Mannes der Welt. *Kannst du reden?*

Sam rief ihn an.

„Hey, Baby. Tut mir leid, dich zu stören, wenn du beschäftigt bist.“

„Bitte störe mich.“

„Hattest du einen schweren Tag?“

„Hier ist jeder Tag schwer. Wie sieht es bei dir aus?“

„Dito. Ich hatte gerade einen Anruf von Cox.“

„Lass mich raten. Er will, dass du deine Frau zügelst.“

„So in der Art. Er ist sehr verärgert darüber, dass dein Team einen Durchsuchungsbeschluss für das Telefon seines Neffen beantragt hat. Was hat es damit auf sich?“

Sam überlegte eine Weile, was sie antworten sollte.

„Sam?“

„Ich glaube nicht, dass wir darüber reden sollten. Um unser beider willen.“

„Kriege ich ein Problem?“

„Möglich. Mehr kann ich im Moment nicht dazu sagen.“

„Verstehe.“

„Wirklich?“

„Natürlich. Wir haben beide einen Job zu erledigen, und du kannst es nicht gebrauchen, dass ich oder jemand, der für mich arbeitet, sich in deine Arbeit einmischt. Ich hab ihn wissen lassen, ich erwarte von ihm, dass er bei der Untersuchung des Mordes an einem unserer Bundesstaatsanwälte uneingeschränkt kooperiert und dir und dem MPD gegenüber offen und ehrlich ist.“

„Das hast du ihm so mitgeteilt?“

„Ja.“

Sam fächelte sich Luft zu – nicht, dass er es hätte sehen können. „Ich bin gerade extrem erregt.“

„O Gott“, stöhnte Freddie laut genug, dass Nick es hörte.

Sie lachten.

„Armer Freddie“, meinte Nick. „Er wird es nie verwinden, mit dir zusammenzuarbeiten oder mit uns befreundet zu sein.“

„Ich weiß. Wir sollten einen Therapiefonds für den armen Kerl einrichten.“

„Ja, das solltet ihr wirklich“, griff Freddie die Idee auf.

„Egal, zurück zu den wichtigen Dingen. Danke für die Unterstützung. Ich werde dich später reichlich belohnen.“

„Ach, tatsächlich? Sag mir, wie.“

„Nicht jetzt, Mr President. Es sind Kinder anwesend.“

Freddie ächzte und hielt sich die Ohren zu.

„Ich muss auflegen. Danke für das Gespräch und dafür, dass

du deinen arroganten Justizminister daran erinnert hast, für wen er arbeitet."

„Oh, das weiß er, glaub mir. Und ich bin mir ziemlich sicher, dass es ihm nicht passt, was ich irgendwann einmal mit ihm werde klären müssen."

„Macht macht dich sexy."

„Freddie wird noch kündigen."

„Nein, er hat mich bis auf Weiteres am Hals, und das weiß er auch. Bis bald."

„Ich kann es kaum erwarten. Ich liebe dich."

„Ich dich auch."

Sam beendete das Gespräch und steckte den BlackBerry zurück in die Tasche. „Puh. Jetzt brauch ich eine kalte Dusche."

„Hör auf …"

„Er hat Cox angewiesen, mit uns zusammenzuarbeiten und die First Lady nicht zu nerven."

„Wow, das ist sexy."

„Sag ich doch."

„Ich schätze, im Justizministerium haben sie von dem Durchsuchungsbeschluss für Henrys Handydaten erfahren."

„Genau."

Sams Handy klingelte. Der Anruf kam von einer Privatnummer. Ein normaler Mensch konnte solche Anrufe ignorieren, aber Sam tat das nie. „Lieutenant Holland."

„Reginald Cox."

Sam sah Freddie an und formte mit den Lippen das Wort *Cox*. „Was kann ich für Sie tun, Herr Justizminister?"

„Ich habe gehört, Ihr Team hat einen Durchsuchungsbeschluss für die Telefondaten meines Assistenten beantragt."

„Ihres Assistenten, der auch Ihr Neffe ist, doch das soll ja niemand wissen. Ja, haben wir."

„Weshalb?"

„Weil ich gerne erfahren würde, was er gemacht hat, als Tom Forrester starb." Cox musste nicht wissen, dass sie einen weiteren Verdächtigen hatten.

„Wie bitte? Sind Sie verrückt? Sie betrachten meinen

Assistenten als potenziellen Verdächtigen bei einer Mordermittlung?“

„Hab ich das gesagt?“

„Warum sonst wollen Sie seine Telefondaten?“

„Um ihn als Verdächtigen auszuschließen? Schon mal davon gehört, Herr Justizminister?“

„Seien Sie nicht so schnippisch.“

„Das war eine ehrlich gemeinte Frage. Sie haben mir einen Grund geliefert, mich zu fragen, ob Sie verstehen, wie so etwas funktioniert.“

„Ich sage es Ihnen in aller Deutlichkeit: Lassen Sie Henry Allston in Ruhe.“

„Sonst was?“

„Mehr habe ich dazu nicht zu sagen.“

Die Leitung war tot.

„Äh, ich glaube, der Justizminister der Vereinigten Staaten hat mir gerade gedroht.“

„Unmöglich“, erwiderte Freddie mit großen Augen.

„Was hat er gesagt?“, fragte Vernon.

Sam gab das Gespräch für die beiden wieder.

„Das müssen Sie sofort Ihren und meinen Vorgesetzten melden“, stellte Vernon fest.

„Ich bin bereit, meine Vorgesetzten zu informieren, Ihre sollten wir da allerdings nicht mit hineinziehen.“

„Sam, ich habe keine andere Wahl. Er hat Ihnen gedroht. Das muss ich melden.“

Sam wünschte, sie hätte nichts davon erwähnt. Der Justizminister hatte gepöbelt, die Muskeln spielen lassen, wie auch immer man es nennen wollte. Sie glaubte nicht, dass er es riskieren würde, ihr wirklich etwas anzutun. Er wäre ein Narr, sich auch nur in ihre Nähe zu wagen.

Als sie ins Hauptquartier zurückkehrten, ging Sam das Gespräch mit Cox noch einmal mit Malone durch, und dann ein weiteres Mal, nachdem er sie gebeten hatte, dem Chief davon zu erzählen.

„Ich kann nicht glauben, dass er Ihnen tatsächlich gedroht hat“, meinte Farnsworth.

„Cox ist es gewohnt, Leute herumzukommandieren. Er mag es nicht, wenn jemand sich wehrt."

„Das ist aber kein Grund, einer Polizistin zu drohen."

„Was sollen wir dagegen unternehmen? Wir können ihn ja schlecht bei seinem Vorgesetzten anschwärzen. Sein Chef ist mein Ehemann, und so was ist das Letzte, was wir brauchen."

Ihr BlackBerry klingelte.

„Wenn man vom Teufel spricht."

KAPITEL 30

Sam nahm Nicks Anruf entgegen. „Hallo, Schatz. Wie geht es dir?" Sie zog eine Grimasse in Richtung des Chiefs, während sie sich zwang, ihrem Mann gegenüber einen fröhlichen Tonfall anzuschlagen.

„Stimmt es, dass Cox dir gedroht hat?"

„Woher weißt du das denn schon wieder?"

„Beantworte meine Frage, Samantha."

„Er hat etwas gesagt, das manche Leute als Drohung auffassen würden."

„Was genau?"

Also erzählte Sam die gesamte Geschichte noch einmal. „Henry ist sein Neffe und Assistent, und er will ihn wahrscheinlich nur beschützen."

„Ich werde mich darum kümmern."

„Bitte unternimm nichts."

„Sam, er hat dir gedroht. Für wen zum Teufel hält der sich?"

„Ich verstehe, dass du sauer bist, aber denk doch mal nach. Wie dumm müsste er sein, um mir irgendwas zu tun?"

„Ich möchte gar nicht wissen, ob er so dumm ist."

Sam hielt ihren Blick auf den Captain und den Chief gerichtet. „Wenn wir überreagieren, verpassen wir vielleicht die Chance, herauszufinden, warum er uns so sehr davon abhalten will, gegen Allston zu ermitteln. Ich will aber ganz dringend wissen, was da los ist. Wenn du Cox seines Amtes enthebst, verschwindet Allston mit ihm, und wer weiß, ob wir ihn dann jemals wiederfinden? Da behalte ich sie lieber beide im Justizministerium, wo sie ängstlich zu verbergen versuchen, was immer sie auf dem Kerbholz haben. Doch wir werden es ans Licht bringen."

„Wie soll ich, nachdem ich erfahren habe, dass einer meiner Minister meiner Frau gedroht hat, nichts dagegen unternehmen?"

„Deiner Frau geht es gut. Sie ist umgeben von Top-Personenschützern und erstklassigen Polizisten. Lass sie einfach ihren Job erledigen. Du kannst dich danach um ihn kümmern, okay?" Er schwieg lange genug, dass Sam sich fragte, ob er überhaupt noch in der Leitung war. „Nick?"

„Ich bin hier."

Sie entfernte sich ein Stück von den anderen. „Sprich mit mir."

„Du weißt, was ich davon halte, dass du dich in Gefahr begibst. Der Gedanke, dass diese Gefahr von einem meiner Leute ausgeht, ist unerträglich."

„Ich weiß, und es tut mir leid, dass du dich sorgst, aber ich glaube wirklich, dass er vor allem die Muskeln spielen lassen wollte. Mach dir keine Sorgen, ja?"

Er lachte auf. „Was? Ich und mir Sorgen machen?"

„Vernon und Jimmy werden nicht zulassen, dass mir etwas passiert."

„Sie sind der einzige Grund, warum ich nachts überhaupt schlafen kann."

„Der *einzige* Grund? Offenbar muss ich mir mehr Mühe geben."

„Ich will mich nicht beschweren. Sei vorsichtig, und komm bald nach Hause."

„Werde ich. Ich liebe dich, Nick."

„Ich dich auch."

„Was hat er gesagt?", fragte Freddie, als sie in den Konferenzraum zurückkehrte, um sich um die anderen Männer in ihrem Leben zu kümmern.

„Er will den Justizminister entlassen, doch ich habe ihn überzeugt, sich zurückzuhalten. Vor dem Feierabend will ich noch mit Bryant reden. Es kribbelt genau hier …“ Sie kratzte sich im Nacken. „Uns fehlt etwas in diesem Bermudadreieck Cox/Forrester/Bryant, und ich will wissen, was es ist.“

„Ich werde ihn zu einem Gespräch herbitten.“

„Meinst du, er lässt sich darauf ein?“

„Ich werde ihm sagen, dass es in seinem eigenen Interesse ist, mit uns zu kooperieren.“

„Wie gehen wir mit dem Justizminister um?“, erkundigte sich Malone.

„Im Augenblick gar nicht. Er erwartet eine Reaktion, und diese Genugtuung will ich ihm nicht geben. Stattdessen grabe ich tiefer nach dem, was er so eifrig vor mir und dem Rest der Welt verbergen will, und sobald ich herausgefunden habe, was das ist, nagle ich ihn fest.“

Damien Bryant hatte etwas von seinem Glanz verloren, seit Sam ihn zuletzt beim Staatsbankett getroffen hatte. Sein Teint war wächsern, und er hatte große Tränensäcke unter den Augen. Als Sam den Raum betrat, schaute er finster drein.

„Was wollen Sie?“

„Ist das eine Art, eine alte Freundin zu begrüßen?“

„Alte Freundin. Genau. Sie sind darauf aus, mich zu ruinieren.“

„Unsinn. Wir hätten gar nichts miteinander zu tun, wenn Sie nicht schon seit geraumer Zeit gegen das Gesetz verstoßen würden.“

„Sie können mir nichts beweisen. Ich bin hier, weil Sie mich sehen wollten. Also, worum geht es?“

„Wer ist Henry Allston?“

Bryants Miene verlor jeden Ausdruck. Er blinzelte und schluckte. „Der Name sagt mir nichts.“

„Kommen Sie schon. Ihr ganzes Verhalten hat sich verändert, als ich seinen Namen erwähnt habe. Wer ist er?“

„Er arbeitet für Cox."

„Das weiß ich. In welchem Verhältnis stehen Sie zu ihm?"

„In gar keinem. Ich kenne ihn über seinen Boss. Das ist alles."

„Damien, ich will ehrlich zu Ihnen sein. Ich glaube Ihnen kein Wort. Vielmehr gehe ich davon aus, dass Sie Henry Allston sehr, sehr gut kennen und genau wissen, was er und Cox zu verbergen haben."

„Was habe ich davon, wenn ich den Justizminister und seinen Handlanger verpfeife?"

„Das kommt darauf an, was Sie uns liefern können."

Bryant schüttelte den Kopf. „Zuerst will ich wissen, was für mich drin ist."

Sam starrte ihn eine Sekunde lang drohend an, bevor sie aufstand und den Raum verließ, um Faith anzurufen. „Bryant hat Informationen über Cox und seinen zwielichtigen Assistenten Henry Allston. Er will einen Deal."

„Glauben Sie, er weiß wirklich was?"

„Ich bin mir nicht sicher. Wie wär's, wenn Sie rüberkommen und sich anhören, was er zu sagen hat, um ihn dazu zu bringen, als Zeuge gegen Cox aufzutreten?"

„Ich bin in zehn Minuten da."

Während Sam auf die Staatsanwältin wartete, rief sie ihre Schwester Angela an. „Hey, wie geht es dir?"

„Es war ein harter Tag. Ella hat eine Ohrenentzündung, und Jack ist heute besonders traurig. Ich hab das schlimmste Sodbrennen, das ich je hatte, und das Baby feiert da drin eine Party. Aber sonst …"

„Das tut mir leid. Ich wünschte, ich könnte dir irgendwie helfen."

„Du hast ja selbst alle Hände voll zu tun. Ich schaff das schon. Ohne Spencer ist nur einfach alles schwerer."

Sam tat ihre Schwester furchtbar leid. „Ich wünschte, ich wüsste, was ich darauf erwidern soll."

„Ich weiß es jedenfalls zu schätzen, dass du dich um mich gekümmert und den Kontakt zu Roni hergestellt hast. Sie ist mir eine unglaubliche Unterstützung."

„Es freut mich, das zu hören. Sie ist toll."

„Ja. Vielleicht schaue ich mir eines Tages sogar mal ihre Wilden Witwen an."

„Das hoffe ich. Sie meint, die Gruppe sei fantastisch."

„Ich habe mit ihrer Freundin Iris gesprochen, die nach dem Tod ihres Mannes ebenfalls drei kleine Kinder zu versorgen hatte. Das hat mir sehr geholfen. Zumindest weiß ich jetzt, dass ich nicht verrückt bin, selbst wenn ich mich manchmal so fühle."

„Du kriegst das großartig hin. Spence wäre stolz auf dich."

„Ich hoffe es."

„Ganz sicher. Das sind wir alle."

„Danke dir." Angela schniefte. „Ich würde alles dafür geben, es ungeschehen zu machen."

„Das würde ich auch. Jeder, der dich und deine Kinder liebt, würde alles geben, wenn Spencer dafür zurück in deinem Leben wäre."

„Ich habe deine Nachricht wegen der Anhörung morgen erhalten. Eigentlich möchte ich hingehen, aber ich bin mir nicht sicher, ob ich dazu schon in der Lage bin."

„Na ja, ich werde auf jeden Fall da sein, also fühl dich nicht unter Druck gesetzt, erscheinen zu müssen."

„Kann ich dir morgen früh Bescheid geben?"

„Klar. Beides ist in Ordnung. Vor dir liegt noch ein langer Weg, also musst du dir deine Kraft einteilen. Das ist erst die Vorverhandlung."

„Ich will für ihn da sein. Diese Menschen haben ihm Gift verkauft. Ich will, dass sie die Leute sehen, deren Leben sie ruiniert haben."

„Dazu werden sie bis zum Ende der Verhandlung noch oft Gelegenheit haben."

„Danke für all eure Unterstützung. Ich wüsste nicht, was ich ohne dich und Trace, Mom und Celia täte … Ihr seid alle so wunderbar."

„Wir haben dich und die Kinder eben lieb. Wir werden immer für euch da sein."

„Das bedeutet mir alles. Ella wacht gerade von ihrem Mittagsschlaf auf, und es ist Zeit für die nächste Dosis Medizin. Ich schreib dir morgen früh eine SMS, okay?"

„Klingt gut. Hab dich lieb.“

„Ich dich auch.“

Sam klappte das Handy zu und atmete ein paarmal tief durch, um sich zu sammeln, damit sie sich auf das konzentrieren konnte, was sie tun musste, um endlich nach Hause zu können. Ihre neue Uhr zeigte siebzehn Uhr dreißig an.

Als sie ihr Büro verließ, kam Faith gerade ins Großraumbüro.

„Verhörraum eins“, informierte Sam sie und folgte ihr auf den Flur.

Als sie den Raum betraten, hob Bryant überrascht den Kopf.

„Ich glaube, Sie kennen die stellvertretende Staatsanwältin Faith Miller bereits.“

„Wir hatten schon das Vergnügen.“

„Lieutenant Holland hat mich davon in Kenntnis gesetzt, dass Sie an einem Deal interessiert sind.“

„Wenn ich Ihnen Cox und Allston auf dem Silbertablett serviere, was springt für mich dabei heraus?“

„Das hängt davon ab, ob wir die Informationen, die Sie uns geben, zur Strafverfolgung nutzen können – und von Ihrer Bereitschaft, vor Gericht auszusagen.“

Damit hatte er nicht gerechnet. „Vor Gericht? Bevor es dazu kommt, wird Cox mich umbringen lassen.“

„Wir haben Möglichkeiten, Sie zu schützen.“

„Natürlich, und er kennt jeden einzelnen dafür zuständigen Mitarbeiter.“

„Es ist ganz Ihre Entscheidung.“ Faith verschränkte die Arme vor der Brust. „Entweder Sie schlagen ein oder nicht.“

„Da ich lieber tot wäre, als den Rest meines Lebens im Gefängnis zu verbringen, schlage ich wohl ein.“

Faith setzte sich neben Sam. „Ich höre.“

„Cox kann die Finger nicht vom Glücksspiel lassen. Schon seit Jahrzehnten. Seine erste Frau hat ihn verlassen, nachdem er sie in den Bankrott getrieben hatte. Die zweite Frau hat keine Ahnung, dass er dabei ist, nicht nur sein eigenes, sondern auch ihr Geld durchzubringen.“

„Wie konnte das bei den Anhörungen zu seiner Bestätigung unerwähnt bleiben?"

„Es hat das sehr gut verborgen."

„Wie genau macht er das?"

„Das läuft alles über Henry Allston."

„O mein Gott", rief Sam. „Ich wusste, da ist was faul."

„Reggie hat Henry aus einem Elternhaus geholt, in dem er misshandelt wurde. Der Ex-Mann seiner Schwester hat ihn geschlagen, genauso wie seine Frau. Sie hat sich trotzdem geweigert, ihn zu verlassen. Reggie hat Henry bei sich aufgenommen. Er und seine erste Frau haben ihn wie ihren eigenen Sohn aufgezogen. Henry würde für Reggie alles tun."

„Worauf wettet Reggie?"

„Auf alles, was man sich nur vorstellen kann. Sport, Pferderennen, Boxkämpfe."

„Woher wissen Sie das?", fragte Faith.

Sein Blick wanderte zwischen den beiden Frauen hin und her, während er abzuwägen schien, wie viel er sagen sollte. „Ich betreibe einige Wettbüros. Wenn man im Geschäft ist, finden einen die Leute, die sich dafür interessieren. In den letzten sieben Jahren hat er mir immer viel Geld geschuldet. Im Moment sind es etwa anderthalb Millionen."

„Anderthalb Millionen?"

„Ja."

Faith sah Bryant ungläubig an. „Der Justizminister der Vereinigten Staaten hat Spielschulden in Höhe von eins Komma fünf Millionen Dollar?"

„Das sind nur die bei mir. Wer weiß, was da sonst noch alles ist?"

Faith lehnte sich in ihrem Stuhl zurück. „Das macht ihn erpressbar."

„Das ist mir bewusst, genau wie ihm auch."

„Was hatte Tom Forrester damit zu tun?"

„Da die beiden sich schon so lange kennen, wusste Tom von Reggies Spielsucht. Was er nicht wusste, war, dass Reggie noch immer spielte, bis Henry Allstons Name während seiner

Ermittlungen gegen mich auftauchte. Das führte Tom direkt zurück zu Cox und dem Glücksspiel."

„Haben Sie drei kurz vor Toms Ermordung darüber gestritten?"

Bryant nickte. „Reggie wollte, dass Tom diesen Teil der Ermittlungen unter den Tisch fallen lässt, doch wie Tom nun mal war, hat er sich geweigert."

„Hat Reggie Tom umbringen lassen?", fragte Sam, obwohl sie an sich weiter davon überzeugt war, dass die Peckhams für Forresters Ermordung verantwortlich waren.

„Nein. Gott, nein. Reggie hat Tom geliebt wie einen Bruder."

„Aber dieser Bruder war kurz davor, sein schmutziges Geheimnis zu lüften."

„Tom versprach, es niemandem zu erzählen, allerdings nur, wenn Reggie sich ernsthaft Hilfe suchte."

„Wie sollte er das als amtierender Justizminister anstellen?"

„Das war der Knackpunkt. Reggie hat geschworen, dass er zurücktreten und sich Unterstützung besorgen würde, sobald die Ermittlungen gegen die ehemaligen Vereinigten Stabschefs abgeschlossen wären."

„Das kann noch Monate dauern", gab Faith zu bedenken.

„Genau. Reggie hielt es für wichtig, dass er die Angelegenheit persönlich regelt."

„Warum?", wollte Sam wissen. „Hätte er das nicht einem Stellvertreter überlassen können?"

„Genau das hat Tom auch gemeint, aber Reggie hat darauf bestanden, sich selbst darum zu kümmern."

Wieder verriet Sams Bauchgefühl ihr, dass an der Geschichte mehr dran sein musste. „Tom war also bereit, möglicherweise Monate zu warten, bevor er enthüllte, was seine Untersuchung der Unregelmäßigkeiten bei der Wahlkampffinanzierung ergeben hatte?"

„Nein, er wollte die beiden Dinge getrennt behandeln."

„Hat Reggie Spielschulden mit Wahlkampfspenden bezahlt?"

Sam merkte, dass ihm die Frage Unbehagen bereitete, denn sein Blick wanderte zu Faith.

„Gewähren Sie mir Immunität?", fragte er.

„Ich mache mir Sorgen wegen Ihrer Glaubwürdigkeit."

„Alles, was ich bisher erzählt habe, ist wahr."

„Werden Sie als Zeuge vor Gericht erscheinen?"

„Wenn Sie mich beschützen und lange genug am Leben halten, um das zu tun: ja."

„Glauben Sie wirklich, dass der amtierende Justizminister Sie umbringen lassen würde, weil Sie seine Spielsucht aufdecken wollen?", hakte Sam ungläubig nach.

„Ich glaube, Menschen haben schon aus viel geringerem Anlass getötet. Das Amt des Justizministers ist der Höhepunkt von Cox' Karriere. Er liebt die Aufmerksamkeit, die Unterwürfigkeit, den Respekt, den Zugang zur Macht. Ich glaube, er würde mich oder jeden anderen umbringen, der droht, ihn als das zu entlarven, was er wirklich ist – ein bankrotter, kaputter Süchtiger, der seine eigene Frau belügt, um seinen finanziellen Ruin zu vertuschen. Tom hat ihn gedrängt, zurückzutreten, bevor ihm das alles um die Ohren fliegt."

„Glauben Sie, dass es eine Verbindung zwischen Cox und dem gibt, was die Vereinigten Stabschefs getan haben?", wollte Faith wissen. „Bleibt er im Amt, um sie zu verfolgen oder um sie zu schützen?"

Bryant schien die Frage genau zu überdenken. „Ich bin mir nicht sicher. Um ehrlich zu sein, ist mir nie in den Sinn gekommen, dass es eine Verbindung geben könnte, aber jetzt, wo Sie es sagen, würde ich es nicht ausschließen."

Mein Gott, dachte Sam. *Worüber sind wir da nur gestolpert?*

Sie warf einen Blick zu Faith, die ebenfalls bestürzt wirkte.

„Was noch?", wandte sich die stellvertretende Staatsanwältin wieder an Bryant.

„Was meinen Sie?"

„Was wissen Sie noch, was wir bisher nicht gefragt haben?"

Die beiden Frauen starrten ihn an, bis er blinzelte.

„Ich habe etwas über den Militärattaché des Präsidenten gehört, von dem die Stabschefs vermuten, dass er Ihren Mann über ihre Pläne informiert hat."

Sam überlegte verzweifelt, wen er meinte.

„Lieutenant Commander Juan Rodriguez", präzisierte Bryant.

Sam erinnerte sich an den attraktiven dunkelhaarigen Offizier, der als einer der Träger des sogenannten Atomkoffers mit den nuklearen Abschusscodes oft mit Nick zusammen gewesen war.

„Was ist mit ihm?", fragte Sam.

„Sie geben ihm die Schuld daran, dass ihr Plan gescheitert ist und ihre Karrieren und ihr Ruf ruiniert sind."

Sam stand auf und verließ den Raum, wobei sie den sicheren BlackBerry aus ihrer Gesäßtasche zog, und lief zu ihrem Büro.

Sie hörte die von Nick aufgezeichnete Mailbox-Nachricht mit der Anweisung, die Nummer neunundsechzig zu wählen, um Unterstützung zu erhalten, und sein Lachen, als er ihr sagte, er werde sie so schnell wie möglich zurückrufen.

Sam beendete das Telefonat und wählte Terrys Nummer auf ihrem normalen Handy.

„Hey, Sam."

„Terry, du musst mich sofort von einem sicheren Anschluss aus auf meinem BlackBerry anrufen."

„In Ordnung."

Als sie das Handy zuklappte, war sie froh, dass er keine unnötigen Fragen gestellt hatte. Dieses Gespräch musste über eine abhörsichere Leitung laufen.

Als der BlackBerry klingelte, ging sie sofort ran. „Terry ... Ich hab gehört, dass Lieutenant Commander Rodriguez verdächtigt wird, Nick einen Tipp hinsichtlich der Vereinigten Stabschefs gegeben zu haben. Ich habe schon vergeblich versucht, Nick zu erreichen. Rodriguez könnte in Lebensgefahr sein."

„Ich werde mich darum kümmern. Danke für die Information."

Sie hätte gerne nach Lindsey gefragt, andererseits musste er sich so schnell wie möglich um Rodriguez kümmern.

Malone erschien an der Tür ihres Büros. „Was ist los?"

„Ich habe Informationen erhalten, die ich an jemanden weitergeben musste, der darauf reagieren kann."

„Was für Informationen?"

Sie winkte ihn herein und wartete, bis er die Tür geschlossen hatte, bevor sie ihm erzählte, was sie von Bryant erfahren hatten.

„Heilige Scheiße."

„Ich habe Terry O'Connor über die mögliche Bedrohung für Rodriguez informiert. Ich dachte, er wüsste, was zu tun ist."

„Er wird den Secret Service und Rodriguez' Vorgesetzte einschalten. Sie werden sich darum kümmern."

„Nick hat sich so lobend über Rodriguez geäußert. Er wäre am Boden zerstört, wenn ihm etwas zustieße." Sie erinnerte sich, wie er ihr gegenüber die Informationen erwähnt hatte, die Juan ihm gebracht hatte, und wie erschüttert er gewesen war, als er erkannt hatte, dass die Militärführer ein Komplott schmiedeten, um seine Regierung zu stürzen.

„Sie haben getan, was Sie konnten. Die nächste Frage ist, was Sie mit den Informationen über Cox vorhaben."

„Keine Ahnung. Das geht weit über meine Gehaltsklasse hinaus und ist für mich mit einem Interessenkonflikt behaftet. Ich wollte es Ihnen melden, um die nächsten Schritte zu besprechen. Was macht man, wenn man erfährt, dass der oberste Justizchef des Landes ernsthaft kompromittiert ist?"

„Man meldet es seinem Vorgesetzten und sorgt so für seine sofortige Amtsenthebung."

„Wirklich?"

„Wirklich."

„Wer wird das tun?"

„Der Chief wird diese Entscheidung treffen. Halten Sie die Information für glaubwürdig?"

„Ja. Auch wenn Bryant auf Immunität aus ist, habe ich das Gefühl, er ist ehrlich zu uns."

„Weiß er, dass er gegen Cox aussagen muss?"

„Das wird er."

„Er wird Schutz brauchen."

„Faith ist sich dessen bewusst und wird sich darum kümmern."

„Sind Sie damit einverstanden, dass Bryant volle Immunität erhält?"

„Nein. Er hat den Mord an einem seiner eigenen Leute in Auftrag gegeben, um uns glauben zu machen, sein Sohn sei tot, damit wir den nicht wegen Mordes anklagen. So viel steht fest, und mir gefällt der Gedanke nicht, dass er mit dem Auftrag für den Mord an Zachery Calder davonkommt. Aber ohne Bryants Aussage werden wir Cox nicht festnageln können, und dafür müssen wir ihm etwas geben."

„Bryants Verbrechen sind schwerwiegender als die von Cox."

„Das mag sein, doch der Justizminister ist erpressbar, was das ganze Land gefährden könnte."

„Verdächtigen Sie Cox des Mordes an Forrester?"

„Ich hätte ihn und seinen zwielichtigen Assistenten-Schrägstrich-Neffen im Verdacht, wenn nicht dieselbe Waffe bei den Schüssen auf Avery zum Einsatz gekommen wäre. Soweit ich weiß, hatte Cox nichts mit Avery zu tun, außer dass er der Chef seines Chefs ist."

„Wir verfolgen weiter den Plan, die Richterin zu benutzen, um Harlan Peckham aus seinem Versteck zu locken?"

„Ja. Morgen um acht findet eine Besprechung dazu statt."

„Geben Sie mir die Nummer des Stabschefs des Weißen Hauses. Wir werden den Fall Cox ab sofort übernehmen."

Sam fand Terrys Nummer in ihrem Handy und schrieb sie auf. Sie riss die Seite aus ihrem Notizbuch und reichte sie Malone.

„Damit ist Ihre Beteiligung an der Cox-Untersuchung beendet. Habe ich mich klar ausgedrückt?"

„Glasklar."

„Gute Arbeit."

„Ja … Danke."

Malone verzog das Gesicht, als er aufstand, um zu gehen. „So was kann auch nur Ihnen passieren, Holland. Nur Ihnen."

KAPITEL 31

Sam hatte ein flaues Gefühl im Magen, als sie auf dem Rücksitz des Secret-Service-SUV nach Hause fuhr. Ein ereignisreicher Tag lag hinter ihr. Nicht, dass nicht jeder Tag ereignisreich wäre, aber einer, an dem sie herausfand, dass der Justizminister des Landes sich in eine Lage manövriert hatte, in der er erpressbar war, konnte kaum als normaler Arbeitstag zählen.

Ganz zu schweigen von der Planung und Vorbereitung einer Operation, bei der eine Bundesrichterin als Lockvogel diente, um einen Mörder zu fangen.

„Um wie viel Uhr wollen wir morgen los?", fragte Vernon.

„Viertel vor sieben."

„Hört sich gut an."

„Meinen Sie das wirklich?"

Er lachte. „Ausschlafen können wir, wenn wir im Ruhestand sind."

Sam begegnete im Spiegel seinem Blick. „Sie werden doch hoffentlich nicht so bald in Rente gehen, oder?"

„Frühestens in drei Jahren. Vielleicht arbeite ich auch länger."

Sie hatte ihn aufrichtig gern. „Gut zu wissen."

Sie bemerkte das Lächeln in seinen Augen. Er mochte sie genauso wie sie ihn, was eigentlich komisch war. Sie hatte fest damit gerechnet, dass der Personenschutz ihr vor allem im Weg sein und sie gewaltig nerven würde. Was für eine nette

Überraschung es gewesen war, festzustellen, wie gern sie ihn und Jimmy um sich hatte. Und was für ein seltsames Gefühl, dass Vernon genau dann in ihr Leben getreten war, als sie jemanden gebraucht hatte, der die enorme Leere füllte, die der Tod ihres Vaters hinterlassen hatte.

Es war fast so, als hätte Skip Vernon zu ihr geschickt, um für ihn auf sie aufzupassen.

Sie hielt das nicht für unmöglich.

„Danke für alles, Leute."

„Es ist ein Vergnügen, mit Ihnen zu arbeiten", erwiderte Vernon.

„Ach, echt?"

Sie verabschiedeten sich lachend, und Sam betrat das Haus, wo Harold sie begrüßte.

„Guten Abend, Ma'am."

„Guten Abend, Harold. Ist der Präsident schon oben?"

„Leider nein, Ma'am. Er ist noch im Oval Office."

Sam war überrascht. Nick war gern so früh wie möglich zu Hause, um vor dem Abendessen Zeit mit den Kindern verbringen zu können. „Danke. Ich such ihn dort auf."

„Ich kann Ihnen den Mantel abnehmen und nach oben bringen."

„Das ist sehr nett. Danke."

„Gern, Ma'am."

Sam warf einen sehnsüchtigen Blick auf die Treppe zum Wohnbereich, ehe sie sich auf den Weg in den West Wing machte, um ihren Mann zu suchen.

Julie, eine der Verwaltungsangestellten, saß an ihrem Schreibtisch im Vorzimmer.

„Guten Abend, Julie. Kann ich zu ihm?"

„Der Präsident ist in einer Besprechung. Lassen Sie mich nachsehen."

Es war das erste Mal, dass man Sam nicht sofort einließ.

Julie rief an und hatte noch nicht wieder aufgelegt, als Nick in der Tür erschien.

Sam ging zu ihm und bemerkte, dass er angespannt wirkte. „Was ist los?"

„Wir können Juan nicht finden."

Ihr wurde das Herz schwer. „O nein."

„Ich bin außer mir vor Sorge."

„Wie kann ich helfen?"

„Ich … ich weiß es nicht. Wir tun, was in unserer Macht steht."

„Wie lange hast du nichts mehr von ihm gehört?"

„Er hatte zwei Tage frei, also habe ich ihn am Montag zum letzten Mal gesehen, als er Feierabend gemacht hat. Seitdem ist er wie vom Erdboden verschluckt."

„Hast du die Polizei informiert?"

„Das hat Terry übernommen, als der Chief vorhin wegen Cox angerufen hat."

„Was gibt es da Neues?"

„Morgen früh treffe ich mich mit Cox und habe vor, ihn um seinen Rücktritt zu bitten, was das Letzte ist, womit ich mich jetzt beschäftigen sollte. Ich werde den Gedanken nicht los, dass Juan alles riskiert hat, um mich auf die Verschwörung der Stabschefs aufmerksam zu machen, und jetzt ist er verschwunden … oder Schlimmeres."

„Ich wünschte, es gäbe etwas, das ich sagen oder tun könnte …"

Er umarmte sie kurz. „Es hilft schon, dich zu sehen. Ich werde noch ein Weilchen hier sein."

„Soll ich bleiben?"

„Du weißt, dass ich das schön fände, aber du solltest deine Mutter ablösen und etwas Zeit mit den Kindern verbringen."

„Wenn ich runterkommen soll, ruf mich einfach an. Ich bin sofort da."

„Danke dir. Ich liebe dich, Sam."

„Ich dich auch. Das alles tut mir so leid."

Seine grimmige Miene sprach Bände. „Mir auch."

Sam verließ ihn, und er kehrte zu den Leuten zurück, die im Büro auf ihn warteten. Sie stieg die Treppe hinauf in den Privatbereich. Dort traf sie ihre Mutter Brenda im Esszimmer der Familie am Tisch mit den Kindern an.

„Sam! Ms Brenda hat gesagt, wir dürften heute Abend Chicken Nuggets essen!"

Angesichts von Aldens Vorfreude traten der ganze Stress und die Sorgen des Tages in den Hintergrund. „Woher weiß sie, dass das dein Lieblingsessen ist?"

„Ich habe es ihr erzählt, und sie hat gesagt, dann sollten wir das heute Abend essen!"

Sam liebte es, die Zwillinge so glücklich und aufgeregt zu sehen. Sie gab erst Alden und dann Aubrey einen Kuss auf den Scheitel, ehe sie sich neben Scotty setzte und sich an ihre Mutter wandte.

„Danke, Mom."

Brenda lächelte. „Ich hatte heute Nachmittag viel Spaß. Danke, dass ich Celia vertreten durfte."

„Wir sind so froh, dass du uns aushilfst."

„Was ist los?", fragte Scotty zwischen zwei Bissen Chicken Nuggets mit Kroketten.

Sam nahm erfreut zur Kenntnis, dass er auch Salat auf dem Teller hatte. „Nur ein sehr, sehr verrückter Tag."

„Noch verrückter als sonst?"

„Ja."

„Wir brauchen einen anderen Begriff für solche Tage. Zum Beispiel ‚atomar verrückt'."

„Ich glaube nicht, dass wir unter diesem Dach das Wort ‚atomar' in den Mund nehmen dürfen."

Das laute Lachen ihres Sohnes berührte ihr Herz. Sie liebte es, Scotty zum Lachen zu bringen.

„Wahrscheinlich hast du recht. Wie wäre es mit ‚ballistischer Wahnsinn'?"

„Der Ausdruck trifft es ziemlich gut. Heute herrschte definitiv ballistischer Wahnsinn."

„Wo steckt eigentlich Dad?" Scotty wusste, dass Nick nie das Abendessen mit der Familie verpasste, wenn es sich irgendwie vermeiden ließ.

„Er hat mit seinem eigenen ballistischen Wahnsinn zu tun. Hast du Shelby und Avery heute gesehen?"

„Ich war vorhin oben, um die Kinder zu besuchen", antwortete Scotty.

„Wie geht es Avery?"

„Er hat Schmerzen, ist allerdings total erleichtert, zu Hause zu sein."

„Ich laufe später mal hoch und besuche sie."

„Hast du keinen Hunger?"

„Ich warte und esse nachher mit Dad."

Sie beaufsichtigte den Nachtisch, die Hausaufgaben, das Bad und das Zubettgehen der Zwillinge und schaute nach Scotty, der Hausaufgaben machte. Wie üblich sah er sich dabei ein Spiel der Caps an, während Skippy neben ihm auf dem Bett döste. „Wie war's bei dir heute so?"

„Ein weiterer paradiesischer Tag in der achten Klasse."

„Wie läuft es mit ,Beowulf'?"

„Viel besser, jetzt, wo ich es richtig verstehe. Ich nominiere dich als Mutter des Jahres, weil du mir diese Lektürehilfe besorgt hast."

Immer wenn sie dachte, er könnte die Dinge, die er in der Vergangenheit zu ihr gesagt hatte, nicht mehr toppen … „Ich tue, was ich kann."

„Ich werde nie verstehen, warum man etwas lesen muss, das jahrhundertealt ist, wo wir in diesem Jahrhundert doch schon genug Probleme haben."

„Mir kommt es vor, als hätte ich genau dieses Gespräch einmal mit meinen Eltern geführt, und ich muss sagen, dass ich recht hatte und du auch. Es gibt eine Menge Dinge, die man in der Schule nicht lernt und die viel förderlicher wären als Algebra und ,Beowulf'."

„Wir müssen Dad dazu bringen, ein entsprechendes Gesetz zu erlassen."

„Ich bin sicher, er wird sich schnellstmöglich darum kümmern. In der Zwischenzeit lernst du fleißig und gibst dein Bestes. Mehr kann man nicht von dir verlangen."

„Ich wünschte, das fiele mir so leicht wie Dad."

„Er ist in dieser Hinsicht die absolute Ausnahme. Wir anderen müssen uns für gute Noten abrackern. Aber die guten

Noten sind der Lohn für harte Arbeit. Ich erinnere mich noch daran, wie ich im College das erste Mal nur Einsen im Zeugnis hatte. Ich dachte, da müsste ein Fehler vorliegen."

„Wow, das ist fantastisch. Du warst bestimmt total aufgeregt."

„Ich war geschockt, denn ich hatte mir das nicht zugetraut. Und danach hatte ich das Gefühl, alles sei machbar."

„Das ist echt cool."

„Es hat lange gedauert, bis ich in der Schule in Schwung gekommen bin, weil ich eine nicht diagnostizierte Legasthenie hatte, die mir viel Kummer bereitet hat. Doch nachdem ich beschlossen hatte, mich wirklich reinzuknien, hat es sich langsam, aber stetig gebessert. Es ist wegen der Legasthenie zwar nie einfach für mich gewesen, doch ich habe mich und alle anderen überrascht. Ein verdammt gutes Gefühl."

„Ich sollte mich mehr anstrengen. Schließlich sollt ihr stolz auf mich sein."

„Ach du meine Güte. Wir *sind* stolz auf dich. Niemals waren Eltern stolzer auf ihren Sohn als wir auf dich. Keiner von uns zweifelt daran, dass du in deinem Leben Großes erreichen wirst, und wir werden immer stolz auf dich sein. Immer."

„Es wird schwer sein, euch zu übertreffen."

„Du musst niemanden übertreffen. Tu, was du kannst. Das reicht völlig."

„Wenn du mir weiterhin Lernhilfen finanzieren würdest, wäre es einfacher, dich stolz zu machen."

Sie lachte und beugte sich vor, um Scotty auf die Wange zu küssen. „Bleib nicht zu lange auf."

„Okay."

„Ich hab dich lieb."

„Ich dich auch."

Das Gespräch mit ihm hatte ihr den anstrengenden Tag versüßt, dachte sie, als sie ins dritte Obergeschoss ging und an die Tür von Shelbys und Averys Suite klopfte.

Shelby öffnete mit der kleinen Maisie auf dem Arm. Sie wirkte fertig. „Komm rein."

„Ich wollte mal nach euch sehen. Es ist schön, dass Avery endlich wieder daheim ist."

„Das findet Noah auch. Er ist jetzt bei ihm und kümmert sich um Daddy."

„Oh. Ist es in Ordnung, wenn ich bei den beiden reinschaue?"

„Ja, klar. Immer rein mit dir."

Sam steckte den Kopf ins Schlafzimmer, wo Noah Avery im Bett „vorlas".

„Sam! Daddy ist daheim!"

„Das sehe ich, Kumpel. Ich bin so froh."

Avery schenkte ihr ein kleines Lächeln. Sie erkannte an seiner Miene, dass er immer noch Schmerzen hatte, aber Gott sei Dank war er hier bei ihnen und auf dem Weg der Besserung.

„Wie fühlst du dich?"

„Es tut weiter verdammt weh, doch ich bin froh, aus der Klinik raus und zu Hause bei meinen Lieben zu sein. Noah kümmert sich aufopfernd um mich."

„Ich hole dir mehr Eis." Der Kleine kletterte aus dem Bett, nahm den Plastikbecher vom Tisch und lief aus dem Zimmer.

„Er ist mir nicht von der Seite gewichen, seit ich zu Hause bin."

„Armer Kerl."

„Es war in wenigen Tagen ziemlich viel für ihn."

„Für euch alle. Ich bin so dankbar, dass es euch gut geht."

„Was gibt es Neues bei den Ermittlungen?"

„Wir werden Richterin Sawyer benutzen, um Harlan Peckham herauszulocken."

„Hat sie sich darauf eingelassen?"

„Sie will ihn genauso dringend dingfest machen wie wir. Auf zwei von drei der Schlüsselfiguren hat er bereits geschossen, und sie will nicht die nächste sein."

„Habt ihr sie unter Bewachung?"

„Sie und ihre Familie stehen unter Polizeischutz, was ein weiterer Grund dafür ist, dass sie die Sache unbedingt hinter sich bringen möchte."

„Wie lautet der Plan?"

„Wenn sie am Sonntag aus der Kirche kommt, umgeben von

‚Gemeindegliedern‘, die in Wahrheit alle unsere Leute sind, präsentiert sie dem Täter eine unwiderstehlich günstige Gelegenheit, sie zu erwischen. Wir arbeiten mit dem FBI und unserem Einsatzteam zusammen.“

„Wie soll es ablaufen?“

Sam erklärte ihm die Grundzüge ihres Plans, von der Ankunft der Richterin in der Kirche bis zu ihrem Weg aus dem Gebäude, inmitten von Menschen, die vorgeblich Freunde und Bekannte, aber in Wirklichkeit Polizisten waren.

„Wo wird ihre Familie sein?“

„Corrinne hat berichtet, dass sie und ihr Mann sich am Wochenende oft aufteilen, je nach den Aktivitäten der Kinder. Daher wird sie an diesem Tag allein im Gottesdienst sein.“

„Was ist mit dem Rest der Gemeinde?“

„Auf Wunsch der Pfarrerin werden wir die Gottesdienstbesucher über die Aktion informieren und sie bitten, die Kirche durch den Seiteneingang zu verlassen, falls sie an diesem Tag überhaupt zum Gottesdienst kommen wollen. Wir bitten sie außerdem eindringlich, niemandem zu erzählen, was wir planen.“

Avery verzog das Gesicht. „Das gefällt mir nicht.“

„Mir auch nicht, doch wir sind überzeugt: Da niemand in der Gemeinde Harlan Peckham kennt und er ohne Handy herumläuft, gibt es für ihn keine Möglichkeit, davon zu erfahren, selbst wenn es durchsickert.“

„Das ist wohl wahr. Und was ist, wenn er Verdacht schöpft und gar nicht auftaucht?“

„Heute wurde im Rock Creek Park ein kürzlich verlassener Lagerplatz gefunden, der ihm gehören könnte. Wenn das der Fall ist, denken wir, ist er jetzt ohne Dach über dem Kopf, ohne Nahrung und andere Vorräte. Ich nehme an, er will bis Sonntag alles erledigt haben, damit er von hier verschwinden kann. Wenn er tatsächlich nicht auftaucht, schauen wir dann weiter.“

„Der Kerl ist gefährlich, Sam. Ich will, dass jeder weiß, dass er mit bloßen Händen töten kann. Ich habe es selbst gesehen.“

Sam erkannte, dass Avery müde wurde. „Ich werde es weitergeben.“

„Außerdem trägt er sein Haar immer zu einem Zopf geflochten. Er muss ihn unter seine Kappe gesteckt haben, als er Tom erschossen hat."

Sam machte sich im Geist eine Notiz. „Das ist ein guter Hinweis. Danke."

„Ich geb Bescheid, wenn mir noch etwas Hilfreiches einfällt."

„Du weißt ja, wo du mich findest."

„Ich hoffe weiter, dass wir euch hier bald nicht mehr auf der Pelle sitzen."

„Ihr stört uns nicht, ganz im Gegenteil, das wisst ihr ja. Bleibt hier, und lasst euch noch eine Weile verwöhnen."

„Wir werden hier wirklich verwöhnt."

„Ja, das ist hier Programm. Genießt es, denn die Realität holt euch bald genug ein."

„Da hast du allerdings recht."

„Wie gesagt, außerdem haben wir euch gerne bei uns."

„Wir sind auch gerne hier. Noah mag es, dass unten andere Kinder sind, und der Pool ist ebenfalls ziemlich cool."

„Entspann dich, und werd gesund. Kümmere dich nur um deine Frau und deine Kinder."

„Das ist meine Lieblingsbeschäftigung. Ich kann immer noch nicht glauben, dass wir Kinder – Plural – haben."

„Ich könnte mich nicht mehr für euch freuen. Bis morgen."

„Sei vorsichtig, solange der Kerl da draußen rumläuft. Du wärst ein überaus lohnenswertes Ziel für ihn."

Er war der Zweite, der sie davor warnte, was sie beunruhigte. „Mach dir keine Sorgen. Kümmere dich lieber um dich."

„Das werde ich."

Sam folgte den Stimmen in das Zimmer, in dem Noah untergebracht war. Noah hielt seine schlafende kleine Schwester im Arm und kuschelte im Bett mit Shelby, während sie ihm eine Geschichte vorlas. „Wo ist dein Handy, Tinker Bell?"

„Im Wohnzimmer."

Sam holte es und gab Noahs Geburtstag ein, einen Code, von dem sie wusste, dass Shelby ihn für alles benutzte. Sam verließ sich auf ihr rudimentäres Wissen über iPhones, um die Kamera zu finden, und schoss ein paar Fotos von Shelby und ihren Babys.

„Vielen Dank", sagte Shelby mit einem erschöpften Lächeln.

„Ich habe für dich ein iPhone benutzt."

„Die Opfer, die man auf sich nimmt …"

„Ja, nicht wahr?"

Shelby lachte. „Danke, dass du mich zum Lachen gebracht hast. Das ist schon eine Weile her."

„Man tut, was man kann. Bis morgen. Melde dich, wenn du etwas brauchst."

„Jetzt, wo die ganze Familie wieder unter einem Dach vereint ist, auch wenn es deines ist, hab ich alles, was ich brauche."

„Mein Dach ist auch dein Dach. Für immer."

„Ich hab dich lieb."

„Ich dich auch." Sie warf dem kleinen Jungen einen Luftkuss zu. „Gute Nacht, Noah und Maisie."

„Gute Nacht, Sam. Maisie sagt auch Gute Nacht."

Hätte er noch süßer sein können?

„Schlaft gut, Kinder."

KAPITEL 32

Sam verließ Shelbys und Averys Suite und ging die Treppe hinunter, als Nick erschöpft und von Sorge erfüllt aus dem Erdgeschoss hochkam. Sie streckte ihm die Arme entgegen, und er zog sie direkt an sich. „Gibt es etwas Neues?"

„Nein."

Sam hielt ihn lange fest. Sie würde die ganze Nacht dort stehen bleiben, wenn es das war, was Nick brauchte. „Hast du Hunger?"

„Nein."

„Du musst etwas essen."

„Ich weiß nicht, ob ich das kann. Diese Situation macht mich ganz krank. Er hat alles riskiert, um mich zu warnen, und jetzt …"

„Vielleicht versteckt er sich, bis die ganze Aufregung vorbei ist."

„Das kann ich mir nicht vorstellen. Das Militär missbilligt es in der Regel, wenn Soldaten unerlaubt abwesend sind."

Sam führte ihn in ihre Suite und dort ins Bad, wo sie ihm die Krawatte abnahm, ihm aus dem Anzug half und ihm das Hemd aufknöpfte.

„Ich habe gerade mit Juans Mutter gesprochen. Sie ist völlig außer sich. Sein Vater ist gestorben, als er vier Jahre alt war. Sie hat ihn allein großgezogen." Seinem Tonfall fehlte die übliche

Dynamik. „Sie ist so stolz, dass er im Weißen Haus arbeitet. Mrs Rodriguez hat einen Friseursalon in Philadelphia. Juan hat dort als Kind den Boden gefegt und die Handtücher gewaschen." Seine Stimme brach, und sein Kopf sank auf ihre Schulter. „Ich weiß einfach, dass etwas Furchtbares passiert ist."

„Es tut mir so leid. Ich wünschte, ich wüsste, was ich sagen soll."

„Da gibt es nichts zu sagen, aber Gott helfe dem, der dafür verantwortlich ist."

Sam hatte Nick schon lange nicht mehr so aufgelöst erlebt, und es tat ihr in der Seele weh. Nachdem er eine Jogginghose und sein Lieblings-Harvard-T-Shirt angezogen hatte, ließ er sich aufs Sofa fallen.

Sie schenkte ihm ein Glas von dem Bourbon ein, den Graham O'Connor ihm zu Weihnachten geschenkt hatte, rollte sich neben ihm zusammen und lehnte den Kopf an seine Schulter.

So saßen sie da, bis das offizielle Telefon fast eine halbe Stunde später klingelte.

Nick stand auf, um den Anruf entgegenzunehmen.

Er hörte mehr zu, als er sprach, und bedankte sich dann. „Irgendwas Neues?"

„FBI und NCIS haben sich Zugang zu Juans Wohnung verschafft und sind dabei, alles zu untersuchen."

„Klingt, als arbeiteten die besten Leute daran."

Ihr Handy vibrierte wegen einer SMS von Tracy. *Hast du immer noch vor, morgen zu der Anhörung zu gehen?*

Absolut.

Weißt du schon, ob Angela ebenfalls dabei sein wird?

Das glaube ich nicht. Ich hab ihr gesagt, ich übernehme das und sie soll nicht kommen.

Gut. Wir sehen uns dort.

„Alles in Ordnung?", fragte Nick.

„Das war Tracy wegen der morgigen Anhörung in Spencers Fall."

„Ich sollte dich begleiten."

„Wie ich Angela schon erklärt habe, wird es ein langer Weg

werden. Wir sollten uns unsere Kräfte einteilen, und du musst dich im Moment erst mal auf die Dinge hier konzentrieren."

„Ich wünschte, ich könnte bei dem Ganzen an eurer Seite sein."

„Weiß ich, und das bedeutet uns allen sehr viel. Willst du nicht doch zumindest irgendeine Kleinigkeit zu dir nehmen?"

„Nein. Ich habe spät zu Mittag gegessen und habe keinen Hunger."

„Wie wäre es mit etwas Schlaf?"

„Heute Nacht eher unwahrscheinlich, aber ich werde es versuchen."

Sie putzten sich die Zähne und schlüpften ein paar Minuten später ins Bett.

„Soll ich dir den Rücken massieren?", fragte sie.

„Muss nicht sein. Du hast immerhin ein verstauchtes Handgelenk."

„Und eine weitere voll funktionsfähige Hand. Komm schon. Das entspannt dich immer."

„Wenn du willst."

„Bin gleich zurück." Sie ging ins Badezimmer, um das Massageöl zu holen. „Dreh dich auf den Bauch."

Er rollte sich herum, sodass er mit dem Gesicht nach unten dalag, und schlang die Arme um das Kissen.

Sam bearbeitete seinen Rücken und benutzte ihre unverletzte Hand, um das nach Kokosnuss duftende Öl in die Muskeln einzumassieren, die hart wie Beton waren.

„Das fühlt sich gut an. Danke."

„Gern geschehen."

„Ich wollte dich noch daran erinnern, dass ich nächste Woche wegfahre."

Sam hielt in der Bewegung inne. „Für wie lange?"

„Vier Tage."

„Oh." Der Gedanke an vier Tage ohne ihn war schwer zu ertragen, so dumm das auch klingen mochte. „Okay."

„Ich fürchte mich jetzt schon davor."

„Mich macht es auch nicht glücklich."

„Tut mir leid."

„Muss es nicht. Du musst da raus und deine Arbeit erledigen. Wir wussten, dass du irgendwann wieder mehr reisen würdest."

„Trotzdem hasse ich es, von euch getrennt zu sein."

Sam ging es genauso. „Ich weiß, Liebster. Schließ die Augen, und konzentrier dich auf deine Atmung. Einfach atmen."

Er tat es, und nach einer Weile entspannte er sich ein wenig.

Sie machte weiter, bis ihr Hand und Rücken wehtaten.

Nicks Atmung war tiefer geworden.

Sam stand vorsichtig auf, um sich die Hände zu waschen. Als sie wieder im Bett war, drehte er sich auf die Seite und legte den Arm um sie, um sie an sich zu ziehen.

„Danke."

Sam drückte seine Hand. „Ich liebe dich, Nick."

„Ich dich auch. Sehr."

Während sein Atemrhythmus gleichmäßiger wurde und sie hoffte, dass das ein Zeichen dafür war, dass ihn der Schlaf übermannte, lag sie wach, und ihre Gedanken wanderten von der einen elenden Entwicklung zur nächsten. Von dem Betongefängnis, das bei Stahl entdeckt worden war, über den Plan, Corrinne Sawyer als Lockvogel für Toms Mörder zu benutzen, und der Tatsache, dass Nick vier Tage lang weg sein würde, bis hin zu den Schüssen auf Avery und der Frage, wo Juan Rodriguez sein könnte.

Sie träumte, dass sie in dem Betonverlies gefangen war, ohne Essen, Wasser oder einen Ausweg. Ihre Furcht, Hoffnungslosigkeit und Wut waren praktisch mit Händen zu greifen. Sie hatte mit ansehen müssen, wie das Monster Stein für Stein die Mauer um sie herum errichtet hatte, und war sich bewusst, dass sie zu einem langsamen und qualvollen Tod verurteilt war. Ihr Körper schmerzte, denn sie hatte seit Tagen weder gegessen noch getrunken, und der kalte Boden machte alles nur schlimmer.

Bald würde ihr der Sauerstoff ausgehen, und was dann? Sie hatte nicht geglaubt, dass es etwas Schrecklicheres als Klingendraht und Feuer geben könnte, doch Stahl hatte es geschafft, seine eigene Verderbtheit noch zu übertreffen. Das hier war schlimmer. Sie dachte an Nick, Scotty, Alden, Aubrey, Eli, ihre Schwestern, Nichten und Neffen … Der einzige Trost war, dass ihr Vater auf sie warten würde, wenn sie im Himmel ankam, und das war etwas, das sie tröstete, während ihre Kräfte schwanden.

Sie sehnte sich nach Nick, nach einer weiteren Minute mit ihm, nach der Möglichkeit, seinen vertrauten Geruch einzuatmen, während sie in seine wunderschönen haselnussbraunen Augen schaute, die sie immer nur mit Liebe, Bewunderung und Akzeptanz dessen, wer und was sie war, angeblickt hatten. Er hatte nie von ihr verlangt, jemand anders zu sein als sie selbst, und das war ein großes Geschenk.

Ein so großes Geschenk.

Ein Schluchzen entrang sich ihrer Brust.

Nick.

„Baby, wach auf. Sam …“

Seine Stimme zerriss den dünnen Schleier zwischen Schlaf und Wachsein. Sie öffnete die Augen und erwartete, sich in einem Betonverlies zu befinden. Als sie blinzelte, sah sie die Schlafzimmerwand, an der ein gerahmtes Foto ihrer Familie von Weihnachten hing.

„Sam.“

Erleichterung durchströmte sie. *Ein Traum. Es war nur ein Traum.*

Sie drehte sich zu ihm um und vergrub ihr Gesicht an seiner Brust, während Tränen aus ihren fest geschlossenen Augen flossen.

„Was ist los, Liebling?“

„Ein seltsamer Traum. Tut mir leid, dass ich dich geweckt habe.“

„Möchtest du darüber reden?“

„Auf keinen Fall.“ Sie würde ihm nichts von dem Betonzimmer erzählen. Er hatte schon genug um die Ohren, ohne dass sie noch eins draufsetzte. Sie schmiegte sich enger an ihn. „Das ist alles, was ich brauche.“

„Davon habe ich genug.“

Während sie sich seinem Trost hingab, versuchte sie, die

Bilder des Betonverlieses aus ihrem Kopf zu verbannen, aber das war leichter gesagt als getan.

~

Sam stand auf, weckte die Zwillinge, half ihnen beim Anziehen, machte Frühstück für alle drei Kinder und verabschiedete sie mit Küssen, Umarmungen und Wünschen für einen guten Tag. Doch die ganze Zeit stand sie irgendwie neben sich.

Da sie zum Gericht wollte, trug sie eine graue Hose, einen weißen Pullover mit großem Kragen und einen marineblauen Blazer.

Nick begleitete sie zur Treppe. „Geht es dir wirklich gut?"

„Ich bin nur müde."

„Du warst die ganze Nacht über sehr unruhig."

„Tut mir leid."

Er küsste sie auf die Stirn. „Muss es nicht. Ich hätte ohnehin nicht viel geschlafen." Er hatte ihr bereits gesagt, dass es keine Neuigkeiten über Juan gab. „Ich weiß, du willst mich nicht mit deinen Problemen belasten, vor allem nicht in einer Situation wie dieser, aber ich möchte immer wissen, was dich nachts wach hält."

„Das weiß ich zu schätzen, doch an das meiste kann ich mich gar nicht mehr erinnern."

„Ist vielleicht besser so."

„Ganz sicher." Sie stellte sich auf die Zehenspitzen, um ihn zu küssen. „Halt mich über Juan auf dem Laufenden."

„Das werde ich, und du lass mich wissen, wie die Anhörung verläuft."

Sam nickte. „Mach ich. Ich liebe dich, Nick."

„Ich dich auch. Pass auf dich auf da draußen. Meine Frau bedeutet mir alles."

„Da hat sie wirklich Glück." Sie stahl sich noch einen Kuss, ehe sie die Treppe hinunterging, um sich mit Vernon und Jimmy zu treffen. „Guten Morgen."

„Morgen."

Auf dem Weg zum Hauptquartier fragte Vernon: „Haben Sie weiter vor, heute Morgen der Anhörung beizuwohnen?"

„Auf jeden Fall."

„Gut."

Sam sah aus dem Fenster und beobachtete die Stadt wie in einem Kaleidoskop, das ihr so vertraut war, dass sich die Bilder in ihre DNA eingebrannt hatten. Dies war ihre Stadt, ihre Heimat, ihr Platz in der Welt. Wenn sie sich auf ihre Familie, ihren Job und all das Gute in ihrem Leben konzentrierte, würde sie vielleicht irgendwann das Gefühl vergessen können, in einem Betonverlies gefangen und dem Tod überlassen zu sein.

Ihre Hände zitterten, als die Erinnerungen an den Traum in ihrem Bewusstsein auftauchten und wieder verschwanden.

Stahl würde es genießen, zu wissen, dass er ihr wieder Kummer bereitet hatte. Sehr sogar. Diese Befriedigung würde sie ihm nicht gönnen.

Ihr Handy vibrierte. Es war eine SMS von Haggerty. *Die Abdrücke, die wir am Lagerplatz gefunden haben, stammen von Harlan Peckham.*

Sehr gut. Danke.

Diese Bestätigung bestärkte sie in ihrem Plan, Corrinne zu benutzen, um Peckham aus der Deckung zu locken. Im Hauptquartier wartete Farnsworth schon vor ihrem Büro. In der linken Hand hielt er einen Aktenordner.

Sie öffnete die Tür und bat ihn herein.

Farnsworth schloss die Tür hinter sich. „Du musst mir einen Gefallen tun."

„Jeden."

„Das solltest du dir vielleicht überlegen, bevor du einwilligst."

„Für dich tue ich alles."

Er lächelte, nahm Platz und klemmte sich den Ordner unter den Arm. „Ich möchte, dass du ein umfassendes Pressebriefing über alles machst, einschließlich des Forrester-Falls, der Neuigkeiten aus Stahls Haus, der Davies-Entlassung und der Klage sowie des Ramsey-Prozesses. Alles. Wenn ich da rausgehe, bin ich in der Defensive. Deshalb sollst du das an meiner Stelle übernehmen und die tiefe Verzweiflung zeigen, die wir alle wegen dieser Dinge empfinden. Du bist gut darin, Emotionen zu vermitteln. Ich würde am liebsten alle zusammenschlagen."

„Das möchte ich auch."

„Dir gelingt es besser, dir das nicht anmerken zu lassen." Er wirkte verlegen. „Ich weiß, es ist viel verlangt, und ich hasse es, deine Popularität auf diese Weise auszunutzen ..."

„Ich sollte meine Popularität hin und wieder ruhig zu meinem Vorteil nutzen. Lieutenant Haggerty hat das auch schon vorgeschlagen."

„Tatsächlich?"

„Ja. Er meinte, es würde besser wirken und mehr Aufmerksamkeit erregen, wenn es von mir kommt."

„Da hat er vermutlich recht."

„Ich brauche allerdings etwas Zeit, um mich auf den neuesten Stand zu bringen."

„Ich habe die Abteilung für Öffentlichkeitsarbeit beauftragt, einiges dazu vorzubereiten." Er reichte ihr die Akte. „Das ist die offizielle Stellungnahme der Behörde, aber entscheide ruhig selbst, was du übernehmen willst und was nicht. Transparenz ist das Gebot der Stunde."

Sam öffnete die Akte und las, dass man inzwischen zwei der bei Stahl gefundenen Leichen eindeutig identifiziert hatte: Tiffany Jones, die Stahl benutzt hatte, um Davies reinzureiten, und Brittany Carter. Es brach Sam das Herz, als sie sich an das Treffen mit Carters Eltern in Delaware erinnerte. „Hat jemand die Familien benachrichtigt?"

„Gestern Abend."

„Ich habe die Carters getroffen. Sie haben so eine schreckliche Zeit hinter sich. Wie all diese Familien."

„Genau solche Dinge solltest du sagen."

„Ich werde mein Bestes tun."

„Wie immer. Ich weiß das sehr zu schätzen."

„Das tue ich doch gern."

„Ja, aber ich betrachte es trotzdem nicht als selbstverständlich. Gehst du heute Vormittag zu der Anhörung?"

Sam nickte. „Ich werde das Pressebriefing nach dem Treffen

um acht Uhr mit dem Team, das ich für die Sawyer-Operation zusammengestellt habe, durchführen."

„Dieser Plan, den Mann in die Falle zu locken, beunruhigt mich sehr."

„Mich auch, doch ich denke, es könnte klappen."

„Das hoffe ich sehr. Du musst jetzt zu deiner Besprechung. Ist es in Ordnung, wenn ich dich begleite?"

„Es ist dein Haus."

„Es ist unser Haus, Lieutenant."

„Du bist mir immer willkommen."

Sam sammelte ihre Akten und ihr Notizbuch ein und begab sich mit ihm in den Konferenzraum, um sich mit dem Team zu treffen, das ihr helfen würde, die Operation „Festnahme Harlan Peckham" erfolgreich durchzuführen.

Captain Michelle Ruiz vom Einsatzteam trat vor und reichte Sam die Hand. „Schön, Sie zu sehen." Sie war etwa einen Meter siebzig groß, hatte eine kurvige Figur und dunkles, lockiges Haar.

„Ich freue mich auch." Ihre Wege hatten sich im Laufe der Jahre ab und zu gekreuzt, aber Sam hatte nie eng mit ihr zusammengearbeitet. Ruiz hatte den Ruf, knallhart zu sein und Beamte schnell zu verschleißen. Niemand arbeitete gern für sie. Doch Sam würde nicht schlecht über sie urteilen, bis sie einen Grund dazu hatte. „Danke, dass Sie mit von der Partie sind."

„Gern."

Neben Ruiz, Farnsworth, Malone, Archie und Sams Team waren auch Lieutenant Dawkins von der Streife und zehn seiner Beamten anwesend. Sam kannte einige von ihnen, darunter Watts, Keeney und Youncy.

„Danke, dass Sie alle erschienen sind."

George Terrell stürmte durch die Tür. Er wirkte abgekämpft. „Tut mir leid, dass ich so spät dran bin."

„Kein Problem. Danke, dass Sie gekommen sind. Detective Cruz und Lieutenant Archelotta haben einen Bericht über die Familie Peckham vorbereitet. Oberhaupt des Clans ist Willy Peckham, wobei sein Sohn Harlan die Geschäfte übernommen hat, während Willy und der Großteil seiner Familie Haftstrafen verbüßt haben. Der Sohn wurde beim ersten Mal nicht vor Gericht gestellt, weil sich unter den FBI-Agenten ein alter Freund von ihm befand, der ‚vergaß‘, ihm seine Rechte zu verlesen. Detective Cruz, wollen Sie fortfahren?"

„Natürlich." Freddie stand auf und zeigte auf den Monitor, auf dem Fotos der Peckhams angezeigt wurden. Er fasste die Undercover-Operation unter Agent Hills Leitung zusammen, der in seiner ganzen Hinterwäldler-Pracht auf dem Bildschirm erschien, sodass Sam sich ein Lachen verkneifen musste. Wenn das hier vorbei war, würde sie sich in aller Ruhe über dieses Foto amüsieren.

„Jemand hat Forrester erschossen, als er in seinem Auto auf der Constitution Avenue saß. Die Schüsse auf Hill, der sich aktuell bei seiner Familie von den Verletzungen erholt, fielen vor seinem Fitnessstudio in der 22nd Street. Die ballistische Untersuchung ergab, dass die Kugeln in beiden Fällen aus derselben Neun-Millimeter-Glock stammten. Daraufhin haben wir uns die Fälle angesehen, an denen Hill und Forrester gemeinsam gearbeitet hatten. Wir haben uns schnell auf Willy Peckham konzentriert, der wieder im Gefängnis sitzt, nachdem er kürzlich bei den Hills eingebrochen ist und die dort anwesenden Familienmitglieder als Geiseln genommen hat. Hill selbst war nicht zu Hause. Zum Glück konnten wir Peckham und seine Komplizin neutralisieren, bevor Hills Frau oder sein Sohn zu Schaden kamen. Willys Frau Amber, besagte Komplizin, hat angegeben, dass ihr Mann geplant habe, Hill vor den Augen seiner Frau und seines Sohnes ‚wie ein Schwein auszunehmen‘. Der Staatsanwalt im Fall Peckham war Tom Forrester, und den Vorsitz hatte die damalige Bezirksrichterin Corrinne Sawyer, nachdem der Gerichtsstand von Kentucky hierher verlegt wurde. Corrinne Sawyer ist jetzt Richterin am Bundesberufungsgericht. Lieutenant, wollen Sie ab hier wieder übernehmen?"

Ein Foto von Harlan erschien auf dem Bildschirm.

Sam erhob sich. „Harlan Peckham ist dafür bekannt, dass er nie ein Handy besessen hat, also ist es unmöglich, ihn auf diese Weise zu orten. Wir haben uns überlegt, wie wir ihn aus seinem

Versteck locken können. Gestern haben wir einen Lagerplatz gefunden, den wir durch Fingerabdrücke mit Peckham in Verbindung bringen konnten, doch er hat sich der Festnahme entzogen. Unser Plan ist es, Richterin Sawyer in ihrer Kirche mit unseren Leuten zu umgeben, in der Hoffnung, Harlan dazu zu bringen, sich zu zeigen. Wir glauben, er hat viel Zeit investiert, vielleicht Wochen oder gar Monate, um die Routinen seiner Zielpersonen auszukundschaften. Er wird in Erfahrung gebracht haben, dass Sawyer fast jede Woche den Gottesdienst besucht, häufig allein, während ihr Mann die Kinder zu verschiedenen Aktivitäten begleitet. Er wird seine Mission so schnell wie möglich abschließen und nach Kentucky zurückkehren wollen."

„Ich habe eine Frage", sagte Green. „Wenn er sich die Zeit genommen hat, die Routinen auszukundschaften, woher wusste er dann, dass Forrester auf der Constitution parken würde?"

„Da Bryant seine Familie hatte entführen lassen, war Forrester nicht in seinem üblichen Rhythmus. Ich halte es für möglich, dass Harlan ihm gefolgt ist. Irgendwie wusste er, dass Forrester dort sein würde, und hat die Gelegenheit genutzt. Das ist zumindest meine Vermutung."

„Was hat die Entführung von Forresters Familie mit der Sache mit den Peckhams zu tun?", fragte George.

„So wie es aussieht, nichts."

George wirkte skeptisch. „Obwohl es zur gleichen Zeit passiert ist?"

„Ja. Forrester hat wegen Unregelmäßigkeiten bei der Wahlkampffinanzierung gegen Bryant ermittelt. Im Laufe dieser Untersuchung ist er auf Beweise für viele andere Straftaten gestoßen. Bryant erfuhr erst kürzlich von den Ermittlungen. Wir glauben, dass Bryant Forresters Familie entführen ließ, um dem Staatsanwalt die Botschaft zu senden, er solle sich zurückhalten. Das behandeln wir als separaten Fall."

„Interessant."

Du hast ja keine Ahnung, hätte Sam am liebsten gesagt, aber die Informationen über Cox waren vertraulich. Zumindest noch. Es war nur eine Frage der Zeit, bis der Justizminister das letzte Überbleibsel der Regierung Nelson sein würde, mit dem Nick aufräumen musste.

„Nun zu den Aufgaben." Sam ging alle Teammitglieder der Reihe nach durch und beschrieb jedem, was genau am Sonntag seine Aufgabe sein würde. Die Streifenpolizisten würden in Zivil in der Kirche sein, wenn die Richterin eintraf, und sie nach dem Ende des Gottesdienstes nach draußen begleiten, als vermeintliche Freunde und Bekannte, die nach der Kirche noch auf dem Vorplatz stehen blieben, um sich zu unterhalten.

„Was ist mit Schutzwesten?", fragte Youncy.

Sam warf Malone einen Blick zu.

„Ich sage es nur ungern, doch ich glaube nicht, dass wir es riskieren sollten, dass Peckham auffällt, dass die Versammelten im Brustbereich gepolstert wirken. Das würde alles verraten."

Dem stimmte Sam zu. „Aber ich möchte, dass Corrinne eine unter dem Mantel trägt."

„Einverstanden", erwiderte Farnsworth.

Sie besprachen den Plan noch einmal Schritt für Schritt in allen Einzelheiten, die Positionen der Beamten, der Scharfschützen und der Bundesagenten.

„Was brauchen Sie von uns?", fragte Captain Ruiz.

„Ihr Team brauche ich dafür, die Kommunikation in der Nähe zu unterstützen und bereit zu sein, im Bedarfsfall einzugreifen."

„Normalerweise übernehmen wir eine aktivere Rolle."

„Das ist die Aufgabe, die Sie dieses Mal übernehmen werden."

Ruiz war eindeutig nicht glücklich über diese Antwort.

Das war Sam allerdings egal.

„Weitere Fragen, Anmerkungen, Gedanken?" Als sich niemand meldete, erklärte sie: „Ich danke Ihnen für Ihre Kooperation. Wir finden uns am Sonntag um sieben Uhr hier ein, um den Plan noch ein letztes Mal durchzugehen, bevor wir aufbrechen."

Die anderen verließen den Raum, und Sam blieb mit Cruz, Gonzo, Malone, Farnsworth und Archie zurück.

„Ist der Plan verrückt?", erkundigte sie sich bei ihnen.

„Vielleicht ein bisschen, doch ich denke, es ist der schnellste Weg, den Kerl aus dem Verkehr zu ziehen und die Sache zu beenden", meinte Farnsworth.

„Habe ich irgendetwas übersehen?"

„Nicht dass ich wüsste", antwortete Malone.

Sam fand sich damit ab, dass das flaue Gefühl in ihrem Magen sie bis zum Sonntag begleiten würde. In der Zwischenzeit musste sie eine Pressekonferenz abhalten und eine Anhörung besuchen. „Nach dem Pressebriefing fahre ich für die Anhörung in Spencers Fall zum Gericht."

„Soll ich mitkommen?", fragte Freddie.

„Das ist nicht nötig, aber danke für das Angebot. Tracy wird ja da sein."

„Ich auch", ergänzte Gonzo mit einem kleinen Lächeln.

„Ja, du auch." Er war der leitende Ermittler in Spencers Fall gewesen, damit es keine Interessenkonflikte in Bezug auf Sam und ihre Beziehung zu einem der Opfer geben konnte.

„Ich kann dich mitnehmen, wenn du willst", erbot sich Sam.

„Da sag ich nicht Nein."

„Abgemacht. Wir treffen uns nach dem Pressebriefing wieder hier."

Sam begab sich in ihr Büro und schickte Vernon eine SMS, um ihm mitzuteilen, dass sie rauskommen würde, um die Presse zu informieren.

Geben Sie uns fünf Minuten dafür, Leute in Position zu bringen.

Okay, aber auf keinen Fall mehr.

Sie nutzte die Zeit, um ein weiteres Mal die Unterlagen durchzugehen, ehe sie sich die Mappe schnappte, um sich mit den vor dem Haupteingang versammelten Reportern zu treffen.

Sie verstummten, als sie sie sahen. Wahrscheinlich witterten sie etwas Großes, weil sie sich nur selten allein mit ihnen traf.

Vernon trat vor und stellte sich hinter sie, während Jimmy hinter den Reportern Position bezog. Vermutlich gab es noch andere Secret-Service-Mitarbeiter in der Menge, doch Sam konzentrierte sich auf die anstehende Aufgabe.

„Guten Morgen. Ich bin hier, um Sie über mehrere laufende Ermittlungen und andere Sachlagen zu informieren, und werde anschließend Fragen beantworten. Um die zur Verfügung stehende Zeit optimal zu nutzen, möchte ich Sie daran erinnern, dass ich mich zu nichts äußern werde, was mit meinem Mann, dem Weißen Haus oder damit zusammenhängenden Themen zu tun hat.

Gestern ist das MPD in zwei verschiedenen Fällen verklagt

worden. Der erste Kläger, Eric Davies, ist diese Woche aus dem Gefängnis freigekommen, nachdem er sechzehn Jahre wegen Vergewaltigung auf der Grundlage von Beweisen verbüßt hatte, von denen sich später herausstellte, dass der ehemalige Lieutenant Leonard Stahl sie gefälscht hatte. Im Rahmen der Anklage gegen Davies beschuldigte eine Frau namens Tiffany Jones Mr Davies der Vergewaltigung und sagte gegen ihn aus. Diese Woche wurde Tiffany Jones' Leiche im Garten des Hauses von Leonard Stahls Familie gefunden. Auf dem Grundstück sind wir außerdem auf siebzehn weitere Leichen gestoßen. Eine davon konnten wir als die der seit Langem vermissten Brittany Carter identifizieren. Die Familien der beiden Frauen sind benachrichtigt.

Die Gerichtsmedizin des MPD arbeitet in Kooperation mit dem FBI-Labor daran, die Opfer anhand ihrer sterblichen Überreste zu identifizieren. Es erübrigt sich, zu sagen, dass dies eine zermürbende und überaus schmerzliche Untersuchung für alle Beteiligten war, insbesondere für unsere Spurensicherung unter der Leitung von Lieutenant Max Haggerty. Er und sein Team haben rund um die Uhr gearbeitet, um Stahls Haus sowie den Garten vollständig zu untersuchen und den Familien, die viel zu lange darauf haben warten müssen, zu erfahren, was mit ihren Angehörigen geschehen ist, Gewissheit zu verschaffen.

Meine persönliche Vorgeschichte mit Stahl ist wohlbekannt, und selbst nach dem, was ich in seiner Gewalt erlitten habe, entzieht sich die Schlechtigkeit, zu der er dem zufolge, was wir in seinem Haus vorgefunden haben, imstande war, meinem Verständnis. Ich empfinde tiefes Mitgefühl mit jedem einzelnen seiner Opfer und deren Angehörigen. Dass das gesamte MPD so viele Jahre lang Seite an Seite mit diesem Mann gearbeitet hat, ist etwas, womit wir alle zu kämpfen haben. Ich bin sicher, dass sich viele der hier Versammelten und der Zuschauer zu Hause fragen werden, wie ein mutmaß-licher Serienmörder in einer Behörde mit so vielen erfahrenen Polizisten unentdeckt bleiben konnte. Ich kann Ihnen versi-chern, dass wir alles Menschenmögliche getan hätten, um ihn unschädlich zu machen, bevor jemand zu Schaden kam, wenn einer von uns auch nur die geringste Ahnung von seiner wahren Natur gehabt hätte. Unser einziger Trost besteht darin, dass er den Rest seines Lebens in Haft verbringen wird, wo er hingehört."

„Lieutenant, wird es weitere Anklagepunkte gegen ihn geben, nachdem diese Verbrechen nun ans Licht gekommen sind?"

„Wir werden ihn für jedes Verbrechen, das er je begangen hat, voll belangen, und es wird uns ein Vergnügen sein, ihn zu weiteren lebenslangen Haftstrafen verurteilt zu sehen." Sam hielt kurz inne, bevor sie sich dem nächsten Thema zuwandte. „Die andere Klage stammt von Sergeant Ramsey von der Sondereinheit für Sexualdelikte, der derzeit beurlaubt ist, nachdem er einen SUV des Secret Service gerammt und das Leben dreier Menschen, darunter zweier Bundesagenten, gefährdet hat. Er wird sich im Zusammenhang mit diesem Vorfall wegen mehrerer schwerer Verbrechen verantworten müssen.

In seiner Klage wirft er dem MPD Fehlverhalten beim Tod seines Sohnes Shane Ramsey vor, den einer unserer Scharfschützen erschossen hat, nachdem er eine Frau im Rock Creek Park als Geisel genommen hatte. Die Zeugenaussagen aller anwesenden Beamten werden bestätigen, dass Shane Ramsey nicht die Absicht hatte, die Frau am Leben zu lassen, und dass wir sie durch seine Erschießung gerettet haben. Wir glauben, dass die Klage unbegründet ist und schnell abgewiesen werden wird.

Des Weiteren haben wir eine Person identifiziert, die wir der Ermordung des Staatsanwalts Tom Forrester und des versuchten Mordes an dem leitenden FBI-Agenten Avery Hill verdächtigen, der sich derzeit zu Hause von einer Schussverletzung erholt. Die ballistische Analyse hat ergeben, dass die Schüsse auf beide Männer aus derselben Waffe abgefeuert wurden, und wir sind an dem Verdächtigen dran. Ich hoffe, Ihnen in Kürze weitere Informationen zu diesem Fall geben zu können. Das ist alles, was ich im Augenblick habe. Ich werde jetzt einige Fragen beantworten."

„Haben Sie vor, an der Anhörung im Fall Ihres Schwagers teilzunehmen?"

„Ja."

„Lieutenant, Sie verstehen sicher, dass es der Öffentlichkeit schwerfällt, zu begreifen, wie sich ein so brutaler Serientäter so viele Jahre in den Reihen des MPD verstecken konnte. Was sagen Sie diesen Leuten?"

„Wir glauben, dass Stahl mit seinen Taten so lange davongekommen ist, weil er ein Insider war, der wusste, wie das System funktioniert. Das hat ihm Vorteile verschafft, die die meisten Menschen nicht haben, wenn sie Verbrechen verbergen wollen. Wenn ich sage, dass es uns allen schwer zu schaffen macht, dass dies direkt unter unseren Augen geschehen ist, dann meine ich das auch so. Nachdem ich seine Verderbtheit am eigenen Leib erlebt habe, schmerzt es mich für die anderen, die ihm ebenfalls ausgesetzt waren. Ich wünschte, ich hätte verhindern können, was ihnen widerfahren ist, und ich weiß, dass es meinen Kollegen genauso geht. Unser Ziel ist es, alles in unserer Macht Stehende zu tun, um Gerechtigkeit für die Opfer und ihre Familien herzustellen und dafür zu sorgen, dass jedes Vergehen von Stahl nach bestem Wissen und Gewissen aufgearbeitet wird. Das hat für jeden Beamten hier höchste Priorität."

„Diese Woche haben Sie den Vorsitz bei einer arbeitsintensiven Untersuchung des Mordes an einem Staatsanwalt geführt und gleichzeitig einen Staatsbesuch organisiert. Wie ist es möglich, diese beiden Dinge unter einen Hut zu bringen?"

Sam lächelte die blonde Fernsehjournalistin an, die sie in der Vergangenheit immer fair behandelt hatte. „Eine gute Frage, Audra. Das eröffnet mir die Gelegenheit, ein großes Lob an die Leute auszusprechen, die mich hier und in meinem Büro im Weißen Haus unterstützen und es mir ermöglichen, meine beiden Jobs gleichzeitig auszufüllen und zudem eine Familie zu haben. Ich bin gesegnet, weil mir in beiden Jobs unglaubliche Teams zur Seite stehen."

„Ist es angesichts der vielen Herausforderungen, vor denen die Polizei steht, fair, Ihre Aufmerksamkeit auf zwei so arbeitsintensive Aufgaben zu verteilen?"

Die Frage hatte ein älterer Reporter von einer Boulevardzeitung aus Washington gestellt.

„Fair wem gegenüber? Ich gebe bei allem, was ich tue, jeden Tag mein Bestes. Mehr kann niemand leisten. Das war's. Ich danke Ihnen."

Man rief ihr weiter Fragen zu, während sie sich zurück ins Gebäude begab und erleichtert aufatmete. Sooft sie das auch tat, es wurde nie zur Routine, vor allem weil die Polizei gerade mit so vielen Kontroversen auf einmal zu tun hatte. Hoffentlich würden sie am Sonntag Tom Forresters Mörder schnappen und einen großen Sieg einfahren, den sie so dringend brauchten.

Wenn dort etwas schiefging …

Nein, das durfte nicht passieren.

Das war einfach undenkbar.

Nach seinem morgendlichen Sicherheitsbriefing, das eine Reihe neuer drängender Probleme im eigenen Land und auf der ganzen Welt zum Thema gehabt hatte, wartete Nick ungeduldig auf seinen Termin um zehn Uhr. Über Nacht hatte es keine Neuigkeiten bei der Suche nach Juan gegeben, außer der Nachricht, dass der NCIS das FBI und die U.S. Marshals hinzugezogen hatte. Nick war lange genug dabei, um zu wissen, dass jede Stunde, die ohne Nachricht von dem jungen Marineoffizier verstrich, es wahrscheinlicher machte, dass er tot war.

Nick war untröstlich darüber.

Juan hatte viel aufs Spiel gesetzt, um ihn vor einem drohenden Militärputsch zu warnen, und hatte diese Loyalität höchstwahrscheinlich mit seinem Leben bezahlt.

Wie sollte Nick damit fertigwerden?

Justizminister Cox' Ankunft bewahrte ihn davor, länger über diese schreckliche Möglichkeit nachzugrübeln.

„Führen Sie ihn herein, Julie."

Nick stand vom Resolute Desk auf, und er und Cox nahmen auf den Sofas Platz. Normalerweise bot er seinen Gästen

Erfrischungen an. Dies war jedoch kein Freundschaftsbesuch oder auch nur ein normales Treffen.

„Danke, dass Sie meiner Bitte so schnell Folge geleistet haben."

„Selbstverständlich, Mr President."

Sah der Mann nervös aus, oder war das Wunschdenken? Da Cox Sam gedroht hatte, hoffte Nick, dass er die Hosen gestrichen voll hatte.

„Ich wollte mit Ihnen über Ihre Spielsucht sprechen, die im Rahmen der Ermittlungen zum Mord an Staatsanwalt Forrester ans Licht gekommen ist."

Damit hatte Cox nicht gerechnet.

„Ich, äh … Das ist eine private Angelegenheit."

„Normalerweise würde ich einem Kabinettsmitglied die Möglichkeit einräumen, zurückzutreten, aber das wird in diesem Fall nicht passieren. Ihr Verhalten hat Sie anfällig für Erpressung durch in- wie ausländische Interessengruppen gemacht. Aus diesem Grund werden wir dieses Mal anders vorgehen."

Der Mann war bleich geworden. „Sir?"

„Während wir hier sprechen, veröffentlicht die Pressestelle des Weißen Hauses eine Erklärung, die alle schmutzigen Details darüber enthält, was Sie getan haben, während Sie den Status genossen haben, der mit dem Amt des US-Justizministers verbunden ist. Mitarbeiter räumen Ihr Büro im Justizministerium und bringen Ihre persönlichen Sachen zu Ihnen nach Hause. Ihr Zugang zu den offiziellen Regierungsnetzwerken ist ab sofort gesperrt. Außerdem informieren wir Ihren Neffen, der die Rolle Ihres Assistenten gespielt hat, während er half, Ihre Sucht zu verbergen, darüber, dass die Regierung seine Dienste nicht mehr benötigt." Nick stand auf und knöpfte sein Jackett zu. „Legen Sie Ihr Diensthandy auf den Tisch."

Cox starrte ihn an, leistete seiner Aufforderung jedoch schließlich Folge.

„Zu Hause warten Bundesagenten auf Sie, die Ihre Computer und alle anderen Geräte und Dokumente, die uns gehören, beschlagnahmen werden. Haben Sie alles verstanden?"

„Ja", antwortete Cox mit zusammengebissenen Zähnen.

„Ich denke, Sie finden allein hinaus. Sie sollten sich jetzt verabschieden."

„Mr President ... Wenn ich darf ..."

„Sie dürfen nicht. Sie haben durch Ihre verabscheuungswürdigen Taten nicht nur unser Land gefährdet, sondern auch meiner Frau gedroht. Was dachten Sie denn, was als Nächstes passieren würde? Raus."

Als Cox vor Schreck wie erstarrt sitzen blieb, begab sich Nick zur Tür und bedeutete Brant und Cox' Personenschützern, ihn aus dem Oval Office zu geleiten.

Nachdem er weg war, kam Terry herein. „Wie ist es gelaufen?"

„Wie am Schnürchen, bis auf den Teil, wo er zu geschockt war, um zu gehen, und der Secret Service ihn abführen musste."

„Direktor Pierce hat seine Personenschützer angewiesen, ihn zu Hause abzusetzen, wo sein Schutz endet."

„Hast du mit der stellvertretenden Justizministerin darüber gesprochen, dass sie das Amt übernehmen muss?"

„Ja, und sie ist bereit."

Trevor Donnelly, der Kommunikationschef, erschien in der Tür.

Nick winkte ihn herein.

„Christina hat im Besprechungsraum bekannt gegeben, dass Cox aus wichtigem Grund entlassen wurde. Das wird der Aufmacher auf jedem Sender und in jeder Zeitung sein, während alle versuchen, den Grund zu erfahren."

„Den müssen wir ihnen ja nicht liefern", erklärte Nick.

„Sie werden es früh genug herausfinden", meinte Terry.

Vor dem Gerichtsgebäude begleiteten Vernon und Jimmy Sam durch die Menge der versammelten Pressevertreter und durch die Sicherheitskontrolle. Sie dabeizuhaben war in Situationen

wie diesen äußerst hilfreich, wenn sie irgendwo rein- und raus-
wollte, ohne dass es zu einer großen Szene kam.

Natürlich erregte sie überall unerwünschte Aufmerksamkeit,
doch die Personenschützer waren gut darin, ihr einen Weg
durch die Menge zu bahnen.

Vernon hatte sie informiert, dass sich bereits weitere
Mitarbeiter des Secret Service innerhalb und außerhalb des
Gebäudes befänden.

Es erschien ihr immer noch seltsam, dass sie diese Art von
Bewachung brauchte, aber sie würde tun, was immer nötig war,
um sicher zu ihren Lieben nach Hause zurückzukehren.

Die Familie hatte schon genug traumatische Verluste erlitten,
nachdem Skip im Oktober so plötzlich verstorben war und kurz
darauf auf schockierende und tragische Weise Spencer während
eines Aufenthalts in Camp David.

Heute waren sie bei Gericht, um Gerechtigkeit für ihn und
die anderen zu erlangen, die an gestrecktem Fentanyl gestorben
waren, das Dealer an Menschen verkauften, die nach Linderung
für ihre quälenden Schmerzen suchten. Spencer hatte sich beim
Footballspielen mit Freunden am Rücken verletzt und
Oxycodon verschrieben bekommen. Er war davon abhängig
geworden, hatte mehrmals eine Entziehungskur gemacht und es
sich schließlich auf der Straße besorgt, nachdem seine Ärzte sich
geweigert hatten, ihm neue Rezepte auszustellen.

Tracy und Mike warteten vor dem Gerichtssaal auf sie.

Sam und Gonzo begrüßten die beiden mit einer Umarmung.

„Was tun wir eigentlich hier?", fragte Mike unter Tränen.

„Ich weiß, was du meinst", sagte Sam. „Es ist surreal."

Sie ging auch zu den Familien der anderen Opfer, darunter
Brad Albright, dessen junge Frau infolge einer hartnäckigen
Knieverletzung opioidabhängig geworden war. Sam stellte ihn
Tracy und Mike vor.

Brad, der einen marineblauen Anzug und eine dazu passende
Krawatte trug, sah besser aus als beim letzten Mal, als sie ihn
getroffen hatte, was am Tag des Todes seiner Frau gewesen war.
Sein blondes Haar war gekämmt, er hatte sich rasiert, und seine
Augen hatten etwas von dem anfänglichen Schock und der

Verzweiflung verloren. Er wirkte nicht mehr ganz so am Boden zerstört, doch die Trauer war noch immer sehr präsent.

„Seine Frau Mary Alice ist ebenfalls an verschnittenem Fentanyl gestorben", erklärte Sam ihrer Schwester und ihrem Schwager.

„Das tut mir so leid", sagte Tracy.

„Mein Beileid."

„Haben Sie Kinder?", fragte Tracy.

Brad nickte. „Ja, zwei. Sechs und drei."

Tracy schüttelte den Kopf. „So viele Menschen leiden."

Sam verkniff sich ein überraschtes Aufatmen, als Angela auf sie zukam. Als Sam ihre Schwester in ihre Arme zog, erschrak sie darüber, wie zerbrechlich sie sich anfühlte.

„Ich konnte nicht wegbleiben."

„Natürlich." Sam stellte ihr Brad ebenfalls vor. „Er hat seine Frau Mary Alice verloren."

Brad reichte Angela die Hand. „Ich wünschte, ich könnte sagen, dass ich mich freue, Sie kennenzulernen."

„Geht mir genauso."

Sam stellte Angela auch den anderen Familien vor.

Sie begrüßten Angela herzlich, was Sam freute. Ihre Schwester konnte jede Unterstützung brauchen, die sie in dieser schwierigen Zeit bekommen konnte.

Spencers Bruder Jed und seine Eltern trafen ein und begrüßten Angela, Sam, Tracy und Mike herzlich.

Sie gingen einige Minuten vor Beginn der Verhandlung zusammen in den Saal und suchten sich einen Platz.

Angela saß zwischen ihren Schwestern und hielt deren Hände, als Sal Vincent in einem orangefarbenen Overall den Saal betrat. Er trug Hand- und Fußschellen und nahm neben seinen Anwälten Platz.

„Ist er das?", fragte Angela.

„Ja, das ist der Drahtzieher."

„Ich hatte ihn mir älter vorgestellt."

DEA-Agent Kevin Kavanaugh, Dereks Bruder, kam herein und setzte sich. Er nickte Sam zu.

Sie nahm kaum Notiz von ihm. Wenn es nach ihm gegangen

wäre, hätte man sie und ihr Team von Vincents Verhaftung abgezogen, obwohl sie ihn ausfindig gemacht hatten, was der DEA jahrelang nicht gelungen war.

Lieutenant Cooper vom Drogendezernat erschien ebenfalls, einen Kaffee und eine braune Tüte in der Hand, die wahrscheinlich sein Frühstück enthielt. Der Mann war widerlich.

In der nächsten Stunde hörte die Richterin Gonzo an sowie Kavanaugh, Cooper und Leslie Lawton, die Frau des rivalisierenden Drogenhändlers Riggs Lawton. Leslie hatte für ihre Aussage gegen Vincent und die anderen Mitglieder seiner Organisation, die angeklagt waren, Immunität und staatlichen Schutz erhalten. Sie beschrieb, wie Vincent sich dazu herabgelassen hatte, verschnittene Drogen zu verkaufen, um zu versuchen, die Lawtons aus dem Geschäft zu drängen. Leslie behauptete, sie und ihr verstorbener Ehemann Riggs hätten nur Menschen helfen wollen, die von Opioiden abhängig waren.

Noch einmal die verzweifelte, herzzerreißende Woche nach Spencers plötzlichem Tod nachzuerleben war brutal für Sam. Sie konnte sich kaum vorstellen, wie Angela sich fühlen musste.

Am Ende entschied die Richterin, es lägen genügend Beweise für eine strafrechtliche Verfolgung vor, und setzte einen Verhandlungstermin für Ende September fest. Mit einem Hammerschlag beendete sie die Anhörung.

Danach starrte Angela lange einfach geradeaus, als müsste sie erst mal alles verarbeiten, was sie gehört hatte.

„Geht es dir gut?"

„Ich glaube schon … Es ist immer noch so schwer zu fassen. Dass Menschen tot sind, weil ein Dealer einen anderen aus dem Geschäft drängen wollte."

„Es ist der blanke Wahnsinn", meinte Tracy in ihrer gewohnt direkten Art.

Angela sah Sam an, in ihren Augen schwammen Tränen. „Auch wenn du hier nicht ausgesagt hast, weiß ich, dass du diese Leute aufgespürt hast, damit sie zur Rechenschaft gezogen werden. Die Kinder und ich werden dir immer dafür dankbar sein, für alles, was du getan hast. Du hast anderen das Leben gerettet. Daran habe ich keinen Zweifel."

„Ich würde alles dafür geben, Spencer wieder bei uns zu haben."

„Die Initiativen, die Nick zu seinem Gedenken ins Leben gerufen hat, werden vielen Menschen helfen und die Erinnerung an ihn lebendig halten. Das bedeutet mir viel."

„Die Medien werden wollen, dass ich draußen ein Statement abgebe. Ist das in Ordnung für dich?"

„Natürlich."

„Spencers Familie wird auch nichts dagegen haben?"

„Überhaupt nicht. Sie wollen dasselbe wie ich: Sein Leben und sein Tod sollen anderen helfen, und du bist unsere beste Fürsprecherin."

Sam war zu aufgewühlt, um etwas zu erwidern, also nickte sie bloß.

Gemeinsam gingen sie nach draußen, und die anderen stellten sich hinter Sam, die für alle sprach. „Heute haben wir einen großen Schritt nach vorne getan, um Gerechtigkeit für unseren geliebten Mann, Vater, Sohn, Bruder und Schwager und viele andere zu erlangen, die wir durch das, was wir für einen tödlichen Plan von Sal Vincent und anderen halten, verloren haben. Es wird ein langer Weg sein, aber wir werden jede Sekunde davon begleiten, bis jeder, der für diese Todesfälle verantwortlich ist, im Gefängnis sitzt."

Sie trat vom Mikro zurück und umarmte ihre Familienmitglieder, bevor sie sich verabschiedete.

Tracy und Mike würden Angela zu ihrem Auto bringen, und Tracy versprach, sich später noch mal zu melden.

Als sie wieder im SUV saß, schickte Sam ihren beiden Schwestern eine SMS. *Lasst uns mal am Wochenende alle zusammen im Weißen Haus übernachten. Ich glaube, wir könnten etwas Zeit miteinander gebrauchen. Was haltet ihr davon?*

Tracy antwortete zuerst. *Wir sind dabei!*

Gott, ja, schrieb Angela. *Die Kinder werden begeistert sein.*

Super. Celia wird bis dahin auch wieder zurück sein. Sie würde das nicht verpassen wollen.

Perfekt, schrieb Tracy.

Der Plan, Zeit mit ihren Schwestern und deren Familien zu

verbringen, sorgte dafür, dass Sam sich sofort besser fühlte. Sie hoffte, dass das umgekehrt genauso galt. Manchmal war es schwer, zu glauben, dass das Leben nach dem Tod ihres Vaters und dann Spencers weiterging. Skip, der sie immer darauf hingewiesen hatte, dass ihre engsten Freunde auf der Welt ihre Verwandten waren, hatte ihnen beigebracht, zusammenzuhalten und zu kämpfen, und das taten sie auch. Solange sie einander hatten, würden sie immer einen Weg finden, weiterzumachen.

KAPITEL 34

Sam verbrachte den Rest des Tages und den nächsten damit, den Plan für den Sonntag bis ins kleinste Detail auszuarbeiten. Sie suchte nach Lücken, die zu einer Katastrophe führen könnten, fand aber keine. Der Plan war wasserdicht und bereit zur Umsetzung.

Schließlich begann die zweistündige Besprechung im Konferenzraum mit Vernon, Jimmy und vier weiteren Secret-Service-Leuten, die am Sonntag als Verstärkung dazustoßen würden.

„Das Wichtigste ist, dass Sie außer Sichtweite sind", erklärte ihnen Sam. „Wenn Peckham auch nur erahnt, dass der Secret Service da ist, wird ihm klar sein, dass man ihm eine Falle gestellt hat."

„Niemand wird merken, dass wir da sind", versicherte ihr Vernon.

Cox' Entlassung hatte alle anderen Themen aus den Schlagzeilen verdrängt, sogar die Suche nach Tom Forresters Mörder.

Terry hatte irgendwo gehört, dass Cox' Frau ihr gesamtes Vermögen auf ein neues Konto, das nur auf ihren Namen lief, transferiert und die Scheidung eingereicht hatte, nachdem sie vom Rausschmiss ihres Mannes erfahren hatte.

Sein tiefer Fall – zusammen mit dem seines Neffen Allston – verschaffte Sam große Genugtuung.

Gleichzeitig vergrößerte jeder Tag, der ohne Nachricht von Juan verging, Nicks Sorge um den Mann, der so loyal zu ihm gestanden hatte. Auf Anraten der Behörden, die nach ihm suchten, hatten sie die Medienvertreter nicht über sein Verschwinden informiert, doch es würde sich nicht mehr lange geheim halten lassen.

Ehe sie am Freitag Feierabend machte, meldete Sam sich noch einmal persönlich bei jedem der am Einsatz Beteiligten, um sich zu vergewissern, dass sich alle am Sonntagmorgen um sieben Uhr im Hauptquartier einfinden würden und dass sie die Kleidungsvorschriften sowie ihre Rolle bei der Operation verstanden hatten.

Detective Neveah Charles, das neueste Mitglied von Sams Team, würde Cori die ganze Zeit über begleiten. Sie würde Cori am Sonntagmorgen um Viertel nach neun zu Hause abholen, mit ihr zur Kirche fahren, sich zu ihr setzen und sie danach nach draußen begleiten.

Als letzte Amtshandlung am Freitag, bevor sie zu dem gefürchteten Treffen mit Nicks Mutter in die Ninth Street fuhr, bat Sam Neveah zu sich ins Büro. An die bevorstehende Begegnung mit ihrer Schwiegermutter wollte sie noch gar nicht denken.

„Sie wollten mich sprechen, Lieutenant?", fragte Charles von der Tür aus.

Neveah hatte makellose braune Haut, ausdrucksstarke dunkle Augen und langes Haar, das sie in einem ordentlichen Dutt trug. Die junge Frau hatte Sam mit ihrer Liebe zum Detail bei der Planung von Skips Beerdigung beeindruckt, und sie war froh, sie nun in ihrem Team zu haben.

„Warum haben Sie sich nicht fürs Modeln entschieden statt für so etwas Dummes wie Polizeiarbeit?"

Neveah lachte, während sie hereinkam und die Tür schloss.

„Wenn ich so aussehen würde wie Sie, würde ich definitiv als Model arbeiten, statt Kugeln auszuweichen."

„Danke sehr. Das ist sehr nett von Ihnen. Meiner Familie

wäre es viel lieber gewesen, wenn ich einen ungefährlicheren Beruf gewählt hätte." Kürzlich hatte sie Sam erzählt, dass sie den Mord an ihrer Mutter miterlebt hatte und deshalb Polizistin hatte werden wollen.

„Darauf wette ich."

„Aber wo wäre da der Spaß?"

„Deshalb mag ich Sie so. Sie haben Spaß an diesem Job. Damit sind Sie genauso komisch wie ich."

„Das ist vielleicht das schönste Kompliment, das ich je bekommen habe."

„Ich dachte, wir hätten über das Einschleimen schon gesprochen."

„Das war nicht geschleimt, sondern mein voller Ernst."

Sam verdrehte die Augen. „Ich schätze, ich sollte mich an Ihnen erfreuen, solange Sie noch so süß und unschuldig sind. Cruz war auch so, bevor er jahrelang mit mir gearbeitet hat. Jetzt ist er ruiniert."

„Ich freue mich darauf, mich von Ihnen ruinieren zu lassen."

„Lassen Sie uns über Sonntag reden. Wie geht es Ihnen mit Ihrer Mission?"

„Ich habe ein gutes Gefühl. Vorhin habe ich mit Richterin Sawyer besprochen, dass ich um Viertel nach neun bei ihr sein werde. Alles wird so aussehen, als wäre ich eine Nachbarin, die sie zur Kirche begleitet."

„Hat sie Ihnen gesagt, Sie sollen sie Cori nennen?"

„Ja."

„Das sollten Sie das auch tun, wenn Sie mit ihr zusammen sind."

„Werde ich."

„Es ist mit einem Risiko verbunden."

„Das ist mir bewusst."

„Das ist einer der Augenblicke, in denen ich es hasse, so prominent zu sein, weil ich das gerne selbst übernehmen würde. Es ist schwierig, von einem Mitarbeiter etwas zu verlangen, was ich selbst nicht tun kann."

„Das verstehe ich, aber ich mach das gerne. Wir werden die

ganze Zeit von erstklassiger Security umgeben sein, der mein vollstes Vertrauen gehört."

„Genau, anderenfalls würde ich Ihnen diese Aufgabe niemals übertragen. Wenn Ihnen allerdings etwas zustößt, werde ich Ihnen ewig böse sein."

Charles lächelte. „Ich würde die Ewigkeit damit verbringen, Sie wieder gnädig zu stimmen."

„Ich weiß, deshalb dürfen Sie auch nicht zulassen, dass Ihnen etwas zustößt."

„Es wird nichts passieren. Versprochen."

Mehr konnte sie nicht verlangen, also nickte Sam. „Passen Sie auf sich auf."

„Sie auch."

Nachdem Charles sich verabschiedet hatte, erschien Cruz an der Tür. „Ich klinke mich bis Sonntag aus."

„Schönes Wochenende."

„Kommst du mit der Sache mit Nicks Mutter klar?"

„Ich bin jedenfalls froh, wenn es vorbei ist."

„Lässt du mich wissen, wie es gelaufen ist?"

„Na klar." Sie sah, dass er weiter zögerte. „Keine Sorge. Wird schon schiefgehen."

„Pass auf, dass sie meinen besten Freunden nichts tut, hörst du?"

„Das werde ich."

„Na dann. Schreib mir später eine SMS."

Sam nickte und entließ ihn mit einem Lächeln. Es war lieb von ihm, sich um sie zu sorgen, aber Nicoletta hatte jedem in ihrem Leben reichlich Grund zur Sorge gegeben, so wie sie Nick behandelt hatte. Der Gedanke, sich mit dieser Frau an einen Tisch setzen zu müssen, um sich mit ihr zu versöhnen, war Sam zutiefst zuwider.

Doch sie würde es tun, denn Nick wollte hören, was seine Mutter zu sagen hatte.

Der BlackBerry summte. Eine SMS. *Bleibt es bei fünf?*
Ich werde da sein.
Vielen Dank. Ich schulde dir was.
SO VIEL.

HAHA. Ich werde es wiedergutmachen.
Ja, das wirst du, und ich freue mich schon darauf.
Ich auch.
Denk dran, wenn sie sich dir gegenüber wie ein Miststück verhält,
gehen wir.
Ja, Schatz.

Letzte Nacht hatte er kaum geschlafen, hatte sich hin und her gewälzt vor lauter Sorgen um Juan und wegen dieses Termins. Sam nahm ihrer Schwiegermutter das und vieles andere sehr übel. Ganz gleich, was heute passierte, Sam würde ihr nie verzeihen, was sie Nick bisher an Enttäuschungen und Schmerz zugefügt hatte.

Nachdem sie sich damit abgefunden hatte, dass sie dieses gefürchtete Treffen irgendwie hinter sich bringen musste, schrieb sie Vernon eine SMS, um ihm mitzuteilen, dass sie auf dem Weg zum Hinterausgang war, und packte ihre Sachen zusammen. Als sie an den Glastüren zur Gerichtsmedizin vorbeikam, bemerkte sie aus dem Augenwinkel einen roten Pferdeschwanz.

Sam trat durch die Automatiktüren. „Was zum Teufel tust du hier, Doc?"

Lindsey drehte sich zu ihr um, weiter blasser als sonst, allerdings nicht mehr so bleich wie noch vor ein paar Tagen. „Ich fühle mich viel besser und bin hier, um bei dem Papierkram im Fall Stahl zu helfen. Byron und die anderen brauchen jede Unterstützung, die sie kriegen können."

„Bist du sicher, dass es nicht zu früh ist?"

„Ja. Ich habe Gonzo vorhin gesehen, und er hat mich auf den neuesten Stand im Fall Forrester gebracht. Hast du ein gutes Gefühl bei diesem Plan?"

„Ich werde mich deutlich besser fühlen, wenn er erfolgreich abgeschlossen ist."

„Kann ich mir vorstellen."

„Es fällt mir schwer, meine Leute einer solchen Gefahr auszusetzen, während ich bequem im Kommandowagen sitze."

„Wenn der Verdächtige dich bemerkt, war alles umsonst."

„Auch das hasse ich."

„Es ist, wie es ist, aber ich verstehe, warum es dir so schwerfällt."

„In Zeiten wie diesen frage ich mich, ob ich den Job an den Nagel hängen sollte."

„Was? Nein, auf keinen Fall!"

„Was für eine Feldherrin schickt ihre Truppen in die Schlacht, ohne sich selbst in die Schusslinie zu begeben?"

„Die beste. Jedes Teammitglied würde lieber mit dir arbeiten als mit jedem anderen, trotz der Einschränkungen durch Nicks Amt. Wenn du mir nicht glaubst, frag sie."

„Ich wollte gar nicht über mich reden. Wo wir allerdings schon dabei sind, lass in Zukunft dieses Ohnmachtsding, hörst du? Du hast mich zu Tode erschreckt."

Lindsey lachte. „Alles klar, ich werde versuchen, es ab jetzt zu vermeiden. Terry hat genau das Gleiche gesagt."

„Ist er gut mit der Sache klargekommen?"

„Er war toll. Er hat sich tagelang um mich gekümmert und ist mir nicht von der Seite gewichen. Außerdem hat er doppelt so oft an seinen AA-Treffen teilgenommen, was ihm bei Stress grundsätzlich hilft."

„Freut mich zu hören. Ich muss mich mit Nick in der Ninth Street treffen, um seine Mutter zu sehen."

Lindseys Schock war in jeder Nuance ihres ausdrucksstarken Mienenspiels zu erkennen. „Nein."

„Doch. Leider."

„Wow."

„Nicht wahr?"

„Ich erwarte danach einen vollständigen Bericht."

„Hoffentlich fällt er kurz aus."

„Geh mit Gott."

Sam lächelte. „Danke. Gut, dich wieder dort zu haben, wo du hingehörst."

„Gut, wieder hier zu sein."

Nachdem sie die Gerichtsmedizin verlassen hatte, stieß Sam die Tür auf und trat in die frische Aprilbrise hinaus.

Vernon stand neben dem SUV und wartete auf sie.

„Entschuldigen Sie die Verspätung. Ich habe mich noch kurz mit Dr. McNamara unterhalten."

„Freut mich zu hören, dass sie wieder gesund ist."

„Ja, es war schön, sie wieder bei der Arbeit zu sehen."

„Fahren wir nach wie vor in die Ninth Street?"

„Ja."

Im Wagen lehnte Sam den Kopf gegen den Sitz und versuchte, sich zu beruhigen und sich innerlich auf die schwierige Aufgabe vorzubereiten, Nick bei diesem höllischen Treffen alles zu geben, was er brauchte. Vor allem aber ermahnte sie sich, dass sie nicht einfach ihr rostiges Steakmesser zücken und es der Frau ins Herz rammen konnte, egal wie sehr die es verdiente oder wie sehr Sam es sich wünschte.

„Alles in Ordnung?", fragte Vernon.

„Erst nach dieser Sache in der Ninth wieder."

„Ich habe vorhin bei der Besprechung gehört, warum Sie dort hinwollen, und war überrascht."

„Wir nehmen so einiges für die auf uns, die wir lieben."

„Das stimmt."

„Ich habe versucht, es ihm auszureden, doch die Hoffnung stirbt zuletzt, wenn es sie betrifft."

„Seltsamer Mechanismus, oder?"

„Sehr seltsam. Wenn es nach mir ginge …"

„Tun Sie nichts, was uns allen noch mehr Papierkram beschert."

Sam lächelte. „Das hätte mein Vater auch gesagt, und das habe ich jetzt gebraucht. Danke."

„Ich tue, was ich kann."

„Das ist ein urheberrechtlich geschützter Spruch!"

Bei seinem Lächeln strahlten seine Augen auf, als er ihr im Spiegel einen Blick zuwarf.

Während sie durch die vertrauten Straßen nach Hause fuhren, spürte Sam ihre Aufregung. Sie hatte ihr ganzes Leben lang in Capitol Hill gewohnt, bis sie ins Weiße Haus gezogen waren. Als sie in die Ninth Street einbogen, verriet ihr die Schlange der bereits auf der Straße geparkten Secret-Service-Fahrzeuge, dass Nick schon da war.

Ihr Herz machte bei dem Gedanken, dass sie ihn gleich sehen würde, einen Satz. Ihre Freude verdrängte fast ihre Angst vor dem, was beim Gespräch mit seiner Mutter passieren könnte.

Vernon hielt ihr die Tür auf.

„Vielen Dank für alles."

„Gern geschehen."

Sam lächelte und drückte seinen Arm, ehe sie ihn zurückließ, um das Haus zu betreten, in dem sie alle zu einer Familie geworden waren. Unwillkürlich schaute sie nach rechts zu dem Gebäude drei Türen weiter, in dem ihr Vater gelebt hatte. Das Haus war dunkel, die Rampen erinnerten sie an ihren Verlust. Wahrscheinlich würden sie sie eines Tages entfernen lassen, doch daran wollte sie gerade nicht denken.

Brant öffnete ihr die Tür und ließ sie ein.

„Guten Abend, Brant."

„Guten Abend, Mrs Cappuano."

Nick kam aus der Küche, ein Glas mit einer bernsteinfarbenen Flüssigkeit in der Hand. „Wir haben den guten Bourbon hier stehen lassen, den Graham mir letztes Jahr geschenkt hat."

„Zum Glück wird Alkohol nicht schlecht."

„In der Tat, denn ich brauche vor diesem Gespräch einen Drink. Du auch?"

Sam folgte ihm aus dem Raum voller Secret-Service-Mitarbeiter in die Küche. „Ich würde nicht Nein sagen. Was gibt es sonst noch?"

„Ich hab Wodka und Gin gesehen." Er stellte sein Glas auf den Tresen und drehte sich zu ihr um. „Aber das Wichtigste zuerst." Er umschloss ihr Gesicht mit beiden Händen und küsste sie. „Hi."

„Hallo." Sie hasste es, wie abgekämpft er wirkte, und hoffte, es würde ihm besser gehen, wenn diese unangenehme Angelegenheit erledigt war. Doch vielleicht war das zu viel der Hoffnung, denn Juan war weiterhin verschwunden.

„Danke, dass du gekommen bist."

„Gern."

Nick lachte. „Schwindel mich nicht an."

„Ich liebe dich. Deshalb bin ich ja hier."

Er ließ die Hände über sie gleiten, als suchte er nach etwas. „Keine rostigen Steakmesser?"

„Wofür hältst du mich, bitte?"

„Für meine wilde, fabelhafte, sexy Frau, die meiner Mutter mit Freuden eine Klinge ins Herz rammen würde, um mich zu beschützen."

„Ich würde sie ihr ins Auge stechen. Es würde sie mehr aufregen, hässlich zu sein, als tot."

Nick warf den Kopf zurück und lachte so laut, wie sie es schon lange nicht mehr von ihm gehört hatte. „Mein Gott, ich liebe dich."

Sam schlang die Arme um ihn und hielt ihn fest. „Ich liebe dich noch mehr, und du hast das T-Shirt, das es beweist."

„Ohne dich würde ich diesen ganzen Mist niemals überstehen. Ich hoffe, du weißt das."

„Ja, und gleichfalls. Das hier macht alles überhaupt erst möglich."

„Das stimmt."

„Versprich mir, dass wir sie einfach stehen lassen, wenn sie mit dem üblichen Blödsinn anfängt."

„Gib mir ein Zeichen."

„Wenn ich dreimal deine Hand drücke, sind wir raus."

„Das bedeutet, ich darf die ganze Zeit deine Hand halten."

„Na klar."

„Derek hat über Worthy recherchiert, konnte allerdings nichts finden, was uns verraten würde, warum er bei diesem Treffen dabei ist."

„Freddie auch, mit dem gleichen Ergebnis."

„Ich hasse es, das im Blindflug zu machen."

„Du bist nicht im Blindflug. Du weißt genau, mit wem und was du es zu tun hast."

„Da hast du natürlich recht." Er küsste sie erneut und lehnte die Stirn an ihre. „Ich weiß, du hältst mich für verrückt, weil ich diesem Treffen zugestimmt habe …"

Sam küsste ihn. „Ich verstehe das. Es gefällt mir nicht, aber ich verstehe es. Also, was jetzt diesen Drink angeht …"

„Kommt sofort."

Er schenkte ihr einen Wodka Soda ein, der viel Wodka enthielt und wenig von der kleinen Flasche Sodawasser, die er im Schrank gefunden hatte. „Leider gibt es in dieser Bar kein frisches Obst, um deinen Cocktail zu garnieren."

„Schon in Ordnung." Sie trank einen Schluck und spürte, wie der Alkohol sie von innen wärmte. „Es ist seltsam, hier zu sein."

„Ja. Wir waren gerade lange genug weg, dass es sich nicht mehr wirklich nach zu Hause anfühlt."

„Weißt du noch, wie wir darüber geredet haben, dass das Weiße Haus nie unser Zuhause werden würde?"

„Komisch, wie sich so etwas ändert."

„Es sind die Menschen um uns herum, die es zu einem Zuhause machen."

„Ich habe die Kinder nach der Schule gesehen und ihnen gesagt, dass wir zum Abendessen zurück sein werden."

„Etwas, worauf man sich freuen kann."

Es klopfte leise an der Tür. „Mr President, Ihre Gäste sind eingetroffen", verkündete Brant.

Nick ließ sie los. „Dann wollen wir mal. Bereit?"

„So bereit, wie ich sein kann."

„Bringen wir es hinter uns." Er ergriff ihre Hand und führte sie aus der Küche, beide hatten ihre Drinks in der Hand.

Nicoletta stand neben einem großen, distinguiert wirkenden Mann mit silbernem Haar und sonnengebräuntem Gesicht. Er trug einen eleganten Anzug und erinnerte Sam an den Schauspieler Robert Wagner.

Ihre Schwiegermutter sah wie immer fantastisch aus, ein weiterer Grund, sie nicht zu mögen. Nick hatte ihr erzählt, dass Nicoletta es liebte, wenn man sie mit Sophia Loren verglich. Na dann.

Die Personenschützer, die die Neuankömmlinge bereits überprüft hatten, zogen sich zurück.

„Nick, das hier ist Collins Worthy. Collins, mein Sohn Nick und seine Frau Sam."

Collins reichte Nick lächelnd die Hand. „Mr President, es ist mir eine Ehre, Sie kennenzulernen."

„Nennen Sie mich Nick."

Sam wünschte, sie könnte ihn dafür loben, dass er diesen Mr-President-Quatsch von Anfang an unterbunden hatte.

„Gern." Collins reichte Sam die Hand. „Es freut mich, auch Sie kennenzulernen, Mrs Cappuano."

Nick deutete auf die Sofas. „Nehmen Sie doch Platz."

Nicoletta und Collins setzten sich Sam und Nick gegenüber auf das Sofa.

Sam gefiel es, dass Nick ihnen nichts zu trinken anbot. Das hier war schließlich kein Freundschaftsbesuch.

„Du hast um dieses Treffen gebeten", wandte sich Nick an seine Mutter. „Was können wir für dich tun?"

KAPITEL 35

Seine Hand war ganz warm, aber das war die einzige Reaktion, die Nick zeigte, als er seine Mutter zum ersten Mal seit langer Zeit wiedersah, und die spürte nur Sam. Nach außen hin wirkte er ruhig. Gelassen und gefasst.

Hey, eine Alliteration, dachte sie und zwang sich, ein leises Lachen zu unterdrücken, das unter diesen Umständen höchst unangebracht gewesen wäre.

Collins lächelte Nicoletta aufmunternd zu, was in Sam Zweifel bezüglich der wahren Natur ihrer Beziehung weckte.

„Danke, dass ihr Zeit für mich habt", sagte Nicoletta.

Nick senkte nur leicht den Kopf.

Sam war so stolz auf ihn, weil er es ihr nicht leicht machte.

„Ich … ich habe um dieses Treffen gebeten, weil ich eine Gelegenheit haben wollte, mit dir zu sprechen, mich für mein Verhalten in der Vergangenheit zu entschuldigen und … Nun, ich möchte, dass wir irgendeine Art von Beziehung haben."

Alle Augen waren auf Nick gerichtet, der eine volle Minute lang keinerlei Reaktion zeigte.

„Wofür genau entschuldigst du dich?"

Sam bemerkte überrascht, dass Nicoletta es wirklich ernst zu meinen schien. Doch sie blieb skeptisch. Es fiel ihr schwer, zu glauben, dass jemand wie Nicoletta nach ein paar Tagen im

Gefängnis seine alten Gewohnheiten plötzlich abgelegt haben und ein neuer Mensch geworden sein sollte.

„Dafür, dass ich dir nicht die Mutter war, die du verdient hättest. Ich war egoistisch, egozentrisch und habe dich häufiger enttäuscht, als ich zählen kann. Das bedauere ich zutiefst und wünsche mir eine Chance, es in Zukunft besser zu machen. Ich würde dich gerne kennenlernen …" Sie schien sich zu zwingen, Sam mit einzubeziehen. „Euch beide und eure Kinder."

„Warum?", fragte Sam.

In einem Moment, der weniger als eine Sekunde dauerte, konnte Sam an ihrem Blick ablesen, was die Frau wirklich für sie empfand.

Nicoletta fing sich und zwang sich zu einem Lächeln, allerdings nicht schnell genug.

„Das spielt keine Rolle", erklärte Nick mit harter Stimme. „Mir ist nicht entgangen, wie du meine Frau gerade eben angesehen hast, auch wenn du versucht hast, es zu verbergen. Das verrät mir, dass nichts von dem hier echt ist. Es ist einfach wieder mal eins deiner Spielchen."

„Nein! Ich schwöre, jedes Wort, das ich gesagt habe, meine ich aufrichtig. Ich … ich weiß, dass sie mich hasst."

Nick runzelte die Stirn. „*Sie* hat einen Namen."

„Ich weiß, dass *Sam* mich hasst."

„Aus gutem Grund", entgegnete Nick. „Sie hat aus nächster Nähe mitbekommen, wie du mich behandelt hast. Sie hat neben mir gesessen, als ich dein Fernsehinterview verfolgt habe, in dem du Lügen über mich verbreitet hast und so getan hast, als hätten wir eine wunderbare Mutter-Sohn-Beziehung und wären nicht Fremde, die nie eine Verbindung gehabt haben. Sie war dabei, als du uneingeladen auf unserer Hochzeit aufgetaucht bist, weil du gewusst hast, dass es mich verstören würde. Du hast dich am wichtigsten Tag meines Lebens nicht im Geringsten für mich oder meine Gefühle interessiert, was nichts Neues ist. Sam liebt mich, also ja, sie hasst es, wie du mich behandelst. Kannst du ihr das verübeln?"

Sam wollte aufspringen und ihrem Mann zujubeln. Da sie das nicht konnte, drückte sie seine Hand einmal fest.

Nicoletta sah auf ihre Hände hinunter, die sie im Schoß gefaltet hatte. „Nein, ich mache ihr keinen Vorwurf. Ich habe es verdient."

„Du hast uns noch nicht gesagt, was der Grund für deinen plötzlichen Sinneswandel war."

„Wenn ich darf …", ergriff Collins das Wort. „Nicolettas jüngste Probleme haben dazu geführt, dass sie Veränderungen in ihrem Leben vornehmen möchte, angefangen damit, ihr angespanntes Verhältnis zu Ihnen zu verbessern."

„Welche Rolle spielen Sie dabei?", fragte Sam.

„Ich bin Witwer und habe drei erwachsene Kinder, die meine besten Freunde sind. Zwei davon arbeiten in meiner Kanzlei, und die Dritte hat mir zwei wunderbare Enkelkinder geschenkt. In den Wochen, seit wir uns kennengelernt haben, hat Nicoletta meine herzliche Beziehung zu meinen Kindern erlebt und sehnt sich danach, eine solche auch zu Ihnen aufzubauen."

„Ich glaube nicht, dass sie das kann", erwiderte Nick unumwunden.

„Aber ich … ich will es versuchen", flüsterte Nicoletta. „Ich wünsche es mir so sehr."

„Weißt du, was *ich* mir seit achtunddreißig Jahren so sehr wünsche? Eine Mutter, wie meine Freunde sie hatten. Ich wollte jemanden, auf den ich mich verlassen kann, der für mich da ist, wenn ich ihn brauche, der zu meinen Schulveranstaltungen, meinen Eishockeyspielen und meinen Abschlussfeiern kommt und wenigstens so tut, als würde er sich auch nur das geringste bisschen um mich scheren. Das hast du kein einziges Mal getan. Stattdessen hast du alles in deiner Macht Stehende unternommen, um mir zu schaden, einschließlich Geld für Interviews zu nehmen, in denen du Unwahrheiten über mich verbreitet hast, und das zu einer Zeit, als alle anderen, denen ich wichtig bin, sich um mich geschart haben. Du wirst mir also verzeihen müssen, wenn ich dir diesen Akt der Reue nicht abkaufe. Ich bin der Präsident der Vereinigten Staaten, und ehrlich gesagt, Mutter, brauche ich deinen Schwachsinn nicht in meinem Leben."

„Ich weiß, dass du Präsident bist! Darauf bin ich so stolz. Ich könnte gar nicht stolzer sein, selbst wenn ich es versuchte."

„Und jetzt bist du also plötzlich an einer Beziehung mit mir interessiert?" Nick schüttelte den Kopf. „Du willst, was du schon immer wolltest: Aufmerksamkeit. Und du denkst, wenn du dich mit mir versöhnst, gibt es Besuche bei deinen Enkeln im Weißen Haus und die Möglichkeit, jedem, den du kennst, zu erzählen, du hättest im Lincoln-Schlafzimmer übernachtet." Er beugte sich vor und sah so grimmig aus, wie Sam ihn noch nie erlebt hatte. „Lass es mich ganz deutlich sagen. Das wird *niemals* passieren. Glaubst du, ich würde meine wunderbaren Kinder der gleichen Behandlung aussetzen, die ich erfahren habe, wenn du von dieser neuen Version deiner selbst gelangweilt bist und zu deinen alten Gewohnheiten zurückkehrst?"

„Das wird nicht passieren", beteuerte Nicoletta leise schluchzend.

„Doch, wird es. Aber wenn es so weit ist, wird meine Familie nicht in der Nähe sein. Ich weiß deine Entschuldigung zu schätzen und kaufe dir ab, dass du wirklich davon überzeugt bist, dich geändert zu haben. Nur glaube ich dir nicht, was du da erzählst. Tut mir leid, doch dieses Treffen ist beendet."

Er ließ Sams Hand los und ging zur Tür, wo er mit einem einzigen Klopfen einen der Secret-Service-Mitarbeiter herbeirief. „Unsere Gäste möchten sich verabschieden, Eric."

„Jawohl, Mr President, Sir."

Er kehrte zu Sam zurück und legte den Arm um sie.

„Das war's also?", fragte Nicoletta, die am Boden zerstört wirkte und der Tränen über das Gesicht liefen. „Einfach nein?"

„Das war's", bestätigte Nick. „Einfach nein."

Wenn Blicke hätten töten können, hätte der, den Nicoletta Sam zuwarf, sie auf der Stelle umgebracht. „Das ist *deine* Schuld. Du hast ihm das eingeflüstert."

„Ich musste ihm gar nichts einflüstern."

Collins legte den Arm um Nicoletta. „Lass uns gehen. Du hast gesagt, was du zu sagen hattest."

„Aber er sollte sich doch freuen, das zu hören!"

„Tut mir leid, dass ich dich enttäuschen muss." Nick sah Eric an, der die beiden aus dem Haus eskortieren sollte. „Sie können unsere Gäste hinausbegleiten, Eric."

Sam hielt den Atem an und erwartete fast, dass Nicoletta etwas Dramatisches tun würde, das sie wieder ins Gefängnis bringen könnte, aber sie ließ sich von Collins in den Mantel helfen und aus dem Haus führen.

Als sich die Tür hinter ihnen schloss, schlang Sam ihre Arme um ihren Mann. „Ich bin noch nie so stolz auf dich gewesen – oder so scharf – wie in diesem Moment."

Er lachte und drückte sie an sich. „Ich muss zugeben, es hat sich verdammt gut angefühlt, ihr das endlich mal so deutlich ins Gesicht zu sagen."

„Du warst der Hammer!"

Er holte tief Luft und ließ Sam wieder los. „Ich bin froh, dass das vorbei ist."

„Ehrlich gesagt dachte ich, du würdest ihr eine Chance geben."

„Das wollte ich auch, und weißt du, was mich umgestimmt hat?"

Sam trat einen Schritt zurück und schaute zu ihm hoch. „Was denn?"

„Der Blick, den sie auf dich gerichtet hat. Es war nur für einen Sekundenbruchteil, doch das hat gereicht, um mir zu zeigen, dass sie sich kein bisschen verändert hat. Sie denkt immer noch, dass du das Problem bist."

„Das habe ich mitbekommen."

„Wer meine Frau so ansieht, kann direkt zur Hölle fahren."

Sam erbebte. „Du bist so was von sexy." Sie nahm seine Hand und zog ihn zur Treppe.

„Wo bringst du mich hin?"

„Da du sie direkt zur Hölle geschickt hast, zerre ich dich direkt ins Bett."

„Wenn du darauf bestehst."

„Ja, das tue ich. Absolut."

～

Nick folgte ihr die Treppe hinauf und war erleichtert, das Treffen mit Nicoletta hinter sich zu haben. Er hatte tagelang davor gezittert, weil er befürchtet hatte, in ihrer Gegenwart zusammenzubrechen, was er zu fast jedem anderen Zeitpunkt in seinem Leben getan hätte.

Aber die Liebe seiner Samantha, ihrer Kinder und eines erweiterten Kreises von Familienmitgliedern und Freunden hatte ihm Kraft gegeben, die er nicht besessen hatte, bevor er eine eigene Familie gefunden hatte. Er brauchte Nicoletta nicht mehr, und diese Erkenntnis war wie ein riesiger Befreiungsschlag.

Als er sich von Sam in ihr Schlafzimmer ziehen ließ, war er wieder einmal sehr dankbar für sie und für alles, was sie in sein Leben gebracht hatte.

Er schlug die Tür hinter sich zu. „Wir sollten zum Abendessen zurück sein."

Sie schob ihm das Jackett von den Schultern. „Werden wir. Du hast nur zwanzig Minuten gebraucht, um sie rauszuwerfen. Im Zeitplan war eine Stunde vorgesehen, also haben wir vierzig Minuten."

„In vierzig Minuten können wir eine Menge erledigen."

„Du sagst es." Sie nahm ihm die Krawatte ab und knöpfte sein Hemd auf, bevor sie sich an seine Manschettenknöpfe machte.

„Verlier sie nicht. Ich muss vorzeigbar sein, wenn ich heimkomme."

„Werd ich nicht."

Mit ihrer unverletzten Hand zerrte sie an seinem Gürtel und hatte ihn in Sekundenschnelle bis auf die Boxershorts ausgezogen. Nicht schlecht für nur eine funktionierende Hand.

„Moment, jetzt lass mich mal."

„Beeil dich."

Er streifte ihr Pullover und BH ab, dann die Hose, während sie aus ihren Stiefeln schlüpfte, die sie fünf Zentimeter größer gemacht hatten. Er legte die Arme um sie und drückte sie fest an sich, sodass ihr Busen sich an seine Brust presste.

Als er ihren Hals küsste und sie aufseufzte, sagte er: „Das verdanke ich dir, weißt du?"

„Was?"

„Dass ich sie zum Teufel jagen konnte. Ich brauche sie nicht mehr, denn ich habe dich und unsere Kinder und unsere Familie und ganz viele Menschen, denen ich wichtig bin. Und vor allem habe ich dich, und ich weiß, ich werde dich und das hier immer haben, egal was passiert."

„Ja, und wir lieben dich mehr als alles andere auf dieser Welt."

„So etwas hatte ich vor dir noch nie. Ich meine, Graham und Laine … Sie waren wunderbar, und sie haben getan, was sie konnten, um die Lücke zu füllen, doch sie haben nicht wirklich zu mir gehört. Sie waren eine Leihgabe von John."

„Die beiden lieben dich."

„Ich liebe sie auch, aber es ist etwas anderes, eine eigene Familie zu haben. Das wusste ich nicht, bis ich dich hatte, eine Person, die ich liebe und die dieses Gefühl erwidert. Das hat alles verändert."

„Du hast mir gezeigt, wie viel möglich ist, Dinge, die ich mir selbst nie erträumt hätte."

„Dito, Babe." Er führte sie zum Bett, legte sich auf sie und schaute ihr in die wunderschönen blauen Augen. „Ich glaube, ich habe dir eine Belohnung dafür versprochen, dass du dieses Treffen mit mir durchgestanden hast."

„Ja."

Nachdem er ihre Arme über ihrem Kopf positioniert hatte, küsste er jeden Zentimeter weicher Haut, den er erreichen konnte, bis sie ganz wild wurde.

Er mochte sie so, ungehemmt, unbeschwert – jedenfalls im Moment – und mit ungeteilter Aufmerksamkeit, die nur ihm galt. Wie glücklich konnte er sich schätzen, dass eine Frau wie sie ihn so liebte?

Unfassbar glücklich, und er machte sich daran, ihr das mit seinen Lippen, seiner Zunge und seinen Zähnen zu beweisen, bis sie ihn anflehte, ihr mehr zu geben.

Nicht bevor sie ihm im Gegenzug gegeben hatte, was er wollte, nämlich wenigstens einen Orgasmus.

Er legte sich ihr rechtes Bein über die Schulter und liebkoste sie mit Zunge und Fingern, eine Kombination, die sie jedes Mal schnell zum Höhepunkt trieb.

So auch diesmal.

Sie keuchte, wand sich unter ihm und stieß geflüsterte Worte aus, die sich ihm direkt ins Herz brannten.

„Nick … bitte.“

Er war glücklich, ihr zu geben, was sie wollte, und drang mit einem einzigen tiefen Stoß in sie ein, sodass sie sich auf die Lippe biss, um nicht zu schreien. Sie waren sich bewusst, dass ihre Personenschützer immer in der Nähe waren, was in Zeiten wie diesen mehr als lästig war.

Ihre Finger gruben sich in seinen Rücken, während sie mit den Beinen seine Taille umschlang.

Das war das Beste in seinem Leben. Sie und ihre Kinder.

Sie sah ihn mit großen blauen Augen an. „Eigentlich wollte ich dich verführen.“

„Ich bin jedes Mal verführt, sobald du den Raum betrittst.“

„So einfach ist das?“

Er grinste und küsste sie. „Nur wenn es um dich geht.“

„So mag ich dich.“

„Ich mag dich auch genau so, wie du bist.“

„Das passt super, oder?“

„Mhm, so richtig super. Hör bloß nicht auf damit.“

„Werde ich nicht. Keine Sorge.“

Nicoletta war am Boden zerstört. Wenn diese Schlampe nicht gewesen wäre, wäre es vielleicht möglich gewesen, Nick zu überreden, ihr noch eine Chance zu geben.

Sie hasste diese Frau abgrundtief und konnte nicht verstehen, was ihr wunderbarer Sohn an ihr fand.

Es tat ihr in der Seele weh, weil sie ihn beinahe wieder in ihrem Leben gehabt hätte.

Auf der Rückfahrt zum Four Seasons, wo er eine opulente Suite für ihren Aufenthalt in D. C. gebucht hatte, legte Collins den Arm um sie.

Insgeheim hatte sie gehofft, dass sie nach dem Treffen ins Weiße Haus umziehen würden, doch das war nicht der Fall – und das war alles *ihre* Schuld.

„Es tut mir leid, dass du das miterleben musstest. Meine Schwiegertochter hasst mich."

„Mrs Cappuano hat nur eine kurze Frage gestellt, deshalb habe ich nicht wirklich bemerkt, dass sie dich hasst."

„Du kennst sie nicht so gut wie ich."

Sein tiefer Seufzer jagte ihr einen Schauer der Angst über den Rücken. Was, wenn er von dem, was er gerade gesehen hatte, so angewidert war, dass er den Kontakt zu ihr abbrach? Außer einem letzten kleinen Notgroschen, den sie auf den Cayman Islands gebunkert hatte, verfügte sie über keinerlei finanzielle Mittel und hatte keine Möglichkeit, nach ihrer kürzlichen Inhaftierung ihren Lebensunterhalt zu bestreiten.

In den letzten Wochen hatte sie sich darauf verlassen, dass Collins die Dinge für sie regeln würde. Wäre er dazu noch bereit, nachdem er Zeuge einer so hässlichen Aussprache mit ihrem Sohn und dessen Frau geworden war? Es war ein Fehler gewesen, ihn mitkommen zu lassen. Das wusste Nicoletta jetzt.

Nick hatte sich verändert. Früher hätte er jede Aufmerksamkeit, die sie ihm schenkte, aufgesogen wie ein Schwamm, aber seine Stellung war ihm zu Kopf gestiegen, wenn er meinte, so mit seiner Mutter reden zu können, wie er es getan hatte. Für wen hielt er sich eigentlich?

Im Hotel begaben sie sich weiter schweigend zu den Aufzügen, was Nicoletta noch mehr verunsicherte. Was hatte Collins vor? Hatte er mit ihr abgeschlossen, nachdem sie es nicht geschafft hatte, sich bei ihrem Sohn, dem Präsidenten, einzuschmeicheln? Seit er sich so intensiv für sie interessierte, fragte sie sich, ob es ihm nicht ohnehin nur um Macht ging. Warum sollte es ihn sonst kümmern, was mit ihr geschah?

Sie wusste es nicht, und das versetzte sie in Panik.

In ihrer Luxussuite legte er Jackett und Krawatte ab und krempelte die Ärmel seines Hemds hoch. Er war der bestaussehende Mann, den sie je getroffen, und der einzige, zu dem sie sich je wirklich hingezogen gefühlt hatte.

Bisher hatte er sich ihr gegenüber wie ein perfekter Gentleman verhalten und sogar eine Suite mit zwei Schlafzimmern gebucht. Nicoletta wünschte, er würde aufhören, so höflich zu sein.

Er schenkte ihr etwas zu trinken ein und brachte es zu dem Sofa, auf dem sie sich niedergelassen hatte.

„Danke", sagte sie und nahm das Weinglas. „Was denkst du?"

„Es tut mir leid, dass es nicht so gelaufen ist, wie du es dir erhofft hast."

Nicoletta lachte heiser. „Mit dieser Frau im Raum hatte ich nie eine Chance."

„Es war nicht ihre Schuld."

„Sie hat ihn gegen mich eingenommen."

„Nein, meine Liebe, das hast du ganz allein geschafft."

Sie starrte ihn bestürzt und verzweifelt an. „Ich dachte, du wärst auf meiner Seite."

„War ich. Ich meine, bin ich. Doch ich möchte, dass du verstehst, dass das, was gerade mit deinem Sohn und seiner Frau passiert ist, an *dir* gelegen hat, nicht an ihr oder ihm oder sonst jemandem. An dir."

Nicoletta wandte den Blick ab. Sie schämte sich, war wütend und hatte Angst. Was würde sie tun, wenn auch er sie im Stich ließ? „Gut. Es ist alles meine Schuld. Ist es das, was du hören willst?"

„Das ist zumindest ein guter Anfang, um echte Veränderungen herbeizuführen."

„Ich habe echte Veränderungen herbeigeführt."

„Noch nicht, aber du kannst es, wenn du es wirklich willst."

„Ich will! Das hab ich dir doch gesagt."

„Das möchte ich auch gerne glauben, aber beim ersten Wort deiner Schwiegertochter bist du in dein altes Verhalten zurückgefallen und hast damit jede Chance auf eine Versöhnung mit deinem Sohn ruiniert."

„Das wollte ich nicht. Sie geht mir einfach auf die Nerven."

„Weil sie dich so sieht, wie du wirklich bist, und das erträgst du nicht."

„Wow, jetzt bist du also auf ihrer Seite?" Warum interessierte es sie überhaupt, was Collins dachte? Vor einem Monat hatte sie ihn noch nicht einmal gekannt.

„Ich stehe auf deiner Seite. Du sollst kriegen, was du dir wünschst: eine Beziehung zu deinem Sohn und deinen Enkeln. Doch das geht nicht ohne ihre Hilfe. Ich dachte, das hättest du verstanden."

„Hab ich!"

„Den Eindruck hatte ich nicht – und die beiden offensichtlich auch nicht."

„Was willst du damit sagen?"

„Wenn du das wirklich willst, musst du erst mit *ihr* ins Reine kommen, bevor du eine Chance bei ihm erhältst."

„Niemals, und wenn die Hölle zufriert."

„Du wirst nie wissen, ob es möglich ist, wenn du es nicht versuchst."

„Was springt für dich dabei heraus? Warum drängst du mich so sehr dazu?"

„Weil du gesagt hast, dass du deinen Sohn in deinem Leben haben willst. Ich werde dir verraten, wie du das erreichen kannst."

„Samantha hasst mich abgrundtief. Sie will nichts mit mir zu tun haben."

„Versuch macht klug, Nicoletta. Zeig ihr, dass du es ernst meinst, wenn du behauptest, dass du dich ändern willst. Wenn du sie für dich gewinnen kannst, wirst du ihn wieder in deinem Leben haben – und seine Kinder."

Nicoletta hatte nicht die Kraft, zu widersprechen, also sagte sie ihm, was er ihrer Meinung nach hören wollte. „Du hast recht. Danke für deine Begleitung heute und für alles, was du getan hast, um mich zu unterstützen."

„Gern geschehen."

„Ich verstehe es, wenn du jetzt genug hast."

„Wovon?"

„Davon, wie ich in Wahrheit bin und wie mein Leben verlaufen ist."

„Hast du gedacht, das würde mich abschrecken?"

„Irgendwie schon. Es ist kein sehr schönes Bild."

Er betrachtete sie liebevoll, bevor er ihr eine Haarsträhne hinters Ohr strich. „Ich habe dich gesehen – das Gute, das Schlechte, das Hässliche –, und aus irgendeinem Grund will ich dich immer noch in meinem Leben, in meinem Bett, in meinem Herzen."

O Gott, sie fühlte, wie sie dahinschmolz.

„Aber warum?"

„Das weiß nur Gott allein, mein Schatz, doch ich kann nicht anders, als dich mit jeder Faser meines Seins zu begehren."

Nicoletta beugte sich zu ihm. Sie fühlte sich zu ihm hingezogen wie noch zu niemand anderem zuvor.

Er kam ihr entgegen, seine Lippen trafen ihre, und die Berührung jagte einen Schock durch ihren Körper. „Kann es sein, dass du mich auch willst?"

„Ja." Aber trotz der wahnsinnigen Anziehungskraft zweifelte sie immer noch an seinen Motiven. „Doch ich muss dich etwas fragen, und du musst mir die Wahrheit sagen."

„Natürlich."

„Bist du nur deshalb an meiner Seite, weil mein Sohn der Präsident ist?"

Er musterte sie schockiert. „Nein. Natürlich nicht."

„Ich fürchte, nach dem, was du gerade erlebt hast, ergibt es für mich keinen Sinn, dass du mich immer noch willst ..."

„Ich kann einfach nicht anders. Von der ersten Sekunde an wusste ich, dass du alles für mich verändern würdest."

„Ich habe einen orangen Overall getragen und war ungeschminkt."

„Orange hat noch nie jemandem so gut gestanden."

„Du bist ja verrückt", erwiderte sie lachend.

„Verrückt nach dir." Er verschränkte seine Finger mit ihren. „Ich weiß, dass der heutige Tag für dich sehr bitter war. Aber ich hoffe, du weißt, dass du mich und meine Familie und die Chance auf ein ganz neues Leben hast, wenn es das ist, was du willst."

„Ja, allerdings nur, wenn es mit dir zusammen wäre."

„Wenn dein Sohn und seine Frau sehen, dass du dein Leben tatsächlich völlig umgekrempelt hast, wollen sie vielleicht eines Tages auch dazugehören."

„Mag sein."

Er stand auf und zog sie sanft hoch. „Was hältst du davon, wenn wir sofort mit diesem ganz neuen Leben anfangen?"

„Jetzt gleich?", fragte sie mit einem schüchternen Lächeln.

„Genau jetzt."

KAPITEL 36

„Haben wir unseren eigenen Rekord gebrochen?", fragte Sam, als sie im Beast auf dem Rückweg zum Weißen Haus waren.

„Ich glaube schon. Zweimal in vierzig Minuten ist selbst für unsere Verhältnisse beeindruckend."

Sam hatte auf den Sicherheitsgurt verzichtet, um sich an Nick schmiegen zu können. „Welcher der Agenten wird wohl am ehesten ein Enthüllungsbuch über das heißeste Präsidentenpaar der Geschichte schreiben?"

Sein leises Lachen ließ sie lächeln. „Ich würde auf Brant setzen. Stille Wasser sind tief."

„Das würde er dir nicht antun."

Nicks gesicherter BlackBerry klingelte. „Da muss ich ran."

Sam setzte sich auf, damit er das Handy aus der Tasche holen konnte. „Hey, Terry, was ist los?"

Nick legte den Arm um sie und drückte sie an sich, damit sie die andere Hälfte des Gesprächs mithören konnte.

„Dem Vernehmen nach bist du auf dem Rückweg. Wie ist es gelaufen?"

„Ganz okay. Sie wollte sich entschuldigen. Ich habe dankend abgelehnt."

„Das hast du gut gemacht!"

„Hat sich auch gut angefühlt. Gibt es etwas Neues zu Juan?"

„Ich hatte gerade eine Besprechung mit dem FBI, den U.S.

435

Marshals und dem NCIS. Sie verfolgen eine Reihe von Spuren, aber bisher hat sich nichts ergeben."

Nick seufzte. „Ich hatte auf bessere Nachrichten gehofft."

„Ja, ich auch. Ich halte dich auf dem Laufenden."

„Hast du was zu Cox gehört?"

„Nein, nichts. Wir halten weiter die Ohren offen."

„Danke dir, Terry. Bis später."

„Das tut mir so leid, Nick", sagte Sam. „Ich weiß, es ist sehr beunruhigend, dass die Suche nach Juan nichts bringt."

„Wenn einer der ehemaligen Stabschefs ihn getötet hat, bringe ich den Schuldigen eigenhändig um, das schwöre ich bei Gott."

„Nein, wirst du nicht, aber du wirst es wollen."

„Sie werden ihn nicht lebend finden, oder?"

Sam zögerte, ob sie ihm die Wahrheit sagen sollte oder das, was er hören wollte.

„Ist schon in Ordnung. Ich kann damit umgehen."

„Wahrscheinlich nicht. Wenn ihn jemand in seine Gewalt gebracht hätte, hätte der Betreffende schon längst Forderungen gestellt."

„Ja", seufzte Nick und atmete tief durch. „Das hab ich mir auch gedacht."

„Was hat Terry über Cox gesagt? Das habe ich nicht verstanden."

„Dass sie Augen und Ohren offen halten. Ich erwarte von ihm keinen diskreten Abgang."

„Vielleicht doch. Die ganze Welt kennt jetzt seine tiefste Schande, und er hat innerhalb weniger Stunden alles verloren."

„Er wird uns die Schuld daran geben, obwohl er sich das ganz allein angetan hat."

„Genau wie Ruskin", meinte Sam. Ruskin, ehemals Nelsons Außenminister, war inzwischen in Ungnade gefallen. „Er kann behaupten, was er will, die Wahrheit ist auf unserer Seite."

„Ich mache mir Gedanken darüber, was ich sonst noch alles nicht über Nelsons verbliebene Leute weiß. Das sind jetzt zwei, die mich tief enttäuscht haben."

„Du kannst nicht alle über einen Kamm scheren. Es gilt die Unschuldsvermutung, bis sie das Gegenteil beweisen."

„Sind das weitere weise Worte von Skip Holland?"

„Exakt. Er hat uns immer eingebläut, wir sollen den Leuten so lange vertrauen, bis sie uns einen Grund geben, es nicht mehr zu tun."

„Ein guter Rat."

„Andererseits sollte man sich immer auf sein Bauchgefühl verlassen."

„Ich wünschte, ich hätte deine Menschenkenntnis."

„Sie ist durch den direkten Umgang mit Kriminellen geschärft."

„Deshalb erkennst du sie, wenn du welche vor dir hast."

„Meistens."

Als sie sich den Toren des Weißen Hauses näherten, vermeldete Sams Handy eine SMS von Freddie. Er wollte wissen, wie das Treffen gelaufen sei.

Es ist alles gut. Ich werde es dir bei nächster Gelegenheit in allen Einzelheiten beschreiben, doch im Grunde hat Nick ihr gesagt, sie solle sich verpissen.

JA!

Halt dich bloß nicht zurück ...

Würde ich niemals tun. Geht es Nick gut?

Ja.

Sehr gut. Wir sehen uns am Sonntagmorgen.

Bis dann und danke für die Nachfrage.

„Das war Freddie, der sich vergewissern wollte, dass bei dir alles in Ordnung ist, nachdem du Wie-heißt-sie-noch getroffen hast."

„Nett, dass er gefragt hat."

„Viele Leute haben sich Sorgen um dich gemacht."

„Ich weiß."

„Sie werden stolz auf dich sein, so wie Freddie."

„Freut mich zu hören."

„Nein, wirklich. Wir alle wissen, wie schwer es für dich war, und mitzuerleben, wie du damit umgegangen bist, war unglaublich."

„Ich bin froh, dass du das so siehst.“

„Du klingst bedrückt. Bereust du es, wie du sie behandelt hast?“

„Nein. Ich denke an Juan.“

Da sie dazu nichts sagen konnte, nahm sie einfach seine Hand und hielt sie fest, bis sie drinnen waren und Harold ihre Mäntel gaben.

„Danke, Harold.“

„Gern, Mr President.“

Nick griff wieder nach ihrer Hand, um die Treppe zum Wohnbereich hochzusteigen. „Folge dem Lärm.“

Sam lachte und war erleichtert, jetzt, wo sie zu Hause bei ihren Kindern waren. „Wollte ich auch gerade sagen.“

Sie gingen in den Wintergarten im dritten Obergeschoss, wo die Zwillinge und Scotty unter der Aufsicht von Sams Mutter Twister spielten.

Alden bemerkte sie zuerst, schrie auf und brachte die beiden anderen zu Fall, als er sich unter ihnen wegrollte.

Aubrey landete auf Scotty und lachte, als dieser ein lautes „Uff“ ausstieß.

Sie stand auf und lief auf Sam und Nick zu.

Nick nahm die Zwillinge in den Arm und küsste sie, während die Kleinen vor Freude kreischten.

Scotty umarmte Sam. „Sie sind heute Abend total durchgedreht.“

„Wer ist daran wohl schuld?“, fragte Brenda und gab Scotty einen Klaps auf den Hinterkopf.

Scotty grinste verlegen. „Vielleicht sind sie meinetwegen so, vielleicht auch nicht.“

„Dann kannst du dich ja zur Schlafenszeit um sie kümmern“, sagte Nick.

„Auf keinen Fall. Mein Job ist es, nach der Schule für Unterhaltung zu sorgen. Die Schlafenszeit gehört ganz dir, Daddy.“

Sam, die angenehm überrascht davon war, wie gut es sich anfühlte, nach einem langen Tag zu ihrer Mutter nach Hause zu kommen, hielt Scotty im Arm. „Er wird mal Anwalt.“

„Daran habe ich keinen Zweifel."

„Sprecht nicht über mich, als wäre ich nicht da."

„Wer hat Lust auf Abendessen?", fragte Nick.

Nach einem lauten kollektiven „Ich" schickte er sie nach unten, damit sie sich die Hände wuschen.

„Isst du mit uns, Brenda?", erkundigte sich Nick. „Manchmal will Celia nach einem Nachmittag im Dienst einfach in ihrer Suite bleiben und ihre Ruhe haben."

Brenda lachte. „Das kann ich ihr nicht verübeln, aber ich würde gerne mitessen, wenn ihr sicher seid, dass es euch nichts ausmacht."

„Wir würden uns freuen", versicherte ihr Sam.

„Wie ist es gelaufen?", fragte Brenda.

„Sehr gut. Nick hat ihr gesagt, sie solle verschwinden. Es war unfassbar heiß."

„Samantha! Das ist deine Mutter", ermahnte Nick sie sichtlich verlegen.

„Die kann damit umgehen."

„Ich liebe es, wenn er dich Samantha nennt. Das darf sonst niemand."

„Ja, doch bei ihm kling es scharf."

„Ich bin dann mal weg." Nick drehte sich um, lief die Treppe hinunter und ließ sie lachend zurück.

„Wie hat er es überstanden?"

„Bemerkenswert gut."

„Super. Deine Schwestern haben mir erzählt, wie es normalerweise ist, wenn er sie sieht."

„Du hättest es von mir hören sollen. Tut mir leid. Ich möchte, dass du weißt, es hat mir gefallen, dass du gerade bei unserer Heimkehr da warst. Das war wie in alten Zeiten."

Brenda umarmte Sam. „Für mich auch. Danke, dass du mich gebeten hast, für Celia einzuspringen."

„Du solltest sie unterstützen, wenn sie zurückkommt. Hier herrscht genug Chaos für alle."

„Das würde mir sehr gefallen."

„Dann machen wir das."

~

Der Sonntagmorgen war kühl und bewölkt, und für den Nachmittag war Regen vorhergesagt. Sam hoffte, dass er ausbleiben würde, bis sie ihre Mission erfolgreich abgeschlossen und Peckham in Gewahrsam genommen hatten. Es war noch dunkel, als sie um Viertel nach sechs aufbrach.

Vernon hatte darauf bestanden, sie zu fahren, begleitet von Agent Quigley, der so jung war, dass er noch Akne hatte. Jimmy war übers Wochenende mit seiner Frau verreist, um an der zweiten Geburtstagsfeier seines Neffen in Harrisburg, Pennsylvania, teilzunehmen.

Sam und Vernon würden im Wagen des Einsatzteams mitfahren, während Quigley im SUV folgte.

„Sie haben ihm gesagt, er soll ein paar Blocks entfernt parken, richtig?", fragte Sam Vernon, als er ihr vor dem Hauptquartier die Autotür aufhielt.

„Er weiß, wo er parken und wo er sich aufhalten muss, während die Sache läuft. Wir werden Sie im Auge behalten, aber Sie werden uns nicht sehen."

„Danke. Ich weiß, das hier ist für Sie ein echtes Problem, doch ich werde nirgendwo in der Nähe der Gefahrenzone sein."

„Dafür bin ich auch sehr dankbar. Viel Glück heute."

„Danke. Wir brauchen alles Glück, das wir kriegen können."

„Ich habe keinen Zweifel daran, dass Sie das minutiös vorbereitet haben und dass es genauso perfekt ablaufen wird wie geplant."

„Sie sind gut für mein Ego."

„Ich tue, was ich kann …"

„Urheberrechtlich geschützt!"

Sie ließ ihn lachend zurück, als sie das Gebäude betrat und an der Gerichtsmedizin vorbeiging, die um diese Zeit noch dunkel war. Hier würde erst später Betrieb herrschen, denn die Beschäftigten arbeiteten zurzeit sieben Tage die Woche daran, die Leichen aus Stahls Horrorhaus zu identifizieren.

Um zehn nach sieben war das gesamte Team im

Konferenzraum versammelt, die meisten mit Kaffee und irgendeiner Form von Frühstück in der Hand.

Sam würde erst wieder etwas essen, wenn alles vorbei war.

Sie gingen den Plan ein letztes Mal Punkt für Punkt durch.

Sam stand am Kopfende des Konferenztisches und ließ ihren Blick durch den Raum schweifen. „Noch Fragen?“ Als sich niemand meldete, schaute sie zu Ruiz. „Verkabeln wir alle und machen sie startklar.“

„Jawohl, Ma'am“, sagte Ruiz herablassend.

Sam ignorierte sie. Sie hatte keine Zeit für inszenierte Dramen, wenn Menschenleben auf dem Spiel standen. „Vielen Dank.“

Malone folgte Sam in ihr Büro und schloss die Tür hinter sich.

„Was ist denn mit Ruiz los?“, fragte Sam. „Hat sie heute wirklich Zeit, passiv-aggressiv zu sein?“

„Captains nehmen nicht gern Befehle von Lieutenants entgegen.“

„Das war kein Befehl an sie. Es war ein Befehl an alle anderen.“

„Ich weiß.“

„Es ist bitter, wenn sich andere Frauen so verhalten. Als ob wir nicht genug damit zu tun hätten, uns gegen die allgemeine Frauenfeindlichkeit in unserem Job zu wehren.“

„Da sagen Sie was.“ Er setzte sich vor ihren Schreibtisch und trank einen Schluck von seinem Kaffee. „Haben Sie weiter ein gutes Gefühl bei dem Plan?“

„Nein. Ich hatte noch nie ein gutes Gefühl dabei, aber ich habe auch keine bessere Idee gehört.“

„Seit dem Fund seines Lagers gab es keine weitere Sichtung von Peckham, obwohl unsere Leute und mehrere andere Behörden nach ihm gesucht haben.“

„Er weiß, wie man sich verbirgt.“

Es klopfte an der Tür.

„Herein.“

Der Chief steckte den Kopf in den Raum. „Kann ich das Hornissennest gefahrlos betreten?“

„Die Hornissenkönigin ist besorgt."

Farnsworth trat ein und schloss die Tür. „Worüber?"

„Captain Ruiz ist keine Teamplayerin, wenn sie nicht das Sagen hat."

„Ah, ich verstehe. Nun, Sie sind für diese Operation verantwortlich, also wird sie Ihnen hoffentlich geben, was Sie brauchen."

„Ja, und sie ist ausgesprochen begeistert darüber."

„Sind alle einsatzbereit?"

„Jawohl, Sir."

„Dann lasse ich Sie jetzt in Ruhe und hoffe das Beste."

„Das tue ich auch."

Um halb neun wurde Sam als Letzte im Konferenzraum verkabelt und bekam einen Ohrhörer, über den sie die Aktivitäten des gesamten Teams mitverfolgen konnte.

„Danke."

„Gern", entgegnete Ruiz.

Sam und Vernon folgten Ruiz zum Wagen des Einsatzteams, der vor dem Haupteingang geparkt war. Es sah aus wie eine Mischung aus einem Autobus und einem überdimensionierten Feuerwehrauto, auf dem das MPD-Logo prangte, was Sam stutzig machte.

„Der darf keinesfalls in die Nähe der Kirche kommen", sagte sie.

Ruiz musterte sie geringschätzig. „Ach was."

„Was ist Ihr Problem?"

„Ich habe kein Problem."

„Klang aber schon so."

„Ich weiß, Sie sind es gewohnt, der Boss zu sein, doch in diesem Fahrzeug unterstehen Sie meinem Kommando."

Sam lachte, woraufhin die andere Frau grimmig das Gesicht verzog. „Wie Sie meinen, Captain."

„Ganz recht, Lieutenant. Wie ich meine."

Sie sah Vernon an, der versuchte, nicht zu lachen, und verdrehte die Augen. „Gut, dass wir das geklärt haben, ehe Menschenleben in Gefahr waren. Was für eine Erleichterung."

Ruiz warf ihr einen bösen Blick zu und ging zum anderen Ende des Fahrzeugs.

„Was zum Teufel …?", fragte Sam Vernon, als sie auf einer der Bänke hinter der Reihe von Computerterminals Platz nahmen, wo die Mitglieder von Ruiz' Team positioniert waren.

„Sie hasst Sie, weil sie nicht Sie ist."

Eins der Teammitglieder, das hinter einem Rechner saß, drehte sich zu ihnen um. „Das stimmt. Sie wünschte, sie hätte Ihr Auftreten."

Sam wusste nicht, was sie darauf erwidern sollte. „Ich will lediglich sicherstellen, dass das Ganze ohne Zwischenfälle abläuft. Alles andere lenkt uns bloß ab."

„Stimmt."

Die Ein-Wort-Antwort des Beamten bestätigte, was sie gehört hatte: Die Leute in Ruiz' Team mochten diese ebenso wenig wie Sam.

„Warum müssen die Leute so schwierig sein?", fragte sie Vernon leise, um nicht belauscht zu werden.

„Ist das eine rhetorische Frage?"

„Ich glaube schon."

Auf der Fahrt zur Kirche erhielt Sam eine SMS von Detective Charles, dass sie auf dem Weg zu Sawyers Haus sei.

Sam war vor lauter Nervosität ganz kribbelig. Das hier war eine furchtbare Idee. Sie sollte die Sache abblasen, bevor jemand mit seinem Leben bezahlte. Vielleicht sogar mehr als eine Person.

Was hatte sie sich nur dabei gedacht, vorzuschlagen, eine Bundesrichterin zu benutzen, um einen Mörder zu ködern? „Wir sollten das nicht tun", flüsterte sie Vernon zu, während sich ein Gefühl der Panik in ihr ausbreitete.

„Jetzt ist es zu spät, Sam. Tief durchatmen."

Mehr als alles andere wollte sie die Zeit ein paar Tage zurückdrehen und die Sache beenden, bevor sie überhaupt begonnen hatte. Corrinne hätte Nein sagen sollen. Auf keinen Fall sollte sie den Lockvogel spielen, um einen miesen Killer zu fangen.

Sam klemmte sich die zitternden Hände zwischen die Beine

und konzentrierte sich aufs Atmen. „Wenn ich mittendrin bin, bin ich nie so nervös."

„Weil Sie da draußen das Ergebnis beeinflussen können. Hier drinnen sind Sie nur Zuschauerin."

„Ich sehe zu, wie Menschen, die mir unterstehen und die mir wichtig sind, ihr Leben riskieren, während ich in Sicherheit bin. Das fühlt sich nicht richtig an."

„Das darf es auch niemals."

„Ich weiß." Das trug nicht dazu bei, dass sie sich weniger schuldig fühlte, weil sie von ihrem Team Risiken verlangte, die sie selbst nicht eingehen konnte.

Sams Ohrstöpsel erwachte knisternd zum Leben. „Sawyer und Charles fahren zur Kirche, Sawyer ist am Steuer ihres Lincoln Navigator."

„Dann los."

KAPITEL 37

Der Einsatz verlief reibungslos, und jedes Mitglied des Teams spielte seine Rolle perfekt. Von Coris und Neveahs Ankunft in der Kirche über den Gottesdienst bis hin zu den Unterhaltungen draußen, wo sie hofften, dass Peckham zuschlagen würde, spielte sich alles ab wie geplant.

Bis auf die Tatsache, dass Harlan Peckham gar nicht auftauchte.

Obwohl Sam sich freute, dass alle wohlbehalten waren, war sie enttäuscht, dass der Plan nicht so funktioniert hatte, wie sie es sich erhofft hatte.

Nachdem die Richterin und Charles sicher zum Haus der Sawyers zurückgekehrt waren, stiegen Sam und Vernon vom Wagen des Einsatzteams in den von Quigley gefahrenen SUV um, um zum Hauptquartier zurückzukehren.

Sam starrte unglücklich aus dem Fenster, vor dem die Stadt an ihr vorbeizog. All die Zeit und Mühe waren umsonst gewesen.

Was nun?

Es gab im Laufe einer durchschnittlichen Woche so viele andere Gelegenheiten für Peckham, Richterin Sawyer auszuschalten, aber keine, bei der es so einfach gewesen wäre wie bei dieser. Sie hatte auf dem Präsentierteller gesessen, also warum hatte er nicht zugeschlagen?

Sam war sich so sicher gewesen, dass er es tun würde.

Sie hielten an einer roten Ampel, als eine Gestalt auf dem Bürgersteig ihre Aufmerksamkeit erregte. Von hinten passte die Statur des Mannes zu den Fotos, die sie von Peckham gesehen hatte. Er entfernte sich zügig von der Kirche.

Dann bemerkte sie den Zopf auf seinem Rücken und erkannte, dass es tatsächlich Peckham war.

War er dort gewesen und hatte die Polizisten bemerkt?

Ohne auch nur eine Sekunde nachzudenken, stieß Sam die Hintertür auf und sprang aus dem Fahrzeug. Sie rannte hinter dem Mann her und wich dabei mehreren Passanten aus, bis sie direkt hinter ihm war.

Sie sprang und riss ihn zu Boden, wobei ihr Mantel ihre Arme vor dem Aufprall auf dem rauen Asphalt schützte. Zum Glück verletzte sie sich bei dem Sturz nicht erneut an der Hüfte oder am Handgelenk, doch ihre Ellbogen würden wehtun.

„Was zum Teufel …?", schrie Peckham und wehrte sich gegen ihren festen Griff.

In der Zeit, die Vernon brauchte, um sie einzuholen, hatte sie Peckham schon Handschellen angelegt und ihm die Neun-Millimeter-Glock abgenommen, die er im Hosenbund stecken hatte.

Ihr Personenschützer funkelte sie böse an. „Was zum Teufel sollte das, Sam?"

Sie lächelte zufrieden und erleichtert zu ihm hoch. „Tut mir leid."

„Ich schwöre bei Gott", sagte er aufgebracht, „Sie werden noch mal mein Tod sein."

„Ob Sie es glauben oder nicht, das habe ich schon einmal gehört." Sie drückte die Mikrofontaste ihres Funkgeräts. „Hier Lieutenant Holland. Ich habe Harlan Peckham in der Connecticut Avenue festgenommen."

„So was kann auch nur Ihnen passieren, Holland", antwortete Malone. „Nur Ihnen."

EPILOG

Nachdem sie Leslie Forrester, Avery Hill und Cori Sawyer über Peckhams Verhaftung informiert hatte, trat Sam eine Stunde später vor die Medienvertreter und gab die Verhaftung bekannt. Nur Vernon und Quigley hatten sie nach draußen begleitet. Farnsworth und Malone hatten erklärt, sie solle die Pressekonferenz allein abhalten, da es ihre Verhaftung sei.

„Wir haben Harlan Peckham aus Corbin, Kentucky, wegen der Morde an US-Staatsanwalt Tom Forrester und der Schüsse auf den leitenden FBI-Agenten Avery Hill verhaftet. Peckham geriet ins Visier der Strafverfolgungsbehörden, als wir erfuhren, dass die Kugeln, die wir bei Forrester und Hill gefunden hatten, aus derselben Waffe stammten, einer Neun-Millimeter-Glock. Der einzige Fall, an dem sowohl Hill als auch Forrester gearbeitet hatten, war der, bei dem gegen Willy Peckham und einundzwanzig Mitglieder seiner Großfamilie ermittelt wurde. Als Willy Peckham dann vor wenigen Wochen nach Verbüßung seiner Haftstrafe entlassen wurde, begab er sich mit seiner Frau Amber zu Agent Hills Adresse, mit der Absicht, ihn zu töten. Da Agent Hill zu diesem Zeitpunkt nicht zu Hause war, haben die Peckhams Hills Ehefrau und seinen Sohn für etwa zwei Stunden als Geiseln genommen, bevor die Strafverfolgungsbehörden der Sache ein Ende bereiten und die Peckhams festnehmen konnten.“

„Woher wissen Sie, dass Agent Hill getötet werden sollte?",
fragte ein Journalist.

„Amber Peckham hat ausgesagt, Willy habe die Absicht geäußert, Agent Hill vor den Augen seiner Frau und seines Sohnes
‚wie ein Schwein auszunehmen'."

„Verdammt", erwiderte der Journalist.

„Wir glauben, dass Amber sich auf den Plan eingelassen hat,
weil Willy ihr und ihren Kindern gedroht hat. Nachdem wir
Willys Plan für Agent Hill vereitelt hatten, hat sein Sohn Harlan
wohl beschlossen, dort weiterzumachen, wo sein Vater bei
seinem Rachefeldzug aufgehört hatte, indem er Staatsanwalt
Forrester gefolgt ist und ihn getötet hat. Danach hat er auf Hill
geschossen, der die Bande vor fast fünfzehn Jahren bei einer
verdeckten Ermittlung infiltriert hatte und dessen Erkenntnisse
die Verurteilung ermöglicht haben. Damals wurden zweiundzwanzig Mitglieder der Familie Peckham unter anderem wegen
illegalen Waffenbesitzes, millionenschweren Betrugs im
Rahmen des Medicaid-Programms und anderer Straftaten angeklagt und verurteilt. Wir glauben, dass Peckhams nächstes Opfer
die Berufungsrichterin Corrinne Sawyer sein sollte, die damals
die höchstmögliche Haftstrafe verhängt hatte, die das Gesetz
erlaubt. Anfang dieser Woche haben wir im Rock Creek Park
einen Platz entdeckt, an dem Harlan Peckham kampiert hat.
Trotz der Bemühungen mehrerer Strafverfolgungsbehörden
gelang es uns nicht, den Mann ausfindig zu machen. Heute
haben wir eine behördenübergreifende Operation durchgeführt,
um Peckham bei einem von Richterin Sawyers regelmäßigen
wöchentlichen Terminen festzunehmen. Bedauerlicherweise ist
er nicht aufgetaucht. Als ich mich auf dem Rückweg zur
Einsatzzentrale befand, wo ich das weitere Vorgehen besprechen wollte, habe ich den Gesuchten zufällig auf der
Connecticut Avenue entdeckt, wo er in die entgegengesetzte
Richtung lief. Es gelang mir, ihn zu überrumpeln und schnell zu
neutralisieren. Eine Neun-Millimeter-Glock, die Waffe, mit der
Forrester getötet und Hill angeschossen wurde, steckte in
seinem Hosenbund."

„Haben Sie eine Bundesrichterin als Lockvogel benutzt, um einen Mörder zu fassen?", fragte Darren Tabor.

„Wir waren davon überzeugt, dass Peckham sie ermorden wollte. Vor diesem Hintergrund war sie mehr als bereit, uns dabei zu helfen, ihn ausfindig zu machen, bevor das passieren konnte."

„Also ja, die Richterin war ein Köder?"

„Das haben Sie gesagt."

„Woher haben Sie gewusst, dass es Harlan Peckham war, wenn Sie ihn nur von hinten gesehen haben?"

„Agent Hill, der ihn während seiner verdeckten Ermittlungen bei der Familie gut kennengelernt hatte, hatte ihn mir detailliert beschrieben, als knapp über einen Meter siebzig groß und sehr muskulös. Außerdem soll er sein Haar oft als Zopf tragen. Als ich einen Mann bemerkte, der auf diese Beschreibung passte und der sich zügig von der Stelle entfernte, an der Sawyer gerade gewesen war, bin ich ihm gefolgt."

„Hätten Sie nicht auf Verstärkung warten sollen?"

„Dann wäre er wieder entkommen. Ich möchte Richterin Corrinne Sawyer für ihren Mut und allen Mitarbeitern unserer Abteilung und des FBI danken, die heute zusammengearbeitet haben, um einen Mörder zu fassen. Es ist mir egal, wie es dazu kam. Mich interessiert nur, dass er nicht mehr auf freiem Fuß ist und keine Gefahr mehr für die Bundesrichterin darstellt. Außerdem interessiert mich, dass der Mann, der meinen Freund und Kollegen Tom Forrester erschossen und versucht hat, auch meinen Freund und Kollegen Avery Hill zu töten, jetzt hinter Schloss und Riegel ist. Eine offizielle Mitteilung mit weiteren Einzelheiten folgt in Kürze. Danke."

Sie riefen ihr immer noch Fragen zu, als sie ins Hauptquartier zurückkehrte, wo Farnsworth und Malone das Pressebriefing auf dem Fernseher in der Lobby verfolgten.

„Gut gemacht, Lieutenant, wie immer", sagte Farnsworth.

Er strahlte wie ein stolzer Onkel.

„Ein ganz normaler Tag im Büro."

Freddie kam mit aufgewühlter Miene zu ihnen gejoggt.

„Schlechte Neuigkeiten. Juan Rodriguez' Leiche wurde gerade in einem Altkleidercontainer in der New York Avenue gefunden."

ANMERKUNGEN DER AUTORIN

Ups, jetzt hab ich es schon wieder getan! Tut mir leid, dass ich
Sie wieder hängen lasse. LOL! Ich hoffe, meine kleinen
Cliffhanger am Ende der Bücher um die First Family machen
Sie neugierig auf den nächsten Teil. Ob Sie es glauben oder
nicht, diese Teaser helfen mir, im Geiste meine Plot-Ideen für
das nächste Buch zu formulieren, und erleichtern mir den
Wiedereinstieg. Weitere Informationen zum nächsten Buch um
die First Family gibt es noch im Laufe dieses Jahres.

Vielen Dank an alle, die mich hinter den Kulissen unterstützt
haben, darunter Julie Cupp, Lisa Cafferty, Jean Mello, Nikki
Haley und Ashley Lopez sowie meine Lektorinnen Linda
Ingmanson und Joyce Lamb. Dank auch an meine Erst-
Testleserinnen Anne Woodall, Kara Conrad und Tracey Suppo
sowie an die regulären Testleserinnen aller Romane um Sam
und Nick: Kelly, Jennifer, Gina, Sarah, Jennifer, Karina, Irene,
Kelley, Vicki, Amy, Marti und Juliane.

Wie immer gilt ein dickes Dankeschön dem pensionierten
Captain Russell Hayes vom Newport Police Department, der
meine Bücher auf ihre sachliche Korrektheit überprüft. Ich bin
Russ sehr dankbar für seine Freundschaft und seine vielen hilfreichen Hinweise im Laufe der Jahre!

An die Leserinnen und Leser, die jede neue Geschichte um
Sam und Nick sehnsüchtig erwarten: Vielen Dank für Ihre

Unterstützung. Vor vierzehn Jahren erschien „Fatal Affair – Nur mit dir". Dreiundzwanzig Bücher später ist dank Ihnen, meinen großartigen Leserinnen und Lesern, kein Ende für das Präsidenten-Ehepaar in Sicht. Da kommt noch viel mehr!
    XOXO
    Marie

WEITERE TITEL VON MARIE FORCE

First Family

State of Affairs – Liebe in Gefahr, Band 1

State of Grace – Für alle Ewigkeit, Band 2

State of the Union – Du und ich gemeinsam, Band 3

State of Shock - Meine Liebe, mein Leben, Band 4

State of Denial – Riskantes Spiel mit dir, Band 5

State of Bliss – Unser Traum von Liebe, Band 6

State of Suspense – Zwei Seelen, ein Herz, Band 7

Wild Widows

Someone like you – Neues Glück mit dir

Someone to hold – Nur mit deiner Liebe

Someone to Love – Du mein Ein und Alles

Die Fatal Serie

One Night With You – Wie alles begann (Fatal Serie Novelle)

Fatal Affair – Nur mit dir (Fatal Serie 1)

Fatal Justice – Wenn du mich liebst (Fatal Serie 2)

Fatal Consequences – Halt mich fest (Fatal Serie 3)

Fatal Destiny – Die Liebe in uns (Fatal Serie 3.5)

Fatal Flaw – Für immer die Deine (Fatal Serie 4)

Fatal Deception – Verlasse mich nicht (Fatal Serie 5)

Fatal Mistake – Dein und mein Herz (Fatal Serie 6)

Fatal Jeopardy – Lass mich nicht los (Fatal Serie 7)

Fatal Scandal – Du an meiner Seite (Fatal Serie 8)

Fatal Frenzy – Liebe mich jetzt (Fatal Serie 9)

Fatal Identity – Nichts kann uns trennen (Fatal Serie 10)

Fatal Threat – Ich glaub an dich (Fatal Serie 11)

Fatal Chaos – Allein unsere Liebe (Fatal Series 12)

Fatal Invasion – Wir gehören zusammen (Fatal Serie 13)

Fatal Reckoning – Solange wir uns lieben (Fatal Serie 14)

Fatal Accusation – Mein Glück bist du (Fatal Serie 15)

Fatal Fraud – Nur in deinen Armen (Fatal Serie 16)

Fatal Serie Bände 1-6

Fatal Serie Bände 7-11

Miami Nights

Bis du mich küsst

Bis du mich berührst

Bis du mich liebst

Bis du mich verzauberst

Bis du mit mir träumst

Die McCarthys

Liebe auf Gansett Island (Die McCarthys 1)

Mac & Maddie

Sehnsucht auf Gansett Island (Die McCarthys 2)

Joe & Janey

Hoffnung auf Gansett Island (Die McCarthys 3)

Luke & Sydney

Glück auf Gansett Island (Die McCarthys 4)

Grant & Stephanie

Träume auf Gansett Island (Die McCarthys 5)

Evan & Grace

Küsse auf Gansett Island (Die McCarthys 6)

Owen & Laura

Herzklopfen auf Gansett Island (Die McCarthys 7)

Blaine & Tiffany

Sonnige Tage auf Gansett Island (Die McCarthys 23)

Versuchung auf Gansett Island (Die McCarthys 24)

Cooper & Gigi

Neubeginn auf Gansett Island (Die McCarthys 25)

Jace & Cindy

Sturmwolken über Gansett Island (Die McCarthys 26)

Die Green Mountain Serie

Alles was du suchst (Green Mountain Serie 1)

Endlich zu dir (Green Mountain Serie 1/Story *1)*

Kein Tag ohne dich (Green Mountain Serie 2)

Ein Picknick zu zweit (Green-Mountain-Serie/Story 2)

Mein Herz gehört dir (Green Mountain Serie 3)

Ein Ausflug ins Glück (Green-Mountain-Serie/Story 3)

Schenk mir deine Träume (Green-Mountain Serie 4)

Der Takt unserer Herzen (Green-Mountain-Serie/Story 4)

Sehnsucht nach dir (Green-Mountain Serie 5)

Ein Fest für alle (Green-Mountain-Serie 5/Story 5)

Öffne mir dein Herz (Green-Mountain-Serie 6/Story 6)

Jede Minute mit dir (Green-Mountain-Serie 7)

Ein Traum für uns (Green-Mountain-Serie 8)

Meine Hand in deiner (Green-Mountain-Serie 9)

Mein Glück mit dir (Green-Mountain-Serie 10)

Nur Augen für dich (Green-Mountain-Serie 11)

Jeder Schritt zu dir (Green-Mountain-Serie 12)

Ganz nah bei dir (Green-Mountain-Serie 13)

Meine Liebe für dich (Green-Mountain-Serie 14)

Eine Ewigkeit für uns (Green-Mountain-Serie 15)

Die Neuengland-Reihe

Vergiss die Liebe nicht (Neuengland-Reihe 1)

Wohin das Herz mich führt (Neuengland-Reihe 2)

Wenn das Glück uns findet (Neuengland-Reihe 3)

Und wenn es Liebe ist (Neuengland-Reihe 4)

Für immer und ewig du (Neuengland-Reihe 5)

Die Quantum Serie

Tugendhaft (Quantum-Serie 1)

Furchtlos (Quantum-Serie 2)

Vereint (Quantum-Serie 3)

Befreit (Quantum-Serie 4)

Verlockend (Quantum-Serie 5)

Überwältigend (Quantum-Serie 6)

Unfassbar (Quantum-Serie 7)

Berühmt (Quantum-Serie 8)

Andere Bücher

Sex Machine – Blake und Honey

Sex God – Garrett und Lauren

Five Years Gone – Ein Traum von Liebe

One Year Home – Ein Traum von Glück

Mein Herz für dich

Nicht nur für eine Nacht

Take-off ins Glück

The Fall – Du und keine andere

Dieses Mal für immer

Helden küsst man nicht

Küsse für den Quarterback

Gilded Serie

Die getäuschte Herzogin

Eine betörende Braut

ÜBER DIE AUTORIN

Marie Force ist New-York-Times-Bestseller-Autorin von zeitgenössischen Liebesromanen und Romantic Suspense. Zu ihren Büchern gehören unter anderem die beliebten Reihen „Fatal", „First Family", „Gansett Island", „Butler Vermont", „Neuengland", „Miami Nights" und „Wild Widows" sowie die erotische „Quantum"-Serie. Ihre Bücher haben sich weltweit bislang mehr als zehn Millionen  Mal verkauft, wurden in ein Dutzend Sprachen übersetzt und standen über dreißigmal auf der New-York-Times-Bestseller-Liste. Außerdem ist sie USA-Today- und #1-Wall-Street-Journal-Bestseller-Autorin und in Deutschland Spiegel-Bestseller-Autorin.

Ihre Ziele im Leben sind einfach: Bücher zu schreiben, solange sie kann, ihre beiden Kinder weiter dabei zu unterstützen, glückliche, gesunde und produktive junge Erwachsene zu werden, und niemals in einem Flugzeug zu sitzen, das Schlagzeilen macht.

Tragen Sie sich in Maries Mailingliste ein, um alles Wichtige über neue Bücher und Veranstaltungen zu erfahren. Folgen Sie ihr auf Facebook und auf Instagram.

www.ingramcontent.com/pod-product-compliance
Lightning Source LLC
Chambersburg PA
CBHW061539190726
48289CB00004B/1102